钟道新文集

第五卷

中篇小说

历史的十分钟 国手

部长约你谈话 金色护照

脱却乌纱真面目 有感于斯文

博论

二〇一七年

作家出版社
三晋出版社

一九七一年，钟道新与母亲芮华、侄女钟德芳、侄子钟声广在清华园新林院二号前

一九七一年元旦期间,钟道新在新林院二号家里复习父亲讲授的《人类改造自然》(技术卷)

一九七一年元旦,钟道新在清华园"闻亭"

目 录

历史的十分钟 ………………………………………… 1

国手 …………………………………………………… 93

部长约你谈话 ………………………………………… 175

金色护照 ……………………………………………… 247

脱却乌纱真面目 ……………………………………… 349

有感于斯文 …………………………………………… 421

博论 …………………………………………………… 517

历史的十分钟

一

还有十五分钟就要下班了。街上的人流量、车流量正趋向峰值。喧嚣的市声满不在乎地从大门、从窗户涌进G省检察院的一间不大的办公室。

在这里办公的五人中的四个已经开始收拾桌上堆积如山的卷宗,做下班前的准备。只剩下卫晋一个人在专心读着什么。

卫晋,今年三十岁,平常身材平常脸,没有什么值得形容的地方。他是G省政法学院一九八二级的毕业生,因为初来乍到,故而只能占有所有机关里最小的办公单位——一张桌子,连半个卷柜也没有。而且按照天下所有机关单位不成文的规定,他的办公桌地处整个房子里最不来劲的地方:窗户前面。此时他正在颇具热力的夕阳残照下攻读一本装订的整整齐齐的材料。不大的写字台上显得空荡荡的,只有一个飞机机关炮弹壳做成的烟灰缸和半支红蓝铅笔。

"你不回家?"检察员老李拍拍卫晋的肩膀。他总是喜欢摆出一副老大哥的架势。

"不。"卫晋连头也没有抬。他今天下午被检察长派到辉煌烟厂去协助纪委工作组工作,此刻他正在作战前准备。

"明天是星期天,"等人都走完之后,卫晋边舒活筋骨边想,"有无穷无尽的家务事要做。所以宁肯回家挨骂,也得在今天读完。否则星期一一出现在纪委工作组,我就会像一个初次驾车进城的乡下拖拉机手一样,被人吆来喝去的。"想到这他就又把注意力转回材料上去。

办公室里很静。夕阳慢慢地转射到老李的桌上,然后又不出一声地移开。此刻正是潜心研读材料的大好时光。

他那双起码阅读有八亿语言符号的眼睛迅速地在间隔很宽的"笔录纸"上扫过。这目光好像一把手术刀,试图剖析材料的内部构造,理清其各个系统。

材料是零星的,分别由七个人独立提供。支持全部材料的骨骼是一位名叫洪淑彦的烟厂女会计的揭发信:辉煌烟厂厂长徐英的支出大大超过他的正常收入,并且独断专行,屡屡违犯国家的财经纪律……

卫晋又读了一遍材料,于是这具骨骼上有了肉。事情是这样的:辉煌烟厂从一九八〇年起,陆续向一个名叫胡与闻的香港商人订购了三批烟叶,可烟叶的质量一批比一批次,而价钱一批比一批高。于是一些知情人分别向纪检会与检察院写信揭发。

"受贿案,最少也是玩忽职守。"卫晋喃喃自语地合上卷宗。

在一般人的心目中,破案是公安局,审案是法院,从而漏掉了检察院,其实这大谬不然。几乎全部有关国家干部触动刑律的案件都归检察院审理。这其中包括滥砍滥伐森林、贪污、受贿、玩忽职守……而其中划归卫晋所在的经济检察处受理的案件中最难办的就是受贿案。因为这种案子既不会像贪污案那样在账目上留下痕迹,也不会像凶杀案那样在现场留下诸如血迹、指纹类的直接证据。这种犯罪的方式是千篇一律的:在某个没有人的角落,一叠新的或旧的钱从一个人的口袋里转移到另一个人的口袋里,相当简洁,静悄悄地不引起任何人的注意。故而被老检查员认为是最没"油水"的案件,破案概率也比其他案件低得多。

"检察长怎么单单挑中了我?"卫晋自问自,"也许是上次与老李一起经办那桩倒卖汽油案时,自己多出了几个'鬼'点子吧?可那种案子毕竟简单得多,到底有账可查,而且买卖双方都在境内呵!"

"呵,快七点了!"他无意中一看表,失声惊叫起来。

他在汽车上一边看着路边的站牌,一边苦思如何应付一进家门就会像潮水一般涌来的妻子的埋怨:该几分嬉笑,几分诚恳,几分谦恭?他就像一个交响乐团的指挥,虽然同一古曲已经演奏了上百遍,但仍然觉得自己对大师的作品没能全部领会,感到有些把握不住,有些怯场。

如果说坐落在风景秀丽的涟江边上的"海鸥宾馆"真的是一只展翅欲飞的海鸥的话,那么它的头就该是顶楼上那套人称"总统套间"的房子。

此刻,有两个人在这"头"里,一边眺望那慢慢沉入涟江的夕阳,一边在品尝杯中的美酒。

"这种白兰地是马爹利家族从一七一五年开始酿造的,其配方与工艺流程至今还作为此家公司的一级保密材料。"说这话的正是港商胡与闻。他四十七、八岁的样子,从头到脚洋溢着香港商人特有的精明劲。

"咱们言归正传。"坐在他对面的 G 省外经委进口处处长江泽林打断他的话。他是一九五六年英文专业的本科毕业生,早从那个水晶酒瓶后面的说明里知道了这种名叫"MARTELL"酒的全部历史。"你这次来推销的烟叶又自称是什么品级?"他把双腿优雅地架在一起。

"缅甸弗吉尼亚 A 级烤烟。"听胡与闻说话的声音,人们很容易联想到高档香烟那种金黄色的烟丝。

"这个品名我已经听说过三次了,可似乎……"江泽林说到这就再没有下文了。话说到什么份上就已经将信息传达完,是一门相当精深的学问,并不是人人都能掌握的。

"这次一定是!前几次若不是出现意外,"

"多少吨？"江泽林摆摆手，示意他不用解释。

"两千吨。"

"据我所知，缅甸年产这种烟草不过三千吨，能供出口的全部也不过是你刚才说出的数。"江泽林聪明的淡黑色的眼睛中闪现出嘲弄的神色。

"我内人与缅甸商务部一位高级官员是亲戚……"胡与闻忙不迭地解释。他绝不敢低估眼前这位处长大人的学识与智力，更不敢低估他手中的权力。在外经委的几个处里，论权力数进口处，这是因为进口商品的价钱是活动的，变通余地很大；而出口处的出口业务则不然了：即使比中国官方内定价格低一分钱，也得请示北京的物价总局。

"那么价钱呢？"

"抵岸价格每吨一千四百六十八美元。"胡与闻递给江处长一张名片，"我已经给您写在上面了。"

江泽林玩弄着这张质地优良、印刷考究的名片，无意中发现在以前那串"香港昌运烟草专营公司经理"的衔头中又添了个"总"字，不由得暗暗一笑。他是老外贸，相当清楚港商的这套小把戏：那边的经理、总经理都是自封的。有二百美元就可以开业，随时随地可以停业。但这些人深知内地人对衔头、职务的迷信劲，故而经常变换花样，力图给人一种事业欣欣向荣的感觉。但这些与他的关系不大。"具体价钱具体谈。"说着他就站起身。

一听定音鼓响过，胡与闻连忙站起来："请处长到下面用饭。"他知道这是虚邀，江泽林是不会去的。

"不必客气。"江泽林接过胡与闻递过来的手提包与风衣。

"样品我装在提包里了。"胡与闻用除江泽林和他之外，谁也听不见的声音说道。

可江泽林连一点听到的表示也没有，径自出了门。还在电梯里他就把风衣的领子翻起来，又戴上了茶色眼镜。

他乘坐的出租汽车在离他家还很有一段距离的地方就停住了。

他以在他这个岁数上堪称矫健的步伐上到六楼。然后伸手按了一下门铃,里面立时传来悦耳的铃声。他敏锐的耳朵立时听出这是歌剧"卡门"中一句著名的乐句。这种门铃在友谊商店内的标价是六十元。

"怎么搞的!"他心里狠狠地咒骂道。他不知警告过妻子多少次:财不可外露!可谁料她竟然把他悄悄请回家的财神给贴到门上来了。

他那个当小学教员的妻子没有在家,给他开门的是他唯一的宝贝儿子江小宏。

"爸爸,您怎么这么晚回来?"江小宏伸手来接包,可江泽林只把风衣递给了他,自己提着包进了厕所。

他坐在马桶上,从手提袋中摸出一个容量相当大的鳄鱼皮夹,开始点钱。他点钱的手法相当独到,而且异常熟练:用手指一拈,钞票便像电风扇一样地飞舞起来,片刻工夫就点完了。一共八千元兑换券,全是崭新的五百元大票,摸上去相当舒服。

有些人也许会认为新钱无论在何时何地,摸上去都是舒服的,可江泽林清楚地知道并非如此。他亲身经历了从"不舒服"到"舒服"的全部历程。

三年前,江泽林作为一个外贸代表团的团员出访了日本与香港。那些令人眼花缭乱的机械文明,那些使人灵与肉都沉醉的无边享受,并没有迷住他的眼睛,他受过相当的教育,并不是一个土佬,所以绝不会像他的顶头上司外经委邢副主任那样不住口的赞叹。虽然两人都是头一次开"洋荤"。

他在思索,在寻找推动这一切的原动力。没用多久,他就发现:钱,只有钱,才是根本,才是一切。

可怎么才能安全地弄到钱呢?对此,他联系中国的国情,开始紧张的思考。没用多久,就有了雏形。

外经委的进口处处长是个承上启下,独当一面的职务。涉及工农业、财贸、交通各个部门,其权力绝不亚于诸如冶金、电力等专业厅局的厅局长。加上他长袖善舞,极会做官,巴结他、赏识他的人委实不少。但他只听好话,绝不收礼,也从不搞安插亲属,从厂家直接买便宜货之类的名堂。因为这样做很容易授人以柄,从而把自己的前程断送掉。他下定决心要为自己手中这份权力找一个才貌双全,既忠诚又可靠的"新娘"。

他在研究,在寻找,在等待,在盼望天赐良机。

一九八〇年,机会终于来了。他一下子抓住了它。

胡与闻"心有灵犀一点通",当晚就把钱悄悄地送了过来。

接还是不接?事到临头,江泽林几乎当场拒绝。他犹豫,他害怕,他觉得这些崭新的钱有些咬手。

这事没人可请示、可商量、可推诿,只有自己拍板决定。他鼓足勇气,把钱收下来。

那次他是步行回家的。回到家后,也是坐在这个马桶上,先数后想。想完数、数完想;心在跳、脑在转;理智告诉他,上交吧,现在为时不晚;欲望怂恿他:收下吧,机不可失……马桶盖都被他焐热了。

他明白自己只要收下这笔钱,就要过一种在万丈深渊之上走钢丝式的生活,片刻不能掉以轻心,但钢丝的那一端实实在在的美景却在召唤他,向他施展着无限的魅力。

"只要很好地掌握平衡,我相信凭我的能力,一定能走过去。"最后他把钱放在贴身的口袋,从容地站了起来,走出厕所,走向一种全新的生活。

他是个受过良好科学训练的人,很善于分析问题,只用了一夜时间,就将理智与欲望这对被千古哲人认为不可调和的一矛一盾统一起来,并且拟定了今后生活工作的大致方针:第一,我要贪赃不卖法,在做生意的时候坚持原则,使人无法找到"收"的来源;第二,我要有计划的开销这笔钱,在不事声张的前提下,为全家人提供最优的生活,让人从"支"的一方也找不到毛病。

"君子爱财,取之有道!"

他打赢了第一仗,从理论上搞通了。

可当胡与闻第二次又悄悄把钱塞给他时,他心中依然不由自主地产生一种犯罪感,好长时间排解不开。他毕竟在共产党领导下生活过三十余年,深知共产党处理经济犯罪是决不手软的。他睡不着觉,总是想着那笔钱和那笔钱所能引起的后果。有时即使是服了大剂量的安眠药勉强入睡,也要大量的盗汗,高频率地哆嗦,含糊不清地梦呓……

迫于内部压力,他终于向妻子吐露了真情,希望这个最亲近的人能分担一点。

"咱们把钱上交吧!"妻子第一反应就是害怕"万一"。

"甭提什么'万一',"他粗暴地打断妻子的话,"实话告诉你,那钱我已经花掉了两千块,两千块!你听清楚没有?这是我一年半的工资!"他后悔自己把钱的来历告诉了妻子。自己这个娇小玲珑的妻子,像世界上许多外表聪明的女人一样蠢,一样的没有大主意,一样的只会叽叽喳喳扰乱你的心神。

为了解除这种与钱俱来的犯罪感,他开始饮酒,每天晚上三杯。

酒是千古妙方,用近代科学方法酿制的高级酒尤是。他边尝佳酿边思想,每一杯酒都使他的元气恢复一分,每一个思想成果使他坚定一分。

"这钱是资本家的,咱们弄上一点于国家并没有丝毫的损害;再说,光经我的手,就给国家赚取了成千上万的外汇呵!"他在反复安慰妻子的过程中,自己慢慢地建立起一套理论来。

把歪理说成正道,是一件很困难的事。但这正是大盗与毛贼的区别所在:小毛贼自己也认为自己的行为不地道;而那些大盗们则有着自己的伦理观、价值观,并能用这些理论来指导实践。

随着他的理论日趋完善,他的妻子苏芬也慢慢地平静下来。她的头脑简单得很,像茶叶一样地很容易沾染异味。每当江泽林在枕边悄声细语地给她讲述那套"理论"时,她总是崇敬地望着丈夫,就像母鸡望着五彩缤纷的公鸡一样。

没有多久,他们一家人就像没腿的人离不开双拐一样离不开这些钱了。因为这些钱已经纳入了家庭的开支计划,渗入了每个人的毛孔之中……

任何事物的自然生长都是外力无法遏制的。聪明的办法是:千万不要播下种子。诸位如果亲眼得见江泽林此时是多么从容、熟练地把名片扔入马桶冲掉，又是多么坦然地把钱放入衬衫口袋，就会相信上述论点。

植物园街是一条和公园差不多的街道。十三幢各自独立的住宅相距甚远，被各种热带乔木团团围住，在月光下显现出一种梦幻般的气氛。

如果有个细心的人一路数过去的话，他就会发现最末那幢，也就是最为讲究、气派的那幢的门牌不是13号，而是14号。想来一定是当初建房的人为了避开这个不吉利的数字。

这幢房子共有两层，前面有个大花园，花园被一条长长的鹅卵石走道劈作两半。走道边上是清一色的小白桦树，在月光下看过去，犹如两排年青的白衣卫兵。二楼的阳台远远地探出房子，好像是神话中骄傲的王子那长长的脖子。

这座房子的主人就是卫晋。当然，正确的说法是属于他的岳父，G省原副省长肖一泯。

整幢房屋的建筑面积是六百七十平方米，比举世闻名的爱丽舍宫的总统官邸还大十平方。可说来也怪惨的，轮到卫晋名下，却只有三间，四十平方。然而这四十平方的分配权又都在妻子肖霜手里，所以轮到卫晋的书房就只剩下六平方的一小间了。即使这样，卫晋也很满意。因为寄人篱下，要求不能太高。

此刻他正在一张桌子前面坐着读一本不算太厚的《对外贸易》。对面墙上挂着一幅他自书的条幅"文明其精神，野蛮其体魄"。字迹好像是用钢筋焊就的，有力倒是有力，但一点不漂亮。

这间只有一扇小窗的书房内又湿又热，卫晋一边看书一边擦汗。

"那么其余的房子都派什么用场了呢？"几乎所有光临过他的书房的人都这样问。

这叫卫晋很难回答清楚。老岳父在位的时候，楼下住满了司机、警卫员、秘书、保姆，构成了一个五脏俱全的小型机关。

后来，肖一泯离休了，这些"勤杂"人员就像潮水一般的退了下去，而肖一泯前妻生的孩子和后妻与前夫生的孩子,背着贪心的大包袱,赶着欲望的大车,又像潮水般地涌来填补空缺,就像当年去美洲大陆的淘金者一样。他们当然都有着各自的住宅,并不时常来住。他们这样做旨在占领一块滩头阵地,因为这是登陆作战的关键……在这战云密布的形势下,即使是这个家里最伟大的"沙文主义者"肖霜,也休想扩张一寸领地,避犹不及的卫晋就更不作非分之想了。

"嗨!我让你写的那篇文章你写了没有?"肖霜把插满卷发器的头伸了进来。

卫晋没理她。缄默是他的第一道防线。

"我问你话呢?"肖霜拍了一下他的肩膀。

"我又不是神仙!"卫晋头也不回地回答道。他相当讨厌有人在他思考问题的时候打扰他。可肖霜并不怕他讨厌。

"明天下午就要交,你得快点。"肖霜叮咛道。外人要是听见了还以为一定是什么两报一刊社论类的重要文章,其实只是为一家知识性刊物的"法制栏"写一篇"刊屁股"。肖霜之所以这么起劲,不过是因为有十元稿费可挣罢了。

"这稿子很多人争着写,要不是他们见过我管省委宣传部的李部长叫叔叔的话,恐怕还捞不到手呢。"

以前肖霜很少以父亲的职务为荣,可当肖一泯离休之后,她却经常有意无意地提起,就像英国艺术总要重现维多利亚时代的繁荣一样。

"但大前提是你必须有一个做省长的父亲。"卫晋补充道。

"明天你得去换煤气。"肖霜又唠叨开了。在一个小时之内,她能够提出一百二十个问题或要求,平均每分钟两个。

"你再说一句,那文章我就一字也不写了。"

这一招挺管用,肖霜终于退了出去。卫晋又开始埋头看书。

到经济检查处工作的一年里,他曾系统地读完了《金融学》与《银行业务》两本书。这是第三本。

对江泽林来说,过去那种需要苦心推敲计算才能平衡家庭收支的时代已经宣布结束。经过一番痛苦的挣扎之后,他已率领全家迈进万象更新的新纪元。

星期天。

江泽林老练地开着罐头。虾、鱼、笋、鸡,四道大菜全是罐头。然后他又从一个同事转让给他的旧冰箱中取出一瓶"人头马"白兰地,倒出一大杯,又开了两瓶不含酒精的饮料,接着把一只锡纸包装的嫩鸭倒进电炉上的不锈钢锅子里。

他们一家三口和和美美地坐在一张简朴的桌子边,开始向这些美味进攻。

江泽林并不急着下筷子。他呷了一口酒,看着妻子与儿子吃。他们吃的是那么香,以前总是不肯向好菜伸筷子的苏芬已将积习改去;吃什么都能消化的江小宏腮帮子鼓鼓的。这些新气象使他心里非常高兴。他是一个小杂货店老板最小的儿子,从小就知道贫穷的不体面与不方便。他在大学读书的时候,对这点体会更深。那时候,苏芬一个人既要供养父母,又要供他上学,真是苦不堪言。所以在当时他就立下一个誓:将来一定要给她提供一个好生活。后来情况稍好了点,但又添了江小宏。为了让这个在娘胎里就饱受自然灾害之苦的孩子出世后能吃上点营养品,他竟一狠心,把两大嗜好:烟与酒统统戒了。一直到有了"意外收入"之后他才开了酒戒,但仍然不抽烟,高标准的也不抽。一个有着偌大一笔眼前不能敞开花的钱的人,是很在乎六十岁以后的身体好与坏的——要是到那时有钱也花不动,以前的辛苦不全白费了?

"爸爸,您怎么不吃?"儿子把鸡身上最精彩的一块夹到他碗里。

"好,我吃,我吃。"儿子这份孝心使他喜不自胜。"大家尽力吃,千万别剩下。"他近些日子来,经常发布类似的"命令"。他珍惜这份发命令的权力,更珍惜这合家欢聚、尽情享受的大好时光。

辛亥革命烈士陵园是个幽静去处。松柏森森,绿草茵茵。镌刻着中山先生手书"浩气长存"四字的汉白玉石碑屹立在陵园的中央。

这天是星期天,可来这里的游人并不多。作为闲游客的主要成分:一对对的恋人们,难得涉足于此,因为此地实在是太肃穆了,以至于他们认为不利于爱情的成长。只有一小群人聚集在靠近围墙边上的一座古式小亭里,好像在闲聊,也好像在开会。

"各位要是有什么说的,就抓紧时间。"卫晋看了一下表。四年前,就是由他首先向这些战友、同学、插队时的难兄难弟提议,每两周一聚,以便交流做学问、做工作、做人的点滴体会,互通信息。这个提议得到大家的一致赞同,至今已经有了四年历史。

"近来怪事也挺多的。前几天我没事翻看民用电总表,发现有那么十几户人家的电费真够吓人的。"孙光吐了吐舌头,做出个相当孩子气的样子,"比我的工资还多一倍。当然啰,这里面有做小买卖的,有吃侨汇的,但也有几个是当干部的。"孙光在电业局工作,眼下正在念夜大学,专攻数学。前一阵口出狂言,说要将经纬万端的民用电纳入一个数学模型中,并说眼下正在搜集原始数据。这发现很可能是他这项工作的副产品。

"这有什么奇怪的?你别看别人发财心里就痒痒。我们银行存款超过五位数的大有人在。这些人当然不在乎几个电钱。"这位大大咧咧的主人叫韩亦平,在市人民银行工作,自号"金融专家"。平素在工余时间,经常过问省行的投资贷款方针等金融政策问题,而且直言不讳,很有点布衣王侯的狂劲,故颇使行长们头痛。

这条消息被淡淡地带过,没在任何人脑袋里停留。

"那还是请金大警官来个余兴节目吧!"孙光说道,"有什么精彩的破案故事吗?"

正躺在军用胶质雨衣上的金亚伟嘴中叼着劣质的大雪茄,在闭目养神。"没什么太精彩的。"

"一般的也行呵!"孙光往前凑了凑。

他今年才二十四岁,是卫晋在空军部队里一位牺牲了的战友的弟弟。他出生于血统的工人阶级家庭,"文革"前丧父,"文革"中又丧母。不难想象,一个年仅十岁男孩子在天翻地覆的动乱中会变成什么样子。当卫晋一九七五年复员时,找了他一个礼拜,才从一间相当肮脏的饭馆中把他拉了出来。"你还有没有理想?"卫晋怒冲冲地问他。"当然有!"半醉的孙光回答。"什么?""我这阵就盼着苏联人打进来,"孙光拍拍像口罩一样挂在胸前的军用挎包,"那咱们就可以亮出菜刀片,杀他十个八个二毛子,一来为国出出力,二来为咱哥报仇,三来也可以弄几个钱花花。"真是叫人哭笑不得。为了矫正他严重变形的思想,卫晋不知费了多少心力。他劝过、骂过,甚至揍过他,终于在他荒蛮的表面上打下去一个洞。于是他深藏在灵魂深处的良知、智慧一股脑儿地喷发出来。

这一喷就再也收不住了。当他的邻居们第一次发现他的军用挎包不是正挂在胸前,而是规规矩矩地斜背在肩上,又发现一本书取代了菜刀,那份惊讶劲绝不亚于一群考古学家在一座汉墓里发现了一件清瓷。

"前几天,我组织刑警队的十五个人,在北京路设伏擒拿 G 省大盗朱原子。一共蹲了三个晚上才将这小子抓住。"金亚伟说。

"在北京路什么地方?"卫晋随口问道。金亚伟说得并不算新闻,晚报已经详细地报道过了。这个朱原子专偷国家机关财物,什么计算机、打字机之类的,在 G 省的确小有名气。

"就在外经委那座大楼后面。这小子从二楼下来,被我当场擒获。"

"用的什么招?"孙光又往前凑了凑。

"他干翻了一个年青刑警,试图夺路而逃,被埋伏在必经之路的我一个直击打倒,五分钟都没爬起来。"金亚伟在地上画了一张外经委大院的平面图,解释为什么他认为他的设伏点是必经之路。

"没劲!"孙光一锤定音。

"奇怪的是当场从他身上搜出来的五张百元票面的兑换券,第二天由两个刑警问了一上午也没人认。"金亚伟看大家对他说的技术细节不感兴趣,就改用耸人听闻的语气,"你们说怪不怪?"可惜他的语气功夫实在不到家,事也不够味,大家依然没反应。于是他只好自行收场。"活该我们多提点奖金!"

"想不到两月没见,你的功夫长进不少,竟能把人干翻在地。"卫晋看家庭经济条件欠佳的金亚伟又扯到钱上,就转个话题。

"不服你就来试试。"

"试就试。"卫晋说道。他们俩都是格斗的爱好者,时不时地要"交流"一下,外人都认为挺可笑,但他们觉得此乃两人所从事的事业的一个有机部分。

"摔跤、拳击、擒拿还是柔道?"金亚伟一口气报出四个大项目,听口气件件拿手。

"摔跤。"韩亦平用手扶了一下近视眼镜。

"中国式?"卫晋脱下他那件宝贝军装,像挂一件高级礼服一样,小心地挂在了旁边的树上。

"什么式你也不是对手!"金亚伟也脱得只剩下件印有公安字样的背心。

"你最好事先把户口给销了,也为嫂夫人办后事省点麻烦。"卫晋回敬道。

玩笑中两人拉开了架势。

要论姿势两人各有千秋:金亚伟是一米七八的大个,故而伸出双臂,一上一下,上身发达的古铜色肌肉颤动着,好像一匹急欲上征途,但又被人勒住的骏马;卫晋是一米六八的小个儿,所以双手下垂,使自己的重心尽量下垂,有如一块大质量石砣。

突然,金亚伟夹住了卫晋的脖子,企图锁住卫晋的脖颈,但却让卫晋从他肋下滑脱,绕到后面搂住他的腰。他反应不慢,紧舒猿臂,双手从胯下抱住卫晋的腿……好一阵较力后,俩人同时翻倒在地。

"平跤。"韩亦平宣布道。

他们俩人的儿子也从远处跑过来为父亲助战。

两人重又拉开架式转圈。这次双方都谨慎多了,连转三圈都没有发生接触。

在转第四圈时,金亚伟有点着急,步子未免大了点,当他的左腿向右腿靠拢时,卫晋伸出右腿就来了个利索的"泼脚",金亚伟忙把重心移过来,谁料卫晋转换重心的速率比他略快一等,又改用左腿踢来。金亚伟应声倒地,虽然马上爬了起来,但按中国式摔跤规则,他已经输了。

平心说，卫晋的招法并无甚高明处，也不潇洒，但显然经过大脑分析处理，是个实实在在的整体。

两个儿子在场外使劲地鼓掌。

"全省公安厅万把弟兄中的格斗精华全在市局刑警队，可我也没见谁能做这个动作的。"金亚伟重复了一遍卫晋的动作，但差点摔倒。"我没有你那么强的平衡力。"他披上衣服，"难怪在政法学院时，格斗教练说你是个'离猴较近的人'，而理论科教师又说你是'离猴较远的人'。"他深有感触地说："老天爷也实在太不公平！"他的思辨能力比卫晋要差一点，所以他分配工作时硬是不肯去省司法局的法律顾问处，而挑中了一般政法学院的本科生不太愿意去的市局刑侦处。他到那没多久，就显示出自己独到的才能：他不是思想家，也不是宣传家，但却是个杰出的行动家，每次侦破行动都组织得天衣无缝。

"可老天却赐予你一个贤惠的妻子与温暖的家庭。"卫晋也深有感触地说道。金亚伟的妻子是位罕见的女性，一往情深、默不作声地爱着丈夫。因为公安工作没日没夜，她几乎独自承担了全副家务。尽管她每天要站六个小时的柜台，作几千公斤/米的功。而肖霜……卫晋不愿想下去了。

"两个星期后再见。"他背起浑身玩得脏兮兮只嚷肚子饿的儿子，走进苍茫的暮色里。

二

省纪委工作组的几位同志表面上相当严肃，实际上却相当好处。他们主动地向卫晋介绍情况，倒好像他是领导似的。

从星期一至星期四,卫晋上午读材料,下午找人谈话,忙得一塌糊涂,累得回家连话也懒得说。

这些辛苦没白费。到了星期六上午,他就拿出一份相当简洁精练的报告向纪委工作组组长汇报:"一九八一年三月,辉煌烟厂向香港昌运贸易行订购了缅甸B级烤烟三百吨,单价一千四百六十八美元一吨,但当此合同一再展期,货也没到的时候,徐英代表我方又接连签订了第二、第三个合同。数量分别为一千吨和两千吨,单价分别为一千五百八十美元和一千五百八十六美元。他们之所以这样做,是为了绕开中国银行关于单项贸易一次不得超过三百万美元的规定……来烟的质量一次比一次差,但价钱一次比一次高,而同时国际市场因烟草生产过剩,A级烤烟不过每吨一千五百七十美元……

"有确凿材料证明徐英在此案中有受贿行为……

"综上所述,徐英已触犯刑律。此案可否移送检察院处理,请批示。"没用十分钟,卫晋就把整整一星期的工作成果连证据带结论全都汇报完了。

那位据说是行政十级的组长先是用心听,然后戴上眼镜看了一遍材料后,饶有兴趣地盯住卫晋看了半分钟,才拿起一支粗大的3B铅笔,在那份写得相当清晰的材料上批道:此案连材料一并移送检察院处理。

"这对你们来说是《立案报告》,可对我们来说则是《结案报告》。我说得在不在行?小同志。"组长笑着说。

卫晋也跟着笑了笑。这些"老家伙"喜欢对任何年纪在五十岁以下又不知姓名的干部都冠以"小"字。这原本司空见惯,可与他同事了一个星期,竟连自己的名字他也没记住,想起来也未免有点丧气。

"你以后要是想换个活干干,就直接来找我好了。"他出门时组长拍拍他的肩膀,"我们这也挺需要这种高效率的人。不过要记住,可别过了两年后才来,那时我就退休了。"

"另外,"组长又招呼住正要上车的卫晋,"将来你们在办案子时,如果有人挡你们的道,你又搬他不动,请往28697拨个电话,我对付有些人还是有点子办法的。"

"像他这种级别的负责干部,即使是在开玩笑,这种许诺也不会轻易出口。"卫晋边想边上了车。

他把老组长的一番嘉奖转述给肖霜听,原指望听上几句表扬,可谁知肖霜根本不爱这种"空头支票"。她喜欢实在的,立逼卫晋把那篇"刊屁股"赶出来,并且布置了星期天的工作:把一星期的衣服全洗完。

这种不需要作研究的塞责文章,卫晋一挥即就。可那堆衣服山实在令他愁白了头。

第四笔烟叶买卖的谈判只进行了一天。对于一笔近三百万美元的买卖来讲,速度可谓快矣!但他们彼此之间都是熟人,相互信得过,这又自当别论。

签字仪式时,中方主签的是省土产进出口公司的汪经理,另一方面自然是胡与闻。一心想着仪式后晚宴上会上什么酒的汪经理,字写得非常潦草,有如醉了一般。不过他签合同签"油"了,知道这么干没错;另一方面胡与闻却签的相当认真,因为他清楚这不是别的,这是钱!起码是钱的胚胎。

作为上级主管单位的代表,江处长也在仪式上露了一下脸,但晚宴却推脱了。

徐英作为实际上的买主当然也来了。他对江处长不让他主签相当的不满:"别看主签的不是我,可我说不买,他们谁也不敢订!"此刻他正在大声发泄。

"当然!当然!"胡与闻连声应付。他明白徐英这是在炫耀自己手中的权力。"你他妈的要是没这点权,我才不尿你呢!"表面上曲意奉承徐英的胡与闻在心里却狠狠地骂着他。如果把受贿者列表比较的话,他更喜欢"江泽林型"的。因为这种人相当精明,只要一样没有任何记号的东西:钞票。属于现代受贿派,集文雅、谨慎、严密于一身,要钱的时候不明说,明白"功到自然成"的道理。而徐英则不然了。他活脱是个只许进不许出的土老财:前三个月,徐英携烟厂的几个科长去香港验货,待了三天,就把他折腾了个够。三个白天不是陪这个,就是陪那个出去买东西,外搭两个夜晚专陪徐厂长去逛夜总会之类的场所……他们临走的前一个晚上,他原以为可以轻松一下,谁料徐英又悄悄地对他说:"我女儿要结婚了,我想送条金项链给她。"尽管在这之前他已经送了六千港币给他,但徐英硬是要"完璧归赵",不肯从中开支一文。他根本不管夜里十点钟银行与首饰店是否开门。弄得胡与闻开车转了半个香港,说够了好话,才赶在上飞机前悄悄地送了过去。

江是受贿世界中的鹰,因为他只捕捉那些最鲜灵活泼的东西。而徐则是这个世界中的老鼠,什么破烂都要——这就是他对俩人作的操行鉴定。

但心里的憎恨并不影响他脸上笑容的完美。这是根本不相干的两件事。他知道自己所受的欺辱,所付出的钱财,最终都将以巨额存款的形式出现在自己的银行账户上。

晚宴的气氛是轻松愉快的。徐英最乐意参加这种港商举办的宴会。此辈不同于那些来自欧美的大鼻子商人,那些人讲好请几个就是几个。有一次徐英多带了两个人,那位主请的黄发碧眼客硬是拒付多余两位的酒饭钱。而港商,特别是胡与闻则不然:人愈多就愈高兴,尤其今天来的一位是烟厂的质量科科长,一位是轻工业厅的驻厂监督员。"你们两个敞开肚皮吃,吃不完都带回去。"听徐英的口气,俨然是宴会主人。

汪经理埋头苦吃,胡与闻频频劝酒,徐英颐指气使,二位陪客唯命是从……

"你把这个带上。"胡与闻塞给尾随他进入"总统套间"的徐英一个信封。里面是一张香港付款,G省提货的彩电提单。付款人当然不会是他,经手人当然也不是,他是个行贿老手,这点门道还是知道的。

"老兄这批货可得按时来噢!"徐英也没打开信封看。因为这是他订的货,谅胡与闻也不敢以次充好,"这可关系到我的纱帽。"他拍拍自己黄灿灿的秃顶。"也关系到老兄的生意前程。"他又拍拍胡与闻的肩膀,由衷地说:"你是个好人。"

"没问题！"胡与闻一拍胸膛，来了个典范式的保证动作，"这个你带上抽。"他又塞过去一条"555"牌香烟。徐英是坐出租汽车回家的。在这种地方他是从不露出小家子气的。烟厂就是他的家，而他则是当家人。不错，财经纪律是国家订的，但是归会计执行，而他却管着会计，想花多少都由他。

三

这件"烟叶案"检察长没有交给卫晋办，却交给了老李。卫晋当然知道自己只是个助理检察员，没有独立办案的资格。但作个组员参加也行呵，谁知这也落了空。

老李是一九四七年参加革命的老同志，至多有初中文化，说话激烈，嗓门甚大，处里人称"抬杠专家"。论人，卫晋还是尊敬老李的，因为他的工龄比自己年龄还大。但论办案，卫晋却实在不敢恭维。有人曾这样评价老李的审案功夫：他能审得被告把已经招出来的全翻掉——当然这话未免失之刻薄，可上次他与老李一起办的那件案子，连被告都看出主审的是他而不是老李。尽管他自始至终都坐在专为书记员而设的小桌后面。

论智商老李并不低，平时与人抬杠也常常妙语连珠。卫晋认为他审讯致命伤乃是材料读的不透，故而总抓不住要害，关键时刻提不出有代表性的细节，涵养功夫也不够，一急了就要发出"你老实说，到底受贿了多少？"之类的提问。

一听此类提问，再加上老李那种溢于言表的急于求成的心情，被告马上搞清楚他手中的底牌大不了。于是愈发顽固，能赖就赖。

但尽管这样,也有确凿的小道消息说老李可能要被提升为副处长。这是因为他有一个老战友在院里做第一副检察长。

"没我就没我把!"卫晋想道,"这也不是能争的事。"

因为不急用了,他原计划一个月读完的那本《对外贸易》就可以适当延长期限,改读香港版的英译本,另外还可以趁这段空闲多干上点家务,弄上几个"调休"以备将来工作紧张时用。

卫晋虽然与老岳父住在一起,但他们的经济却是分开的。这是因为卫晋一再坚持,他认为不这样就不足以显示出自己是个成年的男子汉。当然,三年前肖霜的生母在世时,这种"自治"名存实亡:肖霜不时要去老母那讨一点。因为她的出手实在是大方得很。后来她的继母登堂入室了,"自治"就变成真的了。卫晋无所谓,可是难坏了肖霜。她时不时地要骂上他两句:都是因为你那倒霉的虚荣心。

老岳父出身自一个以盛产"财迷"著称的省份。不但吝惜钱,连话也不肯多说。谁也闹不清他是怎么挣扎地念完了师范,又是怎么参加了陕北红军。他像大多数党的高级干部一样,管过农业、工业、财贸、政法。但到底是因为多年身居要职,肚子里装的核心机密太多,才使他成为这样一个超缄默型的人物,还是因为是天性使然,却从来没人能闹清。

老岳父不抽烟,不喝茶——这对一个常年泡在会议室里的人是很难做到的。他腰板笔直,心脏健康,眼下正顶着烈日,在花园里锄草。他头戴一顶草帽,上身穿一件有好几个洞的圆领衫,下身是一条比短裤长又比长裤短的裤子,像一个地道的老花农一样熟练地挥动着手中的小锄。

两个月前,他号召全家人一起到花园里锄草,可无人响应。于是他个个礼拜天都独自一个在花园里干,似乎是在向大家示威。他以前不光在机关里一呼百应,在家里也是如此,谁都很怕他。有时肖霜与继母发生了争执,即使是在双方都丧失理智的情况下,只要肖一泯一出现,就全都哑了,着实是番"一鸟入林百鸟静"的景象。可自他退休之后,所有这一切都发生了微妙的变化。

"我去帮他锄。"卫晋晾完衣服就要往下走。

"别理他。"肖霜一把拽住他。"谁叫他小气的连个保姆都不雇!"

"可他到底是你爸爸呵!"卫晋甩开肖霜的汗手,径自走下花园。

老头把卫晋来干看成是理所当然的事,连个招呼也不打,只是从门房里取出一把小锄递给了卫晋。

一干上,卫晋就明白锄草这活不好干:因为得半蹲着挥动小锄前行,全身没有一处不用力的地方,很像农活中的"间苗"。

这花园很大,也很静,好像是一片原野。但因为四周有高墙挡着,一丝风也钻不进来。加之骄阳当空,晒得地面升腾起一片雾气,使人觉得仿佛身处一只高压锅里。

从上午十点一直干到中午十二点半,肖一泯也不发话休息,好像在与卫晋比赛。肖霜与她的继母一个在楼上,一个在楼下,都袖手作壁上观,谁也不招呼自己的当家人去吃饭。

对卫晋,肖一泯谈不上喜欢也谈不上不喜欢。对于儿女的事他一向很少过问。他只记得五年前肖霜对他说:"爸爸,我要结婚了。""跟谁结婚?"他反问。肖霜不满意地撅起嘴向他介绍了卫晋的经历与家庭。"好,好。"他连声说。卫晋清白无瑕的家庭很合他的心。他不愿意与职务相仿的人家结亲,因为这往往会引起政治上的连锁反应。"办事时缺钱你们告诉我。"他当下表了态。没多久,卫晋就正式进入他的家庭。以前他在职的时候,没有空观察他,故而也得不出一个清楚的结论,只是主观地认为卫晋这一代人既没有实践工作经验,也缺乏明确的政治信仰,最大的特点就是不好管。直到他退居二线之后,刘检察长有一次对他说:"你真有运气,找到了一个很能干的女婿。"他才开始认为有必要端正一下自己的看法。没有多久,他就从二楼小房间直亮到深夜的灯光和偶尔飘进他耳朵里的只言片语中得出了这样一个结论:他是个很有思想的小伙子。"可他为什么对我敬而远之呢?"他不止一次地自问。同时决心找一个机会来个突破。

卫晋从不惮畏体力劳动,他有着由插队、军营和大学体育活动三昧真火锻炼出来的铁身板,所以他愈干愈熟练,速度已经是肖一泯的两倍有余。

透过刺目的阳光,他忽然看见肖一泯摇晃了一下。他刚想过去搀扶,肖一泯又麻利地干了起来。

于是他一边干一边用余光注视着肖一泯。

老头又摇晃了一下。

"算了吧,我干不动了,爸爸。"卫晋扔下锄头,走进树荫。他知道这是劝老人休息的最优方式。

肖一泯没有答话,又埋头干了两三分钟,才走到树荫下,蹲着把两把花锄擦干净,回屋去了。

"吃过晚饭,来我的书房里坐一会儿。"肖一泯在走廊里碰见卫晋时,头一次向他发出正式邀请。

这是破格的礼遇。因为这间足有三十余平方的书房,是全家人的禁地——肖一泯不发话,谁也进不去。

"检察院的工作不好做吧?"肖一泯坐在他那张几乎和乒乓球台一般大小的写字台后面发问。这张写字台上铺着一整张玻璃板,而玻璃板下别说没有相片、风景画,连张纸片也没有。玻璃板也是空荡荡的,只有一只里面插满了长短不齐铅笔的缺把瓷茶杯放在右角,它的旁边放着盒完整的"中华牌"香烟。据肖霜讲,这是一九七七年一月一号,肖一泯宣布戒烟时买下放在这的。他不像一般三心二意的戒烟者那样总是把烟藏起来。他相信自己的控制力,相信自己能顶住习惯的诱惑。

卫晋点点头。

"你喝茶。"肖一泯递给卫晋一只杯子。

卫晋一喝,才发现竟是白开水。"看来在老头的心目中,茶与水是一个概念的。"他想。

"凡是涉及人的工作都不好做,"肖一泯盯住卫晋的脑门,"你们手里最近有什么案子吗?"

卫晋简略地讲述了最近几桩大型经济案件。说心里话,他并不喜欢这样干巴巴的谈话。他十五岁就插队,整日与一群年龄相仿的伙伴为伍,随便惯了,以至于四年军营生活也没能将他改变过来。他有一个根深蒂固的概念:气氛要是太严肃了,或者身份相距太远,那就不会有真正的交流。可与老丈人、前副省长之间,不这么谈又怎么谈?难道能谈艺术、谈格斗?

"在对外开放之后,这样的事就会多起来,不足为怪。"肖一泯低着头,好像在自言自语。

好一阵沉默。正在卫晋琢磨自己是否应该告退的时候,肖一泯又说:"办案子要慎重,要想到这件案子在十年,几十年之后能否立得住,要有点历史眼光。"

卫晋虽然表面上在点头,可心里却认为这些不过是老生常谈而已。

"你以后要是想看什么书,尽管和我说。"肖一泯用眼睛扫了一下靠左墙的一溜十余口樟木箱。

老丈人装书不用书柜而用箱子,就像个土老财一样,这点卫晋早有耳闻。可这箱子里到底有什么书,他就不知道了

"你们刘检察长是个好人,明白人。"肖一泯低声说道。他说话的本领相当高,这句话加上独特的语气,使人一听就知道他是在说:刘是个靠得住,信得过的干部。

在这次历时四十分钟的"书房召见"后,虽然肖一泯平时见到卫晋时,依旧不说话,但卫晋感到他们之间的距离多少缩短了一些。

四

在一条死巷子的顶头,有两间很低但很结实的小屋,房子虽矮,但他的院墙却相当高。

有一个年纪很轻,嘴上刚刚长出类似胡子的小黑茸毛的小伙子,有节奏地按了三下门铃。

外面听不见门铃声,只见院门无声地开了。

房内聚着三个人在打"沙蟹"。桌面上没有一文钱,只是由一个粗矮敦实的汉子在一张纸上记账。

这位穿着入时的小伙子一进去,就坐下参战。

四双在昏暗的灯光下显得惨白的手,不安地攥紧手中的牌。为了防止有人作弊,每打一圈,就要换一副崭新的扑克。

一小时后,那位小伙子付给记账的汉子二百元钱。

"不玩了,今天手气背透了。"小伙子往沙发上一躺,"能不能给我找个姑娘来?老沙!"

那个被称作为老沙的汉子点点头,"不过要出大价钱。"

"钱我有的是。"小伙子掏出一个容量相当大的鳄鱼皮钱夹,"但要又鲜又嫩的好货。"

两个小时后,那小伙子强睁着惺忪的眼睛,拖着疲软的脚步招呼住一辆出租车。

在车里他换上一身简朴的学生装。

"你找来的这个家伙真不赖,"老沙对一个瘦高个子赌客说,"他不像那些高干子弟,又傲又硬;也不像那些吃侨汇的那么精明。不过不知道他的钱为什么这么冲?"

"管这干什么!分钱吧!"瘦高个集不耐烦地盯住老沙手中的那摞钱。

五

"这次把你调到'烟叶案'小组去工作,你有意见吗?"刘检察长问卫晋这话已经在立案一个月后。

"没有。"他简短地答道。他不是那种爱在工作上讲价钱的人。虽然他明知道是因为老李审案遇到困难才让他去的,也没有提出任何要求。

"那我走了。"等检察长向他交代完一些细节之后,他就起身告辞。他向来厌恶那些没事爱在领导办公室里泡的人。

"我觉得这件案子的立案根据就不充分,调谁来也查不出名堂!我倒要看看头头们将来怎么放人。"卫晋走进办公室的时候,老李正在大发牢骚,见他进来就停住不说了。

卫晋很想回他一句:真要是放人也该由你放。因为徐英在一个月前是由老李打报告请示上级批准,被"监视居住"——也就是软禁起来的。可他还是忍了回去。因为他知道在这会儿触怒这条"大虫",于工作是很不利的。

"案子的材料在您这吗?"他问老李。

"在。"老李没好气地将一大包材料重重地放在桌上。

像往常读材料一样,第一遍总是粗读。临下班前,卫晋已读完。结论很简单:案子交给老李时是怎么样,眼下还是怎么样。除一些繁杂重复的旁证材料外,一点关键性的突破都没有。

"你即使给他一个好班子,他也会还你一件糟案子。"卫晋想起前任检察长私下里对老李的评价。

第二天一整天,卫晋都在埋头细读材料。看这种芜杂的原材料和由老李这样的"大手笔"起草的《案情报告》并不是一件赏心悦目的事。有时简直是枯燥之极。"咱们就是干这个的。"每逢这时卫晋就这样劝说自己,"不读透材料怎么审?"

卫晋认为如果一个检察员的材料读得不熟,那势必边看边审,这就会像一个推一步公式看一次讲义的教师引不起学生的敬重一样,引不起罪犯的惮畏。

"这帮书呆子光会读材料,光靠读能读得犯人招供吗?"老李在回家路上对一位知音这样评价卫晋。"我倒要看看他哪点比咱们这些老粗强。"

"他不就是个助检员吗?还不是你想让他审两句就让他审,不想让他审就审不成吗?"知音安慰老李。

但事实并不是这样。审讯徐英从一开始起就大有点后来居上的劲。

"作为一个国家工作人员,作为一个负过一定责任的干部,你显然应该知道国家的法律与政策……"卫晋向坐在审讯台对面实心圆凳上的徐英讲解认罪态度与量刑之间的关系。这是每次审讯前的例行公事。他边说边打开一个学生用的笔记本。

25

"老实交代你受贿的钱从何而来,又到哪去了?"老李为了显示自己的地位,在卫晋说完之后大声说道。

"从法律技术的角度讲,这属于诱供的范围。"因为这问题的前提是被告已经受了贿,而这正是要证实的。"他真是白干了三十年检察工作!"要不是因为对面坐着被告,卫晋肯定会用白眼仁看老李一眼。

"我多少年来就是十六级干部,一九五八年起就是保卫科科长。"徐英吼道。他颐指气使惯了,这些天的软禁又使他很积下些火气,"你们那套花招我都玩儿的不爱玩了!"他霍地站起来,同时把脸转向老李。

"你这么说话显然把自己摆到国家的对立面上去了?"卫晋巧妙地弥补了老李的过失。审案子在很大程度上要靠当场抓住被告的弱点组织反击,"而且你并不是多少年来的十六级干部,"文化革命"前你只是十九级。"

卫晋的话使徐英又坐回圆凳上。

"你们凭什么抓我?"徐英这回用的虽然仍是质问的口气,但显得有点中气不足,他明白这位岁数不大的主儿不是好对付的。

"我们当然有证据。你那台彩电不就是胡与闻送的?"老李说。

"你,"徐英又嚣张起来,"没啥新鲜货!二十多天,天天就是那台彩电!"

老李不说话了,把一口烟咽下肚子里没有吐出来。

被告不招供就抛材料,一件不够就又一件,这是老李的看家本领。打个比方,这好比背肉的屠夫被一只狼追赶,他一边抛肉一边跑,最后狼把肉吃光了,还是要扑上来。

"我问你,你家里的两台彩电,还有……"卫晋列举了徐英家中所有的高档商品,"都是从什么地方来的?"他发问时既不提高声调,也不辅之手势。他认为自己话本身的力量就足够了。

"我买的。"徐英相当坦然地回答。

"从一九八〇年的一月份你置第一台彩色电视机时起,你全家收入加上你在这之前的六百元积蓄不过六千四百元。除去吃用外怎么可能买这么多东西?"

卫晋说话的字与字之间没有任何粘连,界限分明的很。

"有亲戚送的。"徐英显然是在动脑子。

"谁?"

"孩子他舅舅。"

"我要你回答名字。"卫晋不动声色。

"香港的厉家俅。"徐英抖了一下。

……

在下午三个小时的审讯中,老李几乎一言不发,全由卫晋提问。这很像两个裁判吹一场球赛:精通规则、反应灵敏的那位,不一会儿就能把另一位的哨给吹"哑"了。

"连现金带财务共计一万一千元港币。"晚上"结账"时卫晋对老李说。

"怎么样,这家伙不好对付吧?"老李对卫晋说。"他悄没声地把财务来源给转到香港去了。咱们与人家也没有司法关系,又不能去查,干气没办法。"老李的声调中多少有点得意的色彩。

"我有办法。"卫晋信心十足地说。

卫晋在插队的时候,住的是四面透风的茅草房,常闹鼠患。当老鼠把他的一本珍贵的《哲学词典》啃了之后,他急了,下定决心要消灭这些讨厌的家伙。

可这些东西实在要比他身手矫健,次次都是功亏一篑。

后来卫晋看力夺不行,就改用智取。他注意观察、研究老鼠的行动规律,发现每一只老鼠都有一条特定的逃遁路线,你只要把这条熟路给堵上,它就会到处乱窜,这时候需要的仅仅是敏捷、迅速,不要让它找到了新的逃遁路线就行了。

他用自己发明的这个理论来指导捕鼠实践,收效其大。

他把这条经验移植到审讯上:眼下他已经找到了徐英的熟路,并且有了堵路的障碍物。

"这是你昨天交代的账目,你仔细看看,没错就签个名。"卫晋递给徐英一张写有一行行清晰数目字的纸。

徐英看过之后草草签了字。

"你说的全部是真话?"卫晋问道。

"当然全是!"徐英一拍胸脯。这个动作很可能是不自觉地从胡与闻那学来的。

"不全是吧?"卫晋把手中的钢笔晃了晃。

"不信你们可以去查。"徐英来了精神。

"我去过了。"卫晋不动声色地说。

"你去过了?"徐英不相信地问。

"去年厉家俅的妻子作脑瘤切除手术,从银行借款八千港币,以房子作抵押;今年他的女儿上大学,借款七千港币,以他今年的工资作抵押。"卫晋打开了他的笔记本,"所以他节衣缩食,自奉甚俭。连一瓶啤酒也分两次喝,喝不了就泡在冷水里。"他抬起脸,直视徐英。"而且他与你妻子只是表兄妹。"

这就是卫晋所谓的"障碍物",是他从那堆老李搞来的杂物中找出来组织在一起的。这就是灵感,就是才气。连老李也服了,心里默默承认这是神来之笔。因为没有什么能比在炎热的香港,一港币一瓶的啤酒还要分两次喝,更能说明此人的贫困了。

"这么穷的表舅,送你这么重的礼,未免太不合逻辑了吧?"老李也锦上添花。

"我、我、我,"徐英在椅子上扭来扭去,硬是说不出"我"的下文,好像是语言便秘一样。

"现在是十点四十分,让你再想二十分钟。"卫晋把他那块大型航空表放在桌上,"在这之前,我希望你能认真想想我第一次审讯时对你交代过的政策。"

"我想,我一定想。"徐英浑身颤抖。

十五分钟后他就开始交代。

下午再审。次日复审。

第三天起草《侦查终结报告》。

"你要是遇上一个不光隐瞒收入,同时也隐瞒支出的案犯,就不会这么容易对付了。"老李听完卫晋在小组会上的经验介绍时这样说道。

"那我就会找到新法。"这回卫晋可不太谦虚。

"你把这个先拿回去。"刘检察长把卫晋的《侦查终结报告》退还给他。

"有什么不妥的地方吗?"卫晋不解地问。

"我觉得这其中还有点什么,"刘检察长用手指搔着满头的白发,"名堂没有搞出来。咱俩分头想一想,"他笑了笑。"看谁先想出来。"

六

胡与闻在香港飞往印度的"波音707"上悠然自得地品尝着机上免费供应的饮料。

飞机相当平稳,若没有舷窗外迅速掠过的白云作参照物,谁也不会认为它在飞,而且已经超过音速。

胡与闻没有朝窗外看。他对自然风光并不感兴趣。除了怎样享受与怎么想办法搞到钱外,在这五花八门的世界上能使他感兴趣的事还真不多。

徐英被捕的消息已经有人告诉他,为此他还付了一笔挺可观的情报费。但他并不害怕,所谓的"烟叶质量"问题,对他来讲不过是被中方索赔几个钱而已。即使这几个钱,也不知道要打多长时间的官司,中方才能拿到。世界上赖账的方法很多,而他则精通其中的大部分。

"你是个好人。"他想起徐英对他说过的最后一句话。"好人?"他笑着摇了摇头。"这是童话中的语言!在我的活动世界里没有好坏人之分。这里只有竞争,只有输与赢、亏与赚。如果自己真是个言必信,行必果,诚实可靠的好人的话,那根本就没希望混到今天这个份上,肯定还是在给人家当苦力。"

胡与闻是靠自己的本事闯出来的。目前已从不名一文到了有十万美元资产的地步。他有一幢办公楼,很低、很旧,但门前起码挂着四五个招牌:什么"房产公司"、"烟叶公司"、"百货公司",行家一望而知他只是个中间商——也就是只起联络作用的掮客。

诸位不要小看此辈,整个世界要是少了他们,商务活动起码要停止一大半。他们能够左手变出合同,右手变出货,两下一成交,自己就可以赚一笔。

此刻他就是去印度,找加尔各答烟草专营公司的董事长温特尔先生洽谈烟草生意。

"做完这笔大买卖,我就再也不与中国和温特尔打交道了。"胡与闻下了狠心。他这样做是因为一进中国边境,他的心情就很紧张。尽管那边他有不少有用的朋友,但那儿的法律变通余地很小,一旦触犯了就很难逃脱;而不与温特尔打交道的原因,是因为这个自称在英国最好的大学里受过教育,外表文雅的家伙,骨子里却是一个赌徒,胆子实在太大了。闹不好翻了船,就会把他自己也拉下去。

"但愿这次能多赚点。"想到这,胡与闻觉得有点困了。

不一会儿,他就睡着了。他做了一个好梦,梦见自己有七位数的存款,三位数的寿命。

加尔各答不是一般的热。

但温特尔的办公室却非常凉快。两台大功率、低噪音的空调器夜以继日地工作着,向人们提供凉爽,提供舒服。

"以后我也要在办公室和家里装上冷气。"十个小时的谈判结束后胡与闻想道。

这次谈判开头挺顺利。温特尔毫不犹豫就答应提供两千吨孟加拉烤烟,价钱也很合理。但在付款上他就不像前几次那么通融了,硬是要先付五万美金定金。

让胡与闻从自己的资本中调拨一万块钱的寸头也不容易。因为他铺的摊子实在是太大了,与好几个国家同时作着好几笔近数十万美元的买卖。"好吧!"谈到最后他在万般无奈的情况下只好同意了。因为除温特尔外,谁也没有办法提供这么多的烟草。

至于怎么筹借款项,胡与闻自己有办法:除向银行贷一部分外,他还可以把自己的写字楼拿去作抵押——虽然这楼已经押出去了,但押出去的单据仍然可以押,只不过价钱低一些罢了。

七

卫晋这段时间经常被肖一泯叫入书房去谈天。以至于肖霜都有点嫉妒,"爸爸从来就不这么关心我。"她不止一次这么说。

"最近工作怎么样?"肖一泯开口就是问工作,这也许是惯性的作用。这几十年来,他除了和别人谈工作外,很少有机会涉及艺术、人生、家常等有人间香火气的话题。

卫晋把刘检察长不让结案的前前后后说了一遍,"我就闹不明白他让我猜什么?"

"老刘还是老脾气,总愿意别人说出他心里想的。"肖一泯笑了笑,"来,咱们一起猜猜。"他从断把瓷杯中取出一支削得尖尖的铅笔,拿在手里。"一九七九年咱们烟叶歉收,省里特批一笔外汇进口烟叶;一九八〇年继续进口,是为了制造高档烟,当年烟叶大丰收。可一九八一年为什么还有人动用宝贵外汇进口那么多烟叶呢?此乃疑问一。"他在纸上写下一个大大的"一"字。

"你不太清楚整个国家机器的工作程序,如果你知道进口一批货物要经过多少道审批手续的话,那么你就会惊讶整个烟叶买卖进展之迅速。"肖一泯边说边写下了个"2"字,"在这里除了玩忽职守的以外,还有没有别的?"他在"2"字后面打了个"?"。"有或没有,都是答案。但需要事实。"说完肖一泯就将纸揉成一团,扔进字纸篓。这篓里面的字纸,都是他亲自烧的,从不肯假手于人。

"刘检察长的问题超越了我的知识范围。"卫晋恋恋不舍地望着字纸篓里那张揉成一团的纸。"我不可能从您那么高的角度去看问题。"在这一段时间里,他渐渐发现肖一泯是个头脑锐利的老头,无论是看问题的角度,还是理论高度、思想方法,都要胜他一筹,让人不得不服。

"你当过兵,所以一定知道:哪个排长有战略眼光,他对领导的意图就领会的快一点,仗就会打得好一些,当然,提升得也就快一些。"肖一泯把铅笔插回"笔筒"。

"您从哪了解这么多情况?"肖一泯退居二线已经达十个月之久,消息还竟然如此灵通,卫晋感到有些惊讶。

"别忘了我还是省顾委的副主任,"肖一泯霍地站起身,"谁也挡不住我去打听!"他重重地挥了一下手,仿佛在为他的话打上个大惊叹号。

"再说你有个'小同学网',就不许我有一个'老家伙网'?"说到这,肖一泯竟破天荒地拍了一下卫晋的肩膀。

卫晋知道肖一泯所谓的"小同学网"是怎么回事,上个星期天,他们又在公园里开"例会",不料卫晋的儿子活动半径越来越大,竟把在小河对岸专心练太极拳的姥爷领了过去。肖一泯在亭子下面听了好一阵他们的讲演,卫晋才第一个发觉。

"吃饭了。"肖霜的继母在书房外轻声说道。这些日子以来,卫晋发现她的岳母大人变得愈来愈恭顺了,真不知肖一泯用什么办法"调教"的。也许他把治理偌大个省份的经验移植过来了?

"眼下的形势发展很快。"肖一泯言犹未尽,"前些日子我陪几位外省来的干部到特区参观,一位负过相当责任的干部看了之后竟当着我的面大哭:想不到堂堂社会主义竟然被他们糟蹋成这样。这充分说明我们许多干部对形势不适应。"肖一泯背着手来回踱着步。"不光是我刚才说过的不适应,不适应表现在各个方面。随着外资、外商的引进,我唯心地估计,肯定有一些干部经不起诱惑。回忆一下历史,用不着想得太远,想想一九四九年大军进城后有多少干部被拉下水,想想当年中央为什么要搞'三反''五反',就能体会到中央为什么在强调对内搞活经济、对外开放的同时,再三强调打击经济领域内的犯罪活动。"

"以后我要遇上了什么疑难问题,还得来找您。"卫晋说。

肖一泯点了一下头。卫晋觉得这点头比任何法律文书都可靠。

江泽林又在给全家精心准备午餐。近来他迷上了这种厨房内的操劳。他把这种操劳升华了一下,当成了休息,当成了艺术创造。金钱的大量涌入,不仅改变了他家的消费结构,也改变了他的思想结构。

他望着一席压得旧餐桌都发出呻吟的精美饭食,就像一个老农望着丰收的原野一样。

两个月前,他搞来一个在省城极为难搞的煤气灶,从而取代了那个两千瓦的电炉。这样他就可以施展出周身解数,再也不用怕在电费上露出马脚。

"爸爸这道'烧三样'和花园大酒家做得差不多。"江小宏由衷地赞叹道。

"你什么时候去过花园酒家?"人身上所有的器官都受"用进废退"这个定律

支配,江泽林以其灵敏的嗅觉,马上从中闻出了异味。因为此家饭店乃全城之最,即使独酌独食,没有二十元也出不来。

"别人请客。"江小宏犹豫了一下后回答。

"以后谁请也不许去!晚上也不许再出去!"江泽林满腹狐疑地看了一下儿子的脸。他发现这已是一张成人的脸,尽管还回荡着几丝孩子气。

"算了,算了。"苏芬在打圆场。

江泽林没有喝够法定的两杯酒,就开始吃饭。

"眼下疏忽不得,"午睡时他对苏芬说,"别说发现了钱,就是他在外面胡闹,叫纪委通报我一下都受不了。儿子坏老子的事,古已有之,于今为烈!"江泽林之所以看重手中的权,是因为他很清楚钱是由权而来的。如果钱是铁屑,他只是硅钢片,而权力则是电流。只有在硅钢片上通过强大的电流时,他才能成为一块大功率电磁铁,才能吸足一辈子花不完的钱。而在这之前,他必须慎之又慎,决不允许任何减弱"电流强度"的行为出现。

"有我爹在香港,你怕个啥?"苏芬也不是好惹的。

江泽林真想回敬她一句:想想你爹是怎么去的吧!可他忍住了。他知道与女人顶嘴是失着的,只有以后不让她掌握大量的钱才是上策。

"合法商人靠货赚钱,不法商人靠行贿赚钱。"一个想法在卫晋的头脑中慢慢地形成了。"就好像好学生靠知识得好分,而坏学生靠作弊得好分一样。"

这是一个理论问题。而理论则是大量实践活动的概括,只有经过大脑的反复思考才能得出。

卫晋主动越级向检察长汇报工作这还是第一次。他详详细细地谈了自己的想法与构思。

"眼下政策放宽了,也对外开放了。"卫晋以为检察长要来长篇大论,谁料他话锋一转,马上进入正题,"我以前之所以不同意另外立案侦查,一则是因为眼下还没有具体对象;二来也是为了不影响外贸部门的工作。

"咱们不光是办案,要想到整个形势。你想办法往深里挖挖,当然挖不出来更好。"

"刘检察长的确是用心良苦。"卫晋没有把这话说出来。因为那样做无异于当面拍马。"外商一般胆子都比较小,一有风吹草动,就要抽逃资金。其实上级早有明确指示:考虑到外商的习惯,对一般性的轻微贿赂行为不予追究。关键是自己阵垒里的蛀虫。"

可老李并不这么看。他一个劲地催卫晋修改《侦查终结报告》。

不知为什么,卫晋认为与检察长的一席谈,没有必要说给老李听。于是就推脱道:"有些细节还需要核实。"

"用不着那么细,咱们回头把这个案子移交给市检察院,案犯如果不服上诉,从咱们这给驳回去就是了。"老李大不以为然。

"这样做不行。"卫晋知道老李也不过说说而已,实践上却行不通。据说他两年前曾试图把一件证据不充分的案子,移交给市检,人家据理不收,弄得老李下不了台不说,还让检察长给撸了一顿。

"我是教你点小门道。别看你念了四年洋学堂,可也得有人指点。"老李以为卫晋不知道他的"移案"典故,洋洋自得的继续吹嘘。"别那么书生气,我这点说破了不值钱的玩意儿,还真能办大事。

"什么'有罪推定'呵、'无罪推定'呵,那全是吃饱撑着的教授们的玩意儿,屁用也没有。"老李得空就要攻击一下像卫晋这样有着大学学历的同事。他经常会突然这样问"洋学生":"你知道《民事诉讼法》的第七十一条是什么吗?"你如果答不上来,他就会得意地告诉你。其实他是刚刚看来的。

他也曾不止一次地向卫晋发出类似"攻击"。"你知道《刑法》第六节第七十一条是什么吗?"最后一次他这样提问道。"我当然知道。"卫晋当场复述了这条关于缓刑的条文,"另外我想告诉你:这样做是毫无意义的。这就像问一个中文

35

老师,你知道新华字典第二百〇一页第三个字是什么一样。知道与不知道都不说明任何问题。"虽然卫晋很清楚,在这种挑衅性的提问后面隐藏着的乃是一种深刻的自卑感,但他实在是听烦了。

从此老李不再重演故技,起码对卫晋不。

"你到底什么时候才能写完?"老李见卫晋没反应,就又追问一句。

"该写完的时候。"卫晋实在闹不懂老李为什么这么着急。

大约在一个星期之后,老李的任命发表了:副处级检察员。这显然不合他的心意。他原打算闹个实缺的"副处长"当当。

"虚衔固然不如实职,但也比没有强。"老李是个想得开的人,"可恶的是卫晋这个小毛头,硬是不肯把报告拿出来。得!关键时候少了一根柴,干饭成了稀饭。"老李这样对他的"知音"发牢骚,"真不知道他这些日子瞎忙了些啥?"

卫晋在忙着调查"烟叶案"的背后。

这调查可并不容易搞。因为没有明确的对象,所以他先向韩亦平发出咨询。

"我说老伙计,你懂不懂中国的进出口业务都有些什么程序?"卫晋正在读的那本《对外贸易》理论多,实践少,许多方面显得有些陈旧。而他眼下急需一些经过浓缩的实用知识。

"懂一点。"韩亦平答道。

"他说懂一点,那么懂的就不会少。"卫晋知道他这位老友是个言不及实的人。"给你十五分钟的时间,在分手前给我交代清楚。"

"你听出口的,还是进口的?"

"进口的。"

"第一项是搞客户——也就是卖方的资讯调查。"韩亦平想都没有想就说开了。"也就是说要事先了解对方的财产有多少?资金周转情况如何?平时信用怎么样?举个例子:一个商人的资金共有十万美金,那么一般保守的做法是只与他做七万美金的生意,至多也不能超过十二万。因为再多了很危险,一旦翻船就会沉底。"

"这个调查该由谁来做？"

"客户的注册资金是公开的，当地商会有责任向任何进口方提供。另外，中国的驻外商务机关也有提供情况的责任。最后这些情况都要由外经委进口处汇总制表，发至各个进出口公司作为谈判的依据。"

"那么搞清楚这些之后，是否可以签订合同了？"看天已经快黑了，卫晋有些着急。

"哪有那么容易。还得看样品。"

"样品与来货不符怎么办？"卫晋紧追不舍。

"一般是提出索赔。对方如果有异议，就提交合同规定的仲裁机关处理。"

"如果货与样品根本不是一回事呢？"

"那我就管不着了，该归你们司法部门处理。因为这已经属于诈骗。"

"……"

"爸爸，我饿了。"在公园里野完了的儿子抱住卫晋的腿。

"推原论始，这一切都不过是集市贸易原则的发展而已。"韩亦平见状马上来了个一句话总结。

"而这些发展本身就构成了一门相当复杂的学问。就像坦克是盾牌的发展一样。"

"但坦克与盾牌宗旨仍是一个：更好的防御、进攻。说穿了外贸业务的宗旨也很简单：在可靠的前提下，尽量多赚钱。"

"你为我提供了这么多知识，我真不知怎么感谢你才好。"卫晋由衷地说。

"感谢最简单的方式就是付钱！"韩亦平笑着说："有不少专家认为：终究有一天，人们之间那种无形的友谊要被有形的契约关系所取代。"

"我该付多少？"卫晋做了个掏兜的姿势。

"一次十元。"

"真够贵的。十分钟就挣十块。"

"不贵!"韩亦平当下反驳,"我付出的不光是时间,还有我辛辛苦苦学来的知识。必要时,我还能为你提供一个快速、准确的服务网。"韩亦平觉出卫晋可能不是在随便打听。

"爸爸,我要吃冰棍。"儿子提出了要求。

可卫晋身上只剩下一毛钱。韩亦平赶快掏钱买了三根。

"你这个年度的财政预算还是那么少?"虽然卫晋从不在外人面前诉说自己在家庭中的难处,但人人都看得出他常在窘乡。

"我老婆的预算作得天衣无缝,从不留口子。"卫晋苦笑了一下。

"如果超支了怎么办?"

"找你借上十块,去买有奖储蓄,争取得上个头奖。"卫晋苦中作乐,开了个玩笑支吾过去。

"慢慢会好起来的。"韩亦平同情地看着卫晋。

"从法律角度说,你这话一钱不值:慢慢地——慢到什么程度?好起来——又好到什么程度?"

"想不到你这么个会玩弄法律的人,竟然没本事从老婆那儿要出钱来。"两人在玩笑中分了手。

八

"你为什么还与那个胡与闻作生意?"坐在沙发上的外经委邢副主任,好不容易才把笨重肥硕的身体调整到一个舒适的姿势。

"我们准备与他做完这笔生意之后就不再作了。"江泽林虽然已经写过一个请示报告给邢副主任,邢也批准了,但他并没有提起。因为这样做,等于当面骂邢无能。而且他之所以写那个报告,完全是为了将来有个推脱处,邢主任眼下记不得了最好。

"为什么不撤销这个合同?"邢主任不满地问。

"第一,这样做要使我们损失一笔毁约费;第二是如果能让胡与闻在这笔买卖上赚上点钱,可以痛快地赔我们在前三笔生意中损失的钱。这样在咱们的年度报表里,就不会有多大亏损了。"

"不过要谨慎呵!"江泽林最后一句话说在邢副主任的心坎上:他不做工,不种地,上交的产品就是报表。

"那这第四个合同所用的外汇是怎么回事?"邢副主任想起前些天那个讨厌的退而不休的肖老头曾经问过他。

"那是咱们去年的结余外汇。"江泽林答道,"而且这是笔很有利可图的买卖。"

"说起有利可图,我倒想起来了,邢副主任艰难地从沙发上站了起来,"前几天有份公文,我本想转给你,可后来去开会,给忘了。"他走到柜子前面翻了半天也没翻到,最后下定决心蹲了下去,整段裤料立即发出不堪重负的警告声。"在这呢。"他递给江泽林一份只有一页的文件。

这是一份我驻外商务机构拍来的商情电报:"我们得知关于 G 省 KTV——1020,KTV——1025;KTV——1026,三笔烟叶交易中,经过不少中间人……这样即使无其意外,我方在价钱上也吃亏甚大。"

"这帮子官僚,哪懂我们搞实际工作的苦衷。"江泽林把这份言简意赅的文件递给邢副主任。"不赚钱的买卖谁做?您告诉他们,如果碰上这样价钱的烟叶,让他们给咱们订上两千吨。"江泽林轻描淡写地将这问题解决了。

"真是婆婆多呵!"邢副主任发了句感慨,然后就在文件上签了个姓,让秘书起草个报告,上报外贸部。在这同时他决定把这件事记在心里,以备肖老头再来查问:这个肖老头很难缠。一九七九年他曾经在进口一批机械的同时,为自己搞

39

了一台带空调设备的豪华型轿车,不知被谁告到肖老头那。这老头当下派人来查问,并声称要以"非法挪用外汇"为名处理他。幸亏当时还是财务科长的江泽林左挪右转,把资金来源给隐藏在其余项目里,并搞了个"外商免费赠送"的名堂才勉强过了关。否则他的前程很可能被断送掉。

"这是您上次说过的药。"江泽林递给邢副主任一个装潢相当讲究的药盒。

"'蛇胆散'。"邢副主任这才掏出眼镜仔细地研究起来。这是一种滋补性春药。他在临近花甲之年,又娶了个正值盛年的妇人,在某些方面颇感不能胜任。"这药送得真是太及时了。"他在心里说道。

江泽林从邢副主任的面部表情上听见了这句话。他要的就是这句话。

江泽林与邢副主任是很有些渊源的。早在干校的时候,当时只是外贸学校教务主任的江泽林就看出了这正是个"烧冷灶"的大好时机。他多方照顾"人人喊打"的邢老头,使之感激涕零。后来这些感激就转化为行动:别的不说,江泽林从科员至处长总共才用了两年时间。这在论资排辈的年代是相当罕见的。

当然,江泽林知道邢副主任之所以如此不遗余力地提拔他,不仅仅是出于感激,更主要的是因为邢副主任在考验过他几次之后,被他划入了"自己人"的范围之内,而邢是最讲究提拔"自己人"的。"别看我只是个副主任,可外经委九个处室中的一把手,有五个都是我自己人。没有自己人,正主任得变成副主任;有了自己人,副主任就是正主任。"邢不止一次对人阐述他的理论。

既然邢把他当成了自己人,他也不会拿邢当外人。在他当了进口处的处长之后,邢时不时地要介绍他家乡的一些侨商来找他洽谈买卖,他自然会在允许的范围内给予最大的照顾——也就是说按"自己人待遇"。但做归做,他从来不向邢主任主动邀功,他想得更深更远。他要让侨商们自己去说,因为这样就会使邢在内心深处自动生出一种感激,这力量将是很大的。就和施肥要施得深,施在根部是一个道理。

果不其然,侨商们纷纷表态了。他们不仅用语言,而且辅之以行动:他们发了财,受了惠,于是就要捐几辆汽车之类的东西给他们的家乡——也就是邢副主任的家乡的县、镇、村。而这些漆着"某某捐赠"字样的汽车,就像一座座会走路,会说话的"邢氏功德碑",每次都给归乡省亲的邢副主任带来无法言传的满足与愉快。

"我虽然经手几十万的外汇,可口袋里却一个美元也没有。"邢副主任终于研究完说明书。

"付人民币就行。"听见邢副主任又说起他最心爱的话,江泽林笑了笑。"十五元一盒,我岳父托人捎来的。"他报的价不过是原价的四分之一,这是最佳的送礼方法:即让对方面上好看,又得了实惠。

邢副主任马上付过钱。

在江泽林起身告辞时,邢副主任又说:"昨天省委组织部来人调查干部情况,我把你作为接班人报了上去。"他用这句话付足了药钱。"唉!"他接着长叹一声,"我看样子待不长了,我管了一辈子的外贸,如今却成了外行。"他费力地摇动着肥硕的大脑袋,尽情地发了通牢骚。

江泽林是个杰出的听众。永远听不烦邢副主任发过不知多少遍的牢骚。

八十年代的通讯技术已经很发达。借助于它,某些交易不必面对面,而可以远隔千里进行了。

"这样做不行。"胡与闻对着话筒心虚气粗地喊。

"我觉得没有一点问题。"温特尔的声音非常清晰。光听这声音就使胡与闻感觉到他那边一定开着空调。

"他们要看出来的。"胡与闻用手绢擦了擦汗,又把电风扇升高一档,可这样也无济于事,汗依旧像出穴的蚂蚁一样涌出来。他原来只打算用低好几个品级的孟加拉烟来冒充缅甸弗吉尼亚烟,而温特尔要"更上一层楼",尽数给根本不能用的垃圾烟。

"我有一整套班子,制造出来的各种单据无与伦比。"

"那唛头与货对不上怎么办?"胡与闻知道自己只有服从温特尔以次充好的

41

计划了。这原因很简单:五万美金的定钱已经于昨天汇了出去。

"在仰光我雇些人换上新的。"

"那船长会不会同意?"

"你老兄只负责在发货之后,让他们汇出钱来,别的我全包了。"温特尔胸有成竹地说,"你明天去一趟 G 省,让他们把合同展期十五天,到时候货就在仰光了。也就是说:那时将有三十万美金转到你的名下。"

"三十万。"胡与闻拿着听筒想道,"这值得一搏。"前些日子,因为在香港的归还期问题上英中发生争执,有些胆小的银行家与商人纷纷抽逃资金,引起股票大跌,从而使经常"炒股票"的他背上了三万美金的债务。"可有这三十万,就全结了。"胡与闻下定了决心。

"你要是去 G 省,有兴趣去海关大楼看看。在大楼胸部的关长室上,有当年总税务公司梅乐兹用钻戒刻下的:'英国人的天堂'几个字。我是英国人,你也是半个,让我们一起借这句箴言的光吧。"温特尔很会做思想工作。

心静自然凉。听了这番话,又想到三十万全世界畅行无阻的钱,胡与闻不再冒汗了。

九

"所有仲裁业务都归中国国际贸易促进委员会所属的仲裁委员会管,与我们关系不大。"江泽林注视着眼下这位在大热天还穿着一件厚布军用衬衣的卫晋。"徐英的案子善后工作归省轻工业厅管,我们不过是代管单位而已。"他推诿有术,打算两句话就把这个持检察院介绍信的不速之客打发掉。

卫晋正待说明自己的来意,桌上的电话响了。"请等一下。"江泽林拿起电话,对方似乎是在向他解释什么。"不行,"最后他说,"即使运输价格很便宜也不行。不能用以色列船运货,不管它是在那个国家注册的,也不管你们是通过谁租的。"

"另外,GKB——4546号合同的那个中东客户合同执行情况太不好了。下次不要同他们做生意了。"他放下电话,三分钟办两件事,可谓精明强干矣!

"我是想来看看客户的资产调查表。"卫晋对把脸转向他的江泽林说道。经过周密的外围调查之后,他终于把疑点归拢到眼前这个人身上:在与谁做买卖或不与谁做这个问题上,他有决定权;几次合同的签字仪式,他都参加了;他的岳父不久前去了香港;徐英的交代中曾讲过……

"我们专管此项工作的业务员病了,我这只有些原始材料。"江泽林从整齐的文件柜中取出一只硬皮文件夹。

"我在什么地方看?"卫晋接了过来。

"就在我这看好了。"江泽林又递过一杯茶。

坐定之后,卫晋从军用挎包里取出笔记本与一支圆珠笔,打开了材料。这些材料的确都是不打折扣的原始材料,也就是说全部是原文的。其中大部分是英文,也有少数几份是法文或俄文。卫晋一看就知道有人认真阅读过,因为不少地方都留有淡淡的铅笔印记。

"你请到我的办公桌上看。"江泽林面带笑容地邀请卫晋。"我在沙发上读点材料。"

"你别以为我看不懂!"卫晋心里说,一面堂而皇之地移坐在"处长席"上。早在学校的时候,他就很注意英语的学习,基本上掌握了这门"硬碰硬"的学问,毕业后也没丢,坚持每星期精读一份英文版的《中国日报》,加上前些日子读那本英文的《对外贸易》时,着实记下了一些外贸专用词汇,眼下正好派上用场。"要不白学了还怪可惜的。"他想。

卫晋全神贯注地边看边记。

"这小子装得还真像!"江泽林用余光瞟着卫晋,"整个外贸系统除几个翻译之外,能看懂原文材料的屈指可数。"他在心里庆幸自己这手玩得高。本来这材料完全可以找人翻译出来,可他没有去找。因为这比什么锁都管用,是最有效的垄断——谁爱看谁看,但要看得懂才行。他此时之所以敢于戏弄眼前这个小子,是因为他相信自己没有露马脚,而且对这帮人太谦恭了,反而会起副作用。

卫晋训练有素的眼睛迅速地从上往下移动着。看这种类似账簿的调查表并非难事。在他插队的时候,经常去找公社信用社的余光老会计学围棋。作为回报,有时也帮老会计算算账。老会计负责附近几个社办企业的贷款审计工作。他算账的功夫确实不凡:一手拿账,另一只手算盘打得飞快,稍有纰漏,当下捉住。"他找漏洞几乎是一种本能,就像咱们在小说中寻找有关爱情的段落一样。"韩亦平曾经这样形容。"近朱者赤",久而久之,卫晋也鸡零狗碎地学会了一点,而这一点眼下又派上了用场。

他很快就在"烟草专营"部分找到了"昌运贸易公司"的栏目,上面这样写着:

董事长:胡与闻

总经理:胡与闻

人员:七人

成立日期:一九七九年一月

注册资本:100,000 $

卫晋的目光不相信地停住,重新数了一遍那个一字后面的0。"不错,的确是十万美元,有人——很可能是江泽林,在这个数目字下面划了淡淡一划,用的是硬铅笔。

"你这有与昌运公司谈判的合同文书吗?"他抄下这些数据后问。

"有英文副本。"江泽林晃着二郎腿,饶有兴趣地看着他。

"那中文正本呢？"

"烟厂拿去了。"

"那好，请你把副本拿出来。"

"他愈装愈像了。"江处长一边找一边想，"如果复转大兵，"他肯定卫晋是复员战士，"会看英文，那我就应该是外贸部部长！"

卫晋很快读完了合同。他发现每次交易都在百万元之上，最后一笔竟达二百九十万美元之多。

"我用一下你的打字机行吗？"卫晋指指办公桌上那台崭新的英文电动打字机。

"当然可以。"江泽林爽快地答应。

卫晋很不熟练地打了起来。他要仿照格式打一份回去研究研究。电动打字相当省力，不一会卫晋就打完了。

"你能读懂这些原文吗？"

"勉强可以。"

江泽林此刻已经不很得意。他终于弄明白卫晋不是在装。

"那好，你把这些合同和商情调查表各复印两份，送到省检四处。"

"全部？"

"只要这几份。"卫晋递给江泽林一张打字纸。"要加盖外经委公章，后天上午九点钟之前送到。"

江泽林接过纸后十分奇特地看了卫晋一眼。

"这绝不是问心无愧的人的眼神！"卫晋想道。半年前，卫晋因追捕一个逃犯，在G省最主要的一个边防检查站待了一个星期。"我们要是逐一检查所有过境人员的话，恐怕去年回来过春节的人，现在还在外面排队呢！"一个老边检员在准确地抓住一个走私犯后，对表示惊讶的卫晋说，"身上有不能报关东西的人，与好人不一样：走路姿势不一样，说话声音不一样，最主要的是眼神不一样。"所有的侦查手段在原理上是相通的。从那以后，卫晋开始自觉地使用这种他称之为"表面观察"的手段。他相信自己这次没有看错。

"记住,后天上午九点之前送到。"卫晋在临走前又叮嘱道。

江泽林点点头,然后颇合礼仪地与卫晋告别。官场规矩他从当科长时就留意,零存整取,当了处长之后就一股脑儿地端了出来。

送走卫晋之后,江泽林颓然倒在沙发上。"不该把自己作过记号的文本拿给他。"他觉得自己失策了,太低估这个不起眼的对手。

"拖!一拖就拖过去。事缓则圆!"他不是那种容易惊慌失措的人,他深知"官场病"的症结所在。在徐英被捕之后,他曾明明白白地警告过胡与闻:这第四个合同是最后一个,作完之后不要再来!只要他不在,就完事大吉,死无对证。而只要在一个星期之后,货一到,钱一付,胡与闻与所有的事情会烟消云散。他看了一眼墙上的挂历,"而在这之前,我略施小计,就能让你们的检察机器启动不起来。"

第三天上午江泽林并没有送复印件来。卫晋给他打了个电话,秘书告诉他:"江处长在流花宾馆主持一个重要会议,吩咐人不要去打扰。"

他马上打电话去流花宾馆,服务员婉转地告诉他:不好去找。

"他妈的!"卫晋在心里骂道,"这小子想拖,没门!"

他当下填了一份《询问通知书》,让处里的法警给送去。

法警一小时之后带回来的仍然是那张通知书,只不过背后多了几个潦草的大字:

检察院同志:

传我单位的人,为什么不事先征得我的同意?

落款是一个大气磅礴的"邢"字。

卫晋知道这个"邢"是谁。他索性一不做,二不休,又填了一张将"邢"也传来。

"一部宪法上写得明明白白:司法机关有权传讯任何公民。"当老李对这种作法表示担心时,卫晋说道,"只要他是中国公民,就有作证的义务。我发《询问通知书》他不来,就发《传唤通知书》,再不来就发《拘传证》。"

傍晚时分,江处长出现了。除带着满满一脸笑容外,他还带了全套复印得清清楚楚的文件,上面规规矩矩地盖着 G 省外经委的公章。

十

在二十世纪后半叶,整个学术体系的特点是:分类越来越细,越来越专门。以至于没有人能够不加限制地自称为经济学家、法学家或物理学家。他们只能够自称为市场专家、国际法专家或是磁场专家。

外贸业务自然也不例外:如今的买与卖,已经不再像集市贸易那样凭借大声争吵、咬耳朵和在袖筒里捻手指头就能成交了。它已经发展成一门相当繁杂高深的学问。

但万变不离其宗,赔与赚仍然是全体买卖活动的关键。

卫晋并不想成为专家,他只想弄清这桩买卖。此刻他正紧紧把握住这个关键,在研究那几份合同。那份专心劲,只有赌徒在等待开宝的那一瞬间的神情才能与之媲美。

胡与闻头一批烟叶的质量还可以,价钱也基本公道,可后面却越来越次,价钱也一个劲地涨。他显然很懂做买卖的心理:先给你一点小甜头,然后再让你吃大苦头。

"可他第四批烟叶的价钱为什么又一下子跌了回去,而且量还这么大呢?"

"两千吨,每吨一千四百六十八美元。比较前一段国际市场上的时价,他几乎没有什么赚头。可他为什么还冒着被指控的风险再次来G省?

"只有百分之二十的利润,资本才会活跃起来;要有百分之三百的利润,资本就会不怕冒绞首的风险。"他想起一位经济学家的名言。

"这小子这回要搞大名堂?"他把手中的铅笔重重地放在桌上,"在这合同即将到期之际,他不在产地监督装船、发货,却跑到这儿来,这到底是为什么?"

"这一切都不合逻辑!"

"该休息了!"肖霜喊他。

他累极了,上床没和妻子说两句话就酣然入梦。

肖霜用带着几分幽怨的目光瞟了一下卫晋日见消受的面庞,翻了个身,无可奈何地闭上了眼睛。

无独有偶,在同一座城市里,同一个晚上,另一个人也得出了同样的结论——这小子要搞大名堂!

江泽林穿着一件柔软、舒适的绸睡袍,坐在卧室的藤椅上苦思冥想。

"热不可能自发地、不付代价的从低温热源流向高温热源……"在另一间屋里,江小宏在苏芬监视下正在有口无心地背着著名的"热力学第二定律"。

"这小子这阵不知道是怎么念的书!这个定律已经背了好几天了,还是这么结结巴巴的。"江泽林原想出去训儿子两句,可又让心事压得站不起来。

"热不可能自发地,不付代价地从……流向……"背书声继续传到江泽林的耳朵。前几天他听见这个定律时,曾激起他一连串有趣的联想:热不可能不付代价地从低向高,钱可会!正因为违背了这个定律,永动机就一动不动。可只要你手中有权,钱就会永远地、不付代价地、积极主动地向你源源不断地流来。

"不过这次闹不好得付出点代价了。"他想。今天下午,他与胡与闻在海鸥宾馆的"总统套间"里扯了一下午皮。胡与闻节外生枝,硬是要把合同展期,而他最怕的就是这个,因为他觉得检察院那个干事干到底的家伙似乎已经从他身上嗅出了点异味。

"质量要保证,而且绝不允许再拖!"当胡与闻的口气逐渐强硬起来之后,他只好这样表了态。他从最新的《情况汇编》上得知国际市场上缅甸弗吉尼亚 A 级烤烟的价钱已经上涨到每吨一千七百一十六美元,而胡与闻的价钱却还是这样便宜。"便宜没好货。"江泽林当时就想到了,"但只要能交代过去也就行了。"

听见这话,胡与闻马上换成了笑脸,并且出示了"样品"。

"以后把这直接交给我岳父就行了!"江泽林接过来说道。

两个人谁都清楚不会有"以后"了,但表面上仍是一团和气。

"好聚好散!"临出门前,胡与闻送给江泽林一句临别赠言。

"但愿这是咱们交往生涯的墓志铭。"江泽林也回赠了一句。

"不过这次他付的是美元。"江泽林从睡衣口袋里掏出一张他特意留下玩赏的百元美钞,一往情深地凝望着印在用百分之百棉纤维制成的二十四磅证券纸上的安德鲁·杰克逊头像和在他旁边的 100$字样。

那种非常熟悉的、暖洋洋的感觉又占据了他的心。

"永动机虽然不可能,但比起付出的代价,我这架'赚钱机'的效率还真不算低!"

"我挺想见识见识这位胡先生,"卫晋向刘检察长请示,"今天下午,外经委去宾馆与他商谈合同展期的事,我能否以外贸人员的身份去一趟?"

"去吧,但可别打草——"刘检察长突然打住话头,挥挥手让卫晋走了。

临出门时,卫晋听见他拿起电话对总机接线员说:"接外经委邢立亭。"

卫晋知道为他的事,要有好一阵扯皮。因为很少评论人的肖一泯有一次这样评价过邢副主任:别看他总是不上班,可他对自己的领地控制的特别严。是个"制造工作"的多面手。

"我说不通。他硬是要我出具一张书面证明,注明为什么要派人去。"十五分钟后检察长又打电话给卫晋。"你是否能通过另外的渠道想想办法?"

没用十秒钟,卫晋就找到了这条另外的渠道。他快速而熟练地拨动着"28697"这个电话号码,找到了纪委那位十级干部。

二十分钟后,检察长又打来电话说:外经委那边开了绿灯。

新建的"海鸥宾馆"看上去要比省城的任何建筑物都气派。

"光这圈从别处生移过来的成年法国梧桐树就得花不少劲。而这一切,"卫晋用手挡住刺目的阳光抬头上望,"竟在十个月中完成,的确不可思议!"

他提前来了二十分钟,目的是观看一下这座楼里全省文明的"空中花园",他还从来没有享过这种眼福。

"你小子往哪走?"门房冲出来拦住他。

"找人。"他皱了一下眉。要是倒退上十年,光冲这声小子,门房的鼻子就得歪。"别看他块头不小,可鼻梁骨一定挺脆。"卫晋把气从心里撒出去。

"这里不让找人。"门房上下打量着卫晋,就像一个棺材店老板在打量一具死尸。

"旅馆还有不让找人的?"卫晋反问。他很清楚门房之所以不让他进去,是因他穿着落伍甚远的军上衣与解放鞋——这身装束曾使许多人对他侧目而视。当然这其中不包括他的好朋友们。韩亦平曾不止一次说:你穿这些最合适,最能衬托出你的宽肩膀、细腰身,显出一派勃勃生机。他自己也喜欢,因为他有一个根深蒂固的观念:穿衣服只要合身份,有信心,就不必在质量、式样上讲究。他就是用这个理论,不止一次地抵挡住肖霜的攻击。"可既然自己的妻子都不能理解,那么你就不要指望一个见惯华服革覆的门卫能够理解。"卫晋想道。

"这里是宾馆,不是旅馆。你睁开眼睛看看!"门卫的食指几乎戳到卫晋脸上,"你认不认识字?"

"起码不会比你认得少!"卫晋也来了气,"我是来参加谈判的。"

"介绍信!"门卫坐回门房里的一把电镀椅子上,摆出一副首席法官的架势。

"旅馆找人还要介绍信?"卫晋没料到这一手。

"是宾馆!"门卫再次强调。在他的心目中,宾馆与旅馆的区别,就像别墅与监狱的区别一样。

"我没有。"

"那你有过硬的工作证吗?"

"工作证又不是打铁炼钢,还有过硬不过硬之说?"卫晋不愿掏出工作证,以防"打草"。

"你小子是不是故意来捣乱的?"门卫又怒吼起来。

"工作证我倒是有一个,可不知过硬不过硬?"卫晋掏出工作证扔到门卫面前。这条粗壮的汉子,可能有生以来也没有见过这样一份红色人造革面,印有一个金色大国徽的证件。

"别看个没完。"卫晋冷冷地说道。

门卫赶紧用双手把证件捧送了出来。

在三十层上,卫晋下了电梯,走马观花地围"空中花园"绕了一圈,然后一步三级地往上爬了六层。

"总统套间"的确无愧于一日三百元的房钱:除各种现代化设施一应俱全外,还有古董、盛开的各种名贵花卉,等等,等等。

"边喝边谈。"胡与闻给四位代表倒酒。

"我不喝酒。"卫晋示意他不用倒。自从十五年前,他趁醉将平素总来纠缠肖霜的大队副支书——一位有妇之夫,痛打了一顿之后,就戒了酒。肖霜也从此爱上了他。

"这不是酒,是一种饮料。"胡与闻晃晃手中那个相当讲究的瓶子。他每次过境来办事时总要多带钱、酒、烟,然后想尽办法把这三种东西送出去。

卫晋瞟了一眼瓶上的商标"Canadian Whisky",然后在心里把它默译成中文"加拿大威士忌"。"饮料我也不喝。"他冷冷地摆摆手。"这家伙比门卫还要可恶十倍!就像旧社会的保长,欺负农民不识字,让其送一张字条给乡公所,上书:请罚来人十块钱。真是混蛋透顶!"他在心里骂道。

会谈开始了。

"按照国际上的一般惯例,总经理应该将前三次的索赔款项结清之后,才可以谈第四项合同的事。可因为胡先生的多次请求和另外一些原因,我受命前来洽谈展期的有关事宜。"那位和卫晋一样不喝"饮料"的吴科长开门见山。

"虽然是初次相交,但吴科长的大名我是早已知道的。"胡与闻拿出一只仿景泰蓝的圆柱体盒子,用手按动机关,里面盛的香烟就像白莲花一样绽开了。

"古老的艺术,用现代技术操纵,里面盛满了诱惑。"卫晋想道,"他一定乐于把这件玩意儿送给这房子里面的任何人。"

吴科长摆摆手,示意他不抽烟,同时也让胡与闻停止那老得没牙的客套。"咱们说正事。第一,胡先生的合同屡屡展期,致使我方资金长期积压,所以希望这是最后一次;第二,前三批烟叶的质量逐次下降,第三次则根本不是 A 级,而是 C 级,其中还混杂着一批有活虫的孟加拉烟。这次若是发生上述现象,那么不再是索赔问题,我们将要退货;第三,在合同展期的同时,不可能增加数量,这是常识……"

吴科长侃侃而论,析理入微;胡与闻频频点头,不断称是。

四十分钟后,手续全盘办妥。

"胡总经理最近经营情况如何?"完事之后,吴科长文雅地跷起腿,用带点浙江口音的普通话问道。

"相当不错!"胡与闻无比肯定地回答,"敝公司在全世界三十几个国家设了办事处……"胡与闻边说边玩弄着中指上套着的那个有如邮票大小的钻戒。在阳光的照耀下,这钻戒闪烁着一种不很真实的光芒。

好不容易才听完他长达五分钟的牛皮。

一行四人告辞出来。

"我请客。"在楼底小吃部卫晋招呼住吴科长及同伴,"咱们也去喝点Whisky,不过没有Canadian。"他决心今天开一次戒。

吴科长重新打量一下卫晋,应邀进了小吃部。

"与他们谈判挺费劲吧?"卫晋问。

"是的,你漏写一个字,他们就会想办法从中间开过一艘万吨轮去。"吴科长说。

"信用证付款是怎么回事?"卫晋虽然已经在书上读过了,但终觉有些隔膜。他给三位斟上啤酒。

"信用证是眼下国际上通用的付款方式。比方说咱们买胡与闻的货,订好合同以后,就通知银行出具一张保证咱们在收到货后,有能力付外汇给他的证明。此证明就是信用证。"

"信用证开给谁呢?"卫晋问。

"开给胡与闻指定的任何银行。当胡与闻向银行提供了全套单据之后,信用证就随同单据一并转回中国银行,经银行与我们检查认可之后,用款将单据从银行买出,银行就寄钱给他。"

"那么这会儿货到了咱们手上没有?"

"一般货比单据来得晚。"吴科长酒量甚宏,一口就是半杯,我给你打个比方:假如你现在在北京,托在G省得我给你买批货。我先垫款给你买上托运走,然后将发货票、购物发票等单据一并寄给你,你在收到这些单据的同时,必须马上付款给我。"

"那么如果货与合同不符,银行赔不赔?"卫晋又给吴科长添上酒。

"银行不赔。它只管单据是否填的与合同相符,也就是看你有没有产地证明书、品级证明书、运输船船长签字等。换句话说,银行并不见物,它做的是票据买卖。"

"那如果货与合同不符,咱们不是叫人白坑了?"卫晋最关心这个问题。

"所以事先的资本与信誉调查在对外商务活动中被认为是第一要事。也就是说,你必须找一个你认为他有能力垫款替你买东西,而且你信得过的人给你在G省购货。"

"可我听说胡与闻的资本只有十万美金,依您看是否少了点?"

"岂止少了点!依我估计,他的资本绝不会在五万美金之上。"吴科长饶有兴趣地看着这位由邢副主任悄悄塞给他、并再三叮嘱不要向外声张的小伙子。

"那他怎么会有那么多的海外办事处?怎么住得起这么好的房间?""总统套间"给卫晋的印象实在是太深了。

"别太相信表面的东西,小伙子。"吴科长友好地拍拍卫晋的肩膀,并且递给他一支烟,"越没钱的人越怕别人看出来。"

"那么依您看,咱们与他做的生意是否大了点?"卫晋小心翼翼地接近了问题的核心。

"不是大了点,而是大了几十倍!"吴科长转动着手中的杯子,"我已经打过两次报告,提议撤销这次合同,可没有一个人爱看。"

"打给江处长了?"

"不止给他一个人。"

"那他是不是不懂?"

"起码比你我都懂!"吴科长的酒劲显然是上来了,"人家是抓大事的。可什么是大事?三百万美金在银行里待得发了霉,而在这同时,人家却在用时差做生意,搞三角套汇,多头套汇,把做出反应的时间压缩到最低的限度,寻找最短的资金周转期,寻找最佳的客户,可咱们这些处长、主任们——"吴科长突然打住话头。

卫晋看见他的同伴轻轻地碰了他一下。

"昨天我就是在这辆车上丢的钱包。"卫晋无意中听见他前面站着的两个干部模样的人在聊天。

"里面有多少钱？"

"二十块。"

"不多。"

"不多是不多,但善财难舍呵！"四十岁的那位无比丧气地说,"本来打算给儿子买一双登山鞋,这下只好告吹了。"

"他们只同意合同展期,可不同意增加烟叶的数量,怎么办？"胡与闻用电话与远在千里外的温特尔交谈。此时的他,虽然董事长、总经理的头衔尚在,但实际上已沦为温特尔的一个下属——不久前拨过去的五万块钱,化成一只无形但有力的手,紧紧地扼住了他的脖子。

"你再加点压,叫你的内线想想办法。"温特尔故意用相当含糊的英语讲话,"受贿者永远是受贿者！"说完这句至理名言后,他径自放下话筒。

"善财难舍！"正在洗脸间冲凉水澡的卫晋突然想起了车上那两个人的对话,"那么倒过来说'易舍非善财'。"他又接着往下想,"金亚伟提起的那五百元没人认领的钱——外经委的二楼。"

这些表面上毫不相关的信息,在他的头脑中撞击在一起,就像带着正电负电的云撞击在一起一样,顿时产生了灵感的火花。

他马马虎虎地擦了擦,就冲进楼下的大客厅。

他平素绝少用老头的电话,也从不肯把号码告诉人。尽管在鼎盛时期,这住宅里有四部电话:两部正机,两部副机。

"金亚伟吗？"

"你有什么事？"

"我想借用一下你平素总是吹嘘的无边无涯的权力。"

"有屁快放！"

"你上次所说的那个偷了五百元没主现金的小偷判刑了没有？我想见见他。"

"他眼下还在我们手里。"金亚伟顿了顿,"你开好提审介绍信,明天上午我开摩托车来接你。"

"你最好开一辆北京吉普来。"卫晋得寸进尺,因为摩托不好带犯人。

"这似乎超越了我的职权范围,不过可以试试。"

"明天,"卫晋放下电话后看看挂历,"又是星期天！"星期天要从这家里出去工作,那真比一个要犯逃出监狱还难。

临出门时,卫晋看了一眼紧闭着的书房门,满心希望肖一泯不在那里面。

第二天他起了个大早,干完一些零碎活之后,就拿起衣服和挎包,准备来个一走了之。

"站住！"他刚走到花园中央,就被肖霜喝住,"想走就先把咱屋的地板拖完,然后带上儿子。"她麻利地发布了两道命令。

卫晋进退两难地站在花园中央。

"孩子跟我出去玩,地板让你闻姨帮助拖。"肖一泯鬼使神差地出现在走道的另一端。他所谓的"闻姨"就是肖霜的继母——试问天下有几多丈夫,敢于对一个正处在更年期的妇女下达这样的命令？

肖霜尽管泼悍,但老爷子的话还是知道什么时候可以不听,什么时候必须听的。

"我给你借了一辆车,不过小心别翻在沟里。"肖一泯神秘地向卫晋笑笑,又指指大门外。

"准是那辆老吉姆。"卫晋边走边想,"人们常说:行头是戏子的脸,笔是读书人的脸。那么依次类推,做官人的脸就该是汽车。"肖一泯这辆车是在中苏友好的高潮中进口的。底盘很低,车身宽且重,线条呆板。可硬是随着他的"官辙"转悠了三十年。退居二线之后,他就把这辆车交回省委车队。不知是他的余威尚在,还是没人爱坐,反正总是随叫随到。

果不其然,那辆老吉姆庄重地停在门口。

"你会开车?"和汽车一起追随了肖一泯三十年的老司机景师傅问道。他不光没见卫晋开过车,连坐也没见他坐过。

"您老放心,"卫晋接过钥匙,"这辆车算是交到一位专家手里了。"看时间还有点富裕,卫晋就从景师傅手里接过那个好像是用活鸡毛编成的掸子,"近来怕是闲坏了吧?"

"闲散了骨头。"景师傅蹲在一旁看卫晋掸车。

"那您不是可以回家抱孙子了吗?"

"可我总怕肖省长有事,不敢离开。"景师傅点上一支烟,"可等呵等,好几个月等不上一回。"

卫晋深情地看了老人一眼。他知道老人一辈子都在等人:在家门口等,在机场、车站等,在会议厅外等……

"刹车有点轻,方向有点右偏……"景师傅没完地叮嘱了卫晋好一阵,才挥手放行。然后站在那里目送车走远,好像是送闺女出嫁,送儿子出征。因为他还从来没有把这车交在别人手里过。

车一起步,卫晋就从发动机和谐的轰鸣中得知这辆外观陈旧的车的心脏依然是强健有力的。

"真没有想到你还有这两下子!"看卫晋灵巧地超过几辆车后,金亚伟由衷地赞叹道,"我考了三次小轿本子都没考上,所以谁也不肯把车借给我,活该一辈子骑摩托。"

"我好像不止有两下子吧?"看红灯亮了,卫晋稳稳地把车停在离刹车线十公分的地方。开汽车与开飞机相比,就像搭独木桥与建铁路桥相比一样,要简单得多。飞机驾驶员对于目测能力、反应速度、双脚踏力、双手拉力等等的要求都相当高,要定期逐一考核。而且在一场空战演习中,几十架近2马赫的飞机,硬是能把偌大个天空挤得满满当当的。有时简直是间不容发。卫晋不由得回想起早年那昂首插云的雄姿,轻三点着陆的高超技艺……

"绿灯亮了,飞行员。"金亚伟拍拍他肩膀。

"飞行员?"卫晋快速无声地把车挂下三档后扭回头对金亚伟说,"如果不是因为十年前我拒绝执行一道错误命令的话,我这会儿最少也是飞行团长了!"他所谓的"错误命令"是这么回事:在一九七三年那个多雪的冬天,一个寒冷的早晨,刚由宣传干事提拔起来的师政委为了博取一位前来部队参观的"中央首长"的青睐,硬是要卫晋违背条令,开喷气机去吹扫机场周围的积雪,好让首长看了高兴。而喷气发动机的工作寿命是以分秒计的,到了二百飞行小时就得更换,宝贵得很。因为卫晋据理力争,当场闹得政委下不了台。于是乎没过多久,卫晋就被调到伞兵部队,从而断送了自己在空军中辉煌的前程。尽管他在航校的毕业成绩第一,在师里的飞行成绩第一,可当"小鞋"以"命令"的形式出现时,任你有多少第一也不管用。

"就是这间房子。""神偷"朱原子指着一间办公室的门说。

"你不会记错?"虽然卫晋相信小偷们很强的"职业记忆力",但仍这样问道。

"我事先来侦察过两次,发现屋里有台很新的电动打字机,才定下先来这。"

卫晋记起江泽林办公桌中那台电动打字机。

"你们没有把钱还给他?"卫晋问金亚伟。

"他说他根本没丢。"

"一般人都宁愿相信一个正派人,而不肯相信一个小偷。"卫晋很快地想通了如上的道理。"他的钱锁在抽屉里了?"

"不!在衣架上的风衣口袋里。"朱原子很肯定地回答。

卫晋趁有车之便,又去了趟韩亦平家。

韩亦平那间小得可怜的卧室兼书房内,藏有一千四百册图书,可看着并不挤。一切都经过他的细心规划,常用的书籍、文具都放在随手可得的地方。

"我只有十分钟的时间,希望能有点收获。"卫晋当仁不让地坐在屋内唯一的一张椅子上。

于是韩亦平只好站着讲话了。"钱在咱们国家内流动意味着什么呢?"他背着手来回踱着步,很有点北京大学名教授的派头,"在单位与单位之间流动,本质上意味着劳动力的流动。比方说 A 厂从 B 厂买了十万元没用的货,积压在仓库里,就等于 A 厂使 B 厂的五千名二级工白干了十天;虽然 A 已付 B 十万元。而在单位对私人、私人对私人之间,钱就意味着购买力。它最终一定要以各种形式出现在市场上:买电视、冰箱,当然也可以买罪恶。反正或隐或明,或迟或早,它总得出现。当然,也可能有例外。比方说有的人有钱不敢花,也不敢存,"韩亦平朝卫晋狡猾地眨眨眼,"那么你就一定能在他的附近找出钱来。反正有收就有支,要不然钱就在账上。任何人都逃脱不了这条会计学中的基本的定理。"

"你这套劳什子都是从哪里看来的?"卫晋听了觉得挺新鲜。

"是鄙人的研究所得。"韩亦平摆出一副昂首天外的姿势。

"我不知道你眼下在搞什么案子,作什么调查。"在送卫晋出去时韩亦平说,"我认识一位经济学家,常爱给人开列胡适的'学术三昧药'"。

"哪三昧?"

"兴趣散、问题丹、信心汤是也。如果不因人废言的话,我觉得这无论对于干哪一行的人都有点用。"说完这话,他砰的一声替卫晋关上车门,"滚蛋吧,又耽误了我整整半个小时。"

人的大脑就像一台大型的电子计算机:你若想让它帮你作结论,必须输入足够的信息。当然,这些信息表明上看去,也许毫不相关——这也许就是所谓的"兴趣散"。

这些表面上乱七八糟的东西一旦进入卫晋的大脑,就立即被纳入铁一样的逻辑系统中,变成一个又一个的结论显示在"荧光屏"上——也就是说"问题丹"

九转功成了。

一、江熟知胡的资产情况。

二、既然熟知,为什么还与他作"吃亏甚大"的买卖?

三、显然不是不懂,也不是疏忽。他得到了好处,多少好处?

"关键在于调查他到底得到了什么好处,多少好处?这是一件很琐碎、麻烦的工作,是需要像汤药一样经得起煎熬的信心。"躺在床上的卫晋想到这,认为可以告一段落了,就关上了大脑的"工作开关"。于是所有的线索、推理过程、结论慢慢地浓缩成一个点,就像刚切断电源的电视荧屏上的那个亮点一样。

慢慢地这个点也消失了。他很快地进入了"慢波睡眠"的阶段。

十一

星期一一上班,卫晋就向刘检察长汇报。

检察长当下同意立案侦查。

十一点钟,检察长在签署批准卫晋的《立案侦查报告》的同时,递给他一张硬邦邦的公文纸,上面规规矩矩地写着几行字,就像是出自多年从事财会工作的老职员之手:

我命令卫晋同志以代理检察员的身份参加三一一四号案件的侦查工作。

G省检察院检察长刘兴诗

卫晋喜出望外之余,检察长又告诉他一个不太美好的消息:老李也参加,并且"领衔主演"。

"不要希望一下子得到许多,"卫晋想道,"有老李参加也不错,有时候他的反对意见,对自己也许能起些制动作用。"

"我拨给你一辆京吉普,一辆摩托,"检察长递给卫晋一张派车单。他知道这很不容易:院里有几十件大案同时在办理,这要用车;公共交通拥挤的很,在职领导上下班要用;二线、三线的干部看病要用……反正僧多粥少,院里十余辆车人人都盯着。

如果卫晋能够亲眼得见三天后,心脏病复发的检察长由老伴陪着,挤公交汽车去医院看病,那他的感激一定会和这几年农民的收入一样翻上几番。

"跟我一块办案子,你得把从学校里学来那套玩意儿统统扔出地球去。"老李好像是在同卫晋开玩笑。徐英的案子他办了一个月也没能弄出个名堂来,可卫晋参加后没几天,就有了关键性的突破。这使院里上下都议论纷纷,认为到底是年轻人有办法。对此老李一直耿耿于怀。

"我认为咱们应该首先从调查江泽林的收支情况入手。"虽然卫晋明明白白地听出了老李的潜台词,但他没有反驳。他不愿意在这一刻值千金的时候,来打消耗战,只是开门见山地摆出自己的方案。

"具体工作你负责,每三天向我汇报一下就行了。我手上还有些别的工作。"老李对这些小事并不计较。

"这在某种程度上来讲,也是一种支持。"卫晋心想。

他在办公桌前坐下,开始拟行动方案。

此刻,他觉得自己成熟了,就像没有教练在旁边坐镇,头一次"放单飞"时的心情一样。所不同的是他此刻驾驶的是比学生课桌大不了多少的写字台。

卫晋在电业局计统室找到孙光的时候,他正在核对什么账目:右手用圆珠

61

笔在本上点划,左手飞快地按动计算器上的数键。

"上次你所说的那些电费多得吓人的住户都分布在市内什么地方?"

"全部都在这上面。"孙光立刻交上一份清楚有致的表格,"我把侨眷和个体户都给略去了。剩下的我想卫哥有用。"

卫晋不费什么力就在表上找到了江泽林的名字,他粗略地加了加,发现去年一年,江宅的电费竟达六百元之多。这是江泽林收入的二分之一强,不过要是分散开来,也并不显眼,但此刻往一块一合,的确是像孙光说的那样:怪吓人的!"你怎么知道我有用?"他打心里感谢孙光。

"连这些也不知道,我还能算是同学会会员?"孙光调皮地笑笑。

"咱们去这几家转转,装成检查线路的。"卫晋说。"你能不能去找两套工作服来?"

"当然可以。"

"你这里面背着的是菜刀?"整好装后,卫晋拍拍孙光斜挎着的工具袋。

"是工具。线路工得带上工具才像回事。在这方面你是个大外行。"

卫晋按了按江宅的门铃,立刻传来了"卡门"中的乐句。"六十块钱。够谱!"他又往大脑里储存了一条信息。

正如卫晋事先了解到的一样,江泽林在宾馆开会,来开门的是江小宏。

江泽林家里的一切都很平常,并没有什么出格的东西。但卫晋仍然在厨房的簸箕里发现两听"青岛对虾"的空罐头盒。"二六一十二元。"他又添上一笔新账。

"你家这线路是怎么搞的?"虽然卫晋再三叮嘱孙光无事不张口,可他还是忍不住,"绝缘怎么都老化了?"

"以前我家用的电炒锅,电烘箱做饭,可能是电流太大的缘故。"江小宏到底是高中生。

"总功率是多少?"孙光用钳子剥了一下绝缘,一下子就拉下了一大截。

"两千瓦左右。"

"以后要注意用电安全。"临出门时卫晋对江小宏说了一句。他已经闹明白六百元电费是被谁吃了。

当卫晋专心发动摩托时,戴着太阳镜的江泽林快步从他身后走过。

"我真愿意我今天是看错了人。"晚上睡觉时江泽林对苏芬说,"可又不会!但愿那小子被官僚机器缠住手脚,两个星期之后再来找我。"

"万一在这之前了怎么办?"苏芬不安地说。

"也许他不会来;或许来了也能对付过去;"江泽林又施展开他一向擅长的逻辑推理。"即使对付不过去,也没什么大不了的。"

——好严密的三段论法!

顶多是开除公职、党籍。他把最坏的结果都估计到了,"只要钱能保存下来,别的都无所谓。"

钱给他勇气,给他智慧,支持他奋斗下去。

江泽林智者千虑,必有一失——他万万没想到,第二天苏芬把他这番忧虑尽数说给儿子听了。

"你去东城区邮局,查查有没有这几个人的香港汇款,"卫晋把一张名单递给他刚从院财务处抽调来的会计小章,"从一九七九年十月份查起。"

整整两天,这位刚从财会学校毕业的中专生都是在东城区邮局里那间只有五平方的小屋里度过的。

他谢过邮局的同志出来时,只带走了一个数据:从一九七九年十月份开始,江泽林的岳父从香港一共汇给他九千六百元钱。

为了能把这几天搜集来的外围材料一鼓作气地整理完,卫晋一直干到晚上

63

九点十分,才离开检察院的办公大楼。

下了电车,卫晋按照老习惯从三座拆了一半的旧楼中间穿过。这条路虽然并不十分好走,但却可以省出五分钟的时间来。

"早回五分钟,最少可以少听五分钟的唠叨。"虽然肖霜这些日子很少用闲杂事来干扰卫晋(他估计是老泰山的作用),"可又有谁能猜得透火山的缄默?"他边想边小跑两步,以一个漂亮的"挺胸式"跳过一个最少有四米的水坑。

好一个三十岁的跳远选手!

"站住!"卫晋正前方的黑暗中传来一声低沉的吼叫,同时两侧也传来一阵脚步声。

三条汉子将卫晋围在中央。其中一个拿一把电镀斧身胶木斧把的电工斧,一个拿一根大头细把的木棍,迎面的那个空手。

这拿家伙的两人刚才是一左一右埋伏在水洼边的阴影里,准备出其不意地给卫晋来一家伙。可他们没料到卫晋不是绕,而是一跳跳了过去。而这一跳就将局面大大地改观了:偷袭变成了对峙。

"你们要干什么?"卫晋下意识地摸了一下腰间。遗憾的是今天枪被老李拿走了。于是他只好把那把大门的铜钥匙夹在手指缝中间,然后握紧拳头。

"你小子有钱吗?"

"没有,真的没有。"卫晋故意用低且软的口气说话,好像被吓坏了似的。因为这样也许能够使对方产生一种他是个稀泥软蛋的错觉。然后在这同时,他的肾上腺素却在大量地分泌,这种神奇的物质,使他全身的肌肉神经都振奋起来。

"揍他一顿!"对面那个矮个子发布了命令。

就在这一瞬间卫晋做出了反应:一斧子我挨不起,一棒子也许还能对付。一定要先干倒那个拿斧子的!他猛地扭转身向左边拿斧子的凶手打去。

那人的斧子已挥至半空,他万万没有料到卫晋竟敢迎斧而上,下意识地往回一撤,于是在斧头无力地落下的同时,他脸上挨了重重地一击,铜钥匙深深地戳进软组织里。他还没能叫出声来,两腿之间那块最要命的地方又挨了一下并不十分有力、但迅捷异常的膝击。他"哇"地大叫一声,倒地昏了过去。

卫晋也挨了一棒,这棒打在背上,就像有人用刀深深地剜去他一块肉。

他忍痛一转身,一挥手。

拿棒的这家伙并不是打人的行家,见对方一挥手,以为有什么东西扔了过来,就漫无目的的向左一挥木棒,于是他的右肋就露出了空挡。

任何成功的打击都必须作到以下三点:时机掌握得好,部位选择得准,打击有力。

卫晋做到了以上三点。他矮身直击——这个动作是他从重剑的"弓剑步侧击"中借来的,当然,力量并不是击剑规定的七百五十克,而是七千五百克。

人的身体中,柔软的,不经打的地方并不多。而软肋恰恰是其中之一。

这家伙无疑是个软骨头,挨了这下之后,竟扔掉木棒侧身落荒逃去。

于是只剩下卫晋与那条粗壮的矮汉子面对面地站着。

卫晋的心里非常有底。在伞兵部队中和政法学院里学来的格斗术,与其说是使他掌握了一些经过科学整理的招法,不如说是使他建立起敢于面对任何强大暴力的信心——更何况眼下这暴力已经三分去二了。

永恒的一分钟,周围静得厉害,就像在月亮上、火星上。

矮个子突然爆发出一声摄人心魄的叫喊,伴之而来的是一记直击。

他没有想到卫晋是那么相信自己胸肌的抗冲击力和双腿的支持力,竟不躲避,反而抡起右掌,像个强壮的山民抡起砍柴的斧子一样,重重地砍在他颈部的迷走神经上。幸亏他的脖子与身体是成正比例的:粗且短。所以才奇迹般地吃住了这一击。随后他抬起右腿向卫晋踢来。

卫晋在稍稍侧身躲避的同时,就向矮汉子独立支撑的左腿踹去。

好腿不过膝——这是格斗学中的原则:因为下肢离主要的感觉器官眼睛的距离最远,同时又是身体的支撑所在,故而反应速度最慢。

这腿踹得有点偏,矮汉子一滚就站了起来。

远处传来隐隐的人声。

矮汉子犹豫了一下，卫晋趁机打出一拳。这一拳的速度并不快，足以使对手有时间抓住他的右腕，而且抓紧抓牢。

如同学者总是有几本反复研读，被视为看家之宝的"案头书"一样，在所有的格斗式中，卫晋最喜欢那套要而不烦，拢共只有十八式的擒拿术。每天都要练上一遍，并时时融进自己的心得体会。此时，他厚积而薄发——只见他一缠一侧身。一刹那间就出现了擒拿术中最基本的招法"金丝缠腕"的使用典范——矮汉子的右臂被迫形成一条直线，而手腕却与这条直线构成了九十度角。

任何人体的关节、肌肉、韧带、骨骼的弯曲度都有个极限，超过这个极限就会扭伤、断裂。而让对手被迫超越这个极限值，正是全部擒拿术的理论基础，也是它的关键所在。

对于这些，卫晋心领神会不说，而且不折不扣地做到了。虽然他主观上并不希望作"人体实验"。

……

如果这三个家伙之中的任何一个，看见过卫晋潜伏在旧军装下面，到处充满危险信息的肌肉的话，那他们也许就不会干这种事，起码不会用冷兵器。

肖霜用半是心痛、半是崇敬的目光端详着睡得正香的卫晋。

他们结合已达五年之久，但只是在这一刻，她才意识到自己的丈夫是条标准的男子汉。"虽然他平时显得那么平常，虽然他貌不出众，虽然他……"她情不自禁地用复杂的句式来形容自己的丈夫，"但一个人对付三个，并不是随便什么人都能做到的。到底是老爷子阅历丰富，能识人。"她想起这些日子，父亲反复对她说的话。

"以后你什么时候回来都行。"第二天早晨她对坚持要上班的卫晋说，"但条件只有一个：不许抄近路！"她的手指又快戳到卫晋鼻子上了。

"除了你，世上大概很少有人，敢于把手伸到离我距离这么近的地方。"卫晋抓住她的手。

"这我相信。"肖霜温柔地说。

"真看不出你有这么两下子!"老李重重地拍了拍卫晋的肩膀。

卫晋顿时感到一阵剧烈的疼痛袭遍全身。

"来来来,都过来听战斗故事。"老李招呼屋里的同事。

"流氓团伙一般都是集团作战,单兵技术很差,于是一个被我打成重伤,另一个恐怕得找一个相当优秀的骨科大夫,才能使他的手复原。"卫晋相当简略地介绍完,就坐回自己的桌前开始读材料。

正当他感到有些疲倦的时候,老李不失时机地递过来一杯微温的清茶。"我昨天要是把枪给你就好了。"他不无惭愧地说。

卫晋知道老李这种人能把话说到这份上已经是很不容易。他领情地笑笑。

"我昨天要枪其实也没用。"

卫晋知道老李就是把那支"六四式"手枪要回去,也是锁在抽屉里。可这并不是用与不用的问题——只有处级干部才装备枪,这是规矩。老李只是有点过分珍惜这份来之不易的权力罢了。

卫晋再次领情地笑笑。他的头疼得厉害,笑一笑都挺费劲。

"你受伤了?"老李关心地问道。

"杀人一万,自损三千。"卫晋正说着,电话铃响了。

"是找你的。"老李一手拿听筒,一手把电话机连窝端到卫晋桌上。

"别看你家老爷子足不出户,可料事如神,"金亚伟打电话从不通名报姓,他自认为天下人都能听出他的声音,"今天早晨他打电话给我,让我去分局询问一下被你打伤的两个家伙,说没准其中有点名堂。我不抱希望地问了问,还真问出点名堂来。你是不是来我这一趟?"

"他们不知道你是国家执法人员,"金亚伟把"供词"递给卫晋,"是一个名叫江小宏的指使他们干的。理由是你抢走了他的女朋友;代价是五百块钱;效果是让你最少卧床休息两个星期。"

"这些你不要对外人讲。"卫晋把供词收进皮包。

"理由呢?"

"第一:我是有妇之夫,抢人家女朋友不地道;第二:出价500元,也未免少了点;第三:我现在还能起床。"疼痛并没能使卫晋丧失幽默感。

"理由充分,我批准了。"老李也来凑热闹,"碰上你,他们算是亏了本,500块钱还不够交医药费呢!"

当天晚上,市局的两个刑警在江泽林家逮捕了江小宏。他被指控犯有"伤害罪"。

"你的伤势怎么样?"肖一泯坐在卫晋的床头。

"擦破了一点皮。"在卫晋的记忆中,老丈人屈尊驾临他的房间只有屈指可数的几次。

"你使我想起了负了很重的伤,但仍不肯下火线的战士们。"说完这句话后,肖一泯用充满感情的声音给卫晋讲了一个很陈旧但无疑是真实的战斗故事。

卫晋很专注地听着。虽然类似故事他在不同场合里听过千百遍了,但他尊重老人的感情,更尊重那些浴血苦战的英雄们。

"您是从哪些迹象推断出那几个流氓是受人指使的?"卫晋在老人的激动之情慢慢平静下来之后问道:"我原来只当是碰上劫道的了,根本就没往深里想。可您足不出户,却看得一清二楚。"

"从农村的哥老会、红枪会,到上海的青洪帮,各式各样的流氓集团我见过多了。我了解他们的结构、它们的工作方式、推动它们的动力。几十年来它们似乎一点也没有变,一猜就中。"说着肖一泯拿起卫晋放在床头的那本《对外贸易》。

"您以前管过中国银行吗?"卫晋问道。

"整个G省的财贸口都归我管。"

"那您能给我讲一下专管外汇的中国银行与普通银行之间在工作程序上有什么不同吗?"因为要终止于胡与闻的买卖,肯定得和中国银行打交道,所以卫晋想事先打听一下。

"银行内部的工作是相当复杂的。我没有可能也没有必要搞清楚。"肖一泯说道,"我只管投资方针、资金周转、利润指标和选择银行的主管干部。这其中选择主管干部一项最为重要,只要你找到了一个好行长,那么一切具体工作都可以放手由他去抓,而你只要抓他就行了。其余细节没有必要去问。"说着他放下手中的书。

"我讲个小典故给你听听。"肖一泯今天显得谈兴甚高,"有一次道光皇帝问陕甘总督杨遇春'你看书吗'?杨答'臣不识字'。道光又问'你饮酒吗?'杨答'臣不善饮'。道光又问'那你公余时间都干什么?'杨答'听打鼓说书'。道光有些不高兴'那公事你是怎么处理的?'杨答'钱谷责之藩司,刑名责之臬司,兵政责之提镇,臣总其成而已。道光大喜曰'真总督也!'"肖一泯拍拍那本《对外贸易》,"当然,他说得并不全对,但基本方法是可取的。我这些年来之所以能胜任农业、工业、财贸、政治等部门的领导工作,所采用的就是这个工作方法。

"说句实在话,除农业外,我管过的其余部门的具体工作细节我哪个也不十分清楚。可我了解人,了解人与人之间错综复杂的关系。这就够了。

"法律是关于人的学问,而你作为一个具体案件的负责人,要有全局观,不要斤斤计较于技术细节。"肖一泯又拍拍那本书,"虽然眼下的经济活动错综复杂,但关键仍然是人,你只要抓住犯罪的人,那么其余的问题就不成为问题了。"

肖一泯的这番议论,带有不容置辩的权威性。

"我这有点好'金疮药',回头叫小霜给你敷上。"肖一泯临出门前,递给卫晋一个小木盒。

等他走了之后,卫晋打开盒一看,药外面包的蜡皮已经老化,印记也已经模糊不清,他费了好大劲,才认出是"云南鲁记公私合营药店,一九五四年"几行字。他望着这些笑了。

十二

8月20日，也就是胡与闻与G省土产进出口公司签订的合同到期的前五天，一艘船龄决不会小于二十五年的货轮，满载着货物驶进仰光港。

第二天，这艘船开出仰光港时，海水刚刚没过船身上那道模糊不清的空载吃水线。

这天下午，有十个印度籍的工人，在一个职员模样的人的监督下将包装的严严实实的货物上的唛头——也就是标有货物名称、产地、装运港、目的港等项目的标签——统统换了下来，然后将新的缝上去。

他们尘土飞扬地干了整整一夜才完工。

他们刚刚完工后不久，一艘崭新的万吨货轮就开进了港口。这是中国远洋公司的"飞龙号"。

中午，香港昌运公司的货运主任就登上"飞龙号"来查看货轮。

接待他的是一位年轻的三副，他刚从海运学院毕业不久，还是第一次独立与外商打交道，"但愿别生出什么麻烦来。"他暗自想道。因为除装运茶叶外，就数装运烟叶对舱位的卫生条件要求高了，只要稍有异味，比方说在这之前运过药材、石油产品等，那货主就会百般挑剔，要求重新熏舱，然后再在运费上大打折扣。

可眼前这位却挺好对付，只是在几个空舱位内转了转，就要求开始装货。

年轻的三副,依照合同的文本,仔细查对了货包外的唛头,又打开几包放在外面的烟叶,发现全部是上好的烤烟。这才在运单上规规矩矩地签下了他的名字。

有生以来,他的签名还是头一次代表国家。

下午,货就开始往船上装。

仰光港是缅甸最大的港口,浮吊、塔吊如林,有着相当强的装卸能力,五个小时之后,货就装得差不多了。

这天晚上七点五十分,也就是银行打烊前的十分钟,胡与闻将一大沓单据递给香港英华银行的一位老审计员。并催他快一点将单据转给中国银行。

那位经历不少险恶经济风浪的老审计员,仔细地核对过单据,就让胡与闻在一张契约上签了字。

这位老职员没有能看出这些单据除"飞龙号"三副签字外,全部都是伪造的。因为世界上各种机关,各种公章,各种表格实在是太多了。一个人在有生之年根本不可能将它们一一认下来。再说他尽管很认真,但马上就要下班了这是事实。潜意识的作用是不容忽视的。

得承认这是一个构思巧妙,气魄宏大的骗局。在这个骗局之中,胡与闻只是个传动机构,温特尔才是原动力:他从印度各烟厂收购了一批脚料,又从各产烟地收购一批垃圾烟,雇人包装好了之后,运往缅甸,然后换上"缅甸弗吉尼亚A级烤烟"的唛头,再运往中国。

但他为什么偏要冒险,用一艘中国船来运呢?

这正是他的精明处:倘若雇一艘外籍轮船来运的话,那么即使骗过船长运抵中国,发现货与合同不符的中方也一定会揪住船长不放,责问他为什么会这样。那没二话,船运保险公司就得赔钱。而赔了偌大一笔钱的公司,一定会想尽办法把他从地球上的任何一个角落找出来,然后逼他吐出那笔钱来。可要是找一艘中国船,则须骗过船长就完事大吉——中国土产公司总不能揪住中国船长赔款吧？那时候，他就可以稳稳地将钱转移到以保密著称的瑞士银行，隐名埋姓地找一个国家安顿下来，欢度余生。

"第一道关口已经闯过去了。"胡与闻打电话向他汇报。

"那么后天你去中国。"他下达命令。

"他们那边要是看出来怎么办？"胡与闻还是不放心。

"他们看不出来。即使是看出来，也有人替你遮挡。"他肯定地说。在他心目中，作生意就是赌博，就是冒险。

他无比坚定的信念传染给胡与闻。胡与闻自己又加上了三分侥幸，两分无奈，在通电话后的第三天早晨，乘气垫船进了中国边境。

仰光港属于热带雨林气候，在货装到五分之四时，暴雨骤至。那份大劲就没法说了，就像有亿万个拳王向地面挥动巨拳，白茫茫的一片，弄得货也没法子装了。手忙脚乱的装卸工只得赶快把刚搬出来的烟叶又搬回货仓。

装卸推迟到第二天早晨八点钟才又重新开始。

"您昨天参加的宴会可丰盛？"三副问倚在船舷上，大热天还穿着绣有三条金线制服的船长。

"挺怪的宴会，无客无东，从中午一直闹到半夜，没意思透了。"船长露出一副很疲倦的样子。

"昨天的雨真该死。"三副说道。

"是呵，又耽误咱们一天。"世界上大概很少有人比远洋轮的船员更想家的了。

这时，起重机吊着的十包烟叶中的一包突然从半空中散落开了。

"咱们下去看看。"船长在扔掉手中烟蒂的同时，将那副疲倦样也扔了出去。

"垃圾烟。"接连开了几包之后，船长喃喃自语道。"用两重加密，发急电给外贸部和远洋总公司。"他果断地向不知所措的三副发布命令。

无线电波满载着重要信息,跨洋穿云,进入了北京通讯中心的环形天线。

经由通讯中心之后,无线电波改为电传,兵分两路,直赴远洋公司和外贸部。

天知道远洋公司的值班副经理是喝多了啤酒,还是把脑子放在家里,竟然复电:只要货主付了运费就准时起航。

"起航?"船长不相信地看着电报。"开出港外就停下,然后你准备一份主柴油机大轴超温需要检修的报告,送给港务监督。"他对三副说。常识使他不相信有人竟会花几万美元的运费,不远万里运去一堆垃圾;同时经验也告诉他,直接违抗命令没有好果子吃。于是他采取了这条两全之计。

外贸部都是明白人当家。四十分钟之后,电报就批转G省外经委。并且限令当天复电说清楚。

"知道了。交进口处江阅办。"——九点半才来上班的邢副主任看这封只有四十几个字的电报用去十分钟,写上面这几个字用去五分钟。

所以当电报到了江泽林手中的时候,已经是十点三十分。

他把电报装进一只信封,锁进抽屉的最深处。他当然不敢把如此重要的公文就此淹掉。他准备临下班之前再把吴科长与土产公司的汪经理找来认真商谈一下对策。眼下的当务之急是要去海鸥宾馆,赶快通知胡与闻上路。

他没有从机关车队要车,而是叫了辆出租。他"每逢大事有静气",并未乱了方寸。

"你快走!"这是他关上"总统套间"的房门以后,对边喝酒边听充满喜庆色彩的广东音乐的胡与闻说的第一句话,"中国银行付款的事我来办。"胡与闻并没有对他提起过此行的目的,但他们的心是相通的,"你乘出租汽车去边境,晚上六点前就能过去。到时我保证钱已划归你名下了。"

"他们不会抓我吧?"胡与闻着实被吓坏了。他在国内生活过三十年,深知这里的法律不是一纸空文,很难借律师的如簧之舌逃脱。

"我想暂时还不会。"江泽林恨不能亲手将眼前这家伙像扯一块烂抹布一样撕成碎片。

从宾馆出来,江泽林找了一个公用电话亭给吴科长打了电话,约他十一点半到进口处找他。

他当然没有去中行。因为此时倘若去追问,无疑等于自投罗网。再说在昨天晚上,为了能使胡与闻早些完事,他已经向中行方面的熟人打过招呼,对方答应今天中午之前,一定将款汇出。

如果公文在某个机关停留一下就上路,像流星划过天空一样地不留任何痕迹,那么往后的事态发展将很可能是另一种样子。

幸好事实并不是这样。

肖一泯不早不晚出现在所有重要公文的必经之处:省政府秘书处。

"有什么新情况吗?"他问那个跟随自己多年,而今已经是副秘书长的祝立鹤。

"这是从外贸部转来的机要电报;这是我根据您的指示,从外经委要来的收支一览表……"祝立鹤一连串报出七、八份文件的名称,而这些名称实际上就是文件的内容提要。

头一份文件上盖着的那个标有"机要"字样的醒目红色印记,起初并没引起他的注意。这种标记,他以前见过的实在太多,以至于多少有点麻木了。但没有几行,他就变得全神贯注起来——他虽然老了,退居二线了,但必要时振奋精神的能力依旧是惊人的。

卫晋对企图挡住他的秘书亮了一下"逮捕证",没等他看清,卫晋已经推开里间的门。

"我们准备逮捕江泽林,并且中止与胡与闻的一切商务往来。"卫晋对提着皮包站在那块色彩鲜艳,厚度绝不低于四公分的地毯中央的邢副主任说。

此时是十一点二十分。

"凭什么?"邢副主任皱了一下眉,于是两个松弛的眼垂显得愈发松弛了。

要是没有足够大的职务支撑着,很少有人敢于向一个携同法警前来的检察官发出这样的质问。

"他被指控犯有'受贿罪'。"卫晋不卑不亢地回答他。

"你说来我听听,都有什么事实?"邢副主任费力地坐在了沙发上。他此刻还来不及想由他一手提拔起来的江泽林一旦被捕,会对他造成多么大的影响。

"如果你有兴趣的话,将来法院审理此案时我可以批准发给你一张旁听证。"卫晋这回用的是相当冷淡的语气,"他现在去哪了?"

"我不知道,不过下午一上班有个会,他一定会来参加的。"邢副主任想了想又说,"抓人是你们的事,可是终止合同你们恐怕没有这个权利吧?"他在这场交锋中,好不容易才找到一个支点。如果说他把刚才看过的电报忘得干干净净的话,那也未免太小看他了。他主要是没把电报上提到是合同号和江泽林、胡与闻联系起来。

"这正是我们要来与你商量的。"邢副主任没有答话。他开始卷烟抽,手法极其熟练。提到延安传统,眼下就剩下这项了。不过这阵他用的烟丝已经不是当年用的"小兰花",而是他指派专人专门从烟厂搞来的"蜜炒东雄烟丝"。

"明天再说。"他喷出浓浓的一口烟雾之后大手一挥,"现在我还有点事。另外,请你们转告刘兴诗以后有事最好让他来,许多情况与你们底下人不好说。"说完他就径自走到平素他用来在上班期间小憩片刻的里间屋去了。

每次行动之前,卫晋总是将自己在遇到非常情况时,可能采取的应急措施,向领导汇报请示,搞清楚自己的权限。因为只有这样,才能当机立断,提高办事效率。

可今天这种情况他没有预想到。而且即使想到了,也拿不出什么办法来。

"铃铃铃。"茶几上的电话铃声把刚走到门口的卫晋唤了回来,他犹豫了一下,就拿起了电话。

"我是卫晋。"他一下子就听出了肖一泯的声音:"您找邢副主任有什么事?"

"让他来李副主任这一趟,老刘已经在路上了。"肖一泯苍老的声音此刻显得格外清晰。

卫晋留下两个法警抓江泽林,自己开车回检察院去了。

他开车之快,任何人都能看出他是开飞机出身的。直觉告诉他,很可能要发生一件大事,而这件大事无疑与他手中的案子有关。

十二点十分。

"我知道你还在等。"刘检察长在电话里说,"有两件事你办一下:第一逮捕胡与闻;第二赶快去中行截住那笔巨款。"说完他就放下了电话。他相信卫晋知道办这些事的程序,认为没必要多说。

卫晋决定自己先去中行,让法警去海鸥宾馆门口等他。虽然这前后只差半个小时,但他知道,钱一经汇出,就很难让它返回头来,而胡与闻跑也跑不远。

十二点三十五分。

中国一共有四大银行:工商银行,建设银行,农业银行和中国银行。其中中国银行是专门管国际之间的货币往来的,在一些主要的城市都设有分行。

中国银行G省分行,就在涟江边上,是一座老式的建筑,门前有着许多级台阶。

吉普车"嘎"的一声停在台阶前,卫晋连车门也没有关,就冲上台阶,一步三级地飞跑着,把自己的影子丢得远远的。

"电传室在几楼?"当银行大门口的警卫验过他的证件之后卫晋问道。

"六楼。"

电传室门口两个警卫科就没有这么好说话了。

"因为每天都有上亿的外汇在这里进进出出,所以我们行里规定:非本部门专管领导和本部门工作人员,谁也不许进去。"门卫彬彬有礼地对卫晋说。

"那你们领导在几楼办公?"卫晋知道再说也白搭。

"二楼。"

"你知道对方的议付银行和账号吗?"那个值班副行长边吃中饭边问。

"知道。"卫晋掏出一张写有银行名称和账号的纸。

"这归信汇处六科管,你去三楼找他们,"副行长在纸上签了个名,"只有他们才知道具体该找谁。"说完他继续吃他的午饭。作为银行的头头,他见惯了大数目,三百万美元不足以使人着急。

卫晋这会儿可真像一个头一次进城的乡下拖拉机手一样,不住地被人吆来喝去。

又过了十五分钟,卫晋才找到那个"知道具体该找谁"的人,并由他陪同进了电传室。

电传室很像机场塔台控制室,满布着各种颜色的电缆和闪闪发光的荧光屏。荧光屏上的数字不断地变换,显示着纽约、伦敦、东京等数十家国际大金融市场上各种币值的交换情况。为了不至于互相影响,每个工作台都用吸音材料做成的板相互隔开。

"KTV——3235那笔款汇出去了没有?"副科长问五号台的女值班员。

"请等一下。"值班员快速地按动着几个数键,荧光屏上立刻显示出"KTV——3235——2936000$——83·8·23·12·50分"的字样。

"10分钟前我汇出去了。"值班员将荧光屏上的数字清除掉。

"你赶紧问问香港英华银行,看看有没有人把款提走?"卫晋急不可耐地说。

值班员用请示的眼光看着陪卫晋前来的副科长。

副科长点了点头。

值班员又按动一系列数键。大约三四秒钟之后,荧光屏上又显出一系列数字和英文字母。

"款在汇到的同时,就被转走了。因为KTV——3235这笔款是背书转让过的。"值班员又把荧光屏上的信号清除掉。

"你赶快问款转到什么银行去了,账号是多少?"卫晋此时脑中飞快地闪过香港高级法院、国际经济法庭……

"他们不会告诉你的,这是银行的规矩。"副科长对他说。

"规矩?我要早知道你们的规矩就好了。卫晋脱口说出这句话。

他坐在吉普车的方向盘前,稍微定了神,就发动着汽车,以二档起步,向"海鸥"宾馆疾驶而去。

十三点二十分。

"请您与公安厅联系一下,进行边境控制。"卫晋在空无一人的"总统套间"内给检察长下命令,"服务员说胡与闻是十一点四十分离开此地的,而在这之后到十六点之前,没有任何飞往香港的航班,所以我估计他是坐汽车去边境的。"

眼下卫晋的唯一希望就是抓住胡与闻,搞清那笔钱的下落。

十六点。

卫晋在江泽林家里向他宣读了逮捕令。

江泽林刚刚理过发,齐整的发型,配着他那线条分明的脸,给人一种端庄的感觉。他在从街上回来之前,花光了身上的四十元钱,在"马克西姆"餐厅,要了一桌丰盛的酒菜,然后强迫自己全部吃下去,他知道自己将在很长一段时间内,没有机会吃到这种高脂肪,高蛋白的食物。虽然他相信自己最终是能够赖过去的。

他从容不迫地——卫晋十分不情愿用这个词来形容他,可一时又找不到别的词——将双手伸了出来。当镀铜的纯钢手铐"咔吧"一声合拢之后,他就接过卫晋递过去的钢笔,在逮捕证上签上自己的名字、日期时间,字迹潇洒流畅,一如既往。然后他就戴着铐子开始收拾东西,那份老练劲儿,就像他从小就戴这玩意儿长大的:他先是往提包里装了几件衣服,然后是卫生用品,牙签,擦手油。最后他从玻璃板下取出一张合家欢,小心翼翼装进上衣口袋,系上了扣子。

警车开走了,并没有人围观。一切严密、快速、无声。

在江泽林把双手从容地伸出的一刹那,卫晋就知道他遇上了一个相当难对付的家伙。因为根据他的经验:如果犯人拒捕,那么就证明他自知罪责难逃,被捕之后一般都供认不讳;如果犯人一见手铐就哆嗦开了,那么他一般来讲,经过几堂审讯之后,就会招供;而像江泽林这种见了手铐不害怕也不反抗的人,也许从犯罪的第一天起,就反复推敲过应急方案和对付审讯人员的办法。

"我倒要看看谁斗得过谁!"卫晋从反光镜里看着江泽林的脸。这是一张聪明人的脸,上面生有一双明朗的眼睛和恰如其分的嘴与鼻子。人们从这张脸的外表上,看不出任何邪恶。"所以说意大利犯罪学家龙布罗索所谓的能从颅象上判断'天生罪犯'的学说纯属扯淡!"卫晋想道。"但正是这种外表上看不出名堂的人,才能给国家造成巨大的危害。人们在汽车上看到不三不四的人,往往会把口袋捂紧,把背包抱在怀里;而很少有人会去怀疑像江泽林这样外表冠冕堂皇而实际上大量盗窃国库资财的人。"

十三

对一般人来讲,"三百万美金"这笔钱也许有点抽象,可对卫晋来讲却是十分具体的。因为在这件"烟叶案"一开始他就问过韩亦平:三百万美元到底是多少钱?"用一个不超出你智力范围的说法来讲,"韩亦平思索片刻后回答,"相当于咱们省最赚钱的工业——纺织工业十万职工的全年工资。"

"可如今这些人全年都白干了!"卫晋眼前先是闪出十万双穿梭往来的腿,继而又闪过十万个被重物压成佝偻状的身影,然后是火红的炼钢炉、黑色的煤井、烈日下的南国水稻田、寒风中的北国原野……"这些都是血汗钱呵!"他激动得几乎喊出声来,"可咱们的那些官老爷又是怎么在替他们管理这些钱财的?"他想起昏庸无比的邢副主任,想起奸诈的江泽林,还有中行那个专心吃午饭的副行长,"我当时为什么没有把他从那把皮转椅上揪起来,然后拖着他与我一起去电传室呢?这样完全有可能找回那笔钱来!"他开始从后往前一步一步地审查自己今天的全部行动:他想起在中行那无数级台阶上被自己丢得老远的影子,想起明天上午将要寄到检察院的那些"超速行驶罚款单"……想到最后,他得出一个结论:我今天的行动无懈可击。

"可这十分钟是在哪损失掉的呢?"他开始往深里思索,"如果我不理睬老丈人'不要在细节上浪费功夫'的教导,事先花上半个小时找人了解一下中行的工作程序,那这十分钟是完全可以找回来的。当然,老丈人绝不是故意把自己往错处领,他讲得的确是他几十年来积攒下来,而且行之有效的经验:关键是人。但现在的时代不同了:过去的时代,尽管政治运动此起彼伏,但经济体制结构却很少有变化,所以那时的人,几乎是个政治人;可现代人就不是这样了,他们的经济背景不再是静止的了,他们的活动速度,获得信息的速度是前人的几十倍甚至几百倍。他们也由政治人变成了经济人。所以不了解现今具体的经济结构,就无法真正的了解现今的人。

"现今的人当中包括罪犯,他们也进化了——骗局的结构越来越大,手段也越来越现代化。建国三十几年来,曾几何时,发生过范围这么大,牵扯这么多部门的经济骗局?没有,"卫晋摇摇头,"从来没有过!"

"十分钟呵,"他的思想又转回到老题目上去,"在过去这不过是吃半顿饭的功夫。抽支烟的功夫。可如今就在这么会儿功夫里,三百万块钱就跑了:从G省跑到香港,从香港又跑到不知什么国家,不知什么人的手中去了。

"以前,我们,"他想起自己、肖一泯、刘检察长,"认为我们的检查机器已经高速运转起来,可就在这短短十分钟里,却表示出历史性的差距,表示出我们这个封闭多年的社会对错综复杂的瞬息万变的现今世界的不理解。而这种差距,这种不理解被一些敏感的罪犯充分地利用了——他们通过一条相当现代化了的渠道吸走了我们的钱。时代是不可能逆转了,而能改变的只能是我们的思想,否则将来还不知道要受多少次比这更大的骗!"

为了利用被告对法律巨大威慑力量的震悚心理,《刑法》规定必须在被告被捕后的二十四小时之内,对他们进行第一堂审讯。

但这些对江泽林的作用似乎并不大:他虽然有些害怕,有些不习惯,但从他脸上却一点也看不出来。他心里很清楚:只要抓不住胡与闻,找不到他这两年"积攒"下来的钱,就根本没办法定他的罪。所以他既不是大声抗辩,也不是低声求饶,而是利用自己在徐英被捕后,从法律书籍上得来的知识在与主审的老李绕圈子,"如果我没有罪,那我也不能自己给自己编,因为那样我就犯了'伪证罪',再说根据'无罪推定',我眼下仍然是一个清白的人,享有公民的一切权利。"他有条不紊地说道。他所谓的"无罪推定"是资产阶级法学家切查列·贝加利亚提出的。意思是:在法院做出有罪判决之前,任何被告都是无罪的。在《刑法》刚刚公布时,国内法学书刊就此辩论过很长一段时间。

老李一时没有答上话来,对付像江泽林这样"知识型"的罪犯,他还是第一次。

"你所说的'无罪推定'对我国刑法并不适用。我们法律规定:检查人员是享有诉讼职权的国家公职人员。立案、侦查、拘留、逮捕、起诉和审判这一系列法律程序,都在不同的法律意义上说明你有罪。"卫晋说道,"我们是在充分调查掌握你大量的犯罪事实之后,才批捕你的。"

"胡与闻已经交代了许多问题。"老李单刀直入。他不爱听这种书生类十足的议论。

"那是他为了摆脱自己的罪责,嫁祸于我。"江泽林根本不相信抓住了胡与闻,"你们可以叫他来和我对质,看看究竟是我有罪,还是他犯了'诬陷罪'。"

一个有罪的灵魂,一个丑恶的灵魂,硬是做出一副纯洁无邪的清白样,摆在你面前。卫晋觉得再也没有什么比这更叫他恶心的了。"与我们合作是有一定限度的,如果超过了这个限度再想合作,那就晚了。"说着他站起身,结束了第一堂审讯。

吉普车轻灵地超越一辆又一辆的大型客货车。

"自从建国以来,检察院三起三落,我是三去三来,"老李对开车的卫晋说,"可我从来没有碰上过有涉这么大一笔钱财的案件。如果咱们能够撬开江泽林的嘴,落实上他四万块钱,那咱们就算创了审理受贿案的全国纪录,也算立了一大功。"老李舒适地伸了一个懒腰。

"立了一大功?"卫晋想不到老李竟会狭义到这种地步,"国外现在流行着一种'形式法则',也就是说要从根本上闹清楚自己是干什么的。"卫晋头也不回地对老李说道,"有一个生产灯具的厂商,就是因为多问了几次'我到底从事的是什么行业?'从而找到了自己工作真正的定义:从事光线控制业。这样他不光生产灯具,而且生产激光器,于是事业迅速地发展起来。

"依此类推,我们的工作不光是惩处几个罪犯,而是保障人民权利不受侵犯,国家财产不被盗窃。所以我认为咱们如果要是找不回那笔钱来,这件案子从本质上来讲,就算是完全失败了。"

车刚一拐进检察院大门,警卫就跑过来告诉他,"检察长让你一回来就去二楼会议室找他。"

"看样子来了不少正经官儿。"老李揉揉眼睛,望着楼前停放着的一辆"红旗",一辆"上海"和一辆"老吉姆"说道。

"咱们开个短会,"李副省长四下环顾一眼,"眼下的当务之急是,第一要抓住胡与闻,"他顿了顿,"争取搞清那笔钱的下落。第二要在短时间内拿下江泽林,让他开口招供。大家别以为他是条死狗,这个案子很典型,要办得快些,漂亮些。"

"刚才我们几个议了议,准备由公检两家成立一个办案组。"刘检察长说,"肖老荐贤不避亲,说让你担任领导,不知你有什么要求没有?"

"由我挑个人行吗?"卫晋问。

"谁?"

"金亚伟。"

"三个小时前他已经出发了。"

"去哪了?"

"边检站汇报说:胡与闻没有从关卡出去。所以金亚伟要求去东源县,因为有材料说胡是一九六〇年困难时期从那偷渡出境的。"公安厅项厅长对卫晋说。

"搭我的车回去。"散会后肖一泯对卫晋说。

"如果不是因为在中行的大楼里上上下下地转了二十分钟的话,我肯定能截住那笔钱。"卫晋说了一遍在中行的经过。但刚一说完,他就有些后悔。因为这等于是在当面埋怨肖一泯。

肖一泯闭着眼,锁着眉仰靠在汽车的沙发座上,一言不发。

他们两个刚一进门,就听见客厅里的电话有节奏地响了起来。

"我是金亚伟,"电话机里传来清晰的声音,"此刻我在东源县边防站,用一级战备线路在与你通话。"

"你怎么去的?"卫晋感到不胜惊讶。因为金亚伟的动作实在有点太快。

"骑摩托。"

"骑摩托?"卫晋下意识地重复道。他很难想象金亚伟骑在那辆比马还大的

"本田1200"上,开着八十迈的速度在凹凸不平的山路上疾驰时,世界看上去是什么样子的。

"我已经与边境线上十六个村的民兵负责人通过话,静等着鱼儿上钩了。"

"那些民兵不熟悉侦捕业务,你可要向他们仔细交代清楚呵。"卫晋嘱咐道。

"我什么时候教过你怎么当检察官?"说完,金亚伟就放下电话。

"我不去了,你一天好几个搜查方案,谁受得了?"老李说道。自从苏芬交代说江泽林把钱藏在了厨房的盖板底下之后,江宅已经搜查过五次了,可次次一无所获。

"去吧,"卫晋硬是抓住老李不放,因为一个人是无权搜查案犯住宅的,"日本有一位著名侦探说过:要现场百遍。可咱们只查过五遍,还差得远呢。再说,我们教《犯罪学》的老师常爱说:有创造力的罪犯是罕见的,他们常常被思维定式所左右,根据这条,我又想出了一个新方案。"

"那最好让你们老师领着那个日本侦探,按照你的新方案去找吧!"话虽这么说,老李还是跟着去了。

"我想应该在这。"卫晋打开垃圾道的盖板,并向老李要过打火机。

"小心上面倒土。"

"这是最高一层。"卫晋边说边把半个身子都探进垃圾道里。

"你掉下去不要紧,别把我的打火机也给掉下去。"老李紧紧地抓住卫晋的双腿。

"找到了。"满面灰尘的卫晋先把拿打火机的左手退了出来。

"吹牛!"老李接过打火机,"你要是找到了,我就把这个打火机给吞下肚去。"老李那个新式电子打火机是他平常和人打赌时所敢下的最大赌注。

"那你吞吧!"卫晋继而退出的右手中拿着一个很扁的铁盒子。

铁盒子里面是透明塑料纸包着的八千元港币,七千元人民币,还有四十张五百票面的外汇券和两千元美金。

"你那个'思维一定式'还真灵！"千里来龙，至此结穴，老李也是喜不自胜。

"是思维定式，"卫晋纠正老李，"上次他盖在砖头里，这回仍然可能是。"

"反正这会儿你怎么分析也是有理。"老李把那个铁盒子小心翼翼地收进搜查皮包里，"我去叫辆车来。"

在车上，老李一直用手抓紧那个皮包。他有生以来，还是头一次携带这么多的现款。

俗话说：福不双降。但有时也有例外。

刚一进家门，肖霜就迎上前去帮他脱下脏衣服，然后对他说，"饭热在锅里。"

卫晋欣赏着妻子挂着微笑的脸，有如在欣赏一张超级名画。按照罗丹的理论：一个女人最美丽的阶段往往会出人意料的到来，有的历时几年，有的仅仅是几个月。卫晋觉得眼下就是肖霜一生中最美丽的时候，而且他认为这美丽将是永恒的。

他美美地吃了一顿。刚擦完嘴，就听见肖一泯在楼下喊："卫晋的电话。"

"胡与闻被我抓到了。"不用问卫晋就知道这是金亚伟，因为他刚一拿起电话，就似乎闻到一股浓烈的雪茄烟味扑面而来。

"太感谢了！"卫晋情不自禁地说。

"谢个屁！明天一早你就可以见到这个你日盼夜想的坏蛋了。"

"要是那个姓胡的开了口，而且有钱的消息，你最好能抽空给我来个电话。"肖一泯犹豫了一下才对要去上班的卫晋说。

时间：卫晋审讯胡与闻的同时。

地点：印度加尔各答。

温特尔步履从容地走出电梯，后面紧紧跟着的是一个提着钢制小箱的财务主任，为了防止抢劫，那只箱子用一条细细的钢链锁在了他的手腕上。而钥匙却装在温特尔的口袋里。

在宽敞的门厅里，温特尔用一秒钟的时间回头看了一眼，然后扔掉手中青色的哈瓦那雪茄烟，并把它狠狠地踩进地毯里。

这幢大楼从今天起已经不属于他。

他们把一辆一九八一年产的"奔驰500"型汽车扔在机场旁边的停车场上，然后大模大样地上了开往巴黎的飞机。

至于到了巴黎之后，他再去哪，那就没有人知道了。反正他是跑了，卷逃了。所有的不动产都变换成瑞士银行的存款和能在世界范围内流通的票据。把这些全部转换成现金，足够装满好几只大浴缸的。

"胡与闻交代了那笔钱的下落。"卫晋原原本本地把事情的经过向肖一泯说了一遍。

"这么说，那三百万块钱是要不回来了？"卫晋听出肖一泯的声音多少有那么点发颤。

"是的，要不回来了。"卫晋低声对着话筒说，"我想温特尔这会儿是跑了，他肯定怕咱们向印度法院起诉他。"

"那咱们不会向他藏身处的国家法院起诉他？"

"那首先得知道他躲在什么地方，然后还得看咱们与那个国家之间有没有司法往来。"卫晋心里很清楚温特尔绝不会找一个与咱们有正常外交关系且有司法往来的国家躲起来。

"可是在以前，只要人在，钱是跑不了的呵？"

"可那是以前呵！爸爸。"

"是的,那是以前!"肖一泯在阳台上已经坐了整整四个小时,"在以前,只要能抓住土豪,那总能找出浮财;只要能抓住诈骗犯,那准能找到被骗取的钱。"他想起在五十年代那个从人民银行骗去二十万巨款的著名骗子,"顶多是像他一样把钱给烧了,可烧了就等于找到了。然而现在这些由中国骗去的美元,却要在全世界的范围内流通、周转、生利……

"怎么钱会比过去跑得快了呢?"

十四

"你看看这张收支一览表上还有没有大的出入?"一个星期以来,卫晋历尽千辛万苦,用逻辑这把凿子,抡起事实这柄大锤,将江泽林供词中所有虚假的成分一一剔了出来,列出了明明确确的一张表。

"没有了。"江泽林过了十五分钟才回答。他在拖时间,一心巴望今天的审讯就此结束,因为一个星期以来,他的神经简直是被卫晋弄得紧张透了。

"你有没有在你家厨房里藏过东西?"冷不丁卫晋发问。

"我根本就没有什么要藏的东西。"

"那我们要是找出来怎么办?"

"怎么办都行!"江泽林的回答是肯定的。

"枪毙你也行!"老李问。

"当然!"

"那你在供词上签个字。"

"我是相信你们的。"他看也没看就在供词上签了字。他以为今天的审讯到此就结束了。

"我有点东西想让你看一看。"卫晋说话的声音并不高,取放铁盒的动作也很缓慢。

但东西本身自有它无比的威力。

江泽林呆了。完完全全地呆了。像一块风化石,一只被车灯照住的兔子,象一棵被雷电击中的树。

卫晋摸了一下口袋中的"高效救心丹"。他知道江泽林像所有摄取热量过多,贪图口腹之欲的人一样,有着轻微的高血压和心脏病。

"你认识这是谁的东西吗?"卫晋对着江泽林大声说。

"不认识。"

"你知道里面装的是什么吗?"

"不认识,不认识。"

卫晋知道这些江泽林否定的回答完全出自下意识。他递给江泽林一杯水,可江泽林根本不知道接。

他眼睛不再放光,大脑也不再发出波束……他的一切生理与心理活动都处在了"暂停状态"。

过了五分钟,他的左臂才像一条冬眠复苏的蛇一样,开始轻微地颤动。慢慢地,这颤动的频率加快,幅度增大,继而又传遍全身。最后他"扑通"一声跪了下来,颤声说"我全交代,我全交代。"

像所有的罪犯一样,江泽林没有任何政治信仰,他只崇尚金钱,自认为"天塌下来有钱顶着"。可如今这根擎天柱已被连根拔去,他的一切抵抗也就全部失去了意义。

他开始一笔又一笔的交代他的全部"受贿项目",时间、地点、人物,无一遗漏。

卫晋敬佩他的记忆力。

核对事实的工作是相当烦琐的,为此卫晋再次逐一提审与询问了此案的全部犯人与有关证人。

"胡与闻交代了他一共向你行贿总值八万七千元的人民币,你本人交代了八万一千元,经我们查证,认可了八万四千五百三十六元。你看看还有没有出入?"卫晋问道。

"没有了。"经过三天的休整,江泽林又恢复了镇静。

"你们会怎么处理我?"在最后一份供词上签完字之后,江泽林问道。

"法院会根据有关律令来处理的。"卫晋干巴巴地说,"你还有什么要说、要问的吗?"卫晋知道,这件案子已经基本结束了。

"你盯了我好久,又审了我好久,想必该对我有点感情了吧?"见卫晋收拾卷宗要走,江泽林恶毒地笑笑,"眼见分手在即,而且说不定从此人天永隔,于情于理你都该来上几句临别赠言吧?"

"说句心里话:我原以为像你这样工于心计的人,开价也许会高一些。可谁知你却这么不值钱,"卫晋站起身,双目直射这个外表文雅的无赖,"用三百万美元才换来八万人民币,不过是百分之三而已。而按说要有百分之三百的利润,才会使资本胆大到敢于冒绞首的风险。"痛定思痛,卫晋这些日子以来,越来越感到那三百万美元的分量。他相信全国人民在不久,也会知道这"三百万"的分量,那时一定会有一个"国人皆曰杀"的怒潮出现。

"看来这小子也是精明一世,糊涂一时,"江泽林也在盘算,"我是在用别人的钱换自己的钱,并没有赚与亏的概念,所以也不讲什么百分比,我只讲安全性,只讲绝对值。"但他并没有公布自己这项"小发明",只是问:"我什么时候可以拿到《起诉书》?"

"开庭前七天。"说完这话之后,卫晋看了一眼江泽林脸上那些冷漠而阴险的线条。

江泽林被带了下去,审讯室里一片寂静,只有嗡嗡作响的电风扇在驱赶着酷暑。

"处理这个人,只是我工作的一部分,"卫晋想道,"更重要的是使那些有犯罪心理的人悬崖勒马,使那些已经犯了罪的人苦海回头。所以我应该写一篇文章,从法学角度分析一下江泽林这个受贿典型的心理活动。"

在下午,这还不过是个想法,到了晚上,它已实现。

"什么是受贿犯思想中的公因子呢?本文试图把它提出来。

"受贿犯的第一次受贿都是在合法交易之后。他们此时的心理是:既然合法,受点贿也没有关系。但一个不法商人一语道出其中关键:受贿犯永远是受贿犯——他的意思很明白:你既然受了贿,那就好办,他的贿赂也就越来越大,生意从合法过渡到不合法。

"这时受贿犯的心理也发生了相当的改变:所谓的不合法,是要在被发现之后才算。只要全力掩盖就行了。这也就是说:受贿犯除了受到金钱这个古老的诱惑外,支撑着他的还有'完全犯罪'的心理。

"所谓'完全犯罪',也就是指不留任何痕迹的犯罪。这曾经是多少代犯罪分子苦苦追求的最高境界。但这不过是幻想而已。用以下逻辑就能轻而易举地将这个肥皂泡戳破:

受贿——是为了享受。

享受——就会有痕迹。

痕迹——就会有衣、食、住、行、现金、存款等外部特征出现。

"换句话说:你受了贿,就不可能将所受的贿赂消迷于无形——姑妄称之为'贿赂不灭定理'吧。

"而这些有形的外部特征,加上不法交易的直接后果,必然导致罪行的败露。"写到这,卫晋原本打算就此打住,但想了想,觉得言犹未尽,就又继续写下去:

"至于像江泽林这样大数额受贿是不是经济开放的直接后果?我想这是毋

庸讳言的,但如果把我们国家比喻成一个患有经济落后症的肌体的话,那么经济开放,就是治疗这种病的一剂良药。而类似江泽林这些垮掉的人,则是服药后的副作用。那么我们所有的司法人员则是消除这种副作用的医生。

"我相信这副作用将在不远的将来被消灭掉!"

十天后,G省高级法院开庭审理"烟叶诈骗案"。

又过了三天,法庭做出判决:判处江泽林死刑,立即执行。

听见这宣判,好像有人一下子把江泽林的血全部抽光了。他的脸白了、嘴唇白了、指甲白了、连头发也在这一刹那变白了。

他不服,向最高人民法院提出上诉。

十天后,上诉被最高法院驳回。

在中国的受贿史上,江泽林作为一个特定阶段的杰出代表人物将留下很大的名声。

白天一场大雨,洗净残暑,空气中到处充满能活跃人思想,振奋人精神的负离子。

从肖宅二楼的阳台向下望去,月光下的植物园街有如一条银色的大河,呈现出城市特有的美。

卫晋双手交叉地抱在胸前,他正在思考如何在更大的范围里,更深的意义上展开自己的工作。因为他知道迎面而来的是一个崭新的时代——那是一个在变化中蕴藏着惊人希望的时代,一个需要思考更需要行动的时代,当然无疑也是他的时代。

　　　　　　　　　　　《黄河》　一九八五年一月创刊号
　　《历史的十分钟》　群众出版社　一九八六年八月

国　手
——《书香门第》之一

小　引

即使写一篇以自我为中心的文章，也离不开冯哲、唐津、祝新三个人。这是因为我们都出身于知识分子家庭，而且又在一起度过了四分之一个世纪。虽然眼下冯哲是医生，唐津是研究生，祝新是中学教员，但我以为我们毕生都将有许多相通的地方。

一

如果没有唐、祝、冯三位老伯，那么一部《中国科学家辞典》除了要短掉三个条目外，还将减色不少。可要是少了我父亲，那么对于这本金碧辉煌的大书来说，却半点影响也没有。

家父只是一个平平常常的知识分子:莫斯科动力学院苦苦攻读四年,却只挣到了个副博士——只相当于我国的硕士。

在苏联,"博士"一衔极为金贵,轻易是弄不到的。与父亲同去的三百多名留学生中,只有一个获得了博士学位,那还是因为他得天独厚:碰巧摊上了个苏联科学院院士做导师。苏联科学界的派系斗争相当激烈,很有点官场味道:比如哲学界的德波林、植物学界的李森科……他们一个个俨然以"祖师爷"自居,认为有责任照顾所有的"徒子徒孙";于是乎,他才捡了个便宜,弄到手一张博士文凭。至于事实是否如此,我不得而知,但起码父亲是这样认为的。他自觉自己的才气、学识都不比博士先生差,只不过有点先天不足罢了。

谁也不能小看学衔前面那个"副"字,它硬是把老头工资整整拽下去一百多——博士是三级正教授,而父亲只是个五级副教授。当然,他从来没有这样比较过:中国文人历来不会把"做官"与"发财"之类的论题公开摆上桌面的。可光论学问怎么论?人家早成了中国科学院的学部委员——这也相当于院士,带过好几批研究生,专著也出了三大本。其中还有一本是布面烫金的,不管往哪一放,也是件正经摆设。可我家老头,只不过翻来覆去地教了几遍《电工基础》,在很小、很窄的范围里,赢得了一个非官方授予、没半点实用价值的"电磁场论专家"的荣誉称号。

当然,以上披露的心理活动,全是我把老头无意中流露出来的只言片语穿辍在一起,然后应用我这个专业棋手相当拿手的心理分析本领,自己悟出来的。

要说父亲的思维,那的确足够敏锐,可话却别提多少了。他充分地吸取了反右斗争的教训,并且举一反三,推而广之。应该说,他是明智的,因为他根本没有随便发议论的资本:祝老伯连降三级也还是教授,他降上三级成了个啥?

一九六〇年,母亲得肝病去世了。自那以后,刚上小学不久的我,就觉得父亲有很大一部分也随着去了。他没有再娶,也很少真正地笑过。

十年动乱中,他把自己的"优点"发扬光大,推到登峰造极的地步。在外面,他从不张嘴,好像空气中满是病毒。走路也是小心翼翼的,如同工兵进入雷区。

一回到家里，就一心扑在烹调上，把凡能上谱的环球中西菜，像做电学试验一样，翻来覆去做了好多过儿。再富余下来的时间，他就全用来翻看那几本《忘忧清乐集》《棋经十三篇》之类的围棋著作。也许，只有这样做，才能使他那敏感而脆弱的神经系统得以维持平衡。

所以，与其说他的专业是电学，倒不如说是烹调与围棋。因为他在这两样事业上，贡献了自己最富有创造力的大好年华。当然，他没忘了把这些本领传给我。别说，两样都挺管用。前一样成了我取悦、孝敬妻子的手段，后一样成了我安身立命的根本。

围棋的规则是所有棋类中最简单的，一句话就能说完，谁围的地盘大谁就赢。当然，它的基础与跳棋、象棋一样，也是机械的，但它没有那么多条条框框来束缚弈者的想象力。它从无处下起，你经营建设自己的美好家园，对手则要来破坏。于是你反抗、你斗争，在尽力扩大自己的生存空间的同时，消灭或压缩对方。就这样从无到有，由少积多，千头万绪，变幻莫测，给对弈者提供了极其广阔自由的活动天地。

因此，从某种意义上来讲，围棋也多少有点像艺术，极讲究个"悟性"。所以，有人虽对弈千局，读谱百卷而终不能化，永远也走不出闪光的、富有思想性的着手——非常遗憾的是，我的上两辈人均在此列。

要说我爷爷的学历衔头，可称辉煌矣！用他自刻的图章上的话来说，叫作"同治举人"，"光绪进士"，外带"浙东七品小知县"等等。他老人家是真名士自风流，除官当不好外，琴棋书画样样来得，其中最精的就是围棋。有一次，他出差杭州，巧遇一个多年不见的棋友，俩人小聊片刻后，就近找了个茶馆，重操旧计，杀将起来。

这一杀不要紧，从茶馆杀到朋友家里。从白天杀到晚上，转眼就把四天光景给杀没了。直到第五天头上，爷爷才匆忙收拾打点，准备去履行公事。可偏巧就在他喝光最后一壶龙井，准备出门上轿这一会儿工夫，忽然听到有棋声自房上来。

对他来讲,棋声有如圣旨,有如天竺仙乐,忙得他撩起官袍,奔出去看了个明白:原来是个短打扮的木匠,在休息时独自摆谱。

他当下把轿一退,行李一撂,邀下这位"梁上棋手",入后堂对弈。

爷爷平素自忖"清流"——也就是自认是高级知识分子,凡人不理。可一沾上棋,硬端着的架子,就"哗"的一声全塌了。

这木匠的棋艺极高,自我介绍出自当时国手范西屏门下。

爷爷于风尘中得遇知己,自然高兴透顶,赖在人家家里十多天不走,生把个迎送过境钦差的硬任务给忘了个干净——皇差驾临,一把手不出面招待,这可是犯了当时官场之大忌。丢了面子的钦差,还在路上,就参了爷爷一本,说他:"以命官之尊,甘于工匠为伍;疏牧民之道,偏攻区区弈理。"骈五俪六,合仄押韵,生把他个好端端的七品县令给参没了。

这下正合爷爷的心。从此他无官一身轻,有"子"万事足。整天在书房里摆谱,做《玄玄棋经》上的题目,把那些个论述仕途经济的大学问书扔在一边,积了好厚好厚的灰。

能随他的心,就决不会如奶奶的意。封建时代的女子,前半辈子就盼个"夫贵妻荣",因为只有男人做上了官,自己才能弄个"诰命夫人"当当。可终日下棋却显然弄不来"诰封",所以在奶奶的心目中,下棋是比抽大烟、嫖妓还要坏的恶习。"抽大烟的主儿,还有个清楚的时候,可你,"她不止一次指着爷爷的鼻子骂道:"却天天想你的谱,没个明白的日子。就算嫖妓,也早晚要回家,总不会天天魂不守舍!"奶奶气极了,也就顾不上官宦人家的体面了。

"言之成理!言之成理!抽烟之士,瘾足之后,常多奇想;我看够棋书,亦是常多奇想。嫖妓之人,日日伺候梳妆台,相好的一颦一笑,莫不费尽思量;我亦痴如斯,古人的一招一式,莫不费尽心思去揣摩……"每逢奶奶发怒,爷爷就手摇白纸扇,晃悠着脑袋,用这等以柔克刚的招数来对付她。

"你再天天下棋,我就烧你的棋书,砸你的棋!"整个家庭的生计门面,全靠奶奶陪嫁过来的几亩水田支撑,经济基础决定上层建筑,故她的威风极大。

这话戳到了爷爷的命根子上,他不敢吱声,悄悄地把些个多年来辛苦搜求来的棋书藏在神不知、鬼不觉处。

为了避免奶奶无穷无尽的唠叨责骂,爷爷白天不再去棋社下棋,只是在晚饭后,才以带儿子散步为名,去城里的茶楼观局。

他名曰"观局",可一进茶楼的门,就把儿子打发出去玩,自己好杀个痛快。

偏偏他这个宝贝独子好静不好动,任怎么撵也是不走。万般无奈,他只得忍痛从自己原本不多的私房钱里,再匀出一份,租个凳子给儿子坐。

小孩子坐久了就腻,于是就跪在凳子上看两人对局。绳锯木断,水滴石穿,日子一久,他也就无师自通了。可一心扑在"相好"身上的爷爷,竟无半点知觉。

南方夏天的晚上,是又湿又热,所以全家无论男女,一放饭碗,就径直奔往门外的高台去乘凉。按老规矩,一般是男居台南上风处,女居台北下风处,中间隔着老大一段空地,所以谁也没注意到少了个小孩子。

在奶奶叱骂的时候,爷爷的耳朵纯属是个摆设,可这双"聋耳"对棋声却分外敏感,竟能从此起彼伏的谈话声里、接连不断轰赶蚊子的扑扇声中,听见极细微的"啪、啪"声。

这是有人在下棋!爷爷当下做出判断。他虚留下座位,循声找上楼去。只见他原以为少不更事的儿子,为了躲避蚊阵,正光着身子,在帐子里摆谱。

爷爷这下子可算在贴身靠肉处寻下了知音。他先是雪中送炭传授些浅显的弈理,继而又锦上添花,亮出那些已有半年之久不见天日的棋书来,供两人切磋琢磨。

为了不让奶奶发觉,爷爷把自小和奶奶一起睡的"小宝"生给要了过来。这样父与子头挨头、心靠心,谈的除了棋理就是棋局。有时对上了话茬,竟能一直讲到公鸡唱劈了嗓子。

爷爷望子成龙心切,根本没顾上考虑自己那位天生弱质的儿子,能否经受得住这种夜以继日的打熬锻炼。

他的粗心,从根本上就决定了好景长不了——只不过短短两个月的功夫,就把儿子那张白白胖胖的圆脸,熬成黄黄瘦瘦的尖面孔,并且连声咳嗽,痰中带血,没了人形。慌得奶奶以为儿子得了"痨症",忙花重金,从四方邀来几位名医。

这几位白胡子老头,一号脉,一会诊,异口同声地说道:小世兄别无他恙,只不过劳心太过而已。开了几副寻常草药后,就走了。

奶奶是个精细人,前后一想,就品出了异味。她悄悄地溜进爷爷的住房,仔细的搜查起来。

当她在枕下找到几本棋书时,当下就明白病原之所在——她虽然不识字,可书上那些黑白点和横道道却见得多了。为了斩草除根,她再接再厉,下大功夫搬开几口樟木大箱,找出爷爷藏下的那副古棋子。

这天傍晚,她把丈夫和儿子,外加全体佣人,统统叫到院子里。她先是把爷爷最珍贵的那套据说是海内孤本的《玄道集》,一页页地撕开,投入一个红彤彤的火盆里;然后又把那副古棋"哗"的一声,连黑带白,尽数倒入臼米的臼子里,乱捣一通。

陈年旧谱,见火就着;脆弱棋子,更是经不住米杵力捣……

爷爷生来就不是个刚强人,加上又是官场竞争的失败者,平素吃穿都取自奶奶,所以这会儿纵然是心痛欲裂,也不敢吭一声,只是背过脸去,不忍看这无比惨烈的一幕。

当奶奶把这两样东西料理停当之后,就当着全体上下人的面,"扑通"一声,跪在了爷爷面前:"你就给我留条活路吧。千万别再把儿子的前程也断送掉!"说完眼泪就滔滔而下。

奶奶这话无疑是发自肺腑的:她"夫贵妻荣"的希望已经灭绝,光靠着"母以子贵"支撑了。爷爷即使再洒脱豁达,面对此情此景,也不能无惭。

从此,他绝口不提一个"棋"字。但以"棋痴"自号的爷爷,去了"棋"就光剩下个"痴"了。开始他还满室乱转,一副六神无主的样子;但慢慢就静下来,整天闭眼盘腿干坐着,就和入定的老和尚一个样。

一年之后,他一病不起。临到六脉浮脱之际,他鼓起丹田中仅存的一丝游气,大喊一声:"我的棋!我的棋谱!"然后就悠悠魂随古棋古谱去远了。

经过奶奶这一阵无情砍杀,去邪扶正,他的那颗独苗终于与棋绝缘,开始发愤读书。

苦心人天不负。儿子先是考上了当时很难考的上海中学,继而又考上了非常难考的交通大学。所以奶奶在临终时,含笑拉住儿子的手说:"小囡你到底走上了正途。"

然而父亲——爷爷与奶奶的独生子,自然就是我的父亲——在"正途"之余,仍时时涉足"邪径"。但他在围棋这方面的灵气,却实在是少了点。我十岁学会下棋,十二岁就把他给杀败了。"前两辈人苦苦学来的本领,到了你这就变成了天赋,变成了本能。"他盯着那盘残棋出了好一会儿神后说,"你再努力上几年或许能成点气候。但要是到了二十岁,还没能成为国手,那,"他加重语气说道,"就永远也不会成了!"

他这两句话是有根据的,苏东坡足够聪明的吧?一首《大江东去》镇住了多少代词人,一笔大字,也让不少人苦临了几百年,可活活下了一辈子臭棋,我见过他与一个和尚对局的谱,那股味劲就别提了!说句不客气的话:倘若大苏他晚生上几百年,再有幸碰上哪天我高兴,让上他四个子玩玩,那么,套上他那句"胜固欣然败亦可喜"的咏棋名句,保证让他盘盘"亦喜"永无"欣然"!

神童总是出现在数学、音乐、棋类这有限的几个方面。这显然是因为它们的规则尽管复杂,然而要理解这些,并不需要多深厚的生活,多丰富的阅历就行。如果有人不信这话,那就请他给我往出找个神童医生、神童法学家或者神童裁缝看看。我保证他上下五千年,纵横八万里,一个也找不到。

可我这个"小神童",长到二十岁头上并没能成为国手。虽说我在一九六五年寒假举办的"北京市少年围棋赛"上牛刀小试,得了个第一。可"文革"来了,它像一把三棱刮刀,一下子插进一个构造精密的手表里——从此停转的停转,乱转的乱转，任何一个小零件也无法正常工作了。尤其是在一九六六年、一九六七年，偌大一座学府，全被一团杀气笼罩住，吓得父亲把棋子、棋书全收起来不说，还明令禁止我在家里下棋。

如果光是我们家不让玩，那倒也罢了，可那阵谁家也不让玩这标准的"封建残余"，生怕引火烧身。所以弄得我们这几只"初生之犊"没有个清静的下棋地方。夏天好说随便找个没人的地方就行。记得一九六七年夏天，我和祝新在学院外面一块锈迹斑斑的井台盖上摆开了战场，一干就是一下午。临走时我俩才不约而同地发现此地特别臭，掀盘一看，只见一个大大的"污"赫然入目，原来是臭水沟。可等到了冬天，就连这样一块带味的地方也找不到了，弄得我们棋瘾难熬，像淘金狂似地，找遍了整个校园：楼道里、空无一人的教室里，任哪都冻得伸不出手去。最后我们彻底地失望了，直骂"天下真小，竟摆不下一盘棋！"

"冬天来了，春天却他妈的还远着呢！"这是我在围棋淡季开始不久的一个极烦躁的日子里，读雪莱名句，反其意而用之，信笔写下的。

一天下午，祝新兴冲冲地来找我，"我找到一间房子了。""在哪？"我赶紧问。"跟我来。"他右手提上棋袋，左手拉上我就走。要论找东西，他的本事最大。比方说：普天之下，如今只剩下一间能下棋的房子，而且只有一个人，在腊月十九那天下午三点十分能找到，那么这个人就是他。

"可那也得有呵！"我半信半疑地跟在他这位"寻物大仙"后面，边走边想。

他兴致勃勃地把我领到一幢淡红色的两层小楼前面。虽说眼下是万象肃杀的冬天，可这里依然有着一种树木怀抱的庄严气氛。"这不是江校长的家吗？"我望着绿色大门上两道交叉着的大封条问道。江校长当年以教育部副部长兼这座大学的校长，主持校政达十余年，不过这阵儿，他连办公带住宿，统统迁往"秦城监狱"去了。

"里面各种家具一应俱全，"他得意地向我介绍道"暖气也开着呢。"

"你敢进去？"我有点不相信地问道。那阵撕造反派的封条，比现在抢银行、劫飞机的罪还要大一到两倍。

"干吗非从门进？"他边说边领我绕过花园。"从这也能进去。条条大道通北京。"他打开一块铁皮盖板，"这是暖气通道，可直捣厨房。"说完他又从棉衣口袋里掏出一只小手电。

我俩小心地沿着烫人的暖气管道，顺利地爬了进去。

"吓！好一座宫殿！"我不由得赞叹道。这是我有生以来所进过的最为豪华、气派的住宅，连我以前认为天下第一阔气的唐津家与之相比，也要差劲多了。别的不说，光沙发就大批批的：客厅里一大圈，走廊里两大排，而且全是清一色优质牛皮的。书房里还有不少做工讲究的书柜，里面古今中外，各色书籍全有，不过也都加着封。其中最大的一只书柜上有一小条幅，我凑上前去一看，只见两行没标点的古拙小楷"见必买，有必借，高阁勤晒，国粹公器勿损坏"，我好不容易才把它断开读了出来。

"这些，"祝新做了个囊括一切的手势，"都是专门给咱哥们儿预备的。"说完他就大大咧咧地坐在沙发上。他干什么都理直气壮。你就是让他住进故宫，他也会这样一屁股坐在太和殿正中的那把雕龙大椅上，而且无论姿势还是神气，都要比在这把椅子上坐了六十多年的乾隆还要自然。"要是逮着咱们可怎么办？"我拘谨地坐下问他。

"他们哪有你这么聪明？"他胡撸了一下我的头，然后伸手去拉一张沉重的红木茶几，茶几听话地滑了过来，在积尘寸许的地板上留下两条深深的印迹，就像大车压在了松软的土地上。他接着又拽下沙发上的丝绒靠垫，胡乱抹了抹茶几上同样深厚的灰尘，"哗"的一声把棋子倒了出来，"开战。"他郑重地宣布道。弥漫整个校园的红色恐怖，老爹没完没了的叮咛，此刻，你们都上哪去了？天永远不会黑！肚子永远不会饿！人世间所有的东西对我来讲已经不再存在。它们浓缩、它们变形：缩成一个个的黑白棋子，变成一张有十九道经线和十九道纬线的棋盘。

接连好几天，我都处在一种极度的兴奋中，就像一对结婚很久，但没房住的夫妇，突然分到一套三居室、带卫生设备、一门关尽的住宅一样。

经我俩"引见",唐、冯二位也经常光顾此地。不过唐津更大的兴趣还是在那些书上。他就像一只闻见鲜腥的猫一样,围着那些书架直转悠,可硬是不敢伸手启封。

这情形被祝新发现了,他走过去三下五除二就把柜上所有的封条统统撕了下来,揉成一团。"你好好看吧。"他俨然摆出一副主人的姿态,把玻璃柜门拉开。

"你怎么敢撕?"唐津不胜惊讶地望着他

"范进中举之后,高兴得痰迷心窍发了疯。人家请他岳父胡屠户扇他两耳光,说兴许能救过来。胡屠户不敢,说举人是文曲星下凡,打了之后将来阎王爷要打二百铁棍的。于是人家劝他:你一辈子杀生,铁棍早不知攒下多少,再多加二百又何妨?"他绘声绘色讲了一段《儒林外史》后,又话锋一转,笑着说道:"我既然首先进了这间屋子,那么即使再撕了封条,也不过是多加二百铁棍而已。如果抽象出来,用数学行话来形容,就叫作无限加有限仍等于无限。你再多看几本书,就会懂得。"

从此,在我和祝新之外,又多了个风雨无阻,日夜不分的"读书客"。

"你看,"唐津捧着一本《宋史》递给正在下棋的我,"江校长读书之勤真没得说,这一套四十本以上,本本的天地眉目全都批满了。"

"你再乱嚷嚷,我就要把你驱逐出境了!"苦思不出对策的祝新向唐津怒吼道。他宣布过好多次,说这地方的发现权属于他,就像美洲大陆的发现权属于哥伦布一样,因此他有权力、有资格管理所有踏上这片国土的人。

当然,天天憋在屋里下棋,没人能受得了。我们有时也举行些别的项目比赛,比如拳击什么的,来发泄我们过剩的青春精力。

拳击手套是祝新在他家被迫迁往盖学校主楼遗留下的工棚里时,借机贪污下的。它们已经很旧了。我们去找鞋匠补好,然后又往上抹了大量的凡士林,终于使它们"返老还童"。

起初,我们是在"棋院"里玩,后来天气热了,就改在离祝新家不远的一片小白桦树林里玩。但未免有些提心吊胆,生怕被某人家长看见了。因为那年头的父母亲们都和警察一样,任什么事都往坏里想。

怕谁就偏偏遇上谁,这恐怕是一条颠扑不破的真理。

一天我们正在"战犹酣"之际,老祝伯突然出现在我们的面前。他穿着一件右胳膊肘破个大洞的旧羊毛衫,带着偌大补丁的蓝裤子上溅满了泥点。不用问,准是刚"改造"回来。一时,我们四个全傻了,垂手待在那里,就像四只任人宰割的家禽。

"你们怎么不打了?"不料老祝伯竟脸露笑容走了过来。在那年头,好人要是想真的笑笑,那非得是个能担山过海的大力士不可。

"我们几个瞎玩呢。"祝新边说边脱手套。

"干什么都得有个章法,打拳也不例外。"老伯整整羊毛衫,接过唐津褪下的手套。"咱们打一局。"他对他的宝贝儿子说。

"您也会玩这玩意儿?"祝新不相信地问道。说也是,任你从哪个角度看,老伯也不像个打拳的。

"怎么是玩意儿呢?"老伯很不以为然,"Boxing,"他脱口一句英文,"是一项颇具男子汉气概的运动,我岂能不会?不信你问问你爸爸,"他转向唐津,"牛津、剑桥的大部分学生都喜欢这项运动。"他系好皮护腕的带子,打个手势示意祝新开始。

祝新曾经在市中学生运动会上得过三项全能第二名,速度、力量、弹跳这些运动之"纲"他全都具备,反应也极好,自封为拳坛上的"千手千眼佛",是我们四个中的当然冠军。可与自己父亲比拳,却未免有些放不开。

"放开打!"两个回合之后老祝伯说道。

"我怕把您给打坏了。"祝新回答。

"你放心好了。"老祝伯说着就打出一记有力的"直击",正中祝新的下巴。

这下祝新的脑袋热了,左右开弓,发起一场空前猛烈的攻势。但老伯的步伐

103

异常灵活,闪来闪去,充满活力。他好像事先知道儿子的套路一样,一次又一次躲过儿子的拳。所以祝新的攻势虽猛,但命中率却相当低,即使碰运气打中几拳,也起不了多大作用,原先他不断吹嘘的那一千只手和一千只眼,这会儿也不知都跑到哪儿去了?但愈不中他就愈着急,最后竟大喝一声,用腿一扫,单拳一举,企图从老伯的肋下钻入,来个贴身。可不料老伯右拳一晃,一侧身用左拳打出一记漂亮的"左上勾拳"。那动作、那姿势简直盖了帽了!只见拳落处,响声起,祝新仰面朝天从"佛坛"上翻了下来。

"上!"老伯示意刚爬起来的儿子。

"我服了您了。"他揉揉左脸。看样子,老伯这拳足够分量。

"没出息。上!"老伯下了命令。

父命难抗!祝新只好再度硬着头皮挥拳上阵。可这次老伯的攻势不猛了,他开始边讲边打——诸位别小看"边讲边打"四字,这相当不容易:步伐、出拳要跟得上不说,还得留意观察对手的优缺点,然后再经过大脑分析处理,马上讲出来;也就是说要眼、手、脚、脑、嘴五大器官一齐使用。按说这原是拳击教练的"专利买卖"——看来我这辈子是当不上大学教授了!不说老伯那些耦合放大器,数理方程之类的正经玩意儿咱来不了,光这手拳我就学不会。不过对此我并不十分遗憾,因为教授这个衔头,在那个年代是很不吉利的。

"拳击是一项体育运动。"老伯解下手套后对我们这群"学员"来了个课毕前一分钟的总结性发言:"讲究扎扎实实,光明正大。像祝新那种带有浓厚街头流氓气的打法,在这里是派不上用场的。"

"算你运气不错,"老伯把拳套递给祝新,"碰上我多年没练,套子也不太合手。早年我这左拳,"他凭空挥动了一下,只听得风声呼呼。"最少也有八百牛顿的冲击力呢!"说完他拖着疲乏的脚步走了。

"八百牛顿合多少公斤力?"冯哲问我。我想了好一会儿后,无可奈何地摇了摇头。力的国际制与实用制间的换算关系,上初二时原来学过,可到了这会,却全还给了老师。

"他吹牛！"用一根枯树枝在地上划拉了好久的祝新站了起来，"八百牛顿合八十一公斤力。即使他年轻，即使他戴上合适的拳套，也绝发不出如此强大的力！"

八十公斤的力，老伯的左臂也许发不出来，但他的脖子却肯定能承受得住——三天后，老伯脖子上吊着半组用粗铁丝系住的暖气片，顶着一顶黑铁板焊就的高帽，被一群人押着游街，几乎转遍了校园。罪名就是：祝正教子行凶。

这情景我们几个都看见了，但只是悄悄地流泪，没敢去营救。当然，我们并不是缺乏勇气，而是实在搞不清到底是老伯犯了罪，还是押他的那些人犯了罪。

鉴于上述原因，我们只好像第一次国内革命战争后的中共党组织一样，再度转入地下活动——我这并不是瞎比，因为二者全是被恐怖所胁迫，只不过这恐怖一"白"一"红"罢了。

我个子小，体质又弱，所以在拳坛英雄排座次时，只有坐末席的份。但只要往棋桌前面一坐，那名次立刻倒了过来——在棋术上，我要高出他们一大截。

冯哲的棋细，唐津的棋稳，祝新的棋刁，而我却集三者于一身。我对棋有着一种天生的直觉力，有时不用思考就能把子放在棋盘的"最佳点"上。问我为什么，我也说不清，只觉得放在那"顺手也顺眼"。那经纬万端的棋局，那三百六十一个点，在我一目了然，从来就没有照顾不过来的时候。到了一九六八年初，我就能在茶几上摆上三盘棋，分别授祝、唐、冯三、四、五个子，来回走着下，打一枪换一个地方。像这样经常地改变注意力，在别人也许是一件很困难的事，可在我却像呼吸一样地自然。尤其使他们三个震惊的是我对棋那种过人的记忆力：三盘棋一下完，各自用手一胡撸，我再一一将它复原，不光图形不会错，这次序也不带错一步的。

"古人管这叫作复盘，是棋艺达到一定境界的表征。"唐津文绉绉地说。

"可古人有同时复三盘棋的吗？"祝新问我。

"没有。"我很肯定地回答。

"考据学中有一大原则，那就是：说有易，说无难。"唐津说话这时的神气，很容易让人想起"文革"前的唐老教授。"因为你若要论证某事发生过,那只要查出一条能站得住的论据就行。可你要是说某事从来没有发生过,那你就得从甲骨文一直查到现在,而且这还是仅就中国而论。"

"就算有,也不会多!"我很自信地改了口。

"依旧是'想当然耳',不足为凭。"唐津不屑地挥挥手。

"你要是不服,我再教上你一盘。"我抓住那只在空中乱舞的手,祭起我战无不胜的法宝。

二

棋术达到一定水平以后,就需要有人来指点,把你众多的实践经验上升到理论高度。否则,你的棋就会走"瞎"了,就像没师傅教,自己乱练气功一样,非练得走火入魔不可。

我在一九六八年就达到了这样一种境界:急需要有人指点。可又无人指点——国家队也被解散,棋手们星散全国;父亲也被我让至四子,早成为手下败将。一句话,山外无山,天外无天了。

所以,我每天除了看看棋谱外,不再多下让子棋。因为一下让子棋,就得走"欺招"——虽然明知这着棋不对,或者自己有一大漏洞需要补,可还得铤而走险。因为让子棋的全部理论就是建立在以下几大假定上:假定对方不如你;假定对方看不出你的漏洞;假定对方识不破你的计谋。老下这种棋,会把自己的棋给走坏。

因此,我就来了个兴趣大转移,开始养鸽子。我从小就没有母亲,也不趁兄弟姐妹,所以非常喜欢这些和平、弱小、纯洁的动物。在这方面,冯哲是个好帮手,他几乎不费什么力,就能根据一只鸽子的体型、毛色、嘴长、来判断它从属于哪一阶级,出身于什么血统,有多强的飞翔能力,因而使得东直门鸽子市那帮以吹嘘、欺诈为生的"鸽贩"一见他就头疼。尤其可贵的是他熟知鸽子的生活习性:什么夏天要喂多少盎司的盐,冬天要加多少克的维生素等等。于是,我们的鸽群愈来愈庞大。什么点子、洋白、铁膀、斑点,各色品种几乎都全了,一飞就是铺天盖地的一大群。

鸽子这种东西,市井人称"气虫",也就是说:一养鸽子就得斗气,不是你的鸽子被我"招"过来,就是我的鸽子被你"招"了去。所以我们只要一有空,就尽量伸直脖子,搜索万顷蓝天,一遇走单的鸽子就赶快把自己的鸽群轰起来,试图将那只单鸽"迫降"在我的房上。弄得还没到晚上,脑袋就摇摇欲坠。

在金秋十月,一个晴朗的上午,我与祝新正在院外的小树林里下棋,忽然间听到一阵悠长、悦耳的鸽哨声。我抬头一看,只见天上盘旋着六只鸽子。四白居中,两黑打边,听得出只只挂着鸽哨,而且是大葫芦哨、三眼小哨、十三太保,五音俱全,响彻云霄。玩鸽子的主儿都知道,鸽子挂哨的含义就等于是在向所有的养鸽"专业户"宣布:你们谁有本事就来招试试!

决不能咽下这口气——我俩赶紧跑回去,用挂着红布的长竹竿把自己的那群轰了起来。

谁知我的鸽子乱飞了一阵,非但没能冲乱对方的阵脚,反让人家给"裹"走了两只。

这两只"点子",是我和冯哲用四个月的零花钱刚从东直门鸽子市买来的,原该让它们在房上多蹲些日子,熟悉一下环境,与伙伴们多亲热亲热;谁知刚才一激动,竟把它俩给误轰起来了。

决不能眼睁睁地看着两张十块钱的票子就这么飘走!我俩飞也似的骑着车向鸽群逝去的方向奔去。

待我们追到旗人聚居的蓝旗营,鸽群不见了,一打听,才知道那群鸽是洪老头的。

这洪老头是个孤老汉,住着两间青砖小瓦房,养着十余只鸽子。我们一踏进他那栽满秋菊干净整齐的院落,就看见我们那两只不争气的宝贝已被他从房上叫下来,关入笼子里。

"把鸽子还给我们得了。"我俩央告他。

"干什么就得有干什么的规矩。"洪老头身材瘦小,鼻子像鹰,眼睛像鹞,一个劲吸手中的水烟。"哪有追到人家家里来要鸽子的?"

我俩又半带哭腔的央告了好一阵,但他只是颇有派头地"吸"与"呼",一声不吭。

"走,咱们还是回去下棋吧!"祝新对鸽子兴趣不大,急着要回去。

"下棋?"洪老头眼睛一亮,"下什么棋?"

"围棋,"我白了他一眼。那意思再明白不过:你还会下？然后就用脚使劲踢开车支子,准备打道回府。

"慢着!"老头叫住我,"我养鸽子有个规矩,我授人四子,谁要是赢了,就还他鸽子。"

他的规矩可真不少!我俩相对一笑,就支上车,随老头进了屋。

这是一间弥漫着围棋气息的住房:正中放着一张软木桌,虽然桌腿上的油漆已经剥落,桌角也磨损得厉害,但当中镶着的那块硬木刻就的棋盘却完好无缺。靠墙的一只博古架上,有几卷翻开的古棋书,墙上挂着一张名叫"东山报捷图"的水墨写意画,一看就知道出自名家之手,因为没用几笔就把个在松树下,山涧旁下棋的谢安那股子安闲潇洒劲画了个透,以至我觉得多少有点像在"棋院"中下棋的我。

"真想不到在这满汉杂居之地,还有这样一个幽静去处。"趁老头沏茶取棋的功夫,祝新低声嘀咕道,"看来即使'文革'铁箸帚横扫一切,也毕竟有疏漏的地方。"

我漫不经心地接过老头递过来的一只草碗,顺手一摸,"呵!云子。"我不禁叫出声来。所谓云子,就是以产在云南的大理石为基料,外加一些发黏的原料,高温融炼,反复磨制而成的。这棋子沉重扁圆、古朴浑厚,白得就像羊脂,黑的又透出鲜灵灵的绿劲,只须轻轻地往硬木棋盘上一放,就能奏出只有名贵乐器才能发出的美妙声音,简直绝了!所以元、明、清三代有点身份的人,都特别喜爱,并且经常把它作为贡品来巴结皇上。据父亲说,这种棋子以个论值,最棒的能值一两银子一个。他只有几个,不敷当局之用,只能供观赏。可这老头却偏偏有这么冒尖的两大碗。

可有好棋子并不等于棋下得好!当我看见棋盘上他"授予"我的四枚黑子时,心里的气真是不打一处来。非得给他点颜色看看,让他也知道知道什么叫围棋!它又该怎么下!此刻坐在他面前的到底是个什么人!

我一上来就摆出一副恶狠狠的架势,试图吃住老头的"大龙"(指尚未活净的一片棋)。谁知老头的棋就像一缕烟气,劈不开,斩不断,轰不散;有时看上去随手一着,一细想却是恰到好处。

当他把我的一只鲜灵灵的黑角活生生地吞下肚子之后,我当下改变了战略方针,开始小心地对付起他来。

当棋下到一百零三招的时候,老头试图再杀我一角,可我苦苦思索了好半天,使出了好几招手筋,终于求得了"双活"(指双方都活)。

"我输了。"老头放下手中的半碗棋子,随即献上刚沏好的清茶,那股子香味,即使隔着挺严的五彩盖儿,也能闻到。

这盘棋是细棋,也就是说我至多能赢三四子。老头能看出这点,足见得他的心算能力不弱。

"我原以为今生今世,在京师一带再无敌手了,不料输在你手下。"老头一扬头,一本正经地说,"鸽子你拿回去,"他顺手提出那个精致的竹笼,"连笼子一块儿送给你。"

除了那个他自编的小巧竹笼外,他还赠送了一对据说是极名贵的鸽蛋,让我自己去孵化,条件只有一个:有空去找他下棋。

这正是我求之不得的。打那之后,我几乎天天去找他下棋。我看得出老头挺会下让子棋,深知下这种棋的关键就是:制造纠纷,多生头绪,让对手顾此失彼。不过按老头的真实棋力论,让我四子的确是太多了,要是让上两子,还有一下。

跟他下两子局,他就谨慎多了,不再与我扭杀,只是从容不迫地经营自己的实地。我与他在十天之内,连下十盘,战果是五胜五负。

"想不到门第清华的翰林之子,竟如此杀气腾腾。"十盘赛一完,他主动给我讲棋,"孙子兵法云:不战而屈人之兵,曰之为上。下棋如同作文:好文章潇洒流畅,宛若行云流水,无一处急转,无一处腾挪,无一字可易。你倘若能修炼到这一步,老叟将不是对手。不过这很不容易。"他眉头一耸,"先要脱胎换骨,然后才能长大成人。"

"下棋就像养鸽子,"送我出门时,他特意轰起那六只挂哨鸽,"你看,"他遥指那越飞越高的鸽群,"四白作里,两黑镶边,什么东西也要讲究个阵势。别学前清的阔佬,一飞一大帮,乱糟糟的没个章法。"

别看老头说的玄乎,什么"脱胎换骨"呵,"长大成人"呵,那吓唬不住咱们。懂了道理之后,再多练上两回不全结了?我想道。

我开始改变我那种总想以凶悍的扭杀一举成功,求胜之心溢满全盘的做法,开始以自己心肠换他人心肠,眼光放远了,心也就放开了。

两个月后,他平下已不是我的对手。"看来有宿根慧心的人,确是一见顿悟,一点即破。"他用带有几分伤感的声音说道,"想不到我老朽几十年苦心孤诣求来的学问,小世兄竟几朝几夕就学得去。"

"老先生是怎么学的棋?"与他相处了这许久,还从来没听他提过一句自己的身世。

"先父是满清正蓝旗,世袭一等伯……"他一口气念出一大串头衔,而这些衔头的含义,我是在很久以后看完《我的前半生》那本书时才大体上弄明白的。

"前清的贵胄子弟,第一要事就是玩乐。走马、斗鸡、放风筝、吃花酒、票京戏,等等。"他连说四个"等"字,"但虽说九陌红尘,纷移心志,而我却独迷围棋一道。加上当时家中颇有几文,所以时常去'静轩棋社'下棋。你知道这个去处吗?"他问我。

我根本没有听说过。

"'静轩棋社'就在西城闹市口。那宅子门口,也没挂招牌,路人只道是一家无名小店,可你只要往进一迈,"洪老头不由自主地抬了抬腿,"就顿觉天地一宽。"他双手一张,做了个极阔大的手势。"先是一个园子:几座假山,几株古木,几座短桥,统被一湾流水连成一气。乍一看,似乎随意布下,其实却独具匠心,犹如高手的一局棋。"卖什么的吆喝什么,老头也不能例外。"经过这个园子,再沿一条通幽小径,九曲十八弯,才抵围棋厅。"说到这,洪老头停止了喷云吐雾,说话的调也变了。"围棋厅右手靠门处有一张平平常常的椅子,可上面迭放着六个椅垫。如果你是头一回去,掌柜的就会告诉你,这是吴清源(民国初年围棋高手,后加入日本籍)早年与高手对弈时坐过的椅子。那时候他还是个孩子,个子太小,够不着桌面,故而只得多加几个垫子。

"据说这宅子原来是一个陈姓绸缎商的。此公极善经营,着实敛下些财富。他一生迷于棋,且颇有造诣,号称'执黑子天下无敌'。后来在六十岁高龄上与一位日本棋手对弈十局,十战皆北。最后一局,他博上全部心力,棋面上看去极细,他屏住呼吸慢慢地数着子,当数完最后一子,他仰面从太师椅上翻将过去,当下吐血数升,十日后不医而亡。他无子嗣,立嘱捐宅第为棋社,不为赢利,只求为国手高人某一清净地,以图他日扬眉吐气,慰其在天之灵。所以在那下棋,不用买票不说,且有烟茶招待。但因时日旷久,只出不进,慢慢地陈姓资产耗尽,棋手们只好自谋出路,于是生出'白盘'与'彩盘'之分……"

"什么叫'白盘'?什么叫'彩盘'?"我赶紧问道。老头说话自顾自的时候太多,根本不管别人能不能听懂。

"白盘不下赌注,只交社里十文茶水费;而彩盘有注,一般是输一子一枚铜板,但多的也有达两角大洋一子的。"

"您下什么盘?"

"当然是彩盘!"老头狠瞪了我一眼,"只有穷人才下白盘。"

"当时京中高手多汇于此,所以我经常有机会与他们对弈,被授四子。"说到这洪老头自我解嘲地笑了笑,"那阵我少年气盛,虽输棋、输钱但决不输气。记得我与一位杨姓高手对弈,他自恃棋高,硬是下手强吃我的棋。我不服,也下手吃他。就这样从早下到晚,注也从每子一枚加至十枚铜板。哪次相斗,我也要输上五六盘,每盘二三十子。

"直到民国初年,'铁杆庄稼'倒了,家道中落时我才算学会临局有静气,才算学会用心下棋。就像言菊朋一样,先玩票票尽了家产,才下海认真唱戏。就这样又过了些年。在这几年中,我的棋艺大长,加之原来聚在'静轩'一等一的高手多改投到段公馆下棋去了,来此的只是些三、四流的棋手,故手顺时,一天之中我常常能赢上一两块大洋。而我每下上十天八天,扣除衣食而外凑足十元后,就尽数用来买段公馆的请帖。"

"他的请帖莫非是金打的,要这么多钱?"我问。因为据父亲说:他念上海交大时,两块钱足吃一个月也还有富余。

"当时棋界有南北两大护法:一是北洋魁首段祺瑞;二是上海的张澹如(国民党元老张静江之弟)。此二人财大势大,一旦成为他们俩的门下棋客,均有月例钱可支,足够维持普通生计。因此二人座上高手云集,请帖的价自然也不会低了。

"老段不许棋艺低的人上门下棋,故我在那儿只看不下。偶然在外面遇上段门高手,我就把他们邀至'静轩棋社'对弈一盘。他们自恃身登龙门,一开价就是五块大洋一盘,"老头用大拇指食指围成个半圆,"而且不肯多下,至多两盘。"

"那您花这么多钱显然是以学习为目的罗?"我问道。二五一十——这老头可真够下血本的。

洪老头点点头。"不过学习也不容易。旧时棋手衣食住行皆取之于盘上,轻易是不给人讲棋的。棋毕你若是向他请教复盘,他不是说你这三子宛如中流砥柱,就是说你那两子光彩照人;再不就说你天资超绝,日后定成大器。弯来绕去尽是些没味的套子话,所以常常是花了钱也取不来真经。

"记得我为搞清用小飞托对付一间夹这着棋是否良手,两次逢节,两次备厚礼送到一位朱姓高手门上。礼收下了,棋却不肯说。后来我设法打听到他极喜丹青,就忍痛割爱将一幅宋人所画的高头大卷在过大年时候送上门去。说是借给他玩赏些时日,其实就是白送了。这次他实在是有些不好意思了,拈须沉吟良久,才喃喃地说:'这要看棋势和对方的应手而定。'再往下他又不肯说了。真是一字千金呵。

"后来我见此路不通,就改辕易辙,开始从揣摩古籍入手。今人古人虽距时甚远,可棋心相通,加之弈谱之多,几于充栋。研习之,只一支烛,一杯茶足矣,用不着看人脸色,仰人鼻息。

"段龙、冯狗、袁大头,你去我来,但我埋头古籍,竟不知窗外是何朝,今夕是何年!"老头一句话,轻描淡写地带过了好多年。

"诚之所至,金石为开。"洪老头的声音猛地高起来。"沉浸其中日久,我颇有些收获。记得在甲子年,我与来京的高居江南棋坛首位名手王子晏在'静轩'对弈两局。第一局只负两子,第二局竟下成和棋。棋毕此公给我的评价是:棋路幽远,思路开阔,有时亦能异想天开!"说到这,他打住话头,捻须闭目好一阵后,才又接着说,"我一生从未涉足官场,亦不会经商,但王公这番赞语,决不下于金殿胪歌,家资万贯!"此时老先生枯黄的脸上,飞出五彩祥云,这显然是他弈史上最辉煌的一页。

"遥想当年在'静轩',"老先生勒住当年的缰绳,硬把他折回到六十余年前,"春时在彼弈棋,院内花香,室内茶香,妙手棋香;夏日在彼弈棋,檐下水滴,盘上棋鸣,交融一体,宛若古曲;秋时在彼弈棋,气爽神高,赢输无不得意;冬时在彼弈棋,院内千本红梅怒放,雪色入窗,愈添清妙棋趣。这真是,"老先生边走边作开诗了,"静轩原是琼瑶境,纹枰自称小神仙。三十年来无人晓,于今说与小世兄。"念到最后一句,他正好走到我面前,用枯瘦的手抚摸着我的肩膀。到了这会儿,我才知道他的名字叫洪纹枰。姓不能改,可纹枰二字却极富围棋色彩。

"您如此迷于棋,想必有所为吧?"那时我见人、见事虽少得可怜,但也隐约知道,每一不懈的追求都有背景,都有无限曲折,都有个终极目标。

"第一是为了图个衣食温饱;第二是俯身于盘,能忘却人世艰辛;第三,"他顿了顿,"说不清了。"

"第三是什么?"我不太礼貌地追问。不少人说话往往把最不重要的放在最前面,最重要的反而说的含含糊糊。

"我记得早年来了一位日本四段,竟走遍京畿无敌手。想我天朝,"他双手一拱,神色一凛,活像电影中的林则徐。"人杰地灵,此道"他用食指用力敲了一下棋桌,棋桌因此发出了一声阴沉沉的响声。"亦发源于我中华,岂容彼辈横行!不料,"他的神色又黯淡下来,长出一口气,"我人事已尽,是力不足也!"

我没有再说话。

我又和洪老头下了两个月的棋。用当时再时髦没有的话来形容:抄了他的"家"——也就是说把他的路数尽数学来。

从此他就很少和我对局,更不做任何讲解,只是给我讲一些棋坛掌故。碰上他高兴,他也会展示一下他多年的收藏。

个人的收藏毕竟有限得很。不过一两个月的功夫,就很有点山穷水尽的劲了。

一天,老先生从箱底取出四五个蓝绫面的书匣,小心翼翼地打开。

"这些都是什么书?"我伸手要去翻看。

"别污了书面。"他赶忙制止住我,然后从胆瓶中取出一根细长细长,光溜溜的竹签,把它插入书页之中,慢慢地翻动着这些颜色很像陈年玉米面的书籍。

"这些都是宋版书,以前在琉璃厂的书肆之中,以页论值,一页十两。"他边翻边说。

宋版书有什么稀罕,我想。以前以页论值,可如今废品收购站以斤论值,一斤三毛。别人不知道,光我就帮着唐津送去满满的俩三轮车。

"这本书我也有。"当我看见一本范西屏所著的《桃花泉》古谱时忙说道。

"你那是哪年的本子?老先生问我。

"一九六四年的。"我稍稍反应了一下后才答道。

"这就结了。我这本是乾隆三十年高恒的原刻本;而这本,"他又用两根竹签把原刻本挑开,""是嘉庆二十一年蒲开宗的巾箱本;而这些,"他把十余种版本的《桃花泉》一字排开,"都是古本、珍本、善本呵!"

"可为什么自打蒲开宗的巾箱本之后,'高大司农鉴定'的题款都没有了呢?"我对比研究了一阵后问道。

"这里面还有个小典故呢。"他又得意自己又找到一个能胜过我的方面。"乾隆一朝,海内升平。国运昌则棋运昌,高手们多聚集在当时以富庶著称的扬州。扬州最有钱有势的就数盐官。此辈的棋下得虽不值一提,可让钱烧的个个都想留个名,所以当'两淮都转盐运使'卢雅雨为国手施襄夏刻印了一部《弈理指归》而因此很风光了一阵之后,另一个比他官还要稍稍大一点的"两淮盐运御使"高恒见了则很有些不忿,紧跟着就为范公西屏刻了这部《桃花泉》,为的是借范公之名万古流芳。所以这'高大司农鉴定'的一行字是非刻不可的,而且必须刻得醒目。"他隔着老远用手指着首印本上那一行字,"可你看,"他又指指蒲氏本,"这才过了几年,这六字法螺就荡然无存了,而这部书却流传几世,被弈家奉为法律。"他小心地把所有的书收拢在一起,然后包好。"看来真是'古来圣贤多寂寞,唯有弈者留其名'。"老先生得空就要用几句不知是即兴创作下的,还是早就做好的诗句来抒情叙事。

洪老先生在我临插队前一个月,无病而终,享年七十有九,虽然外表上看上去要小得多,我曾问他用什么方法才能"永葆青春"?他说:本人一生除围棋外,万事不用心。

他临终"托孤"——把那副云子送给了我,外带两只楠木壳、丝绒里的棋盒:一只上镌有"从容谈兵"四字,另一只上是两方印:一方是"历官十四省统兵四十万"一方是"林则徐字少穆号俟村"。字写得严整秀丽。我问他是否是林公亲笔?他答道:既好此道,何问真伪?

除此以外他还将全部围棋藏书倾囊相赠。其中最值得一提的是一部他自撰的棋谱,上面所录除他一辈子最得意的十余局棋外,还有他苦心琢磨出来的几十个"玲珑"——也就是"死活征答"的别名。现在看来,两样都没有什么高妙处,但我仍不时地拿出来翻翻,为的是听听那纸背后面的声音。

三

　　派遣证捏在手里;户口本上属于我的那一页,也被那个长满络腮胡子的警察用极其熟练的手法一把从户口本上撕了下来;鸽子连窝送给了别人;围棋也用若干层衣服裹好,放在手提箱的最佳点上。

　　呵!别了,亲爱的北京城,亲爱的父亲,亲爱的"棋院"——我在临插队前的最后一个晚上,心中突然涌出万千感慨。可惜是不会作诗,要不然真该来上它三百首。

　　我边走边想,身不由己地来到了江校长的家,我们的"棋院"。

　　我像一只外出的猫一样,灵活熟练地从地道钻了进去。

　　我对这块宝地要比他们三个留恋得多。他们的交游要比我广泛,爱好也更多一些,平时总是我来你走。而我却是"守株待兔",谁来就和谁下,他们也时不时地从外面约来一些高手与我对杀。如果碰上阴寒雪雨没人来,我就自己摆谱。谱摆腻了,就用自己的右手和左手下——先替右手想一步最合理的着;继而又用左手的立场观点来看棋局,寻找最合理的着。这显然是一桩相当吃力的智力工作:因为你既当能捕获一切罪犯的警察,又要当能躲避任何追捕的逃犯,自己矛戳自己盾,有时连我自己也搞不清到底是矛利还是盾坚。

"假使我右手的招法是最合理的,那么左手的招法就决不会更合理,可我为什么还能一着接一着地走下去呢?"我像号称"无书不读"的唐津提出了咨询,"如果这样一直走下去,到底是右手厉害还是左手厉害?"

"我的右手,我的左手。"他来回念叨七、八遍后,才喃喃地说:"这恐怕是属于'悖论'的研究范围。"

"'悖论'是什么东西?"我追问道。

"打个比方,我说'所有的反动学术权威子弟都在撒谎'。如果你认为这话是正确的,那么,作为反动权威子弟的我,则是在撒谎,于是这话就错了;可如果你认为我这话是胡说八道,是在撒谎,那么他又对了。"他边说边比划,"你懂了没有?"

"没懂。"我认为这和我的棋半点联系也没有,"你再给讲讲。"

"再往深里讲,你就更听不懂了。"他虚晃一枪,走了。

过了好多年之后,他曾在一篇《递归与悖论》的论文里举到了这个例子,并给它起了个名叫"常诚悖论"——可尽管它与我同名,我看了仍是不知所云,真是隔行胜隔山。

这阵我独自一个在空荡荡的住宅里走来走去忙个不停。把一年来弄乱的家具都收拾好,就像不久还要回来一样。

说实在的,这座房子里值钱的东西还真不少。别的不说,光钢笔就有两大盒。江校长当年大概有收集钢笔的嗜好:各种型号的美国派克笔、银帽金尖的英国人头马牌笔;直到关勒铭,大尖金星、英雄,应有尽有,整个可称为一个小型钢笔博览会。可我们无论谁也没有拿过一支。

大衣柜里还有不少三套头的西装、银狐长袍、料子大衣,我们也只是穿着在屋里演过一场"文明剧"。

要说偷,我们也只偷过屋里的一件东西,那就是苏联教育代表团送的一套有机玻璃烟具。苏联人讲谱,那烟具又大又气派,件件上面刻有金字。我们四人用钢锯把它锯成一小条一小条的,拿到天安门金水桥旁作为原材料与人交换成纪念章。当然这是为冯哲服务。他从小就爱集邮,什么首日封、实寄封、大龙、小龙、红印花加盖,一说起来就没有个完。可自"文革"以来几乎没有发行过什么成套邮票,于是他只好移情别恋,开始收集起纪念章来了。什么:"帽徽漆""景德瓷""飞机铝""不锈钢"……反正五湖四海应有尽有。

那套烟具经祝新用"黄金切割法"计算设计后,历时四天,被肢解为四百余条小有机玻璃。剩下的边角斜、带字的被唐津拿到马路上去砸碎了,到废品收购站卖了三块七毛钱,然后又去"学院路餐厅"买回来两斤半天津包子,四人美美地开了一顿斋。

这是我们做的唯一对不起江校长的事。这事儿按现在的标准来看是不折不扣的盗窃行为,可在那会儿不算什么。记得我们班上有一个"尚书公子",整整两年时间全靠卖牙膏皮和报纸为生。他从大学生宿舍里偷来牙膏,找个没人的地方,一支支地码成半圆,然后用脚去踩,一分钟也用不了,圆心上就凭空冒出一座茉莉花味、兰花味俱全的"香山"。他后来被判劳教三年,那是因为他在卖报纸的时候叫抓住了——他卖的全是一天的报纸:邮差在前面送,他在后面收,而且偏偏在这一天的报纸上有一段套红的"最新最高指示"。

我们班上还有一位曾为中国的核弹事业做出过卓越贡献的"反动学术权威"的儿子,是以卖废烂纸为生。那年头纸张用量极大,为了加速周转,收购价定得挺高:两毛五一斤。而在众多的烂纸品中,他对大字报纸有一种特殊的偏爱,原因很简单,这种纸与糨糊总是紧紧地联系在一起,最压秤。所以常常是别人站在席棚前面看,他就从席棚后面的窟窿里往下撕里面的。不料他有一次用劲猛了,席棚一下子倒了下来——于是他被打成残废。

这些行为当然不好,也不正常。可造成这么一群"狼孩"的原因到底是什么?难道只怪我们自己吗?

在把所有的房间都收拾干净以后,我又钻了出来,规规矩矩地站在门前的鹅卵石通道上,凝望着它。

这是一幢方正、古朴、内向,多少也带点古板的建筑物。我说不上他属于哪一国、哪一种流派,反正自打上小学时起,我就无数次见过一群群建筑系的学生,在它面前支起画板,对着它一画就是一整天。

可如今它变了。原来那种柔和的调子不见了,淡红色的砖墙上趴满了长有点点虫斑的枯黄的"常春藤"。从前环绕着它的那一圈珍贵、本分的树木,如今变得相当粗野,肆无忌惮的把粗壮的胳膊伸向阳台,伸向窗户。

望着被夕阳染上富丽堂皇的金色的它,我的眼睛潮湿了……迷蒙的泪水,把它的轮廓渐渐的软化了……慢慢地它退出了我的视觉焦点以外……

> 悄悄地我走了,
> 正如我悄悄地来;
> 我挥一挥衣袖,
> 不带走一片云彩。

不知什么时候,唐津出现在我的身旁。

"谁的诗?"我定了定神后问。

"徐志摩。"他慢吞吞地说,"这是他为告别母校剑桥大学而作的。"

四

挥大锄、抡大镐、舞镰刀。三顿饭全用黑粗的砂锅盛了送到地里,就着风吃。收工时还得从远地挑一担黄土,来改良近地的土壤,因为大寨人爱这么干……从小一直长到这会儿,我才知道什么叫累,和它到底是什么滋味。

但累归累,我还是忘不了围棋。

当然,我也曾经试过像唐津那样念英文,像祝新那样读杂书,可惜都失败了。干这些我实在是木得很。如果不识时务硬去学,其结果和一个小矮子学跳高绝不会有两样儿。

于是我只好重开"战阵",再读"兵书",研究起我的老本行来——虽然时至今日大家聚在一起聊天时,我常常吹嘘自己如何的有远见,又是如何根据智能结构进行的自我人才设计。可在当时我的确认为这不过是权宜之计而已。因为一个人只要还在呼吸,他就得给自己找点合适的事干干。

全窑洞内只有一张炕桌,却有着四个日夜想霸占它的人。记得有一次,我与祝新在桌上研究一部名叫《当湖十局》的古谱,吵吵嚷嚷地直搞了三个钟头,急着想用桌子的唐津等得不耐烦了,就硬挤过来把棋盘搅乱,并抽着由三个"烟屁股"接起来的烟卷,摇头晃脑地强迫我们听他刚填好的词:"寒窑糟,棋声北窗敲。旧谱翻动声满室,妙手迭出强人瞧,他日更招摇。"他顿了顿又说,"题目就叫'烦不胜烦'。"

"如果你这种顺口溜也叫诗的话,我也会作。"祝新当下填了一首十六字令回敬他,"烟,恒大前门红牡丹。抽一口,赛过小神仙。题目就叫'一边抽去'。"

我没有参加这种"唱和式嘴仗"的战争力,只是厌恶的挥挥手,哄开围绕在我面前的烟雾。

"你别做出不满意的表示,"唐津闹不过祝新,就把矛头转向了我。"在牛津大学,哪个学生有前途、有才华,导师就会经常召见他,并且对他边抽烟边讲学。换句话说:就是谁吸进去的烟雾多,他将来的学问就必定大。"说着,他又向我喷出极浓极呛的一大口烟。

"可咱们毕竟不是牛津大学呵!"我侧身躲过从"老枪"中射出的"子弹"。

"但多少也有那么一点像。"唐津说道,"牛津大学的桌子多得是,不用像咱们这样抢来抢去的。"

是的,我一个人老占据着桌子也不是回事。打那之后大部分时间,我都斜靠在炕的里角,用只手电筒来看棋摆谱,并且有意识地强迫自己从这些实物中超脱出来,在头脑中重现盘与子。

这是一个行之有效的方法,没过多久,我就完全摆脱了我这种累人的"外围设备"——只要一凝聚注意力,头脑中就自然而然的浮现出一副完整的棋,而且是清清楚楚,极富立体感,就和英雄纪念碑基部的浮雕一个样。

棋里乾坤大,盘中日月长。我在里面滚,我在里面爬……我阅读着,我长进着,时间和空间都没办法限制我。一两千年之内所有我知道的国手高人,都被我请进这间黄土高原的窑洞里;我向他们学习,和他们争论,大部分时候是他们胜了,也有几次则是我胜了。远隔千里的日本棋手也找上门来和我对弈——每当这会儿,我就想起洪老先生的话:一个区区日本四段棋手就横行京畿。我相信据我此时的棋力,不一定能胜日本五段,但也能让他吃一惊。其实,早在"文革"之前,中国棋手就能胜日本七段,一两个优秀者,对九段也构成威胁。可惜,"文革"来了,一切都停顿了,萎缩了。

但我相信,总有一天,围棋还会醒过来,美好的活下去,因为他已经活了几千年,经历过不知多少个灾难,多少个朝代了。

我纵观棋书,发现围棋有好几种境界。如果按日本人的习惯用段位来划分的话:由学棋至初段,算作入门;由初段至五段,算作打熬历练;由五段至七段,算作尽力攀登;而七段之上,已在国手之列。当时正在读清史的祝新也凑趣打个比方:"清朝仕途也有几大关键:一是知府升道员,越过此关便有监司之望,而监司已可称大员,也就是说成了高干了。再以后是巡抚升总督,也就是从省委一把手升大区一把手,等于是进了中央。你的棋眼下已在道员前后,非得碰上个提拔你的人不行。不然东调西调,总归脱不了风尘俗吏的行列。"

这个只有他才想得出来的比喻,虽然听上去不伦不类,但也多少有那么一点道理:不管他是小如琴棋书画,还是大至革命征途,关键时刻都得有北斗星,有指路人。

可此时,北斗星在迷乱的星空中瞎转,指路人也不知被谁们驱赶得无影无踪!

我没有烟瘾,只是逢场作戏喝几口酒,也很少添置新衣。所有的钱我都攒下来,花在出去寻访棋手的旅途上。西安、重庆、武汉、上海、苏州、扬州我都去过。身背一副棋,怀揣一本事先精心绘制好的棋盘格笔记本,天涯海角寻访高手。无论是茶楼里的"老泡",名山古刹中的高僧,还是大学、科研所内的学者,我都厚着脸皮找上门去下棋。

然而,我所做出的这一切努力全是白费,全是捕风捉影——所有这些人原本就不够多的智慧,还大部分用在了品茶、诵经和做学问上。我在这些传说中的藏龙卧虎地,花大力气寻访着的,只是一个又一个的棋中庸人。

"这次回去之后,我发誓再也不出来瞎转了。"一九七一年秋末,我在华阴车站对祝新等三人,发了有生以来的第一个誓。

"咱们两个'手谈'上一局可好?"我刚发完誓四个小时,就在东峰的下棋亭边,遇上了一长冉飘洒,很有几分神仙味的老者,主动邀我对局——他大概看见了我尼龙网袋中的那副围棋。

"我不去'鹞子翻身'了。"我当下取出棋盘,铺在一块刚好能放下的青石上,并另外搬了块稍小的,给老神仙当座。

传说中河神巨灵,曾在此左手托起华山,右脚踏开中条,给黄河开了一条道,从而使憋足了的黄河水有一条生路——也许就在这块风水宝地上,也许就在今天,我的命运就要发生转机!

他们知道拉我不动,就径自探幽访胜去了。

老者当仁不让地接过我奉上的白棋。

我屏住呼吸,极其慎重地投下了第一枚黑子。

老者一捋长冉,随手应了一下。

……

十着棋过,我就做出了决定:快速杀败对手,好追上他们,一起去"翻身"。

可谁知"老神仙"的棋一着臭似一着不说,还一着比一着慢。真是急死人!

等他们几个从"鹞子翻身"生还而归时,"老神仙"的"宝座"尚留有余温。

"看来是'柳暗花明又一村'啰?"祝新研究了一会儿残棋之后,故意逗正在发愣的我。

我没有理他,慢慢地把棋子和泪水一起收了起来。

他们三个交换了一下眼色,也默默地走上前来帮忙。

"你想不想去看看'鹞子翻身'?"细心的唐津关切地询问,"我们几个看了一回,还觉不够。"

我摇了摇头,背朝他们,眺望着西风残照中的巍巍秦岭和茫茫秦川。

一条直径不大的雨柱,缓缓地、静悄悄地从山峰的缺口处移了过来。

这雨柱是天的泪!这雨柱是我的泪!

"'云横秦岭家何在?雪拥蓝关马不前。'"唐津用悲凉苍越的声调在吟诵韩愈的诗。

"二十不成国手,那就永远也不会成了!"——我想起父亲的话。我眼下已经是二十二岁,超龄两年,可依旧是个"风尘俗吏"。怎么办?虽说我"天生丽质难自弃",可天弃你,也没辙!此刻,我左右心室内的温度,已经不是平常温度计能量得了的了。

一九七二年春末夏初之际,我们大队与Y市火车站签订了一项装卸煤的合同。这差使派到了我的头上。到了这阵儿,村里的人已经不拿我们当"插队学生"看待,而当成一个正儿八经的劳力来使唤。老乡们都挺羡慕我揽上了这差事。因为这多少可以弄几个现钱花花。可没干几天,我就发现这并不值得羡慕,因为那活实在太累。面对着高耸入云的煤山,挥动了一天比土簸箕还大的铁锹,浑身疼得就像让一个职业打手尽情地收拾了一阵一样。再加上三十个人住一间工棚,睡的是离地面只有一尺高的大通铺,所有的卧具都湿漉漉的,如同六月小河斜岸上的草地。全棚只有一盏25W的灯,在低于额定值的电压下,发出昏惨惨的光,连书也看不成,当然也没力气看。

民工是从不放假的,但我不管这套,挑了一个连日理万机的上帝也不工作的日子,美美地睡了一觉。睡醒之后的第一念头,就是找上一条河,痛痛快快的游上一阵,洗去疲劳,洗去表皮上、关节中、大脑折皱里的煤灰,然后在野地里找个清静地方,摆弄上一阵棋。

我在铁路与河流之间的小路上信马由缰地走着,嘴里吹着"卡门"的序曲。口哨这种便捷式的乐器,用不着任何人指教,只要有辨音力就行,现在我也达到了炉火纯青的地步:清脆、悦耳、有如钢笛,而且能够变调。

此行何去?我没有目的。但我有一种预感:前面一定有一个小湖。

果不其然,三公里过后,一个湖出现在我面前。说它是湖,也许稍稍有点过分;可说他是水洼吧,又嫌不足。反正一路陪着我的那条小河,在这遇上一条流量大得多的河,两条河纠缠了一阵之后,变成一条颇具规模的真正的河,畅畅快快地流走了。

湖边已经有两男一女在那晒太阳。他们躺在一块大塑料布上,个个戴着墨镜,身边堆放着一些饮料和罐头,很有点优哉游哉的贵族派头儿。

我没理他们,把那身脏得不能再脏的衣服扔在一边,径自跳入了水中。水挺冷,我缓慢地游动着,因为事先没有做准备活动,怕万一抽筋了让他们笑话。游了个来回之后,我爬上岸躺在草地上,点上了一支烟,抬头望着蓝天。

天外有生命吗?如果有生命,那他们之中可有围棋高手?我拼命驱使着我的想象力。

"对个火。"那女的惊破了我好不容易才编织出来的梦想。我没好气地把无棉打火机扔给她。一扔之中,我发现她挺年轻,而且还留着披肩发,这在那年头很少见。

"你是哪的?"她脸朝下,问仍然躺在地上的我。

"站上的。"

"我也是站上的,怎么没见过你?"

"我是临时工。"说完我就闭上眼睛,不准备再与她答话。从她装束上一眼就能看出她是正式工。而在那年头,正式工与临时工之间的差别,就好比是大太太和粗使丫头。

我从半闭的眼帘中看见她走了回去,把点燃的烟递给了她的同伙。

惊破的梦,是寻不回、续不上的……不一会儿,手指头就觉出了烟头的热力。我睁开眼,狠吸了两口,信手扔掉它,纵身跳入了水中。

我以蝶、仰、爬、蛙四种泳姿分别游了一个来回,就上岸准备穿衣回棚。

"您有空赛上一场吗?"我一天到晚只有窝头、咸菜,没工夫也没能量陪他们这些吃罐头的主儿玩。

"我哥说他和你打个赌,你如果输了的话,就把打火机给他。"

"我要是赢了呢?"这么大的丫头连句话也不会说。我挑衅地反问道。

"他就送你一盒'中华'烟和一听罐头。"

"好!"我简短地回答。他想白送我点东西,我凭啥不要?

小姑娘发完令之后,我故意让对手先跳入水中,然后再纵身一跃快游两下赶上他。别的运动我不敢吹,要论游泳却没得说。从小学三年级起,年年我从化冰游到结冰,然后再砸开冰像只海象似地游冬泳。一九六六年初,我在北京体院的游泳馆内随便"爬"了两下,就把他们游泳队的教练给"爬"了过来,主动提出让我参加他们的训练班,于是我在那一直待到"文革"开始。打那之后,祝新戴上了"鸭掌"也游不过我,气得他乱分析,说我并不是游得好,而是"脑袋尖、肩膀窄,故而阻力小。"

可这回我碰上的对手也不弱。他长身长臂,游得相当认真,但毕竟是"野游"出身,没经过高人点化,节奏掌握不好,许多能量都白费了。所以我以十米之遥领先游上岸来。

"拿烟来!"一上岸我就喊道。

那姑娘开始十分不情愿地在背包里翻腾。

"你游得真好!"他哥哥边擦身上的水边说。

"给你!"那姑娘赌气地扔过一盒烟来。

我接住定睛一看，竟是副扑克。看来她在愤怒中给搞错了。

"如果你肯把这副扑克给我的话，那我情愿放弃那听罐头的主权。"我心里明白，这"有奖"比赛一说，是她自作主张添上去的，如果要得太多，恐怕会使她难堪。而普天之下所有的小伙子都是不愿叫同龄异性太难堪的，更何况在那年头，扑克是有钱也买不到的好东西，珍贵得很。

"我这是专门打桥牌用的，没有大二王，你拿上也没有用！"她的眼睛此刻从我这角度上看去，几乎全部是白色的，嘴也撇成一条鄙夷的曲线。

我把扑克抛上去，让它在空中愉快地做了个三百六十度后空翻，然后塞进工作衣的口袋。"我正好缺这样一副。"

"你会打桥牌吗？"高个子和善地问我。

"废话！"我很不以为然地回答。这种提问方式就如同问华罗庚会不会运算，茅以升会不会搭积木桥一样，是对我杰出智力莫大的侮辱。因为下围棋与打桥牌并称为我的两大专业。据我个人体会，桥牌不光是娱乐，而且它在算度、推理、全局观等许多方面与围棋都是相通的，是围棋极好的辅助训练。

"正好三缺一，咱们来上十六把。"那个从未发过言的小个子说道。

我们四个在塑料布上坐成一圈，经抽签判定，我与那姑娘打对家。"真够倒霉的。"我心里嘀咕。

"你会什么叫牌方法？"姑娘问我。

"卡伯森、维也纳、罗马、精确、弱开、虚叫双枝梅花。"我没好气地报出一连串名字。"定约桥牌所有的叫法我都会。"

那位高个子饶有兴趣地看了我一眼，就开始分牌，手法既高雅又敏捷。

他们俩无疑是一对老搭档，配合得相当默契，以至我很怀疑他们之间是否有掐手指、摸鼻子之类的非法暗号。姑娘打得也不错，但可能因为是性别缘故，魄力要差一些。

桥牌最初脱胎于"惠思脱"，形成直线叫牌阶段；后来受拍卖市场竞相抬价的影响，又发展到竞叫阶段；再往后被美国人范德比尔给改革了一下，才有了现今这种定约叫牌。以前我和祝、唐、冯等人打牌时，经常超越自己手中牌的力量，搞一些投机、讹诈活动，以至于父亲如此评论道："你们还停留在桥牌的第二阶段。"但评论归评论，你要是邀他打几盘，他从来都要设法推脱掉。因为他那带有浓厚学院气息的牌风，根本经受不住我们那种"无定规叫牌"的冲击，经常被压服。

但今天我却碰上了真正的行家里手。一旦要小花招，便立刻受到狠狠的打击。弄得十六把下来，我输了不少分。

"牌我不要了，"我站起身，"该回去吃饭了。"

"在这吃吧。"那姑娘邀请我。

"咱们认识一下。我是铁路附小教员程德。这位也是附小的。"他做了个文雅的手势。"我妹妹是站上的电话员。"

"程德？"我下意识地重复了一句之后，就提出一个划时代的问题："你是国家围棋队的程德吗？"

"我想曾经是吧！"他笑着回答我。

"您怎么来这了？"我问。

"国家队解散之后，我就被分到这来教小学语文。"

——让赫赫有名的"棋王"转业做"孩子王"，这真是自舜造围棋以教天下以来所发生的最不讲理的事！

"我和您学棋行吗？"

"当然可以！"世界上再也没有比这更肯定地回答了。

"我哥哥一天不沾棋，就和丢了魂似的。"他妹妹笑着补充。那笑容使我分心，那笑声如同音乐。

直到这会儿，整天困在黑黑的煤山上的我才发现，已经是夏天了。六月的天与地充满了自然的力量，草青青，花郁郁，水哗哗，此时我心中的感觉，就像小时候放暑假的头一天一样。

"您有什么绝招？"我求师心切，第一次找他就这样开门见山地问。

127

"来,咱们先下一盘。"他拿出一副很普通的大号塑料棋子,把纸棋盘铺在一张学生课桌上。我伸手去拿棋力较弱的一方使用的黑子,他笑着挡住我说:"咱们抽签定先后。"结果仍是我拿到黑棋。

这会儿我只有一个想法,得亮出真本事让他瞧瞧,好相中我!

我将记录在染色体上的天赋,洪老先生处讨来的真经,这些年来积攒下的心得体会,合盘端了出来。

但我马上觉出对手沉重的腕力。

棋赛就像篮球赛:遇到比你弱的对手,你可以断他的球,盖人家的帽,怎么玩花招也行,反正歪打正着,处处有理。可是一旦碰上比你强的队,那就满不是那么回事了。

我想从容,可从容不起来;我想拼杀,可硬是找不到下刀处;下棋的人讲究"宁舍三子,不让一先",可我即使舍上五子夺来一先,转眼又让他给夺了回去。

等到打扫战场时,棋盘上那份惨劲,真是让我不忍再多看一眼。

"您给讲讲棋吧!"我恳求道。

"明天吧。"他慢慢地将黑白子分开,收入棋盒。

洪老先生两份厚礼外加一幅名画,才换来半招棋,看来我也得出点血。在外面混了这么多年,我自认为已经很"油",不费多大劲,就把现实和历史联系到一起。但使我作难的是我只有十块钱,备不出什么像样的东西。万般无奈只得将从祝新那讨来的无棉打火机作价两元,卖给了同棚工友,然后一股脑儿地买成食品,装在一只大网兜里,往身上一背,就兴冲冲地上路了。

"你的棋我昨晚仔细地分析过了,但还有几个问题先问问你。"程老师看了一眼那些质不佳但足够量的礼品。

"您问吧。"看他金口已开,我自认为万事大吉。

"你和谁学的棋?"

我把我的经历细细地讲了一遍。

"纹枰老一生贡献给围棋,可敬可佩。"他这几句话说得相当真诚。"但,"他吐出这个连接词后,停顿了好大一阵,"那种没有搏杀劲气,一味追求超脱的贵胄气却要不得。还有那种不走正着,专事歪着、怪招的江湖气也要不得。"

"旗下贵族的棋大都是这个样子的。这也天性使然、环境使然。"他脸上露出淡淡的浅笑,"丹青难写是精神呵!"

我没说话,但心想这句"丹青难写是精神"可真够恶的!不过幸亏他没用它的"哥们儿"——"糟粕所传非粹美",否则洪老先生的在天之灵要是听到了,非得把他那一部银髯吹得笔直扬上天去。

"你太喜欢虚张大模样了,有时平易处故意弄得峰回路转。"他稍停一会儿又接着说:"有人写了这样两句诗:'金烛台里插银蜡烛,银烛台里插金蜡烛',看上去金银满纸,可寒酸气毕露。你再听这两句,"他又停下来,分明为让我理解消化一下。"'笙歌归院落,灯火下楼台',这才是于自然中见真富贵。"

看来他这几年语文没白教。

"你一味地追求潇洒排场,但又没有相应的实力,这样一旦遇上高手,就会把内囊都倾上来。这不好!"他加重语气,"有一分力量走一分棋。这是我多年得出来的最大经验。

"另外,你那种在应当决断的时候却选择再三,细算再细算的风格显然是源自于你的父亲了?"他又问。

我点点头。父亲从一开局起,就开始计算。用他的话讲:围棋的观念,两个字就说全了——计算。

"这是典型的学者棋。我在与国内外一些数学家、物理学家对局时,发现他们的思维持续能力,也就是把以后的变化一幕一幕在脑海中演示出来的能力很强,每一招棋都要经过合理再合理的计算,这样最后就会变得模棱两可起来,一块块地被人吃掉了。

"他们无疑是优秀的参谋长,但他们缺乏最高统帅所必须的那种决断力。而且,围棋的逻辑都不同于一般的数理逻辑,有时候感觉要比推理重要得多,并没有机械规律可循,运用之妙,完全存乎一心。"

他这番话的内容可真不少,又是古文,又是哲学数理的。可我连猜带蒙,到底还是听懂了大部分。

"务虚务完了,咱们该务务实了。"他开始复昨天晚上那盘棋。每复一步,他都要讲这步棋该怎么走,以后如何变化。

此刻我不再是他的对手,而成了一个观众。这样更可以清楚地看到他的棋之高妙处。接上上面的比喻:你在看台上看两个队打球,一个队员传出的球和你想的球路一样,那这一定是支乙级球队。如果球路出乎你的意料,让你看后情不自禁地大喝一声"高!",那这就是支甲级队。反之,让你过后大骂一句"真臭",那么这支队就不入流。

今日之我,视昨日之他,分明是甲级水平;而视昨日之我,却显然是不入流了。

他滔滔不绝地讲述着,从优点到缺点,从历史根源到发展方向,都分析得入情入理,头头是道。不用说他昨晚之所以不肯讲棋,是为了认真地备一下课。

课讲完了,已经是午夜时分,四周是夏夜特有的寂静。一只煎锅在门外的煤油炉上"滋滋"地响着,一顿丰富的夜宵已临近竣工:其中既有脑力劳动的蛋白,也有装卸工急需的脂肪。"这全部都是我妹妹的作品。"他邀请我入席。

临走时,我提回了那一网兜礼物。他也没问我为什么提来。

如果一个人能从一盘棋看出一个人的弱点,甚至看出对方棋路的来历,那么这个人就是专为围棋而生,他的大脑也一定是专为围棋而设。或者说:他就是围棋!在路上,我想道。

从这天起,我自行解除了合同,不再去上工。但仍赖在那窝棚里不走,上午睡觉、下午复习;四点钟吃罢晚饭就步行三公里去找程老师学棋,夜里一点钟准时回来。至于回去之后,大队领导会怎么收拾我,我没工夫去想。人在关键时刻,总得有那么点"豁出去"的精神。

我就这么"先棚下之吃而吃,后棚下之睡而睡"地度过了两个月。这两个月没有白过,我在棋理、棋力、感觉、算度、魄力等围棋一切方面都遇上了老师,几乎次次都满载而归。如果把那个四周都是小白杨的学校比作京都寂光寺的话,那程老师的小屋便是"本因坊"(日本围棋的发祥地)。

但他在给我讲棋之余,也经常要发出感慨:"一九六一年,在总理和松村谦三先生的倡导下,中日围棋开始交流,那时我还是个孩子。但我清清楚楚地记得日本女棋手伊藤友惠五段来访。偌大个国度,竟没人能挡住她。我好像是从那一天,"他陷入沉思,"不,不是好像,我就是从那一天领悟到我终身的使命。我开始正经下棋,拼命下棋。"他兴奋起来,白皙的脸上泛起微红,"所以在一九六六年,用你的话讲,不是吹的,我也对八段构成威胁,也赢过九段几盘。唉!"他浩叹一声,"可惜后来再也没有机会下棋,新棋书也看不见了。"说到这,他脸上的红色已全部退去。

我难受——为他,为围棋,也有点为自己。

"你们家是世家,不知在日本有没有亲戚?"稍稍平静下来之后,他好像很随便地问我。

"有的。"我记起我的一个亲舅舅就在日本东京大学任教。

"那么能不能……"他欲言又止。

"给您找几本棋书?"我接上他的话。

"要围棋杂志。只有看到它们,我才能掌握最新的动态。"

"您开个书单吧。"我嘴上这么说可心里多少有点没底,因为这事非得老头出头干不可。光凭我,连个信封也不会写。

他在一张纸上写了几种杂志的名称。

"为什么没有《棋道》?"我问。在我的印象中,这是日本最著名的围棋杂志。

"这北京图书馆有,我爱人每期都给我寄。"他从抽屉里取出几个装订的整整齐齐的本子。

我接过来一看,不禁呆了——那年头没有复印设备,这所有的棋谱都是手抄的,工工整整,一丝不苟,一片爱心,跃然纸上。

"这些包在我身上了。"我把书单放在了口袋里。这下我有了把握——只要把这个例子给老头一举,不愁他不帮着办。这又不是走后门去当兵、上大学,完完全全在他的能力范围之内。

一个半月后,杂志尽数到了我的手中——可我当时并不知道这些薄薄的杂志,竟坐着喷气式飞机转悠了大半个地球——谨小慎微的父亲先是让舅舅航邮给他在瑞士的一个同学,由那再转给他,因为当时日中邦交尚未正常化。

程老师每次拿到这几种从不脱期的杂志时,都和一个穷困无比的酒鬼,见到喷泉、瀑布般的"茅台"酒一样高兴。

一头有如黑云子般的披肩发,被一根朴素无华的橡皮筋松松地挽住;一身洗得软于云的工作服,恰如其分地罩在她那苗条又丰满的身段上;一双眼睛犹如天穹深处的两颗星,在向我发出熠熠的光……总而言之,她的整个外形布局,呈现出一种罕见的古典美,最少也可以上溯到唐朝。

远在湖边游泳打牌时,这美就被我发现;也许就在那会儿,一颗饱满的情种,也植入我心中的爱之沃土里。

小学课本上讲:只要有合适的环境,种子就会萌发,而一旦萌发,那力量将是很大的。

爱情不是植物种子,但力量却比植物种子大得多。

"你这种一见钟情式的爱情可靠吗?"当我向路过 Y 市的唐津私下吐露心事时,他问我。"而且我觉得她并不像你形容的那么美。"

"领略美的奥妙,完全存乎一心。"我把程老师给我讲棋时用的话稍稍改了改,"而且爱情的逻辑不同于一般的逻辑,有时候感觉要比理性重要得多!"

除了概念以外,唐津并没有任何爱情经验,所以只有静听的份儿。

"因此我决定:今天晚上,最迟也不过明天,就向她发出散步的邀请。"

"你不再考虑考虑了?"

"在该作决定时,千万不可犹豫。否则就只配当个参谋长,而当不了统帅!"我斩钉截铁地回答。

"'少年男子,那个不善钟情?'"唐津望着喷射着爱之火的我,"'妙龄少女,那个不善怀春?'冲锋吧,我的司令!"

她来了。披着一身绚丽的晚霞,沿着弯弯曲曲的小道,姗姗地向我走来。

我鼓起勇气,挽起她的臂膀,一同走进充满诗意的原野。

在那个美丽无比的小河旁,我们坐了下来。

"你看这漫天繁星,多像一局棋呵。"我说。谈恋爱一般是不宜开诚布公的,所以只好选择我最熟悉的话题。

"可这局棋又是何人布下的呢?"她做出副很认真的样子。

"上帝执黑,玉皇执白。"我在必要时并不缺乏幽默。

……

下雨了,可淋不散我俩。我原以为这种清凉舒适的雨,只有在温柔妩媚的西子湖畔才有,可实践却证明我错了:在塞北高原的夏夜,它照样存在。

夜雨给湖畔的青蛙带来了极大的欢悦,它们开始尽情地歌唱与交谈。

它们唱什么谈什么,我不知道,反正我与她已经不再谈围棋,而谈开别的了——至于棋与爱情的分界线在哪,就是时至今日我们也没有搞清楚过。也许根本就没办法搞清楚。

以上所讲的全部是插曲——插曲同样是艺术,只要插得好,插得巧妙,它就非但不会妨碍主题的表现,反而会烘托主题。不信请看,要是没有这段小插曲,我能在卸煤队撤退、工棚改朝换代之际,顺理成章地移居铁路员工宿舍区内一间很安静的小房子里吗?

在与程老师学棋的过程中,他从未讲过一句夸奖的话。只有在国家围棋队再度成立,他离校赴任前说了一句:

"看来孺子可教。"

别看只是这么一句话,可我比一个官迷弄上了一张红头"委任状"、一个科学家捧回诺贝尔奖金还高兴。

"如果你遇不上程老师,那不就全完了吗?"每当后来我向人说起这段历史时,他们总要这样问。

"我一定会遇上他的!"我每每如此肯定地答复。

这并不是一种宿命论。虽说当时全中国各行各业的人都好像被投入一部巨大的洗衣机中:一切都在高速盘旋,都被不断地交换着正反转扭曲,但共同热爱着一种事业的人却无时无刻不在相互寻找,相互呼唤。而且他们各自有着自己独特的"心灵交通术"。掉上一句哲学书袋:我遇上程老师,叫作"偶然中之必然"。

再说在那个一切都乱了套的年代,你非要去想:如果这样,那会怎么样;如果那样,又会怎么样。我敢拿洪老先生送给我的那副"云子"跟你打赌:用不了一年,你就得发疯。

五

程老师临走时曾私下里对他妹妹说:将来有机会,我就把小常弄到棋队去。他显然知道这消息一定会私下里走漏给我,分明是让我努力学习的意思。

在他走了四个月后,我就在报上看见省里组织围棋选拔赛的消息。于是我独自一人,披着一件千疮百孔的制服棉袄,背着一个就像在厨房里悬挂过几年的旧帆布书包,怀里揣着一张写在没格白纸上的大队级介绍信,赴省参加"省试"。

一九七四年，火车正点的时候极少，不是没机头，就是在站上耽搁。更有甚者，就是某日某次车会不做任何声明，就突然被取消。算我运气不错，正赶上那天有车，而且只晚点区区四小时。

火车摇摇晃晃地开着，六个小时的路分十二小时走。我靠在两节车厢的连接处，望着车外的一片光亮、一片昏黄、一片黑暗，头脑里是一片空白。

到了目的地，已经是午夜时分。我在此地没有一个熟人，只得在车站的候车室里待着。

候车室里挤满了被各次车甩下、耽误下的人，站都站不稳，更甭说那股味够有多呛人了。待不了一会儿，我就得出去透透新鲜空气。可外面又实在是太冷、太冷了，于是只好马上进来。就这样几进几出，没熬到天亮，我身上就呈现出感冒的全部临床症状：头痛欲裂，虚汗如雨，一阵阵地发冷。但是为了保养体力，我还是强迫自己蹲在车站饭店那个似着非着的铁炉旁边，吃下两个纯白面的馒头和一碗饺子汤——馒头是小程给我蒸的，在那个粗粮比例高得吓人的年代，纯白面馒头，就等于是莫斯科餐厅的高级奶油点心，饺子汤倒不要钱，只不过隔了夜罢了。

坐在棋盘前，我后背的酸麻潮涌而来，屁股底下的折叠椅也好像变成在幼儿园时常坐的那种转椅。

"人生能有几次搏？"我记起了程老师送给我的法宝。

眼下就正是博的时候！——一种激动，一种搏杀前的激动，以极大的功率催发着我的肾上腺素；这种神奇的物质，支持着我的身体，活跃着我的脑细胞。

一天之中，我连胜三阵。到了晚上，那种被认为最难对付的流行病——感冒，竟不治而愈。

围棋是一种对抗性极强的运动，尤其是第一阶段的淘汰赛，更是无情无义，很像中世纪骑士之间的决斗，存谁去谁，全看你的枪法剑法，全看你的真本事。

我有真本事。

四天之后，我踏上归程。还是那件破棉袄，还是那个旧书包，唯一不同的是：

大会收走了那个皱巴巴的白连纸证明,换给我一张硬邦邦的道林纸奖状——而且是第一名奖状。

随着火车摇篮似地晃动,我的自信心开始成长壮大……即使是通过脏兮兮、黑乎乎的玻璃窗看去,冬天的原野也很动人。

半月之后,我就以Ｓ省冠军的资格,应邀参加全国大赛。

全国大赛气派非凡。一出广州站,就有崭新的大轿车把你直送到珠江饭店。饭店里的房间更是高级,以至你觉得不洗一个澡就无法上床。

休息了一天,我睡了一天,而别人都在玩。这是因为全部人马中,只有我一个是"老插",也就是说只有我一个坐的是硬座,而别人做的都是能报销的卧铺。

程老师此时此刻已不再是个"天涯孤零客",而是个门庭若市的"座主"。房间里无时不挤满各地的棋手在与他话旧,向他求教。

他显然没有空来找我,我也没去找他——比赛不是招工,不是推荐上大学。求人庇护、找人写条子都没有半点用。唯一的出路就是亮出你的底牌来,让大伙心服口服。

前三天是淘汰赛。我毫不费力地冲了出去。

第二阶段是循环赛。我首遇江南棋坛宿将楚鹏。此公已年届五十,经过无数险恶的棋坛风波,所以根本就没把我这个无名小辈放在眼中。他从容不迫地坐在棋桌前,俨然是一副成竹在胸的样子,雍容华贵地一只一只地往棋盘上放子。

可棋走到第二十招,他那副无所谓的神态就荡然无存。他开始紧张的思考,烟灰长至一寸,也顾不得弹一下。

序盘走完时,他显然处于不利地位。而序盘是一局棋的骨骼。如果骨骼畸形,那么往后处处会感到别扭。但他依旧苦苦挣扎到最后的"收官"阶段,数下来他竟输了九枚棋子。

输九枚子,对于一个棋坛老手来讲,可不是一个小数目。

"后会有期。"棋毕他朝我拱拱手。我报之以谦虚地微笑。到了这会儿我才发现:一个人倘若能够经常不断地发出这样的"谦虚型微笑",那将是一件非常愉快的事。

我在八分之一决赛中又遇上了他。

这次他下棋就谨慎多了。可我使出浑身解数,一会儿像只潜水艇深潜海底;一会儿又像艘宇宙飞船高插入云,把小小的一个棋盘搅得昏天黑地,乾坤颠倒。最后在一百九十招的时候,我围住他的一条"大龙",开始了"生死大劫"——这劫若是他赢了,也不过是求活而已,但要是输了,那他就完事大吉。

这劫打了十个来回,第十一回上,他劫材已尽,但仍在苦苦思索。想着,想着,竟然鼻孔喷血,晕将过去……

晚上,我去他的房间里看他,虽然是手下败将,但作为一个棋界老手,一个长者,我还是尊敬他的。

"小常的棋风,我隐约觉出非常像你。"楚鹏对正巧也在座的程老师说。

程老师讲了一遍我与他之间那段"牌为媒"的"姻缘"。

"果然名师出高徒。看来我辈后继有人了!"他真诚地说,"小常身手不凡,潜力很大,好好干!"他费力地从沙发上站起来,拍拍我的肩膀:"等到以后日本队来访,老朽定然前去摇旗呐喊"。

看来战胜日本队,是几代中国棋手的愿望。

四分之一决赛时,我不可避免地遇上了程老师。而在这之前,领队曾经私下对我说,要是我有本事弄上个前四名,他就有本事弄个名额,让我进国家队。

此时我已经赢了三盘,倘若再赢上一盘,换句话说,也就是程老师肯相让一盘,那就毫无问题了。

我全面地分析了情况:一直到这会儿,他一路全胜;可另外三名选手,棋力虽在我之上,但肯定在他之下,让一盘与他的冠军前程没半点妨碍;更何况我俩既是师生,又是亲戚,他显然可能,也应该……

这天晚上我一直待在他的房间里,等到夜深人散后,我才把领队许的愿对他说了,然后又相当客观地分析了一下局势。

像他这种绝顶聪明的人,自然是一听就懂,但他没有任何表示,只是笑笑。

这种笑就是许诺,像这些事说穿了就没劲了。我根据我与他之间的交往史,很自然地得出了这个结论。

看来我终于可以摆脱悲惨的插队生涯了。一晚上我都睡得十分踏实。

可第二天一开局,我就品出味道不对:他步步逼来,半点"让"的意思都没有。我急忙强打精神应战,可冰冻三尺,绝非一日之寒,加上我剪断那根与他相连的"脐带"毕竟只有四个月,他临行前指出的弱点我还来不及克服。

他就像一个使出全力的拳击家,用摆拳、勾拳、直拳向我柔软的致命处猛击……

他就像一个熟知我病史,经常给我看病的医生在给我下毒——保证药到命毕。

这盘棋的胜负我就懒得说了。再接下去,因我伤了锐气,三战三败,从此魂断蓝桥。而他却拿着让春风吹得"哗啦啦"乱响的冠军奖状,好不得意!

可我此刻的心情,就和拿破仑失去整个法国时的心情一模一样。气得我直到上火车也没有和他说过一句话——让他去坐他的卧铺,咱们还接茬坐咱们的硬座。谁叫咱们没本事找个能报销的地方,而钱包又像饿了好几个月的臭虫。

火车一开,他就过来硬拉着我到卧铺车厢,自己掏腰包给我补了张卧铺票。

"假惺惺!"我在心里狠狠地咒骂着。

一路上,我一直躺在上铺默不作声地翻看楚鹏老师送给我的那套康熙年间陶存斋撰写的《官子谱》,不向他瞟一眼。

目光被明亮的车窗外那无比乏味的风景缠得疲倦,陶存斋的书更是火上浇油!国家队之外没有宇宙!围棋之外便没有生活!恨,在我脑海中汹涌地翻腾。

"有空来我家玩!"到北京下车后他又假惺惺地说。

"咱们明年全国大赛见。"我恶狠狠地说。

"我将严阵以待。"他的修养很高,依旧笑容不改。

在此后一年中,他竟有脸假惺惺的一期不误给我寄日本的《围棋俱乐部》和

《棋道》两种杂志。但我看归看,却不念他半点好。

在这一年中,我一次北京也没回,只要有可能,我就决不出"山门"一步,就连青年人乐而不疲的"搞对象"活动,也被我放慢了节奏:以前书信频繁,忙坏绿衣使者,现如今合二为一不说,内容也被我大刀阔斧地砍成寥寥数语。

我把所有能搞到的他的棋谱、资料、统统收集在一起,然后分类、整理,开始系统地研究它们,抽出他每一盘棋的实质,提炼他每一招的意义,苦苦寻找着他的致命弱点。

我用我在"棋院"中练就的独家功夫,将自己一分为二——先当他,后当我,开始全力搏杀。

山风发出凄厉的吼叫,吹得纸糊的顶棚"哗啦啦"地乱响。在那盏昏惨惨的小油灯下面,我和他摆了散,散了摆……弄到后来,到底是独自寻常摆谱,还是真个对坐厮杀,连我自己也搞不清了。

我开始明显地觉出自己的进步——先是能和他打成平手,接着就是自觉在某些地方超过了他。可这不够,大大的不够。因为我只是超过了以前的他,而他也是人,也要天天进步。我开始第二个战役:研究现在的他。

在这方面,我有一个很大的优势,那就是我在暗处,而他在明处——此时棋坛大门重开不久,他的活动非常频繁,到处指导,到处讲棋,只是到了赛前三个月时,他才从报刊上销声匿迹——依我的估计,这会儿,他才开始去准备自己的棋了。

"准备你的去吧!"我站在村外的那块大青石上高声地喊道。山村那略带点甜味、纯朴的风,医不好我的创伤,我念念不忘复兴大业。我拼了,一百二十斤体重,外加一颗脑袋,全拼上了!

我盼望着,盼望着九转丹成的那一天。

这一天终于来到了——一年不飞,一年不鸣的河东大鸟,终于拍动着巨大的黑色复仇翅膀,从山村起飞了。它将飞向天高地阔处,它将一去再不回!

临走之前,我玩了个破釜沉舟——把行李、铺盖尽数送给了老房东,然后挨门挨户的告了别,只拎着那个从插队那天起,就一直跟着我的帆布箱走了。

这次大赛在上海。

此时我仍是无位、无职、无段的一个布衣老插。除了那个谁也不会来夺的农民称号外,什么也不沾。所以一点心理包袱也没有。加上去年积攒下来的经验教训,我又是一路砍杀上去。

在第二阶段的循环赛中,我遇上了程德。

这一盘,我俩"握手言和"这是试探性的接触,小小的"前卫站",不说明任何问题。

冤家路窄,在决赛中,我俩又相遇了。

憋了一年的怨气,苦苦打熬了一年的功力,全在这一刻喷发出来。

我这块"百炼钢"此时也化为"绕指柔",并不上来就和他玩命,而是堂堂正正的布下了局,中盘搏杀时也很小心。

在七十二招的时候,他突然走出一步"缓手",这被我捕捉到了,马上腾出手来,在我认定的最佳点落了一子。这子一下,我的阵地顿时变得森严壁垒起来,而他刚刚在右上角精心编织出来的那朵"白玫瑰"却黯然失色。

他自然不会甘心,沉思半晌后就楔入了我那使一般棋手望而生畏的阵地。

而后搏杀,险情迭起:我走出一着又一着极其严厉的杀手;他也走出一着又一着的妙棋。

棋桌周围站着十余位选手,他们默不作声地观战——这是近十余年来从未有过的激战:他不肯让出宝座,而我偏偏要夺。

一盘棋下来,已经是四个小时。

裁判在数子,其实俩人这会儿心里比裁判还清楚。

"常诚胜一子半。"裁判宣布道。

没有人向我祝贺,也没有任何声响,因为这实在太出乎观战者的意料之外了。

他向我伸出手。自他成名之后直到今天,在这片有着悠久历史的神州大地上,还从未有人能战胜他。

我也伸出了手。

两只手握在一起。这是王冠的交接仪式。这是我的登基大典。围棋的国度里,从此将高高飘扬起新的旗帜。

"终于有这一天了。"等了好一会儿,也没见他发表"退位诏书",我实在是按捺不住心中的喜悦了。

"终于有这一天了。"他沉稳地说道。

"套句古话,我这叫'以其人之道,还治其人之身'!"我开玩笑地说道。这会儿,我多少体谅出他的用心。因为一个人不会总是"假惺惺"地在棋道、人道两方面都事无巨细地关怀你。

"也套句古语,我这叫'置之死地而后生'。"他掏出一块吸收力很强的毛巾手帕擦擦仍在源源不断地从他宽阔的额头喷涌出来的汗水。"我在围棋界足足干了有十余年,如果把棋手比作飞机的话,那我就是一个最繁忙的空区的空管人员。我自信如果有一架装有最优发动机的飞机偏离航线的话,那我决不会看不出来,"他诙谐地向我眨眨眼,"我一定要责无旁贷地将它的航线校正过来,好让他扬长而去。"他惨白的脸上露出我熟悉的笑容。

"大哥的脸怎么这么白?"我不自觉地重新启用"大哥"这个带有浓厚感情色彩的称呼。

"怕是太累了吧?"他含含糊糊地说。

直到回了北京,我才从大嫂嘴里探听到,他患了一种只有在二期以前发现才有可能维持的疾病。

"那天我赢你的那盘棋不算!"我怎么没有眼?没有心?没有情?我恨自己!也恨这天与地!

"我从来不让人棋,决赛一场我是拿出了我的最高水平。"他从高高的枕下抽出了一份棋谱,"我已做好解说,你送到《围棋》杂志社,看他们肯不肯用。"他递到我手里。"第七十二着走出的那步缓手,看似偶然,其实是你压迫的结果,也就是说其实是必然。"他的思路敏锐如前。

"你是那种功夫型的选手,一旦出人头地,就不容易昙花一现。"他抚摸着我放在他枕边的手。

"要是能替大哥生病就好了。"我哭了。

"二十五岁的孩子,超龄的中学生。"他笑着打趣我。"拿上你的奖状,回家去等你的好消息吧!"

父亲见到我的奖状,比天下任何一个人都要高兴,当下挥毫,用他那笔自称为瘦金体的字,给我写了个条幅:

二十能成国手,三十同理可行;
既有诗人早慧,不乏大器晚成。

——我的围棋实践,修正了他的理论。他感慨地把成为国手的年龄上限一下子就放宽了十岁。

看来,我进入国家队已经是必然中的必然。

等待。整整一个月的等待。我眼下已经是二十五岁了,已经是全国冠军。但仍然像个等候老师宣布大考成绩的中学生,虽然这中间相差了十年。

十年呵!这中间有多少人世沧桑。十年前,我背着行李卷走出这座学府,走向了社会,去自学那艰深的人生大书。现在,我交出了我的阶段测验试卷。可什么时候才有回音?

全世界公认的大诗人歌德曾经说过:幸福就在希望与等待之中。可我认为:痛苦也在希望与等待之中。

"你知道为什么《录取通知》老也不来吗?"冯哲一本正经地问正躺在床上闭

目沉思的我。

"不知道。"

"就是因为你把在村里卖家当的钱,坚壁清野起来,不肯大大方方地请客,否则通知早就来了。"冯哲对准我的耳朵大声吼道。

"别为了怕我们几个请你做东,就成天价待在家里,连面也不敢露。"唐津一把把我从床上拽了起来。

"量你们这几个东西也吃不多,"我甩开他的手,"有二十块钱就能撑得你们天旋地转。"

"规模定下了,但你还得给个准确的时间、地点,我好去通知祝新。"老奸巨猾的冯哲生怕夜长梦多,硬是要当场敲定。

"我跟你们一起去。"

经他们俩这一通折腾,我的情绪也从最低点开始回升。

"祝新昨天上午去了天津,到现在也没回来。"老祝伯双手一摊。

"没了老祝,好像《西游记》中没了孙悟空。"我觉得挺遗憾。

"老祝不在了,那老老祝是不是可以顶替?"老祝伯笑嘻嘻地问道。

"那实在是太欢迎了!"

就在我们出发的前一刹那,祝新鬼使神差地出现了。

"这鬼儿子,生把老子的饭局给挤了。"老祝伯做了个脱风衣的姿势,"不知小常是否取消对我的邀请?"

"哪的话!"我赶紧帮老伯系好扣子。

冯哲大概成心要把我卖家什行李所得的"私房钱"全部榨干,挑了个价格昂贵的莫斯科餐厅不说,还从头到尾把菜谱上所有的菜点了个遍。幸好,谱上的菜大部分有名无实,否则我就破产了。

"有差不多十年光景没来过这儿了。"老祝伯在巡视了一圈后,坐了下来,深有感慨地抚摸着他身边的那根雕花柱子。

"可我记得这个餐厅只是在"文革"初期关闭了不到一年的时间,以后就一直营业。"冯哲说道。

"可没有人敢陪我来呵！"

"那您为什么不自己来吃？"祝新侧过脸反问他爹。"吃饭又不是登记结婚，法律规定非两人同去不可。"

"可是有一条不成文法，叫作，"老祝伯飞快地转动大脑，"'一人不喝酒，两人不打牌。'"他熟练地用指甲划开白兰地酒的锡封，依次给我们斟满。"就说你爹，"他用下巴指指唐津，"虽然是个标准的西餐迷，可我主动邀请了他好几次，他也不敢来，生怕让系里的头头们知道了，招惹麻烦。"

"可其实您大可不必舍近求远。"祝新一口就喝了半杯。"只消稍作暗示，儿子我即使是拼了命，也要陪您来。而且不挑地点，不计较时间，不在乎规模。"

"可这得有个先决条件：必须得会吃会喝才行。"老祝伯饶有兴趣地看着儿子用餐刀在切牛排。

"吃喝谁不会？"祝新话虽这么说，可硬是切不开那块带血的牛排，最后他无可奈何地放下餐刀，"我要是把我那把锋利无比的藏刀带来就好了。"说着他就要上手撕。

"你最好背一把铡刀来。说你不会吃，你还不服气。吃西餐哪有上手的？"老祝伯制止住儿子后，只用了一二十秒的时间，就把块牛排切成若干条规规整整的长方形。"重要的不是刀，而是对牛肉纤维走向的研究，再加上一只敏捷的手。"

"可喝我还是会的。"祝新和我碰了一下杯，一口就干了个底朝天。

"你这也不对，首先应该小常先喝，然后才是你，按顺时针旋转；另外在小常喝的时候，你必须站起来。"

"凭什么？"

"为的是防备敌人从背后进攻。这是从欧洲中世纪流传下来的规矩。"

"可眼下是在二十世纪的中国，哪会有人从背后进攻？"祝新又给自己斟满了。

"当然有。而且是从中央到地方,各级都有专从背后袭击人的主儿。不信我举个例子给你们听听。"

"莫谈国事,吃鸡要紧。"祝新指指新端上来的铁扒鸡——在任何场合,都要坚决地制止爸爸的胡说八道。这是他妈妈给他布置的首要任务。

"对!"老祝伯也意识到自己的疏忽,"悠悠万事,唯此唯大!"他撕下一条鸡腿,放在我面前的盘子里,"祝主人事事'鸡'利!"

"不是吃西餐严禁上手吗?"祝新的敏感是很有名的。

"按中国人吃西餐的规矩:吃鸡时是可以上手的。"

"典出何书?"唐津插言道。

"总理大臣李鸿章性喜吃鸡,有一次宴请各国使节,见一只金黄色的肥嫩烤鸡端了上来,情不自禁地伸手去撕。而他一伸手,作陪的各衙门的尚书、侍郎、章京们也不得不伸手去撕鸡,为的是怕洋人笑话。从此这又作为一条不成文法而流传下来。"老伯谈不忘吃,吃不忘谈。

"反正您一会儿是中国规矩,一会儿又是外国规矩,一会儿又不成文法,怎么说也有理。真是集天下诡辩之大成。"祝新说道。

"不对。还有比我厉害的。比方前两天报上有关……"老祝伯又抨击开时政了。

爱说、乐天是老伯的天性;这正如同沉默、阴郁是家父的天性一样。而所有被列入天性的东西,全是一生下就有,到死才无的。

我们四个乘着酒性,先是在"松林拳场"凭吊了一番。然后又去了"棋院"。

此时的棋院已完全不是旧模样,那圈珍贵的树木已经全部被锯掉,取代它的是一道高达三米的墨绿色铁栏杆;花园也被夷平,改造成一个停车场,车场上停着七、八辆新型轿车。

"现在此处为何人所占?"唐津问道。

"一个专门制造各种理论的写作班子。名字就叫,"冯哲说出一个赫赫有名,使全国人都厌恶的"字号"。

我们几个正说着,绿色的电动大门无声地打开了,一辆浅灰色的"奔驰"牌轿车,飞快地从我们面前驶过,扬起一阵呛人的烟尘。

"'归来恰似辽东鹤,城郭人民,触目皆新,谁识当年旧主人!'"喜欢用古诗词抒情的唐津用很低但很清楚的声音念道。

又是十多天过去了,通知还没来。当我再次提出主动请客时,也没人有这份心思了。

通知终于被我等来了——国家队奉命解散。甭说我这个想进去的冠军,就是前任、大前任冠军也得统统滚蛋。

学府里再次洋溢起大字报的恶臭气——不过这次与一九六六年那次相比有许多不一样的地方:那时候,人是热情的,他们从祖国各地赶来"取经"。有的坐闷罐车,有的坐汽车,还有的是走着来的。他们站在席棚前面,顶着烈日,冒着寒风一抄就是一整天。而现今的"观众"们,全是坐大型轿车来的。他们被头头们领着,活像幼儿园的孩子,围着大字报转上一圈,就又默默地坐上轿车走了。

但尽管有这么许多不一样,那股臭味仍然熏得我待不下去了,只得再度采购行李物品,回村去插队。

"围棋到底能不能作为一种终生的事业干下去?"连一直支持我的父亲也动摇起来。

"能!"我提着帆布箱的手在抖动,脸完全丧失了自制力,声音也是沙哑的,就像两把钢锉在摩擦。

"真是'歧路又岐空有感,青史凭谁定是非?'"

父亲喃喃念出两句诗。他即使有着圣人般的耐性,也经不住如此消耗。

回村路上,我到镇上去看望在那教书的祝新。

见了这个和我在一口锅里吃过一千斤玉米的人,我再也忍不住心中的委屈,诉说遭遇,不禁呜咽不能成声。

"拓荒中原,憾见梧桐花落。"他先是掏出一块并不干净的手绢替我一抹英雄泪,然后就击节吟诵开了,"再引吭,毕业悲歌,血拂热泪。寻分校何在?叹伟业原是蹉跎!"——他这首诗中原有个小典故:我们下乡时,原以为中央有远大的部署,会在广阔天地里为我们建立起一座座"抗大"分校,所以时时唱着"抗大毕业歌"翘首以待。可谁料不但没有什么"分校",而且整个社会,整个时代,对我所做出的一切努力,都固执地回答"不!不行!"……

我还在发呆,贤惠的嫂夫人已经端上四盘菜和一壶酒。

"吃!"祝新把一壶酒一分为二,"莫辜负,玲珑翠塔,松鼠黄鱼……"他用胡乱编出的菜名填着词。

我破涕为笑了。

要是只有幽默能使你活下去,那你就非幽默不行。

如果说父亲执教的那座学府在当全国政治运动的肛门的话,那么我插队的山村就是盲肠……慢慢地,我安静了下来,开始继续攻棋研谱。

当然,我在其时并没有看见美好的前景,我是靠信仰支撑着。而信仰这东西本身,就带着点不现实,带着点盲目。因为如果你确确实实地看到了未来,那还要信仰干什么?

青史是非人民定,我辈亦有评说权。

没有多久,那个要解散棋队的"帮会"却先被解散了,而且是极其彻底的解散。

围棋和人类一起感谢这些英勇的"清道夫"们。

从此,我面前的路平了,大显身手的时刻到了。

动乱过去数年后,我曾经听到过这样一种理论:国家不幸则棋人幸。要不然你怎么会有那么多时间去下棋？而且苦难出人才，你若不经过插队，不倒那么大的霉，会有今天这样百折不回的精神吗？

"放屁！"每次我都斩钉截铁地用这个十分不雅的词回击提问者。"国家不幸是所有善良人的不幸，谁也不会例外；苦难是会出一些人才，但会扼杀更多的人才。而且即使是苦难中出人才，也只有在太平盛世才有用武之地。"然后我就一五一十地讲一遍我的经历。

于是，几乎所有的提问者都自动地从地上一片一片拣起被我粉碎了的理论。

六

我在冠军的宝座上坐着，就像棋坛上的皇帝。可当皇帝的滋味却并不好受：前有被我铲平的各路诸侯，没一刻能忘记他们的复兴大业；后有新生的"不法分子"，个个认为"将相本无种，男儿当自强！"真是苦战一白天，才换得一夜安宁，而晨起四顾，又是狼烟烽起。直到这会儿，我才明白明朝的正德皇帝，为什么自己封自己为"总兵"；清朝的咸丰皇帝，为什么甘愿自己是个翰林。因为干皇帝这一行，实在是太累人，也太费心了。

我敢断言：如果只是保持原来的水平，那么至多一年，就得被人一把从宝座上揪下来。所以若想坐稳江山，必须得超过自己。

超过自己，谈何容易？打个比方：如果说以前的我，是一块质地、形状、色泽都不错的玉石的话，那么见过我的人——比如父亲、比如洪老先生、程老师——无不动手雕刻上几刀，在上面留下自己的得意之笔。可到了现在，这块玉石已经没有人刻得动了。它只有靠自己的内部运动,靠日月精华来改变它自身的一切了。

可这种自我完善的过程是相当艰难的。记得有一个阶段,无论我怎么打谱、下棋,也只是进一步、退一步,就像神话中那个傻瓜西弗斯:好不容易才把石头推上山顶,它又滚了下来,然后只好再推……作着永不停歇的周期性无功劳动。

此时,我那份难受劲儿就别提了,以至于我很想把个听起来很响亮的冠军徽号连同国家队那份价值五十六元、相当不错的伙食,随便送给什么人。

"汝果欲工棋,功夫在棋外。"

父亲套改陆游老头的诗来指导我。

"一个只是外科医生的人,绝不是个好医生。"

冯哲这样对我说。

但这些都是和"你要好好学习"之类的原则性指示一样,跟废话差不多。具体该怎么办,他们谁也不知道。

我就像一只停留在赤道无风带上的小帆船。不进不退,不死不活。

我万般无奈,只得去打扰正在养病的程老师。

"你应该多读一些军事书、美学书。"他仔细地倾听完我陈诉病象之后,开始对症下药,并提起笔来,颤巍巍地开下了一张"药方"。

如果说围棋与《孙子兵法》《战争论》之类的书,多少有点关系的话,倒也还说得过去。我心想。但如果硬把它和车尔尼雪夫斯基、别林斯基,还有各类斯基、格尔们硬扯在一起的话,那可真是滑天下之大稽。我敢肯定,这一大帮人中的绝大多数,根本就不知道世上还有围棋这么一说,而且他们之中,准没有一个会下的。

"这些都是基础书,如果你连这几本都不想读的话,那只好算了。"

他取回书单,用彩色铅笔在上面没完没了地做着记号。

如同小官僚喜欢开条子,阔佬喜欢开支票一样,这些有点子学问的人,动不动就爱开书单吓唬人,临出门时我想道。但决吓唬不住我!

我跑到无书不藏的大学图书馆,使用父亲那张可借书五十本的图书证,一下子就借来了一大提包,用自行车驮回家去。

我取出一个笔记本,削尖一大堆铅笔,呆呆地望着那一大堆杂七杂八,开本不一的"必读书"。

反正我眼下已经到了"病急乱投医"的地步,就读上些碰碰运气吧,我想道。不过倒霉的是这些书实在是有点太多、太厚了。

这会儿的我,真有那么点"独上高楼,望尽天涯路"的劲头儿。

"把这几本书也捎着读了吧?"父亲把一摞书放在了桌上。他没开单子,给的是现货。

捎着读?这词用得多妙啊!我隔着好几米,遥望着这几本书的书脊,发现是一些《控制论》之类,全中国也没多少人能看得懂的科学与哲学的混血儿。

"那就再加上二百铁棍吧!"我嘟囔了一句后,开始动手给书分类。

"啃这些书的滋味,真他妈的和吃炉灰渣差不多!它们不是印刷品,而是妖魔设计出来专门折磨人的刑具!"我不止一次地用以上方式来抒情。

可读书这东西,硬是带着点"润物细无声"的劲,读着,读着,就品出味儿来了——我并不算是孤陋寡闻之辈,各种文化领域的玩意儿都知道一些。但知道并不能代替真正的心领神会;真正的心领神会必须先剥皮、后剔骨,再敲碎骨头,才能吸上精髓。

这会儿正是读书的气候,学海上吹着无穷无尽的贸易风。

我带着"衣带渐宽终不悔"的决心,硬是把那些本书全都"吃喝"了下去。

这些书就好像在我思想上的太平洋与大西洋之间开凿出一条巴拿马运河——从此,那些表面上不相干的文化交融在一起。

而那张书单,就像一位有经验的花匠,把我这株单色的"围棋之花"与旁系优种嫁接,从而使它变得更加绚丽多彩。

单纯靠比喻,似乎并不足以说明问题,我再呈上些具体心得来:

——战略观使我变得超脱。如果说我以前只是个单兵种的军长的话,眼下却也被提升为一个能独立指挥现代化立体战争的五星上将。

——心理学使我懂得了支配棋的不光是智慧,还有一个活生生、瞬息万变的情绪世界。

——哲学使我懂得了:你的理论决定你在棋盘上能看见多少东西。

——美学观使我懂得了只有简单和谐才是真正美。当然,这其中的简单并不是因陋就简,而是删繁就简。

……

所有这些因子,都在我的棋艺中得到了复述与表达。

如果把读书比成做糨糊的话,那么这一团又一团白糊糊的东西,恐怕也使大家无比厌烦了。该献上它的副产品:面筋,来换换口味了。

——我只须读上一遍《红楼梦》,就能看出此书的前八十回和后四十回,绝不会是同一个人写的。因为前面的那个人一说到围棋就是些套话,而后面那主儿,却能说出个 ABCD 来,显然水平要高得多——诸位请看我这证明够多简单、够多美!而那些个中外红学家们,却又是考据,又是家谱,又是计算机,倒闹了个玄乎!——质之俞平伯老并周君汝昌,我这算不算得上个红学小发明?有没有专利?

记得老祝伯曾经对父亲这样说过:"我儿子是一只狐狸,了解各类事情,但都很浅,属于智力分散型。而你儿子却像一只刺猬,只懂一件事情,但很精深,属于智慧集中型。"

但经过这段时间的苦读之后,我显然变成一只见过一些世面,有一定阅历的"刺猬"。于是乎,这只"刺猬"和其他"刺猬"之间的距离又慢慢地拉开了。

"老师真是一言以定邦。"当我在"电视大奖赛"中获得冠军之后,这样对程老师说。

"唐太宗天纵聪明,也需要魏征这面镜子。"他说。

是的,人不能长久不照镜子。如果有一个月的时间,不让你以任何方式照镜子,那必定是件非常不舒服的事。而且一个人最好有许多面镜子:既有能洞悉你五脏六腑的透视镜,也有随时检查你发型是否整齐,胡子是否该刮的便捷式小镜子。

父亲就是这种小镜子。

"你干吗说话总带些个'他妈的'之类的粗话?"父亲说到"他妈的"三字时,听上去甭提有多么不自然了。

"我这是语气助词。"我强辩道。我们这些在动乱年代长大的人,多有爱说粗话的毛病。再说"他妈的"三字,几乎可称是"国骂"。

"这只能说是语气助词的异化。不好,很不好。"他使劲地摇头。

以后,他每逢听到我使用这类"语气助词"时,总要拼命摇头。而这摇头就像高效除草剂,没施用几遍,就将我语言中杂芜的大部分除去了。

"我见你和小程下棋,怎么总是为谁拿白子而争论不休。"一次在我与妻子争吵时,父亲插上来说道。我虽然当上了全国冠军,而且最少能让妻子三个子,但她硬是要回回平下不说,还要抢只有棋力较强一方才有资格使用的白子。在她心目中,沧海不是水,巫山也不是云。原因当然很简单,就是:只缘身在此山中。我当然不肯吃这么大的亏。有时碰巧手慢,只抢到黑子,就必定先往棋盘上最无用的中心放上第一枚子,并且口口声声地说:"往天元上放子这个战术是吴清源首创的。后来他也承认这是败着,不过为了蔑视对手,他仍不时地使用。"气得夫人只想哭。

"拿黑子的不见得棋力就弱。"父亲慢条斯理地说,"据《烂柯堂棋话》中载'上首把黑,下觞把白';古籍中亦有'贵人白日执白,夜晚执黑'之说。另外,"他稍稍把声音提高了一点,"在我的印象中,高手总是很能谦让的。"

"我这不过是白玉微瑕而已。"我虚晃一枪,试图躲开他的攻击。

"这有伤大雅,不止微瑕。"父亲当下回击,"即使是白玉微瑕,也去之益明。"

"另外,还有你下棋时的坐姿,总是那么歪七扭八的,让人看上去那么不舒服。我研究过不少棋手的坐姿,觉得这种,"他在我面前坐下,腰板笔直,身体硬朗,宛如一尊钢雕,给人以森严壁垒的感觉。"最舒服,也最端庄。人若棋,棋若人;这样也有助于给对手施加心理压力。"

别看父亲的棋艺与我不可同日而语,但在这些小地方却很有见地。于是我只得"从谏"。

有时候,父亲也会摆出学术研究的态度与我讨论一些问题。"我觉得围棋是一个大系统。但这个大系统实践上是由两个系统组成的。"他在一张纸上规规矩矩地画出一个大方框和两个小方框,"这两个小系统,一个是围棋知识系统;一个是其余文化系统。当一个系统的信息量不足,而另一个系统过载时,公用通道就会发生阻塞,整个系统对外就会呈现出紊乱状态。这时就必须进行内部调节。你说对不对。"

"您用控制论来解释围棋,可真够玄乎的。"我笑着答道。父亲把事实上升到理论的能力是很强的,这抑或是教书匠的本色?可惜的是,他提供的那些书,我看了三遍也没能看懂,所以此时无力发表有分量的批评意见。

要说读上一年半载的书,就能把自己的棋艺提高一大截,这未免有点不可信。实际上,我以前读的书并不少,不过都是杂乱无章地排列在一起,对外呈现出"紊乱状态",而这些日子的读书生活,不过是对它们进行了"调节",使之系统化罢了。

读书。

平居读谱有古人,而学力方深;落子比赛无古人,而精神始出。

我站在由哲学、美学、军事、围棋等各行各业的伟人们搭成的人梯最高一级上,尽情使出我自创、自化、自悟出来的无穷招数,再度蝉联全国冠军。

七

自然界从阿米巴原虫到人,这中间有无数等级,无数分支。要跨越这些等级,不在分支中迷路,碰巧投生为人,该有多难!而为人之后,又要生长在围棋的故乡,作一个中国人就更难了!中国人又有幸成为一个围棋选手则尤难!而经历了这"难、更难、尤难"之后的我,不再努上一把力,去争一争世界第一的位置,那能对得起造物?能对得起父母?能对得起中国?

一九八二年十一月,我带领六名中国棋手出访日本,出人意料地以四十三胜、十三负的成绩,把多年来的平衡给破坏了。而在这场比赛中,我表演的最为出色:十战九胜一负。真有点横扫千军如卷席的劲儿。

这一举震撼了日本围棋界,自然不必说了。就连日本公众也愤怒了:无数沉甸甸的电话涌向主办这次比赛的"每日新闻社",以至于由计算机控制的报社电话交换台也发生了堵塞。他们众口一词地责问新闻社:为什么不派出最好的棋手?

——多少年来,他们已经习惯于围棋大国的位置了。

读者是报纸的上帝;上帝的自尊心伤不得,上帝的话也不能不听。所以日本方面就要求一九八三年来我国比赛,以图捞回点什么。

我方同意后,他们立即开始组织队伍。集资筹办这次比赛的仍是"每日新闻社"。他们的社长在预备会上郑重地宣布:考虑到明年的订户数额,这次即使花大价钱,也得把最好的棋手请出来。

那么全日本最好的棋手是谁呢？自然是羽田芳夫。羽田九段曾经一人独霸"棋圣"与"本因坊"这两个日本最大的棋赛的冠军宝座多年，形成了一个空前的"羽田时代"。同时，他本人也因计算精细的原因，被冠以"电子计算机"的称号。因而此次的代表团团长是非他莫属的。

当报社派去的人在长畸一幢幽雅精致、依山傍水的别墅里找到他，并对其说明了来意之后，这位"棋皇帝"半天没吱声，一个劲儿地看门外花园里那块玲珑剔透的鞍马石。

报社的人不好再催，只得耐心地等待。可直等到他们快辞行时，羽田九段才喃喃地说："我先得看看贵社还请到了谁，才能决定。"

于是报社只好先找团员，再找团长。最后他们终于请出四名九段、四名八段。而且全部是专业棋手，平均年龄也只有三十三岁。

看见如此整齐的人才，羽田氏才离开他那间日夜可以听见潺潺山泉的棋室，欣然出任。

羽田的谨慎并不是没有道理的：他已经是四十三岁了，此刻正处在他围棋事业的峰巅，也就是说：从前是上坡，再往后则又该是下坡了。所以早在半年前，很明白"急流勇退"这条道理的他就宣布：一九八三年"棋圣"赛后，他将隐退著述，从此再不出山。而依此类推，这次远征，则也是最后一次，是绝对马虎不得的。

到了东京之后，他逐一了解了各位团员的竞技状态之后，才对尾追他多日的新闻记者说：我认为最坏的局面就是胜四十盘（负十六盘）——看来他已经有把握让自己指挥的这支乐队，奏出他围棋生涯的最后一段华彩，把他的名声推向一个新高潮。

"每日新闻社"是日本一等一的大报社，有的是精于算计的主儿；面对此情此景，马上相机玩了个小改革，搞出个"半浮动工资"的花样——日本的专业棋手原来是下一盘棋挣一盘棋的钱。可这次却是一笔付清，然后规定：每胜一盘外加二十万日元。

一场世界围棋史上绝无仅有的大战即将开始。军队将在北京集结。

他们来了——那是一支被精神感召、被物质激励起来的部队，是阵容空前强大的部队。他们浩浩荡荡从"太阳升起的国度"开了过来，军旗就是那个门下总段位超过二百段，正值盛年的羽田芳夫。

教练传统性的战前动员，求胜心切的朋友们的鼓励……所有这一切都产生了副作用，使我不由自主地紧张起来，而且越来越紧张——等罚点球的守门员、将要分娩的产妇、静候宣判的被告——所有这些人的紧张程度叠加在一起，便是我此刻的内心世界。

我临场发挥如何，显然举足轻重——这是我紧张的核心：它如同一只空竹，被人愈抖愈急，而且嗡嗡作响，轻而易举地导致了我的机体失调。

早晨起来，我就开始抽烟，一支接一支。这是一个不健康的开始，逊位多年的恶习又复辟了。

我捧着一大厚本棋书在读，可脑壳却像一只总在沸腾，但什么东西也没有煮的大锅。

——静练瑜伽没有用。全身放松躺在椅子上，用毛巾盖住脸做深呼吸也没有用……

什么都没有用！

一种下得赢就下，下不赢就算的原始反应，渐渐地占了上风。

"知己知彼，方能百战不殆。"吃中饭的时候，父亲又念起寡淡无味的陈词滥调。

"我的棋您知道吗？"我把在嘴里嚼了好半天的一口饭吐了出来后，大声问道。

他点点头。

"那您的呢？"

"知己莫过己。"

"那为什么您每战必殆！"我没好气地把碗一推，扭身回屋去了。此时此刻，他这面"小镜子"最明智的做法，就是穿上镜衣，不要再照我。

……床下有一吨TNT，导火索被人点着了，它越烧越短……

我醒了。一场噩梦，十分钟的午睡。

我把压在胸口的那本《日本围棋年鉴》重重地往桌上一放，撞开门走了出去。

患了秃斑的树。灰尘般的云彩。病歪歪的房子……

到处是不和谐，到处是丑。我无法再忍受，只得转回家去。

我准备再翻一下那本已经翻了两昼夜的《年鉴》，可怎么也找不着。一定是父亲捣得鬼！我冲向父亲的书房。

"您是怎么搞的？"烦躁已极的我嚷道，"这功夫添的什么乱！"

"记得你小时候考试时的情形吗？"父亲笑着抚摸着我的头。

他的手软而温暖，使我感到挺舒服。在某些特定的时候，身体的接触比语言的功效要大得多。

"从小你就是一个非常敏感的孩子，虽然平时学习成绩很好，可一碰上考试，就紧张得不得了。所以每逢这个时候，我总是把你的书全部没收，陪你去玩。"他边说边把桌上不多的几本书整整齐齐地叠放在右上角。

"您的至理名言是：好学生不用临时抱佛脚。"我头脑中的动乱已经结束掉一小部分。

"出去转转。"父亲站起身来，披上一件让人看着就觉得很安静的浅灰色秋季大衣。

下午三点的校园，是个无声无息的世界。一个三十岁的孩子，听话地跟在父亲的身后，在一条弯弯曲曲的小道上信步走着。秋天用它蔚蓝色的眼睛，金黄色的手，慈祥地望着、抚摸着这个孩子。

"您能假定日本方面这次会采取什么战略吗？"我还没能完全从"惯性"中解脱出来。

"在英国有这样一个故事,"父亲答非所问,"一位讲演新手要去给一群素养甚高的听众讲演。事先他问他的老师。有哪些是可以假定听众已经知道的东西?他的老师答道:他们一无所知。

"他领会了其中的深意,按照自己的思路,把个讲题讲得清清楚楚,有声有色。而且毕生都受益匪浅。"

"我懂了。您的意见是我此时最好处于一种白纸状态。"我停在松墙前,抬起低了好几天的头问道。

"对!"松墙内传来一声很低但很动听的男中音。

我见常夫人程氏正陪着他哥哥坐在亭子里。

我一下子就跳过松墙,奔上前去。

"看来准时是老伯这样的学者最好的品质。"他对父亲说。

"也许应该说是'素养'更准确一些。"父亲刚刚从松墙入口处绕了过来。一个名牌大学的教授,是跳不过那高达五十公分的松墙的。

不用问,他们是计划好的。

"我说服了医生,他答应放风两小时。"程老师抬腕看了看那块显得非常大的手表,"眼下只剩下一个小时了。所以只好开门见山了。"

"您有何指教?"我坐到了轮椅旁边的栏杆上。

"对你早已谈不上指教了。千里来此,只想讲个小故事给你听听。"

看来今天是跟故事干上了!

"二十年前,日本青年棋手林海峰在'本因坊'挑战中被坂田荣男以零比四杀下阵来。仅时隔一日,他在'名人赛'中又获得向坂田九段挑战的资格。面对棋坛的一代宗师,他也是忐忑不安,寝食俱废。没办法,只得跑去请教老师吴清源。结果吴氏只告诉他三个字。"程老师开始大口喘气。

"哪三个字?"待他喘息平静后,我忙问。

"平常心!"他一字一板地答道。

"好,祝你一帆风顺!"他向我伸出手。

握着这只手,我才真正理解了到底瘦成什么样,才能叫作皮包骨头。

"小妹,"他抽回手,"打道回府,办理公事。"

我赶忙把毯子给他盖好。毯子里面平平的,好像只是具孩子的躯体。

"秋风拂面,彻骨生寒,"他把大衣往上提了一下,但一放手,大衣又滑了下来,"程某虽躬逢盛世,却无力上阵挥戈,中兴大业,只好尽付他人了。"说到这,他深情地看着厅前的一排新松,"好在我手种门前柏树,而今已是千尺苍苍!"

轮椅发出轻微的"吱吱"声,渐渐地远去了。

"他们一无所知。平常心。"整个傍晚,我都在细细体味着这两个有异曲同工之妙的小故事。

这一夜,我睡得如同一个初生的婴儿。

无畏的人并不总是无畏,他只不过不会被恐惧吞没掉罢了。

早晨起来,我自觉度过了忘川,处在一种最优的竞技状态中:神经兴奋,但并不过头;眼睛放着光,血液流得十分酣畅,内心十分自由。

吃了父亲为我准备的一顿中西结合、少而精的早点之后,我乘车前往比赛地:华侨大厦。

大厦高高的台阶下面,已经聚焦了相当大一群首都的围棋爱好者。我很费了一点劲,才从他们中间挤了过去。

"您找谁?"门卫礼貌地拦住我。他那身金碧辉煌,犹如沙俄将军的制服,震得那帮棋迷没一个敢往里混的。

"中国围棋代表团。"我说着亮出了请帖。

门卫低头盯住请帖上的名字看了好一阵后,又抬起头来回地打量着我。大概我这个留着小平头,穿蓝制服的家伙与他心目中的冠军形象间的距离实在是太大了。

"祝你好运。"他把请帖递回给我,笑容可掬地说。

"谢谢关照。"我半开玩笑半认真地用日本方式回礼。

我刚要往里走,奇迹发生了:台阶下万头攒动的人群自动闪开一条路,就像摩西用杖分开后的红海。

一辆轮椅发出轻微的"吱、吱"声开了过来。然后又自动的升上了台阶。

"大哥,你怎么也来了?"我迎上前去问道。

"碰巧我今天的主治医生也是围棋爱好者。"他指指左手那位中年医生,"再加上楚鹏兄昨天下午也从杭州自费飞来观战,"他指指右手的楚鹏老师,"所以我更得来了。"

"没想到您也能来,我真是太高兴了。"我握住楚老师的手。三年前他已经退休,听说身体也不太好。

"八年前我在广州亲口许下的愿,只要不死就得还!"他用手杖在地上重重地蹾了一下。

我跟在他们后面进了大厅。

中央大厅内八台铺着绿呢的棋桌已经一字排开。

我坐到了抽签台边。此时,大厅正中悬挂着的电子石英钟显示9:00的字样。

羽田团长却晚来了半分钟。

这种有分寸的迟到,纯属为了显示一下他这个"大国天子"的身份!我心中一阵无名火起,但马上就熄灭了。任何战前的情绪波动,都可能影响战斗。如今的我,已经成熟得很了。

我与羽田九段的猜先数子声响彻整个大厅。

猜先结果:一、三、五、七台中方执黑;二、四、六、八台日方执黑。

"昨天晚上,羽田扬言今天要六胜二负。"在我朝第二台走过的时候,那个跟我很熟悉的《体育报》记者方仪凑在我耳边说道,"要能赢三盘,就算大胜。"别看门口那一大群棋迷,都是他用那枝生花妙笔鼓吹来的,但这会儿他也显得有点信心不足。

"赢四盘才算平手,你小子怎么连算术也忘了?"我堵住了这个饶舌者的嘴。

羽田团长极有风度地在我对面入座。

我也像尊钢雕似地坐在了他的对面。

围棋一道,先手非常重要。如果一盘棋从头到尾都是人走你应,那非玩完不可。所以《棋经》上再三强调:宁失三子,不让一先。

眼下虽然是羽田九段执黑先走,但我打定主意要"后发而先至"杀了这位"棋皇帝"来祭旗。

羽田氏慎重落子,采用了他擅长的"错小目布局"——倘若让他得心应手地完成这种布局,那么我就要吃亏。于是我开始阻挠他,宁肯自己难受点,也不能让他走成一个"舒服型"。接着我又连放好手,终于在序盘完成时,夺得了先手。

羽田九段到底无愧于"电子计算机"的称号,马上意识到这点,在十余步之后,又把先手夺了回去。

此后,先手权又几度易手。

下围棋在一般人的心目中,无非是一种在松荫花影下,喝着喷香的龙井清茶,叼着长长的香烟,从从容容地你走我应的一种高级娱乐而已——这当然也有一定的道理。可当你作为选手参加比赛,它就好像从散步变成竞走,从闲聊斗嘴变成法庭辩论——完完全全地变了,变成一种正儿八经的拼搏。只见小小的棋盘上,时而飞沙走石,暗无天日;时而金铁皆鸣,大砍大杀,鬼泣神惊。尤其是高手对局,举手投足,一招一式全都包含着深意,隐藏着杀机。因此日本人管它叫"智力柔道",欧洲人称它作"思想拳击",而我觉得它更像中国武术中的散手对打:既可以拳打脚踢,也可以点穴擒拿。所以一盘棋下来,细细回想,无论是当局者还是旁观者,都未免心有余悸——这就是围棋是体育运动项目之一,而烹调、盆景都不是的道理所在。

下到中盘前后,羽田氏先夺实地,又安孤棋,自以为胜券在握,而后落子未免有些凝重,尽走些他自己不吃亏,也不过分招惹我的"中性棋"。

机不可失,我利用他此时的心理特征,先消他实地,然后又趁收官大占其便宜。

当他再度开动"电脑"扫描全盘时,发现为时已晚。

两个三枪彩色电视摄像机的长镜头伸了过来。日本记者把这盘棋的形势先是送到正在我们头顶上静候的卫星里,然后再由它转送到日本,奉献到棋迷们的面前。

为了挽回颓势,羽田氏试图制造些纠纷,重起战端。可因为他前面已经把棋给走尽了,此时硬是找不到能够施展才华的"素材",好比一个一天没吃饭的歌手,临到高调结尾时,未免有点中气不足;再加上我颇识时务,根本就不上他的当——下围棋的目的就是个赢:赢十个子是赢,赢一个子也是赢,两者之间没有质的差别。我这阵儿采取的方针,用兵书上的话讲:穷寇勿追;用官场术语来说叫:明哲保身;用工业生产上的词来形容叫:安全第一;用最形象不过的北京土话来说叫:见好就收。使羽田九段干气没辙,只以一子之差败下阵来。

我的同伴们也毫不示弱,八盘下来,总成绩是5:3。

"您给今天的报道来个题目吧?"当我在休息厅内大嚼巧克力,以恢复体力时,一位会说中文,名叫宫畸秀一的日本记者走过来说道。别看他不过三十五、六的年纪,可已经是很有名气的围棋专栏作家。并且写过一本名叫《围棋帝国》的书,把藤泽秀行、武宫正树等日本当代棋手的风格、历史、战功写了个透。

我向来没有舞文弄墨的才能,可今天却文思大开。"你就写:铁算盘战胜电子计算机。"我脱口答道。

"看来我该改行了。"一直在我旁边的方仪说道,"预测不如专业棋手,这情有可原,可谁知连给报道起名也不如!"他故作沮丧地把那架价值一万五千元的"玛米亚"牌照相机甩到了身后。

"放心,你绝对失不了业。"我拉着他走向程老师,"给我们照张相吧。"

第二局,羽田九段和我下成平局。

"他使出看家本领,"晚上我与父亲在他的书房里分析白天的后一局棋。"也不过逼和了我。可我觉得自己还有些劲没使出来。"

"一个有才能的人,最明显的特点就是首先认识到自己的优点,然后最大限度的使用这些优点。"父亲的声音即使在很高兴,很激动的时刻,也是平静的。"不过这次他们倾巢出动,要是下不好就不好回去了。所以我估计后面还有一场恶战。"

"有就有呗!"我边从他的书柜里往出取那本前天被他"查封"的《年鉴》边说。

两天后,我又将素有"刽子手"之称的日本关西棋院的古藤九段杀个漫山遍野都是尸首。

《体育报》用了很大的篇幅来报道这局棋,但美中不足的是题目太没诗意——《刽子手的刽子手》——一看就知道是方年兄的大手笔。

第二轮比赛移到南京。

金陵这块地方,自古以来都以繁华著称。可对我来说并不吉利:我在这参加过四次比赛,其中三次被击败。这种现象在体育运动中并不罕见,就说篮球运动员吧,在某一场地发挥的就好,而换到另一个场地就怎么也投不进;这样来过几次之后,他每逢到后一场地比赛,"历史的经验"就会使他产生一种怯场情绪。

可这次我决心逢凶化吉。

我在抵达南京的第一天,就去省政协拜访我家的一位世交,书法家苏老先生。

南京多次作为都城,所以有来头的大房子大院特别多。而省政协这块地方更是不一般:它是一百多年前的天王府;八十多年前的两江总督衙门;三十多年前的"国民政府"。

苏老在他那间宽大的办公室里,关切地询问了好一阵中日棋赛的战况与前景。我一一答对后,就开诚布公地让他给我写一幅字。

老人家挺慷慨,当下就在他那张足有乒乓球台那么大,没准杨秀清,张之洞都在上面批过公文的古式办公桌上铺开了一张年头足够长的宣纸,很研了一会儿墨后,就笔走龙蛇,写下了"平常心"三个很黑、很有劲儿的大字。然后又换了枝小笔,写下了几行边款:"爷爷殉棋悠悠去,小子捧魂又复来;想我中华千年技,岂能长久落他邦。"再以后,他又换了更小的笔接着写道:"盼其回归,实乃老夫一生企望。恰逢小常索字,欣然命笔,以尽绵薄。"

看字看款,一种历史责任感油然而生。

苏老约我第二天去他家取字,因为还要回去"押印"。

这一晚上,惨淡秋风,凄凉秋雨,硬是反反复复推敲着金陵饭店的落地窗,把一盏足有两百瓦特的华丽吊灯发出来的光,弄得昏黄、昏黄的,让人心里觉得挺不是滋味。

"我教上你一盘棋,如何?"正在我百无聊赖之际,方仪走进来对我说。

"你教我?"我漫不经心地笑了笑,随手取出一副普通塑料棋。

"跟师傅我学棋,还用这号烂棋,快拿云子来伺候。"方仪大声抗议道。他跟我一样,也是插队出身,也攻过一阵围棋。不过后来他发现自己对围棋来说,太缺乏想象力了,所以才改行去搞文学。可因为有这些渊源,我俩在三年前一见如故,很快就成了朋友。

"据说在日本棋院,只要有六段以下的棋手,点名要使用日本的文蛤,或者是纪州的那智黑之类的名贵棋子,就一定会遭到毫不留情的嘲笑!"我边从手提箱深处往出取云子边说,"因为棋经上反复强调,'屎棋不可用贵子'。"

"那本狗屁棋经准是你小子主编的。"他愤愤不平地往棋盘上摆由我指定让他的六枚子,落子时用劲之大,使我直担心棋子的强度。

这盘棋我输给了他,这是因为一则他根本不惮我的棋,得理不让人,处处倚仗着"被授优势"而欺压我;二则是因为让得多少也有那么点超额。

"我讲个故事给你听听吧。"棋毕之后,已是深夜,他赖着不走,硬和我挤在一张中床上。

"讲吧。"我随口应道。

"从前有个和尚,与一个秀才睡到一张铺上。那秀才倚仗着读过两本书,谁也不放在眼里,神采飞扬地吹着牛,把个和尚镇得够呛,缩成一团,把四分之三的铺位都让给了秀才。"方仪做了个蜷缩的姿势,可却连半寸实地也未见让出。"可和尚听着,听着,就听出马脚来,于是他壮壮胆问道:相公,澹台灭明(春秋时鲁国人)是一个人还是两个人?秀才不假思索地回答:当然是两个人!和尚又问:那舜尧是两个人还是一个人?秀才极不耐烦地回答:一个人!于是和尚朗声笑了好一阵后说道:如此说来,小僧也可伸伸腿了!"说着,方仪做出一个扩张性极强的动作,差点把我从床上挤下来。

"你看,"方仪一把揪下我身上的被子,并强扶我坐起来,"这才真叫'天凉好个秋'呢!"

我奋力睁开惺忪的眼睛往窗外看去:只觉一片美丽动人的南国秋色,扑面涌来,淡蓝色的天空中悬挂着的那轮红日,更是抢眼。

我匆匆吃罢早饭,就去请日本朋友一道出游,好饱餐秋之秀色。谁知被他们一一婉言谢绝了。

我只得和几个队友结伴出游。

"我记得在北京时,他们玩得甭提有多痛快了。想来是因为首战不利,这会儿正在闭门思过呢。"在汽车上方仪对我说。

我没吱声。不管他们搞什么名堂,反正我是怀揣一颗"平常心",并且假定他们"一无所知"。

"金陵无限古,棋人无空怀。"方仪即兴打油两句。

在莫愁湖,我怀着极大的兴趣观赏了"胜棋楼"。

据说在这里徐达曾赢过朱元璋一盘棋,故而朱元璋就把楼送给了他。所以才有这么个名字。

楼上陈列的那张棋桌,格局款式和蓝旗营洪老先生的那张相差无几,但用料却要讲究的多:完全是阴沉细腻的红木,斜对角上还有两只很方、很深的棋洞。

明朝那会儿有这么高的工艺水平吗?我正待开口问讲解员,猛然间想起洪老先生那句很有道学味的话:既好此道,何问真伪?

对!我马上从牛角尖中退了出来。反正此地湖名"莫愁",楼名"胜棋",定是大大的吉祥地,不白来!

离了莫愁湖,我们又去燕子矶。一路上,扑面而来的美丽田园风光,使我的感觉系统在超负荷运行。

"你能给我形容一下吗?"方仪往窗外一指,考问道。

"大地像一块一块深绿色的棋盘。而田野边上的房子,"我故意停住,做出思索的样子。

"像什么?"他追问。

"就像对棋不语的君子。"

我说出这个比喻之后,很得意地望着这位北京中文系的高才生,"看来小僧也可以伸伸腿了!"我在靠椅上将身子挺成一个"大"字。

"是真棋手语!"他万不得已地称赞了我一句。

在那块如同展翅欲飞的燕子似的大石头上,下望壮伟的长江,我不禁想道:长江在青藏高原发源时,只不过是点点滴滴,脆弱得很,一块大石头就能压住它。可后来经过川、湘、楚等水网密布之地后,有无数支流汇聚其中,它因而变得水量大且急,谁也压它不住了。而到了这,它变得宽阔,变得平缓,变得能载起重舟,变得能养育无边沃野,无穷文明……总而言之一句话:到了这,它进入了完全成熟的阶段,开始出大成果了。

这一白天,我们玩儿得好不痛快!

吃过晚饭,我就骑车去苏老家取字。

"这是我的女婿,"进屋坐定之后,苏老向我介绍一位文静的中年人,"南京大学计算机系程序教研组讲师、《围棋》杂志'死活征答'一等奖获得者。"

"有位新秀,想和你交流上一盘。"中年人说,"他的棋绝不会比你差。"他怕我不肯去,又补充道。

岂不知提携后进,发现新人,也是我的职责之一。我把苏老的字装进一个绢制画筒里,就和他一起去了南京大学。

"换上这衣服和鞋。"在进了一座相当现代化的白色大楼后,他取出一件白大褂和一双海绵拖鞋。

不知这位是何等人物,见他还得沐浴更衣,我边穿边想,和朝拜皇上差不多。

"坐这。"进了屋之后,他让我坐在了一张舒适的皮转椅上,又按了一下对面桌上一组字盘中的几个。我面前的荧光屏上顿时显示出一幅围棋盘。

此刻我才明白和我下棋的不是人,而是一台计算机。

我早就听说过此公君临一切科学领域,并且横征暴敛,把所有的自然科学知识都吃下肚子去。但他侵犯到我的领土上来,还是头一遭。我决心好好教训教训它,让它早点知道什么叫围棋,又该怎么下,好去另谋生路。

这位"新秀"的反应极快,几乎不用想,就走出相当漂亮的头儿着棋。

我的兴趣浓厚起来,开始认真考虑采用什么战略、战术,才能像杀败"假计算机"羽田那样,杀败这台真的。

可谁知这台机器颇有灵性,好像从小就和我下惯棋一样,深知我的路数,越走越让我别扭。

到了中盘完了,我一数空,竟然差了八目,也就是四子。

四个子就是十万八千里。决不能按常规走下去。我振奋精神,接连放出几着空前的好棋,才以四分之一子险胜。

"真是不可思议!"局终之后,我擦了好一会儿汗。在这颗有着四十亿人口的星球上,能把我杀出汗来的主儿还真没几个。

"为了把围棋信息变成数学模型,"中年人看我有点迷糊,就改口说道,"也就是把棋谱编成程序,存在这里。"他拍拍一摞磁盘,"我用了整整七个月的时间。

"而在我存入的二百二十一局棋中,有你的一百三十局,而且全是我精选出来的。"他按了一下开关,于是机器里面的思维不再流动,"对手"也隐退休息去了,"所以,你等于在和另一个你下棋。而且这是一个每走一步都要数空、反复权衡,并且百事不忘的你。"

"那么如何才能顺利的战胜它呢?"我边下楼边问。

"以容量和思维速度而论,它远胜过你。但它目前还不会从更高的层次上去理解问题。比方说:在遇上十个等价的方案时,它的选择则带有很大的盲目性。而你,"他停下来看着我,"则能从其中选出一种对手最不能适应,而最适应于你的方案。

"准确地说,刚才和你下棋的你,仅仅是昨天的你,而今天的你则已非昨天的你……计算机在创造性方面是不如人的……"

我和他推着车并排在南京大学幽静的校园里走了好长一段路。他言简意赅地给我讲了不少有关这些凝结着巨大智能的集成电路组成件的知识。要是有 A 种方法表述我听不懂,他马上改用 B 种或 C 种。不用说,他准是担大梁的好教员。也许过不了几年,就会被提升为副教授,然后再升教授。

"耽误你的时间了。"在校门口分手时他说。

"我很受启发,很有收获。"我握住他的手。

次日,正式比赛开始。

一上场,我就觉得气氛有些不一样:平时日本棋手上场比赛,都是西服革履,可今天全换成了和服木拖。

我不太清楚日本国的风俗,光知道他们只有在诸如结婚之类的大庆典时,才穿这些民族服装。

"你就是穿上虎皮衣,我今天也要赢你!"我提前坐到了座位上,望着身穿最少价值 5 万元的和服,迈着沉稳的步伐向我走过来的羽田九段想道。

他走到第四台旁边停了下来,对宫畸秀一用日语谈着什么。宫畸边听边点头,并且拼命地往一个条形本上涂抹。

我看着他俩的同时,顺手从棋盒中取出一枚棋子。子一拿到手里,就觉得有些异样,拿到眼前仔细一看,发现竟是日本最著名的棋子:日产出的文蛤。

"这是羽田九段的看家之宝,他只有在参加极其重大的比赛时才用。不信你看,"方仪取过盒盖递到我眼前,"这上面刻着他成名后,所有重大比赛的成绩。"

"那我就在这,"我指指满是日文的盒盖上仅剩下的一小条地方,"给他添上一条。"

"好小子,有种!"

"你什么都知道,可就是忘了把我那副有林公手泽的云子带来,好让咱们也摆摆谱。"我很有点遗憾地说道。

"你怎么知道我忘了?"

方仪鬼使神差地从挎包中取出那副云子。

我无限感激地朝他笑了笑。

一枚黑文蛤放了下来。

一枚白云子顶了上去。

可这第二枚黑文蛤却怎么也不肯放下来了。羽田九段开始了"长考"——所谓长考,就是长时间考虑的简称。据说日本有个名叫桥本昌二的棋手,第一步棋就要想上半个小时,而后三手棋用的时间久更长了,共花了两个小时又四十分钟。如果说这仅仅是为了培养情绪,把心放下去,那自当别论。可据我分析,羽田氏此时脑海里肯定是浮想联翩。因为他太爱惜自己的羽毛了:总不能一盘也不赢吧? 这显然会给他造成巨大的心理压力。

为了因势利导,再给他加点压,我也跟着一块"长考"起来。

果不其然,在七十五步的时候,羽田氏放出铤而走险的一着。我俩心里都清楚:在这一着棋后,盘上将永无宁日。

双方开始野战。

在我们这一级棋手的比赛里,倘若发生野战,一般都是没有成例可循。双方各出奇手,几度转换。但即使这样,也没能使局势明朗化。

第九十一着棋后,羽田规定的时间已经用完,开始"读秒"——也就是说:必须在规定的时间里走完一步棋,否则就算自动认输。

第九十八着棋后,我也进入"读秒"阶段。

我们两个都是极善用"内功"下棋的人,也就是说每个人的"定力"都很好。所以虽然读秒声一声紧似一声,俩人的外表都很平静,落子时,依然三指一夹,仪态万方。

可在羽田九段的"资料存储器"中,显然没有关于我"快棋优势"的记录。他肯定认为我在棋坛上作战未久,如此局面经亦不多。殊不知我是极善下快棋的,这历史可以一直上溯到"棋院时代"。再以后,我作了专业棋手,每逢去各地参加比赛,常有业余棋手约我下一盘,但因为时间有限,常是我一个人对付一个小团体。记得我在广州时,一次竟和多达三十位的对手下。我前后小跑着,落子如飞。一场棋下来,大汗淋漓,就像踢了一场足球。这场面曾被一位颇有灵感的漫画家捕捉到了,他画了一张漫画登在《羊城晚报》上:只见画中的我,留着小平头,身穿运动衣,足登网球鞋,以一只脚尖为轴心,在围成圆形的棋桌内作芭蕾舞式的盘旋——所以完全可以说:对于快棋,我是很有些道行的大师。

而日本棋手却常居深院高楼内,潜心研棋;加上每下一盘,都得和对方要几万日元,很少有人请得起。所以在这方面的锻炼相对于我来说要少一些。

而这"少一些",就造成了羽田九段的劣势——他在攻击我的同时,无法细密地检点自己的阵地。而思维速率要快一筹的我,却从容自如得很。

我终于用洁白的云子,将他的黑文蛤压缩成一条一条的,活像地图上的智利。

我松了一口气,但马上又鼓起来。就在这一松一鼓之间,我听见另外七盘棋落子敲秤声。

这是中华棋魂精粹的凝聚。

这是走向世界的呐喊。

我看出羽田九段那只表皮镇定的手的内部,其实是在剧烈的抖动。

由几代棋手传过来的接力棒,如今递到我的手里。我要冲刺。要获全胜。要完璧归赵。

我再次赢了。

羽田九段抬起头来。他的目光与我的目光交织在一起,发生了历时几秒钟的短兵相接。

从此,他就该换一种新的目光来看这个世界了,我想道。不知他此时此地有何感想?

"拿酒来!"他发出一声完全来自胸部的低沉喊叫。

他的随从应声把一只盛满金黄色液体的高脚大容积雕花酒杯,递到了他手里。他连头也没抬,一下子就吸了个干净。

"据日本记者透露,嗜酒如命的羽田九段,从应召之日起,就戒了酒。至今也是三月有余。"方仪对我耳语道,"这酒还真香。"他使劲吸动了一下鼻子。"肯定是预备在庆祝胜利时喝的陈年老窖。"

他的推论是正确的:因为没有人会为庆祝失败而事先备下酒。

羽田九段接连吸干三杯之后,就站起来,头也不回地走了。他这个"棋皇帝"已经再也没有勇气看一眼这片残破的江山了。

这天晚上,我独自一人在饭店转悠了好一阵,也没能找见那个名叫宫畸秀一的专栏作家。这多少使我觉得有点美中不足,因为我很想和他商量一下,看看在他测绘的那张"围棋帝国"的版图里,能不能给我也腾出块地方?

一天以后的晚上,我和方仪已到海宁盐官镇东的海塘,等着看天下闻名的钱江潮。

"它怎么还不来?"方仪边吃面包边问。

"别吱声,要不然它就会被你给吓跑了。"我望着静卧在脚下的那条无语东流的大江。

潮来了。

钱塘江的入海口,原有百余公里宽,可到这块儿,硬被挤成只有四五公里宽。形成一段"喉缩"。所以涨潮时,江水前阻后拥,弄得满江沸沸扬扬,形成一道壁立江面的水岭,碰到海塘的阻碍,就大显神威。那声音,那气势,是无法言传,也无法复制的。

在这种罕见的自然奇观的威慑下,我俩谁也说不出话来。

"这月亮的吸劲可真够大的!"潮退好一阵后,方仪才首先从中解脱出来。"面对此情此景,你能说出点值得我听的感想吗?"

"钱塘十月,潮去魂来。"我喃喃地说道。说来也怪,昨天的殊死搏斗,方才的壮伟奇观,一刹那间,全从我的脑海中消失了,只有洪老先生的一部长髯、爷爷临终时的一声呐喊、那辆"吱吱呀呀"的轮椅走行声,慢慢地浮现出来,而且愈来愈清晰……

蛇 足

我这篇自传体的文章愈写愈长,连父亲看了都说:"小业未竟,而巨传先成,未免……"

"未免"什么?他没说。但肯定是:未免有点不务正业,未免有点"不要脸"。

"如果你这些专著不像专著,总结不像总结的玩意儿能够叫作自传的话,"我爱人看完之后说道,"那它最好的解决办法就是划根洋火烧了,其次就是压在你那口帆布箱子底,留着老了之后,自己慢慢看去。"

可我却不这么认为。这既然是我个人的经历,那么我不说,谁说!我不写,谁写!再说这里面或多或少,总有那么点真货吧?

至于这篇文章如何结尾,我开始动笔写的时候没来得及想,因为那会儿它并不重要。

可愈往后写,它就愈来愈重要了。因为马上就要用上它了。

可直到用上它了,我也没能想出来。怎么办呢? 我开动大脑想了半天,也想不出个像豹尾那么有力的结尾,只好让它空见马面鸡肚,在抽屉里待了好几个月。最后万般无奈,我只好写道:我是个下棋的,眼下正值盛年,闹好了兴许还能在棋坛干上些年。倘若有一天混不下去,那一定马上挂冠而去。

"借问瘟君欲何往?"写到这,祝新插进来问道。在整个写作过程中,只有他是支持者。他自称是所有传记的贪婪读者,是个卓越的传记文学评论家。可据我个人的体会,他的评论工作范围,只限于挑刺。

"去业余体校教棋。"我直言相告。"我想让千百万青少年爱好者,不要像我那样'天涯海角寻师',也不要像我那样'犄角旮旯下棋'。要让他们堂堂正正去学,去练,那么来日棋坛,定将千帆竞发,千人竞秀。"

"经历卖完了,抱负也抒光了,可文章还是没尾巴。"他仍在挑刺。

"我记得有本书说过:一个坏音乐家,可以改行去做音乐评论家;可一个坏评论家,却永远只能当一个坏评论家。因为他连一点带建设性的意见也提不出来。"

"在不算长的棋手生涯中,你一共下过多少盘棋?"在我的火力下,他沉默片刻问道。

"六百零九盘。"我每下一盘棋都要编号作记录,因为这些都将成为中华围棋史上的一部分。

"你最喜欢第多少盘?"他追问。

"第六百一十盘。"我肯定地回答他。

"如果你认为这还不算建设性的意见,那我就不认为你会下围棋。"他愤愤不平。

为了给这个好朋友台阶下,我就此打住。

《黄河》 一九八五年第二期

部长约你谈话

引　子

一架"泛美"航空公司的波音"747"班机,在首都机场上空一圈接一圈地盘旋。当它找准了跑道之后,就不顾一切地扎了下去。

华烨摸了一下安全带,然后双手枕在脑后,等待着陆那一瞬间的来临。

他是搞航空的——航空部进出口公司纽约分公司职员。学的也是航空——发动机热物理。加之四年来,不停地在美国辽阔的国土上飞来飞去,所以完全有资格称为"飞机专家"。

着陆了。一下轻微的震动。华烨松了一口气。

说实在话,这个飞行员的着陆动作并不是完美无缺的。也就是说,不是"三点平降",而是朝右微微斜了一点。也许大多数乘客没察觉,可华烨却感觉到了。

人们常爱把飞机比成银色的大鸟,轻灵的燕子。但在他看来,这些形象化的语言,只适于诗人。飞机就是飞机,是由冷峻的铝合金,外加无数精密仪器、喷气发动机和几万加仑油组成的。无情无义,一点马虎也容不得。比方刚才,只要再斜过几度,就很可能出危险。他边想边解开安全带。这是一个专家的时代——人们看病、受教育、旅行,无不依赖专家。所以在许多时候,人们莫名其妙地将自己的生命轻易地交在专家手里。当然,大多数时候,专家的决定是正确的,可失误的时候也不少,比方刚才那一下。

华烨略整了一下衣冠,就从行李架上取下那只磨得露出牛皮本色的旅行包,顺着人流,走出舱门。

"有报关的东西吗?"一个面目像国徽一样严肃的海关职员问他。

他边摇头边打开文件箱。里面只有几本精装的书,几迭资料和几件换洗的衣服。

"行李在哪?"职员冷冰冰地问。

他又摇摇头。

身穿优质毛料制服的职员,一边往入关单上盖章,一边用疑惑的眼光打量着这个貌不惊人的小伙子。从一九七七年海禁大开以来,他就一直在机场海关工作。如果把中国比喻成一个大车站的话,首都机场海关就是主出站口。各式各样的人都从他眼前流过。有的人,带回的衣物足够四口之家穿一辈子,而且一看就知是旧货。另外,还能见到印有旅馆字样的手纸、香皂等。有一次,X光检查仪,发出令人胆寒的啸叫,他赶忙打开,发现里面全是刀子——对人毫无危害的不锈钢餐刀。一看就知道是顺手牵羊"牵"来的。而这些"餐刀族"的主人,还是一位司长呢。还有一回,一位道貌岸然的学者,竟在裤口袋里藏了一台高档"卡诺"相机……反正,无论头回出国的人,还是常出国的"油子",他都见多了。可像华烨这样几乎双手空空的人,却极为罕见。更何况从护照印记看出,他已经在国外待了四个年头。

所有的手续办完之后,他略带敬意地把表递给华烨。后者很有礼貌地点了一下头,就走了。

华烨没有给妻子打电报。他是突然被召回国的。经验告诉他,这不是个好征兆。晚让她知道一刻,就晚操一刻心。爱操心,本是女性的特征之一,何况她就是不操心也够可怜的了。结婚五年,他就出去四年,中间只回来过一次。所以尽管卧室里放满了各式各样的娃娃,可除了妻子,还没人会玩。

他走出机场的大厅,准备找一辆出租汽车。

"有外汇券吗?"留着小胡子的出租司机探出头来问他。

他摇摇头。

"那您请稍候。"司机一打方向盘,就迅速地把车朝一对刚出大厅的美国游客开去。

"请稍候。"

千篇一律的回答。

"请稍候。"

全世界不管哪块地盘的出租汽车司机都够滑、够奸的,以至于美国人都管这一行叫作"不诚实的勾当"。可他们充其量不过多转几个圈,敲你几块冤钱而已。像今天这样,遭到干脆的拒绝,还是头一次。

一

五年前,他经过多方活动,转着圈地托关系,终于从一个边远的省份,"杀"回了北京,与妻子会合。

从此他的命运就发生了转变,一切都顺溜起来。在航空部的六层大厦里,他先在办公厅当了两天文书,就被借到外事局。在那待了五个月之后,突然被召到部属进出口公司。

"你是哪个学校毕业的?"当时还是黄副科长的黄塞问他。

他报出了一个北京人从来没有听过的外地小学院的名字。

"好。"黄经理点点头。"工农兵学员?"

"是的。"

"那好。懂外语吗？"

"英语还能凑合。"

黄经理又说了声"好"——《麻衣神相》上有一条著名的定理：只有当官的，才会连声说"好"。而当兵的，只能点头称"是"。

他被录取了，就这么简单。据说许多部一级干部的子女，都被这位外表整肃、负责筹办航空部驻美分公司的黄经理给卡住了。

这是为什么呢？一年后他才搞明白。

在元旦的聚餐会上，黄经理多喝了几杯，引出了一番议论。"一个人就是一束关系。如果由二十个辐射强度极大的关系束组成一个系统，那么这个系统就无法自如地运转，将会变得很僵硬。我的工作将会变得极其难做，而且肯定做不好。"

他的话，引起华烨的思索。他往深里一分析，他就发现全公司二十四个人，几乎个个都和华烨一样，人人非名牌大学出身，家世清白，听话，肯干。所不同的是其余人几乎都在四十岁以上。

每个领导者都有自己的作风：有人喜欢找一些比自己能干的部下，然后将责任一分，自己当"甩手掌柜"，而大部分人都喜欢找一些不如自己的部下，好使命令能够顺利地推行。

黄经理肯定是属于后一种。但不管属前属后，华烨认为他能称为标准的现代领导者：精明、能干，平时严肃，必要时也不缺乏幽默。当你向他汇报工作的时候，刚说到一半，他其实已经明白了，可他仍然让你把话全说完。每次开公司会议，他总是坐在一个很不显眼的角落里，默默地听着。当大伙把话全讲完之后，他就来上番总结。他说着，说着，就把许多原来分歧很大的意见糅合到一起了。所以一年来，公司的业务开展得非常迅速。

可华烨隐约中总觉得黄经理还有另外一面。当然，任何人都有若干个面。不过黄经理的"另一面"总让人琢磨不透。从一九六八年下乡插队以来，华烨阅人、阅世的经验算得上丰富了。无论昏官、能吏，还是真正的公仆，他都见过，可就是无法把黄经理归类。

归不了类也就算了。给领导归类原来就不是属员该干的"勾当"。

在华烨到美国的第四个年头上，发生了一件事。

"小华，"当华烨正收拾公文准备下班时，桌子上的电话响了。"如果你没有另外安排的话，我想请你在'飞天'餐厅吃顿饭。"听筒里传来黄经理的声音。

要与下属保持适当的距离，只有这样才能保持领导者的形象。据华烨的观察，黄经理是很懂这条当领导的要诀的。像这种破格的邀请，从来没有过。平素黄经理的工作指示，总是通过对讲机发布。今天既然用电话传达，显然预示着只邀请他一人。

雨中的纽约，灰蒙蒙的一片，一点也不给人以舒适的感觉。按说这种天气里，该早早回到公寓，冲上一个澡，换上柔软舒适的睡衣，然后捧上自己爱读的书，好好地读它一阵。可既然头头看得起你，也只好穿过半个纽约，去郊外那家从没听说过的餐馆，吃上一顿拘束的晚餐。华烨边想边竖起风衣的领子，准备钻入无边无际的秋雨之中。

"坐我的车子。"华烨刚下台阶，一辆一九八三年产的"尼桑三〇"就开了过来。

又是破格的礼遇。今天估计没有什么好事。黄经理的座车，谁也没有坐过。平时若有大型宴会，总是大伙包一辆大客车，而黄自己开车去。专车是他身份的标志，权力的象征，神圣不容侵犯。不过让坐就坐。华烨打开车门，弯身钻了进去。

车门一关，车子就启动了。

"小华会开车吗？"在车进入中速车道之后，黄经理问。

"会开。"

"什么时候学的？"

"从一九七二年到一九七六年，我一直在延川县运输公司当司机，开一辆带拖车的'解放'。"

"好。"尼桑轻捷地拐进高速车道。"部里又批准咱们买一辆轿车。我正不知该划到哪个部门,让谁来驾驶。这下有底了。"

听见这话,华烨不禁有些喜出望外。纽约实在是太大了,好像是专为"有车阶级"设计的。可部里那帮子官僚,却硬抠条文:什么级别的单位该配置几台车,死活不肯从实际出发。看来今天算是熬到头了。每天最少可以省出一个小时来。时间就是金钱,那一个小时到底能折成多少钱呢?因为不知道换算当量,华烨到了饭店后,也没能估出来。

"飞天"饭店是一家华人开的餐馆。门口悬挂着两只极红的纱灯笼,上面扎着四个极无才气的黄色"飞天",样子简直就像四只蝙蝠。那股俗气劲儿很容易使人想到香港的"宋城"。可一进去,华烨的感觉就大变了:富丽的纯毛地毯,茶色灯罩镀金杆的灯,锃亮的不锈钢餐桌,尤其是桌上放置的一对银烛台,给人一种东西文明融为一体的感觉。

"黄经理要什么菜?"刚一落座,跑堂就降临在桌旁。他操着一口纯正的北京腔。三十出头,或者还要老一点。

"请点。"黄经理把黄缎面的菜单递了过来。

华烨当仁不让地接过菜单,点了几个菜。若论吃馆子,他称得上是行家。在插队的年头,每次归京,即使典衣卖裤,也得上馆子"抡"上几顿,借以填补缺油少盐的农村岁月所留下的空虚,发泄一下心中的不满。所以,无论中西大菜,还是略知其中之味的。"酱爆肉丁"、"油烹大虾"、"溜里脊"、"黄瓜鸡蛋"。他不加思索地点出四样菜来。这是他当年最爱吃的菜,虽然已经三年无缘重温了,可菜这东西就像歌曲:一遇适当的情境,你认为早已忘怀的旋律,就会突然涌出来,完全是下意识的。

"再来几样。"黄经理不看谱,信口点出几样"蜗牛"、"蚯蚓"之类肯定便宜不了的菜。

"两位稍候,片刻即来。"跑堂说罢,就一下子消失了。

"他姓章,北京来这已经五年了。"黄经理向华烨介绍。

说话间,几只生气勃勃的菜就端上来了。颜色除却春水的翠绿,便是"上用"的明黄,且结构巧妙,造型别致,简直绝了。

"要什么酒?"小章问。"请放开点,小店什么牌子都有。"

"给小华来二两'茅台',二两'五粮液',我来加冰的'拿破仑白兰地'。"黄经理的中指有节奏地弹着钢桌面,发出挺好听的声音。

"你新婚燕尔,就被我拖来办公司,想必很有些意见吧?"酒过三巡,黄经理举起杯和华烨碰了一下,打开了话头。"三年来,总想关心你一下,可一直抽不出空。"

华烨用适度的微笑,把领情的信号反馈回去。

"我打算让你这个月二十日,也就是下星期一,回北京去汇报一下工作,你可愿意?"黄经理的微笑充满了人情味儿。"要不然,小朱该怨我了。"

一阵激动,掠过华烨的心:没有什么比回家更使他向往的了。此刻,他仿佛已经见到妻子那小小的手、圆圆的脸,甚至额头上因思念他而起的皱纹也已经数清楚了。

"麻省理工学院有个行为专家,说过一段极著名的话:'与其关心下属,不如关心下属的妻子'。"黄经理仰脖喝下一大口酒。"君以为然否?"

"然也!"华烨也笑着举起杯。

两人边聊、边吃。

这是一顿真正的晚餐,不像那种虚有其表的大宴会。华烨吃得舒服极了。

虽然小章像只燕子似地,在整个餐馆内飞来掠去,但总给他们这张桌子以足够的照顾。

"一百七十美元整。"饭毕之后小章拿出一张单据。

"一百八十美元。"黄经理从口袋里掏出来只很讲究的五隔皮夹,点出几张崭新的美钞来。据会计说:每次发薪,他从不点钱,可如一有旧了、脏了的钞票,他却要一张张地抽出来换成新的。

181

"我不收中国人的小费。"小章笑着把多余的十美元推了回来。

"那我就成全你。"皮夹重新张开嘴,把票子吸入。

想不到这位极仔细的黄经理手脚还真够大的。一百七十美元,大概相当于他半个月的薪金。华烨原以为他会使用信用卡,让公司付账呢!看来把他的道德水准估低了。

"这是我的名片。"在大门口,小章塞过来一张硬纸。"希望常来电话、常来玩。"

借着"蝙蝠灯笼",华烨发现小章水灵灵的眼中,游过几丝光。有一次,他在吕梁山深处,与一位在那插队的中学好友告别时,就见过这种光。

"把钱给小章这样的人,打心里就愿意。"黄经理把拴有很重的金属坠的车钥匙递给华烨。"看来金钱的力量就是大,大得能够塑造一个人。要是在国内,他不给你个冷脸子看才怪呢。"

华烨的嘴唇动了一下,但没说出想说的话来。

"你的车开得蛮不错嘛。"从饭店出来,黄经理以一个很舒适的姿势躺在车后座上。

"中国西部的那些山村公路,设计者的原意,与其说是为了交通运输,倒不如说是为了考验司机的驾驶技术和胆量。和那相比,在这路宽为二十五米的公路上开车,就和玩儿似地。"华烨瞟了一眼荧光闪闪的速度表,发现时速已达每小时一百六十公里,就稍许松了一下油门。"您在哪学的开车?"

"来美国之后。"黄经理稍微迟疑了一下回答。

黄经理执意要先送华烨回公寓。

"明天你就可以动手收拾东西,订机票了。"华烨下车前,黄经理漫不经心地说。

当浴盆里温热的水漫过华烨的肢体时,他突然产生了一个想法:根据"人情平衡"原理,宣布好消息,往往是在一个普通的场合;而只有有求于你,或被告诉不好的消息时,才会以餐馆为背景。依此类推,黄经理的饭不会让自己白吃。可他的目的何在呢?

他没能想出结果来。

还有三个钟头就上飞机了。顶多再过二十小时,就能见到妻子。华烨这辈子没少出过门,因而也就没少回过家,所以他认为自己已经进入了"来去千般无悲喜"的境界。可今天却一反常态,把早已收拾好的行李,重新打开来检查:一只小别针,14K金,虽离"足赤"很远,但造型别致,一贯酷爱小工艺品的妻子一定喜欢;一本牛皮面、烫金字的《莎士比亚悲剧集》,英文版的。女人总喜欢悲剧,插过队的女人尤其如此,她一定会边查字典、边抹泪珠儿;一个电子娃娃,美国奥尔唐康公司的产品,温情式的玩具,是电子文明与机械文明的杰作,臀部盖有"接生"人员的印记,而且有姓名,有籍贯,一副典型的东方面孔,好像有生命似地。可妻子会喜欢吗? 因为你只要深入到这个公司的内部,就会知道娃娃的四肢是在香港生产的,衣服在日本,躯干在南朝鲜,头在新加坡。不! 华烨笑着摇摇头。这是男人的思维方式,女人的思想不这么机械。可它毕竟是假的呵! 而假的娃娃,往往会引起真的伤心。

门铃响了。

华烨赶紧把那个可爱的电子娃娃藏入箱内。

来的是黄经理。

略寒暄了几句,黄经理就打开他带来的那个纸盒。"公司准备了一点小礼物,送给你的她。"

盒内是一尊钢雕的自由女神像。手中的火炬仿佛在熊熊燃烧。

"那我替她谢谢您了。"华烨真的被感动了。这是一种自动生发的感激,其力量是很大的。看来那位麻省行为学专家还有点真学问,说在了点子上。

"另外我有桩小事情拜托你。"黄经理很随便地坐在丝绒沙发上。"我有个侄子,跟你的岁数差不多,也插过队,而且也是学发动机热物理的,前不久刚申请到奖学金,十二月中旬赴美,届时如果方便的话,请与他同行。他头一次出国,用你们老插的行话来说:是个老土。"黄经理微微地一笑,露出两排雪白坚挺的牙齿。

"我能待到十二月中旬?"

"我想,"黄经理意味深长地看了一眼华烨忙乱中忘收的电子娃娃包装盒,"如果让你在部里搞一下明年的工作计划,你不会反对吧?"

由于被人窥破了心事,华烨觉得有点不好意思。

二

黄经理的住宅,在纽约市郊一幢三十层公寓的顶楼。面积不大,七十平方米,但环境很好:远离高速公路,安静得很。背面是一片茂密的树林,一条虽然不宽、但干净得出奇的小河,缓缓地在里面徜徉。

黄经理今年五十二岁了。一九五五年毕业时,清华很有意将他留在学校里。可他不肯。他深知清华大学虽然是著名学府,可不过是块弹丸之地。而在这弹丸之地里,塞满了高密度的人才,绝难出头。即使侥幸出了头,到手的权力也是微不足道的——在五十年代,有多少人懂得这些呢?可他懂,而且懂得很透。还在他孩提时代,曾在交通银行做过副经理的父亲,就不止一次给他讲过这样一个寓言:厕所里的老鼠一辈子吃屎,而且人一来,就得跑,终日惶惶。而官仓老鼠大如斗,见人开仓亦不走。一辈子安居乐业,尽享荣华。人不是老鼠,但在选择工作生活地点上,也有仿佛处。所以他躲开了清华,来到了部里。

当时航空部刚刚组建,党员不多。他顺理成章地成了党支部生活委员,没多久,就当上了支部书记。支部工作与业务工作不同,它是无形的。但他却做得很出色,表现出罕见的领导才能——是他在清华做学生干部时,锻炼成就的。世界上所有的人,大概数学生最难领导。因为他们无挂无牵,思想飘忽不定,一点小事没准就能酿成风潮。而机关干部则不同了:他们不管自己是否意识到,但实际上都被一些诸如前途、印象、工作鉴定、提级晋升等问题所束缚。换言之,你能领导了五十个学生,就能领导五百机关干部。尤其当你能洞悉他们微妙的心理活动时,并时时加以利用的话,那么即使领导上一千,也不成问题。

很快他就被一位主管业务的常务副部长相中,要了去做秘书。

做秘书是一条登龙捷径。因为只有与领导接近,才能被领导认识。

他陪部长出差,给部长起草讲话稿,更重要的是部长的许多意见,实际上都出自他的头脑。但他谨守着秘书工作的本分:不出头,不越权,不邀功。

半年后,部长私下里对他的评议是:黄塞这个秘书,实在是太顺手了。

又过了一年,副部长终于开口了:"你给我做秘书,有点屈才。你挑一个部属工厂,当上一年副厂长,然后再调回部里来,怎么样?"

他欣然同意了。

可就在这次谈话的两星期后,这位年仅六十的副部长,在作完一次大型报告后,突然患心肌梗塞死了。

为什么当时没带硝酸甘油?这是他终生追悔莫及的事。

某一个人死去了,却影响了另一个人的一生。那会儿正是讲究出身的时代,他回到了生产司,只作为一般干部。然后又调到了外事司。从此默默无闻。

他等呵等!一直等到一九七九年,才算等来了一个实缺:航空部进出口公司纽约分公司经理。

纽约分公司的经理,论职务不过是个副处级,可他却相中了这个位置。他很有自知之明,知道作为行政领导,自己恐怕已经处在了峰巅状态。现在要提拔司局一级的干部,年龄不会超过四十五岁。"文革"前的领导好老,而自己尚少;现今的领导好少,而自己已老。真可谓两世不遇!既然提升无望,那么只好退一步求其次:寻找一个舒适的生活工作环境。因此他的一切行动,都围绕着"在这个位置上一直干到退休"这条宗旨来做。

任何部门的驻外办事处的头头，都不是好干的。要迎来送往，代办许许多多的杂务。像他这样地处纽约的，就更难了。现在由国内派来的代表团实在是太多了。多到使馆一般都不负责接待的地步——政府级的代表团除外。可来的那些官员，离开了翻译，就寸步难行。而纽约是举世闻名的大都会，他们必来之地，所以这份"苦差"他是摆脱不掉的。

既然摆脱不掉，就要争取把它干好。他是个极能干的人，无论来的是副部长或局长，以至于处长，他都极热情地招待。因为今天的处长也许就是明天的局长、后天的部长，此时烧烧"冷灶"是事半功倍之举。

多年的工程训练，使他极具条理性：他首先把来访的人员分了类，制定好参观路线、宴会次数、交通工具的级别。所有这些，都被他用只有自己才懂的语言，译成一条条程序，存储下来，形成一个完整的"接待系统工程"。

有时候，即使出现意外，他也会巧妙地应付过去。比方上个月来了一位行将离休的副部长，随带五人，欲来纽约一游。可出国计划上，并没有这一站，于是旅费就成了大问题。副部长从华盛顿打来电话，他满口应承下来。当然，接待的费用自然不会出现在公司的账目上——这种授人以柄的买卖，他是从不作的。他找了一家熟识的美国飞机公司，说了一声，就全结了。美国的大公司，也很有点"大锅饭"的味道：鲜有单一股东的。大都是公开发行股票，由美国公众认购。换言之：并不是花某个人的钱，而是花大伙的钱。因而在接待费上从不小气。一吃饭，陪客也是一大帮。更何况，他们"失之东隅、收之桑榆"，在今后的商务往来中，多订上一架飞机，就够他们吃上一年的。

事情就这样巧妙地解决了。副部长临走前很赞扬了他一番，而且肯定还留下足够多的好话，回去说给同僚听。

"我在这个位置上估计能够一直干到退休。"黄经理边想边伸手打开那台数字式的音响设备。整个房间的空气中，立刻充满了柴可夫斯基的优美的音符。做买卖这种事情，在很大程度上依靠私人间的交往。你与某人的交往时间一长，就能品出对方的可信任程度,买与卖才有了底。当然,要保证一直干到"老",仅这一条还是不够的。他最起码把一半的精力都花在了工作上。所有的报表和大型项目,他都亲自审订,从不假手他人。

当然,他很明白驾驭下属的根本之道,从不空许愿。每有不同意见,总是用商量的口吻跟对方说。领导的一个小小的信任关怀姿态,往往会引起十倍、百倍的回报。更多的时候,他采取启发诱导的方法:用部下的嘴,说出他的心里话。这样,当某一项工作完成时,下属总会觉得这是他本人干的——这是他读老子的《道德经》中得来的体会:功成事遂,百姓皆谓我自然。

在私生活上,他更是无懈可击。因为他知道,没有什么事能比生活作风问题更具有摧毁力。中国,有着自己独特的文化,即使远在国外,也绝不能掉以轻心。

本来是万事顺心的,可偏偏自己那个侄子吵着要来美读书。读书,读书,他能读了个书?!侄子的顽劣他是深知的。多年的插队生活,又将其身上蕴藏着的无政府、无组织、无法纪之能量,统统唤发出来,构成一团混混沌沌,谁也分析不清的东西。来了准得惹事。

但嫂子的情面又不能驳——他那同父异母的哥哥,虽已去世多年,但嫂子与他的关系是很近的。在他父亲故去之前,众多兄弟姐妹一直都住在北京外交部街的一幢大住宅里。而在所有配有花园、汽车和好几个佣人的深宅大院里,似乎总有着一些谁也说不清的事。

来就来呗,顶多是破费两个钱,而且多操点心罢了。当然,如果能把这个侄子教养成人,也是自己的一大功绩。何况自己至今还是独身,总该给后人留下点想念。

想到这,他站起身,活动一下躯体,走进了浴室。

三

"我老了吧?"妻子见面后的第一句话就是这。虽然她的身段依然苗条,脸色依然是红扑扑的,像个小女孩。可华烨依然觉察出一种内在的机体衰老,在侵蚀着她。比方说,脸上几丝极细致的皱纹,张力变小的皮肤,骨结变大的手,露出浅浅经络的腿……

"你不老。"华烨回答道。

"怎么会不老?女人三十四岁,相当于男人四十五岁。岁月是谁也不放过的,这就是它的公正性。"

"到底学哲学的,跟丈夫说话也带有十足的经院气。"妻子在自修大学读哲学,还差二十学分就毕业了。一个膝下、身边一片荒凉的女人。三十多岁仍在刻苦攻读。

为了弥补失去的岁月所留下的空虚,华烨除去汇报外,几乎足不出户。每天早早地把饭做好,让妻子进门就吃上。然后,连电视也舍不得看,就凑在一起闲聊。聊纽约的生活,北京的生活;聊未来,聊过去。聊累了,就下上两盘跳棋。跳棋是标准的女人的游戏,围棋才是他的游戏。可这回他改了。

平静的岁月和紧张的岁月一样,过得极快。不过片刻工夫,就到了十二月中。

"要是这回有了孩子,那该多好呵。"分手的前一天晚上,华烨情不自禁地说。

"要有,最好这回就有。"

"为啥?"

"等再过两年你回来,我就是三十六岁,赶紧生孩子,也得三十七岁。而三十六至四十岁之间的妇女,头胎儿痴呆率最高。"说这话时,妻子的神色极暗淡。

"总会有例外的,再者,从遗传学的角度说,凭我这份智力,能生出个傻孩子来?"华烨搂住妻子消瘦的肩膀。虽然他对这种生理加感情的事陌生得很。

"你知道我这会儿最盼的是什么?"妻子把头靠在他结实南肩膀上,细声细气地说。

"什么?"

"你要是能当上科长就好了。"

当上科长就能带家属。这是华烨新近传授给她的外事知识,而且也许是她唯一的外事知识。

"争取在年内当上。"华烨装出一副很有信心的样子。

"如果当不上呢?"妻子继续用猫一样的声调发问。

"那我将在任满之后回国。"

"如果人家不让呢?"

"那我就辞职不干了,为了你和孩子。"

"辞职后你能干什么? 又没有私人开业修理飞机。"

这下子着实把华烨难住了。想了好半天,才说:"我会理发,还会修理电视机。另外还可以做小买卖,实在不行,咱俩就回原来插队的那个村去,包上 30 亩地,混他个老婆孩子热炕头。"

"哪像个男子汉说的话呵!"妻子话中充满了嗔怨,而嗔怨底下是喜悦……

妻子没有来送行。她最怕这个。所以华烨一上飞机就拿出一本《电子计算机在金融系统中的应用》来读。这书是一个名叫石畸纯夫的日本人写的,不止一个人向他推荐过。

他不时地朝旁边的那个空位瞟一眼。那是黄经理的侄儿黄晓宾的座位。他是不是不来了？临开机前十分钟，华烨有点坐不住了。管他来不来呢？反正我的责任是尽到了：牺牲了三天时间，帮他办护照、买机票。这会儿的三天，最少顶平时的六个月！

华烨又埋头看开书了。

"换个位置好吗？"黄晓宾很重的手提箱先撞了一下华烨的胳膊，然后又撞了一下他的头。

华烨默不作声地把靠近舷窗的那个位置让给他。

"你怎么才来？飞机都快起飞了。"

"我不来，它是不会飞的。"黄晓宾胸有成竹地说。"让送行的给缠住了。"

"爱人？"

"三个月前，我就没有爱人了。离了。"他若无其事地说。

"离了？"华烨打量了黄晓宾一眼。他和他的叔父长得极像，同在美男子的前列，不光相貌出众，还生就一副运动员般的身躯。高官显贵，巨商富户家的子女，大都仪表不俗。这大概是因为他们每一代人都有权力和财力，来挑绝色女子为妻。美就这样一代又一代地积淀下来。

出于礼貌，华烨合上书。

"不离怎么办？我又没办法把她也弄出去。"黄晓宾很随便地说。"你在国外待得时间长了，不知道近些年来，国内离婚也时髦得很哩！"黄晓宾从他那身英国料子、"雷蒙"制作的西装口袋里掏出一个镀金的烟盒和一个很可能是纯银的打火机。

"我不抽。"华烨推让。

"来上一支吧。"黄晓宾硬递过来。"插过队的人哪有不抽烟的。"

"我就不抽。"华烨就是不肯伸手。要是没有这两下子，他可能永远也戒不了烟。"再说飞机上也不让吸烟。"

"那你喝酒吗?"

"一般不喝。"

"搞女人吗?"黄晓宾用不算低的声音吐出这话。

华烨摇摇头。有的人跟你交往上一分钟,就足以使你下决心一辈子不理他。

"我给你讲个故事。"黄晓宾以一种无比懒散的姿势靠在椅子上。"从前有个人,去找大夫看病。大夫问他,'你抽烟吗?'他曰否。大夫又问,'你喝酒吗?'他曰否。大夫再问'搞女人吗?'他亦曰否。于是大夫说'那你马上就要死了,还看的哪门子病!'"黄晓宾边讲边笑起来。那笑容是极动人的。

华烨却没有笑。插过队的人,一般比较豁达洒脱。可这并不等于放荡。

"看来我这个保留多年的节目,并没有产生以往的剧场效果。"黄晓宾正准备来个新的,飞机开始滑行,打断了他的话题。

"波音747"的前轮离开了地,昂着头,拖着沉重的后轮,在跑道上滑行了很长的距离,涡轮风扇发动机的声音越来越响。

忽地,发动机的声音小了。飞机脱离开坚实的跑道,在机场上空绕了个圈,就直插云霄。

旅途累人的主要原因是单调。可一直沉在书里的华烨,却毫无倦容。他是个兴趣广泛的人,只要有书,拿起来就读。他虽然不是搞金融的,可总觉得多知道一点没有坏处。更何况这本书,有好几个人向他推荐过,也就是说明它征服过不少人。他读书,用的是读懂多少算多少的广种薄收法。

黄晓宾自然也不甘寂寞,游前窜后与机上不少人都有了交往。

大凡外国人在公共场合,都比较安静,行动、说话都以不干扰别人为原则。因而黄晓宾分贝数极高的蹩脚英语,显得格外刺耳。

不过他也有优点:甭管对不对,真敢说。华烨想,看来用不了多久,英文就能过关。可凭他这两下子,如何能通过"托福"考试?而不通过这项国际承认的考试,任何正规的美国大学都是不会接收的。不过这用不着自己操心。自己的任务不过是把他运送到纽约,然后就永远地分开。

"我的英文水平如何？"黄晓宾转累了，回到座位上。

"凑合。"

"我用半年时间突击出来的。还专门请了个英语老师。辅仁大学英语系毕业生，比王光美高一班。每个钟头收费八元。一夏天整整从我的户头上鼓捣走一千多块，还饶了她两顿饭。"

这小子花半年时间，就学到如此程度，看来智商不算低。华烨想。

"美国好玩吗？"

"这要看你有多少时间和多少钱。"

"我现在无家一身轻，无业一身轻，双轻并有，时间是不缺的。至于钱嘛，就看叔叔给不给了。他依旧那么小气吗？"

"我对黄经理的私生活方面，一无所知。"华烨冷冷地说。

"不管他给不给，反正我得在美国好好地乐上一乐。人们都说：善良的教徒死后升天堂；有福气的中国人活着去纽约。"黄晓宾仰脖喝干自己那份"百事可乐"，然后一伸手，从正好路过的推车上又取了一杯……

"纽约就要到了。"华烨指指机翼前方的一片灯火，打算最后尽一下旅伴的责任。

"真可谓'纽约近咫尺，谈笑过大洋'。"黄晓宾胡念了两句诗后，就打算起身与新结识的伙伴话别。

"要降落了。请系好安全带。"华烨制止住他。

黄经理没有开车来接。华烨只好雇了辆出租，送他去叔叔处。一路上，黄晓宾不住地埋怨。

四

圣诞节下雪,用《圣经》观点来解释,是个好兆头。

华烨打开临街的大窗户,贪婪地呼吸着新鲜空气。并且孩子气地伸出手去,试图捉几只六角花回来。可惜它太小,一入手全化光了。

在纽约这个过度人工化的城市,自然与清新这两样东西,是很昂贵的。平素他根本不敢开窗,也无心去眺望那无穷无尽的黑灰色楼群。

今天该好好享受一下了。他从壁柜里取出一对重五公斤的哑铃,开始作起操来。

一般过了三十岁的人,大都陷入家庭的安乐窝中而不能自拔。他们的情绪会一天天地趋于稳定,进取心也会一天天淡下去。身体嘛,也会一天天地胖起来。尤其像在纽约这样的大城市,是很难将多余的脂肪消耗掉的。

可华烨却一直保持着旺盛的精力和平坦的腹部。他学习,他写作,他锻炼。起居饮食,十分刻板。用他妻子的话讲:你是不是觉得前面还有一辈子?

一辈子是没有了。可至少还有三十年。而三十年,是能办不少事的。华烨放下哑铃,坐到写字台前。

这张写字台,是他花十个美元买回的旧货。可质量却挺棒:一色的红木,一敲就发出金属般的声音,而且不带抽屉,这样,他那双显得有点过长的腿,就可以自由地伸缩,不受任何妨碍。

来美国已经三年了。英语完全过了关,工作也熟悉了。下一步该作什么呢?入乡随俗,圣诞节给人一种春节的气氛,他不由地思考起明年的计划来。

他转动着自动铅笔,双目紧盯着面前的笔记本。可半天也没写一个字。

对!用工余时间,去读一个经济方面的学位。猛然间,他灵机一动。眼下这方面的学识,变得愈来愈重要,而且自己工作也用得着。

可钱从哪里出呢?在美国读书,一动就要钱:学费要交,计算机线路和终端机要租。一年最少也得一千块钱。而他的工资也才不过这个数。去打零工吧,又不行。他们这帮公司职员,虽然不享有外交人员的"豁免权",可却受到同样的限制。

正在这时,电话铃响了。

"又是他妈的宴会。"他骂了一句,拿起话机,"我是华烨。"

"能猜出我是谁吗?"听筒里传来极标准的北京腔。

"猜不出来。"过了好一会儿,他才回答。

"好好猜猜,哥们儿。"

"小章。对吗?"除了他,华烨再也想不出在纽约有操这种腔调说话的人了。

"算你还有点记性。"小章属于"见面熟"之类。"我联系了几个'老插',准备开个'派对',你来吗?"

华烨刚一犹豫,小章又接着说,"别害怕,不用你掏钱。"

华烨刚想解释,可又觉得没必要,就说"我这就来。"

放下电话后,不到十秒钟,它又响了。

"我是黄塞。想请你来聚一聚。晓宾也在。另外还有一瓶窖藏十年的好酒,在恭候大驾。"

"实在抱歉。"他解释了一番不能赴会的理由。

黄经理没有半点不高兴的表示。

小章召集的这伙人,全都是三十来岁。也就是说:不是"老插",就是兵团战士。

因为华烨是新客人,小章特意把他安排在自己身边。

"今天我借洋人的节日,宴请诸位。"作为东道,小章首先祝词:"如果哥几个、姐几个,能把这些造物的赏赐,"他一指琳琅满目的菜肴。"全包了,老哥我将无比高兴。"

"小章万岁!"坐在他右侧的苏洁南站起来。

"万岁!"一片欢呼。

"发动总攻。"小章第一个伸出筷子。

"你今天的菜炒得不错。不像那次,味太重了。与真正的国货相比,貌合神离。"华烨说。

"那是专为洋人做的。他们的口味重。太淡了,就不会再来。我也就没地方找钱去了。"

"你怎么来得美国?"

"我生在美国。根据中美双方的协定,属于具有双重国籍的人。很容易就来了。"

"夫人呢?"

"她不行。都快四年了,也没弄上'绿卡'。"他所说的"绿卡",指的是有长期居住权的护照。"移民局那帮家伙,官僚极了。也不知要等到猴年马月。"

"他们是在吊你的胃口。"坐在华烨身边的小于,是个面部线条活跃的人,一看即知是爱说话的主儿,"你别太小气了,多请他们吃上几顿,就全结了。"

"我来美国就是为了挣钱。等挣够了,往国内一撤,就完事大吉。凭什么总请他们?"

"你不要'平时只恨聚无多,及到多时眼闭了'。"小于夫人也插进来。她是使馆的翻译。趁放假来看望在纽约领事馆做翻译的丈夫。她紧紧地依偎着小于,显得光艳照人。

"你也不要'君生日日说恩情,君死又随人去了'。"小章反唇相讥。在那没有书读的年代,只有一部红楼,算是官方恩准可以看的。实可称为老插们的《圣经》。

"你在美国干什么？"华烨问苏洁南。小章在介绍时，只说姓名，没讲工作。

"你猜。"

"开餐馆的。"华烨刚才见他从一辆很讲究的"凯蒂勒克"轿车里出来，又穿得衣冠楚楚，看来是小有资财。

"你再猜。"

"干洗衣店的。"

"还是不对。"

"那么你一定是博士啰。"据美国报刊说：华人在这三行中，数量最大。

"这下对了。"

"博士好念吗？"

"要说念书，中国人的本事最大。麻省理工学院那些博士功课，让我两年就全拿下来了。这阵正在作'博士后'。"

"能出成果吗？"华烨知道所谓的"博士后"，指的是读完博士后的研究。

"成果总是会出的。可是否能在国内用，我可实在是没多大把握。再说本人此刻的兴趣，已经从导弹方面漫延开了。"

"漫至何方？"

"无边无际。"

"我总是在想：为什么中国人一到美国，就一个劲儿地出成果。而在国内就不行呢？"小章插进来发问。

"想不到你这个一天到晚在滚滚油烟中煎熬的人，还会对这类问题感兴趣。"苏洁南思索片刻后回答，"橘子在江南为桔，过江则成枳。大概是科学水土的关系吧。"他的回答显得有点没把握。

"浅了！"老蔚第一次开始发言。他是个音域很宽的男低音。"你要看到，这不光是橘树的不幸，也是江北人的不幸。应该去改良土壤，改良品种。去嫁接，去引进。"

"他是干什么的？"华烨小声问苏洁南。

"世界公民。用旅游者的身份来的。英、法、德都去过。另外还到过几个社会主义国家。"苏洁南用稍带些敬意的声音低声说着,"他正在写一本比较社资两种制度的书。从在《纽约时报》上发表的几节来看,是本大书。他的英文极漂亮。要是循规蹈矩的话,拿几个博士学位,还不是小白玩?"

老蔚在继续发言。

"听点音乐吧。"章夫人很快地把碗碟收走,并换上一大壶茶。她今天穿着一件淡蓝色的丝棉袄,显出一派中年妇女楚楚动人的风韵。

落地式收音机中涌出小提琴协奏曲《梁山伯与祝英台》。

这春风般的音乐,立刻把屋里的一切全都融化了。没有人说话,大家都沉浸在这真正的中国音乐里。

"插队时,我曾经搞到过一张这片子。最后一直把它听平,才算了事。"华烨说。

"这曲子的基调是美与和谐。即使抗婚,也是柔韧的。这是民族性的反应。"老蔚坐在离人群很远的角落里,好像在自言自语。他根本不在乎是否有人在听。这是大思想家的特征。

"你在哪插队?"于夫人问华烨。

"这并不重要。"老蔚很不礼貌地打断她,"咱们并不是亡命在外的白俄。不要总是去回忆山村寂静的雪、北京故宫金顶的折光。应该想想明天。回忆是弱者的表现。要思索,不停地思索!"他说着站起身,"我有事先告辞一步。谢谢主妇,谢谢大家。"他胡乱鞠了一个躬,就走了。

"别在乎这个怪人。"小章给大伙斟茶"这是真正的'龙井'。"

"真龙井不过才数十棵茶树而已。能轮得上你喝?"小于极善挑刺,"北京的部长也不一定能喝上呢!"

"部长又怎么样!我这会儿一个月挣的钱,他一年也挣不来。亏你还自我标榜是个思想解放者呢。一脑子法权思想,典型的愚民。不堪教化。"

"可你也别满嘴喷铜臭气。要知道有很多问题,比如生态、伦理等,是不能用钱来衡量的。"小于无疑深通辩论之道:攻击对方,胜于自我辩解。

"我想念个学位,你能帮我联系一下吗?"华烨与苏洁南头一次见面,本不该相求,可又怕以后没有机会了。

"哪方面的?"

"经济。"

"行。"苏洁南满口答应,"可钱从哪里出呢?"

"我有不多几个积蓄。不知够不够?"

"你那几个私房钱准不够。让你们公司报销不就结了。"

"怕是没有先例。"华烨眼前浮动着黄经理莫测高深的脸。

"有律依律,无律比附。"小章说,"他黄老饕吃饭能报销,你读书凭什么不行?"

"他上次吃饭不是付的现金,又没有要收据吗?"

"没想到一个想弄经济学位的人,竟识不破这样一个小花招:他今天付了现钱,明天再用公司的信用卡把钱顶出来。否则,他一个月来我这两次,能花得起钱?"

"你为什么不制止他这种损害国家利益的行为?"

华烨怎么也不愿意相信这事。

"我开的是饭馆,挣的是钱。又不当法官,管得了那么宽!"小章双肩一耸,"不过我敢为这条信息负责,如果你想据此要挟他的话。"

"我并不想要挟谁。"华烨说。

一个人在另一个人心中形象的毁灭,往往只要一件事就够了。华烨知道从此之后,自己再也不会像以前那样信任黄塞了。

五

"你什么时候去加州读书？"黄塞问。

"我改变了主意。"黄晓宾架起"二郎腿"。"不去加州,而要留在纽约。"

"不行。"黄塞斩钉截铁地说。"你在纽约没有地方,也没有钱读书。"

"不一定非得读书嘛。我这辈子左不过是这么回事了。读也罢,不读也罢,根本就无所谓。"

"那你靠什么谋生？纽约不是中国,我没有办法把你安插在任何地方,除非你去洗碗、倒垃圾。"

"我实话对你实说：我不是来当苦力的,而是来享福的。既然你在纽约这块地盘上搞不来奖学金,我只有暂时寄生在你这株大树上了。寄生,听见了没有？这是一个用得多么准确的词呵！"

"请注意你的身份,也不要忘记你在和谁说话！"黄塞满脸正色地说。在心灵深处,他对这个侄儿是又恨又爱。他几乎是眼看着他从一个红通通的肉团长成一条汉子,更何况另外还有着千丝万缕的联系。但他也恨其不争气,一点也不像黄家的后裔——黄塞一辈,兄弟姐妹十个,个个都是名牌大学出身,而且全是各行业中的佼佼者。下面一辈也基本上相仿佛,可偏偏就出了这么一个现世宝。

"知道。当然知道。我什么事全知道。"黄晓宾依旧是一副毫不在乎的样子。

"知道就好。"黄塞站起身,走到黄晓宾的沙发前。"听着：你叔叔现在命令你去加利福尼亚。明天下午就走。"黄塞把一张塑料飞机票摔在茶几上。

"如果你是我的父亲,这么说还差不多。"黄晓宾并不回避黄塞威严的目光。"可惜呵,可惜。"他猛地站起身,与黄塞对峙着,"你只不过是个叔父。"

"叔父又怎么样?"黄塞又慢慢地转过身。

"是叔父就不去。"黄晓宾安然地坐回沙发,把张飞机票玩得"啪、啪"作响。"用马克思的话讲:咱哥儿们是个无产者,除了身上的锁链,没有什么可损失的!可有些人就不一样啰!他们有事业、爱名誉,而这些优点,恰恰构成了他们的薄弱处。你看我这番分析如何?有资格做心理学家吗?我的叔父大人!"他把"叔父"两字念得特别响。

在他滔滔不绝的议论中,黄塞脸上的肌肉不停地痉挛着。

"我同意你留在纽约读书。要记住,是读书,而不是胡闹。费用我去想办法安排。"等回过头来时,黄塞已经恢复了镇静。这是一种大将风度!

"叔父万岁!"黄晓宾从沙发上跃起,搂住黄塞的脖子。"刚才我喝多了,胡说八道,请大人千万不要往心里去。"

"我怎么会往心里去呢!"黄塞拍拍侄儿的肩膀。不知怎的,两滴很小、很亮的眼泪静悄悄地流了出来。他用一个很小的动作,极快地擦掉它们。

"您哭了?"黄晓宾很敏感。

"没有。"黄塞淡漠地说。

"我去睡了。"黄晓宾像个听话的孩子,悄悄地走进了卧室。

……夜已经很深了。可黄塞依旧在沙发里一支接一支地吸烟。

他是爱她的。虽然这说出去,是大逆不道的乱伦行为。可爱就是爱,它才不管什么道德呵、法律呵。它就是它。它超越一切,创造一切;它汹涌澎湃,不可阻挡。

她也是爱他的。虽然他的异母哥哥只比他早生一个月,可无论气质、风度、智力都要差他一大截。从小父亲就说:本来是两人的灵气,塞儿却独得其九。哥哥太女人气,而女人却喜欢男人气。她嫁的就是男人嘛!爱,随着岁月的增长而增长,是不折不扣的正比函数。

终于有一天,他们俩一起出去玩了。他们在一条平静的小船上,说了许多不相干的话,而这些话,在充满压抑气氛的家里,是绝说不出来的。

　　终于有一天,他们接吻了。这是真的吻,既长久,又热烈,四片火热的嘴唇交织在一起,怎么也分不开了。

　　终于有一天,那件事发生了。它是情不自禁的。它是爱情的升华。奉献了童身,他兴奋,他后悔。

　　没多久,哥哥就去世了。

　　又没多久,宾儿就出生了。

　　他总觉得自己该对哥哥的壮年夭折负责任。从此,他再也没有吻过她,并且切断了除感情之外的一切联系。

　　但,爱是不能忘记的。多少年来他没有娶妻。因为从没遇上一个像嫂子那样美丽,那样女人气,那样有大家风范的女子。实在寂寞得厉害时,他就到嫂子家里坐上整整一天,逗上一阵宾儿。

　　感情的债,要还在感情的产物上。能把"侄儿"教育成人,是莫大的德行,也是责无旁贷的义务。一想到这,他猛地捻灭了烟头。

六

　　黄经理把一个闪着金光的铜钥匙,递到华烨手里。"这是一辆崭新的'尼桑三〇',在文件允许的范围内所能买到的最好的车子。"

　　"您开这辆新车吧。"华烨有些喜出望外。

　　"不,我那辆开顺手了。"黄经理取过呢大衣。"走,去一趟弗德公司。我正巧有点事,顺便也试试新车。"

新车就是新车,虽然带着限速器,但一踏油门,就上了一百二十迈。不过一百二十分钟,就到了地处远郊的弗德公司。

弗德公司,按美国的企业规模来说,勉强算得上中等。有着一千职工,两条直升机生产线,年产四十架直升机,其中最著名的就数C—150型了。据说这种飞机的一半,都被美国海军订走了。

负责接待他们的是经理麦克逊。他有一副橄榄球"四分卫"的身躯,同时也很精明,一边介绍他们的产品,一边取出一架铝合金制作的C—150飞机的模型,让两位来客欣赏。

"贵公司订不订飞机都无所谓,交个朋友嘛!"麦克逊把两大迭资料分装进两只黄色细纹的皮包里,然后又取出一架C—150的模型。"一人一架带回去玩玩。"

见黄经理拿起了提包,华烨也拿起来,俩人一同走了出去。

到了大门口,黄经理说还有点小事没办,又折回公司办公大楼。

华烨在汽车里足足等了二十分钟,才等来了他。

"我一事不烦二主,还有点小事要托付你。"汽车开上高速公路,黄经理偏过头对华烨说。"晓宾在加州联系下的那所大学,因为经费比较紧张,奖学金发生了问题。所以他只好留在纽约读书。"

这跟我有什么关系呢?华烨灵巧地打了一下方向盘,让一辆英国跑车超过去。

"他说什么也不肯跟我一块住,想和你搭个伴,说你们之间有共同语言。"黄经理注视着前方。"当然,你也知道我和你们不一样,住的是官邸,部里来的客人,许多要在那下榻,若有晓宾在,实在也有些不方便。"

华烨没有马上回答。他早已过了草率从事的年龄。

"我想一想再回答您好吗?"直到和黄经理分手时,他才说道。

"这种事当然要想一想。"黄塞通情达理地说:"一个人住惯了,外人加进去是会不习惯的。"

第二天一上班,华烨就打电话给黄经理,说他同意黄晓宾搬入他的住宅。

有些事情,是容不得你不同意的。无数前因实际上早已决定了后果。

黄晓宾搬了进来,随身只有一只箱子,很有点闯江湖的派头。在思想深处,华烨还是同情他的,因为他们同在一条命运线上。好不容易找到一个读书的机会,该为他尽量提供方便条件。所以他把最大、最安静的一间房腾出来,给黄晓宾作卧室兼书房。

黄晓宾执意不肯,硬是要住在那间小房里。主随客便,华烨依了他。

费晓宾在纽约一家很正规并小有名声的航空学院里注了册。美国的学校,都是在四月份开学的,所以剩下这两个月的时间,就用来读外语。

他读书很是用功,一反刚上飞机那股子花花公子做派,每每读到深夜,而且几乎是足不出户。

与此同时,华烨也在作读硕士学位的准备。

小屋里似乎在进行着一场默默的竞赛。

"来我这儿坐会儿好吗?"一天深夜,黄晓宾提着很大的一个包走了进来。

"好的,马上就过来。"华烨开始把桌上的东西归位。他是个极有条理的人,不能忍受任何凌乱。

"今天有什么值得庆贺的事?"华烨看着黄晓宾书桌上的酒和食物问道。

"当然有。"黄晓宾熟练地用指甲划开酒瓶的锡封,然后打开罐头,往高脚杯里注满酒。

"为我跟别人吵了一架而干杯。"他高高地举起酒杯,那样子仿佛自由神举起火炬。

"这有什么值得高兴得呢?"华烨微呷了一口。

"今天下午,我去商店买东西,在一个柜台前多站了一会儿,那位身材苗条,"黄晓宾用两个食指在空中划出一个极单薄的人形,"但乳房高耸——"他又在自己胸前划出两个半径极大的圆——"的售货员,张嘴就撵我走,并口口声声地说'全世界最讨厌的就是中国人。你们不买东西不说,总是趴在柜台上看,把我的生意全给挡了。'我不听这话还算,一听就来了气,从口袋里掏出叔叔给的三百美元安家费,左挑右拣,足足麻烦了她半个钟头。我是她的上帝嘛,她只好任我驱使,敢怒而不敢言。"

"那为什么又吵起来了?"

"最后结账时,我短了三十美分。这下她来了词,说是'没钱就不要买东西。'我要退一件货,她也不干,大有'货未出门,到手不换'的劲儿。于是我就跟她吵起来了。请注意:我是用英文跟她吵架!"黄晓宾仰脖将酒饮尽。

"这的确值得庆贺。"华烨又给他斟满。学英文有好几种境界:一开始是鹦鹉学舌,亦步亦趋;然后是结结巴巴,挑词拣句地与人交谈;最高级地就是与人辩论闲聊,而吵架则无疑是最高级中最高级的。因为在争吵时,半点考虑的时间都没有,而且还要选择最有力、最尖刻、最损的语言来刺伤对方。故"能吵架"就说明已步入化境。

"吵了多长时间?"

"吵了有十分钟。最后经理出来了,一个劲地给我赔情道歉,还饶了我三十美分。"黄晓宾边说边脱下外衣。

"你够'块'儿的。"华烨看着他把尼龙衫撑得满满的肌肉。

"那当然。"黄晓宾当之无愧地点了一下头。"我早在十五年前就悟出这样一条真理:在下层社会混,与其有个好脑子,不如有个好身体。有了好身体,就不怕干重活,不怕跟别人打架。"

"你跟别人打过架?"华烨饶有兴趣地注视着黄晓宾秀美的脸。打架是男子或者说是经过插队生涯男子所喜爱的话题。它是属兽的——所有的雄性动物都会。

"当然!"黄晓宾眉飞色舞地讲起他所经历的几次著名的大战役,然后话题一转:"中国人的家族观念极重:一人发财做官,则众亲友都要前来攀附,我就不这样。当然,初到纽约时,要借助叔叔安下身来,但总有一天,我要发起财来,建一个比你们公司还要大的公司。"

"是这样的,各个民族有各个民族的特性,咱们要挑好的保留。"华烨也来了兴致。"咱们这一代人都有股子说干就干的劲儿。因为在那个年代,想靠也没个靠处。就是有个靠处,也不一定能靠得住。"

俩人边吃边聊。

"我看你好像也在做上学的准备?"黄晓宾随随便便地说。

"是的,"华烨点点头:"我想读个学位。"

"用它来摘掉工农兵学员这顶帽子。"黄晓宾很自信地接了下茬。

"这仅仅是原因之一。更重要的是想增加一点金融、管理方面的知识。"

"你跟叔叔说了没有?"

华烨摇摇头。

"那我去跟他说,他是个爱才的人,一准能说通。"

"不用了。在该说的时候,我自己会去说的。"

七

"念书是好事情。你和晓宾一样,的确该多念些书。你打个报告给我。"黄经理很认真地听了华烨的陈述。"可不知道部里有没有关于此项费用开支的规定。不管它有没有,咱们尽量想出个办法来。"

"谢谢您。"华烨很有分寸地表示了自己的感激。

报告递上去后,航空部教育司的批复是:同意上学,费用自理。

"自理?"黄经理指点着这两个字。"这可是一个太含糊的词。"

华烨觉得这答复一点也不含糊。概括起来是两个字：拒绝。因为他根本不可能筹到款子。

"如果不是怕群起效之,我完全可以从公司的留成中解决。可——"黄塞拖长声调,征询地看着华烨。

"不用了。"华烨是个自尊心极强的人。

"你别走。有忧就有喜。"黄塞招呼住华烨："我这里还有一份东西,想给你看看。"他递过一份表格来。

"《干部审查表》。航空部组织部。"华烨读完封面上的字,抬起头,颇有些惊讶地看着经理。有生以来,他还是头一次接触到这一类别的人事文件。

黄塞微笑地点点头,示意他往下看。

这份审查表,实际上是提升华烨做办公室主任的报告,里面列举了他的功绩、能力和品行鉴定。从严谨的书法上判断,是黄塞亲手填写的。

办公室主任的头衔,不大不小,恰好是个正科级。正科级,能够携带家属的最低阶梯,对华烨有着很大的魅力。

"请不要对别人提及这事。"黄塞把表收进保险柜。"我马上就要报上去。"

"我不会对别人说的。"华烨很平静地回答。

华烨走后,黄塞坐进沙发,开始认真地分析思考："这人看来城府很深。"人,很少有不被官、禄之类的所谓"身外物"所动的。这些东西,原本是人为的,但它们早就异化出来,能够极有力、极有效地操纵人类。平心说,如果我现在是四十岁,或者更年轻一些,我肯定会大笔一挥,批准华烨去上学。但现在不行。因为今后的几年,将是风雨飘摇的岁月。中央一而再再而三地提倡干部的年轻化、知识化、革命化,这三化之中的后一项,可以说是虚的。可"年轻化"说实在是太实在了。部组织部的一位熟人,不止一次地暗示：该准备接班人了。当然,这是大势所趋,阻挡不了的,但要设法拖一拖。在这种时候,决不能允许手下突然冒出一个既年轻、又有"金融管理"学位的人来。要防患于未然。当然,人上一百,形形色色。自己的单位,虽然远离北京,处在天高皇帝远的地方,可手下的人,也并不是好领导的。至于"审批表"自己填过的几份,都向本人出示过,每次都收到很好的效应,权力这东西,既是虚幻的,又是实在的。权力就是权力,操纵它得有办法。但我并不总是在弄权。具体到华烨这个人我还是很看重的,将来一定要让他上学,也一定要提拔。不过现在不行。

找到了良心上的平衡之后,他坐回写字台前,开始批阅公文。

与此同时,华烨也陷入深深的思考。要摆脱提升的诱惑,是很难的。这些外在的东西之所以能够左右人,全凭它能够唤起心灵深处的某些东西。诚然,办公室主任一衔,不过是红头文件上印的几个字。但这几个字能带来许多附加的东西。而这些附加的东西,往往是很重要的。记不起是谁说过的了,做官是中国唯一最有出息的职业。而办公室主任,又是很容易得到提升的一个位置,得争取得到它。只有得到它,自己的某些理想才能得以实现。

一个人的理想有好多种,其中有大理想与小理想之分。而这些大小理想,有时候是矛盾的。

"我要把这些矛盾统一起来,一方面努力工作,争取早日获得提升,另一方面,千方百计地寻找上学的财源。"想着想着,华烨就把问题想通了。

八

对于美国的公司,很多人都有一种错误的观念:即它们都是属于某个人的。比如:福特汽车公司、洛克菲勒钢铁公司……其实不然。绝大部分的美国中型、大型公司,都是由公众集资兴办的。换言之,美国的企业也正在向公有化发展。

公司一大,股东一多,事情就复杂起来:到底谁说了算呢?于是他们就聘请一些专家来主持公司的行政工作。"经理阶层"就形成了。

实际上,正是这个阶层在掌管着整个公司。他们有着很优厚的薪金,配有专职司机和郊外的高级住宅。他们掌握着财力、物力和人力。唯一能对他们起制约作用的,就是董事会的垂询和每年向股东大会提交一次的工作报告。

公司的股东们对公司内部的结构并不了解,他们感兴趣的只是利润,如果在某个经理任职期间,利润增长速度很慢,那么,他的职位就很危险了。

总经理麦克逊,正在为自己的前程担心。

去年以来,整个世界经济都处于逐渐萎缩的状态,美元也显得极其疲软,因此直升机在国内的销路很差。私人订购的比例从总数的百分之四十,直跌到百分之十,西欧市场也很不景气,几个预先签订的合同都取消了。再加上几个寄生在弗德公司身上的小厂经不起打击,接连倒闭,使他吃了不少"荒账",很有点周转不灵的架势……因此,美国海军的订货,就显得举足轻重。据说国防部中的几个航空工程师,都对C—150持有异议。所以,下个星期一海军演习中的飞行表演必须搞好,整个招待活动也必须搞得完美无缺。

可我也不能就在这一棵树上吊死啊,麦克逊把自己刚才临时想到的几个招待小节目打入台式计算机后,又盘算开别的了。据说中国政府要在美国市场上订购五十架直升机,用在南海石油的勘测开发等项目上,这可是笔大买卖,得尽力争取。倘若到手,其余的一切都不在话下了。

当然,C—150并不完全适用于海上石油开发工作。不过,可以改进。关键是把这笔买卖运动到手。

运动中国政府的贸易官员,并不是件容易的事。他们的政治机构的设计原理,是互相钳制的。A机关办的事,必须得到B机关的同意,然后去C机关批准。一环扣一环,少了谁也不行。不过这其中的关键还是航空部纽约分公司。

他信手把分公司的缩写写在记事本上。

竞争肯定是激烈的。在开工严重不足的航空业尤其如此,所以必须准备一、两手绝招。麦克逊往深大的靠椅上一仰,双脚搁在写字台上,点燃一支粗大的古巴雪茄,开动了大脑。前一阵,该公司的黄经理曾经托我办一件事,在纽约航空学院安排一个人。这并不是一件难办的事,我不过给该院的福尔纳教授打了个电话,就办妥了。因为他的研究基金,全是我们公司给的,多加一个人,不过多拨点钱而已。这个人叫什么来着?Houng,对!也姓黄。看来是黄经理的亲属。了解一下此人的学习研究情况,搞清楚他的背景,然后再对症下药。

中国的官员是很讲究操守的。我只要对黄经理暗示一下这件事,他就不会拒绝我的要求。

一个公司利润的多少,在一定程度上靠经营管理,但在很多时候,行贿却起着决定性的作用。当然,行贿的方式是多种多样的。有直截了当的。比方英国航天公司向沙特阿拉伯当局出售价值四十亿英镑的"旋风"式战斗机和"隼"式教练机,沙特王室的几位亲王就可以到手六亿英镑的佣金。另外一种是暗的。比方向对方的主要负责人提供机载计算机的元程序(便于他垄断技术),为他安排旅游、留学等事宜——也就是说:好处不一定非以金钱的形式出现不可。

总而言之,只要你能够巧妙地,不露任何痕迹地给可能的买主以各种形式的好处,你就一定会收到回报。至于道德嘛,那纯粹是扯淡。局外人谁也不知道作为一个企业家有多难:联邦政府在拼命征你的税;银行在拼命提高贷款的利率;工人在拼命要求提高工资;而顾客却拼命捂住自己的钱袋。啊,拼命!拼命!在拼命中根本没有什么真理、道德、良心,所有这一切,与企业家的使命都是格格不入的。这儿有的只是利益,自己的利益,自己公司的利益。

九

"你从一进门就在这两架书前蹲着,而对我精美绝伦的家具、充满艺术味的布置却视若不见?"小于问。

"如果一个人在青年阶段忍受了很长时间的饥饿煎熬的话,那他一见食物就想吃,吃不了也想藏起来带走。"华烨指指抽出来堆在地上的五本书。小于的藏书大都是外交方面的。什么《多萨传》《博尔戈传》《梅特涅传》《世界外交史》《十八世纪法国外交史》《英国外交史》《外交家指南》,另外还有一批很专门的书籍,如《外交豁免权的起源与发展》,《谈判条约起草》等。只是在书架的最下面,还有一大排金庸的武侠小说。

"菜不吃就没了,而书却跑不了。"小于把华烨推到餐室。

餐室中央放着一张蒙着白布的写字台和六把规格不一的椅子。桌上放着五盘喜马拉雅山般的菜。华烨转了一圈,才在长的一侧找到自己的姓名卡片。

小于夫妇分别在写字台短的一侧入座。

"这绝对符合外交规范,我这个人喜欢正式。"小于举起杯。

"为什么把我排在末座上呢?"华烨问。

"我们夫妇俩是外交人员同时又是主人,当然坐头席。而民间人士则按各人的财力来安排;小章夫妇是有资产的人,而你只是某个倒买倒卖公司的一名雇员,你不坐末席谁坐?"

"那他俩为什么排在我前面?"华烨一指对面的小苏和老蔚的空位。他决心把玩笑开到底。

"他们是以学者身份被邀请的。按照美国的习惯,学者的身份大致相当于参议员,比将军还要大些。"小于接二连三地做出解释。

"今天咱们采取自助餐方式。"于夫人抽空插进来。"大伙能吃多少,想吃多少,就吃多少。

"而自助餐是美国有史以来最伟大的发明。"小于率先把喜马拉雅山的珠穆朗玛峰移到自己的盘子里。

几座大山的峰巅顷刻之间就没了。

"可如果人人都自助的话,我这个开饭馆的怕是没活路了。"小章做了个鬼脸。

"老蔚怎么没来?"华烨问。

"他中午在我那请一位银行职员吃饭,说下午要谈话,怕来不了了。"小章夫人说。

"他干吗请银行职员吃饭?"华烨又问。

他写的那本比较政治学的大书中,恐怕有银行这一项吧。"小于的腮帮子鼓鼓的,但这并不妨碍他清楚地发音说话。

"边吃边说,大概是翻译的独家功夫吧?"苏洁南问。

"要是没有这两下子,我恐怕早就饿死了。"小于又往嘴里填了一大勺。"你们想想,我天天陪人吃饭。中国人说的时候我得说,外国人说的时候我得还说。可他们双方却可以轮番吃东西。以前我总是在吃饭前先垫点底儿。后来觉得长此以往不是个办法,就苦研此功夫。至今已是九转丹成,进入出神入化的境界。实可谓译林独步。"他满口金庸式语言。

"翻译这活儿挺不错。是很好的晋身之阶。外交部的许多官员,比方乔冠华夫妇、冀朝铸等,都是翻译出身。"华烨把食物全咽下,才腾出口腔发言。

"那是特例。"小于使劲地摇头。"我这行的苦处,非译林中人不知。"

"说来听听。"小章来了兴趣。

211

"前些日子,从国内来了个足够大的官儿。此公文化不高,架子却真不小。他致祝酒词,我给当翻译。他是广西人,满嘴方言不说,而且音色极杂,音调极低。他说了一句,我没听清。就低声问:您说什么呢?他不高兴地重复了一遍,我仍没听清。只好再请他说一遍。这下他火了。大声重复了一遍。可反倒更含糊了。我他妈的也火了。心说:我胡乱给你翻上一句,你不是也不知道吗!于是连接上下文,给他来了个'想当然耳'。"

"我敢肯定你编的这句,比他的原话高明。"苏洁南说。

"话是这么说,宴罢之后,此公还是一本正经地训了我一顿,'翻译和司机、厨师一个样儿,不过是领导的工具而已。要努力干好本职工作,为人民服务'。"小于用"广西调"说。

"此等昏官,现在不多了吧?"华烨问。

"不少。许多老家伙在临下台之前,都要用纳税人的钱,到国外转上一圈儿,开开洋荤。但总的来说,还是递减的。"

"给新上来的这批干部当翻译,情况又如何呢?"

"也有难处。他们的脑子快,说话的层次比较多。给翻译带来不少困难。不过,昨天我陪你们航空部的吴部长去和市长会谈,那可真来劲儿。他每说两句,就停一下,好让我翻。有一句话我给译错了。可他不动声色地过了好一阵儿,才重新说了一回,给我一个更正的机会。"

"我知道这个人。他是莫斯科航空学院的博士。可他的英文怎么会这么好呢?"华烨问。

"你又犯了中国人的通病。"苏洁南的话很冲。"比方某某打仗打得好,一说原因就说到他是黄埔五期的。殊不知,从北伐之后,他大大小小的战役战斗不知打了多少!谁规定你们的部长在回国之后,只许念俄文,而不能念英文呢?"

"我收回刚才的话。"华烨笑着点头认错。

"关键是根除你头脑中的错误观念。"苏洁南言犹未尽,"不要用单一的条件来评价任何一个活人。"

"此题证毕。"小章举起酒杯。

"初中生用的几何术语。"苏洁南也举起杯。

"你在重犯我刚才的错误。"华烨也把杯伸过去。

"我认罪。"苏洁南干了个底朝天。

小于赶紧给他斟满。

"我接触过一些外交官。当然,以我的身份,最高也只见过一秘。可据我观察,他们之中懂业务又精通外语的人才并不多。你称得上是双料的,可为什么转悠了几个使馆,总是得不到提升呢?"华烨问。

"这显然牵扯到我背后那棵有时高贵,有时低卑,但根系众多,十分复杂的家庭之树。"小于转动着酒杯,"我爷爷和我姥爷分别是——"他报出在清末民初中国史上很有点名气的两个姓氏。然后左右逢源,又扯出一大串人来。其中大部分华烨都在《文史资料》上见过。"所有这些,恐怕要从英国请一位家谱学的权威,写本长著才能论述清楚。"停了片刻他又说,"我能待在外交界,就很满意了,根本就不指望提升。"他的神情渐渐暗淡下来,"可能在什么文件上,我被规定在一定范围之内使用,不得接触更高级的机密。"

"那么你是为什么?"华烨问于夫人。

"城门失火,殃及池鱼。"她回答得很干脆。

宴会的气氛渐渐地冷下来。

门铃响了,于夫人应声出去。

"来人说让你亲手拆封。"一分钟后,她执一纸筒回来。"莫不是你趁我不在时寻下的情人送来的。"

"不是没有这种可能。"小于一本正经地忍住笑。

筒内是一幅裱好的画:一只色彩怪异的凤凰,张开翅膀,好像立刻就要飞出来似地。画的一侧,有几行小字:来此半载,多次烦君,多次蹭饭。秀才人情,破画一张。不抵所值,余数后补。落款是:老蔚涂鸦。

"这家伙过门不入,着实可恶。把画挂上。"小于吩咐道。

213

"别挂。"华烨赶忙制止。

"为啥？"

"我怕它飞下来,把好吃的全吃光了。"

"言之有理。看样子它的胃口跟外交官的差不多:什么都能往里装。"他小心地把画收好。

"我差点把正事给忘了。"苏洁南拍拍自己的脑袋,"你念学位的地方,我已经找下了。"他递给华烨一张名片。

"这位洛仑兹教授,在经济界还很有点名气呢。"华烨说。

"我能给你找次货？而且他听说你是中国人,还来了个一次性降价。每学期只收一千美金。什么时候去面试？"

"暂时还不行。"华烨欲言又止。

"为啥？"

"头头不批钱。而我因为身份关系,又不能去打短工。"华烨纳纳言之。

苏洁南默然。他有学位,有才气,可没有钱。

"我去把提包里那瓶好酒拿来。"小章站起身,向夫人使了个眼色。

"咱们把这瓶酒喝掉。"过了好一会儿,俩人才回来。

"今天好像不值得。"华烨的情绪极低。

"既出师,必有名。"小章自我作古,把成语腰斩开来用。

开软木塞的声音极大。受到数年压抑的酒,一下子就喷了出来。小章不慌不忙地用职业酒保的手法,把大家的杯全都倒满。

"为了庆祝华烨回炉淬火。干杯。"他高高擎起杯。

大家都站了起来。

"我批准你上学了。"他扔过来一本天蓝色封面的曼哈顿银行支票簿。"你的一切费用,它都会毫无怨言地支付。"

"这笔贷款为期几年,利息几何？"小于俏皮地问。

"无期无息无本。"

"为庆祝章老板在金融学上的伟大创举而干杯!"苏洁南提议。

华烨的眼泪情不自禁地流了下来。他最起码有二十年不流这玩意儿了。

十

"我是无法可想了。"麦克逊的交际秘书露琳小姐,一屁股坐到了他的写字台上。

"慢慢说。"克逊把椅子转了一百八十度,试图避开她身上逼人的香气。

"我陪那个姓黄的打网球、看戏、吃饭。可就是上不了他的床。"她从手提包内取出一支长度过滤的香烟,恶狠狠地吸起来,"我真怀疑他的生理机能是否正常。"

"东方人的性格是很古怪的。他们有着独特的文化,独特的道德。"麦克逊用多毛的手,托住突出的下巴,仿佛在自言自语,"可他们也同样是人。是人就脱离不了兽性。"他提高声调,"你再去试试。我相信他是会拜倒在你的迷你裙下的。"他抚摸着露琳修长的腿。

"去你的吧!"露琳把他的手打开。"要试最好你去。他没准是个同性恋者。你这副身材肯定对他的胃口。"她顺手摸了一下麦克逊的脸颊。

"请你不要忘记你是在和谁说话。"克逊霍地站起身。

"别生气啊,我的总经理。"交际是她的职业。"你让我试,我当然得去。不过成功的可能是很小的。别误了你的事。"

麦克逊一言不发地取出一本牛皮面的支票簿,用一把闪着寒光的刀,裁下一张来。然后在上面写下一个四位数。

"又是从特别行动费里开支？"露琳审视着这张淡黄色的支票。

"是的。"他走到她面前，"你最后努一下力。但不要局限在他一个人身上。把视角加大一些。撞上网来的都是海味。公司的命运——"他转过脸看着窗外苍茫的暮色，"在很大程度上，全在此一举了。"他猛地一挥手，其力度，其速度，很像一个职业拳击手。

"可你也不能全押在这一张牌上啊！"露琳一脸媚笑地凑过去。

"我还找了另外几个公司。还动用了两位参议员。"他一脸被催眠者的样子，"其中有一个还是联邦议会的议员，"说到这儿，他突然觉得有点不对劲儿，就转回脸说，"你去干你的吧。"

露琳小心地把支票收好，无声地走开了。

十一

弗德公司为什么要在我身上花这么大的本钱呢？黄塞趿着牛皮拖鞋，在铺着厚厚地毯的卧室里来回踱着步。

多年的独身生活，使他养成一种怪癖：凡是在思考隐秘问题时，必定得在隐秘的地方。他是一个不愿叫人窥见内心的人。而且也没有人能够窥见他的心理概貌。

资本是不会在没有利润的地方出现的。他们一定试图从我这榨取点什么。可要从我这得到点什么，他文雅地摇摇头，似乎是不可能的。在中国做官，有一条基本原理必须掌握：即使你手中有着再大的权力，再老的资历，再硬的靠山，也不能够为所欲为。因为所有的大事，都必须由两个以上的部门来完成。总要被人知道的。有些事,表面上看,也许是混过去了。可其实不然:它埋伏在你的工作记录里,你的同僚、上级、下级的脑海中。一遇合适的气候,它们马上会冒出头来,然后以不可思议的速度,蓬蓬勃勃地生长,让你哭都来不及。

唯有知足者,方能长久不衰。像我这样身居要职的人,更不能被一点小利所迷惑。要能够理智地考虑得失,并且有效地控制自己的行动,这很不容易。但我却做到了。他靠在床头上,拖过一条色彩暗淡的毯子,盖在腿上。他们试图用女色来诱惑我,这实在是没有找对方子,我已经在这这个问题上出过错了,因此就绝不会再犯类似的错误。只有没有文化的人,才会一而再,再而三地屡蹈覆辙。

是的,肉欲在我身上依旧存在。但它被理智牢牢地压住。根本就抬不起头来。

以后对弗德公司,要多加小心。只有经济发生问题的公司,才会干此类勾当……

想到这,黄塞伸手取烟盒。可一算计,发现今天已经抽到了定额,就又缩回手来。

人,无时无刻不在和自己的欲望做斗争。唯有理智每每战胜欲望的人,才有资格在中国做干部。想到这,他从枕下抽出那本百读不厌的《纳兰性德词集》,愉快地翻动着书页。

他每天早晨都要去市中心的体育场,打一场激烈的软式网球。每天晚上,都要读上一个小时的诗词。生活过得极有节律,而且丰富、健康。

十二

美国教授与中国教授无论从形象上还是气质上都很不一样。他们没什么夫子气,穿着、举动都很随便。

这位洛仑兹教授尤其如此,华烨想道。他看上去顶多有四十岁,穿着一条极脏的工装裤,衬衫却是雪白,还有一副极硬的领子。双手骨结粗大,动作也相当急促,给人的整体感觉就好像是个长期做户外工作的农民似的。

他对中国很感兴趣——对世上所有事物都感兴趣似乎是学者最重要的特点之一。可他向华烨提出来的几个问题却肤浅得很。

要不是苏洁南说他在对"美国大型公司的结构方面,有着惊人的了解和不可多得的见识。"华烨在见到他那天就会拂袖而去。

可没几天,他的印象就全变了。

"不用再往上溯,就在本世纪三十年代,人们张嘴就说:坚固如直布罗陀要塞,牢靠如英格兰银行。可曾几何时,要塞陷落了,英镑贬值了。在当今这个世界上,根本就不存在什么牢不可破、永恒的经济事物。"

密尔顿讲课是很随便的,想到哪,就讲到哪。

"美国的经济是建立在个人欲望的基础上的,而个人欲望是变幻莫测的。这千百万人莫测的欲望,就决定了美国的经济。正因为如此,它既是坚固的,又是薄弱的。关于这一点,请看拙著《论美国公司的不可靠性》。"

密尔顿说着弯下腰,从沙发底下取出一本最少有四百页的书来。

这是一本充满数字与图表的书。

"不出版就发霉。像我这样一个小学院的教授更是如此。我建议你去租一条计算机线路。不贵,一个月二百美元。"

不贵是二百美元,那么贵又该是多少呢?华烨想道。

"现代科学,甚至像文学这样的艺术,都在向定量分析的阶段迈进,否则就是浅层次的学问。你的数学基础怎么样?"

"还可以。我是学工程的出身。"华烨知道和美国人打交道,谦虚是没用的。

"那好。你自己去找几家公司,分析一下它们的内部结构,写一篇论文。遇到疑难问题,就来找我。"

……

雨,猛烈地冲刷着玻璃窗。远处隐隐雷声的衬托,使屋里显得格外静。

凹凸不平的壁板吸食着屋内一切杂音。可调光的台灯,把桌上一尺见方的地方照得雪亮。

华烨在读密尔顿的著作,并不停地在书上做着各种记号,在笔记本上作着摘录。

通过这本装帧不怎么样的平装书,华烨仿佛看见了一颗充满智慧的大脑在辛勤地工作。

一个人,能够批判地看待自己亦在其中生活的社会,并能综合各个方面的因素对它的各种产物做出基本上唯物的分析,是很不容易的。中国许许多多的经济学家,往往做不到这一点。

一个星期后,华烨读完了这本书。要学以致用。我该对哪些公司进行分析,来做自己的论文呢?该找几个与自己公司有联系的航空公司。

目标很快就找到了。

十三

"咱们今天出去玩玩好吗?"星期天早晨刚起床,黄晓宾就对华烨说。

很长时间以来,俩人各自为政,很少往来。大部分时间黄晓宾都不在家,有时甚至夜不归宿。华烨知道他不像个能通宵静坐夜读的主儿,本想问一下他去干什么了,可转念一想:别人的私事,无须干涉。倒是黄晓宾经常要解释一下是在叔父那里过的夜。有一次,华烨偶然向黄经理问及此事,黄稍一迟疑,便点头称是。华烨就再也没把此事放在心上。

可近些日子来,华烨觉得黄晓宾变得很有些异样:每天晚上回来,脸色总不太正常。不是一言不发倒头就睡,便是唠唠叨叨地说个没完,而且语无伦次,尽说些很早以前的事儿。起初华烨以为酒醉,可仔细闻闻并不见酒味,便以为他是念书念累了,加之初到异域,有些思乡之感也是正常的。

可后来黄晓宾频频作态,华烨便有些担心,建议他去找神经科方面的大夫看看。可只要一提这话。黄马上就烦躁地挥挥手,然后一言不发地走开,让他百思不得其解。所以,今天看黄晓宾精神很振奋,便不忍拂他的兴。"去哪玩?"

"郊外有一片很茂密的树林,里面有一个很深很蓝的湖,想去那游会儿泳。"

"等我把这点资料存到机器里就去。"华烨打开那台租来的"苹果牌"微机的盖子。

"干吗非得今天干?"

"星期天线路的价钱要便宜一半。"华烨报出了自己的呼号。

"你租机费用不能报销吗?"

"不能。"

"那你花谁个的钱?"

"我自己的。"华烨没说真话。

"你存什么资料?"

"我挑了几家美国航空制造公司,想对它们的内部结构、财务现状作一番分析比较,试图找一点规律性的东西。"

"你的野心不小啊。"黄晓宾点燃一支烟,坐在华烨旁边一张软转椅上。

华烨笑了一下,开始用还算熟练的指法,把昨天刚从联邦税收总署大型机查得的一些数据存入磁盘。

汽车在郊外的高速公路上行驶了很久之后,路边便出现了一大片桦树林,中间夹杂着几片松林。

桦树微泛白色,而松树却很浓绿。两种颜色配合在一起,给人一种和谐宁静的感觉。华烨摇下车窗,任郊外清新甘甜的空气吹拂着面颊。

"看来有人捷足先登了。"停下车后,华烨指指旁边一辆银灰色的"美洲虎牌"轿车。

"这是我另外约的两个朋友。"黄晓宾从行李箱中拎出一只中型旅行袋。

"早知道你有伴,我就不来了。"华烨多少有些不满。

"可人家对你挺感兴趣哩!"黄晓宾大踏步地走着。"你也一定会对她们感兴趣的。"

不一会儿,黄晓宾就把两位堪称美丽的小姐介绍给华烨:"这位是露琳小姐,机械公司的打字员。这位是凯瑟小姐。"

"你们好。"既来之,则安之。华烨落落大方伸过手去。

露琳向华烨微微一笑。那笑容是很有诱惑力的。

"开始游吧。"黄晓宾第一个脱了外衣,跳入湛蓝、湛蓝的湖水中。

华烨慢慢地脱下茄克衫与长裤,然后很随便地做了几节体操,让躯体渐渐适应林中微凉的空气。他满意地看看自己富有活力的躯体,小跑两步,纵身跳入水中。

水,发出轻微的声响,很快地滑过他的躯体。他觉得很愉快。

黄晓宾游得不快,可挺潇洒。他边游边把一朵朵漂亮的水花打向凯瑟。

华烨很快就超过了他俩。

只剩下露琳一个人在前面了。

露林是标准的美国体型,长身长臂长腿,体力充沛,泳姿也很标准,以极快的速度前进着。

可她到底是女性。华烨超过了她,第一个爬上岸。

湖畔上是一片绿绿的青草,看上去就像一匹光洁无疵的绿缎子。在一小块阳光充足的地方,他躺了下来。

白桦树华美的树冠在他的头顶上交汇成一个标准的圆,圆外是一片蓝色的天。

北京的天也是这么蓝,甚至比这还要蓝。金秋十月,正是北京最好的节气。妻子在干什么?她是不是也在看天?……

"哈罗!"几滴水淋在他的脸上。"你游得可真棒。"露琳站在他面前。她的三点式泳装,似着非着,不但没有遮盖住她的女性美,反而把它们烘托得更加诱人。

华烨不由自主地坐了起来。

"东方人的拘谨。"露琳紧挨着华烨坐下。

她靠的是那么近,一股浓烈的香气,涌入华烨的鼻腔。他想挪动一下,可还是忍住了,没动。

"小姐在公司的什么部门?"

"机械公司的电子中心。"

"你们的公司生产什么?"华烨像这样与美国女子单独相处,还是第一次,多少有点不自然。

"发动机。"

"汽车的？"

"不。飞机的。"露琳很随便地躺了下去。"咱们干吗老是谈这些枯燥的东西。"她拍拍身旁的草皮。"享受一下这阳光，不更好些吗？"

华烨对这个充满挑逗性的动作没有任何表示。

"东方人啊，东方人！"露琳翻身站了起来。"你们什么时候能向我们靠近一些？"

"每个人都有每个人的自由，他不必向谁靠近。"华烨不卑不亢地说。

露琳微微一笑，"让全身都沐浴一下这秋日的阳光吧。"

她一把扯下上身的泳装，接着又是下身的。

一片白光，晃得华烨几乎睁不开眼睛。

"跟我来吧！"露琳倒退着走了两步。

中国古代的高僧至贤，都有坐怀不乱的功夫，他们靠的是多年的修炼。可华烨靠的是什么呢？是对妻子的忠诚？还是纪律的约束……在来美国之前，他曾不止一次地与人讨论有关"性"的问题。他的这些同胞们，有的认为"西方式"的好，说只有这样，才能还人以本来面目，有的却说是"东方式"的好，说人之所以是人，全在于能够控制自己的欲望。而华烨却操一种折中的态度：东西方各有各的文化，各有各的伦理观。两者不是一回事，根本无须放在一起比较。谁相信什么，就相信什么好了。

理论指导着行动，思想支配着人。

露琳见华烨毫无动静，稍微迟疑了一下，返身跳入水中。

华烨跟着慢慢地走到湖边。

露琳雪白的躯体，在碧波中显得格外触目。它以仰姿游了一个半圆。

华烨被双腿的爆发力弹了出去。笔直地游向对岸

……

两个疲倦的、全裸的人，躺在一块两用油布上，抽一支形状古怪的香烟。随

风飘过来的烟雾中,夹着一股奇特的味道。

"如果你自己能回去的话,我准备开车先走了。"华烨阴着脸对黄晓宾说。

黄晓宾在华烨的逼视下,不好意思地胡乱拉过一件衣服,遮住下体。

"怎么,没玩好?"

"是的。"华烨穿上茄克衫说,"回去吧。"

华烨坐在轿车柔软的沙发座上,长长地出了一口气,然后打着火,从"美洲虎"旁绕过。

一个公司的小职员,在这不景气的年代,居然还能拥有这样一辆豪华的高级轿车,真是有点怪。在往一下踏油门的时候,他从后视镜里瞟了一眼那辆闪闪发光的轿车。

十四

"你去调查一下这三家公司的产品情况,然后写三份报告给我。"黄经理递给华烨一张卡片,"中间一个便是'弗德飞行器制造公司'。着重点放在直升机在海上应用一项上。因为南海石油开发公司要订购一批飞机。"

"主要调查谁?"海上飞机正是华烨分管的项目。

"作一次全面的调查。没有哪个更主要一些。"黄经理说完就走了。

他今天是怎么了?华烨望着黄经理的背影想道。按照外贸惯例,采购某一物品都得和三家公司谈判。因为只有这样,才能发生竞争,从而使买主得到一个合理的价钱。所以事先都得去摸一下底。但在以往,黄经理总是把调查的重点告诉下属,以便有的放矢。可今天他却一反常态,一个字也不肯吐露。

管他呢！华烨锁上抽屉。我近来好像变得越来越敏感了，总是疑神疑鬼的。是周围的气氛不正常？还是我的神经系统出了毛病？

从前的调查给人的印象，是一个疲惫不堪的人，在玩命般地东奔西走，在面对山一样的票据、账簿发愁。

自从有了电子计算机，这一切景象都不复存在了。只见一个人，坐在一张舒适的软椅上，面前的微型计算机在闪动着蓝幽幽的光。他正通过这台机器，向散布在美国各地的数据中心的计算机索要有关资料。

当然，这些资料并不是白用的，用户得付钱。

"五十美元。"当初步调查结束时，华烨清点了一下自己所花的费用。"这是可以堂而皇之去报销的。"

"你在使用计算机？"当他把那张报销申报单送给黄经理时，黄经理这样说。

"是的。我在宿舍里安装了一台终端机。"

"好。用现代化武装起来的人，工作效率就是高。"黄经理很畅快地在单据上签了字。

一排排数据以很高的速度从荧光屏的底部向上漂去。华烨审视着，试图从这些抽象的东西里看到点什么。

他最关心的是这三家公司明年的生产情况。因为今年的订货，要到明年才能交付，可明年的生产与今年是息息相关的。如果某公司今年的产品出现了问题，或者在自己的子公司关系紧密的"伙伴企业"的投资出了问题，成了"荒账"，都将影响到明年的飞机质量，交付日期。所以调查不能局限在这些企业本身，要把与它同一根系的所有东西都查清楚。

当然，这些工作是很繁杂的，要不是华烨在搞自己的论文时有所积累，恐怕很难在短短的几天内完成。

他从自己的荧屏上，没能发现什么名堂，于是就把这些数据送到中心的大型机内，请它来帮助运算。

一个小时后，结果出来了。

华烨将所有的结果复印出来,然后很认真地读了起来。

其中最使他感到惊讶的是:弗德公司的经营状态是十分糟糕的。用不着太丰富渊博的管理知识,就能看出这家公司将面临一场危机。

人不可貌相,企业也不可貌相。华烨想起弗德公司富丽堂皇的接待室,火树银花的招待会,还有那架闪闪发光的小飞机。

最好去请洛仑兹教授看看,他或许有什么高见也未定。然后再打报告。

洛仑兹以极快的速度读完了华烨整理出来的材料:"不要先听我的意见,我很想先听听你的理解。"

华烨很流畅地讲述着自己的看法。

洛仑兹无疑是个杰出的听众。他不时地点点头,或者用一根长的自动铅笔在资料上作着批注。

"如果你这些资料的可信度达到百分之六十以上,我就同意你做出的结论:弗德公司面临着一场财政危机。"他把资料还给华烨,"我只有一点要告诉你:一个公司的内部疾病,往往要比它所表现出来的要严重得多。"

"如果您要是买主,肯与这家公司签订一项贸易合同吗?"华烨问。

"这根本就无须回答。"洛仑兹把双手交叉在胸前,来回踱着步。"我不知道你有多少商务经验。在每一笔大数额交易后面,有着许许多多的东西。这些东西往往不被人知,但却起着很重要的作用!"他短粗的中指在空中划了个很大的惊叹号。

"可有'竞争'这个法宝在约束着这一切。"华烨插言道。

"在经济交易中,没有任何法宝。我举个例子给你听听:有个中东国家,想从美国引进一套大型电站设备,有五家公司参加竞争。最后 A 公司以一个令人难以相信的低价取得了优先权。可结果怎么样呢? A 公司的主机是便宜,技术指标也不低,可屁股后面跟着引进的一大串辅机却贵得惊人。为此,这个中东国家最少有十名官员被撤了职。我不知道在你们国家,和你们从事的航空买卖中有没有类似的现象。我只是提请你注意。"

"我回去之后再核对一下这些数字,然后写一篇分析文章给您。"

"要对这些经济事实进行认真地思索。然后试着对明年、后年的航空市场进行一番全面的分析。"

回到宿舍已经是深夜一点。华烨洗了一个澡,就打开计算机开始工作。

他先接通了第三号数据库,然后报出了自己的号码。

荧光屏闪了两闪;然后有礼貌地回答:本资料第一优先权正在工作。

第一优先权?他不相信地摇摇头。这套资料是他自己建立的,并没有另外的拥有者,哪来的第一、第二?

他报出了一个备用号码。仍然是进不去。

是不是计算机出了毛病?对计算机也不能盲目地相信。他把手搁在键盘上,想了一阵,就又对计算机发出指令:请报出第一优先权使用的号码。

HJ0117——计算机马上做出回答。

"这不是我自己的号码吗?"华烨失声叫了出来。

是不是黄晓宾在和我开玩笑?他走到黄晓宾的卧室门前,仔细听了听:里面没有任何动静,只有时断时续,不甚安稳的鼾声。

到底是谁在盗用我的资料?他又坐回写字台前,再次输入自己的号码。

这一次很顺畅地接通了。

"刚才是谁在调用我的资料?"华烨向数据中心发出询问。

"第一优先权使用者指令:不得泄露。"机器的回答,总是机械的。

一个疑团,在华烨的脑海中生成,并慢慢地弥散开来……

两天后,华烨被黄经理派到洛杉矶去商谈一件索赔问题。

索赔问题是所有商务工作中最复杂的,一时半会儿很难谈完。"我的调查工作谁来接?"华烨问他的科长。

"黄经理已经另外指派专人负责。"

"我去找他谈谈。"华烨固执地说。

"他今天上午已经飞往华盛顿去了。"科长的声音和计算机一个样。

"那请您把这个交给黄经理。"华烨把连夜赶写出来的一份有关弗德公司的资料递给科长。

科长一声不响地把这几页纸锁进抽屉。

华烨临行前给小于打了个电话:有一件事想拜托你,"如果有航空部或石油部派来的商务代表团,请告诉我一声。"

"好的。"小于满口答应。

十五

纽约市中心的这家高级咖啡馆,有着靠背很高、坐垫极软的火车椅。中间的茶色玻璃钢茶几上,放着两杯向外辐射着浓郁香气的咖啡。

"我们美国人喜欢直来直去。"麦克逊用银调羹慢慢地搅动着像墨一般的咖啡。

"中国人有句俗话,叫作'开门见山'。"长期在美国生活,再加上在大学时就不薄的英语基础,黄塞很轻松地把"开门见山"一词转译过去。

"这样看来,无论东方、西方,人的心都是相通的。"

"是这样的。"黄塞知道麦克逊此番约他出来,肯定是为了直升机生意的事。

"那好。"麦克逊抬起头,那双淡蓝色的眼睛像照相机快门般地眨动了一下。"我就直说了:那批用于石油勘探的五十架直升机,能不能从我们公司采购二十架?"

"这要视谈判的结果而定。"

"谈判只是个形式,关键是桌子下面的交易。"麦克逊从底下敲了敲茶几。即使隔着一层八公分厚的玻璃钢,那双骨结粗长、筋络毕露、汗毛很长的双手,也丝毫没有变形。

"无论桌上还是桌下,关键要看你凭的是什么。"黄塞依旧不动声色。

"是呵。总得凭点什么。"麦克逊把手伸进西装的内口袋,取出一个吕宋纸的中号信封。"我这里有点东西,请你看看。"

黄塞接过信封,从里面取出一叠相片,一张张地看着。

这些相片全是黄晓宾与露琳和凯瑟的"生活照",很是不堪入目。麦克逊原以为像黄塞这样谨遵礼教、操守极好——在这个问题上,他完全相信露琳的报告——的中国官员,看见自己血亲之行径,手一定要巨幅抖动,脸上的筋肉一定会高频跳动。可谁知黄塞毫无反应地把照片看完,然后装回信封,推还给他。

"就这些了?"

"还有。"麦克逊庆幸自己并没有低估对手。

"这是一张医生的诊断书。"他递过一张叠成四折的道林纸。"佩顿医生诊断与治疗吸毒患者方面,被认为是全纽约市最大的权威。一个疗程收费一千美元。大家都说贵,其实我还认为便宜了。因为对能买起毒品的人来说,一千美金不过是区区小数而已。"

"他吸什么?海洛因,精神剂还是玛利华纳(marijuana 中文名为大麻)?"黄塞的脸渐渐阴沉下来。

"都用一点。不过据说最喜欢 LSD(迷幻药。一种是较大麻强烈的毒品)。"麦克逊把"据说"与"最喜欢"两词拖得很长。

"是呵!这孩子的确应该好好教育教育。感谢您的关怀。这个——"黄塞挥动一下手中的诊断书。"您还要不要?"

"请拿回去用,我还有复印件。"

沉默。

"如果这些材料张扬出去,恐怕对经理先生的前程有所影响吧?"麦克逊终于忍不住了,开始第二回合的攻击。

"要是在以前,那可真是不得了。是会株连九族的。可现在,"黄塞呷了一口咖啡,很严肃地说,"我们党的政策变了。再者,晓宾属于留学生,并不归我管辖。"说到这,黄塞的脸色又为之一变,显出十分关心的样子。"我劝经理先生最好还是多从经营管理方面下点功夫,不要使投资成了荒账。我想:无论是资本主义企业还是社会主义企业,年终报表上出现太大的荒账,总不是什么好事情。"

黄塞的这些材料,一部分是他自己了解到的,另一部分则来自于华烨的报告。"你会打桥牌吗?"黄塞突然换了个话题。

"哈佛商学院毕业生有哪个不会?"麦克逊对眼前这个中国人实在感到有点琢磨不透。

"这游戏是受市场拍卖竞叫中的启发而发明的。它最忌讳的一点是:叫牌超过手中的力量。如果有人偏偏这样做的话,那一定会受到'加倍'的惩罚。好了,"他从口袋里抽出皮夹。"今天该是谁破费?"

"慢着:"麦克逊摆摆手,"如果黄晓宾不是你的侄子,而是你的儿子,那对你的前程也毫无影响吗?"这委实是他手里最后一张牌了。

黄塞猛地一惊。但其力量在他身体的内部就全消耗掉了,表皮上毫无动静。晓宾的嘴准是车站饮水器的龙头,谁都能拧开!这事要是捅出去,不知要牵连到多少事。

"你这话是从何谈起?"黄塞把钱包翻了个个儿。

"说说而已。"麦克逊觉出自己的打击,已经给对方造成内伤。

"姑且不论此事真伪,我承认它张扬出去,会对我产生一定程度的影响,可我已经五十二岁,再过三年就要从这个位置上下去。所以即使有,也不会太大。"

"可还是没有的好。"麦克逊毫不放松。

"可我如果把本月初,贵公司的C—150型飞机,在海军演习中,起吊按铭牌安全能够吊起的东西时,却一个跟头跌进海中的事,透漏给报界的话,那你的损失恐怕要大得多。"黄塞征询地看着对方的眼睛,"公司将经历破产性的亏损。"

"你说得完全对。"麦克逊纳闷对手是从哪打听来这个在海军部里也鲜有人知的消息,"可在我们这里,即便破产坐牢,也可以东山再起。我有一个朋友,曾经三次破产,可现在仍然是百万富翁。而你只要出一点事,就将万劫不复。"

黄塞一言不发地摆弄着钱包。麦克逊用全副精力盯住他那双皮肤滋润、指甲不长不短,极其文雅的手。

"无论大霉小霉,最好还是相安无事。"黄塞在自言自语。

"我也是这个意思。"

"你想让我订多少架 C—150 飞机?"黄塞很干脆地问。

"二十架。"

"最多十架。而且还要看海底石油公司来人的意思。"

"十五架。"

"只要十架,而且要质量优良的好货。如果你不能做到后一点的话,我情愿倒霉。"黄塞说罢站起身。

"一言为定。"麦克逊伸出手。可黄塞却转身走了。

你所说的两点其实只是一点:订我十架飞机。麦克逊望着黄塞的背影想道。至于质量,谁都知道,不变更设计,根本就无法提高。

"来两杯不掺水的威士忌。"他觉得今天应该庆贺一下。

这场较量是在华烨飞往洛杉矶的前两天发生的。

十六

"石油公司的代表团,后天就到纽约。"

"你怎么知道的?"即便隔着几千公里,小于的声音仍然很清晰。

"信不信由你。"小于大有放下电话的架势。

"我只是想了解一下消息的可靠度。因为擅离职守,我要承担很大的责任。"

"每个代表团来美,都有一份公文打前站。说明他们的级别、任务等。我刚才偶然见到它了。"

"谢谢你。"华烨知道任何公文,都不会被偶然看见。"我今天就回去。"

"回不回关我屁事。"小于径自放下听筒……

美国的飞机,就像中国的公共汽车,频繁得很。傍晚时分,华烨就到了纽约。

"我于本月十二日产一女婴。母子均安。"

华烨一进门,就看见桌上有份北京来的电报。他迫不及待地拆开。

一时间,他陷入一种茫然的状态里。怎么没相片?他重新翻开那很结实的塑料封套,摸了好几下。最后哑然一笑:除了采用传真术,否则电报是不能夹寄相片的。这婴儿是什么样子的?他费了好大劲,也没能想象出来。

他放下电报,拿起电话。

"你的报告,我早就交给黄经理了。"科长回答他。

"好。就为了这件事。"华烨准备放下电话。

"顺便问一句,你怎么回来了?"

"有些关于弗德公司的补充材料,准备上报。"

"我有点感觉,本来是不当讲的。"听筒里很静了一阵。"似乎上面不想让你插手此事。"

"我也有同感。谢谢关照。"

"我只是猜测而已。不足以与外人道。"科长是一位循规蹈矩的职员,在这个职位上起码待了二十年了,办事是极小心的。

"我回来办点私事。顺便把这份补充报告给您。"华烨把订在一起的几页纸,放在黄塞的桌子上。

"我很欣赏你这种办事办到底的工作态度。"黄塞很快地读完报告,"索赔的事办得怎么样?"

"不太顺利。凡是把钱划入人家的户头后,再往回要,总是很困难的。"华烨有心无心地说。

"在买卖中,有些事是难免的。"黄塞打开公文夹,"你把回来的路费报销了吧。如果钱不够,再找财务科借点。争取把索赔的事办完。"

"我上次的报告您看过了吗?"华烨临走前问了一句。

"那是我的本职工作。"黄塞居高临下地说。

"我对这笔生意总是有点不放心。"华烨对小于说。

"为什么?"

"说不准。好像是第六预感神经告诉我的。"

"那你多待几天,等谈出结果再走。"

"这样做似乎不太合适。"

"将在外,君命有所不受嘛。"小于轻描淡写地说。

"可将在内,君命不得不受呵!"

"拿出当年插队时的闯劲来吧。要是顾这顾那的,就什么也干不成。"

"可现在毕竟不是在插队。"华烨双手一摊,"而且其中是否有名堂,我实在拿不准。为一种预感去倒霉,似乎不太值。"

"那就快点滚回洛杉矶去!"小于把本精装书重重地砸在华烨面前。夫人不在,小于的家变得又乱又荒凉,就像一座没主的孤坟。

"可我临滚之前,有一事相托:你能否争取一下,充当这个代表团的翻译?"

"你小子把困难全转嫁到我这儿来了。"他连连摆手,"不管,不管。"

但不用翻译,华烨就已经懂了他的意思。"你既答应了,那我就走了。"

"谁答应你了?"小于追着他问。

……

临走前,华烨抱着试一试的心情,给行踪飘忽不定的老蔚打了个电话。

他的运气真不错:老蔚因病在家休养。他答应尽力帮助调查。

"看看你的社会关系中,有没有海军部的人。他们是 C-150 的最大买主。"

"如果不涉及军事机密的话。"老蔚说话,就像个吝啬鬼打电报,节省得很。

十七

代表团的团长,是海底石油开发公司航空处的孙处长。

这位孙处长,是清华航空系的毕业生,比黄经理早两届,是他的老学长。因此俩人一见如故,谈得很是投契。

晚宴时,黄塞多喝了两杯,回到寓所后,还觉得有点迷糊。国内来的人,即便是精于此道的行家,也只是名义上的买主。因为他们只能在贸易代表提供的范围内选择。除此而外,两眼一抹黑。可就算这样,也得让弗德公司把价钱再往下压压……

平心而论,黄塞从本质上讲,并不是一个坏人。他只不过被一些外在的东西所左右。所以在抉择的时候,他必须寻找良心上的平衡。寻找一种伦理基础。

飞机和香烟一样,没有纯粹的低质量,他小口呷着香茶。所谓的的质量,都是针对价格而言的。只要价格合理,买了就不亏。一个人,如果善于寻找办法,那么个人利益和国家利益,即使发生了冲突,也能够圆满地解决。

"晓宾。"他朝内屋喊了一声。

没有回音。

他又跑出去寻欢作乐了。自从他从麦克逊处得知那些事后,狠狠地教训了他一顿。并强令他在家闭门读书。并说:如果他重犯的话,就要通知有关部门,把他遣送回国。起初几天,晓宾表现出极度的烦躁,可渐渐地就安静下来。可今天为什么又故态重萌呢?等大事办妥之后,一定得对他严加管束。

但欲把大事办妥,华烨一定不能出现。文件报告可以压下阴干,有些事情也可以隐瞒。但人是活动的,是最不好对付的。

早在事情初露端倪时,他就对弗德公司的一切表示了极大的关注。华烨的计算机情报他窃读了。华烨的报告,他审读了。在网球俱乐部,他还了解到更多的事情。

正因为如此,他才和麦克逊打了个平手。可只要华烨闻风而动,自己就会前功尽弃。他们这批"老三届",不像孙处长、林科长这些温良恭俭让的老知识分子,他们尚在孩提时代,就投身于社会。在里面摸爬滚打,把个办事为人之道学得深且透。加上后来又读过几天书,形成了一支极活跃的力量。君子、小人都能对付。任何事情,只要他们觉得值得干,大都能漂亮地干到底儿。

不过这些也好办,他勒住在酒力作用下奔驰的思想:我只要在他的现行任务下,再加一个,他就没空操闲心了。而且,他也是人。也有着许许多多的牵挂。……

对!就这么办。

十八

"你能不能回来一趟?"

"什么事?"

"两件我个人认为值得回来的事。"

"别来外交辞令了。快点说吧。"

"电话里不好说。你还是回来一趟吧。至于费用问题……"

"好,我这就回。"华烨打断小于的话。昨天晚上,黄塞曾打个电话来,让他在结束此地事务之后,再去新泽西办一件华烨认为并不十分重要的事。所以他一直在等电话,好下定独行其事的决心。

"我只有一句话告诉你:石油公司打算订购十架C—150飞机。后天去看样品。另外的事,你得去问老蔚。"小于在出租汽车里对刚下飞机的华烨说。

"你去不去?"

"不去。有些地方,我是不便出现的"……

"这位是曾受雇于美国海军的飞机工程师阿弗德雷。他知道一些很有价值的情况。"老蔚把华烨领到一家透出神秘气氛的咖啡馆。

"从他这了解情况合法吗?"华烨边打量着这个肩膀很窄、面有病容的男人,边用中文问老蔚。

"他将谈他个人对C—150的看法。从理论上讲:这既不是军事机密,也不是商业机密。合法性是无可非议的。"

"我将付多少咨询费?"华烨知道在这个金钱高速流动的社会里,没有人是白用的。

"五百美元。"

"五百美元?!"华烨想起自己那点可怜的积蓄。

"与他所能提供的东西相比,这点钱不算多。"老蔚看着华烨,"当然,如果你所代表的商业机关,不肯出这笔钱的话,会有人付的。好了,谈正事吧。长时间在外国人面前,说一种他听不懂的语言,是很不礼貌的。"老蔚改用英文对阿弗德雷说,"你们谈吧。"

谈话马上进入正题。

"您个人对C—150有什么看法?"

"我个人认为C—150的原设计,有几处不合理的地方。你可能知道,它是在陆用直升机C—110的基础上改造的,可有许多因素没能考虑进去。同时,它的制造工艺,也不是第一流的。"阿弗德雷的英语带着西部的土音,而且很含混。"你懂发动机吗?"

"懂。"

阿弗德雷从口袋里取出一支极普通的塑料圆珠笔,几笔就在餐纸上勾出一张发动机草图。然后一边往上添零部件,一边讲解。

这是一张画得很准的草图。无疑是出自工程师之手。他的评点更是内行。华烨拼命把这些东西汇到脑子里。

"如果你是美国海军的订货人的话,还准备采购C—150飞机吗?"华烨提出关键性的问题。

"我不是海军的人,因此无可奉告。"阿弗德雷回避掉这个问题,"不过我个人要是使用海上作业的直升机的话,是不会采购C—150的。"他把餐纸揉成一团,塞进很旧的西装口袋里……

"我是否可以这样理解他的话,"坐上老蔚那辆外观很旧的车后,华烨说,"美国海军对C—150不满意。而且不准备采购?"

"即便对制定的极其严密的法律,都可以做出很不同的解释。何况一个人的一段话。"老蔚很灵巧地从几辆车中间穿过,开上了公路。

"别老说模棱两可的话。我并不要你承担责任。"

"我并不害怕承担责任。你如果打算向上报告的话,我将以证人的身份签字。不过这决心要你自己下,别人谁也代替不了。"

"那就太谢谢你了。"华烨并不因被人窥破心事而不高兴。

"不要总是把谈话维持在低水平线上。你此刻打算去哪?"

"找小于商谈一些行动方面的技术细节。"

"咱们一起去。"

"你这车看上去挺破,可声音还真不错。"华烨换了个话题。

"那是一台V8型汽车的强力发动机,从旧货市场买回之后,我很费了点劲儿,才把它装到了这台旧福特车上。"

"你也懂发动机?"

"世界上懂发动机的人多着呢。"老蔚启齿一笑,"我相信如果装上双翼的话,它能飞起来。"

"飞是飞不起来的。它就是再好,压缩比与所用的油,与飞机发动机,都有很大的区别。"

"你这个人毫无幽默感。除了专业,狗屁不懂!"

三个人反复研究,把文件写完,第一缕抽象的阳光已经破窗而入。

"这将是你们公司的公文写作史上,堪称典范的文章。"小于挥动着那份只有三页纸的报告。

"可该把它交给谁呢?"华烨把沙发的垫子拉到地上,一屁股坐上去。

"自然是领事罗。"老蔚说。

"可领事此刻不在纽约。而且你即使交给他,一时半会儿也不会起作用。"

"为什么?"

"本领事馆的馆长,即使同意你的报告,马上上报的话,恐怕要过很长时间,才会有回音。"

"这又是为什么?"华烨知道合同一旦签订,再反悔的话,得赔一笔可观的"毁约费"。

"像你们这样的公司工作,领事只是协助,并不直接过问。而由他签发的报告,要引起国内部级领导的重视,再批转下发的话,时间决不会短。因为他跟部长比,还差一块儿,不能对等交谈。"

"你就直说吧,我该把报告交给谁?"

"直接交给大使本人。"小于盯住华烨的眼睛。"他如果被你说服了的话,就有权中止与弗德公司的谈判。"

"怎么才能见到大使本人?"华烨尽力使自己的躯体松弛下来。

"我爱人会给你安排的。"小于从台历上撕下一页来,"本翻译给你写张条子,命她尽全力帮助你。"

等小于写完条子,华烨一下子就从地上站起来。"老蔚,麻烦你把我送到机场。"

在飞往华府的途中,华烨自己也不知道在想什么。

轮到真动手干的时候,他犹豫了。学位、职位、优厚的待遇,所有这一切,都在他面前飞舞旋转,尽量展示自己的魅力。

如果我真的见到了大使,真的把报告送上去,那么所有这一切,起码得损失一大半。当然,我手中的材料是确凿的。是在为国家做好事。但做好事并不一定等于得好报。因为这将牵扯到很复杂的人事关系,如果我从开始就知道这事将把我处于一种与黄经理对着干的地位,我还会这样干吗?

"难说。"他脱口吐出这两个字。不过既然此刻箭已在弦上,不得不发,那还是把它发出去的好。引而不发是最让人难受的了。

十九

"他总是写他妈的这种条子。"子夫人刚把这个"他妈的"吐出口,就四下看了看,然后伸了下舌头。"我读给你听听:'兹有我铁哥们儿华烨前去找你,你务必尽最大力量完成他所交办的任务。他的事就是我的事。'你听听。"她挥动着手中的纸,"再添上个'钦此',简直就是圣旨了。他的事又怎么样,我不想办就不办。"她把纸叠成四方形,放进口袋。"说你的事吧。"

"想见大使。"

"大使可不是随便见的。你的事值吗?"

"值。"华烨简短地回答。

"我凭什么相信你们?"她很好看的眉毛弯成下弦月形。

"你可以相信。"华烨知道这非常之举可能触动那条不成文的法律。而且作为国家代表的特命全权大使,是相当忙的,任何打扰,尤其从私人途径来的打扰,都可能遭到他的反感。

她盯住华烨布满血丝的眼睛很看了一会。

"什么时间?"

"最好就是现在。"他看了一下手表,正是中午一点。

"我设法安排一下。"她飞快地看了一下腕上的小金表,扭身走了。

"你跟我来。"二十分钟后她重新出现。

……

即使是在中午,大使仍穿着一身无懈可击的黑色制服,很白也很硬的白领子,恰如其分地围在脖子上。他一言不发地读着华烨的报告。

他这张深色的办公桌多像一口大棺材呵。华烨坐在大使对面的沙发上,看着他读文件。这大概能算上一个不祥的象征。这个棺材装我的前程肯定有富裕,也许还会把小于夫妇的前程都装进去。"天下本无事,庸人自扰之。"他不知为什么想起这句成语。我这是庸人自扰吗?这些书他都读过?华烨不愿继续往下想,而把目光投到靠墙脚的那排书柜上,看着那些深色的、浅色的、金碧辉煌的书脊。多少年来,他接触了不少大大小小的干部。他们当中有好有坏,坏的人数虽然少,作用却很大,以至于使他对"官们"产生了一种不信任感。只要有可能,他就尽量不跟他们打交道,而且愈大的,躲得就愈远。要不是为了这偌大一笔,我是决不会来的。

"我知道你们公司,也认识黄塞经理。"大使读完报告,把它整齐地归拢在一起。

又不是个好兆头。华烨想。"认识"这个词的含义似乎是没有穷尽的。不知道《牛津大辞典》上,对它作何解释?

"据说他很能干。你们部里来来往往的人都这样说。"大使的声调很平也很文。

华烨点点头。

"可有关一个人的传说,和他本人在很多时候是不尽相符的。"大使话风从这句起小有变化。"我想听听你个人对他的看法。"大使笑了笑。"请相信我会对你所说的话保守机密的。"

"如果你说的话是老实话,那你就不用怕任何人。"华烨好像是自己在鼓励自己。"黄塞的确能干但也很复杂,总给人一种'套中人'的印象。"华烨以此为引,谈出一些重要的事实来。

"完了?"大使用手支着下巴,一直在用心听。

"完了。"华烨说。

"不,我看还有。"大使温和地看着他。

华烨又说了几件事。后来他看看大使的表情，不知为什么，把自己知道的全说了出来。

"报告以外的事往往比报告本身更有说服力。"大使拿起那几页纸晃了晃。"我顺便问一句：这些材料，包括和阿弗德雷的谈话，都是你亲自采访来的吗？"这段话大使是用英文说的。

"是的。我敢于对这些材料负责。"华烨的回答也是英文。这是一种条件反射。长期在美国生活，两种语言的界线慢慢地消失了。

"这件事很复杂。但我一定会把它通知有关部门，并采取一些措施。"大使用更快速度的英语说。"这点请你放心。"

"如果您的办事速度和英语速度一样快，那我才能放心。"华烨这会儿才明白大使是在考他。

"也许办事速度要更快一些。"大使很有幽默感，并没有生华烨的气。

"能快到足以阻止这笔交易吗？"

"看样子是可以的。要知道：作为中国政府的全权代表，我在某些方面还是有些小小的特权的。"正说着，电话铃响了。"再过十五分钟我就去。"大使简短地回了一句，放下听筒。

"您作为一个日理万机的使馆长，能够抽空接见并受理我这个小人物的事，我表示由衷的感谢。"华烨站起身来。

"坐下，坐下。"大使从写字台后绕过来，坐到华烨身旁。"我还有些时间。"他打开一个黑盒子，取出一支青色的雪茄递过来："真正的古巴货。"

"我不吸烟。"华烨有礼貌地谢绝了。

"是从来不吸，还是后来戒了？"

"插队的时候吸，后来戒了。"

"为了表示对一个戒烟'老插'的尊敬，这支烟我就省了。"大使把烟放回盒里。"接刚才的话说：你无须对我表示谢意。大宗的贸易，从某种意义上讲，就是政治。因为它牵扯到集团的利益。驻英国大使，就曾经过问斯倍发动机的买卖。

倒是我该对你的光临表示感谢。因为这使我决策时更有信心。"他到底没有熬过烟瘾，点起一支来。"你的英文说得很好。我的使团虽然庞大，可人才并不十分多呵！如果一个外交官，只能说一种除本国人以外，很少有人听懂的语言，未免有点遗憾。"

这是一种暗示，可华烨假装没听懂。

"你认识的人里面，包括我手下的，有没有和你差不多的？"

"有。"华烨连说几个人名，包括小于、小苏、老蔚等。

"你说的这个苏洁南，我知道。"大使把烟放在烟盘上，看样子不打算吸了。雪茄烟不吸就灭，越好越这样。"他有一篇关于建立我国在美的院外活动集团的报告，昨天我才批了。有才华的一代人啊。"他站起身，"这项建议提得大胆，有魄力。如果能够付诸实施的话，仅在阻止议院通过限制我国纺织品进口这一法案的斗争中，我们就将受益匪浅。"

"苏洁南曾对我说，他的兴趣已经从导弹方面无边无涯地漫延开了，可怎么也想不到，会漫到这来。"华烨说。

"你来这的费用，看样子不会有人报销吧？"大使走回写字台，开始收拾文件。

华烨点点头。他注意到大使把他的报告放进手中的文件夹里。

"回去之后，把单据寄来。中国大使在感激你的同时，也将弥补你的损失。"大使伸出手来。

"如果不涉及外交机密的话，我也想顺便问一句：您是否从另外的渠道得知了C—150的事？"他握住大使的手。

"对机密中人来说，无机密可言。麦克逊曾通过多渠道活动，其中包括一些政界人士。这样，我多多少少会听到些什么的。"

完了。该做的全做完了。华烨从大使馆出来，很轻松地坐在飞机的软座上。至于后果如何，他已经懒得去想。与弗德公司的飞机买卖肯定会中止，可我个人大概也会多少倒点霉。大使虽然说得好听，可驻美大使相当于副部长级，而我只不过是个微不足道的公司职员,且是从属于另外一个系统,不要抱过多的希望,就不会有太大的失望。

他心安理得地睡去了。

二十

飞机买卖做成了,其中不包括弗德公司的十架。这一切都是在无声无息中进行的。无论公司内部、还是社会上,好像都没什么反映。

两个月平静地过去了。黄塞照样做他的经理,华烨还是职员,可黄并没有给他任何小鞋穿,而且在他从华府回来的第二天,就主动给他报销所有的费用。他平素遇到华烨时的客气度,丝毫没有减。一些比较重大的事,他都请华烨参加意见,对他表现出格外的器重。不过华烨相信:他那份"提干表",肯定被打入冷宫了。

星期五早晨,黄塞把华烨叫去,递给他一份电报。"部里召你回去。"

"为什么?"

还有十天,华烨就要参加洛仑兹主持的考试了。

"没有说明理由。"黄塞一脸莫测高深的样子。

"明天就走?"

看完电报之后,他不由自主地问了一句。

"是的。"

"如果你不回来的话,你所有的行李物品,我会帮你运回去的。"科长半带敬意、半带同情地对华烨说。

"谢谢。"

"不。不用钱行了。明天凌晨的飞机。"华烨给小于打完告别电话后,又给小章打了一个。"留下一大堆烂账给你,实在是对不起。什么?如果有类似我这样能给你留下一堆烂账的哥们儿,再给你介绍几个?哈哈,好的。一定照办。"华烨没有告诉小章,自己已经把所有的存款转到他的名下。若说了,肯定得挨顿骂,虽然这只不过是他花掉的十分之一而已。

"回去之后,如果你还有兴趣的话,请把论文寄来,没准我可以帮你弄个学位。"洛仑兹教授在电话中说。

"可我也许不会回来了"

"这我知道。"教授是敏感的。"我的学问,我的办事能力,也许比你想象的要大一些。"

尾 声

看来今天是找不到出租汽车了,华烨漫不经心地走过一辆"奔驰"牌轿车,走向塞满行李、物品和人的民航大轿车。

"是华烨吧?"一个身材挺高、与他岁数相仿的人,从机场出口处大步走过来。"我是吴健中,部办公室的。"他接过华烨手中的包,走向那辆大"奔驰"。

"经验告诉我:东西多的人,该在报关处找。可谁知让你溜过去了。"吴健中与华烨并排坐在后座上。

"让我回来干什么?"

"部长约你谈话。"

"什么时候?"

"马上。"

《黄河》 一九八六年第二期

《中篇小说选刊》 一九八七年第一期

金色护照

一

一九六四年。

若论建筑风格，H大学的校园是极"杂"的：既有前清王府、英国教堂、美国住宅，又有梁思成的"大屋顶"冷色调的高层楼房……

房子杂，人也杂。有胡子过胸、手执多节竹杖、腋下夹着一个大蓝布包袱、内装《皇清经解》的老夫子，有戴14K金眼镜、身着"三套头"西装、提黄色牛皮包的洋派绅士……更多的是穿蓝布中山装、目不斜视、行路拘谨的中年人。

不过话又说回来：杂归杂，在没有政治运动的年头，这拨人各讲各的书，各治各的学，跟房子一样，各占一块地盘儿，倒也相安无事。整座学府里弥漫着一股子太平味道。

这股子太平味儿，一到暑假就愈发浓了。因为学生们回了家，教授们也缩进了书斋。于是天下者，也就成了我们这些子弟的天下。

四棵站立了不少年头的白杨树，伸开巨大的羽翼，罩住我家不大的阳台。四个黝黑健壮的"准小伙子"，正抱住膝盖，坐在藤椅上谈理想。

"我就想当个围棋手,可爸爸连在假期里举办的棋赛都不许参加。硬叫复习功课。"常诚细声细气地说。

"别老用幼稚园的语气说话。"祝新作了个逃遁的手势,"给他来个一走了之,不就全结了。"他顿了顿,摆好预言家的架势后,又接着说:"你不想想,除了下棋,你还能干什么?"

"我打算当外科医生。"冯哲把话接了过去。

"干吗非干外科不可?我觉得眼科更来劲儿!"祝新凡事都爱问原因,就像他那个在"右派界与学术界"知名度都极高的老爹一个样。

"因为我爸就是外科医生。"父亲的形象,在十六岁的男孩子心目中,永远是楷模——这恐怕是"慈父情结"的深化。

"为什么非要和你爸一个样呢?"祝新把眉毛耸成"丫"字形。

"可我为什么非要干眼科呢?"冯哲反问。

"第一:是人就有一对眼睛。第二:别的部位有点毛病,都可以忍耐。唯独眼睛,连半粒砂子也揉不进去。故而不用担心失业,素有'金眼科'之称。"祝新有板有眼地说。他的逻辑能力是很强的。

"谁告诉你的?"

"我爹。"祝新脱口答道。

"此题证毕。"冯哲不禁喜形于色。

"本人打算做学问。"在白杨树欢愉的音响中,我注视着从礼堂铜顶上投射来的那束鲜嫩的绿光。

"又是一个爸爸的好儿子。"祝新把矛头指向我。"没出息!"

"那你打算干什么呢?"我们三人异口同声地问。祝新是个挑剔型的人,每次聊天,都要把别人的话红笔、蓝笔地圈点上一阵。常惹得群起而攻之。

"我就是我。将来能干什么就干什么!"他直截了当地回答。

……

此时正是我们记事以来,最为平静的一个年头:一九五八年的风潮已经褪尽,一九六六年的"狂飙"尚在未来——虽然距这未来,只剩下短短一年时间,用来著书立说,发明研究是根本不够的。可谈谈理想,却多少有点富裕。

二

一九六六年。

白杨树肥厚的树叶一动不动。礼堂的铜顶上一片血红。

四周极静,使人发疹;灌木丛极绿,好像一摸就能沾一手。

"昨天夜里,他们又来我家找电台。翻了个底朝天不说,还把地板全撬开了。"祝新靠在一丛灌木上,使劲嚼着一片树叶,把嘴唇与牙齿,都染上极可怖的暗黑色。

"干吗撬地板?"常诚问。四人之中,独他家缺乏被抄的经验。而其余人家,五天之中,最少的也摊上三次。

"他们当中的一个,发现地板底下是空的,然后就开撬。"

"地板当然是悬空架起来的呵!"常诚颇是惊讶。

"所以他们当然要撬!"冯哲很不耐烦地回答,"昨天夜里,我爹和我娘整整烧了一夜的东西,弄得满屋都是烟。后来他们大概是烧怕了,就改用手术剪,把东西剪了,然后从马桶里冲下去。"

"抄家。"祝新喃喃地说:"这词儿可真够恶的。"

"今天早晨,我见我爹一个人提把锹,在树林里埋东西。等他走了之后,我又给扒了出来。"我双手枕在脑后,眼望蓝天说道。

"手枪?"冯哲好奇地问。

"如果我爹埋的是手枪,你爹烧的就是发往中央情报局的电文副本。"见他还不能理解,我的气不打一处来。

"那到底是什么?"冯哲不好意思地笑了笑。

我伸开手,亮出那个物件。

这是一把四公分长,挺有分量的钥匙。上面镌刻着两行花体英文字。尾巴上拖着一条长长的细金链。并看不出有多大名堂。

"我戴正合适。"传看了一回后,祝新把钥匙套在脖子上。"可不知这两行字是什么意思?"

"能帮我问问你爹吗?"此刻,我急于搞清楚其中有何奥秘,值得藏来藏去的。

"不敢。"祝新赶快把钥匙还给我。"老爷子已经是惶惶不可终日了。"

"能不能让我去问问?"常诚征询地看着我。

"不过别说是我家的。"我把钥匙递给他。虽说眼下抄家风潮,尚未卷及常叔叔所属的副教授阶层,但多一事不如少一事。

"我懂。"常诚矮身钻出灌木丛,一溜烟地跑了。

"你从我这拿去的那本《我的一生》还在不在?"为了排遣等待引起的苦闷,我信口问祝新。虽然我认定这本由冯玉祥将军所著、并亲自题赠给父亲的书,早已灰飞烟灭了。

"在。"

"在哪?"

"我连同十几本心爱的书,一起藏起来了。"

"藏在哪了?"

"一个只有我自己知道的地方。"祝新守口如瓶。

"告诉我。"我用哀求的语气说道。这书要是被人发现了,准没父亲的好果子吃。

他盯住我的眼睛看了好一会儿,才慢吞吞地说:"在南海王安静的墓地里。"

我笑了。他所说的"南海王安静的墓"是句隐语。其中有个小小的典故:还在我俩上幼儿园大班的时候,有一次,他将祝老伯的案头常备书:麻省理工版的《电机工程师手册》,从中间撕了几页,用来叠纸船——因为撕卷首很容易被发现,他很懂心理学。可谁料第二天,此案就发了。祝老伯一气之下,就是一记耳光。祝新溜了出来,躲在学府小山上的那块墓地里。祝老伯起初还端着架子,强作镇静,可只过了一夜,就再也忍不住了。他伙同父亲,轮番盘问我。"祝新就在'南海王安静先生的坟'里。"高压下,我只得招供。一时间,两位大教授全愣了。"我在这干了20年,可从来没听说过还有这么个去处。"祝老伯对父亲说。"是'海宁王静安先生之墓'吧?"父亲问我,"就在小山上的松林里,对吗?"父亲边说边画了张草图。我仔细辨认了好一会儿后,才点点头。一下子,俩人都大笑起来。父亲的眼泪都笑出来了。"我的好儿子。"他摸着我圆圆的头说,"一共九个字,你就说错了七个。"他说着把脸转向祝老伯,"即使先师再古板正统,听见他的徒孙,如此报其名讳籍贯,恐怕也得笑出声来。"祝老伯也随之一笑。"不过作为一个小学预备生,能把信息传输到足以辨认的程度,也算不错了。"

又过了两年,我才搞清楚,那其实是"海宁王静安先生之墓"——我之所以将繁写"宁"认作"南",主要是那阵儿满脑袋是观世音与孙猴子的故事;而静安之所以倒置,是因为"安静"的牌子校园内比比皆是,输入信息太强之故;而墓作坟,则是猜测。

"是个保险的地方。"我喃喃地说,"就怕给潮损了。"

"你不用杞人忧天,我早用塑料袋包了个严实。"祝新把嚼烂的树叶吐出来。

灌木丛又无声地闪动了一下。常诚回来了。

"搞清楚了没有?"我实在急不可耐。

常诚边大口喘气边点头。

"什么内容?"

"我爸说是牛津大学博士的标记。"

我听罢之后,长长地舒了一口气。"博上"到底意味着什么,我搞不太清。但知道并非是"一贯道""三K党"之类的东西。

"我爸说让你保存好。"常诚把钥匙递回给我。

"你说是我的了?"我霍地站起身,厉声问道。

"没有。没有。"常诚连连摆手,"可他一猜就猜中了。我起先还骗他,可他说整个学校,牛津三一学院的博士,仅唐伯伯一人。"

我慢慢地坐回原处。

"我该回去了。"常诚颇有些为难地看着我们,"我爸让我马上回去。"

"你走吧。"祝新说道。

常诚似乎很不情愿地退出灌木丛。

下雨了。是夏天特有的雷暴。三个无家可归的孤儿,默默地承受着。

三

一九六七年。

整个学府里,发生了部落大迁徙:教授们纷纷搬往工人区,而新贵们则作反向运动。

父亲的藏书,是很有名气的。记得从上海搬来北京时,光书就占了大半节车皮。到达之后,他先是把书房安置在满目丁香花的二楼。后来,行政处的人来讲了几次,说是怕把楼板压坏,他才搬到一楼去。

可如今,这些书却失去了容身之地——一共才分到手十五平方的住宅,全装它们也不够。于是,处理它们成了当务之急。

别看把这些书收集到一起不容易,要把它们散出去同样地艰难:古旧书店不肯收倒也情有可原,因为光吃不吐,它已经撑得不行了。可白送给图书馆,人家也不要。更使父亲为难的是他实在选不出何本当留,何本当舍——作为一个老牌的教书匠,他实在是太爱这些谋生之本了。根本就下不去手。于是只好"聘请"我来担此重任。

一个再好的医生,也不肯给自己的直系亲属动手术。他宁肯托付给一个远不如他高明的大夫。因为后者比较唯物,很少感情色彩。

我毫不留情地下手了——对我来讲,无所谓挑选。因为没几本能看懂的。我只是充当个脚夫的角色,不断地把它们运往废品收购站就是了。

废品收购站自是来者不拒。而且手续极简便:无论古本、善本、珍本、孤本,一律按斤论值。宋版三角一斤,明清版四角一斤;精装外国书最值钱,每斤四角五——可便如此,一套伦敦康斯特布尔公司出版的盒装金边《萧伯纳戏剧全集》,也不过卖了六块多钱。

当我把总数为五百七十元的款项,交付给父亲时,他的手抖得特别厉害。

"您怎么啦?"我害怕了。

"书兮,聚之不易。如今还魂兮,相见悠悠无期。"他站在业已空荡荡的书房中央,仰天长叹。

他的感情,我根本就体会不到。我只知道一搬家,那些平素无缘得见的好玩意儿,就会都露出来了。

"先看我的货。"到了我们四个常聚会的荷花池中的荒岛上,我取出从家里带出来的一幅字。

"人误许,诗情将略,一时才气超然。"祝新一字一板地念道。

"这字写得也不怎么样呵!"将立轴挂在树杈上后,我退后两步,观赏了好一阵,"跟咱哥们儿写得差不多。"

"我看还不如你。"冯哲附和道。

"看看是谁涂的。"祝新凑上前去。

"可能是个名人,要不然老头儿也不会开口求我给他找个可靠地方收一阵。"我也靠过去,读那一大一小二枚章上的字。"长素。"好不容易,我才认出小章上的两个篆字。"何许人也?"我环顾着他们仨。

没人知道。

"维新百日　出亡二十年　三周大地　历遍五大洲　经二十国　行四十万里",我万分艰难地读出大章上的字。"这主儿大概多少有两下子,不然也转悠不了这么多地方。"见大家兴趣不高,我怏怏地将字卷起,"该你们亮亮货了。"

祝新从口袋里掏出一面红呢质的三角旗。将有一排黄色英文字的那一面,向我们展开。

"这算什么稀罕物?"我不屑地摆摆手。

"这是麻省理工学院足球队的队旗。老爷子早年是队中的主力中锋。还赢过美国海军队一次哩。"祝新有声有色地说:"每次全美大学生足球联赛,南美几个国家的总统都要专程去看。没等开踢,'啦啦队'就喊开了好。结束半天了,无数顶礼帽还在空中盘旋。"

"可这和你小子有什么关系呢?"冯哲问。

"关系大了。"祝新从地上拣起一团草绳,"老爷子是好中锋,儿子也必定是。"他把绳团高高抛起,然后倒地来了个"凌空倒背"。可谁料绳团在半空中散开了,使他踢了个空。

在一阵纵情大笑声中,我上气不接下气地说:"血统论的一个绝妙例证。"

"不,那是例外。"他重新团好绳,然后以一个绝佳的侧射,将其踢入湖心。"这才是正例。"他望着湖心荡开的涟漪阴着脸说,"血统论无所不包。"

一时间,大伙的脸全都阴了下来。

不过好在人是一种极善自我调节的高级动物,不一会儿,我们就拣出一些不那么叫人伤心的事聊起来。

四

一九六八年。

走资派与教授们,渐渐地成了"死狗"。成了没半点鲜味的熟肉。造反派们失去了打击的对象,就像癌细胞似地分裂开来。然后又不可遏制地增值膨胀,开始为各自的生存空间斗争。

他们先是"冷战"。以马克思的矛来战列宁的盾。或者干脆抬出同一个最高统帅来相互攻击……一场场极富有才智的辩论会,在学校大礼堂中举行。对此,我们是极热心的观众,并时不时递上几个纸条,为他们添点恶作剧的色彩。

当理论说服不了人的时候,他们就跨入了"热战"的时代。

热战的第一阶段,他们使用的是颇有些古风的矛与盾。这种武斗是可以参观的。我们经常找一个制高点,兴致勃勃地观察品评。虽然大人们明令禁止这样做。

世界上没有静止的东西。量变终归要引起质变。武斗开始升级,其分界线就在四月二十三号这一天。

这场在学院武斗史上占重要地位的血战之序幕,在下午四时整,正式拉开:"四·一四"派的七、八个忠勇战士,趁"井冈山"派不备,在深夜里攻击了那座满是精密仪器的"科学馆"。

这座三层的科学馆,是学校中心区开阔地内唯一的制高点,故而是兵家必争之地。所以,"井冈山"的援兵很快赶来,将楼围得铁桶一般。

上几次强大的攻势都没有奏效。"井冈山"派的士气多少有些衰竭了。正在这时，一辆崭新的吉普车，飞也似的开来。从车上跳下一个体型健美、面部线条冷峻的人。他仔细地听取了一阵意见，又观察了一番地形，就对其部下说："你去把学校那辆电动救火车开来。"

"是。吴部长。"部下答应一声就走了。

他叫吴恭。是"井冈山"的作战部长。几次大型武斗的方案，据说都出自他手。同时他还是一九六五年度高校运动会的击剑冠军。我早年心目中最大的英雄。只要一放学，我就背着书包冲进体育馆的击剑房，去看他比赛练习。他那迅捷有力的劈砍，轻灵无比的躲闪，曾使我如醉如痴。

可他又有什么办法冲上这三层楼去呢？我正在思索，一辆火红的法国"雷诺"牌救火车，拉着长长地警报，开了过来。

"取我的兵器盒来。"吴恭吩咐道。

立刻有人从吉普车上抱下一个狭长的硬皮盒子。

吴恭蹲在地上，很认真地挑了一会儿后，就拿着把剑衣上标有 A 字的短矛站起身来。"这是我在揪'军内一小撮'时，装甲兵研究所的战友们送的。"他边说边甩脱矛套。

这是一根只有一米二十左右的钢矛，由一根钢管沿十五度角斜锯而成的，锐利无比。护手是用铜片镶成的。矛身闪着高硬度不锈钢所特有的乌亮光泽。

"今天这把由铬铱钼钒制成的家伙，要开荤了。"吴恭脱掉外衣，穿上一件由无数亮闪闪的飞机铝片穿缀而成的护胸甲，并戴上一顶式样古怪的头盔。

"你们用最大速度把我送上比三楼高两米的地方后再停下。"他边说边攀附在铝制救火梯的最上端。

救火云梯箭一般地上升着。一股极浓重的血腥味冲上喉头。我不由自主地后退到很远的地方。

云梯刚刚升达比楼顶高两米的时候，吴恭大吼一声从上面跳了下来。

立刻，四、五根长达两米五的矛尖对准了他。可他毫无惧色地在圆心中做着匀速转动。

"唰"的一声,第一根长矛刺了出来,只见吴恭一侧身,一矛戳在对手的腿上,接着反身一矛刺在背后一人的脸上。然后又是一矛刺在另一持矛者没有防护设备的肋部。这三矛是一气呵成的,这三人立即丧失了战斗力。

接着楼顶上展开一场混战,在这混战的当儿,云梯又将两名井冈山战士输入战场。

血战。惨叫声、吼叫声不住地从楼顶上传下来。

打着打着楼顶上的人全都倒下了,只剩下吴恭与另一个手持长矛的人在对打。

此人的长矛上虚晃下实利,神出鬼没、枪法十分娴熟。

"他肯定是高校武术队的。"祝新附在我耳朵边低声说道。

"一寸短,一寸险。"持长矛的人已经将吴恭逼至楼顶边上,也就是说他只要再退一小步,就会从上面掉下来。

我紧紧攥住祝新发抖的手。

只见此人狠狠地刺出去,但见矛尖离吴恭鼻尖十公分的时候,他的短矛轻轻晃动了一下,将这矛拨开,然后他扬起短矛以投刺的奋猛姿势,狠狠地戳在对手的脸上,对手惨叫一声,就用右手持矛,左手捂住面罩,往后跟跄了好几步。

没有任何声响,也没有任何犹豫,吴恭一个大跨步前刺,用一个我极熟悉、早年认为既有力度又美的姿势,将短矛插进对手的后背,然后往前一送、一挑。

我似乎看见这具重达六十公斤的躯体在他的矛尖上稍稍停留了片刻,然后就开始下落。初起还很慢,然后愈落愈快,最后是一声沉闷的巨响。

我赶紧用双手捂住眼睛。

"好剑法!"

"井冈山的第一勇士!"

吴恭的战友们围住他,向他大唱赞歌。血,是最容易叫人情感沸腾的。

可吴恭却将矛插在地上,推开众人,走到哪具头颅已缩入胸腔的尸体面前。

"他是我的同班同学,"他转回身向众人说道,"一个天分极高的未来学者,一个杰出的武术家。"

从声音上判断,面罩里他那双刚刚还充满血丝的眼睛,此刻很可能流出几滴热泪。

"他们的援兵来了!"一个站在救火车顶上瞭望的哨兵惊呼道。

我顺着他指的方向望去,只见一辆用巨型拖拉机改制成的装甲车,轰隆隆地开了过来,后面跟着四、五十个手执钢矛的"步兵"。

"准备战斗!"吴恭立刻摆脱了残存的悲哀,振奋起来。

我们几个赶紧退到科学馆对面教学楼高高的台阶上方。

这辆"准装甲车"的杀伤力量是很大的:它从敞开的前板内,不断地往出射着直径十五公分的螺丝母,而且是霰弹,一射就是十余颗。发射架是钢的,焊在底盘上。

这是一场力量悬殊的战斗。不一会儿,吴恭一方的人就全部倒下了,只剩下他一个还在奋力拼搏着。

"四·一四的战士们闪开。"准装甲车顶上的喇叭响了。

"四·一四"的战士们迅速退到车后,只剩下吴恭一个人,手执染血的钢矛站在当地。

一兜霰弹呼啸着从准装甲车内射出。

中了弹的吴恭单腿向前蹦了两蹦,就挂着短矛跪在地上。

"举起矛投降!"站在装甲车上的一个彪形大汉威严地命令道。

可不知吴恭是因为臂膀中了弹举不起矛,还是不屑举,反正他是毫无反应。

大汉用手中的矛挑开吴恭的面罩。"哈哈,吴恭!"他边喊边一矛戳了过去,"你伤了我们多少战友。如今也让你尝尝厉害。"他跟着又是一矛。

一马当先,势必引起万马奔腾。不过十余秒钟的功夫,吴恭已成蜂窝。

装甲车从容不迫地转了个圈,把吴恭的已毫无生气的躯体碾扁。

"战场"上静极了。远处山阙里,那轮摇摇欲坠的红日鸟瞰着大地。

一群肥硕的绿头苍蝇,趴在一摊又一摊鲜灵灵的血迹上,拼命地吸吮着。

"咱们干脆当逍遥派算了。"晚上我对他们三个说。"这场革命没人用咱们干,咱们也干不了!"

他们纷纷点着头。

远处传来一阵阵的枪声:急欲报复的"井冈山"派用火器取代了冷兵器。从此,血腥洗净书香。

五

一九六八年。

若想逍遥,必得有逍遥之道。我们的道,就是京戏。

说起京戏,几乎可以算作家传。无论我爹,还是冯、祝老伯,都特别喜欢这一传统艺术。"文革"前,每逢星期六,他们不是搭伴进城去看四大名旦,就是凑在一起"票两口"。耳濡目染,我们这些孩子也多少懂一点。

当然,在这年头是不可以唱《二进宫》《打渔杀家》之类的名戏。要唱就得唱"样板"。可也正因为凭借那八出戏的响亮名声,我们才得以名正言顺地占据学校的一间空教室,作为票房。

我扮老生,祝新花脸,冯哲操琴。独缺个旦角儿。只得拉常诚来顶缸。可这小子生是不开这门窍,练了两个多月,依旧高音时颤得让人难受,低音时,哑得叫人听不清。没办法,只得另物新人。

某日,我们正瞎唱得来劲,一位同学领进来位少女,说是中央戏曲学院预科班的,名叫吕纹,专工旦角。然后撇下她就走了。

在我的印象中,艺术界人士,尤其是女士,除去艳美,就是俗美,几乎无一例外。可吕纹不然:她的美有着一种罕见的典雅成分。在这典雅之中,又稍稍带些悲凉的意味。很有些琢磨头。

"你会唱什么戏?"她尚未坐定,就开口问我。

我马上用个夸张的手势,做了个将髯口的姿势。

吕纹笑了。她是京剧中人,显然知道这个动作的来由:民国初年,某县剧团来了个拎褡裢的须生演员,要求随班唱戏。老板问他会什么,他就来了个我刚做过的动作。意思是所有带胡子的老生戏、红生戏,您派什么就唱什么。后来一试,果非虚妄。

"那么你呢?"她问祝新。

"文武昆乱不挡。"祝新亦是出口不凡。他所谓的"文武昆乱不挡",意思是文戏、武戏、昆曲、乱弹都挡他不住。

"真想不到戏院之外,竟有这么许多能人。"吕纹啧舌赞道。

"京剧之所以繁荣,很大程度上靠票友。"我可找到一个卖弄戏剧知识的机会。"刘鸿声、言菊朋先生都是下海的票友。就是时至今日,你们老旦的唱法,也没能脱离龚云甫先生所创的流派。"

"那您派我唱什么戏呢?"她十分恭敬地问。刚才的一席谈,显然把她震得够呛。

"来阿庆嫂吧。"我硬是装出副老板的架势。

"行。"她满口应承。

可一开唱,就全露了馅。所有的票友与正宗演员的差别,最明显之处,就在做功上。因为唱腔尚可模仿——"文革"期间,有谁不会哼两口样板戏?可一旦演开,就顿时高下判然。

先是祝新的调门上不去,然后是我跟不上"阿庆嫂"的动作,紧接着冯哲的胡琴又乱了套。一场戏,唱得乱哄哄的,把个观众席上白听的常诚,笑得前仰后合。

"你小子怎么拉的琴?"我把军帽狠狠地摁到地上,怒冲冲地质问冯哲。

"你能耐不大,脾气倒不小。用你爹的话讲,我这叫 Staccato 奏法。"他笑了笑,转向吕纹解释道:"也就是断奏弓法。"

"什么叫断奏弓法?"吕纹显然从未听说过这词。

"从提琴演奏法中移植过去的一种。"我一本正经地为父亲遮羞。父亲除爱唱老生以外,还喜欢操琴。而一旦跟不上,就来这种跳跃式的"断奏",并借用提琴术语"斯泰康托"来打掩护。

"令尊大人是干什么的?"吕纹问。

"博士。"祝新随口应答。

"博士!?"吕纹睁大眼睛,"真的?"

"当然是真的。"祝新从我的外衣口袋里,摸出那把金钥匙。"而且是牛津大学的博士。"这把钥匙,因父亲深藏多年,已是污了。后来听祝老伯说,只要在定影液里泡上一百分钟,取出一擦,便可返老还童。我们一试,果然不假。

"能让我见见博士先生吗?"吕纹手捧金钥匙,无比恭敬地问。

我愕然了。在这座全国历史最久的学府里,所有被冠有博士头衔的人,此时都像是鼠疫患者、麻风病人,凡人避犹不及。连他们自己也羞于这个称号,从而要把作为表证的钥匙埋起来。哪里还会有人想见他们呢?

"想见博士还不容易。"祝新插进来说,"我家有麻省理工的祝博士,他家有哈佛医学院的冯博士。不知你光想见一个,还是一起叫来?"

"若能一一拜见,小女实是三生有幸。"吕纹边说边道了个"万福"。

"再也没有比这更简单的事了。"我说,"只要你能搞来个红袖章,戴上到劳改区喊一声,立刻就会有一大群博士、硕士规规矩矩地站在你面前,听你教训,让你驱使。"

吕纹将信将疑地看着我。

当天晚上,我就把她领到我家。

"你先在这坐会儿,我去看看父亲在干什么。"我让她在门口小木凳上坐定,就进了屋。这并非是故意怠慢她,而因为我家只有一间房,倘若父亲在这炎暑之际,正穿着短裤汗衫纳凉,我若领外人进去,他非急了不可。这位牛津绅士是最讲礼仪的。记得一九六五年,有位中央要人打来电话,询问一个典故的出处。不凑巧,刚打完网球的父亲正在洗澡,我赶快跑去隔门通知他。可他仍是将浴衣、浴袍穿戴齐整,才步出浴室。耗时共计五分。搞得电话那边那位一生绝少等人,只有人等他的主儿,很是不高兴,逢人便说父亲的架子实在是太大了。

我掀门帘一看,正好,三位一体,唐祝冯博士均在。

"今天上午,我正巧和艾书记分在一个劳改组。他小声问我'你一九六五年当副校长分管招生时,怎么把蒋介石的亲戚给招来了?'我说绝无此事。他说肯定有,专案组曾几次找他调查,说是姓孙,就在自控系。我这才想起来,的确是有的。"

"祝正呵,祝正呵,你的胆子也忒大了。"冯老伯套改《空城计》中司马懿说诸葛亮的道白,来了一句。

"冯代先呀,冯代先呀,你的胆子也忒小了。"祝老伯也回了他一句。"其实这个学生是中山先生的远亲。"

"可如何又变成蒋介石的亲戚了呢?"冯老伯仍是不解。

"老兄作为一个操刀多年的外科医生,实在是太机械、太唯物了。"父亲说,"中山先生的亲戚自是宋庆龄的亲戚,而宋先生的亲戚又是宋美龄的亲戚,也就是蒋总统的亲戚。"

"如此说来,六亿人不都成了亲戚?"冯老伯双手一摊,"这真是欲加之罪,何患无辞!"

"用英国谚语说,就叫:先给狗加个罪名,然后再把它勒死。"父亲插言道。

"这算是说到点子上了。任何革命,都要找准一个打击对象,从而使其余人团结起来。"祝老伯大发宏论:"咱们所属的知识阶层,正是个好目标:既软弱,又散漫;既小有特权,又无多大作用。而且人数又不多。就像二次大战前的犹太人一样。"

"你来干什么?"父亲一回头,见我站在门口,就挥手止住祝老伯的话。

"有个人,想拜见诸博士。"我多少带点不高兴地说。

"中国人?"父亲问。

"您这不是废话吗?"我很不以为然地回答。因为此时绝不会有哪个外国人来中国。除非他也发了疯。

"快请进来。"三位博士一副受宠若惊的模样。

吕纹的年龄,令他们失望。吕纹的态度,又使他们高兴。吕纹的职业,很招他们喜欢。

他们小谈了一阵京剧后,吕纹就很有礼貌地告退了。

"她干吗那么想见博士?"送吕纹回来后我问。

"我想是因为梅兰芳得过一个南加利福尼亚大学的博士学位的缘故。"父亲说。

"梅兰芳一共有两个学位。另一个是洛杉矶波摩拿学院的。"祝老伯补充说。

"我怎么不记得了?"父亲摸了一下头发。这是有教养的学者,表示根本就没这回事的一种委婉说法。

"是有的。"冯老伯也加入进来,"那会儿我正在哈佛读书。记得美国报界就此事,很渲染了一阵。因为梅先生急着去檀香山演出,该大学提前开特别大会,授予他学位。因此,引起美国学术界与报界的不满。"

"中国人的不满更厉害。"父亲转过弯来,"当时一些高级知识分子社团,纷纷发表文章,说美国的博士学位,就像清朝的红顶子(清朝官制,三品以上官员的顶戴是红色的)发得满世界都是,很不值钱。竟然白送给一个出身低微、胸无点墨的伶人。而其实,梅先生作为一个自学者,国学与英文的水平还是不错的。"

"这不过是出于知识阶层的自傲心理。"祝老伯做出了总结。

"而与自傲、自视清高相对的另一极,则是自卑、自暴自弃。"我也端出自己的看法。

三位博士,愣愣地看着我,好半天没能回过神来。

戏,愈排愈热闹。也愈排愈像戏。

于是我们几个都自吹自擂开了:

祝新说他那条嗓子可以称得上是"黄钟大吕,响遏行云"——其实这是前人形容名角金少山的话。

冯哲说他那一把琴拉得纯熟无比,配合默契,凡是我们唱的时候有偷巧换气处,都被他包得点水不漏。

而我则说我的唱腔,高处如九霄鹤鸣,宽处如汪洋万顷,低的地方似晚寺钟声,深得谭派神韵。

然而,我们自己私下里都承认唱得最好的还属吕纹。她是梅派正宗,唱起来是又厚又甜,音色、音质、音韵都美得无法形容,而且即令一个小小的动作,她都做得十分到家。比方说她要用右手做一个怒斥的动作,那必是先由左臂动起,然后传至右臂,再传到手指,给人一种整体雕塑美的感觉。

我们唱啊,唱。终于将几出样板戏唱了个够——换成现今时髦的美学用语来说:到了发生"审美疲劳"的程度。

"换出新鲜点的戏吧。"我边用京胡拉"小天鹅"边说。

"《霸王别姬》我看过。两块钱一张票,梅兰芳演的。"祝新说。

"光看过有什么用?"我没好气地说,"此刻就是给上你三百块钱,你照样唱不了'楚霸王'!"

"那我给你们来段《穆桂英挂帅》吧。"吕纹调解道:"这戏一个人也能唱。"说着,她就示意冯哲开拉。

实际上,没有任何一出戏,是一个人能够唱的。因为,最起码得有人伴奏。而冯哲连曲调都不太熟练。

吕纹反反复复向冯哲解释。冯哲反反复复地练。可冰冻三尺非一日之寒,一下午都快过去了,他却仍不是快,就是慢,把个"桂英"折腾得够呛。

"您怎么来啦?"正在乱得起劲儿时,父亲出现了。

"'猛听得金鼓声响,画角声震,唤起我,破天门壮志凌云。'"父亲边唱《挂帅》,边从冯哲手里接过琴。"来段《霸王别姬》吧。"他根本不问吕纹会不会,就定好调拉开了。

吕纹来不及回答,紧急中抄过两把鸡毛掸子充剑,就正式登场了。

平心说,父亲的琴拉得没有才气。但却很是正规,有板有眼的。而吕纹深厚的功底,却在这场剑舞中显露出来:她的剑法,不像武术那么硬梆,也不似舞蹈那么轻飘。而是将两者有机地掺和在一起,又融入自己大量的心得体会,把那种典雅、精致的美,从容不迫地表现出来,成功地塑造了一个既坚贞又悲凉的虞姬形象。

就在琴停舞罢的一瞬间,我突然觉得一阵战栗,从心头传遍全身。这是一种从未体验过的奇特感觉。千锤百炼的京剧艺术之美,头一次在我身上发挥出它的力量。

"这才是梅派艺术!"父亲也情不自禁地站起来。但马上又坐回去,用手抚弄着冯哲那把琴。"好手尚需配好琴。"他长叹一声,"要是我那把琴还在就好了。"他很有些清末翰苑遗风,平素最喜自拉自唱。有次偶识名琴手徐某,就执意拜其为师。徐某声称必须备把好琴,才能开教。父亲就买了把价值八十元的京胡。徐某拉了两下,就扔到一边,说:"此乃练习琴。父亲赶紧又去买了把乐器店拔尖的蟒皮京胡,破费了二百余元。徐某拉一小段后说:拉拉清唱还差不多。于是父亲又四处访琴。没多久,徐某病故。临终时,将自己几十把藏琴中属中品的一把遗赠父亲。所以他虽未得真传,好琴倒是有一把。可惜在前年,被一个小将,一脚给踏烂了。

"您再来一段。"我求父亲。

父亲没吱声,慢慢地把琴收入布套中。

"您怎么啦?"冯哲问。

"此曲只应天上有,人间哪得几回闻？"父亲把琴挂在墙上,就向门口走去。临出门前,他很严肃地对大伙说:"我刚才因听乐而技痒,才干出这种不太理智的事。这只可偶一为之,绝不能长此以往。"说罢,就关紧门走了。

在这之后,瘾没过够的我,几次求父亲再来一段,他都不干。

应该说他是明智的:一个月后,我们这个小小的"剧社"就被勒令解散了。罪名是"传播封建残余"。

"八国联军入侵北京后,梨园一片萧条。名丑肖长华上街卖白薯;名净李少山卖萝卜和鸡。如今,这情形又重演了。"祝新阴沉沉地说,"历史到底是螺旋,还是个封闭的圆？"

这问题没人会回答。

"不过咱们到底还红火了一阵,演出了几十场。"我把刚写好的一幅字,钉在墙上,请他们观赏。

"激众人,威镇京华。粉墨戎衣,并指天划地。笑过客来去无边。"冯哲很带些感情地念道。

"我的字比康南海的如何？"我拍拍常诚的肩膀问。前不久,我才搞清,一九六七年从家里弄出来的那幅字,乃康有为的墨宝。

"字写得要比他的好认,就是尾巴上的手戳,没有他的个大。"常诚硬装出副经纶满腹的样子,不住地说着"凉话"。

"那不叫戳子,叫长文别章。"祝新纠正道。"不过小唐也是该刻一个了。否则辜负了这卫东牌笔和大字报纸。"他转向我说,"等静下来,你好好花工夫撰个文,我给你刻在这块鸡血石上。"他真从口袋里掏出一块青中带红的石料来。

祝新刻章的手艺很是不错。但历史却极短:五个月前,他先花五毛钱买了把刻刀,然后从他爹冒极大风险藏下的一盒石料中,偷了几块出来,并相中其中一块直径约一寸,长约三寸的"软石",开了处女刀。这块石料名副其实,质地极软,握住一端,另一端则可摇动,就像是小孩玩的橡皮泥,好刻得很。他刻了磨,磨了刻。不过十来天的功夫,就把块"软石"弄得刀痕遍体,憔悴不堪,而且只剩一寸来长。老祝伯见了,急忙夺回去,说这石乃稀世之宝。早年他在麻省理工的导师,要用一个会奏贝多芬音乐的八音盒跟他换,他都不干。祝新当下反唇相讥:到您那儿,一块石头也成了国宝。八音盒总共才八个音,如何能奏老贝的玄奥乐曲?再说你儿子学会一门儿手艺,将来没准还能以此谋生呢!搞得老祝伯哭笑不得。

"不用静下来好好花工夫。"我把欲走的他,强按在小板凳上,"我六步成文,你倚墙可待。"

难得安静的他,这回却极规矩地坐好了。

"苦读八载,一朝灰飞。唱戏百日,又遭查禁。青天下,黄土上,何书能读?何戏可唱?又有何事能容我书香弟子做?"我迈着大步,倾泻着心中的愤怒,"安静日,已去远。血腥事,尚在前。路漫漫兮,何处是终极?访遍三代书中客,无人知。"念完这段后,又过了好一会儿,我才接着说,"你最后还要写上'唐津心闲气静时一挥'。"

"老兄这六百步长诗,刻章是不行的。"祝新回过味儿来,"刻块碑还差不多。"

"碑在哪?"常诚傻呵呵地问。

"口碑即是心碑。"难得说话的吕纹此时也参加进来。她不像我们,她是正经演员,一旦曲离口,极易前功尽弃。

人是离不开艺术的。

"你这阵子都干啥去了,每天连面也见不上。"在十二月底一个极寒冷的日子,祝新在路上拦住我盘问,"该不是谈恋爱去了吧?"

"上哪谈?跟谁谈?"我没好气地反问。

"那你从哪来?又往哪去?"

"从来处来,往去处去。"

"不说清楚就别走。"他拽住我的车座。

"快松手,我要去听音乐。"见甩他不脱,我只得如实招供。

"什么音乐？"他眼睛一亮。

"古典音乐。"

"在哪听？"

"我家。"

"你家不就是我家吗？"因为他家与我家只有一层抹上黄泥的苇墙相隔，息息相通，故他有此问。

"是我原来的家。"

"那不是让校革委会的汪副主任给占了？"

"除了他，还真没有人能搞来老贝、老海、老柴的片子。"我们习惯称贝多芬、海顿等为"老某"，以示亲近。

"那个老土也懂音乐？"他惊讶地问。

"他老婆是'样板团'的钢琴手，爱听得很。每天都要从他一上班，听到他下班。"

"带上我。"他一伸腿坐在我的后架上。

我没有马上回答。在"文革"前，我常请他去家里陪我听古典音乐。有时他想玩别的，我还非要强迫他听不可。可今非昔比，该不该带他去呢？

"自己动手，丰衣足食。"见我没有痛快地答应，他不高兴了，下了车自己往前走去。"你家不就是基因院二十一号吗？"

无奈何，我只得招呼他上车。

人总对自己的老宅怀有一种特殊的感情。如果这又是你度过美好童年的老宅，那份感情就越发不一样。

"别走正门。那家伙就在二楼客厅里听，会被她看见的。"我拉着他又转了个大圈，把自行车藏在一个隐蔽的地方，然后从松墙的缺口钻入，贴墙矮行片刻，来到我的"包厢"。

基因院是由美国人建造的教授住宅。设计思想就是给教授们提供最大限度的寂静。所以房与房之间的距离相当远。而且每幢房子外面都围着密实的松墙。

院里栽满了丁香花和常青的竹子。躲上个把人,根本就看不见。

"没想到你还是个家具设计大师。"祝新一屁股坐在我堆好的竹叶上,先试了试弹性,发现足够软,就侧身躺了下去。"好一张'希梦思'!"他惬意地转动着身体,寻找着最佳卧姿。

谁拿这小子也没办法。我只得重新营造我的座位。

巴哈庄重缓慢的乐曲,穿越严密的玻璃窗,向外面袭来。我俩先是对视着,慢慢地就闭上了眼睛。

一个用华美音符建成的宫殿,渐渐地出现在我的面前。它是那么辉煌,使你无论如何也想进去转一遭。

舒曼甜美的旋律中,我却总是听到一种落木萧萧的声音,掺和着一种隐痛。他创造的春天,是秋天中的春天。

莫扎特用他多情而温暖的手,抚摸着两颗年轻的心。

柴可夫斯基的曲子,充满潮湿、阴凉的美;叫人心碎的美。

……

"咱们都成了白雪王子了。"我站起身,拍打干净身上的新雪。"还不快起来。人家已经停止播音了。"

"最后这张片子是我家的。商标是只狗对着一个大喇叭。"借助干净洁白的雪之光辉,我清楚地看见祝新眼中的泪水。"爸爸最爱听这支曲子了。"

"你怎么知道那张片子是你家的?"出了原本属于我家的院子之后,我才敢大声说话。

"上初一时,我觉得这支曲子第一段与第二段的间隔有些长,显得空了,就用刮脸刀在上面刻了一道,为的是给老柴的曲子增添点新的内容。谁知挨了老爹的一屁板不说,次次到这,还得用手推一下,唱针才能滑过去。"他低着头边走边说,"你没看见刚才她推了一下?"

我摇摇头。

"终归有一天,老子得把片子从这王八蛋手中搞回来。"祝新站住脚,回过头凝望着那幢在雪光中显得极朦胧、极庞大的住宅。

祝新没有食言。在我们临去插队的前一天晚上,他带了个手电筒,沿着常春藤爬上二楼阳台,用小刀撬开门,把那一大摞唱片全都抱了出来。

我们把这些唱片带回村里,生将它们一张张的密纹听平。

六

一九六八年十二月十七日。

一节不十分干净的暗绿色火车,蜷伏在北京站长长的站台上。两侧的车窗口趴满了送别的人群。这人群的表层是平静的,可深处却埋着悲哀、潜伏着躁动。

"就咱们哥儿四个没人送。"我若有所思地望着那高高在上的红幅金色大标语和满头大汗奏着"语录歌"的军乐队。这一切好像都是临时拼凑起来的,如同舞台上的布景。说实在的,我根本就不愿意去插队。可是没办法:那些重权在握的工宣队、军宣队,外加不知革命为何物,但热情空前高涨的居委会的小脚大娘们,一天到晚地聚在你家门口,敲锣打鼓地向你报喜,好像你是新科进士一般。我倒不在乎这个,咱们是无产者,根本没什么可损失的。但老头子却顶不住了,"你先去吧。不行的话,咱们另想办法。"他好像很有点不好意思地对我说。我虽然明知他不可能为我想出什么办法来,但养儿千日,用在一朝,也只好去销了户口,来到这列车上。

"没人送就没人送呗!"祝新掏出副扑克,"'桥'上一把。"

我摇摇头。"如果用把城里人往乡下赶的方法,来消灭三大差别,那么,不消两个月,最多半年,就大功告成了。"

"不打桥牌就下棋。"祝新又从提包内摸出一副塑料围棋。他显然不愿意参加这种"哲学讨论"。

"还是来支歌吧。"我替他从行李架上取下吉他。这把配有牛皮套、银滑棒、象牙指套的"夏威夷"式吉他,是一个等钱置办下乡行装的反动音乐权威的儿子,硬求我们买下的。因为在大能人手里调理过,所以音质绝佳。

"流浪,到处流浪。命运使我奔向远方,奔向远方……"祝新不假思索地弹起这支从《外国民歌二百首》里学来的歌。

先是四重唱,不一会儿就变成了大合唱。

"你们在干什么!"一声怒吼,从车窗外飞进来。

"是您呵。"我用嘲讽的口气说,"怎么,不好听吗?列宁很喜欢这支歌哩!"我故意搬出块大牌子吓唬他。这位自以为能够永远领导一切的家伙姓尹,是我们学校工宣队的副队长。别看他眼大无神,耳大有轮,前额扁平,活脱一副北京猿人像,可两月前,硬将我们的英语老师——一位受到全班男生崇拜,一脸南洋妩媚气的印尼华侨——给娶走了。记得上个月,有一次夜里广播"最新最高指示",我们四个偷懒没去游行。第二天,被这小子勒令举着面积为一平方米的语录牌,顶风绕四百米跑道转了十圈。

"你少来这套!《流浪者》我连看过三遍。"他短粗的手指,直捣我的鼻尖。"在满载红卫兵的列车上,你们唱着印度反动派的《拉兹之歌》,到处流浪,到底要流浪到哪里去?"他伸起的手,像尊高炮般逆时针转动着,依次点着我们几个人的鼻尖。

啪的一声,祝新将这"高炮筒"狠狠地打折。"老子从昨天注销户口那一刻开始,就成了货真价实的贫下中农。严格地说,你这个工人,还是从农民的母体上分出去的。也就是说:我是你的长辈。而对长辈,最好放尊重些。"他伸出手,摸着"尹师傅"的头。

"好！""痛快！"无数声音夺窗而出,向他砸去。我们大家直到这会儿,才真正意识到自己身份上的变化。

"上来和我们谈谈心。或者给大家办上个学习班。"我很客气地提出邀请后,马上转用恶狠狠的语气说,"一年多来,您给我们的帮助真是无微不至,起码我个人是难忘的。"

"你小子上来。"

"给这小子放放血！"

……

一团团咒骂,活活将他埋起来。

他走了。背着手,迈着不长的腿,挺起平平的胸脯,装出副极有派头的样子。他的走,标志着一个时期的终结。

七

一九六九年。

我们的村子很穷也很偏僻,仅有一条线一般的小道通往外面的世界。几百年来,村里人相互通婚。有财力的,也不过娶回"山那边"的媳妇。而"山那边"的前几辈,也是从"山这边"嫁过去的。用白居易的诗形容,可称"一村为两姓,世世为婚姻……生者不远别,嫁娶再近邻。死者不远葬,坟墓多绕村。"而这种有着普那路亚遗风的通婚制,后果就是四五百人的村里,有着七八个痴呆儿,六七个成年傻瓜,几十双转动不很灵活的眼睛。

但他们欢迎我们来。用支书的话讲:若不是金銮殿中传出了最高旨意,有谁会来俺村?

我们住下了,吃着全村最高的口粮:每年三百六十斤玉米,并配有一个专职厨师。

"我又饿了。"晚上八点钟,冯哲就有气无力地说。

"我从来没饱过。"常诚附和道。

"我放下碗和端起碗时一样饿。"我拼命在大脑中搜寻那碗清白的粥。可想起的只是一些有两个多月没见过的好东西。

"我想自己去厨房做点吃的。"祝新站起身。

我们前呼后拥地冲入厨房。

"可谁会做呵?"冯哲望着玉米面缸发愣。

"我会。"祝新往奄奄一息的炉灶中加了几块柴,就把大铁锅放了上去,然后注入冷水。稍过片刻,就开始往里面倒棒子面,边倒边搅拌。

难捱的半小时。

"大家趁热吃。"在粥将翻泡时,冯哲就抢先盛出一碗来。

于是我们一人一大碗,把个锅底刮得锃亮。

"好像有点淡。"等吃了一小半,将熊熊饥火压下去点时,我才腾出嘴说话。

"就是。"冯哲也放下碗。

"什么叫淡?"祝新见有人竟胆敢对他的手艺表示不满,就很不高兴地说,"你们谁能给它下个精确的定义?"

给感觉下定义是很难的。大家只好重新吃起来。

"给你们来个回锅粥吧。"祝新又吃了两口后,自己也觉得不是味,就将剩粥倒回锅里。

我们也赶紧倒了回去。

他一本正经地拿起油壶,狠淋了几圈,起码倒进了一个月的定量,然后又加了满满两调羹盐。"做好饭好菜的关键,就是油足火大。"他蹲下身拼命地拉开风箱,活像个铁匠的小徒弟。

没过多久,一股"异"香,冲出了锅盖,再度催动腹中饥火、胃内馋虫。可祝新偏偏不让吃,说要让我们多享受一会儿"等待的幸福"。

五分钟后,我们开始大吃大嚼,并发出以前在家里餐桌上绝对不许的喷喷声。

"太咸了。"冯哲这回学乖了,全部吃光后才说。

"什么叫咸?"祝新又不高兴了。

"我知道。"看着埋头大瓢中作驴饮的冯哲,我的灵感猛地上来了,"咸要喝水。"

"那么淡呢?"

"淡而无味。"我又说。

"很准确,很形象。"祝新刮起一勺盐粥,"为了以示表彰,本人将全部战后剩余物资奖给你。"他尽数倒入我碗中。

我看都不敢看这碗粥,挤到缸边去喝水。

可谁知今天不能吃的东西,第二天就成了宝贝——当我午睡起来,准备去消受那五分之二碗粥时,早不知进了谁的肚子。

十七岁,正是吃什么也吃不够的年龄。

还有另外一种饿,更猛烈,也更绵长。

"我说英文课代表,"冯哲翻腻了他劫余仅存的几十套邮票后,举着夹邮票的那本书问我,"这书上写得都是些什么呢?"

"这词,"我横竖猛看一阵后,对六只竖起老高的耳朵说,"好像是男人。"

"往下呢?"三人异口同声地问。

我摇摇头。这本大小如砖头,捧在手里直压腕子的书,是我从父亲的"拍卖品"中贪污下的。本不为看,只图它是牛皮面,而且挺新,可用来夹东西。

"你不是常常自我吹嘘,说是在英文说得最地道的牛津城里出生的吗?"祝新也挤进来凑热闹,"怎么连个书名也念不出?"

"可我一岁就跟着老爹老娘回来了。除了几件玩具和几沓用一次就扔的纸尿布外,什么也没带回来。"我问心无愧地翻动着道林纸书页。

"男人?讲男人事的书,大都是很有意思的。"祝新从我手里取过书,平摊在小炕桌上,"咱们来研究一下。"

我们四人认真研究所得出的结论是:四个不会的加在一起,仍然等于不会。

"想找个人问问,都没地方问去。"我喃喃自语道,"咱们这真是'谈笑无鸿儒,往来皆白丁'啊!"

"高静那儿有一本《英汉大词典》,明天我去借来。"熄灯很久后,祝新才说。他讲的这个高静,是北京大学一位英文教授的女儿。她爹翻译过不少巴尔扎克的书。不过用的是"硬译",加上又是从英译本转译过来的,不如傅雷老先生译文来得优美流畅。

第二天一大早,祝新喝了几口凉水就开了路。中午时分,抱着本字典回来了。虽说走了四十里山路,脸上竟无半点倦容。

"男子的——性行为。"我好不容易才查出,"印第安纳大学艾尔弗雷德·金西博士著。"

"性行为?!"三个年近二十岁,看书专挑爱情段落——或许是色情?——的小伙子,张大了嘴,傻呵呵地问,"都讲了些啥呵?"

我开始往后翻。可除了 The、Of、On 之类的冠词、介词外,一个认识的单字也没找到。

"亏你还是在英国牛津城生的。"冯哲第一个埋怨道。

"亏你还有脸叫唐津。"常诚把批判的调门升起一格。

"亏你爸爸还是个精通英文的教授!"祝新摆出副恶狠狠的架势,似乎想揍我一顿。

"那么请问:"我后退一步,"你爹是从哪留学回来的?"

"美国。"

"美国人讲什么语?"

"自然是英语。"

"这书是个美国人用英文写的,你凭什么就有权利看不懂?"我厉声反问。

祝新没词了。只是虎视眈眈地看着我。

"再说你们几个,有谁没有上过英文课?不也全让海淀镇老李的几个英文字母给唬住了吗?可偏要让我去读如此艰深的大书。"我愤愤不平地在书上加了一掌。单薄的炕桌颇有些不堪重负的样子。

人只要一被揭了短,就哑了——前年六月,我们集资二十元,从海淀镇一个李姓钳工处,买回两只羽毛未丰的雏鸽。这两个小家伙通体雪白,没有半根杂毛,一看就是洋种。四条血红的爪子上,都套有铝制脚环,上面镌刻着LPCDX的字样。老李很权威地告诉我们:这是英国信鸽协会的全称,并说是他一个在轮船上工作的朋友,刚从英国带回来的。名门名种的信鸽卖二十元,的确是太值了。我们每天待其为上宾,专饲精料。有一天,父亲问我为何不一视同仁。我就做出一副很内行的样子,把老李的话转述给他听。他抓住鸽子看了一下后说:"鸽子我不懂,但我敢肯定这绝不是英国信鸽协会的。"他把鸽子扔回鸽笼,"因为没有任何一个英文单词,是五个辅音连在一起的。三个辅音已经无法拼读了。"他的话我当然不信。可没过多久,我们就发现有大批套此脚环的鸽子上市——原来老李是五级钳工,手艺挺不错,自己找几个英文字头,随便一敲,往上一套,就凭空变出个"英国信鸽协会"来。为此,我们很生了一阵气,几位家长也火上加油,戏称我们为"英国信鸽协会中国分会"。

可这回并不是有人想骗我们——这本全部用过得硬的英文写就的大书,高踞炕桌之上,散发着诱人的香气,去等我们读。可我们却只能围着它"转磨",硬是找不到下口处。就和到手一只塞满奇珍异宝的保险柜,却怎么也打不开的土老财一个样。

永恒的性,神秘的性,你使人激动,也使人沮丧。

"可惜呀,可惜。"祝新带着无限深情,抚弄着这本厚达八百页,售价六元五角美元的"天书"。

"要是本正经书,还可以带回让老头翻译个大概出来。可这……"我打开书的护封,然后又合上。"不过,我想……"我欲言又止。

"你想什么?"

"我想:如果认真学的话,没准也能学它个差不多。"

"热烈拥护!"冯哲头一个蹦了起来。"唐津万岁!"祝新喊出最高颂词。然后他们三个把我围在中心,手拉手跳起来,动作全是制式的,颇有些"忠字舞"的功底。

"不过最起码也得要一套语法书。"我说。

"昨天我在高静那儿看见一套大学英文课本,是她老头主编的,不知能不能用?"祝新问。

"我想能用。"

"我给你取去。"祝新翻身下炕,披上冯哲的外衣,戴上常诚的帽子,穿上我的鞋,一溜烟地跑了。

夜已经很深了,他才吹着口哨回来了。哨声直颤,看样子是冻得够呛。

于是,出自弗洛依德所谓"本我"的驱使,我开始了英文的学习。

我边学边翻译,边翻译边学。今天更正昨天的,明天又改今天的。性欲与知识欲激励着我,使我沿着"否定之否定"的阶梯,不辞辛劳地一步步登攀着。

每到晚上,我们就早早把窑洞门插好,然后我就坐上由四床棉被垛成的宝座,点亮特意备下的蜡烛,向他们讲白天译出的章节。他们听得很认真。整座洞府内,除了我抑扬顿挫的演讲声,只能偶尔听到窗外传来的雪断枯枝声。其情其景,很像一位由天竺来的高僧,在向佛门弟子释法诵经。

起初是译上一整天,只够听二十分钟。四个月后,就达到了一个小时。

"我们三个一致希望你延长播放时间,并且加快播放速率。"祝新一本正经地对我说。

"这恐怕已经是极限了。"我无可奈何地耸耸肩。

"你是这间屋子里唯一享有'杂活豁免权'的人。"冯哲对我的说话极为不满,"请不要忘记我们付出的代价!"

是的,他们的确付出了代价,没有袖手白听:为了能让我专心致学,他们把挑水、做饭之类的杂活全包揽过去。虽然经常是水缸比粮缸干、灶火比冰箱凉,但心意我得领。

"你别辜负我们的希望。"岁数最小的常诚,也首长式地拍拍我的肩膀。

"尽力而为吧!"我望望三个求知欲甚强的伙伴,狠狠心说。

前人说,语言不过是某种符号构成后的系统而已。这话并不错。可要从一个符号系统进入另一个符号系统,却绝非易事,得留下相当数量的"买路钱"。甭说外文,你就是把中文沿坐标横轴移一下位,也就是把桌子叫成椅子,把椅子改成钢笔,我敢保证,没半年你习惯不了。

可他们要听的是书,没人听解释。内中的甘苦我自知。为了加快节奏,我只得放弃多年培养出来的懒觉习惯,从温暖的炕上硬爬起来,站到村口冰凉的大青石上去背单词。

按说农民是全中国起得最早的人,可我却比他们还早。早到只有几个到了"睡不着"年龄的拾粪老头,能和我比的程度。

我沐浴着朝阳,迎着晨风,大声地念着。信号从单词本上进入眼帘,经过大脑,涌出舌尖。然后声浪再度鼓动耳膜,震撼大脑……并且永远在那里固定下来。

我根本不管念得对不对,反正在这片穷乡僻壤之中,没有一个能听懂的。

"发音这么糟糕的英文,我有生以来,还是头一次听到。"当我起劲地读完一段后,有人打断了我。

我用充满不信任和看不起的目光上下打量着这位不速之客:只见他头系一条洁白的羊肚手巾,身着半新的粗布夹裤褂,足踏一双面挺黑,底挺白的家做布鞋,五十开外,头顶少发,脸上无肉。

"应该这么念。"他径自从我手中取过单词本,朗声念了起来。

他念得挺标准——我之所以得出如上判断,是因为以前老爹老妈一谈及不想让我听的事情时,就改说英文。用的就是此等腔调。

"只有发音标准,才能帮助记忆。"他把单词本又交还给我。

"你是哪的?"我不太礼貌地问。

"西沟大队的。"他指指远处山脚下的一个肉眼几乎看不到的村落,"散步路过这。"说着就倒剪双手,意欲下山。

"您慢点走。"我客气起来。他知道有散步一说,又会念英文,必是文化人无疑。

"有事吗?"他停住问。

"您贵姓?"

"免贵姓赵。赵春小。"

赵春小——这是一个要多俗气有多俗气的名字。

他看我不再说话,就迈着斯文的方步,走下青石板。

"您在西沟干什么?"好不容易碰上个会英文的,绝不能让他白溜了。我紧追两步问。

"会计。"

"以后我要是遇上疑难问题,去向您请教,行不?"

"我家成分不好,还是不要去吧。"他一口回绝。

而后几天,我总是朝着西沟方向,大声朗诵,试图把他再度引来。可答复我的,只是这条开放型山谷的隐约回声。

"不就是西沟村的赵春小吗?"祝新听完我述说之后把手一挥,"有名有姓有地址,咱们杀上门去不就得了。"

"他家成分不好。"我多少有点担心。

"你我的成分就好?"他反问。

"说也是。"我从箱底翻出一盒"战备"的香烟,揣上跟他走了。

西沟村共计二十四户人家,一下子就打听到了。

"有贵客临门,不亦乐乎。"赵春小开门见是我俩,并无半点惊讶之色,"快泡壶茶来。"他招呼一个显然是他老婆的女人。

一把积满茶垢、既无盖也无把的茶壶很快地摆到炕桌中央。

"你们两个用一只碗,"他递过一只很干净但很破的碗。"我们两个用一只。"他朝老伴笑笑。

从这间除了顶棚上糊着的报纸外,再无半点文化气息的窑洞看,神仙也得不出赵氏春小会英文的结论。

"抽烟吗?"他拾起毛巾,擦了擦烟嘴,递了过来。

这是一根罕见的烟袋:烟锅又大又亮,猛看很像是金的;烟杆是一段布满千滴泪的斑竹,由于从里往外攻的烟油和从外往里攻的手油的作用,呈现出上等漆器特有的光泽;烟嘴是老长的一块玉,名称我叫不上来,是青色的,间有点点的暗红色。

"这有香烟。"我赶快掏出那盒特意带来的"牡丹"烟。

"我们穷,没有香烟。"盘腿坐在他身边的老伴,很带点歉意地说。她操的是一口地道的本地方言,与赵春小的"官话"形成极鲜明的对照。

"你们抽香烟,我来这个。"他把烟袋收回的同时,眼皮也像门帘一样"吧嗒"一声放了下来。他用很急促的动作装满烟锅,就着小油灯一吸,差点把灯给吸灭了。

他的烟锅是纪晓岚式的,吸一锅就得半小时。

半小时中,没人说话。

"我来一袋。"见他把烟灰从鞋帮子上磕出,我赶忙说。

他微抬眼皮,把烟具递了过来。

他的烟很呛,说句夸张的话:此刻我靠着墙,要不非噎一个跟头儿不行。

"才烤的烟,劲大。"他给我俩斟上茶。我赶紧喝了一口,发现是砖茶,又苦又涩。

"您在哪学的英文?"我问。

"英文吗,自然是在英国。"

"您怎么去的英国?"祝新问。

"门帘儿"又放了下来。

看来初次见面,不宜多问。而且真心话大都是主动讲出来的。如果他不想说,你偏偏要问,那只有听谎话的份儿。所以闲扯了几句之后,我俩就告辞出来。

头一次谈话,算是找到了交叉点。而后一来二往,也就慢慢地熟起来。可他只谈英文,从不言及身世经历。不过我已从别人嘴里打听到,他是地主出身,在英国待过四年。

"噢,金西博士写的书。"有一次,我把那本《男人的性行为》背去给他看。"在国内,我还是头一次见到它。"他用手抚摸着书脊和书面。

"您在国外见过它?"我不失时机地问。

"岂止是见过!我还很认真地研究过呢!"他不无自豪地说,"不过在那阵的英国,它可是禁书。你从哪里搞来的?"

"我爹带回来的。"父亲的书,每一本上都有印章,有的还有好几个。而且购书日期、地点,都标得清清楚楚。唯独这本书的封面上是一片空白。

"他也去过英国?"赵春小眉毛一动,显然来了兴趣。

"去过。"我淡淡地说。

"眼下他做啥?"

"在大学里当教授。"当教授,在其时并不是一件光彩事。可我觉得在他面前有必要提一下。

"他一个月能挣多少钱?"他眼睛盯着书页。

"三百多块。"

翻书的手停了下来。

"有著作吗?"他问。

"有。大约一百万字。"

"他怎么去的英国?"停顿了好一会儿后,他才问。

"英庚款考去的。"我说。所谓的"英庚款"是英国从"庚子赔款"中,拨出一部分,作为中国向英国派遣留学生的基金。据说每年都有十个名额。

"英庚款?!"他提高了声调,把个纳鞋的老伴吓了一跳。"了不起!了不起!"他连声赞道,"那么老先生想必是在牛津或者剑桥读的书吧?"

"牛津大学的三一学院。"

"牛津城的三一学院。"他一字一板地说,"那可是好地方。风景简直是美极了。"他斜靠在土墙上,"那发自教堂顶的悠长、浑重的钟声,到了现在,我仍能听到。"他竖起耳朵。"在河畔上散牧着的悠闲的羊群,至今也历历在目。"他又瞪圆眼睛。

"您喝酒吗?"今天除了把"金西"背来外,我还带了瓶酒来。准备双管齐下,撬开他的心扉。

"当然喝,不过要有钱才行。"赵春小已不再掩饰他的窘困。"炒几个鸡蛋来。"他蹲在炕上发布命令。

他的老伴,踮起小脚很快地奔了出去。在这间窑洞里,他有着总统般的权威。

酒的威力是估不透的。三巡才过,他的话就滔滔而来。"别看梧桐、西沟一带,尽是些黄土青石,山水丑陋,可也出过一位饱学宿儒哩!"

"谁?"

"赵元任公。"他极恭敬地说。"老先生科场失意后,立志振兴乡学。办了两个学校,广招学童。束脩上也不讲究。三五升米,一二斗糠都行。他不光学问好,人品也端正。弟子中,光县官就出过好几位。我是他最后的学生。没等我读完,老先生就故去了。门生们为了表示心意,就捐钱准备为他立一块'教泽碑',也就是你常在上面念英文的那块。可谁知石料刚运来,日本人就入侵了。于是放在那里,成了块倒卧的无字碑。"

"可人们还记着他,这就是最好的碑了。"我说。

他点点头。"老先生功不可没,过亦不可抹。"

"他过从何来?"我很惊讶地问。

"人这东西,只要念过几天书,就知道天外有天,也因此而不再安分。"他点起烟袋,狠吸了几口后说,"先生去后,我死缠着老父亲,要出去读书。他拗不过我这个独子,就送我进了县城一座英国传教士办的中学。我就是在那读的英文。"

"那后来呢?"我问。

"在塞外的县城中学,我是头名学生,所以顺理成章地在中学毕业时,动了考公费出洋留学的念头。可谁知连考三年,边也没沾上。小地方的第一名,与大地方来的人一比,就不行了。可我看着那些出洋留学的人,心里就别提有多羡慕了。就再次返乡磨老头儿,让他出钱自费去。

这次他土老财的牛劲上来了。说什么也不肯出血。最后我以死相胁,才迫使他卖了这么大三块鸦片膏,供我留学用。"他伸手划出一尺见方的一块空间。

"你爹很有钱吗?"

"我爷爷贩马又贩鸦片,据说很有几文。到我爹手里就不太行了。可瘦死的厨子也有一百斤。三五千光洋还伤不着他的筋骨。"

"您到英国念得是什么专业?"

"跟令尊大人不一样,我是游学。"

"何谓游学?"

"就是没在任何一所学校里正式注册,东念两天,西念两天。念上一学期生物,然后念一学期农业。不过短短的两年功夫,把个英伦三岛转了个遍。英国的风光,英国的威士忌,还有英国的,"他略微迟疑了一下,又接着说,"英国所有的一切,都深深地吸引住我。我不断地向家里要钱,家里也不断地寄来。附加条件只有一个:三年学成后,必须回国。可有一天,我在曼彻斯特城,遇见了一位姑娘,一下子就把我迷住了。"他半张半闭着眼睛,"曼莎的眼神、身段、嗓音,我至死也不会忘记!"

不难看出,他对这位曼莎的钟情程度,显然要比对大学、钟声、羊群要深得多。

"那你为什么没有娶上她?"我看了一眼他的老伴。

"我写了封航空快信,把这事告诉了老爷子,让他寄些钱来,好操办婚事。"

"结果他表示反对?"我说。

"他什么表示也没有,只是从此断绝了我的后援。"

"可你为什么不自己谋生呢?"我问。

"我囊中空空,脑中空空,双手空空,腹中空空,四大皆空。谋生乏术呵!"他闭上了眼睛,显出一副精神不济的样子。"四个月后,已经怀了孕的曼莎,一声不吭地走了。万念俱灰的我,只好孤零零地回了国。"

"你父亲干吗非叫你回来呢?"

"守住祖先留下来的基业,延续赵门香火。但我身在西沟,心在英伦。整整三年也没收回来。而就在这三年之中,认为'肥水不流外人田'的父亲,硬是强迫我将亲堂姐娶过来。喜事一过,他也就伸腿下世了,家业也就传至我的手里。"

"您按说该很会经营的吧?"要知道,在旧中国,专攻农学的人没几个。

"经营与其说靠学问,不如说靠极度渴望发财的心理,可我只要看一眼这片穷山恶水,心里就堵得慌,更甭提管理它们了。等得老妈一过世,我就决心将所有的田产,分期分批地吃光,花光,然后一死了之。可谁料想,竟而因祸得福,土改时,只落得个中农成分。"他凄惨地一笑,从腰间拔出大烟袋。

他老伴一看这个信号,就知道当家人已经吃饱,赶忙放下手中的活计,上来收拾。

"您的孩子都在外面工作?"我问。

"我没有孩子。"

"为什么?"我惊讶了。

"出去聊吧。"他端起烟簸箕下了炕。

山村的夜,很静、很静。他坐在枣树下的磨盘上,把个烟锅抽得遍体通红。

"我不想要孩子。"他狠狠地磕出烟灰,"第一:这么近的血缘,绝不会生出像样的孩子来。第二:与其让子子孙孙守着这片不养人的黄土受罪,不如让他们永远在冥冥之中尽享欢乐。"

"您采取什么方法不要孩子的？"

"一九五〇年,我就作了绝育手术,堪称本县第一人。我先到县城医院,那的医生不光不会做,连听也没听说过天下竟有这么缺德的手术。我跟他们说:就和阉猪、骟马一个样。可他们仍不肯下手。最后,只好去了省城了结了这桩心愿。"

月光从枣树密实的枝叶中,硬挤过来,浇在他身上,给人一种冷冰冰的感觉。

他可真够狠的。

久久冷场,我表示要回去。

"多少年来,你是第一个能听懂我的话的人。所以,有点东西要送给你。"他艰难地站起身,回屋取出一本书来。"我没有后人。这书,就送给你了。"

"《圣经》。"我拼出封面上的字,"剑桥出版社,一九四七年版。"

"这书我读了二十多年。它是好书。无论人生、政治、法律,都可以用福音来探讨。它是不朽的。"他把喷着浓重酒气的嘴,凑到《圣经》柔软、黑亮的封面上,轻轻地吻了一下,又在空中划了个很规范的"十"字,就返回屋了。

由于赵春小的指导,由于我的努力,由于众哥儿们的无私帮助,那本在人类性行为研究史上划时代的大书,被逐页攻克了。平心说,这是本好书。它帮助我们这些"老插"解除了性蒙昧,破除了性神秘。对于一种实际上存在的东西,蒙昧是最可怕的。无论是治水,还是治人,堵塞都不是高招。许多变态,许多不可言之事,都是因为"不懂"才产生的。

可我们却彻底地搞懂了它。

诚然,就是时至今日,我也不敢自称为"性专家"。因为在许多场合,性仍是犯忌的。就是在以开化、自由闻名的欧洲也是如此——伏特发明了电压表,安培发明了电流表。于是,两种表,分别称为"伏特计"与"安培计"。对于这种流芳百世的事,他们是很在乎的。许多发明权都成了著名的公案,使不少颇具才华的科学史专家们聚讼多年。可他们在与性有关的发明上。却表现出罕见的礼让精神:区区一个避孕套,英国人称之为"法国帽子",而法国人则叫它"一种英国东西"

——谁也怕自己的名字跟它沾上边。

当然,我也未能免俗。"你在生物与人体方面的词汇量极大,而在其他方面就差多了。这是为什么?"父亲问过我好几次,我都没吐露半个字——跟自己的亲生父母,又怎么能敞开讨论性呢?

八

一九七〇年。

"如果你闲得发慌,就写上几篇学'毛选'的体会,弄他个地市级的'毛先'当当。"祝新对百无聊赖的我说。

"我记得在上小学时,老师常爱说,'谁要是坐得直,就用红粉笔在黑板的左侧写个名;谁要是捣乱,就用白粉笔在黑板的右侧写个名。'为了弄那个红名字,我每天都坐得像根电线杆子似地。"我刚说到这儿,话就被祝新腰斩了——"你可不止坐来几个红彤彤的名字,还坐来了中队长、大队委。"

我点头默认上述铁一般的事实。因为当时我的确是父母的乖孩子,老师的好学生。"可如今我开始用自己的眼光来看这个世界了,而且开始意识到:本人作为一个有思想的个体,是存在的。也就是说:不再是个别人叫干啥就干啥的机械零件了。"我边说边把枕在脑后的《性行为》取出来,准备"温故而知新"。

"还是来上一段《圣经》吧。"冯哲把书平摊在我面前,"《性行为》都快变成'天天读'了。"

"可福音书,也都听酸了。"常诚又把《圣经》给抢走——插队的集体户,不是君权至上的帝国,而是吵吵嚷嚷的共和国。在这里,任何意见都可能遭到反对与怀疑。

"你就是听上十遍,也找不出究竟是何方神祇,把这么多苦难结结实实地塞给了我们。"祝新说。

"我觉得我就是耶稣,而且天天都被重新往十字架上钉一次。"我说。

"那我就给唐耶稣来上段'安魂曲'吧!"祝新说着就抄起那架有五个变音器,一百二十贝斯的手风琴。

他已经越过了拉《党叫干啥就干啥》和《牧民歌唱毛主席》的阶段,而开始拉《啤酒桶》《野蜂飞舞》之类难度较高的曲子了。

今天他拉的是《马刀》。这是一支很能振奋人的曲子。可听完之后,我觉得心里还是有点啥没能泻出来。"我来唱支《金色的希望》。你来伴奏。"我站起身,理顺中气。祝新用熟练的指法,极富感情地拉起前奏曲。

黑浪连着黑浪,

黑浪中滚动着一轮阴红色的太阳。

千万个村庄织成了网,

在捕捞着金色的希望。

——先是我独唱,然后是一片合声。

可这"金色的希望"该用什么捞?能捞得着吗?

"谁要是能找本小说来,全部家当让他挑。"祝新打开存货已少得可怜的帆布箱。

"我愿意用身上这张穿了二十年的皮作交换。"我用手拽了拽很粗糙也很薄的皮肤。

"公社中学的沈老师那儿,有不少书。"平素只顾摆弄黑白子的常诚,今天也参加到"买卖"中来。

"北京图书馆的书更多!"祝新瞟了他一眼,"关键看能不能搞来。"

"他是我的棋友。"常诚一本正经地说。在他的心目中,棋友要比什么"哥们儿"呵,"同志"呵的可信任程度高得多。

"是棋友就一定肯把书借给你？"如果有面镜子对着我,那么里面一定会有一张无比贪婪的脸,和一对闪着绿光的眼睛。

"不敢说一定能借来。不过可以去试试。"常诚说完就从箱中取过那副他视为"第二生命"的"云子"。看来他今天也豁出去了,动开了血本。

"常诚万岁!"这线朦胧的生机,引起山呼海啸。

"我晚上才能回来。今天摊到我名下的水——"他意味深长地看着我们。看来这小子并没有被不值钱的口号所陶醉。

"我担。"祝新反应最快。

"我攒下的脏衣服——"他得陇望蜀,又提出了很现实的问题。

"我洗。"冯哲双手空搓着。

"那么我回来之后——"

"一顿色香味美、营养丰富的晚餐在恭候大驾。"这回轮到我来抢这桩"苦役"了。

"在用着我的时候,你们个个都说得比梅兰芳唱得还好听。"他跨在门槛上点划着,"我回来的时候,肯定会看到一个满是泥沙的缸底、一堆比没洗还脏的衣服,和一顿无论如何也吃不下去的饭。"

没人敢吭气,生怕他把迈出去的那条腿收回来。

到了深夜,他像匹骆驼似地,驮着一网袋书回来了。一摘羊剪绒帽,头上就升起一团团的蒸汽,就像辆等加水的机车。

可没人顾得上去关心他。

"鲁迅,姚文元。"祝新第一个冲上去翻书,"没啥新鲜玩意儿。"

"你睁开狗眼好好看看!"常诚把嘴里的干窝头吐到地上,无比愤怒地说,"这不是你从辩论里学来的鲁迅语录,而是一九六三年版的《鲁迅全集》,一套!这也不是姚文元的批判稿,而是以前的他写下的。"他把沾满雪泥的沉重皮靴甩出老远。"是我用十招手筋换来的。"他接着又把另一只靴子踢到我面前,"我警告你:这其中的任何一本书,都不许使用分割法来读。"

"小的不敢。"我左手捧着一大摞书,所以只好用右手给人请了个"安"。所谓的"分割读书法"的发明权,的确属于我。三个月前,常诚不知从哪借回来一本精装的《神秘岛》。我们四个为争优先权,闹了个不亦乐乎。我灵机一动,就提出把书撕成六十页一分册,由阅读速度最快的我先读,然后像接力赛似地往下传。这样就可以变一本书为四本,化一小时为四小时。常诚刚想反对,可祝新已经下了手。

"鲁迅先生的确不是现在的鲁迅。"两个月后,祝新把书收拢到一起,"可姚文元依旧是现在的姚文元。"

"真可谓'愚者千虑,必有一得'。"冯哲说道。

"傻瓜也会有真知灼见。只不过比较少罢了。"我也顺口插了一句。

"狗屁!"祝新把姚文元那本《文化革命的巨人——鲁迅》放在最上面,然后用绳捆紧。

"我帮你背回去吧。"我别有用心地说。

"不用,不用。"常诚连连摆手。"沈老师不大欢迎生人去。"说着他很费力地驮起了书。

"沈老师说:能借给我的书,全都借过了。"五个月后的一天,常诚怯生生地跨入门槛,对正在炕上嗷嗷待哺的我们仨说。

"真是越有钱的人越小气。就不能再施舍给咱穷哥儿们几本?"祝新目露凶光。

常诚不知所措地站在屋中央,就像捧着满是二分的成绩册,站在家长面前的孩子。而我们三个则像被整整晒了十个伏天的玉米叶子。

"咱们干脆找个他不在的日子,去偷它几麻袋书回来,慢慢地消受。"夜深人静时分,我估计小常已经睡着,就将酝酿已久的方案,提出来交付讨论。

"偷书不算贼。"冯哲马上提供了理论基础。

"咱们来拟定个具体的实施方案。"祝新马上来了精神,翻身点燃煤油灯。

我们开始你一言我一语地提出各自的构想,并对细节进行反复推敲。

"这将是世界战术史上的光辉范例。"祝新无比得意地晃动着手中那张纸。

"别把常诚吵醒。"我赶忙制止住他。

"我早就醒着呢。"常诚披着被子坐起来,"你们的方案一个子儿也不值。"

"为什么?"

"如果你们胆敢付诸实施的话,我马上就去公社武装部报告。"他说罢一口气吹熄灯,"睡吧。"

第二天早晨,我又拿出个新方案来:"由我陪同你,对那个姓沈的进行一个月的劝降工作。到期限他仍不顺从的话,那我们就要开始行动了。"

常诚看着三副狰狞可怖的面孔,无可奈何地同意了。

沈老师供职的中学,是大跃进年代的产物。清一色的劣质红砖房,低矮而且粗糙。好在绕校园一周的小松树,也还算悦目。

我俩照直走到沈老师的宿舍前。房门是虚掩着的。为了显示我深通礼仪,就先轻轻地敲了几下。见没有回音,就又加了几分力。依旧没有反应。于是轻轻一推,门就开了。

这宿舍是大教室改造的。几十个用整张牛皮纸封住的书架,隔出一条窄窄的走廊。转了好几个弯,方才进入正殿。

"这是我的同学。"大约是心怀鬼胎的缘故,常诚的声音直发虚,"叫唐津。"

沈老师没有说话,搬了把椅子让我坐下。他二十七八岁的样子,长着一张像马一样严肃善良的脸。

"抽烟吗?"我掏出一盒烟。见人先上烟,这是交际场上的一条基本定律。

"不会,谢谢。"他用电报式的短句回答我。

虽然不抽,可依旧谢谢我。好一个彬彬君子。我把烟放回口袋,顺手取出从不离身的烟斗。

"牛津派头。"他很看了一会儿我手中那个做工考究的烟斗后,笑着说:"令尊大人的物件?"看来常诚的嘴,准是一眼泉,什么都讲给他听了。

"是的。"我说。这烟斗是从父亲那儿偷来的。据他说:造此种烟斗的树,比造提琴的树还难找。而且一棵树只能造一个。他有一整盒。换句话说:也就是有一大片森林。"牛津的学问咱学不会,只好学点皮毛啰。"

"牛津的学问嘛,"他用手托住下巴,很有派头地说,"其实也并不难学。"

"说也是。"我喷出浓浓的一口烟,"可我没有书呵。"我单刀直入,把话题引到本源上。刚才推门的时候,我有个小小的体会:任何门,包括命运之门,往往都是虚掩着的。你敲没人理,可只要敢推,就能进去。

见我提到书,沈老师不说话了。

"你们两个的棋力差不多,先上一盘吧。"常诚颇识眼色,忙把话岔开。

老沈站起身,从箱中取出副古棋,放到桌上。

"请。"我双手奉上白棋。

"你请。"他半推半就。

"还是您请。"在围棋这一行中,谁的棋下得棒,谁就用白棋。虽说我们几个在下棋前,总要展开一场白子争夺战。可该忍让的时候,还得忍。谁叫你一心想着人家的书呢!

我执黑先布下一子。

他随后应了一着。

围棋是中华文化中的瑰宝,几乎历代文人都喜欢。就连留洋十年的父亲也不例外——"围棋帮我度过了不少难捱的时光。寄托了我几乎全部的乡思。"他曾经对我这样说。

沈老师的棋就像他这人:文静,规矩,合谱。每步都是本着,无一怪异手。而我的棋就不然了,大都源于直觉。大模样尚未成就,就扭住他一大片白子,生是下手吃他。

他拼命地躲闪、腾挪,可终究还是让我吃住了。

"厉害！厉害！"棋毕之后，他赞不绝口，"你们俩的棋为什么都这么高？"

"您的青春才华，都用来作了学问。而我，"我用下巴努努残局，"全献给它了。"

"不过凭如此脑力，倘若做起学问来，也是很了不得的。"他小心翼翼地把棋收入盒中。

"可那也得有书啊。"我又扯回"原命题"。

他又不说话了。

"有空请常来玩。"当我们告辞时，他方才金口重开。

"你们俩的棋力不相上下，若常对弈，定会长进。"出门后，常诚对我说。

"可我志不在棋。"

"这我知道。可办事跟下棋一个样：必须得掌握好节奏。"这位六年后的国手，一本正经地教训我。

"可我已经饿得前心贴后心，实在等不及了。"

"等不及也得等。这年头，各人有各人的难处。"

我默然。这会儿，苍白的太阳已经悄悄地滑入山巅之中。暮色裹着雪雾，从深冬的原野中升腾起来。那份浓劲儿，就像我的失望心情。

随着交往的增加，我与沈老师之间慢慢地架起了一座桥梁——心理上的桥梁。

他是中山大学考古系的毕业生，专业是古钱币。

"古钱币专业？"我怀疑自己听错了，"莫不是研究铜钱的？"

"是的。"他挺自豪地说。

"这该是一门多么遥远、多么玄妙、多么清高的学问啊！"

"然而又是多么无用啊！"他浩叹一声，"可我仍舍不得丢。"

"知识分子似乎都这么贱：当挨整的时候，使劲咒骂自己的专业，口口声声地说：来生再世，绝不再干这个了。可只要稍一松劲，马上就死灰复燃。别人我不知道,光说我家老头儿:他在'文革'前,攒了几千张卡片,一九六六年亲手焚掉。可这些日子,又悄悄地干起来了。"他很注意地听我讲。

"他没钱重新置办卡片柜,也没钱买铜版纸卡片,就用废台历当卡片,用鞋盒子当卡片匣,而且一干就没完没了的。但恐怕他自己也知道,这不过是回光返照而已,或许这样能给他一些智力上的快感?"

"不。不是快感。"他原来很白皙的脸慢慢地红起来,"而是根深蒂固的责任感,终生不渝的使命感。"他一反平素的沉稳之态,用急促的动作,从箱子的底层取出一叠手稿,放在我面前。"我相信老先生的心和我是相通的。"

"可你真的觉得这东西是有价值的吗?"我翻动着图文并茂的手稿,"或者说相信它终究有一天会出版?"

他没有回答,而是唱起了一曲低沉悲壮的歌:

我躺在坟墓里静静地听,

像哨兵一样地守望。

有天听见炮声隆隆,战马嘶叫,尘土飞扬。无数刀剑闪光。

……

我爬出坟墓,穿上武装。

他的声音是压抑的,也是愤怒的,就像地心深处的岩浆。

后来,我不止一次地听他唱这支由海涅填词,取名为《两个近卫兵》的歌。慢慢地,我也学会了。

"能借给我几本书吗?"当我认定"心理桥梁"岩浆吃得住重载时,就不失时机地问。

"我奉命看守全校的封存书籍,请不要忘记我的身份与职责。"他竟然板起面孔回答我。

我只差那么一点,就吐出一些放射性极强的词来。

"不过,"他转过身去,"假使有时你来找我下棋,而我恰恰不在,或者你趁我不注意,干一些我根本不会同意的事,我是毫无办法的。人总不能为自己不知道的事情负责啊！"他转回身,双手一摊。

我马上就笑了。

"下星期四,我回广东探亲。今天正式邀请你来帮我看几天房子。这是注意事项。"他递给我一张纸。

我接过来一看,竟是张书目——试问:我此时该作何表情?

六天之后,我顿时成为"暴发户",而且一荣俱荣,众哥儿们都跟着沾了不少光。

我在小书库里刻苦地攻读着,如同马克思在大英图书馆。

我读完一架,就重新封好一架。而沈老师一直装聋作哑。

九

一九七一年。

有位古人,曾总结出做学问的两条基本经验:读万卷书,行万里路。

书,我不敢自吹已读了万卷——因为不知古之卷合今之多少册。但用农村的话讲,起码也有三五平板车了,而且不光读经史子集,别的也读。记得有一次,偶尔得着一本《解析几何》,一下子就唤起了我对数学的兴趣,于是先读完它,然后借来一套斯米尔诺夫院士编的《高等数学教程》,准备玩上一阵儿抽象的玩意儿。

祝新也参加进来,说是要"争口气"。

"跟谁争气?"我不解地问。

"跟老爷子呗!春节我回家,十分虚心地向他请教晶体管收音机的调制原理。开头他挺高兴,又是公式又是曲线的,讲得我晕头转向。我只好让他讲得深入浅出点。谁知他脸一板,'你学过牛顿二项式吗?'我说:没。'你学过无穷级数吗?'我又说:没。这下他来词了:'恩格斯在《自然辩证法》一书中讲过,如果我们没有牛顿二项式和无穷级数,又能走多远呢?'"祝新把个尾音拖得老长,活脱一副祝老伯腔调。

"他在和你逗呢。"我笑着说。

"逗?!你听着,还有气人的呢。"他清清嗓子,"我临回来收拾东西时,发现他垫箱子的一本英文诗集,以为是莎士比亚,就塞进提包,准备带回来,让你翻给大伙听。不料他见了却问:'你带这东西干啥?'我赶快申明理由。'有背这本书的劲儿,不如多带两斤挂面回去。'他边翻书边说,'这本书即使是用中文写的,你们这拨子人中,也没有一个能看懂的。因为这是写成诗歌形式的爱因斯坦相对论。'说着,他又把书垫回箱底,然后真得从厨房取回两斤精粉挂面来。你说气人不气人?"

"确实够气人的。"想了片刻后我说,"可也别怪人家看不起咱们,学问就是不够嘛。"

"所以我也想学学,一来为争口气,二来也不能总是饱食终日,无所用心啊!"

我们说干就干,当下就拟定了一个教学大纲。

在数学方面,祝新的领悟力是惊人的。我亦不弱。我俩从微积分起步,越过无穷级数,偏微分方程,直捣泛函分析。

"我看在数学方面,咱们的功力也差不多了。"当粗知泛函分析的大略后,我对他说。读书如同做事,不能追求尽善尽美,尤其是在主攻方向没定下来的时候,更应如此。因为任何一个小小的分支,都可能耗尽你毕生的精力。要能进得去,也需出得来——这就是我读书时用的方法论。

"凡事总得有个了。"祝新也同意我的看法,"数学其实并不难。"他把一大摞笔记塞入帆布箱,然后盖棺定论道:"我看气气老爷子足够富裕了。"我们开始行路。

论及行路,方法极多:古人骑牲口,现代人坐火车、汽车。而我们却兼收并蓄。记得有一次,我们从内蒙古建设兵团军马场的一个同学那儿,通融来两匹高头大马,作为脚力,去探访一个内陆湖。头回骑马,自是兴奋无比。一路上频频加鞭不说,还做出各种电影上看来的和想象出来的骑姿。结果来回一百里路下来,摔了个鼻青脸肿不说,还把个屁股磨得血肉模糊,连裤子都脱不下来了。最后只好坐进一只注满温水的大木盆里,一点点往下撕。每撕一下,都和揭一个指甲盖差不多。直弄得满盆红白细胞,才算解脱出来。

当然,使用的最多的交通工具,还数火车。按我们的分类法,火车的座别可分为:软卧、硬卧、硬座和硬坐。

我们最钟情于硬坐——诸位别误会,我并不是因为学问小,误将"座"混成"坐",而是硬往上坐的意思。此法俗称"扒车",学名则叫"无票乘车"。

若论扒车的学问,可谓博大精深。智商低于八十的主儿,想学也学不会。打个比方,你想出去转转,五岳寻仙。车票可以不买,但饭钱总得带呵。可"警察叔叔"却不分饭钱,车钱,只要抓住你,就全部没收。于是把钱藏好,就成了第一要事。可是七尺之躯,能有几何藏地?于是我们开动脑筋,终于想出来若干办法:把钱烙在饼里;叠成小方块塞在火柴盒里;捻成棍状,捅进牙膏的屁股里;或者干脆就放在手套里。检查时,把手套一摘,往列车长的办公桌上一放,高举双手任他搜——这种方式屡试不爽,据说很有些心理学上的依据呢……凡此种种,不一而足。其中的奥妙,必得大手笔写本专著才能说清。

据家人传说:我年方六个月,就打算爬出摇篮,去逛世界。所以顺理成章,成人之后,就成个旅行家,而且是拼命型的。记得一九七〇年,我们准备去华山玩,可到了临汾,正好赶上两派间的一场大战役,轻重火器,日夜响个不停,根本就不通车。于是我们从原路返回,绕道郑州入陕——什么叫"五岳寻仙不辞远"?这才是!

"咱们把这几个空白点消灭了吧。"一九七一年初秋的一个夜晚,我游兴大发,指点着土墙上挂着的布满红圈的大地图,"咱们也来他个'祖国山河一片红'。"

这是一个想走就走的时代,既不用向领导请示,也不用恳请老婆恩准。当天晚上,我们三个就上路了。西部与西北部估计不会有什么围棋高手,所以常诚说什么也不肯去。

拉萨。

我们原计划好好地游览一下布达拉宫,可谁知它的大部分全让封了,只有几个盛满森森白骨的小殿开放。失望之余,我们胡转了三天,就起了个大早准备截一辆卡车上路。

此地的昼夜温差极大。晨风吹在三张没抹油脂的脸上,就像无数把崭新的"老头牌"刀片,在上下左右地迅划。

"那是干什么的?"我指着由远而近的一行人。只见领头的一人,扛着个硬邦邦的条形白包袱,几个尾随的人手执刀锯斧凿。

"莫不是闻名中外的天葬?"祝新的野学问最多。

"咱们看看去。"热衷医术的冯哲马上来了兴趣。

我最惮畏死人与坟地,但怕他们讥我胆小,也只好跟上去。

果然是天葬。

背包的大汉,显然是主刀的天葬师。他先把白布包放在一块极大的青石下面,然后从一个牛皮口袋中倒出一碗油茶,仰脖喝下去,接着又来了两碗,才抹抹嘴,背起白包,俯身爬上大青石——也就是所谓的"天葬台"。

他把白包放在地上,从腰间拔出一把一尺来长、闪着银光的藏刀,划开了裹尸布。

一大股恶臭猛烈地冲撞过来。我赶快用手帕捂住嘴,拼命地收紧喉管,止住呕吐。祝新也不由自主地退了一步,只有冯哲大步赶了上去。

天葬师麻利地把尸体翻了个个儿,把刀插入背部一划,然后又剔下后背与腿部的几条肌肉,接着又把尸体翻回去,卸下胳膊和腿。接着头也不回地一伸手,助手就递过一把宽刃的斧子,他高高举起,看准骨缝,猛砍下去,三斧就把头颅砍了下来。他用一只手托起很大很重的头,掂量了一阵儿,选好角度后,就放在脚下的一个石凹里,掉转斧刃,猛捣起来。

碎肉、碎骨、凝固了的血沫,四下飞溅着,可冯哲却毫不在乎地俯身其中。

当把整个头颅都捣成浆状之后,天葬师取出一些青稞麦,倒在石凹里,再倒入些油茶,就开始用手搅拌起来。

冯哲蹲在坑边,边帮着搅,边和天葬师聊天。

一大群形象无比丑恶的秃鹫,急匆匆地从远方赶来。它们在离台二十米的半空中,急速地盘旋着,并发出摄人心魄的叫声。

天葬师从容不迫地打开死人的胸腔,伸手从中掏出所有的内脏,晾在平台上。全部完成之后,他走下平台,往手心吐了两口吐沫,企图洗掉血污,功效不显,就改用赤黄的小便,洗了好一阵。

秃鹫们等得不耐烦了,它们开始编队作超低空飞行,轮番向平台俯冲。叫声也格外恐怖——这是因为有一个从未见过的不速之客,仍在用心地观察台上的内脏。

"这就是餐前的兴奋。幸福就在希望与等待之中。"这是常挂在祝新嘴边的名言。

"你还不赶快叫他下来!"我用吓哑了的嗓音对祝新说。

"放心好了。如果他有危险,那个天葬师早就急了。"

大约十余分钟后,冯哲才恋恋不舍地走下台来,而且一步三回眸,大有向恋人告别之态。

秃鹫们一拥而上,着陆动作很轻灵漂亮。

"我真怕它们把你给餐了。"我顾不得冯哲身上的血污,迎上前去拉住他。

"它们干惯了这活儿,死人活人还是分得出来的,不像你这么没眼力。快看!"冯哲打住话头,伸手往天上一指,"那只钢灰色的秃鹫叼着的就是大肠。"

果然,一只体长超过一米的灰色秃鹫,拖着一条大约有五、六米长的大肠,振翅飞翔着,就像一只风筝在升腾。

"你没看见上面有没有大肠杆菌?"忍无可忍的我,用力把他仰着的头扳下来,并试图把他拉离这个不祥之地。

"那要用显微镜才能看见。"他不肯走。说是要和那个浑身原始气的天葬师聊聊。

这一聊直聊得秃鹫消失。直聊得烈日当空。

"我不跟你们去寻访三关遗址了。"他笑嘻嘻地对我俩说,"这位师傅生意不赖,天天都能揽上活计。这可是学习解剖学的好机会,千载难逢。"他强行从提包中将仅剩的三条精装上海"前门"烟拿走,说是作为学费,然后就打发我们上路了。

"看来无论是对于生,还是对于死,不同的民族,不同的人,都有不同的见解与处理方法。"在解放牌卡车永无休止的颠簸中,我开始了哲学思索。

"所以大可不必太认真。"祝新答道。

"可要是这么处理你,你就不觉得自己太渺小了吗?"

"不觉得。"他闭上眼睛,"死去元知万事空。"他喃喃地念叨完,就跌入梦的深渊。

阳关只相当于一幢坍塌了的乡下小屋。

嘉峪关要气派一些,但也没能超越过前门楼子。

玉门关更惨,像一座小小的碉堡——难怪春风不度,上哪找门去啊!

"看来它们不是让诗人的灵感给升华扩大了,就是让时间和沙漠给拆了。"我对祝新说。

他没有回答。深情地看着关后那一大片黄乎乎的沙漠,和在地平线上跃动着的红日。

"你看它多圆多红啊！这圆是因为有笔直的地平线衬托；而这红则是相对黄而言。"他终于回过头来，"学会读自然风景和人文遗迹的美学语言，不是一件容易事。"他伸手一指，"此地处于华夏美学尺的这头。大漠孤烟，长河落日，白马秋风，塞上属于典型的阳刚之美。而苏杭，"他随便地一划拉，"则在另一端，属于阴柔之美。"

"君记否：两年前我们计划游西湖时，你那副腔调？"

"我记性不好。"他摇摇头。

我学着他的腔调，试图召回他逝去的记忆："'西湖有什么看头？不过是把昆明湖的面积乘上八，堤岸加上三千株柳，然后减掉所有的大宫殿。'你以数学论风景，把个幽深莫测，美不胜收的人间仙境说得索然无味。"

"第一是因为我不止一次去过杭州。"这回他开始说实话，"第二是因为你们当时的审美级不够，去也白去。"

"当时我们的审美能力合行政多少级？"

"十八级。"

"那么现在呢？"

"十四级。"

"还是不够高干。"我做出副生气的样子，"那么你多少级呢？"

"七级。"他大言不惭地说，"超高干。"

敦煌。

"我爹在这有个老哥儿们，说不定还能蹭上一瓶好酒喝呢。"下了车，我喜滋滋地对他说，"咱们也该好好改善一下了，我的胃都快让青稞与羊肉给折腾破了。"

"你爹的老哥儿们是谁？"

"常书鸿。"

"这个常某人是干什么的？"

"连常书鸿教授都不知道,还有脸自称是美学高干呢!"我很得意地说,"常老伯是敦煌文物研究所的所长。"

"我看他恐怕只是个前所长。"

"别忘了此处乃天涯海角。造反派不会来的!"他那副无所不晓的"先知"腔调激怒了我。

"你以为造反派都是从外面来的?"他眉毛一耸,仿佛我提出了一个傻得不能再傻的问题,"这场革命的基础是人的盲目性、自私性和嫉妒心。所以凡是有人的地方,都有造反派。"

别看这小子预言好事每每落空,可预告不祥,却是准确无比——常老伯被召回北京,搞"斗批改"去了。

"真是天网恢恢,疏而不漏。算你说得对!"在敦煌招待所一张布满油垢与粗沙的桌子旁,我丧气地对他说,"你看看咱们还有多少钱,能不能搞上瓶酒来喝?"

"如果从今往后只吃主食不吃菜,而且不抽烟卷,坐车也不掏钱,那就能挤出瓶酒钱来。"他边数钱边说。

"那就来它一瓶吧!"投亲不遇,是一大不幸,更何况今天又是中秋节。

"看来今天只好粗碗对空月了。"不一会儿,他就转了回来,手中拿着两只齿轮状的粗瓷大碗。他一屁股跌到椅子上,就开始环顾四周。

"老把视线投向别人的桌子,该有多不好意思。"我扯扯他的衣角。

"过这边吃来吧。"一句极纯正的普通话,从天外传来。

我循声望去,只见两个年纪与我们相仿,衣衫比我们更褴褛的人,朝我们晃动着一个深色的葫芦状容器。

"内中装的是何佳酿?"我故作从容地走过去。

"站不稳。"主人答曰。

"谁'站不稳'?"

"谁喝谁就站不稳。"

301

"那我就晃上它一晃。"我当仁不让地坐下来,掏出烟荷包,麻利地卷了一支递过去。祝新说得对:插队学生不是牛津绅士,犯不上讲那么多的礼节。

"什么牌?"主人笑问。

"加油干。"我信口答道。

"加油干。这名起得好。"他狠吸一口,"没点气功还抽它不动哩!"

这两个人也是插队学生。其中姓史的是北京美院附中高一学生;姓金的是上海中学的高二学生。

"你的酒量好大啊!"根本不太会喝的我,见史晴一口就喝下半两之多的自酿烈酒,不禁脱口赞道。

"去年从北京出来的时候,不过是一两的酒量,如今已长到半斤,如果再往前走,恐怕就要不可限量了。"他端起碗又往嘴里倒了一大口。

"两位到此,有何公干?"我问。

"金兄是敦煌学专家,已经来了半年了。我是画家,前天刚到。"他用手抹了一下嘴。这是个与天葬师不谋而合的动作。

"都是未来的家吧?"我笑着问。在这年头,除去"革命家"外,绝少有人自称是别的什么家。

"不!现在就是。"史晴很肯定地回答,"对吗,金兄?"

"到底是个敦煌学家,还是个石窟学家,或者是个别的什么学家,我目前还拿不准。"金涛整整那看上去还干净,可实际上已经很脏的衣服,又扶了扶金丝眼镜,用柔软而富有弹性的上海普通话说道。

"那你们的经费从哪来的?"在我的印象中,在眼下的中国,根本不可能有专业研究学问的老插。

"老金家财万贯,上海滩上前十名。"史晴拍拍金涛的肩膀,"换句话说:即使让人抄上百回千回,也能找出几件价值连城的小玩艺儿来。"

"过奖了。"金涛文雅地笑笑,"抄家无疑是可怕的,但经费也还是有的。"

"你爹是大官僚资本家?"我脱口问道。按说这是很不礼貌的问法。可自从上小学起,课本就不厌其烦地告诉我:上海尽是些"蒋宋孔陈"式的资本家。

"不。是民族资本家。"他这话的大部分重量,都放在了民族二字上。"家父是办纱厂的,志在经纶天下,衣被苍生。可后来因为能源处处受人钳制,就又办起了家电厂。"

"杨树浦发电厂?"我问。

"没有那么大。"他和善地解释道,"那是美国人办的。"

"你如今专攻敦煌学?"常书鸿的事迹,我从小到大听父亲讲过好多遍,因此专攻敦煌学的人,在我的心目中,享有很高的地位。

"也不一定。"他扶扶眼镜,动作小巧而精致,"从上海出来后,我先在大别山考察了几个月的野生植物。因为我见过一本最新的《植物名录》,还是法国教士在一九一〇年编的,所以打算也编一部,超过法国教士。"

"金兄很有几个绝处逢生的好故事哩。"史晴对我俩说,"倘若将来碰上一位作家,我一定贡献出来。"

"说吧。"祝新眨眨眼,"一位极有才气的作家,此刻正在喝你的酒,在准备听你的素材。"

"我凭什么相信你不会把材料糟蹋掉?"史晴上下打量着祝新。

"我现在还做不出有力的保证。也就是说,你得冒点险。不过将来一有机会,一定把这些材料安放在合适的地方。这一点,我以插队学生的名义担保。"祝新郑重其事地说。

史晴很认真地想了一下,就开始讲了。金涛不时地在一些细节上做着补充。

所谓绝处逢生的故事,基本上大同小异,没啥惊人之处。使人感动的是故事后面的东西:那种为文化献身的精神。

"可你为什么又转向研究敦煌学?"故事结束后我问。

"这多少也有点前缘。"金涛伸手取过一支"加油干"叼在嘴上,可并不吸,只是让它滚来滚去的。"一九四七年,家父去法国采买发电设备,顺便从巴黎图书馆里抄回'P,2555号'敦煌残卷,打算自己老了之后,对它进行一点研究。"

"资本家也做学问？"——话刚一出口,我就捂住嘴。

"学问人人可作。"金涛这回有点不高兴了,"此卷在法国沉埋四十余年,回归后又是二十多年不见天日。抄家的时候,我才发现。于是就萌生出研究它的念头。至于为什么来这……"他想了好一会儿才说:"我也说不大清。鬼使神差吧!"

"这'P,2555号'残卷是什么内容？"读敦煌大卷子,该有多大的学问,我心里还没有底。

"是唐诗。"

"唐诗有什么研究头？"我失望了,"一本《三百首》,本人背得滚瓜烂熟。"

"这残卷中的七十二首唐诗,就是在《全唐诗》中,也不见踪迹。"金涛眼中闪动着高级知识分子式的浅笑。

"是唐诗就难不倒我。"我颇不服气地说:"请举一例。"

"七十二首中的第一首乃是佚名氏所作的《冬出敦煌郡入退浑国朝发马圈之作》,如果你能把它断开并解释出来,我就算服了你。"金涛边说边用细长的手指,有节奏地弹着桌面。

"这有何难。"我小思片刻后说,"冬,出敦煌郡,入退浑国,朝发马圈之作。"

"这末一句'朝发马圈'应作何解？"他咄咄发问。

"朝即早。发即出发。李白就有'朝发白帝城'之诗名。"

"大谬不然。人与马圈的关系,和人与白帝城的关系不一样,并不能宿而发之,只能行而过之。其中的'发'应与'马圈'连读为'发马圈'。是唐朝从边陲往内地转运良马的专门机构。所以应解为'朝行过发马圈'。"金涛侃侃而论,很有点北京大学名教授的派头。

我仍有点不服气地看着他。

"再请问'退浑国'该做何解？"

"国名而已。"

"唐初李靖以平陇右。中唐之后,柴达木至青海湖一带并无国家存在。所以我以为这不过是族名而已,是民族史上的痕迹。"

"难怪本人闹不清。"我识趣地退出他的领地,"因为研究此等唐诗,困难不在文学方面,而在历史地理方面。"

"准确的说法该是:在唐代西陲史方面。所以那种'敦煌在中国,敦煌学在日本'的论调是根本站不住脚的。归根结底,让敦煌残卷焕发性灵,恢复红润,还得靠咱们自己。我有这个自信,准备贡献点什么。不过,仍有可能成为一名植物学家。"

他末一句说得很慢,显出他在"植物""敦煌"两方面,极难取舍。

"那么依此类推,史兄的父亲也该是北京城中的前十名罗?"见金涛的讲述已结束,祝新就问开史晴了。

"北京城中的前十名,想活到今天,那可比登天还难。而家父却安然无恙,因为他只是一个很小很小、又很安分的职员。"

"可你的经费又从何而来呢?"我问。

"画天下风景,自然是吃天下饭罗。"他一语以蔽之。

"此话怎讲?"

"我靠给人画像,换口饭吃。"

"已经是二十世纪了,还有人画像?"

"北京城里是二十世纪。而晋、陕、甘一带,却仍在十八世纪。这一带山村的人,根本就没有见过照相机,所以生意极好。"

"画一张能得多少钱?"我问。

"这要看对方的财力而定。多的给上一两块,少的给顿饭吃就行。"

"画像很难吗?"

"不难。20分钟一张,而且保证惟妙惟肖。"史晴边说边用两根长短不一的筷子,夹起宝塔形的一摞鸡蛋,麻利地送入嘴中。"我不光给活人画,就是死去多年的人,也一样能画。"

"死人怎么个画法?"我来了兴趣。

"一般来说,只有死者的直系后裔,才要先人的像。这个直系后裔本身就是一个很好的模特儿。我只要根据他提供的特征,照着他的脸画就成了。"

"有没有人见到画后,因为不满意拒绝付款的?"

"没有。"他又将一筷子鸡蛋放进嘴里,"当你拿到画像的时候,首先找的就是与死者相像的地方。这点已经由你提供了,所以保证能找到。如果我连这两手都没有,那么我作为一个素描三年、工笔三年、重彩三年、油画三年的画家,就连半枚铜板也不值了。"

"相处三日,我觉得老史最大的特点,就是敢于吹牛,也善于吹牛。能吹得天花乱坠。"金涛说。

"此乃江湖画匠的本色。你们要知道,如果到了一个人地两生之地,不吹就打不开局面,于是乎就有挨饿的危险。"他一语道出关键,"久而久之,也就形成习惯了。"

"除了画人像之外,你还有没有别的生意?"

"一入陇西,我给人画墙围子——就是绕炕的油漆画。这东西属于实用美术的范围,讲究色彩与线条。唉……"他拍拍金涛的肩膀,"你将来可以好好研究一下,壁画与墙围子之间的关系,这可是个好题目。"

"这属于民俗学的研究范围,超出了本人的专业。"金涛文绉绉地说。

"别太冬烘气了。"祝新给几位斟上酒,"咱们聊点别的吧。"

"没你那么拿酒瓶的。不能拿肚子,而应该拿脖子。"

"昨天他刚刚纠正过我的动作。应该这样。"史晴掏出一块不能再脏的手帕,衬住酒篓的口,做了个示范动作。

"我最讨厌各种繁文缛节。再说你这也不是长颈瓶,不过是个纸篓子。"祝新捏住肚子,用极大的流量往下倒,就在刚满的一瞬间,他收住篓子——他这手功夫,是在大队油房里练出来的。

"真是'江山代有才人出,各领风骚数百年'。"金涛注视着那碗中间耸起一座奇峰的酒,"我不相信在上海国际饭店的服务员以外,还有人能用如此高超的手法斟酒。"

"收起你那套大上海主义的理论吧。"祝新开始给自己倒酒,"我爹常说:在三、四十年代,要是说上海人有文化,就如同说腿肚子会思想一样的荒谬。"

"还有这样一个故事:有一个上海人,在北京住了两个月。正赶上风沙猛烈的春天,刮得他连门也不敢出。所以在他返沪之后,吹牛的素材不够多,只好逢人即讲:北京的风沙也满是文化味哩。"我也笑着讲个故事来凑热闹。

"这位上海人,是不是办过一个纱厂?"祝新和我配合得极默契。

"不光是纱厂,还有一家电厂哩。"我一本正经地回答。

"你们北京人的笑话也不少。"金涛并不惮畏我俩的联合战线,"等干了这碗,我要分赠给你们一人一个。"

"对!先——干了——这碗再说。"史晴的舌头已经不太灵光。

四碗酒倒进了四条喉咙。

"痛饮——酒。读透——敦煌大——卷子,方为——真名士。"不过片刻工夫,金涛已经醉醺醺的,来不及把笑话送给我俩了。

"为了向你们证明一下你们北京年轻人没文化,今天特来考考你们。"次日下午,金涛拉着史晴来到我们的住房。

"在十字坡,孙二娘先是和武松比拳。后来见拳不行,就改用腿法,可殊不知武二爷原是使腿的祖宗哩。"我一见史晴手中的京胡,就明白他们的来意。

"闲话少说。"史晴坐到床上,摆出副名琴师徐兰沅的架势,开始调弦定调。

"你们会唱什么戏?"金涛问。

"随您便。"祝新答道。

"来《二进宫》吧。"金涛显然拣出他最拿手的剧目,"我唱国太。"

"你这个小白脸,也只配唱旦角。"祝新的嘴着实厉害,一下子就把金涛的脸给说红了。

"不用排一排?"金涛问。

"区区一出《二进宫》,还排个什么劲!"我随随便便地说,"一九六四年,高盛麟率团从武汉来京。事先戏迷们投书报社,要求让他与裘盛戎合演《三岔口》。裘盛戎一口应承下来。就在高盛麟下飞机的当天,两位'盛'字辈的师兄弟就来了一场。因为这是功夫戏,根本用不着排。"

因为摸不清我俩的底细,金涛开始有点紧张了。

过门响完,金涛首先开唱。他有一条云遮月的嗓子,听着不高,其实不低。但我毫不费力地跟了上去。而祝新却显出吃力来了。

这是一出以唱功为主的戏。要求一生一旦一净,三个人配合得点水不漏。这需要很深的道行。我们显然做不到,不过好歹总算一气唱下来,没有冷场。

"早年张君秋、谭富英、裘盛戎三人演这出戏,也不过如此。"胡琴一停,金涛就说。

"不过比他们少点蟒靠褶帔罢了。"祝新也跟着吹开了。

"唐兄这条嗓子,很有些书卷气。你嘛,"金涛拍拍祝新的肩膀,"却差了那么一点。不过作为'京油子'票友,也算很不错了。"他仍然不忘攻击北京人。

古老的京剧艺术,就像一只色彩绚丽的魔瓶。文革之锤猛地将它砸碎,持锤者以为它将万劫不复。其实这些碎片,被喜爱它的人悄悄地藏了起来。一遇机会,他们就掏出自己的那一块,往一块对。于是这只魔瓶又活了。依旧是光彩照人。

告别最简单的方式就是走。三天后我们分手了。各自走各自的路,谁也没回头。

沿这条丝绸之路往前走,就该到土耳其了。终于有一天,口袋里的钱包,向我发出了警告。

我们开始扭回头向西安进发。

为了能更好地看看人间——与金、史两人对比,我忽然发现以前的旅行方式有点浅——也为了省几个钱,我们大部分路靠搭汽车,有时也步行。

步行不是一件容易事，尤其是在每天超过五十公里的时候。记得有一次，我们实在是走不到下一个站了，只得露宿在一片坟地中——尽管村庄的稀疏灯火，已经遥遥在望，可走不动就是走不动，一步也走不动。为了避潮气，我们当下就选中了一块大青石碑。这碑是反扣着的，碑阴无字，所以不知碑主为何人。但它极大、极厚，睡两个人足富裕。

"据说只有有功名的人，死后才有资格立碑。那么依此类推，咱俩活着就睡碑，至少也得是宰相一级的干部。"祝新坐在碑头，双手抱住膝盖，嘴里叼住一支烟，慢悠悠地说。

"这片坟地的风水挺不错。"我借着蓝幽幽的月光，环顾着四周，"不高不矮，正在龙脉上。"

"你也会看风水？"

"当然。"

"那我考上你一考：你所见过的坟墓，那一座风水最棒？"

"中山陵。"我略加思索后说，"它依山傍水，旱涝无碍。凭借着水之滋润、山之秀气，中山先生在绿荫之中睡得肯定香甜极了。"

"那么其次数哪？"

"东陵也不错。"

"可为什么慈禧的坟，生叫人给扒了？"祝新扔掉烟头，"看来你还得好好学习。"他站起身，把提包里的东西全倒出来，堆成两个小枕头，并示意我把脚放进提包里，"人睡腿，狗睡嘴。这样会暖和一些。"

其实根本暖和不了多少。我不断被天上降下来的冷气和碑中渗出来的阴气给冻醒。不一会儿，又被冻得睡过去。

坟场内无数招魂幡在哗啦啦哗啦啦地响着。一群群极大极黄的蚂蚁，肆无忌惮地钻进我俩的衣裤里，尽情地咬着肉饮着血。

一直赖到天亮我俩才起"床"。

坐敞篷卡车的滋味也好不了多少。西北一带风之硬度极强，车一开更来劲儿。有一次我们实在冻得受不住了,就把车厢角落里的一堆擦车布系在腰里,围住脖子,包住脑袋。在一个小镇休息的时候,人家都以为我俩是送殡的孝子。

如此这般,我俩到了西安之后,已经是人不像人,鬼不像鬼了。

"这回咱们可以奢侈一下了。"祝新从口袋里掏出最后一张十元大票,"因为我最亲爱的哥哥,就在这里的飞机强度研究所工作。他单身一人,每月五十六元钱,任怎么也花不掉,几次约我前来帮他花,所以这次肯定会受到国宾级的待遇。"

我立刻举双手赞成,并当下启用好不容易才学来的数学知识,将这张印有大团结图案的纸,一次性地消灭干净。

在我庞大的知识系统中,有一个死角:关于钱的知识。父亲与母亲从来不肯当着我的面议论钱,仿佛这和"性"一样,是件见不得人的勾当。即使偶然开导几句,也大都是关于钱与伦理之间的关系方面的。当然,每逢大节日,或者我的"诞辰"纪念日时,他们也会慷慨解囊,发给我几块钱。可我从来不花。所以在小学五年级时,已小有一笔财富了。这个"小金库"不幸被父亲发现。他生怕放在我手里生出祸来,就脑瓜一转,想出一个花招:让我把钱存在由他开办的银行中,每月付给我相当于本金十分之一的利息,并且郑重其事地把一个很讲究的英国伦敦银行的支票簿,改成存折交给我。一开始,我存款的热情极高,以至于不惜不吃冰棍、不看电影。可没过多久,我就发现从他那里提款实在是太难了。非得事先提出预算,让他审批不可。而他同意开支的项目——比方买图书、铅笔之类的,你就是没存款,他也得付钱。他不同意买的东西——比如气枪、你就是有钱也白搭。

他使用的这个金融学上的小花招,不光挫伤了我对储蓄的热情,而且还造就了我一个十分错误的观念:不必为将来去存钱。祝新和我,也是五十步与百步之别。

而这次,事实以它不容置辩的权威,给我俩启了蒙——祝大哥出差去了。而且整个飞机强度研究所,没有一个人肯相信,来的这个衣衫褴褛,披发已齐眉的小伙子,会是祝正教授的小儿子。

"咱们这真叫'入得阳关无故人'。"祝新双手一摊。

"没故人倒是小菜儿,关键是没钱了。"

"咱俩分头在各自的身上找一找。"

他一声令下,我俩就像找虱子一样找遍了身上各个角落。结果只找出三毛钱的"钢镚儿"。

"世上无钱而食之路只有两条:偷与讨。"祝新笑嘻嘻地掂量这三毛钱,"偷非你我这等君子所为,所以舍讨之外,就别无出路了。"

"继续前进。"我被他的乐观给感染了,"咱们扒三十五次回北京。"我俩研究了好一会儿那本从不离身的烂《火车时刻表》后,做出了决定。"这是快车,扒一站就是一个专区,明天就能到太原。"

因为肥皂用光了,我俩只好在候车室里用牙膏洗了洗满是尘垢的脸,然后和所有有票的人一样,理直气壮地上了车。

"虽然从分类学的角度讲:牙膏和肥皂同为洗涤剂,但二者的对象却有着明显的不同。"在车厢内坐定之后,我摸着绷得和鼓一样紧的脸皮埋怨祝新。因为"牙膏是肥皂的代用品"这一著名论断是由他最先提出的。

"对任何事物,都有个习惯过程。"他俯身看看对面一位中年妇女腕上的手表。"都过了十分钟了,为什么还不开车?"

"下去看看。"我说。

"上去!"我的前腿尚未着地,就被一个金刚怒目式的警察给轰了上来。

没有票就没有理。我俩只好乖乖地返回车厢,打开窗户往外看。

一分钟后,站台上的警察都站成排"铁栅栏",只见一辆三排座的大型"红旗牌"轿车,风驰电掣地开上站台,停在车屁股上的一节专用车厢前。一位四十出头、满脸装饰性微笑的中年妇女,仪态万方地爬下"红旗",钻入"专列"。

"是她。不好!"祝新道。

"谁?"我问。祝新对当时政坛上所有活跃人物都了如指掌。就像现今的影迷熟悉影星一样,每次看报都要给各路英雄排一下座次,品评一回个人的风度,议论一番个人的发家史。

他说出一个赫赫有名的姓氏。"这家伙是暴发户,最讲谱。待会儿准得查票,咱们还是早下为妙。"谁知他话音未落,火车就吐出一口闷气儿,"咣当"一声开动了——它肯定是不耐烦了,谁见过它等人?

第一站是华阴。我俩赶紧从不靠站台的那一侧窗户跳了下去。这趟车扒不得,抓住准轻饶不了。

"他妈的!"祝新对逝去的火车背影骂道。"奴才要是当了老爷,准比老爷还老爷。因为他在当奴才时,就不停地琢磨:我要是当了老爷,定要如何如何便如何!"

"你别看她仪仗烜赫,派头十足,可是她肯定不懂英文,不懂敦煌大卷子,更甭提唱京戏、下围棋、打桥牌了。"我说。

"那当然。要论文化水平,她错咱哥儿们远了去啦!"我俩边分析边走出车站,三毛钱对付了四个烧饼。

四个烧饼提供不了多少"卡路里",但仍遏制不住我俩重访华山的热情。因为上次来的时候,漏过几座很值得一看的风景。

从山上下来,正是阴气上升、阳气下降的午夜时分,我俩又饿又冷。

"只要是向东去的火车,无论客货都上,否则咱俩非成'倒卧'不可。"祝新冻得只蹦高儿。

一列特快开过去了。车厢内灯火辉煌,笑语盈盈。我俩使劲抽动着鼻子,试图捕捉到一丝从餐车中逃出来的饭菜香。可没有成功。

一列货车开过去了。夜风把车厢上的篷布吹得鼓鼓的,看上去好像一个骑着战马、披着银罩袍的大将军,怪神气的。

又一列不知什么车开过去了。而且很可能是今天最后一列。我俩望着它,就像拿破仑站在圣赫勒拿岛上,望着消逝在海天连接线上的船。

"凡是冻死的,准是饿死的。"失望之余,我道出一句至理名言。"如果小子能发明食物的代用品,我就算服了你。"说完这句见无人回答,我扭头寻找,发现祝新正蹲在无比昏黄的路灯下,手攥一本小书出神。"你在想什么?"我问他。

"在想郁达夫。"他把刚从我包里拿去的郁氏所著的《闲书》扔了过来。

"想他的什么?"

"'晚上招饮者有四处,虽分身无术……但也吃得大饱大醉。'"他用充满感情的声音背诵这书中的话。"'晚饭吃了两处,均不见佳。'"

"我怎么不见书上有这话?"我顺手翻动着这本"脏边指数"甚高的书。

"饱的时候当然是看不见的罗。"他无精打采地说。

"咱们要是和李白一样,能怀揣一道圣旨:遇库支钱,大县五千,小县三千就好了。"我把郁达夫的书,卷成圣旨状,举在面前。

"或者有这样一张证明,国务院发的。"祝新从口袋里掏出一张面包纸,煞有介事地说道:"任何省、地、县、公社,必须给持此信人一顿饱饭吃。"

"你这根本不是国务院向下行文的口气。"我正要纠正他,只见一列车开进站台。"有情况。"我赶紧收拾东西,准备行动。

车缓缓地停了下来,正对着我俩的车厢门开了。一个系着白羊肚手巾的老汉走下来,在车尾后哗哗地小便。

机不可失!我俩飞快地钻了进去。

迎面而来的是一股暖流,外加一股臊气。车厢内挤满了长着长长白毛的绵羊。

"好运气。跟羊老弟在一起,准冻不着。"祝新小声地边说边用手扒开羊群。

羊似乎很不情愿地给我俩腾开了道。

我俩在一个最黑暗的角落里坐下。

一开始羊还不友好地咩咩叫着,可不一会儿就和我俩熟了,围在面前,友好地掩护着我们。

羊是一种颇具灵性的动物,仅稍逊于狗,而在马之上。

老汉上了车。

车开了。

车有节奏的晃动,胜过勃拉姆斯送给贝尔塔的《摇篮曲》。不一会儿,我俩就睡着了。

"你们是做啥的?"几束由马灯发射出来的黄光照醒了我。

"做啥的?"我下意识地重复了一句。这很不容易说明白。我赶紧用脚使劲地踢了一下正在打鼾的祝新。他准以为是头羊用角抵他,翻了个身又睡了。鼾声依旧是那么宏大——老汉准是沿此声循踪而来。我只得改用手推他。

"到北京了?"他一翻身坐了起来。

"让人给查住了。"我没好气地说。

"大爷。"他不愧扒车有素,立刻反应过来,"我们是北京插队学生,想回家,可……"他据实向老汉说明。

"俺那也有插队的娃,和你们一个'村'的。来到这边坐。"老汉邀请我俩到他的"卧车"去。

"我们帮您干点啥?"我赶快向老汉献殷勤。

"啥也没得干。"老汉拍拍毡子,示意我俩坐下。接着又递过来一件光板羊皮袄。"睡吧,小后生。"

说是羊皮袄,实际上不过是件略加剪裁的羊皮。它带着老汉身体的余温,盖着很暖和。

但我俩却再也睡不着了。

"凡是死的人,都是饿死的。"祝新把我发明的定理,又外延了一下。

"是呵。"我长出了一口气。"下回咱们再出来,一定得事先让冯哲做了胃全切手术。"

胃是全身器官中最唯物的东西。你可以闭上眼睛,屏住呼吸,塞上耳朵,可就是对胃毫无办法。

"可还有肠子呢?它老人家一动,仍然是个饿。"祝新说,"咱们要是像羊大哥一样就好了:长着长毛,永远不冷;到处有不花钱的草吃,永远也不会饿。"

我俩把无比羡慕的眼光投向羊群。

"你们饿了?"老汉的耳朵挺好使,从我俩飞快的"京白"中捕捉到"饿"字。

"是的。"我俩异口同声地说。

老汉用相当迟缓的动作,打开一个油黑的干粮口袋,从中取出两个金光灿灿的大棒子面饼,默默地递过来。

当年新玉米面做成的饼子,又香又脆,远胜过前门卖的那种以大青石板为饼铛,用驴油烙就的千层饼,同时也胜过"全聚德"的烤鸭,"莫斯科餐厅"的奶油点心……

不过两分钟,我俩就全部、干净、彻底地消灭了"它俩"。

"咱们是因为吃饱了撑的才出来转,可最后才闹明白只有吃饱了才不饿,这样一个浅显的道理。"祝新大发宏论,"不虚此行!不虚此行!"

老汉把一个用油纸糊就的水壶递了过来。

我俩尽情地享用着这震住"青岛啤酒"的白开水。

困意卷土重来。不一会儿,我就进入了踏实的睡眠,并做了个羊挤不碎,车颠不破的梦。

这列满载着去东北的改良品种的"羊车",一路顺风,安抵丰台。

"那个家伙只有一节专用车厢,而咱们却有着整整一列。"我望着长长地车身说。

"根据铁道部规定:只有政治局委员和正副国务院总理才有使用专列的资格。请问:君为何职?"祝新手扶车门问。

"才子词人,自是白衣卿相。"我十分得意地吐出柳永的两句词来。

"你看,咱们停的还是一站台呢,只有西哈努克才有此殊荣。"

"与他相比,咱们缺少的只是乐队和欢迎的人群。"我边笑边说。

押车看羊的老汉姓胡,没大名。村中人都叫他胡三,陕北黄陵人氏,我俩请他去北京城转转金銮殿——这绝非虚邀。他说车马上走,离不开。我俩说以后报答,他一笑置之。

后来我第一次领到工资时,曾买了两条好烟寄给老汉。祝新也随信寄去二十元钱。可没过多久,烟和钱就被退了回来。黄陵邮局在单上批道:查此人病故。

我俩二次重寄,将收款人改为:胡三老汉后代。

但不久又转了回来。批语是:查此人无后。

放羊的老汉,多是光棍一条。全国农村,大多如此。可我俩总觉有桩心事未了。但慢慢地就想开了:漂母之恩,韩信终生未报;但也可以说他报了——报之以国,国又惠之于民。

我俩之中没有一个是韩信,但也可以效法他。

十

Q大学、P大学和中国科学院所有的精英,被统编为一支混成部队,浩浩荡荡地南下开往鲤鱼洲农场。并打算在那里永远地驻扎下去。

"鲤鱼洲"这个名字听上去很美,可实际上却糟透了:它的高度低于十公里外的鄱阳湖水面十米,于是根据连通管原理,潮气不断地从地面升起,热风不停地从空中刮来。池塘里根本没有欢蹦乱跳的金色鲤鱼,有的只是个虽小,但危险很大、使华佗无奈的小虫。

按说在这八月炎暑时节,该"跃上葱茏四百旋",上庐山避暑。可我却来到了低凹之极、气温为摄氏四十度、湿度为百分之七十的鲤鱼洲。为的是看望老父亲。

我手提着凉鞋,谨慎地迈着步,在很有吸力并且卧满人群的田埂上走着。

小心！别碰着这个人险峰般的前额。他是一个火箭专家，值钱得很呢。一九五三年，美国国防部的一位专员，在扣押他的归国护照时，曾这样批道：不准放行。此人最少值五个装甲师——可如今，军宣队中随便哪个小兵，也可以叫他去干这干那的。

我用稍带悲哀的目光，注视着面前这个摊成"大"字的人。他晒得粉红的脸上，最触目的就是那副眼镜：一边是18K金的腿，一边是黑污的松紧带。鼻架上衬着一块黑胶布。这是一位计算机专家，哥伦比亚大学和耶鲁大学的"双料博士"。如果他此刻不管是去"硅谷"还是"筑波"，开口要五十万美元的年薪，人家一定会觉得占了大便宜。

……

我轻而易举地越过一座又一座在一九六六年之前，还被国内自然科学界认为是不可逾越的高峰后，前面就是一望无际的，由人文学者组成的海洋了。

不是正在和苏联进行边境谈判吗？那为什么不把这位无所不知的"条件专家"请到绿呢桌边去？有他在，什么资料都不用带，他就是资料库。

而他起码会说十国语言，能看二十国文字。可现在却一句多余的话也没有。

……

我花费了极大的力气，才将面前这个人认了出来：他是父亲。

父亲以前是个标准的大胖子：身高一米六九；体重一百八十斤。用祝老伯的话讲：唐先生讲课时，肚子是放在讲桌上的。一九四八年冬，父亲被选为中央研究院的院士，可死活不肯去南京上任。而祝老伯却说：去吧，也许还能为咱们这帮愈教愈瘦的主儿办点好事。为了说服父亲，他拉着父亲去荷花池湖心的小岛密谈。因为经费缺乏，通往小岛的木桥已经坍塌。于是两人只得履冰而过。谁料刚走了一半，冰就塌了下去。祝老伯直怨父亲太重了。而父亲却哈哈大笑说：南京的冰比这还薄，我唐胖子怕没顶，不敢去。

可如今他瘦了。不光肚子没了，就连眼垂里那点脂肪，也转化为能量，消耗在赤热的水田中。

"你爸爸的体重整整少了六十斤。昨天吃饱晚饭才过的磅。"见我来了,祝老伯也凑了过来。"六十斤肉呵!半扇子猪。"尽管老伯的眼中,不再往外放射炯炯的光,但仍然那么爱开玩笑。

"北京有什么新闻吗?"父亲让我坐在他那条为了防血吸虫特制的白红胶皮裤的一条裤腿上。

"中山公园的两棵铁树,在我来的前两天开了花,吸引无数人去看,都说这象征着大吉大利。"北京的新闻极多,可我却只想起这条来。

父亲没吭声,只是默默地看着我。

"祥瑞之兆,盛世不言。"祝老伯的心里话就是口中言,从来憋不住。

父亲轻轻地咳嗽了一声。

"可不知道这条社会学中的定理,是否……"

"别说了,老祝。"父亲左右看了一下,伸手拉拉老祝伯的衣角。

"其实你刚才一咳嗽,我就明白了。"祝老伯把头上的草帽摘下来,"可有些事早晚也该让孩子们知道。再说毛主席不是教导大家:'知无不言'吗?"

"可'陛下导言,臣始敢言'。"父亲用无法再低的声音说,"你不是熟读史书吗,怎么连《贞观政要》上的这句名言也记不得了?"父亲又朝左右望望,虽然他明知道这些话,除了我们三人外,谁也听不到。

直到这会儿,我才觉得父亲这一辈知识分子,实在是太可怜了。尽管他们也"遍历五大洲,经二十国,行四十万里。"尽管他们也把许多书读烂。其实连康有为的胆量也没有。因为老康毕竟敢说别人不敢说的话,写下了《大同书》《伪经考》之类的书。他也干了许多别人不敢干的事,以一区区五品章京,就离间光绪母子,主持变法活动。而父亲他们这批人呢,却一直在思想的栅栏中讨生活,连望也不敢往外望一望。祝老伯算是杰出的了,可也只是试着往外伸伸腿,于是乎,一棒被人打回来。挂上了右派头衔,连降三级工资。

"干活了!"田头上传来一声中气十足的呐喊。甭看人,光听声音,就知此人是发号施令惯的了。

于是这些很大和不那么很大的学者们,纷纷穿上血吸虫进不去,风也进不去的皮裤,躲开树荫,顶着烫人的日头,鱼贯进入稻田。

他们一直干到太阳下山,再也没有休息过。

不管是"强劳",还是自愿劳动,收工毕竟是愉快的。大家扛着工具,满怀希望地朝炊烟尚未升起的住地走去。一路上偶尔也能听见几声笑语。

"你寄给老唐的几篇译文,我都看了。有些段落译得很不错。"祝老伯对我说。

"我的学问不够,错误肯定少不了。"

"学问大的人,也一样出错。你还记不记得?"老伯问父亲,"燕大教授胡秋原,把一本论马克思书上的话译成'马克思主义在三楼上展开'?"

父亲点点头。

"为啥非在三楼上展开?"我问。

"几楼也行。"老伯回答,"原文乃是'马克思主义发展分为三阶段'。"

"翻译是很难的。"父亲用低且宽宏的声音说,"它是一种文化的综合。不光要有文字功夫,还得有学问功夫。不信你把祝伯的《无线电信号原理》翻了试试。虽然上面的中国字,你个个认识,但对你来讲实际上并无意义。"

"那本书现在对谁来讲也毫无意义。"祝老伯插进一句。

"但你也不要把它看得太神了。要超脱一点,逃出语言的牢笼。记得赵景深有一次将银河译成牛奶路,被鲁迅很讥笑了一阵。其实是鲁迅没能跳出来。因为欧洲人,认为银河是圣母的奶铺成的路。"父亲信口举出一例。

突然人群发生了骚乱。

"怎么啦?"我站住脚,望着在不宽的道路上争相奔逃的人群。

"蛇来了。"父亲拉住我的胳膊,"还不快跑。"

"您先走吧。"我把铁锹从肩上取下,攥在手里。

当骚乱的人流从我身边涌过之后,我才看见是一条无知的方头虫,在追赶着这些极有智慧的人。它是那样的神气,高高昂起头,滑溜的躯体,贴紧草皮,尖而狭的后身以极大的幅度,极快的频率摆动着,使之高速前进。

我后退两步,站到了土路中央。据了一下手中雪亮的锹,做好战斗的准备。

这条以"四档"速度前进的蛇,显然没有把这百余号人放在眼里。它肆无忌惮地追击着,口中的毒信一伸一缩,极有节律。可当它看见有一个人,竟然不怕它,手持铁锹在恭候时,却不禁犹豫了一下,登上土路,向我挺进。

蛇一旦离开了光滑的草地,腹部与地面的摩擦系数就会增大,速度也跌了下来。

临走到我面前,它又犹豫了一下。

无论对于指挥千军万马的统帅,还是渺小的动物,犹豫都是致命的。

当它再度昂起身,准备奋起一跃时,已经迟了——我手起锹落。它身首异地,魂飞九天。

大伙的魂却回来了。

"这条蛇是超级毒蛇。"祝老伯用手指把蛇头夹了起来。

"青黄相间,蛇头奇扁,作三角之形。"父亲念念有词地用棍挑起蛇身,"古书云:啮人之后,五步毙命。"

"怕有一斤多重吧。"我伸手取过蛇来,"回去可以美餐一顿了。"

"在昆明西南联大教书时,我吃过一次这东西。"父亲说。

"到底是年轻人手脚灵便。"父亲的棋友马教授称赞道。

"胆子又大。"马夫人也附上一句。她和她的先生一样,都是研究全中国顶没用的学问——法律的。

人们围住我,就像围住爱因斯坦、莎士比亚。他们七嘴八舌地称赞着,中心赞题就是:小唐的胆子足够大。

可我觉得胆子大仅仅是一个方面。在他的后面有着思索,在他的前面有着行动。这三样缺了谁也不行。

晚上,我把这条蛇烹了,请父亲与祝老伯共享。

为了给这个小型宴会添点色彩,祝老伯将他的战备物资——两听罐头和一瓶擦身用的劣质酒一并捐献出来。父亲也拿出积蓄。所有这些,分盛在五只粗瓷碗中。

"咱们这叫'五鼎食'。"父亲对老伯说。

"这话要是叫哪个有文化又有心的人听着了你又得吃家伙。"老伯边说边斜了我一眼。

"按照汉朝的规定,你们所属的大夫阶层,顶多能吃'三鼎食','五鼎'既为僭越。"对于这些"高知"们经常在谈话关键处,塞些典故或外文,本人是早有反感,只不过以前没有回击能力罢了。

祝老伯很看了我一会儿后,就把原先准备运向自己碗中的一大块蛇肉,夹在我碗里,"行呵,小子!到底长成人了。"

蛇肉的冲天香气,吸引来不少人,他们当中的不少人,都是有名的"老饕",曾吃遍环球中西菜。而且对其中的每一道,都能讲出个来龙去脉来。可如今,他们却被这原始的香味吸引了——我敢保证:如果在六年前,这些在其时被认为有着不坏金身的科学大佛,若遇此味,不是皱眉绕道而行,就是不闻不问——曾几何时,他们身上的金饰开始剥落?又曾几何时,他们对食物的兴趣,超过了对书本和实验室?

民以食为天。教授,民也。故而不能免俗。

"咱们连那个李指导员,倒是个好人。"父亲靠着挺脏挺潮的行李卷,却仍能保持坐沙发的风度。"他读毛选和学文件时,每逢不认识的字,和不懂的典,总是悄悄地问我。有一次,他连问五个字和三个典,我马上答了出来,这使他非常惊讶。'老唐',"父亲模仿此人的四川口音,"'你是不是背过《新华字典》?'我摇摇头。'那你读的书,肯定超过了一百本!要不然,打哪来的这么大学问?'"

"是啊。咱们这儿有大学问的人实在是太多了。想吹个牛都不好吹。"微醺的祝老伯仰天躺成个"大"字。"有次闲聊,大伙让我讲个故事。我就信口编了一个:说我有个同学,在二次大战时,用一辆豪华型的卡迪勒克轿车的发动机,装了一架很原始的飞行器,从德国占领下的法国,飞越英吉利海峡,从而逃出魔爪。因为当时的油很紧张,他不知攒了多少天,才攒下足够的油——可谁知话音刚落,老牛就发言了:你如果自称这件事是真的,那你就是个撒谎者。如果你认为自己是在编科学故事,那么最起码在两点上要进行修改:其一,卡迪勒克尽管是当时世界上首屈一指的轿车,可它的发动机的压缩比,要比任何一架太古飞行器低好几倍;其二,即使他把发动机改装了,也非得搞到高辛烷汽油不可。而这种油,在战时,是决不会供民用的。所以他无从攒起。"祝老伯说到这儿,大伙全笑了。

"雕虫小技,不足挂齿。"靠在角落中的牛教授说——这绝非自谦之词。他是工程热物理专家、"三元流"的创始人。据说在斯倍飞机公司的陈列室里,还供着他一尊半身铜像呢。

"我来个真实度为百分之百的故事,供大伙下酒。"牛教授清清嗓子,"正赶上第一个伏天时,连里那头老黄牛犁田犁到一半,突然卧下不动了,十来个给无数疑难病人治好过病的内科大夫,会诊半天,也拿不出一个立竿见影的方案来。连长急了,喊道:'老牛出列。'我应声站了出来。'你既然姓牛,就去顶替老黄牛吧。'于是,我整整拉了三天犁,记者还来给我照过相呢。"牛伯伯强作笑容对我说,"将来小唐回北京时,说不定会在哪个展览会上看见这张珍贵的照片呢。"

——人对人的侮辱,人的忍耐,至此恐怕已是登峰造极。

夜,已经很深了。外面下着极大的雨。水从门缝下面注入,在两排大通铺之间形成一条潺潺小溪。祝老伯很著名的呼噜,有规律地响着。除此而外,一望无际的大宿舍内寂静无边,我和父亲并排坐着,窗外是吞食一切的黑暗。

一条瘦弱的黑影,悄悄从角落里出现,然后低着头,弓着身走出房门,走进雨雾。

"这是谁?"

"生物系的林教授。遗传专家。和钱学森一块从美国回来的。"

"他干什么去?"

"小便。"

"为什么不在屋里尿?"我惊讶了。

"他不习惯。即使大家全睡了,他仍然要出去小便。"父亲用很低的声音说,"光凭这个弱点,他也很难度过这段改造期。"

这是弱点吗?我不禁想到,来江西之前,我曾作云南行。在红河哈尼族彝族自治州的一位同学处,逗留了二十多天。他们插队的集体户,一共十五人。这十五人中的十个,结成五对,同居在一间与此相仿佛的大茅草房内。每对与每对之间只隔一层半透明的塑料布,或一张漏洞百出的席子。一到深夜,交欢声、窃窃私语声,真是响彻全棚。可他们却习惯了、木了。克服了人类怕羞的弱点,尽情地享受着原始的乐趣。而在这间棚下,却有一个人,甘愿冒雨步行数十米去小便。

"这两相比照,到底哪一头是进步?"我抬起头来,仰问上苍。

没有回答。闪电在不断地划着惊叹号与问号。

十一

一九七三年。

据说旧时代的妇女,在十七八岁的时候,便会不由自主地产生一种归宿感。换言之,觉得自己应该嫁给什么人了。这种归宿感随着岁月的增加而增加。如果到了二十四五岁,仍然没有着落,那么,恐惧感就会取代归宿感。

我心中充满了强烈的归宿感。算盘打得飞快的会计,批改作文的老师,操作机床的工人……任何稍微带点技术味的工作,都能使我的心跳加快,就像待字闺中的少女,见到了健康的少男一样。

然而,我最羡慕的还是那些有幸被推荐上大学的人。

"我决定今年试它一试。不在乎什么专业,只要有书念就行。"我郑重地宣布道。大学重开山门,已经两年了。头一年走的全是正牌的工农兵,第二年才有老插的份。

"不要看别人走了就眼红。"祝新朝我摆摆手,"去年走的那些人,哪一个不是背景极深?他们的老头子,活着的,年年国庆都往天安门城楼上站,死了的,又全聚在八宝山革命公墓一室。就凭你爹那块满是粉笔末的教书匠牌子,还想试一试。亏你想得出来!"

"天安门城楼站不下多少人,八宝山一室又放不下多少骨灰盒。再说,他们去年也走得差不多了。今年也该轮着咱们这些平头百姓了。"我拿出了自己的分析,"试一试,又没啥了不起,顶多不过仍然种地罢了。"

"那你就试试吧。"祝新很勉强地说,"不过别抱多大希望。当然,我会竭尽全力支持你的。"

推荐照例是从大队开始,然后是公社、县里、

"没有你的帮助,我的推荐表就绝对来不了这儿。"十天后,我站在县招待所的台阶上,面有喜色地对祝新说。他在筛选过程中所起的作用,是无法估量的。"这些天来,你低三下四地为我求人,可真受够了委屈。"

"我并不是在求他们,巴结他们,而是在利用他们。利用他们身上的一切弱点,来达到自己的目的。这是观念的转变。"他侃侃而谈。喜欢建立理论,是他家族的特点。

"我看你可以回去了。要不然你那位该等急了。"

"一天不发榜,本大臣一日不回!"他一拍胸脯站了起来,但马上话锋一转,手指上方,"你看,李副书记的女儿在向你暗送秋波呢!"

我顺势一望:只见一张鲜艳的脸,从招待所对面那座人称"县城中南海"二楼的一扇窗中露了出来。

"她是在向你暗送秋波呢!"我虚晃一枪,试图摆脱这个话题。因为从我在县

话剧团帮忙演出认识她那天起,就隐隐觉出这位很俗艳的"县城公主",可能对我有那么一点意思。

"我先躲开一下,如果她的脸不见了,就是钟情于我。"祝新选中排除法来检验真理。"然后我出你进。"

他进去之后,那张脸愈发清晰、鲜艳了。

"这回你的大学算是上定了。"他笑眯眯地拍着我的肩膀,"真可谓双喜临门啊!"

"你如果不打算为在人世上生存找点不必要的麻烦的话,最好免开尊口。"我恶狠狠地说。

"毫无幽默感。"他有点不高兴了。

由这张脸而引起的摩擦,从下午四点一直闹到六点才结束。

八点钟,县委会的一个秘书来找我。祝新很识趣地躲了出去。秘书很婉转地、然而也是很明确地转达了"李小姐"的"个人意思"。

若从气质上分类,我基本上是属于绵顺型的,可今天却越听越上火。

"你的档案,我调来翻阅了一下。"秘书那张由若干个三角形组成的脸,慢慢地凑到我跟前。"要说上大学嘛,在资格上的确有点欠缺。但,"他话锋一转,"也不是不可能的。事在人为嘛!"

"从中华人民共和国有大学那天起,家父就在大学中服务。可我却因此而上不了大学!"血冲上脸,愤怒冲出天灵,"这是他妈的什么世道!"

秘书的脸,开始转化成一个长方形。

"如果你此刻转回身向左看,"我根本就不容他反驳,"就会看见一扇门。请你马上从那出去。"我费了好大劲,才没有将"滚"字吐出来。

秘书很有派头地走了。身后留下一股威胁的味道。

权力就是权力,不是别的。它马上兑了现:上大学的事吹了。

"待到来岁桃花开,又见老插翩翩应举来。"走出县城三十里地之后,我才算摆脱了失败的恼怒。

"如果将末一句改为'翩翩老插再度应举来,'是否会好一些？"祝新故意摆出副夫子样,与我斟酌字句。

十二

一九七五年。

"请问大学问家:这座塞外秃山,凭什么号'姑苏'？"冯哲用虚心求教的口吻问我。

我懂得他的好意。为了安慰我,他特地从县里赶回来,又死乞白赖地拉我游这座"姑苏"山——七年前,我们刚下来时,曾冒雪游此山。回去之后,我趁着游兴,点灯夜战,写了篇堪与大苏比美的散文——可今非昔比,三度落第的我,已尽失文采兴致。甭说作文,连话也懒得和任何人说。一个月来,在我的神经线路上转动着的,尽是些不祥的念头。自觉快疯了。

"你倒是说话呵！"常诚把刚脱下来的上衣扔到我头上。

我把这件他奉为礼服的蓝色涤卡上衣,揉作一团,塞到屁股底下。一个时代有一个时代的服装风格:"文革"刚开始时,最时兴的是军装。后来,大概是因为"人字呢""国防绿"不足以标明身份,那些干部子弟们便把父辈的礼服套在外衣里面。并由此生出无穷讲究:黄哔叽、国徽扣子的是将军服;马裤呢的是校官服……我们追随时尚,也在蓝制服下面,套上件西装之类的。可渐渐地,我对这一切失去了兴趣。蓝色,晦气的蓝色。不知道还得穿到哪一辈子去。

"可总该有点什么道理？"常诚在我们栖身的这块形状峥嵘的巨石上做着准备活动。

"在中国,毫无道理的事,实在是他妈的太多了。"我恶狠狠地扯下外衣。

这座妄称姑苏的山,唯一能叫作"景"的,就是我脚下的这个潭。它四壁皆石,并不见水出水进。可硬是涝天不增、旱天不减。而且深极、绿极、凉极。以前,我们常来此游泳。可今天不知是因为心情欠佳,还是已经入秋,外衣一脱,便觉阴凉之气渗入骨缝。我猛地抖了一下,就披上衣服,缩回温暖之中。

"我正式宣布:从此退出你的竞选班子,而且永不复入。"祝新脱得只剩下一条三角裤衩,"本人发现:推荐这玩意,就像个大筛子。筛来筛去,挥发分高的好煤都全给筛碎了,光剩下些纯石头。"

"你的理论倒修正的快。前几个月还说我是'无论放在哪,也能吃掉小牌的A。'"我心灰意懒地反驳说,"才几天之隔,我又变成煤块了。"

"不错,你是A。可人家玩的是一种小吃大的牌戏。愈大就愈倒霉。"他做了个含糊不清的手势后,就转身从这块距水面六米的巨石上跳了下去。

一只燕子飞掠空中。水面上绽开一朵白兰花。

"时间会使你忘却一切的。"常诚最不会劝人,用的是直进直出的手法。

"可时间又是什么呢?"我冷冷地反问。

常诚眨眨眼答不上来。

"时间不过是钟表的读数而已。本身毫无意义。"

常诚不再理我,径自飞了出去。冯哲也跟着飞走了。阔达的石台上,只剩下我一个人。

我用几丝余光,瞟着几个在水中尽情嬉闹的人。我不像冯哲:他虽屡受挫折,可他爱医学,医学也爱他。他在用医术给别人治病的同时,这门在动乱年代硕果仅存的科学,又给他以依靠,抚平他心头的创伤,恢复他的精力。我也不像常诚:虽然至今为止,他精湛的棋艺,尚未得到正式的确认,可任何与他过过手的人,都被他四溢的才华所镇倒。他自己当然也明白这一点,因而就采用一种除棋而外,万事不动心的态度。成了古人类学人所谓的"特化"了的人。我也不像祝新:这小子是个笑弥陀式的天生乐观派,虽然倒的霉比我还要大,可他好像根本不在乎。至于为什么,我暂时还做不出分析。因为他实在是太复杂了……而我,既无坚实的东西可依靠,又没有抽象的保护层,和用不完的乐观劲儿。我就像一只被人剥去外壳的蚌,任何的外来刺激,都可以伤害我……心灵过于丰富,求知欲过于强,神经系统过于敏感……所有这一切,都是标准知识分子气质,来自家庭父母。可除却给你痛苦外,屁用也没有。与其说它们是天赋素质,倒不如说是债务继承。

我揪了一根半青半黄的草,塞入干燥的嘴里。

草的苦味,感染舌头,沁入心肺。

多少年来,我苦苦地挣扎着、奋斗着,可始终也找不到一个精神上的家园。书本给我烦恼。可从灰色的理论走向常绿的生活,还照样碰壁。别的都是假的,唯有痛苦是实实在在的。绿色,恐怖的绿。黄色,叫人恶心的黄。岩石沉重的灰色,慢慢地向我逼来……我翻了个身,脸朝下躺着。可仍然躲不开使人窒息的一切。累了。疲倦了。劲用光了。别搏了。一切努力都不过是往一只没有底的船上装货。混吧,这最省劲儿!

"别在这发傻了。"我的屁股上挨了重重的一脚。几滴冰凉的水,又淋入我的脖子。我无可奈何地翻转过来。

"跟咱哥儿们学,"祝新像匹骏马似地,抖动着身体,把水珠甩得老远。"当一艘升火待发的轮船,随时准备开往任何知识的海洋。"

"可我已经生了好多年的火,燃料都快用光了,也没能找到一个货主。"我把他的调门给降下来。

"那就自己开他个海运公司。卖自个的货。"

"我最讨厌玄学了。"冯哲往下一指,"老乡都说潭底是石头的,而且有眼泉,可谁也没见过。今天咱们是不是试上一试?"

"要是我扎不到底。别人就不要再作妄想了。"游泳本事最大的常诚,首先跳了下去。

过了好一会儿,他才重新钻出水面。"没有底。"他晃动着双手喊道。

冯哲没有够着底。

祝新也没有。

粗壮的树。巨大的岩石。结实的人体。一切都显示出勃勃的生命力。他们在不可限制的生长着。

它有底没有？是潭就有底。有底是否能够着？这要试试才知道。谁来试？我在一股莫名其妙的情绪的驱使下，我爬上了离水面十米处的一块巨石上。

这块巨石紧贴着岩壁。从上面看下去，一块又一块青石，形成一个阶梯。阶梯尽头，才是那汪绿水。我粗估一下，看自己的弹跳力还有点富裕，就又抱起一块溜圆、溜圆的石块。

"小心！"——我从口型上分辨出潭边三人喊的肯定是这个词儿。可不等声波传至，就纵身以一个很原始的"冰棍"式，跳了下去。

身体连同石块，在空中划出一条美丽的弧线。会不会碰上石块？入水时会不会拍伤？——我根本没想这些。反正已经尽了全力。如果发生了上述事故，那只怪我过高地估计了自己的能力。

入水了。一个合适的角度。一个实用的姿势。它们完全来自下意识，而下意识是平素训练的结果。根据伽利略的计算，石块不会增加我在空中的下落速度。可根据阿基米德原理，我在水中的下沉速度，却大大地加快了。

耳膜感到水的压力。头发竖了起来。"松手！"一声严厉的警告，"否则耳膜会被压破！"——"坚持！"一个热情的鼓励，"如果动不动就松手的话，那你就什么也得不到！"

继续下沉。

耳膜开始发疼。大脑开始出现缺氧的先兆。坚持！镇静！直感告诉我：就差一点了！

……记得在很小的时候，我就能面对一道题，在数学的迷宫中转上一天；会为一篇并不打分的作文，搜肠刮肚地琢磨上一礼拜，很有点"语不惊人死不休"的劲儿……绵延数代的书香之火，万不能在我这儿给灭了……既然已经跳了出来,又跃过那么多峥嵘可怖的怪石,就绝不能功亏一篑!

我在一个小而狭的石凹中停了下来。我用脚趾划开厚厚的苔藓,触摸到光滑的硬石。呵!沉睡千年的潭底,你已不再神秘,也不再可怕。因为有了我的印记。

上浮是轻松的,一派春风得意的劲头。

"你干啥不喊声'永别了',再往下跳?"祝新游过来托住我。

"我正准备去捞你呢。"常诚也伸出一只手。

"我已设计出抢救方案。"冯哲也游了过来。

"如果我出不来的话,你们谁也救不了。只有等我喝饱了水浮出来。"我笑着挥起酸疼的胳膊,"蝶泳!"

四只"海豚"在齐头并进,溅起一阵阵欢愉的水花。

刚才富有象征意味地一跳,给我一种奇特的经验——这大概就是福音书中所谓的"天启"。接下去就产生了佛学上所谓的"顿悟"。看来不管是耶和华还是如来,都爱帮助那些选择了崎岖道路的人。水无孔不入的压力,把潜藏在我生命中最本质的东西给挤了出来。而且,都是些好东西。

"人与动物虽然生活在同一物理世界里,可他(它)们对这个世界的态度却是不一样的:动物总是被动式的,造物主给什么就要什么。而人则总是主动的,总企图超越现实,去建立自己的世界。"走出山峰的巨幅阴影后,我戴上了墨镜。一下子,硬度极高的塞外风光,就被软化了。很有点江南雨景的味道。"换句话说:人有'梦',而动物无'梦'。不知智力低下的三位,可听懂我的话?"

"这小子终于又活过来了。"冯哲说,"对于一个知识分子来说,临床死亡的全部症状,可概括为一句:停止思维。"

我没有搭他的话茬,只是贪婪地吸着秋野中香甜的空气。

"同是一条黄土路,也同是一个人,可来时老兄如绝症患者,去时却如大赦得归。"常诚说。

"要让弗洛伊德知道了,准会说这是一个典型的精神病例。"讨厌的冯哲,又开始卖弄他的医学知识。"治的方法就是从'舍身崖'上,往下一跳。在空中喊一声'一切都去他妈的吧!'再重新冒出来时,一些病象全没了。"

"就算我得的是精神病,那根子也不是老弗说的'性'。而是在追求文化的过程中,所产生的苦闷。"我不得不回他两句,否则将被分析坏了。

"可按照老弗的理论:文化是性追求的升华。"祝新加入讨论,"更何况你这个可能是全中国第一个攻下金西著作的老插,性理论的不倦研究者,至今尚停留在理性阶段,由此而生出点病来,也完全合乎逻辑。"

"滚远点吧!"我在祝新身上重重地击了一掌,"你这个性海深处的遨游者。"他此刻正处在恋爱与结婚的临界点上。或者说,已经结了婚。因为对一对老插来说,你很难判定这个点,究竟该点在哪块。

"不想去我领导的那个医院疗养上一段?"在村口分手处,冯哲问我。

"君之医术,非岐非黄。君之用药,如虎如狼。不敢去。不敢去。"

"不跟我去Y市学上一阵棋?"

"Y市无我,君当独秀。"我拍拍常诚的肩膀。

"回去之后,你作不作篇游记?"祝新问道。

"当然作。江山也须文人捧嘛!"

"那好。有问题可随时去向我请教。"祝新向我深深作了一个揖。

我们分手了。各人去走各人的路。

十三

一九七六年。

一个廉价的信封,书法带有浓重的金石气——"到我这来吧。这里有书读、有房子住,而且有饭吃。"沈老师在信中写道,"或许我也能为你找上份工作。你早过了该自立的年龄了。"

我当天就动身了。华罗庚早年不就是被清华数学系的熊庆来一封信招去的吗。我或许也能就此转转运气呢!

沈老师此时已从公社中学升到县立师范工作。这座师范学校,并不在县城,而是在县境边上,一条极长的山谷顶端。校园背后倚山,前面是片开阔地,其中央有一眼每秒七个立方流量的泉——一条在华北名气极大的河,就从此发源。

学校校舍的主部,是一座德国教堂,因此,基督文明的痕迹俯拾皆是:坏了的管风琴,满身绿锈的十字架,生命力极强的"爬墙虎",一架架退化了的葡萄……其中最令我感兴趣的,还数沈老师住宅下面的那个酒窖。

德国人之海量,是举世闻名的。光与酒有关联的节日,就有好几个。因而,每个教师住宅——也就是前传教士住宅的下面,都有一个又大又深的酒窖。窖内石桌石凳,一应俱全。我稍加整理,接入电源,就构成一间很不错的书房。

沈老师给我找的那份临时工作,的确很不错:图书管理员——古今中外,不知有多少大人物由此进身。虽然这馆挺小,可馆不在大,有书则灵。更何况本人又是馆中唯一的、自然也是最大的权威。

我热爱中国文学。我喜欢历史。我研究过哲学。书,由少读到多。又由多读到少——"该有个主攻方向了。"父亲,叔伯们,哥儿们,都这样对我说。可方向呵,你在哪?——在这间距地面二米又二十公分的酒窖里,我开始了思考。

各种思想在我的头脑里运动、碰撞、裂变、组合……慢慢地,机制开始运转,能量取自思索。

在公元一六二四年,伽利略在囚禁中逝世了。从此,自然界的奥秘,重新坠入黑暗之中,直到有一天,上帝也看不下去了:"让牛顿去吧!"他终于狠心发出了命令。于是,一切重现光明。

公元一九七六年三月,一道极亮的闪电划过我的脑海,惊破二十五年的沉寂。"唐津,你去研究中国科学史吧!"我这样命令自己。

研究中国科学史,尤其是中国当代知识分子脑力活动史,我可算是得天独厚。所以理所当然地把突破面选在父亲这一辈人身上。

关于他们这些足可称当代一流的科学家,我掌握了大量的一手材料。尤其当他们"落难"时,心扉就更容易打开。经过无数次交谈,我渐渐发现他们的哲学底子之薄,实在令人惊讶——有一位自动控制专家,曾经不止一次地对我说:维纳那本《控制论》如果不掺杂那么多的哲学,该是一本多么好的书啊!——殊不知,这本书如果少了哲学,就会变得多么不值钱!他们只会使用"三段法","两分法"在有限的范围内推来推去,看来看去,而从来没有一个人,能够像牛顿或者爱因斯坦那样,给人类提供一个重新认识世界的机会。当然,他们的论证总是严谨、周密的;实验做得也极其精巧,可就是不产生思想。而不产生思想的科学家,从严格的角度说,只能算个技术家。而技术家,不过是匠人的别称而已。

科学家是这样,科学在中国的地位又如何呢?经过大量的分析阅读,我发现在中国,科学力量之小,是使人惊讶的。历代的统治者,从来就没有把科学当回事。对它采取了不闻不问、让其自生自灭的态度。在他们的心目中,科学的地位远不如文学。因为文学好歹还是舆论之种,而科学算什么呢?不过是雕虫小技而已。即使是在震撼中国知识界的反右大风潮中,除马寅初外,还绝少有因学术观点获罪的。

因为这些哲学原因、历史原因,外加地理原因、人种原因,中国的科学家,从整体而论,是驯服的。而科学家一旦驯服,就要失去自信力与创造力。他们很少有人认为自己是宇宙规律的揭示者,是至高无上的。而认为自己是被政治所左右的仆役。从事着一种附属行业——古代的天文学家,就是最好的例证。记得前些年,有位大人物曾经说:"M是建筑学家,可是不会搭鸡窝。Q是力学家,可不会担扁担。"于是乎,M与Q惶惶不可终日,开始极认真地研究起鸡窝的构造法与扁担的使用法来——我曾亲眼得见M花园中那两个结构精巧,用料考究,可没有鸡的大鸡窝。也曾拜读了Q氏充满数学公式与力学分析的大块文章,题目是:论扁担的使用。他们当中,没有一个人敢说:我研究的东西,比这两样原始工具,要高出不知多少层次。

诚然,从"洋务运动"开始,中国的知识界有了很大的变化。到了四十年代,几乎所有搞科学的人,都以留学西方为荣。他们去了,在国外待了不少年,回来时,带着学位,带着技术,带着研究题目,以至于连生活习惯都带了回来。可就是没有带回思想——即使有一点,也全让一句"中学为体"给吞光了。所以一遇风吹草动,人们就可以清清楚楚地看到在他们方形博士帽下盘着的发辫,和在三色博士袍下罩着的马褂。

观点提了出来,它们渴望得到论证。而得到论证的观点,也渐渐组成一种理论体系。体系要求得到阐述。于是,灵感像电子一样被激发,然后由才智进行放大。最后的输出方式就是著作。

六个月后,一本薄薄的小书,在这间阴森森的地下室中问世了。它有个荒唐的名字:《一个插队学生的沉思录》。

每个人都珍惜自己的思想。做学问的人更不例外。虽然我明知这将是一本暂时还不会有人读的书,仍然手不停书地写下去。

幸福呵,唐津!幸福呵,中国科学史的童年!

写作是愉快的。因为主题一定,灵感一来,准确的词汇,优美的句子,自会奔来腕底。相比之下,思索却是累人的。在思索的时候,颅骨将承受巨大的压力。而一旦当压力大到一定程度时,高密度的合金钢,也将渗漏,何况人脑乎。在这种情况下,就得停止脑细胞的运动,缓解一下。

边塞的风光是迷人的。尤其是在傍晚:山风穿越峡谷,发出韵味十足的音响;太阳的余光,犹如金色的蜂群。牧人们已将散布在由那眼甘泉养育出来的一小片沃野中的牛群集拢,赶回村庄。山脚下那百余十户人家的村落,业已升起百余十炷炊烟——虽然我明知烟囱下的铁锅里煮的不是玉米就是高粱,好吃不了。但这一股股安详宁静的烟,毕竟是迷人的。

看来世界上的事,并非全要想深想透才好。比方说:酒窝乃是面部肌肉畸形;美人痣则是很可能癌病的黑色素瘤……

几声铜锣,把正欲返回的我招呼住。是梆子的前奏曲——我那对辨音力极强的耳朵,自己就得出了结论。

去不去看?我犹豫起来。六年前我曾跟随一个乡村放映队,历时五天,步行一百五十里,共看了七场《列宁在一九一八》——主要为看其中那段长达四分钟的《天鹅湖》。因为以前我只听过唱片,没见过真的。可看到第二十分钟头上,忽然觉得有一扇门,在我面前打开:透过天鹅柔弱的形体,我看见了那种纤弱而刚强的女性美……可到了现在,就连这种稍许带点艺术味的东西,也见不上了。不过话说回来:没艺术味,去嗅嗅人间香火味也不错。我掉转身子,向小村庄走去。

这是一个处在土城中央的村落。据方志记载:自唐始,此处即是一个商品集散地。元代最盛时,曾经上过万人。但如今却萧条已极。村民们看看复兴无望,就剥去城砖砌房,搬来石碑做台阶。所以,一路行去,倒也有几处值得看一看。

我循乐声,来到戏台前。戏尚未开演,但台下已是千头攒动。其中大部分是青年男女。他们你推我嚷,好不热闹。这方圆三亩左右的场院,似乎大有盛不下青春与爱情之势。

看看要从这些结合得十分紧密的"情分子"中间穿过去,似乎不大可能。我就倚住一棵枝繁叶茂的银杏树站定,观察着过往人群。

这里的人——尤其是妇女,大都长着细长、细长的眼睛;衣服的款式,也宽大随和,很有点唐人遗风。中间也杂着几个黄发碧眼儿。据我分析,很可能是以禁欲闻名的日耳曼传教士的后裔。

一出早已听烂了的戏开演了。名字就叫《龙江颂》。据一位文化史专家讲:戏剧一到独盛之时,便是文化危机之日。以元朝为例:从草原上来的统治者,没有欣赏更高级艺术的能力,于是元曲就应运而生。而其他门类,却相应退化了。依此类推,现今八戏独昌,又该作何解?我闭上眼睛,把脸转至与戏台成九十度角的方向——这才叫"听戏",北京的老戏迷都是这么干的。

梆子这种戏,最主要的特点就是激昂高亢。可用它来表现江水英,却实在是勉为其难。

"见畚箕,千丝万篾情可贵。后山人,抗旱的意志不可摧。"当"水英"唱到这一句时,我忽然从中品出一种十分熟悉的韵味。

这是谁的嗓音?我仍半闭着眼睛在想。可怎么也想不出来,只好张目转脸,向台上看去。

是她!就在"江水英"欲转未转的一瞬间,我就从身段和手势上,认出是吕纹来。

我好不容易才挤到台前。

她变了。八年前的少女风姿已荡然无存。呈现在我面前的是丰满的身材,成熟的脸庞。当她走到台边上时,我故意咳了一声,试图引起注意。可她深陷在戏里,根本就无动于衷。于是我只得等大坝合龙,公粮交罢,才绕到后台口,等她出来。

"什么时候来的?"见了我,她并无半点惊讶之态。只有历尽沧桑的人,才能做到这一点。

"没开演的时候就来了,"我望望身边的股股人流,"找个地方聊聊好吗?"

"好的。不过我先得把戏箱搬回住地。"

"挂头牌的大角儿还搬箱?"我半开玩笑半认真地说。

她朝我嫣然一笑,"我们小班子,不分头牌二牌的。"

我抢着把分给她的那口不大也不小的箱子扛在肩上,朝她们的行馆走去。

像这样走江湖的戏班,是不会有什么讲究的地方住的。可即使如此,她的"行宫"之糟,仍使我愕然:团内五十个人,男女各一室。无床无铺板,只是在稻草堆上铺开一块大塑料布,就装下了十八个女性,外加两个不辨男女的孩子。

当我们返回戏院子时,早是曲终人尽。我一屁股坐在一块光滑的大石头上,她却倚着那棵老银杏树站着。

山村的夜,很凉也很静。默不作声的风,搅拌着月光,轻轻地滑过人体。

我是个极健谈的人。可当该说的事太多时,也就没话说了。

"吃糖吗？"我掏出几块包装讲究的酒心巧克力。这一年多来，为了能有个好身板读书，我戒了烟，改成吃糖。用祝新的话讲：前六年，你用名讳中的"津"字，是杆标准的"牛津老枪"，而这后几年，你又换成了"糖"字。到底是你爹的学问大。连名带姓全有用。

"不吃。"她的手与我的手，稍稍接触了一下。

"只有一点酒，坏不了你的嗓子。"我又把糖递了过去。

她把糖放在掌心里，轻轻地转动着。

"不吃糖，就请坐。"当她再度改变支撑重心的腿时，我才说出早该说的话。

她犹豫了一下，就坐在我身旁。

"你怎么唱起这号戏来？"我问。自从有京剧那天起，此行中人，就向以"大戏""国戏"自居。别说梆子类的荒村野台子戏，就是"越""粤""评"也不放在眼里。

"这年头，能有戏唱就不赖了。哪还容你挑挑拣拣。"她双手抱住肩头，"分手7年来，你都在干什么？"

我择要叙述了一番经历。

她一声不响地听完后，就站起身来，"夜深了。回去吧。"

我虽然还有很多话要对她说，可不好强留。只得快快地护送她回去。

"我们还要在这连唱两天，"临进屋前，她对我笑了笑。

这笑容我十分熟悉。

第二天，她唱罢"铁梅"之后，我俩又坐到了大银杏树下。

从物理学的角度讲：永动机是不存在的。从精神分析的角度讲：要说的话，就得及时说出来。老闷着就会生病。一颗奋斗着的灵魂，需要得到慰藉。一副筋疲力尽的躯体，要找个地方靠一靠。

"有的人到了四十岁，仍不知自己这辈子能干什么。可我在十四岁的时候就知道了。但早熟即是不幸。多少年来，我到处碰壁。直碰得头破血流。"我摸摸隆起的前额，"一年前，我进一步明确了方向，开始奋全力前进。我读书、我思考、我写作,可我……"我顿了好一会儿,"德国考古学家施礼曼在八岁时,就发誓要找到失落了的特洛依城,而且终生不渝。他很幸运,因为古城遗址的确存在。也正因为遗址存在,他的奋斗才是值得的,可我研究的东西,要比他的抽象得多。会有结果吗?会有意义吗?"

说这番话时,我并没有考虑到她的文化水准。作为朋友,首先得有一双耳朵。她在听,这就够了。

"我是满族人。父亲是正白旗的。"等我稍稍平静下来后,她才用月光般的音调幽幽地说,"这你大概不知道吧?"

"不知道。"我从来没有打听别人家庭背景的习惯。记得一九六四年父亲在京西宾馆主持全国文科教材的编审工作,我曾蹭他的车去上学,但这绝不是为了炫耀,而是出自男孩子对机械的崇拜。每逢同学问:你爸是开车的,还是坐车的?我总是自豪地撒个谎:开车的。因为在我的心目中,除开飞机外,驾驶汽车是最了不起的工作。"文革"后,家庭地位发生了改变,我就更不愿意提起这些了。

"民国后,满人失去了先前的地位。可依旧门脸不倒,认为自食其力是旗人最大的耻辱,所以当家里穷的快没饭吃时,父亲提出要搭班唱戏,还让爷爷给臭骂了一顿。他只好偷偷摸摸地学。直到家中一文不名时,他才再次提出要去唱戏。这回爷爷没话说了。也正是靠了这,吕氏一门的香烟,才延续下来。

"我没有你的学问大。可我总觉得于其该亮货的时候没有货,倒不如先存下它点。"

她仰起脸看着我。看来她不光有耳朵,还有脑子。

"这年头在外面混,女人比男人更难啊!"她的声调低了下来,"我们这些唱戏的,就难上难了。剧团的头头打你的主意,县委宣传部长打你的主意。他们骗你、吓你、哄你。要是你想干点什么,那就更容易上当。"

我抓住她那只微微颤抖的手。

"我有两样可干的:一是随便嫁个人,作个贤妻良母。二是认真唱戏,争取有朝一日,回到京剧中去。我挑了后一样。可这很不容易。有时候,我真想找副结实的肩膀靠一靠。"她把我的手攥紧。"我觉得事业和人一样，看上了，就把终身托付给它，别老三心二意的。"

在她这番娓娓道出的话里，透出极硬的风骨，这使我感奋。看来在这悠悠天地间，我有着一大批同行人。

一个小小的否定之否定的过程，就在这个晚上完成了。

"明天，我们就要去内蒙草原上演出了。"第三天晚上，我俩又来到老地方。"戏子人情，来段清唱作纪念吧。"

她唱的是程派传统剧目《青霜剑》。虽然没有布景行头，京胡鼓乐，可依旧深深地感染了我。在这哀中蕴刚的清唱声中，我突然搞明白为什么在三、四十年代，程派新腔很是风行。因为只有这种低回而亢奋的声腔，能代表当时人民郁郁而愤激的心声。而这些，无论"黄钟大吕"，还是"响遏行云"都是无法宣泄的。

我向她表示了我的爱。

她把头靠在我这副还算结实的肩膀上，用少女般清澈的眼神看着我。

……

爱情是很难诉诸笔墨的。它不但创造了语言，而且超越了语言。

十四

一九七八年。

由十个专区推荐上来的考生云集省城。这其中各色人等全有。有光会写字母，就来报考研究生的；有只会解一元二次方程，就来报考"大气物理专业"……外加靠权力硬闯的，靠运气瞎碰的。当然，其中的大多数，还是有真本事的。

最后一门英语考完之后,我收拾东西,准备回家静候佳音。这时一位英文副教授和一位助教来到我们的住地——他们是来了解考题深浅的。虽然考题对谁都一视同仁,无所谓深与浅。可他们也不敢不来。

两位老师挺懂门道,并不张嘴就问深浅,而是先问各人所读的课本。于是众考生争先恐后地报出自己的学问渊源。只有我一个人坐在墙角里养神。

"您读得是哪种课本?"副教授转到我面前。他属于那种对任何生人都冠以"您"的标准知识分子。

"没课本。"我赶紧坐直。这并不是故意充大份,金西这块牌子可不敢随便往出亮,弄不好会误了前程。

"没课本?!"他皱了一下眉,"那你认识字母吗?"他用"你"置换了"您"。

我点点头。

"那么单字呢?"他已做好走的准备。

"多少认识几个。"

"请定量说明。"助教插言问道。

"三万左右吧。"为防不测,我昧着良心,把单词量往下压了压。

"三万?!"副教授那颗智商不算低的大脑,足足运算了十秒钟,才估出这个数词的分量。"要知道,这是半个莎士比亚啊!"他不相信地看着我。

我懒洋洋地靠回被垛。多少年来,列车员就是用这种眼光看我们,好像我们永远是没票乘车的。警察们也用这种眼光,好像我们是天生的罪犯。就连父母,有时候也使用这个波长与频率,我已经见惯了,也见腻了。

"能念两个听听吗?"助教的提问,多少有点不怀好意。

我索性闭上眼睛。

"莎士比亚是使用单词最多的英语作家。你能达到他的一半,是很不简单的。"副教授用英文对我说。他的人生经验比较丰富,知道在某些特定的时候,奇迹是会出现的。

"莎士比亚又怎么样？他也是人。"谁也得承认用标准的牛津音来操"老插腔"不是件容易事。

"从你的岁数上分析，你不可能出过国。也不可能上过外语学院。那么你到底是在什么地方学来这标准的牛津音呢？"他继续用英文问。

"英文不一定非得在某个特定的地方学……"我用极流畅的英语，讲述着自己的经历。

我敢说：一个会说标准英语的"老插"，是他有生以来，见过的最大奇迹。

一群人围住我看，就像我是恐龙再世。

"你本来是可以免试的。"谈话结束时，副教授改用中文说。

"要说本来。"我边往出送他走边说，"我早该是个博士了。"

"你爸爸是教授？"我刚一回来，一位肩膀极宽的小伙子，就拦住我问。

我认出他是费了老大劲儿，才把一只花瓶画在方桌上的那个报考中央美院的人。

"是不是教授？"他追问。

"是教授。"我很慢地说，"而且是一级教授。"为了找一个合适的日子，一个合适的地方，自豪地说出这句话，我不知等了多少年。此刻，终于说出来了。不仅仅对他，而是对着整个宇宙。

"一级教授比地委书记大还是小？"

"从行政级别上讲，比地委书记要高一些。"我彬彬有礼地回答。

"那从实际权力上讲呢？"他脸上的表情，至少用四个形容词才能表现。

"地委书记的权力大，那是在封疆上。到省城，就自当别论了。不过你也别害怕，学术界不是青洪帮，大学教授也不是黄金荣，只要能亮出真货，谁的儿子也一样。"我擦着他的肩膀走回床位。

这番文白交杂的话，他不一定全能听懂。但大意他还是搞明白了。不一会儿，他就坐上辆京吉普走了。

"宽肩膀"没有考上。

我也没有考上。

这是一个两种势力交错的年代:大学要分数,地方要推荐。缺了哪一条也不行。

没考上就没考上呗。这并不影响我调回北京。也不影响我结婚。

十五

一九八四年。

我在这张面积只有零点四平方米的小桌前站定,仰起脸打量了一下海拔比我高一米,组成围猎型的考官们。

套句古话,这叫:京城学术俊杰,尽入吾彀中!我不大恭敬地想道。

这是在H大学阶梯教室举行的博士论文答辩。时间是十月九号上午九点整。

四年前,为了照顾年迈的父亲,我调回了北京,在H大学某了个闲差。

在以后的两年时间里,我念完"在职研究生"的全部课程,并通过了考试。弄到了一个硕士学位。然后开始读"自然科学史"的博士课程。

说实在话,我并不十分稀罕学位,这东西原本是为了鼓励学子们上进,从而人为地设置下的。可谁知它渐渐地异化了,变成了整个社会冲才用人的标准。没有它,你将寸步难行。所以不得已,只好随俗。

半年前,我的博士论文的初稿就写成了,父亲是第一个读者。他极认真地读完之后,就把我召进他的书房。

"作为国家学位考试委员会的委员,我有两点忠告,希望你能认真地听一下。"

我很规矩地坐在他面前,竖起一双耳朵。

"其一:你的导师作为一个副教授,却带博士研究生,本身就有点勉强。也就是说:你有些先天不足。"

"这我知道。"在中国,无论政界、军界、还是学术界,辈分都是至关重要的。如果你的导师是某门学科的开山祖,答辩就会顺利的多。因为考官们肯定大部分是你的同辈。给你难堪,就等于给你的导师——也是他们的老师——难堪。可如果你的导师"份小",那情况就会翻个个儿。

"其二:你拿中国近代和当代知识分子的思想做文章,也就是说把理论的焦点对准考官,似乎,"词汇量甚大的父亲在选择下面这个词时,显然遇到了极大的困难,"有点犯忌。"

"是有点犯忌。可别的题目我不想作。"要说搞科学史的人,找一个安全的题目,那实在是太容易了。比方:《沈括的哲学思想》《舍利子的化学构成》《知识分子在文革中的境遇》,等等,等等。可这全都不合我的本心——"人总得做点违心的事。"一位老学长曾经这样劝我,"换个题目又有什么了不起的?不过是拔颗牙而已。拔完之后,你仍然是你。"是的,即使把满口牙全拔光,我也是我。去掉四肢,我仍是我。可总有一些东西,拿掉之后,我便不再是我了。

"反正该告诉你的,我全告诉你了。好自为之吧。"父亲没有再劝。我知道他此刻的心情是非常矛盾的:作为父亲,他希望儿子能顺利通过学位考试。可作为学者,他又希望儿子是个有创造精神的人。

这二者能否统一,就全看今天这一下子了。我从口袋里掏出论文的提纲来。

考官们睿智而犀利的目光,立刻聚在我身上。似乎想把我烧焦。

"现在请唐津同学,宣讲论文提要。"主考官无比庄重地宣布道。

《爱因斯坦与中国科学家的社会责任感之比较》——我在光电黑板上写下了论文的标题,书法很带点欧体的味儿。然后就开始宣读论文。

"爱因斯坦是个伟大的哲学家与科学家,但更是一个伟大的人。一个正直的、精神境界高尚的、有强烈社会责任感的人。

"他认为:知识分子除作为一普通的社会成员该对社会负责外,还由于是知识分子,该对其负双重的责任。因为他认为只有知识分子,才能用理论和科学去处理人类事务。"

我先简略地论述了一番爱因斯坦的社会观。然后直接进入主题:

"与他相比,中国的科学家——无论是自然方面,还是人文方面的,却实在是太'纯粹'了一点。而这种'纯粹'是士大夫习气的历史积淀。是应该淘汰的……"

我的声音,在教室中往复鼓荡。

答辩开始了。

从语义学的角度讲:答辩一词,本身就含有被审的意思。再加上考官们严肃无比的面孔,控制得极好的声调,法院味儿就更浓了。

问题接二连三地被提了出来。

"爱因斯坦先是给原子弹提供了理论基础,然后又在一九三九年八月二日和一九四〇年三月七日,分别致信给罗斯福总统,从而加速了原子弹的问世。请问你对这两个问题怎么看?"一位满头银发的考官,一字一板地问道。

"爱因斯坦的 $E=mc^2$ 的公式,对制造原子弹并无直接关系。原子弹是在 E·费米、A·康普顿等人研究的基础上,由奥本海默领导完成的。而那两封信,是他应西拉德之邀写的。最后政府请他担任铀委员会的顾问时,他拒绝了。更重要的是,他在原子弹爆炸后,所进行的一系列呼吁和平的活动……"

提问。

回答。

更高一级的提问。

更高一级的回答。

……

"爱因斯坦被抄过家吗？"——天啊！这是一个多么没有水平的问题啊？可也不得不回答。

"被抄过。一九三三年三月十七日，纳粹冲锋队员抄了他在柏林的家，并烧了他的著作，封了他的门。同年三月二十日，他发表声明抗议，三月二十八日，他辞去普鲁士科学院院士职务，并放弃普鲁士公民权……"

"法庭休庭。""法官"们回后庭议事。

"唐津同学的思想，无疑是有创见的，但创见不等于正确……在许多地方缺乏足够的说服力……故不予通过。"

中午十一时三十分，一份长达二百字的"判决词"发了下来——这是"终审判决"，没有上诉处。

离经叛道的人，很少有好结局的。但找一个"和平"题目来做，我又不愿意。虽然这样做，会使世界多一个博士，但同时也就少了一个有创见的人。

"谁要是把自己标榜为真理和知识领域内的判官，他就会被神的笑声所淹没。"我在空荡荡的阶梯教室内，低声朗诵了一段爱因斯坦的话，然后就信步走下台阶，走出了门。

十六

一九八四年。论文答辩后的第二天。

这是一桌带有乡村风味的席面：凉拌的大白菜心，像深山幽谷中的雪；刚出锅的胡萝卜丝，像炼狱中的火……它们各自呈现出天资丽色，时刻准备冲进你的嘴。

我伸出筷子。

"还没有诵经呢。"常诚制止住我。

"该死,我怎么把这么大一件事给忘了呢?"据说牛津与剑桥的学生,每餐之前,都用拉丁文诵经,以示对赐食物于他们的主之敬意。依理,我们这些老插,也有自己的经文:

"脸皮薄,吃不着。脸皮厚,吃个够。"

四条喉咙唱出极虔诚的颂歌。

这顿饭是常诚发起的。用祝新的话讲:旨在庆祝我没考上。

可我不在乎。甩开腮帮子,向这只有魔鬼才能做出的宴席进攻。

"你是该好好补一补了。"冯哲无限同情地看着我,"用医学术语来讲,这叫'产后空虚'。"

"可惜生下的是个死婴。"祝新真是刻薄已极。

"从另一个角度说:死婴也证明我有生育能力。"我笑着举起杯,"来,为死婴干一杯。"

"干!"四只大碗碰在一起。我们依旧保持着山大王的风度,大块吃肉,大碗喝酒。而不是像真正的城里人那样,用顶针似的杯子啜饮,用小碟子鸟一般的啄食。

"前两天,我做了笔好生意。"已经微醺的冯哲说。

"你要能做好生意,我就该是洛克菲勒。"祝新不屑地说。

"真是笔好生意。"冯哲并不在乎祝新的挖苦。"前几天,有一个自费出国留学的前大亨公子,硬要我卖一条'哈佛同学会'的领带给他。张口就给八十块。我不忍心敲他,就倒还了三十块。"

"五十块一条旧领带。值!"祝新略品了一会儿说,"往后再有此等冤大头,别忘了往我这介绍。"

"我家有那么多领带。可惜一九六六年老娘一害怕,全给扎了墩布了。"我说。

"按平均五十元一条计算,你家那个墩布堪称世界之最了。"冯哲含糊不清地说。

"还有个余兴节目。"当常夫人把碗碟撤去之后,常诚把草席铺在地上。冯、祝二人分别从里屋取出一大一小两个纸匣。

"你们要干什么?"我站起身,等待恶作剧的开始。

常诚一抬腿就登上屋中央那个单薄已极的茶几,打开手中的牛皮纸卷,用主教般的声音念道:

"鉴于唐津同学在一九六八年至一九八四年这十六年间,始终如一地致力于科学研究的精神,并根据他在科学史方面的建树,作为一个法人团体,'梧桐科学院'全体院士一致通过:授予唐津同学以博士学位。"

掌声中,录音机响了。小小的房间里,立刻响起一支《圣母颂》般的曲子。

"这是博士帽。"冯哲取出一顶做工精巧的方形帽,端端正正地带在我头上。

"这是三色博士袍。"祝新从大匣中拿出一件行针潦草、由毛毯缀成的袍子,硬披到我身上。

我笑了,眼再也包不住泪水。

"从比较学历史的观点看,我们授予你的学位,比牛津、哈佛的如何?"

"比那些无名学校的要强多了。"我把牛皮纸卷捧在胸前,"要知道:这是一份金色护照啊!"

"金色护照是文理双科博士文凭的名称。"祝新向犯糊涂的常、冯二人解释道。

"可老唐的学问仅限于文科方面啊!"

见常诚除棋之外,领悟力竟是如此之低下,我只得把话说白了,"本人这文凭,不光能在学术界使用,在人世间也是通行无阻的。"

常诚这才懂了。

夜已经很深了。我们四个挤在那张不大的草席上，和衣而卧。

"这多像咱们当年那盘炕呵。"常诚用充满梦幻的眼光，注视着那盏似着非着的落地灯。

"而那盘炕就像诺亚方舟。"难得打比喻的冯哲说。

"而在这方舟上，是君等打浆，本人操舵。"祝新说。

"不对！"我当下反驳，"是君打浆，我操舵。"

"不对！"又有人攻击我。

——脱离插队生活已经快十年了，可我们凑在一起，仍能组成一个吵吵嚷嚷的共和国。

我做了一个梦。梦见一个铺天盖地的浪潮正在兴起。在这个浪潮中，几乎所有的重要角色手里，都拿着一份护照——金色的护照。他们的才能——那种非正式的、多变的才能，将冲开传统与权威的髓腔，绽开一朵朵夺目的花。

我已经清清楚楚听到浪潮的声音。

《华人世界》 一九八六年第三期

脱却乌纱真面目

一

省老干部活动中心,是一幢淡灰色的三层小楼,历史很老,可追溯到北洋时期。外观虽有些残,内部却挺富丽:清一色的纯毛红地毯铺满走廊,很有点人民大会堂的派儿;而报告厅则是宁静的蓝色,书法厅为素雅的黄色,游戏厅乃活泼的绿色。真可谓爽心悦目。

省冶金厅前厅长霍步金和夫人陈怡,边走边和人打招呼。打招呼的方式,完全视对方的身份和熟识程度而定。

"老霍、老陈,快来快来,我们已经等半天了。"游艺室里,铁路局苏局长和夫人,把通体雪白的麻将洗得"哗哗"响。

霍步金把料子风衣挂上衣架,然后又把闪着银光的不锈钢手杖,小心地倚在墙角。这手杖为铬镍质,是他早年在中南一个大钢铁公司作副经理时,下属送的,其强硬度不可置疑。只要出门,他必定带上,就如少妇忘不了心爱的提包。用儿子霍小沛的话讲:这手杖既是过去身份的象征——因为市场上不见卖,一看即知是利用职权搞来的。同时又是老年的象征——一上公共汽车,就有人给让座。虽然您腰腿甚健,思维清楚,酒量比我还大。

不管儿子这话对不对，他都不爱听。儿子说不出一句他爱听的话！

"轮你坐庄。"落座后，陈怡对有些发呆的丈夫说。

他怎么还不来？

鲁纬看了一下腕上那块很大的航空表。这表是他在朝作战时缴获一个美军少校飞行员的。当时他指挥着一个军。这是块好表，气压计、温度计一应俱全，三十多年来只擦过两次油泥：一次是在一个造反派借去玩了三年又回归时，一次是在干校的稻田里"潜伏"了五天后。他是 B 省的前省长，去年离休。虽七十开外，但身体仍和那套藏青色中山装一样笔直。走起路来非常沉稳，给人一种多年执掌大权的感觉。

按说他该来了。鲁纬把仿古的围棋盒摆得更正，又把已经很平的塑料棋盘抚得更平。

他是陈毅元帅的部下，曾随他转战皖赣，因此也爱上了围棋。记得有一回，在两次战斗中间，他俩曾连续"战斗"了二十小时。若论棋艺，他在陈帅之上。可陈帅是个不服输的人。若不是最后精神倦怠，让老总钻空赢了三盘的话，还不知要下到什么时候。

有人说：围棋艺术与战争艺术是相同的。他摇摇头。其实二者风马牛不相及。要论打仗，自己不及老总的一半，可棋却比他下得好。不光在 B 省，即使在全国的高级干部中，也称得上佼佼者。

他有些烦躁。这位吕教练的架子委实太大了！伸手去摸电话机，可摸到的却是方方的棋盒。在他那个小礼堂般的办公室里，那张岛屿般的写字台上，曾经排列着四部电话机：一部专通北京，人称"红电话"一部是省政府机关的内线机；一部是通往第一办公室的——那里有七位秘书以电话为中心坐着办公，还有一部则是普通外线机。可这会儿，却只有这个棋盒。

以前总是人和事来找我，而现在除疾病之外，便很少会有人和事来主动找我了。只剩我去找人。然而，不是找不到人，就是找到不办事。前两天，不就为西城区的居民厕所问题,来来回回地奔波了一个星期吗?可最后只落实了一半。"我提出来的方案,是仔细考察过的。"他和颜悦色地对城建局的刘局长说。"而我同意建五个,也是经过全局统筹考虑的。"刘局长文绉绉地回答他。他压住火气,拂袖而去。近来他的火气特别大。找了一回魏省长,也只增加了两间。"放在以前,我只要在文件上批几个字,就全办了。"他对前年才和他结婚的妻子说。"可这几个字,你从来没写过。"妻子小赵,以前一直在西城区的一个卫生所工作,生活在一片贫民窟般的住宅区里。

是的。自己以前总是在为冶金、铁路、电力等重工业忙,从未想到过这些小事。其实,事无大小,都该以属下居民的生活为中心。可惜这道理明白得晚了点。

看样子吕教练是不会来了。

三楼顶上最安静的一隅,是图书馆。省委宣传部的前部长严亦峻每次来到这,都得巡视上一圈,不无得意地浏览一遍那些书籍。然后,坐到舒适的软椅上,打开活页笔记本,再小心地展开那部《资治通鉴》,埋下头去。这个图书馆是他一手办起的,因此,每坐下来,他总有一种和别人不一样的体味。

二楼保健室,人称"朱胖子"的前省经委朱副主任,正在用力拉一副五根弹簧的拉力器。随后,健步走向墙角那台日本"精工"牌体重计:七十三公斤。"好!"他叫了一声。"减了两公斤。"看来没白折腾。

他走到电动按摩器跟前,把柔软的皮带套在腿上,然后按一下开关,躺了下去。

霍步金足足考虑了五分钟后,打出了一张"北风"。"咱们这帮子老头,就像这张牌一样,上下不挨,左右不靠,谁也不想要。"

苏局长不动声色地把这张"风头"吃进,然后把牌推倒:"和了。"他嘀咕了一句。

"和啦?"霍步金欠起身,仔细地审视着被推倒的牌。

"如果你觉得该打哪张牌,那就最好出一张与之相反的。"陈怡音调圆润,但个别字又很高亢。"对于一个思路总是不对头的人,反向思维法是很有用的。"

"不过要把牌出到别人家的心坎上,也不容易。"霍步金依旧笑容不改,漫不经心地洗着牌。陈怡耸耸人工修饰的眉毛,没再作声。

她是清华哲学系的毕业生——那张羊皮纸文凭,至今还深藏着。一九四一年去延安。那时的"圣地",甭说正牌大学生,就连高中生也是凤毛麟角,珍贵已极,加上她的字和她的人一样漂亮——字是文化的门脸,这一点很重要——所以她是很引人注目的。被一位曾经在共产国际工作过的领导相中,要去做秘书。没过多久,就有一些风言风语传了出来。可她一点不在乎,认为在共产党的首脑机关中,全都是"百分之百的布尔什维克",哪会有世俗?何况那位领导的女儿,年龄跟她差不多。一年以后,她才觉出事情有点不妙,申请调到了广播电台。

她的英文很好——教会中学打下的基础;在清华又听了两年英籍教授讲的罗素。她的俄文也过得去。所以,在电台一人能顶两人用。

一次偶然的机会,她与霍步金相遇了。那时的霍步金绝称不上英俊,而且还透着一点农民气,可他的胆量却大得惊人。在当时开展的以康生《抢救失足者》小册子为"起跑点"的抢救运动中,他为给一位曾经在地下党工作过的同志的问题定性,竟跟掌着审干大权的康夫人曹氏大吵了一架——至于他为什么没有因此而倒霉,只有天晓得。

她很快就爱上了霍步金,而且爱得那样深。至于为什么,没人能分析得透。只流传着一些模棱两可的说法:气质相差越远的人,越容易相互吸引。

他们夫妻一起随党中央东渡,然后又一起进入北京城。霍步金很快就外派到南方作专员,她则留在中央宣传部。

在基本上已内定霍步金提升为省委副书记时,一个苏联援建的大型钢铁公司上马了,霍步金因此被调去当了副总经理———一个八万人的副总经理,并不比省委副书记小;更何况总经理是冶金部的一个副部长兼任,所以起码有一半权力掌握在霍步金手里。

没过多久,大批苏联专家来到这个钢铁基地,他们俨然以"老大哥"自居,什么事情都要专家会议定了才算。权力就是权力,不管你主观上是否意识到它的重要性。没多久矛盾就诞生了。先是表现在一些具体的方案上,后来终于归结到:到底谁是公司的主人?这是个大问题。霍步金因此又被调到另外一个省做冶金厅副厅长,鉴定上还附着几句含糊其辞的话:因工业政策方面的问题,故……

于是,陈怡也到这个省的档案局作了处长。

霍步金是九级干部——这是"三八式"干部的级别上限,做厅长也算说得过去;而陈怡以十四级干部出任处长,也不算低就,可她总觉得是一种委屈。因此,虽然已是过去的事情,但陈怡却无法摆脱这种困扰,时不时要用硬话顶对霍步金。

"这是最后一把了。"她振作了一下精神,接着洗牌。

"如果你从庄上被掀下来的话。"霍步金不失时机地刺了她一句。

看来今天是白过了。鲁纬恼怒地看了一下手表:四点整。他慢慢地转动着头颅,试图在游艺室里找出一个对手来。霍步金不行,虽然在干校他自称是"一级棋手",但他对围棋素无研究,只会摆弄象棋。至于苏铁路,他除了麻将外,只会钓鱼。

……他不行! 他不会。只剩他了。

身材削瘦坚挺:雪白的衬衫外罩着一件高级毛料西装背心。埋头读一本约有三百页厚的英文书。像捧着一块砖!

这人是省科学院的二级研究员孔德林。他血管里流的是"至圣先师"的血,尽管这血在绵绵几千年里,不断地被外姓人所稀释,可依然傲气十足。鲁纬盯住那张有着险峻前额的脸,装什么洋蒜! 游艺室里能研究学问,厕所里就能吃饭了!

这位孔氏后裔头衔可不少:普林斯顿大学硕士,控制论学会副理事长,某个小国家科学院的通讯院士,另外还有一个总结代表了他一生四分之一强的称号:右派。

这个称号是鲁纬"授予"他的。他至今仍然相信：当时的确有一些人——也许人数很少，但毕竟有——是真正反对共产党的。当初，材料报上来之后，主管"反右"的他，认真地看了三遍之后，就签了字。以后就把这件事放在脑后了。二十年中，一次也没想起过。直到中央给全部右派平反，他才重新把案卷调来审阅。当时，他仍确信这位孔某人是反党分子。不过中央的决议是有道理的：如果不特别强调全部，而只是部分解决，哪一个也解决不了。有谁能承认自己搞错了呢？

他不很愉快地，但是全部、彻底地给孔德林平了反。

这位孔先生的消息在尔后几年中，不断地传来：什么国外有亲属请他去，他不去；写了一本书，却把全部稿费赠送给儿童福利基金会；给他房子，他转让给六口蛰居一室的讲师……他慢慢改变了对孔先生的看法。有一次，他特地派秘书去孔宅看看。秘书回来说了些让他十分辛酸的话：老头家徒四壁，无妻室、无子嗣，孤身一人。这是谁造成的？鲁纬没细想，或者说，潜意识阻止他去细想。

在他离休前的一次民主人士鸣放会上，孔德林拿出一个小本子，滔滔不绝地讲了两个小时他所见到的弊端和解决方案，但他根本就不屑一顾。他讨厌孔氏那副"布衣傲王侯"的劲儿！尽管如此，他还是把孔氏提案中自认为可以解决的，记在备忘录上。在职的时候办了一部分，余下的正在办。厕所问题就是其中之一。

当然，他心里肯定也讨厌我——鲁纬推论："听说孔先生的围棋很好。"吕教练上次和他下棋时曾说。

"比我如何？"

"差不多。"吕教练含糊其辞地回答他。

倘若能碰上水平差不多的棋友，的确是一大快事。唉！可惜偏偏是他！

到底老了：严亦峻伸了伸懒腰，活动几下有些发僵的手。想当年，我曾经在一昼夜写了两万字的报告，光香烟就消耗了三包。第三天早晨才发现，连窗帘都熏黄了,缸里的热带鱼也肚皮朝了天。可自己却依然精神抖擞地去做报告。那是一篇十分精彩的报告,连鲁省长听完后都说:可以和《九评苏共中央的公开信》相比美。立论严谨,行文流畅,尽管许多观点已经过时,但就文笔、文体而论,依旧不失其光辉。

我这一辈子,到底写过多少字?严亦峻闭上眼睛想。恐怕在五百万左右。五百万字呵!然而这五百万字有多少是能流传下来的呢?他摇了摇头。搞宣传工作不是搞学术,应景之作难免。反正自己不会出专集、选集,操那份闲心干什么!

虽然不出书,可一个人,尤其是搞文化工作的人,在一生中也该给后人留下一些带油墨气的东西。如果将来真的有人能为我立传的话,只要求记上两件事。

电话记录:一九六六年七月二日

鲁纬:你那里的情况怎么样?

严亦峻:不太妙。几个大学的造反队也来了。此刻正在楼前静坐,可能一会儿就会冲进来。

鲁纬:用领袖的诗词,该叫作"山下旌旗在望,山头鼓角相闻"。

严亦峻:您还有心开玩笑。

鲁纬:该开的时候还得开。我觉得既然中央叫咱们垮,那就不得不垮。先垮了再说吧!

严亦峻:我相信,再过上十年,也许二十年,历史会证明咱们是正确的。

鲁纬:你那么相信历史?

严亦峻:是的。我相信历史的公正性。

鲁纬:到底无愧于"党内才子"的称号,此时此刻,依旧书卷气十足。

说到这,电话线被剪断了。

斗争会。一九六六年十一月。

脖子上吊着半扇暖气片的严亦峻拼命抬起头来："你们就是把我整死,烧成灰,我也不相信毛泽东思想是顶峰!顶峰就是不再发展的意思,从哲学上讲,这叫作形而上学。"

说完这段话,他就昏死过去。

一个人的一生中,有上面这两段,就足够了。书卷气,在花前月下,柳荫溪畔算不了什么。只有在那种时候仍不失书生本色,方才是真书生。

冲完淋浴的朱胖,四仰八叉地躺在录像室宽大舒适的沙发椅上,一动不动地盯着二十寸的大彩电。

这些都是我熟悉的地方。他看着荧屏上一幢又一幢的香港大楼。在经委干了四年,三度赴日,五游香港。那里的大街小巷,哪儿没去过?当然,还包括一些更为隐秘的地方。那些地方,别人都不敢去。因为你一操普通话,再加上行为举止,一看即知是"大陆货"。可我却是地地道道的广东人,而且是中山县,甭管潮州话、客家话,还是广州官话,全都会说。西装一穿,混迹香港市民中,任神仙也分不出来。

那可真是些好地方呵!哪国"货"都有。尤其是最后一次,那才算得上真正领略了其中的滋味。那个姐儿,跟荧屏上的这个俊姐儿,莫不是亲姐妹?!当然,钱没少花。可钱不就是让人花的吗?自己还不至于傻到把它们留给儿孙的地步。三次结婚,共有七个儿女;最后这个,又带来一只"油瓶"。连子带妻一共九个,把钱分给谁?

不过最后这次去香港也够窝囊的。那位鲁大将军硬是不批外汇!可他毕竟不是万能的上帝,外汇的来源多着呢。更何况有大大小小百余个企业,全在我经委的"二百公里领海"内,从哪调不出点外汇?就算这也让他卡住,我随便找上个港商,暗示上一两句,事情也就办了。反正万派朝宗,条条道路通国外。

群众中的影响,领导心目中的印象,就是中国官员的政治生命。可临退休那一瞬就不一样了。在这当口,你即使给自己办些事,别人也会体谅。所以报销烂账,提拔体己干部,把子女送上领导岗位等等,全得在"日落"之前办妥。这"日出""日落"至少不得几个月?

可谁知就在我去港的那一阵儿,任免通知书下来了,把我一撸到底,连条顾问式的裤衩也没剩下!当时自己虽恋栈不去,但无奈已任命了新官!

然而,善恶终有报。鲁老头不也步我后尘下了台?当然,他曾经在省报头版上发表了一篇肯定是由秘书代劳的文章,口口声声说自己是"自愿的"。扯淡!没有人会自愿下台,就像没人会自愿得癌症一样。

人生在世,左不过么回事。大丈夫应能随遇而安。朱胖的眼睛又回到彩电的大屏幕上。

游艺厅外,是一个长方形的休息室。三四十把宽大舒适的软椅,很随便地摆在一起。角落里,散放着数十盆名贵花卉。

"你看,即使在离退之后,团团伙伙仍不散。"苏局长指了指渐渐增多的人,对霍步金说,"那边属于新四军。那边属于四川的地下党,而咱们隔壁则是太行派的天下。"

"另外还有一种分类法。"霍步金说,"重工业帮、轻工业帮、农林帮、机关帮……"他开始大发议论:"在这一个个自然群落之间,横的联系,纵的联系,斜的联系全都有!"

"人和人的关系真是复杂呵!"苏局长感慨道,"当你准备处理或提拔一个干部时,就不知会触动谁。我临退之前,原打算把岭东分局属下一个长年亏损的附属工厂跟省局机车车辆厂合并一下,可开了四次局务会都通不过。为了给我的铁路生涯画一个句号,干脆下了一个命令!"

"管用吗?"

"当然管用。可是,我前几天回去一看,那个工厂又死而复生了。还是一塌糊涂。"

蹲在一边给花剪枝的陈怡插言道,"这件事,你该早办,留出一段时间让切下来的部位彻底死掉后再走。"

"你不要低估那些官僚主义分子的顽固性。它们可以在任何条件下生存极长时期。他们最显著的外表特征就是喜分不喜合。"苏局长说。

"分则增官,合则减官。内中道理一望即知。"霍步金喷出浓浓一口烟雾,"如果中央多一个部,那么地方就会多出好几十个局,上百个处,上千个科,上万个人。构成一个……"他停了下来,好半天没找到合适的词,最后只好比划了一下。

"构成一个几何级数。"陈怡站了起来,把那把闪亮的剪枝刀收进皮包。"你们看,这盆花的造型如何?"

"不错,不错。"苏局长边端详边称赞。

"经过你手的东西还有不好的?"霍步金连头也没偏一下。

"老霍真是个煞风景的专家。每当人家宣传大好形势的时候,你就讲一些不好听的话。"

"就像一只专门报告坏消息的鸟。"陈怡也刺了丈夫一句。

"报告坏消息的鸟跟坏鸟不是一回事。"霍步金也不甘示弱,"猫头鹰就是最典型的益鸟。"

"可是益鸟不一定招人喜欢。"苏局长说。

"我就是我,凭什么要招别人喜欢?"

"别人不喜欢你没关系,可太太不喜欢先生就是件麻烦事了。"一生都是笑眯眯的苏夫人说。

"可要招太太喜欢,几乎是件不可能的事。"霍步金转变了态度,诙谐地眨眨眼。随后又说,"眼下这先生、太太的称呼真是时髦得很哩。我儿子的那一帮狐朋狗友,张口闭口也是,'你先生、我太太'的,让人听了好笑。"

"你儿子干什么工作?"苏夫人问。她倒不忌讳霍步金的话。

"公司经理。"

"什么公司?"苏局长问。

"那名字长得我都记不住,名片就有这么大。"霍步金比划了一下。

"我儿子也成立了一个公司。"

"他不是才毕业吗？怎么又作上买卖了？"苏局长的儿子五年前曾以全省第一名的成绩,考入中国科技大学。所以陈怡特别奇怪。

"他在省科学院干了半年,说没有奔头,就自己办了家科学技术咨询公司,听说狠赚了点钱哩！"苏局长不无自豪地说。

"这年头的孩子,根本就不听爹妈的话。你想叫他干什么,他偏不给你干。眼下这会儿,形势变得快,弄不好会倒霉的。"

"你那会儿还不是偷偷从家里逃到延安的？"霍步金白了陈怡一眼:"己所不欲,勿施于人。孩子大了,由他们自个儿去闯吧！"

"可我那是干革命。"

"咱们小三儿也不是干反革命。"霍步金把脸转向苏局长:"这阵子钢材的行市够多好？可他从来也不作这生意。其实都不要我张嘴,他只要亮出牌子,到哪儿也不愁搞上三五十吨。可他偏偏经销农副产品什么的。有骨气！"

"眼下有好多人在利用职权做买卖,其中包括一些用余热发电的老干部。"苏局长说。

"当官的一做买卖,国家就要坏。想当年宋子文就利用财政部长身份,把中央银行好不容易搞来的黄金,平价贷给他本人在广东开的银行,然后由他们拿到黑市上抛售,狠捞了一笔。"

"是这样的。"严亦峻不知什么时候走了过来,坐在陈怡的身旁:"在上海的黄金风潮中,孔祥熙的公子也趁机捞了一笔,连蒋介石也不能忍受了,派蒋经国去处理。"

"怎么处理的？"陈怡很喜欢和严亦峻谈话。

"不了了之。"严亦峻简短地回答。

"咱们却不能不了了之。"陈怡说,"老严该动动你那根枢笔,结合当前的问题和经济史实,讲讲这方面的问题。"

严亦峻看着陈怡那张风韵犹存的脸,"我实在搞不准,现在省报肯不肯给我腾出块地方来讲一些可能不中听的话。

"够呛！"霍步金一锤定音："前几个月省冶金厅为了庆祝稀土矿总产超过六十万吨，专门出了一本集子。上面各方神□的文章都有，就是没我老霍的。尽管这六十万吨中，起码有五十五万吨和我有直接联系。"

"我们老霍专门写了三天。七窍之中除耳朵外，全都出了血。"陈怡略有点心痛地说。

"外加心窍出血。"霍步金截住话头，"我只写了过去的经验教训，借此总结一下，而把远景规划之类的大块头文章留给了现任厅长。可即使这样，人家也不给登。我打电话给好多人，都遭到婉言拒绝，只有省报的古副主编说，所有的宣传都是围绕着当政者转的。以后一定想办法给我搞点版面。"

大家愕然。

"棋手没来？"孔德林拿着书走到鲁纬面前。此时偌大个游艺室内，只剩下他们二人。

"没来。"鲁纬把刚刚摆好的一个"定式"弄乱，然后将混为一团的黑白棋子分开。

"有约不来夜半过，闲敲棋子落灯花。"孔德林把英文书放在桌上，坐了下来。"我是特地来观战的，没想到吕教练失约了。"

如果在半年前，鲁纬一定会直言相问：你说这话是什么意思？可此刻的他，已非昨日之他，能忍多了。更何况孔德林的话里，并无明显的恶意。

"改日咱俩交交手可好？"

"如果我有空的话，"鲁纬站起身，竭力把腰板挺直，"一定奉陪。"说着就走了出去。

他本想去健身房活动一下，借以驱散郁积心头的闷气。可走到拐弯处，发现孔德林跟在后面，就不由自主地拐进了"中央文件阅读室"。

"中央文件室"是里外套间。大玻璃门上贴着一张纸，上书：阅读者请出示证件——这个"老干中心"就不是随便什么人都能进来的,而这个"文件室"要求就更高了:只有省级的党员干部才有阅读证。里面各种机密文件都有,包括新华社编发的几种高级内部刊物。

孔德林很慢地走过"文件室",停在隔壁的"支部生活室"门口,倾听着从里面传出来的歌声。

这些歌我也会唱,几乎所有的抗日救亡歌曲我都会唱。想当初,我也是热血沸腾的男儿!

孔德林把一只枯黄的手搭在不锈钢门把上。透过褐色的纱,隐约看见七、八个人围坐在一起,尽情地唱着。

他终于没推开门。

"想当初,咱们可全是有车阶级呵!"陈怡在大门口的台阶上,颇有感触地说。

这话刚好被路过的鲁纬听见。"我建议你最好去读读枚乘的《七发》。衣食住行受到太好的照顾,乃是高级干部生病的四大原因。"

"我们不比您。"即使鲁纬在职的时候。陈怡也不怕他,更何况他此刻也是布衣一个。"我记得您在第一次挨完批斗之后,被造反派轰出会场,都不知该坐儿路车回家。因为从建国以来,您一直就是一辆专车的主人。"

"你的记性真好。"鲁纬笑着说。按照国务院文件规定,像他这一级的干部,即使完全退居三线也有专车。他也的确享受过一阵。后来听说为此司机每月最低也要少拿四十元钱——包括公里补贴、宴会补贴、误餐补贴等等,就把专车退了。

"咱们一起走吧。"霍步金拉了一下陈怡:"安步当车。"

走了大约一公里后,他们一行五人,登上了公共汽车。

二

半年很快地过去了。在这段时间里,友谊的枝蔓,在"老干中心"迅速生长着。

"老霍今天怎么红光满面的?"鲁纬像个殷勤好客的饭店老板,在大门口招呼大家,说有事商量。他知道,如果让人们在二楼的"支部生活室"集中,那才是徒劳无功。因为退了休的干部,就和没入学的孩童一样,纪律观念淡漠。这边叫,那边散。

"今天上午,省金属学会第四届理事会结束,本人荣幸地落选了。所以就多喝了两杯。"霍步金觉得头有点沉,就坐在椅子上,双手把钢手杖拄在胸前。

"我说让你少喝点,你偏不听。"陈怡挨着丈夫坐下。

"听。四十年来我一直聆听你的教导。"

"那你干吗还喝?"

"听是听,喝是喝嘛。"霍步金今天的话特别多。

"有件事,想跟大伙商量一下。"鲁纬双手往下一按,示意众人静一静。"我征得省委组织部的同意,打算在咱们这里单独成立一个支部,不知大伙愿意否?"

细心人不难发现,鲁纬此刻的讲话腔调跟从前判若两人。以前他不会说"商量一下",而是说"给你们透个风";他也不会说"征得组织部同意",而是说"跟他们打过招呼了";更不会使用"愿意否",而是说"若无不同意见,就这么定了"。此刻却只有那个指挥般的手势,还残存着一些权威性。

没有掌声,也没有人高声赞同或反对,只有窃窃私语。

"每个礼拜活动几次?"沉默了好一会儿,苏局长提问。他那位形影不离的老伴,此刻已经不在人世,所以显得格外苍老,也拄起了拐杖。不过材质不是不锈钢,而是坦桑尼亚的乌木。

"保证一次,争取两次。"

"是不是多了点?"有人问。

"不多,不多。"苏局长连声说。他猛地一下失去终身的伴侣,觉得孤独,所以很想从组织中取得一些温暖。

"支部的宗旨、任务又是什么呢?"严亦峻依旧那么精神,语音之间没有任何粘连。

"党的宗旨任务,就是支部的宗旨任务。"

"这回答太笼统了。"严亦峻说。"除共性之外,还该有个性。"

"根据离退干部的一些主要问题,在党内开展批评与自我批评。另外,对一些政策性的问题,做一些调查研究。"这两点并不是鲁纬临时想出来敷衍大家的,而是他长期深思熟虑的结果。

"有权发展新党员吗?"霍步金把头偏转了一个角度。

"发展新党员?"鲁纬顺着霍步金的目光看去,发现在游艺室敞开的门内,孔德林正端坐在棋桌前摆谱。"权力当然有。但具体情况具体分析。"

"那么由谁担任支部书记呢?"陈怡问。

"这将由民主选举产生。不过,为了让你发挥过去被埋没的才能,我提议由你来担任。"

"同意!"霍步金顿了一下手杖。

"同意!"又是一片和声。

"我可干不了,"陈怡的脸红得像个小孩子。"还是您来干吧。"

"既然大伙公推你,就这么通过候选人了。"鲁纬并不是有意推让,有一件悬而未决的事,将决定他的余生怎样渡过。

一个星期后,省委的批示下来了。同意把大家的关系从原单位转出,并任命陈怡为支部书记。

简短的支部成立大会,仍是在门厅召开的。大家选举严亦峻为宣传委员,苏局长为组织委员,原市政府的秘书长为生活委员。

"大家还有什么问题吗?"鲁纬问。

"请问,咱们这个支部书记,享受哪一级待遇?"霍步金一本正经地举起手。

"保持原待遇不变。"

"闹了半天,你还是没跳过正处级这个坎儿。"霍步金亲昵地拍拍妻子的肩膀。

"然而此刻却是你的顶头上司。"陈怡立刻反击。

一片笑声。

"别看今天的会一无会标,二无扩音设备、绿呢台布,更无茶水招待,可仍不失庄严隆重。"

秘书长背着手,在门厅里慢慢地走着,"要是在以前,把咱们这班人召集到一块开会,没这个数下不来。"他伸出一个手指。

"一百块?"鲁纬问。

"要是一百块,您不拂袖而去才怪呢!一千块。"秘书长的手指在鲁纬面前晃了晃。

鲁纬默然。以前他很少过问细节,只知道开会是件很费钱的事。而且有许多会是不必开的。半天会就要花一千块,这使他惊骇!

"现在都兴子承父业。可本人决不会让儿子再干秘书长。有我一个人倒霉也就够了。"

"可我看你干得挺欢。"霍步金好揭人短。

"不欢又该怎么办？"秘书长双手一摊："上次国庆节,我在咱们那个小观礼台上,整整干了二十小时,把地面一尺一尺地量过去。"

"量它做啥？"不止一人问。

"省委、省政府、省顾委、省纪委、省人大、省政协,一共六大班子,二百四十二人,每个人都得上。另外,还有市里的领导,主要厅局的厅局长们,共计二百九十一人,拉下谁也不行。可观礼台站不下那么多人。我只好事先做了调查:谁坐轮椅,谁要人扶。调查结果是:以最大密度而论,也有七十人上不去。"

"你是如何处理的？"

"只好是参加观礼的人不去吃晚上的宴会;吃宴会的不能参加观礼。"

"那天宴会厅挺空的。"苏局长说。

"这正是平衡的结果。"秘书长不无得意地说。

"如果在外交场合,碰到这种情况时,总是按字母的顺序安排。"插话的是高大使。他曾经在赤道的几个国家先一秘,后代办,再大使,转悠了大半辈子。以至退休后,不敢回寒冷的北方老家,而挑中这座低纬度的城市落户。眼下虽是夏末,他已经在西服里套了件毛背心。

"请问大使阁下:如果你碰上类似问题,又当如何处理呢？"

"某国驻英大使,打算请首相、坎特伯雷大主教、智利大使共进晚餐。礼宾专家就他关于如何安排座次的答复是:你不能这么做!"高大使微笑着回答。

"可是我的客人,全是不请自来的。"

"以前我不常在国内,所以近来的感触就格外深。我觉得,"高大使显然在斟酌词句,"国内似乎弥漫着很浓的外交气氛。迎来送往的事特别多,其实对内宾来讲,大可不必。即使对外交人员也是种很沉重的负担。不过事关礼仪,不得不做罢了。记得有一天,我参加了三次迎接元首的活动,站都快站不住了。"

"你才三次! 我一天最多时主持了八次。"秘书长说。

秘书长挑起了话题:大家伙就你一言我一语地诉起苦来。当然,各人诉苦的目的不一样。

休息厅的大玻璃窗正对着外面的车道。一辆高速驶入的"奔斯500"猛地停住,衣冠楚楚的朱胖从车上下来,然后轻轻地一带车门——这个外国大亨式的动作,他费不少劲才学得惟妙惟肖。

大伙的注意力,立刻被吸过去了。

"这家伙最近叫狗尿到头上了。"霍步金说了句很不雅的话,意思是"他交了好运。"

"如今即使是部长,也不过坐'尼桑三〇'。"秘书长盯住那辆闪着黑光的车。

"巴黎的好汽车也没有国内这么多。"高大使插了一句。

"看来他又开始了第四次选择。"鲁纬慢吞吞地说。

朱胖的人生三次大选择,在省城的干部中间几乎无人不晓:第一次是在延安时,组织把他分配在鲁艺作一个支部的书记。没过多久,他硬是要求调动,结果参加了中央东北工作团。他后来解释:文化部门是最敏感的神经,而敏感就等于危险,何况能到手的权力又是微不足道的。后来,他在东北人民政府做过一段时间的秘书科长。看上去挺顺。可他还是要调,而且不进京,偏要到省里。至于为什么不去北京,他的理由很简单:京官不好做。这是他的第二次选择。第三次是"文革"后重新分配工作时,有两个地方任他挑:一是某国防大厂的一把手,一是一个省辖厂的二把手。谁都认为他肯定去那个三千人的大厂做主官,没想到他却挑了后者。对这个抉择,他做出了极精彩的阐述:国防厂固然大,可它属于二机部管;二机部有谁知道我朱胖呢?所以根本没有提升的希望,只能在那个位置上终老。而省属厂虽然小,虽然只当二把手,可却很有希望提一格,跳过县团到地市这座龙门。后来果然如愿以偿。至于鲁纬所说的第四次选择,是指他重新出山,在一家公司担任董事长。

一家十分可疑的公司。一个十分可疑的董事长。鲁纬心想。

朱胖并没有发现人们在隔窗观察他。此刻正满脸堆笑,与一个俊俏的女人说话。

"我们这批不在职的老家伙,现在都是一个支部的。"陈怡已经启印办公。她对走进来的朱胖说，"不知董事长大人，愿不愿意把组织关系，从经委转过来？"

"当然愿意。"朱胖一提裤腿坐下来。这个保护裤线的动作，他做得熟极了。他往外一指，"我这辆车将随时听候诸位的调遣。"

鄙视。嫉妒。隐忍。愤怒。各种感情围绕着这辆一九八四年产的"奔斯"，形成一片沉默的海。

孔德林虽然已经上了七十，但眼不花、耳不聋——在动荡的年代，这两样器官的使用率相当低，故而保护得极好。门厅里发生的一切，他连看带听，已经一清二楚。

我已经递交了四次入党申请书，可他们根本不予理睬。如果我写一份入狱申请书，他们中的大部分人，大概都会顺溜溜地举手通过。

三中全会以来，给几百万"右派分子"平反摘帽，从非人的境地中解放出来，决非寻常功德可比。因此，我对党很感激。自己的一位至交不止一次地说："把你弄成右派是他们干的，平反还不应该？"

"平反是应该的。但应该做的事不等于能做到的事。"

"你在夕阳垂暮之年拼命要求入党，不知有何意义？值得吗？"至交的话里略带讽刺。

值得。起码我自己觉得应该这样做。我要求得到承认，对自己五十年来为之奋斗的生涯的承认。

毅然将买来的两项专利捐献给国家；还有五百个微型电机；五百个马达。在一九四八年的中国，就等于二十万美金。即使在美元日益疲软的今天，也不是个小数目！是的，我没有将它们送到解放军手里，而是给了国民政府的资源委员会。据说后来这些"永动牌"电机还在上海的黑市出现过。可当时的政府，在我的心目中就是中华的代表。如果说我有错的话，只是错在幼稚上。而幼稚只能算病，绝不是罪。另外，在一九五八年到一九七八年这二十年间，我还写了一本论述电子控制系统、一本论述经济控制系统的书，其中的一些观点，至今尚未过时。可有谁承认过?而他们有义务也有责任承认这一切。

仅仅是承认我一个人吗?不!它的意义绝不止此。共产党从诞生之日起,就宣布是无产阶级的党:她依靠工人、农民夺取了政权。可她忽略了一点:知识分子也是穷人,也是劳作阶级。夺取政权后,她依然没有认识到这一点。这也许是惯性的作用,抑或是基因的作用。结果投资六千亿,只有两千五百亿在发挥作用,其余全白扔了。人之所谓人,最显著的特征就是知识的积累。这个特征,在知识分子身上获得了最大限度的体现。所以我完全应该获得应有的地位。

我并不是向党索取。一个人是不会向他热爱的人索取什么的。我只是希望看见她不断进步,弃掉缺点,弥补疏忽。党不是抽象的概念,她是由活生生的人组成的。是人就要犯错误,要能够体谅她。

想到这,孔德林笑了一下。不过,若能在临死之前入党,哪怕是死后被追认,我都觉得值!即使入不上也没什么。只要后来人不再遭受我这样的待遇,苦也没算白受。

朱胖不是低智商的人,绝不会把光阴虚掷,尤其是在"时间就是金钱"的今天。

我以前怎么就没想到这一点呢?他边以无比娴熟的手法把麻将牌洗得"哗哗"响,边认真思考着。多年来,自己很少参加组织生活。作为一个负重要责任的干部,支部书记在没有大事的情况下,很少敢来叫你去开支部会。离休之后,就更没人管了,所谓的组织关系,不过是放在单位组织部里的一张发黄的卡片而已。可一旦成立了"老干"支部,就自当别论了。人老了,往往会互相倚靠。我正好用他们身上的"余热"来"取暖"。

他把一张"五条"打入"河"里,从而将一条"龙"腰斩掉。他是故意这样做的。因为在开局之前,霍步金曾说:今天谁输得多,谁就请客。

请客?我正想好好请请你们呢。就怕你们不来。朱胖又小心地打出一张牌,把"龙"截为三。

若论麻将功夫,朱胖恐怕是全省高干中首屈一指的。除了他贡献在上面的时间多外,跟他前妻的兄长传授给他的一部"牌经"大有关系。

妻兄原是国民党的少将。但他一非黄埔出身;二无战功;三无资财,却仅仅十年就从少校文书爬到了军需少将的高位。这很使朱胖奇怪。一次酒后"麻雀战"时,他就此询问。

"这很简单。打麻将时,多送上级几个钱就行了。"妻兄直言相告,"这是行贿的最好办法。你看,"他边说边打出一张牌,"这不正是你要的吗?"

"你是怎么知道的?"朱胖不胜惊讶。

"打这种'媚牌'的关键,就是根据对手打出的牌进行分析判断。另外,你如果能认识其中的一些牌就更好了。这就要在码牌的时候做文章。"

妻兄略教了几招。"记得有一次我奉命去山西,给阎长官的副官长送大洋,三天里,就从牌桌上送过去五万块。这可不是一件容易事。"

"要不是国民党完蛋得早,老兄你恐怕能弄个五星上将当当。"朱胖半开玩笑、半带敬意地说。

妻兄微笑不语。

"你这套玩意儿,会的人多吗?"朱胖在重复刚学来的几招。

"任何玩意儿,会的人一多,就不值钱了。再说里面的几件绝活,全是我个人悟出来的。总而言之四句话,深藏你的牌;尽量看别人的牌;偷换一切可偷的牌;认识所有的牌。"妻兄暧昧地笑了笑。"雕虫小技,说破了不值钱。"

"值钱。值钱。"朱胖第一次对这位无薪无俸,在他家吃白食的哥哥,顿生敬意。

这些看上去微不足道的技巧,有着极强的生命力,一旦碰上合适的气候,就会迅速地生长起来。最后终于变成一种基因,渗透到一个人的各个方面。

这场牌共打了十六把,可朱胖只"和"了一回,这也是怕露出马脚的缘故。

"老朱可真会投人所好呵!你要啥,他就给你送啥。"苏局长笑着说。老伴故去后,他还很少笑。

"要不会投人所好,又何能一生风顺?"霍步金说。

"像老朱这样眼光普照,触觉又灵的人,牌技应极高才对。"陈怡从提包内取出一把剪刀,盯了朱胖一眼,就起身修剪花去了。

朱胖没有回答,只是看着陈怡还算苗条的背影。

"一个人的欲望与精力总是有限的。某些方面大了,另些方面就要相应小些。"霍步金眨了眨眼。

他的暗示谁都懂:朱胖的现任妻子只有四十岁,可却常常向人诉说床笫之苦。

"不过,"苏局长凑趣道:"朱主任天赋过人,老当益壮,又当别论。"

"人家不光天赋高,后天学习也很努力哩。"霍步金不顾禁令,掏出烟点上,"把一套港版大字足本的《金瓶梅》,读得又深又透。"

"老朱不仅交了'桃花运',财运也很不错。"苏局长一直在帮腔。

"交桃花运是笑话,财运更谈不上。"

"你瞧,想赖账了不是?"霍步金点着朱胖的鼻子。

"岂敢、岂敢。本人即使典衣卖裤,也不能赖赌账。有多少算多少,跟我一块上'中国大酒家'。"朱胖做了个大包大揽的手势。

仿古的棋桌上,正展开着一场激战。虽然鲁纬的脸色依然平静,可手却有些抖。

吕教练知道给鲁纬留面子,回回只赢上四五个子。可今天却出现了异常情况:一交手,鲁纬就开始打入。不由对方不应战。围棋的作战方法,大体上可分为两类:一是各占各的地盘,属于鸽派;另一类则是搏击型的鹰派。大凡后者,总是棋力较弱的一方,损失要惨重一些。因此鲁纬的前两盘棋,都输了二十多子。对于一个老棋手来说,这是大溃。所以他要求下第三盘。

局势仍然不妙:一条"大龙"已经被吕教练圈住;另一条"小龙"也有"生存危机"。

在这种情况下,我应该推枰认输,方才不失大将风度。可今天不行!鲁纬用余光瞟了一眼在桌旁观战的孔德林,迟迟不肯投下手中的黑子。他要等他走后,才肯输掉这盘棋。

一阵剧疼,从鲁纬的腹腔深处迅速上传。这不是类似胃病、牙疼之类肤浅的疼,而是真正的、极其深刻、阴森森的疼。他不由自主地抖了一下。可疼痛并没有在传输的过程中消耗,一直传到喉部才停住。

紧接着,第二个周期又开始了。

这可能就是医学上所谓的二度疼痛。那么,一度又该是什么样子的呢?我能承受得住吗?看来肯定是那个病了。鲁纬想道。

自从他初感不适去医院检查之后,医生又让他连着去了三次,而且一次比一次烦琐。今天上午是第五次,也是项目最多的一次。完了之后,大夫仍不肯告诉他是什么病。"对于像我这样见过无数次死亡的人,你毋庸讳言,直说好了。"他知道,在省医院的高干部作医生很难,因为他们永远不知道该不该据实告诉你病情。而且有许许多多的人都要到他们那里去打听。因为如果一个高级干部得了什么不治之症的话,往往要牵扯到许多人的荣辱升迁。所以,他们总是承受着来自不同渠道的压力。

那位年逾半百的医生,笑着告诉他:没有什么了不起的病。鲁纬问不出实情,就径自去了院长室,并设法把全部检验结果拿到手,让陪他去看病的周秘书送给省立医院的林教授。这位林教授不但是位专家,而且还是他最信得过的朋友。

不知道他得出了什么样的结论?这个念头又伴随着剧痛,从腹部升腾起来。不能再下了,该交棋的时候就得交。他把已经拿热的棋子弹回棋盒。

"七,九。"孔德林俯下身来,用极低的声音嘀咕了一声。

"七,九?"他没有顾上抬头,紧盯住棋盘上的这点,顺着已被开启的思路,一步一步地往下想,最后终于脱口叫道"好棋!"

鲁纬一不小心,目光与孔德林的交织在一起。相持了大约一秒钟。

"鲁省长和孔教授来上一局?"吕教练提议。

"不用了。"孔德林看了一下表。"我今天正好有点事,改日奉陪。"多年的曲折经历,使他很能体谅别人的苦痛。从观局开始,他就发现鲁纬努力在抑制着什么。

"下礼拜四,咱俩下上一局如何?"鲁纬侧着身子站起来。

"我来给二位当裁判。"吕教练说。

"如果有可能的话,你最好带两个计时器来。"鲁纬知道这很可能是一生中的最后一局棋,所以想尽量搞得正式一些。

"中国大酒家"是中日合资的,设备一流,地理位置极其优越:东靠一座翠山,西临一池绿水。它的设计者显然意识到这一点,两侧的封闭材料全是玻璃。服务更是超一流,朱胖只邀来了霍步金、陈怡和苏局长。他们刚一落座,就送上了四条热手巾。

"看来老朱是这里的常客啰!"陈怡说。

"谁来都一样,只要你出得起钱。"每天中午都在这里吃的朱胖不肯承认这一点。"如今这世道,就算你是他的亲娘老子,白吃也不行。"

"我觉得这倒是进步。因为在咱们这个国家里,白吃的人太多了。究其原因,就是没有一种能够真正起计量作用的东西。"霍步金的目光,顺着一片飘落的树叶移动着。

"你说的那种东西不就是钱吗?"苏局长说。

"是钱。但当权力、人情之类的东西在某种程度上取代它时,事情就不太好办了。"随后,他的话锋一转,"吃大户,是中国人的传统之一。"霍步金朝朱胖笑着说:"你看,我们这几个昔日的官僚,还不是也在吃大户?"说着,他又举起了杯。

朱胖无可奈何地应酬着。

但凡人老了,干起什么事情来都不会太热烈,吃饭也不例外。大家都在很斯文地吃着,对各种菜肴浅尝辄止。

霍步金突然把头偏向朱胖:"你们那个公司都经营些什么东西?"

"乱七八糟。"

"不搞彩电?"

"可能也搞。"

"外汇从哪儿来?"

"具体事务我不太清楚,只挂个衔儿,领两个工资而已。"

"你要那么些钱干什么?"

"我不像你们两口子,双双一对高干。再说通货膨胀这个鬼玩意儿,又在不断地掏我腰包。"

"看你那份忙劲儿,可不像是挂虚衔儿的。"霍步金用审视的目光盯住朱胖。

"忙是忙,但多是忙于应酬一帮子在香港的广东老乡。大家都借助我这口广东乡谈。"

"应酬香港人,其好处恐怕大大超过通货膨胀的速度吧?"霍步金一生说话的风格都是统一的:单刀直入。

"而且恐怕都是免税的。"苏局长也接了下来。

"嗳,我说你们俩人怎么吃人家的饭,还专门揭人家的短?"陈怡把话头打住,免得使朱胖过于尴尬。

"没啥子短,由他们去揭好了。"朱胖却面不改色。

宴会在不凉不热中,像蜗牛似的,缓慢地爬行着。

林教授的住宅给人一种很矛盾的感觉:既空又满,既整又乱,靠墙书柜里的图书摆得很规整,可墙角却放着一堆又一堆的期刊和书,一张最少可以坐十个人的檀木条案上,放着七八只五彩花的古盘,但主人显然没把它们视为珍品,上面的食物残渣,似乎也是康熙年间的。

"女儿常抱怨说:'咱家让书归架的工作量,一点不比省图书馆小。'你瞧,她刚出差几天呵,屋里就乱成这个样子。"林教授似乎有点不好意思。

"你女儿还没结婚?"

"说不清。如今的年轻人,恋爱、结婚、生育之间,似乎并没有什么太明显的界限。与名誉相比,他们更注重实际。我女儿自然不会例外,与她的男朋友,经常是双宿双飞。"

"你也不管管?"鲁纬对这位老学者的豁达,表示出很大的惊讶。

"我只管自己管得了的事。"林教授把鲁纬带进书房。书房对于学者,就如少女的闺房,不是相当熟的人,不会往里领。

书房里更乱!只有写字台正上方那幅《湖边秋色》的油画,给人一种宁静的感觉。

"我从前一直认为,作为一个杰出的外科医生,应该是个有条不紊的人。"鲁纬坐到软椅上。

"你这看法比较片面。"林教授收拾着零碎物件:"医院的环境实在是太整洁了,所以回到家里总想乱一下,借以平衡一下神经系统。"

"你每月最少要看多少种期刊?"鲁纬不愿先提到有关病的事。

"最少也有三十种。"林教授干脆坐到一垛期刊上。"既然出国观光学习轮不上咱,也只好退而求其次,读点什么了。"

"你每月能看完三十册这样的书?"鲁纬不相信地翻着那本最少有一百页的《哈佛医学学报》。

"我看这东西,就和你批文件一样,一目十行。所不同的只是我能够去皮剔肉敲骨吸髓。好!咱们书归正传。"林教授拉开写字台中间的抽屉。这只抽屉很大,但只放着一个黑布面的笔记本和薄薄几页纸。他取过纸,把一副很讲究的金丝镜架在隆起很高的鼻梁上。"医生是最唯物的,你的一切检验报告都明白地告诉我,你得的是——"

"癌症。"鲁纬马上接着说。

"准确地说是直肠癌。"

"中期还是晚期?"

"恐怕在临界处。"

"你用不着安慰我,请直说吧!"

"我从来不安慰人。肠癌不是几个月内形成的,当患者从某些外部迹象得出判断时,它起码已经存在一年以上了。所以在切开之前,我很难判定。"

两人对视着。

"记得八年前我重新开始工作时,你曾经告诉我:我的左心室有一块枣核大的血栓,随时可能掉下来。可我一直活得很健康。"

"我现在仍然这样说。"

"这次我还能活多久?"

"作为万能的主,"林教授在胸前划了个十字。他并不是教徒,只是想把气氛搞得轻松一些。"派到人间的修理工,我一直对他无与伦比的产品之精妙、之神奇、之力量,没有足够的了解,所以也无法判定它的使用期限。我只能告诉你:即使是晚期癌症,也不是没有治的。许多大师的辛勤工作,提供了各种各样的希望。"

"到底还能活多久?"鲁纬显得有些急躁。

"如果你能很好地与医生配合,那么,"林教授仰起头,闭上眼,慢吞吞地说:"也许会比我活得更长。病这东西所产生的效应,"他猛地坐直,双目炯炯,如同两束 X 射线。"是因人而异的。用医学界流行的话说:根本就没有疾病,只有病人。"

"保守疗法,还是手术疗法?"

"手术。"

"你来做?"

"即使手不抖、眼不花,我也只能算一个好的、但绝不是出色的外科医生。我推荐一个人。"他拿过一张写着两行字的纸片,"他是我见过的最好的胸腹科手术大师。切下来的肠子,恐怕可以绕地球一周了。"

"什么时候会诊?"

"今天下午。我最反对医疗学术方面的官僚主义。"

"什么时候施行手术?"

"明天你去检查身体。如果没什么意外的话,我估计下礼拜三。"

"最好能在下礼拜五。"鲁纬想了一下,说。

"下个星期五是十三号。"林教授翻了一下台历。"这可是双重的不吉利!"

"这是《圣经》上的说法。而按照代数原则,负乘负的结果却得正。"

"一般人在听到自己得了不治之症后,往往要有一段心理昏盲。"在门口,林教授说。

"我曾无数次地见过死亡。"

"也许我见过的并不比你少,却不敢保证能像你现在这样!"

"朱胖今天倒说了不少新鲜事。"回到家后,陈怡一反常态,金口先开。

"没啥新鲜的。"霍步金取过茶几上的《经济参考》。"都是旧社会那套。不过是鼻涕变成了痰而已。"

陈怡见话不投机,也取出一本《花卉》读了起来,可眼睛的余光却一直瞟着丈夫。

沉默良久,霍步金才悠悠地说:"不知你是否还记得我那'三鞭子'?"

"三鞭子?"陈怡不解,疑惑的眼光停在老霍的脸上。她似乎记起来了,于是忍俊不禁。

那是五年前的暮春时节。政治局面的安定,生活的好转,使平时紧张的人们巴望着能轻松一下。于是 B 省便组织了一次老干部春游活动。他们携家室,带精肴,一支藏头匿尾的车队向温泉疗养地驶去。

不知什么原因,车队突然停了下来,陈怡十分烦躁地搧动着小绢扇儿。停了很长时间仍不见动静。

"我下去看看。"霍步金实在沉不住气了,把车门推开了一条缝。

平日里,陈怡是颇为看重身份的,她见前面聚集着一帮司机,就阻止老霍,"叫司机去吧!"

霍步金仿佛没听见,径自下车去了。各辆车上有身份的人,也都先后钻了出来。原来是重工业厅长乘坐的"丰田",不小心刮着了一挂大车的牲口。黑里透红的骡子横卧在路当央,犹似一座小丘。车把式正和司机争吵。围观的路人,几乎全为大车把式说话。这倒不是因为占理,而是出于一种平常的感情:他们从心理上受不了小轿车。

争执了好长时间仍没有结果:许多下车的干部们你一句我一句地出了些不关痛痒的主意,霍步金却不哼不哈地围着骡子和大车转了好几圈,然后拨开围观的人群,十分自信地对车把式说:"请你把鞭子给我!"

把式莫名其妙,下意识地把拿长鞭的手缩到身后。然而,看着霍步金并不藏歹意的眼睛,他才交了出来。

"让开!"霍步金大吼一声,高高扬起了手中的长鞭。只见一点红缨在空中闪动,长鞭划裂了空气,充满丹田气的吆喝声震颤了大地,随后是三下清脆的鞭声。只见那匹骨骼宏大、肌肉丰满的骡子抖动着浑身的肌腱,仿佛造山运动中隆起的土丘,忽地从地上崛起。——周围一片复杂的啧啧声。

事后,重工业厅长很感激地问他:"你在哪儿学得这一手?"这一手,无疑使他避免了一个笑柄。

"在山西老家。"他平淡地说。

"难道南方的骡子也遵守你们山西的规矩?"一位很像副省长的副省长,反剪着双手问他。这……霍步金真想揍他一顿。但他却笑着说:"普天下所有的牲口,只要你有力量,都能使它震惊、折服……牲口并不问你南北。"

陈怡笑了笑:"难为你有这么好的记性!我倒一直记着你最后说的那句话,似乎很像你们山西的农民哲学。"

"不是山西的,是我的!"霍步金不知哪儿来的一种义愤:"对付朱胖这种人,必要时也得抽三鞭！"陈怡不知丈夫的火气从何而来，怔怔地望着他。

隔了会儿，老霍似乎平和了一些："现在请你给我讲讲有关花卉的知识吧？"

"你从什么时候起，开始对花发生了兴趣？"

"咱们都老了，性生活的和谐已成为过去。所以只好从兴趣、爱好方面寻找支持点，借以维持几十年来一直摇摇欲坠的家庭生活。"

"你不觉得这话难听？老霍，我发现你离休后变得有点不大正经了，这难道就是你的真面目？"陈怡嗔怪地看着丈夫，把一只剥好的香蕉递给丈夫。

"我有个朋友，在北京国宾接待司当头头。"霍步金饶有兴趣地看着妻子，"他告诉我，在所有的正式宴会上，香蕉都是切成段，用牙签插着吃的。因为只有猴子才剥开皮整着吃。"霍步金马上就找到了反击的机会。

"正确的说法应该是：只有猴子和农民的妻子，才不切开吃。"

"愿你的幽默感常在！"霍步金拿起香蕉，一口就咬下去一半。

三

无论对物还是对人，朱胖都有着极强的统治欲，所以在被"释兵权"后，他上上下下着实活动了一番。

他认为：人生就是由活动组成的。许多看上去根本无望的事，经过大量的活动后，全都在不同程度上成了现实。当然他明白自己在经委的职务是被永远地解除了。但除此之外，还有许多诸如省纪委委员、经济研究会会长、工业政策研究室调研员之类的职务，仍有希望弄到手。

可他没想到，所有这一切努力都成徒劳：当时尚在位的鲁纬签发了一份又一份文件,以立法专家般严密的态度,把他所能想到的生路,全给堵死了。最后他只好只身飞往北京,去找一位跟他相交颇深、在中央工作的老首长。

人跟人的交情并非凭空生出的,即使有过一段共同的特殊经历,也需要不断地去培植灌溉。否则,这友谊将会很快地枯竭下去。和他一块飞往北京的,除一点土特产外,还有"三洋"电器公司生产的一台录音机。这机器外表是一层柔软光亮的优质皮子,大小跟《新英汉字典》差不多。可在偌大一块空间里,日本电子专家们却装进去一部带电脑的双卡录音机。

"我笑纳了。"老首长不动声色地把录音机收进柜子。"京官太穷,想添置点东西,全靠你们这些地方官。"他从来没把朱胖当外人。

"可惜我这地方官已经做不成了。"朱胖边说边想:我不光经常给你送试用品、试销品、土特产,还不知给你安排过多少人,虽然你在一份又一份的文件上签字,口口声声地要裁撤一些机构。

"文件一旦形成,就无力回天了。"老首长以一种看上去怪舒服的姿势坐在沙发上。

"我并非要再干经委主任,是想让您跟老鲁说说,能不能给我弄个别的位置。"朱胖把自己相中的职衔,直言相告。

"老鲁这个人很难讲话。前些日子,我介绍一位翻译给他,想让他派到驻香港的公司去,他满口答应。可没过几天,那位翻译灰溜溜地回来告诉我:没有通过考试。如果能通过考试,还托他干什么?哪个驻外使馆不能去?我只好再打电话给他。"

"他怎么说?"

"他说,如果那位翻译同志还愿意来的话,请复习上一段时间,我将随时给她提供考试的机会。弄得你简直哭笑不得。"

"如果你硬叫他办,他敢不办?"

"什么叫硬办?莫非叫我以上级机关的名义行文不成?有些事是不能硬办的。"

朱胖觉得这趟很可能是白跑了。

"你让我帮你办办,这当然可以。可我不敢保证有结果。"老首长眯着眼睛说。

朱胖知道,像老首长这种人,是不会为他再到鲁纬那里去碰第二个钉子的。自己如果不识趣硬磨下去,恐怕会遭到峻拒。

"与其为你自己奔忙,还不如留点好处给后人。"老首长看出了朱胖的失望:"你自己估量一下,令公子中,谁最有才具,操守又好?"

"老二。"朱胖飞快地转动了一阵大脑,就得出了结论。他之所以选择老二,因为他最听自己的话。

"他是什么学校毕业的?"

"一所会计中专。如果非要大专文凭的话,我也可以搞它一张。"

"用不着。"老首长猛一摆手。"这事最好不要经过地方,我通过系统安排一下,争取能在中国银行解决。当然,这中间要有循序渐进的过程。"老首长意味深长地看着他。

朱胖马上心领神会:先在老二工作的工商银行给他弄个科级干部,然后再调出来,这样才有当处长的可能。再者,现在全党的工作中心都转移到经济上来了。银行,尤其是专管外汇的中国银行,在某种意义上,相当于过去的人事部门,权力极大,是个大肥缺。

"好了,不谈这些俗事了。"老首长站起来:"走,去看看我的收藏。"朱胖跟在他身后,穿过两间屋子,来到一间窗户上装有铁栅栏的大房间。老首长喜欢收藏画,在高级干部中是有名的。几乎从四十年代起,就开始搜集了。那时候,既懂行又有闲心的人不多,他的活动范围又大,很搞了一些有价值的文物。建国后,他每次出巡总要拜访各省画院的一些名画家,从而使之收藏锦上添花。

"听说葛政委也收藏古董书画。"朱胖说。

"是呵,老葛也好这个。他是管干部的,平素不爱见人,可一听说你带着画,他一准见。"

"那他一定搞到不少啰？"

"他是个小气鬼,每次看过文物书画,就对人家说:如果超过五十块钱最好免开尊口。五十块钱能买上真货？"

"你这块砚台可真够大的。"朱胖站下来仔细观看一块大黑石头。

"不光大,还很重呢。"老首长打开他特地装在石砚上面的一盏可旋转的壁灯。"你试试看,不一定能搬起来。"

朱胖把手伸到硬木架下。以他的膂力,搬起这物件绰绰有余,却没有往起搬。

"这就叫作质量大。"老首长似乎很内行:"你再仔细看看石质、雕工。"这石砚是块庞大的、通体墨黑的石头雕凿成的。中间凸出来一块石心,而石心中间却微微凹下去,砚台的最外沿盘着九条马上就要飞起来的墨龙,眼睛极亮。

"这叫'古砚微凹聚墨多'。"老首长从砚台的中心讲起:"这叫九龙、九眼、九线石砚,易水出产的。"转了一遭后,他关了灯。

"它该值不少钱吧？"走出好几步后,朱胖仍偏着头看那块莹莹发光的石砚。

"你满嘴铜臭气,光知道钱!"老首长边走边继续往下介绍:"这是吴佩孚的字。这是石涛的画。""都是真品吗？"朱胖这才跟上去看字画。这种人说话根本就不考虑人家会不会忌讳。

"谁知道!"

"这幅该是真的吧？"朱胖在一幅翁同龢的字下面站住:这幅翁氏录范成大的诗,他觉得很眼熟。

"据专家说是真品。"

老首长关掉中央大灯,屋里一下子就黑了下来。"你看完这些收藏后,有什么感想？"

"画这东西,跟人可不一样:人是越老越不值钱,而画是越老越值钱。"

"你这话听上去挺粗,可多少也有些道理。"老首长沉思了一会儿,说:"其实人老了,也有值钱的地方,就看你能不能开发利用。"朱胖似懂非懂。

"你们那里有个专画古人物的画家,叫戈桥的,很有点名气。"在大门口,老首长对朱胖说:"你回去见到他,请代我问候。"

直到第二天早晨醒来,朱胖才想起那幅翁同龢的字,他曾在省工会吉主席那里见过。

他由这幅字联想到老吉后面一帆风顺的宦途,又想到老首长临别时的暗示。然后把刚品出滋味的普洱香茶,尽数倒入粗大的喉咙。

四个月后,朱胖家老二的事全部办妥,他因此心满意足地在老干中心里闲待了好几个月。

曾有位哲学家这样给人下定义:一种对现状永远不知满足,并且有能力改变它的生物。

爹有娘有,儿有女有不如己有。朱胖渐渐咂出退休生活的苦味来,觉出"大丈夫不可一日无权"这句话,真是千古名言。我喜欢宴会、旅游。喜欢出门有车、到处受人尊敬,喜欢驱使人。我既要权力的本质,也酷爱它的华美装饰,可这些现在全得不到满足。儿子总是儿子,不能予求予取,还是要靠自己去干、去搏。

权力有政治的,也有经济的,既有官方的,也有民间的。既然政、官不通,就从经、民方面找门路,他先从理论上把问题想清楚,然后又很客观地分析研究了形势,最后相中了民办企业公司。当然,不会有哪家公司缺经理或董事长专等他去做。要干,就得白手起家自己搞一个。

自从全面开放以来,中国这块土地吸引了许许多多投资者,使一些没有资本,却想来碰运气、冒冒险的人也来了。

这些人不难辨认,朱胖很快就和他们联成一气,成立了一家"东亚"公司。"东亚"公司的登记资本只有五万港币。可它的经营范围之广却使人惊讶:五金矿产、音像设备、运输工具。建立伊始,自然是小本经营。可自从朱胖在中国银行省分行开了一个户头之后,钱财就顿作滔滔之势,涌了进来。

他们用这个户头上的外汇,从港澳地区采购来大量高级轿车,然后转手卖高价。就实质而论,这和炒卖外汇没有根本区别。"小轿车是何许人坐的?自然是官员。他们既然想买,就不怕花钱。审批、付款肯定迅速,而且不吃倒账。不怕查。"他向两个香港同伴解释。这也正是朱胖选用"小轿车"作为中介的原因。"不过也不一定要挣多少钱,够花就行。在中国,钱太多了没有用。"

"我可以帮助朱董事长把钱存在瑞士、美国或世界上任何一家银行中。"伙伴之一说。他虽然也是中国人,可毕竟不在境内生活,自然无法理解朱胖的心情。"不用。"朱胖淡淡地拒绝了。他知道光有钱是不能出国的。出国要审批,如果能批下来,钱自然就有了。

公司渐渐膨胀起来之后,朱胖选雇了几位年轻女性做职员,并在市内一家二流宾馆开了几间"办事处"。

老干中心三楼右侧顶端是书画厅。四张很大的台子,摆成矩状,上面都铺着厚厚的毡子。平素除了游艺室,就数这儿人多。一来因为作书作画是陶冶性情的好方法;另外,它在锻炼身体方面,仅次于散步。于是,一支支原来签个字就能决定一系列人升迁荣辱的手;决定一批人生或死的手;决定几百万元放置何处的手,都拿起了狼毫、羊毫。学书画不像别的,晚点没关系。

今天,这些爱好者都聚在一张台子周围,观看画家戈桥创作。戈桥三十八岁,老高三毕业生,插过队,做过工,完全自学出身。他作画以古人物为主,但吸取了不少现代笔法。尤其难得的是,他笔下的人物,无论是屈原、李白、顾炎武,还是张飞、林冲,都有一种特殊的凌凌风骨。他没有什么艺术家的派头:留着短平头,食指和中指捏着一支很粗的廉价雪茄烟,穿着一件斜纹布工装。

"好画,好画!"霍步金俯在铺有毡垫的条案上,连声称赞。

"如果你要懂画的话,我就是齐白石、潘天寿、刘海粟。"陈怡生怕丈夫说出什么外行话来,扯扯他的衣角。

"任你是谁,我也说这是好画。"霍步金对任何暗示的反应都很迟钝。

"好在何处?"严亦峻插进来。画家来老干中心作画的时候并不多,尤其是像戈桥这样的名画家则更为鲜见。而严亦峻对这些玩艺术的人,有一种说不出的厌恶,其中以对小说家为最。记得有一次,他看了一篇以清廷贵族后裔现代生活为题材的小说后,曾经愤慨地对鲁纬说:这不是反了吗?有本事拉出来跟咱们共产党干一场!鲁纬沉默了一会儿后说:每个人对世界都有自己的看法。再说"秀才造反,三年不成",由他们写去吧!当然,随着岁月的流逝,他的愤怒感渐渐地淡下去,演变成厌恶。

霍步金没有理他,继续埋头观赏。

"你倒是说来听听呵!"严亦峻催道。他对有洋味的当代年轻画家,有一种很深的成见,认为他们故意把东西画得变了形,再添上些朦胧感,让世上所有的人都看不懂,以充大师。而他们的群众基础,就是像霍步金这样附庸风雅的人。

"你听好了。"又过了几十秒钟,霍步金才直起了腰:"别看这张郑板桥画走了样儿,可那股子劲儿却出来了。他跟舞台上、书本里的不一样,可跟我心里的一个样,让人愈看愈有琢磨头儿。你看这顶帽子,很有些冲天之势哩,这是正气顶的;这袍子带虽然飘了起来,却像有根筋撑着!并且所有的东西,都在它该在的地方。

在一旁听着的戈桥,边把烟头掐灭,边将那股子内在的傲慢劲儿收了起来。

"就这些了?"站在"板桥"头顶上的严亦峻又问。

"你转过这边看看再发言。"霍步金让出位置,"别老以为只有在你掌管全省文权时的那一张'太平洋'才是真货。"

严亦峻不情愿地转过来。看了好一阵后,心里默默承认这画的确有看头。

这当儿,戈桥已和霍步金攀谈起来。

"你的感觉不错!可这画里的人和事还是少了点。但也别着急,"霍步金背着手,一副做报告的样子。"等到了我这岁数,自然就会多起来。不过,"他整整几乎全白的头发,"到那会儿,才气闹不好就没了。真是天下没有两全事呵!"

朱胖也凑了过来。

"您说得对。"戈桥不禁对这位老者的观察力感到敬佩。

"据说你的画在东南亚、香港、日本等地很俏？"戈桥来中心作画已经三天了，朱胖经常来此转转，可一直没机会与一言不发的戈桥搭上腔。

"艺术不是货，没什么俏不俏之说。"戈桥有个根深蒂固的观念：凡是把艺术当货的人，必是俗子无疑。

"据说有三十五位作品禁止出口的当代画家，您也在其中占了一席？"朱胖又问。

戈桥点点头。

"日本有个什么县，据说还要成立一个你的艺术馆？"

"这并不说明什么。"戈桥把头偏过去。

"他们一定给你不少钱吧？"

"是的，很多。"戈桥用艺术家的方式，把意思表达得明白无误。

朱胖正待再说，戈桥站了起来。"鲁省长，您好。"他从口袋里掏出一支烈性雪茄，很恭敬地递过去。

"我抽不了那么凶的烟。"鲁纬从口袋里摸出一盒"中华"，点起一支。他最讨厌作假的人，曾经不止一次地对人说：我有一次与那位著名的"农民高干"一起开会，那人总是头系毛巾，用一个闪着光的铜烟袋吸烟。可荷包里装的全是金黄色的"熊猫"烟丝。

"这是给您的画儿。"戈桥从帆布箱里取出一个画筒。"我自己裱的，手艺不高，您凑合着挂吧。"

"谢谢。"鲁纬走到台前，把画打开。画面上是一个短髯老者，正在一棵松树下的石墩上与人对弈，神态极为安详。

"再次谢谢了。"鲁纬把画卷好，"我原来只抱百分之三十的希望。因为大艺术家是不大记得住俗人的事的。"

"才子词人，自是白衣卿相，我眼睛里是没有官儿。"戈桥这样说着，一边把鲁纬送到门口,"我看您脸色不大好。"

"是吗?"鲁纬不愿说出自己的病,免得徒然叫别人跟着难受,并说些于事无补的同情话。

"画画儿的要想出名,一靠官僚,二靠奸商。"朱胖凑到严亦峻跟前,试图寻找点共鸣。"谁的画一旦进入禁止出口的行列,顿时就会身价百倍。这就是市场规律!可这绝非易事,不知要赔多少这东西呢。"他把拇指和中指捻了儿捻。

"这是什么?"严亦峻从心里看不起朱胖。

"这你都不懂?!"朱胖正要转身走开,霍步金却凑了过来。

"如今官僚是有了,"他指指门口的鲁纬。"就差个奸商。你不凑个数?"

"你去凑数吧!"霍步金这张有啥说啥的嘴,朱胖真有点发怵,虚晃一枪,走了出去。

"与洋画相比,我更喜欢中国画。"霍步金对戈桥说。

"为啥?"

"洋画太实在了。丁是丁,卯是卯,连毛孔都看得清清楚楚。而国画比较虚,有空地方留给看的人。"

"您老对艺术的见解还挺深刻呢!"戈桥对眼前这位看他画了一天的老者另眼相看。

"我年轻的时候,在山西老家画过一阵墙围子。到延安后,又画了不少速写,原来打算出本册子,后来给耽误了。要不然,我老霍没准也能弄个画家当当。当然啰,我即使当上了,跟你们这些青年画家也没法子比。"

"其实我都三十七岁了,已经和您一样,开始考虑心脏、血压、胆固醇,可仍然被人称为青年。"戈桥弹掉烟灰,开始收拾画具。

"你这张郑板桥,能不能送给我?"霍步金说。

站在案子另一侧的陈怡恨不能过去踢丈夫一脚。因为像他这种身份的人,如果当众提出要求被拒绝的话,是件不可想象的事儿。

戈桥盯住霍步金看了好半天,才说:"好的。我给题上款。"他醮饱浓墨写出:

老霍存。

小戈赠。并盖上一方很大的章。

"你这几个字挺古、挺有劲,似斜反正,很得板桥之气。"霍步金很内行地把画卷好,"现在人们很爱挂板桥的'难得糊涂',可没几个人真懂它的含义。其实'忤大吏,罢归'的板桥何曾糊涂过?!连萧萧竹子响,他都'疑是民间疾苦声'。只不过没有辙罢了。"听完这番议论,戈桥深信自己的画,送给了一位真正识货的人。

"你弄到手一幅?"正在和一个面目姣好的年轻服务员聊天的朱胖截住他。

"弄?这年头上哪弄这好东西去?"霍步金也把拇指、中指联在一起,做了个点钞票的动作。

"花了多少?"霍步金伸出四个指头。

"四十?"

"四百。"他决定好好戏弄一下朱胖。

"不贵。不贵。"朱胖连声说。

"我还添了不少好话呢。"

"好话我有。钱我也有。"朱胖说完,就返入画室。

"你这人真是的!"陈怡嗔怪地看了丈夫一眼。

"见这号人,我不逗一下就不舒服。"

"你有多余的画卖给我一幅。"朱胖见画室的人已散尽,就开门见山地说。

"多余的画?"戈桥初起有些糊涂。但马上明白过来。"我哪有多余的画呵!"

"如果你嫌四百少,一千也行。"

"如果我要两千呢?"戈桥倨傲地看着朱胖。有的人,你只需和他交往上一分钟,就再不会想理他。

朱胖飞快地眨巴了一阵眼睛。"两千?我给你一张支票,抬头由你怎么写都行。眼下现金控制得挺紧。"他完全是副谈生意的架势。

"那谁来付所得税?"

"超过八百元,税是百分之二十。"朱胖算了一下。"我给你两千四百元。"

"你就是给两万二千四,"戈桥背上画兜。"我也不卖!"

"那你怎么白送给鲁纬,又卖给老霍呢?"朱胖有点急了。

"白送?"戈桥看着朱胖的圆脸,不禁想起往事:九年前,我尚在作画工时,自费去黄山写生,在"飞来石"上一画就是两天。画累了,就干粮一吃,雨衣一裹一睡;因为费用中,根本就没住宿这一项。有位六十开外的老者,接连两天登石。"飞来石"的面积只有三四平方米,年轻人待久了也头晕,可老者看山、看云、看画,自若得很。第三天,正赶上大雨,巧遇老者打伞出来,把我请入北海宾馆的一个大套间内。我连吃带住,盘桓了六天才去。这老者就是鲁纬。"您的心真好。"临别时我由衷地说。"不光是好心。"鲁纬用深沉的目光看着他:"我不识画,可识才,所以才请你来住。"这段交往,我永生不会忘。至于霍步金,借前面的话说:喜欢一个人,和讨厌一个人一样,往往也只须交谈上几分钟。

可这些都没有必要对面前这个人讲。即使讲了,他也不会懂。

戈桥背起画具,径自走出门去。

省城烈士陵园在市边上,顺山势修成,风水极好,很有点中山陵的味儿。鲁纬沿着台阶,慢慢地向上攀登。

这里曾经有过一次很著名的起义,好几位著名的工运、农运领袖,都在起义中牺牲了。每逢周年,山顶上的纪念堂里都要举行隆重的纪念仪式;许多中央负责同志路过时,必定抽空一顾。为此,鲁纬曾特批三十万元修了一条直达山顶、仅能通轿车的公路。可不知当时他是出于什么心理,把这条公路修在山后了,而且在一片树林中穿过。如果不熟悉地理,还不一定找得到。

他今天没有坐车,自然不用走公路。走累了,就坐在山路边的一块石头上,抬头仰望着山顶上那座水泥建筑。

除了陪着相当级别的领导同志或者主持每年一度的纪念仪式,自己好像从未自发自愿地来过这里。就是在这些活动中,谈得也大都是工作,很少谈及烈士精神、烈士本身。记得有一次,一位烈士子女请我跟陵园的头头说一声,把他母亲的骨灰放在父亲的"衣冠冢"内,可事过三年我也没有想起来,直到人家重新开口。论起来,自己与那位烈士还在一张铺上睡过一年多呢。

"人真是一种带有很大自私性的生物。"他自言自语地站了起来。"很少能够真正体谅别人的痛苦。"

他又开始向上攀登。为什么直到快死了的时候,才想起作一次真正的朝拜,而以前每次来都很少虔诚呢?莫非是怕和他们见面?不。不怕!尽管我一生中做过不少错事,但没有一件是主动去做的。但不是主动去做,就等于没有做吗?这种价值观念站得住脚吗?……下次来,应该带条拐杖来。可还有下次吗?

通往纪念堂的黑铁门紧锁着。他推了一下铁门。"找谁?"一位顶多二十出头的战士从岗棚里出来,粗声大气地问他。"今天下午是学习日,对外不开放!"战士欲退回岗棚。

"能不能破一回例?"鲁纬觉得双腿有点抖。

"你在哪个单位工作?"战士开始重新打量他。

对于这个再简单不过的问题,鲁纬一时竟不知该如何回答。以前,不但在这个省里没有人这样问他,就是到了外地,也从未遇到,总有人打前站,最少也得有个打招呼的电话。"就在咱们省。"他喃喃地说。

"省里什么单位?"

"老干部局。"想了半天,他才给自己找了个单位。

"改天再来吧。你们退休干部有的是时间。"

"我来一回不容易。"鲁纬用请求的口吻说完,才发现对方已经回到荫凉的岗棚里。他不禁勃然大怒:"出来!"他吼道。传过去的不仅是声音,更多的是威严。

"你们涂主任在吗?"鲁纬所说的涂主任是位老红军,长征途中一直挑档案。建国后在东北的一家医院里做过一阵党委书记。后来因为一起很大的医疗事故被免了职。本来组织上打算让他休息,可他不干,径直来找鲁纬,只用一句话就说服了他:咱过去挑了两万五千里的文化,现在却因为没文化给免了职。于是,鲁纬就把他安排在这当了主任,算起来也是处级干部,在以后的二十多年里,老涂一次也没找过他,每次活动中也没有见过他的影子。

"这里根本就没有什么涂主任。"战士也不高兴了。

"那就请你给民政局的龚局长打个电话。"

"我不知道民政局有没有个龚局长。"战士把枪从左手换到右手。"我归武警总队管。"

"那就给你们……"愤怒中鲁纬一时想不起总队政委叫什么名字了。"你能不能把这个"他指指电话,"借我用用?"

战士无动于衷地摇摇头。

"我是鲁纬。"他只得自报家门。

"没听说过!任你是谁我也不开门。这阵子偷花的人特别多,谁知道你进来打算干什么?"战士的口气甚是不恭。

"我以一个七十六岁的老者身份,请你进去告诉一声,就说鲁纬来了,求求他们开门!"战士犹豫了一下,漫步走了进去。

不过片刻工夫,他和陵园的赵主任,大踏步地跑了出来。"实在对不起!"赵主任忙打开铁门。

鲁纬盯住那个战士看了好一会儿,止住心脏的巨跳,才一字一板地说:"没有文化的军队,是愚蠢的军队。"

贵宾室的门开了。鲁纬坐到每次来都坐的沙发上。

"龚局长去年就离休了。老涂是前年故去的。我是去年才从局里调来的。"陵园的赵主任是个三十四五岁的中年人:"这里驻扎的武警部队上个月才调来,工作不太熟悉,请您原谅。"赵主任给鲁纬斟上茶。"您想看什么地方?我陪您去。"

鲁纬在一排又一排的汉白玉墓碑中间穿行。每到一个战友的墓前,他都要深深地鞠上一躬。赵主任在他身旁肃穆地站着,并不跟着动作。"这块墓碑怎么是新换的？"鲁纬从口袋里掏出眼镜，俯下身仔细看着。

"是我重新撰写的。"赵主任慢条斯理地说："以前立碑的时候彭总还在倒霉，所以他也受到株连，许多著名的战役没有写上。"

"你请示过吗？"这座陵园，原是为起义烈士建的。可后来，许多故去的省、局一级的干部也葬在这里，故而演变成"八宝山革命公墓"型的陵园。"还历史的本来面目，我以为无须请示。"回答是干脆的。

"可原来，几乎所有的悼词，都是省常委会定的。"

"是吗？"赵主任用反问来回答问题。

"你从哪里搞到这么好的汉白玉石料？"鲁纬又在一块重新镌刻的碑前站住。

"我只不过把原来的碑反过来而已。"赵主任把鲁纬领到碑后。

"你怎么对这些先烈的历史知道得这么清楚？"鲁纬在墓地入口处那块用极整肃的小楷字写就的"烈士介绍"的大牌子下站住。

"我是人民大学中国共运史专业的毕业生，这些都是本行。"

"噢。"鲁纬来了兴趣。"我记得这里原来立的是'主要烈士简介'呵。"

"是的。可我觉得浮在历史表面的大人物与埋在深谷中的无名人物，都是历史的创造者，都该给他们以应得的地位。所以我费了一年多的时间，把所有的烈士名字都搜集来写上去了。"

鲁纬知道这是一件巨大的工程，即使靠行政命令，能在十二个月中完成，也绝非易事。

"你怎么不去省社科院工作？"鲁纬觉得一个人如果能够如此兢兢业业地工作，那么他的前程将是不可估量的。

"两年前的清明节，我来这里扫墓。那时候对面山上，"赵主任指指相邻的山头，"爆竹声不断，据说要响一天一夜。因为那里葬的全是华侨和侨眷，可这里却冷清之极，就萌发了来此工作的念头。更何况对于搞我们这行的来说，这里的工作更实际一些，也更有意义。"

"我原来以为你是为这个处级职务才来的呢。"鲁纬不知不觉中喜欢上这位主任。

"我调来的时候,已经是处长,秘书处长。"

"他们肯放你走?"

"我走以后,不过少几份较为出色的公文而已,可却空下了一个位置。"

"中国却多了一个'家谱'研究专家。"

"准确的说法应该是:党史专家。因为一部党史,就是由无数有名无名的烈士史写成的。"

说着话,已经来到了大门口。

"如果将来我死了,还希望走你个后门,给我挑个安静的角落。"鲁纬半开玩笑半认真地说。

"您的归宿是去'八宝山'。"赵主任眨眨眼睛。

"可如果我相中了这块风水宝地呢?"

"那您就请来吧。"赵主任很有幽默感。"您的历史,我是很清楚的。"

不知为什么,鲁纬觉得自己好像轻松了一些。

孔德林的棋,韧劲特别大,很有点"太极拳"的味。而鲁纬的棋,却是刚烈的。当然这刚烈中不失精细。棋逢对手,阴与阳、刚与柔,三尺方枰上,仿佛升起暗暗黄沙。两人有条不紊地按着计时钟,吕教练正襟危坐,一副国际裁判的架势。

第一盘孔德林赢了四分之一子。第二盘鲁纬赢了四分之一子。"要不要再下一盘?"吕教练问。

"不了。"孔德林慢慢地把棋子收入盒中,"来日方长嘛!"他低着头说。

来日方长?鲁纬咀嚼着这句话的味道。谁知道我还有几多来日呢?刚才因为全神贯注地下棋,腹部一直没有感觉,可这会儿,积攒下来的疼,又开始涌出,真是能量不灭。今天上午,各项检查都顺利地通过,明天就该上手术台了。谁知还能不能活着下来?他莫非知道了什么?

"这两局棋的水平,在整个老干中心,无疑是空前的,闹不好还是绝后的。"

吕教练说出自己的观感。

"这话多像墓志铭呵。"鲁纬心想,嘴上却说:"孔教授看样子非常喜欢下围棋?"

"是的。"孔德林依旧用缓慢的动作,将搅成一团的棋子分开。"我喜欢下围棋,因为它和象棋、军棋不一样,是一种平等的游戏。每个子都能在盘上找到自己的位置。"

要在平常,鲁纬一定会抓住这段话里的漏洞反驳他:那也是受外力安排的。可今天没有。但凡觉得大限将至的人,脾气不是暴烈就是平和。

在老干中心的出口处,朱胖追上霍家夫妇。

"我有件事求你。"

"一准没好事。不过吃人家的嘴短,说来听听吧。"霍步金快人快语。

"把那张画让给我吧。"朱胖明知希望不大,但仍要试试。宁叫碰了,别叫误了。这是他行动准则之一。再说他的公司遇上点难题,空着手不好去求老首长。

"人家都题上款了。"陈怡婉拒。

"那没关系,可以裁掉。然后再补一个款。"

"我从没听说过这么干的。"陈怡觉得朱胖的脸皮有点太厚。

"老朱这干法有来头,我听说过。"霍步金一本正经地说;"清朝有个军门叫鲍超。军门大致相当于老朱这个级别。有一次他从捻军手中获得四条屏,是董其昌写得《江赋》《海赋》。无上款,只有落款:臣董其昌奉敕敬书。一看就知是明朝大内之物。鲍超的一个幕僚欺负他没文化,想吞为己有,就告诉他没上款,不能挂。可鲍超不吃这套,硬叫他补个上款。于是这位幕友奋笔书写:春霆军门雅属。一时间被传为笑柄。"

朱胖初听时还觉得有门,可越听越不是味。

"他不光被人笑话,也倒了个不大不小的霉。这是犯上的罪呵!幸亏有曾国藩一流的人物护着,否则……"霍步金挥了一下拐杖,在空中拉出一道银光。

"你就是多加两倍的钱也行。"朱胖知道自己又上了当,可还是不死心。"要是我,凡能赚钱的生意,哪怕只有一块钱也干。"

"以前,我在湘西剿匪时,签个字就能杀人。有一回,一批就毙了二十个。"霍步金的脸色严峻起来。"如果你在那时向我提出这个问题的话,很可能——"他把这个充满杀气的尾腔拖得极长,然后猛地打住。

朱胖被他吓了一跳。

"你说的这些都是真的吗?"见朱胖上了尾随他们好久的"本茨"车后,陈怡才问。

"姑言之,姑听之。"霍步金很随便地说。"我一见这号党太尉式不学无术又冒充内行的人就有气!"他虽然没有正式上过几天学,可很爱读书,而且有一个好记性。只不过知识系统稍嫌庞杂些。

鲁纬和孔德林并肩在林荫道上走着。鲁纬的步幅不大,可抬脚伸腿挺有节奏,颇具军人风度。孔德林的行姿与之相反,很是斯文。穿过树枝的秋阳,像跃动着的金币,均匀地撒在俩人身上。

"秋天正是咱们这个城市最好的季节。"鲁纬说。

"是呵。我现在就已经开始发愁:不知明年的阴雨季节该怎么过?"

而我却用不着发这个愁了。鲁纬轻轻拂去肩头的落叶。

"一到下雨天,我那间房子就漏。"孔德林慢悠悠地说:"叫人修也修不好,看来该报废了。"

又是一个不祥的兆头。鲁纬沉默着。

"不到我家坐坐?"走到一个斜巷的岔口,孔德林说。

要在平时,我根本就不会和他一起走,自然更不会去他家。可今天却不知不觉地走到一起了。看来是"人之将死,其行也善",索性善到底吧。鲁纬犹豫了一下,就跟他走了下去。

孔宅只有一间房,被一幅原来可能是黄色的帘子隔成两半。非常大,也非常空。好像主人把所有的东西全都藏入了地下。孔德林拉出一张仿古的圈椅让鲁纬坐,然后又泡了一杯茶递过来。

"我朋友培育的新品种,尝尝鲜。"

鲁纬对茶没有什么研究,他认为:只有吃饱喝足的人,才有工夫研究这些小玩意儿。"

"怎么样?"

"还行。"他敷衍道。

"我觉得太甜了。可能是焙制技术方面的问题。"

鲁纬没有搭腔,转动着手中的茶杯。这杯子是深褐色的,跟它配套的碟子,也是深褐色的。合在一起,给人一种骨灰罐的感觉。不知人的骨灰是什么颜色,据说是白的。鲁纬慢慢地把茶杯放在对面的写字台上。写字台是黑色的,过长过窄,活像一口大棺材。我今天是怎么了,什么事情都往"死"上想。鲁纬用力摇摇头。

"我写东西的时候,总爱摊书。"孔德林看着鲁纬说:"上大学时,每次回家度假,家母都要把她裁衣用的案子腾出来让我用。可就那样,还不够。"

"府上以前很有钱吧?"

"小康人家。祖上几代都是医生。"

"你内人呢?"鲁纬这才发现该问一声。孔德林若无其事地摇摇头。

"故去了?"鲁纬今天对死格外敏感。"在美国读书时没有合适的;刚回国那阵忙得顾不上,后来又碰上了那事儿。"孔德林做了个含糊的手势。

"你现在每天都做些什么?"鲁纬知道,再问就会触到那个两人都讳莫如深的题目。

"读书。"

"你的书在哪儿?"

"在这。"孔德林把帘子拉开。

"我好像只在阿英家里见过如此之多的书。"鲁纬被一排排往纵深地带延伸、直抵屋顶的书架震住了。

"我跟他是大同乡哩。在买书的时候也常常与他遭遇,不过我出手没他大。他总是整担、整担的买;而我小本经营,挑着买。店家愿意批发,所以珍本书、善本书都让他给弄去了。不过书少祸少。听说他倒霉,就是因为康生想弄他的书?"孔德林轻轻地问。

鲁纬很想说:康生跟我也过不去,可是我没书。但想了想,只是淡淡地说:"原因很多,书只是其中之一。你的书怎么没有散失?"他在阿英家虽然有当时上海市委的一位副书记陪着,钱氏也只是让他隔着玻璃柜浏览了一番。据说那些书最后收回来时,已经十去七八。

"从一九五八年起,这些书就在一个库房里待着,一直待了二十年。"

怎么绕来绕去,总是绕不过那个话题?鲁纬焦躁地想:再说几句我就告辞。

门被推开了。"怎么你老兄也在这?"来的是林教授。

"顺路来看看。"

"我可是专门来的。"林教授大大咧咧地坐到椅子上:"老鲁当裁判。我无论如何,也不服你能让我四个子。"他从茶几底下摸出棋盒。

"我哪怕闭着眼,也能让你四个子。"孔德林露出少有的笑容。"不过今天别下了,陪老鲁聊会儿。"

"行,行。"林教授连声答应。

他能让老林四个子?难怪我总觉得他的棋有一种绵绵不断之气,好像还有内力没使出来。他们是朋友,一定会聊到我的病。看来今天他是有意让我的。"老孔,你知道我得病了?"鲁纬不知不觉中选用了老孔这个称呼。他从来不会使用任何"爱称",只有对较亲近的人,才冠以"老"或"小"。

孔德林沉稳地点点头。

"那好。今天我还有一件事要托付你们呢。"鲁纬尽力直起有些酸疼的腰。"明天我就要动手术了。如果呜呼哀哉,也就没事了!我最怕的就是半死不活。"鲁纬自己也不知道为什么竟在这两个人面前,交代了自己的后事。"我在某医院见过一位领导,他最少也有八个月没说过话睁过眼了。可他还活着。床旁边摆满了各种叫不出名的医疗器械,还有许多人伺候他,许多人定期来看望他,好像在履行什么仪式。我可不愿这么'活'着。如果偏巧遇上这种事,老林也许因为是医生而不好下手。那么就请老孔监督点。"

孔德林虽饱经风霜,这种场面却没见过,不禁有些发呆。

"我知道你说的这个人,也知道他在什么医院,他床边堆的仪器叫什么名字,我都知道:心脏起搏机、肾透析机、肺呼吸机……"林教授扳着手指头一口气数出十来种。"只要有电,这些机器就会给人一种生命的迹象。除这些外,还有成群的医学巨人围着他。他们不断地切呵缝呵,成百公升的往里输血,可都无济于事。谁也无法使他的大脑再发射波束;医学在这场杂技中也没有任何收益。"

"我有一个问题,不知当讲不当讲?"孔德林用略带犹豫的征询声调说。

"说吧!童言无忌。"林教授开了句玩笑。

"究竟什么叫死?它又该如何定义?"孔德林的声音很小,好像怕惊着什么人。"按以前的说法,心肺功能停止六小时以后即叫临床死亡。"

"现在医学发展了,恐怕得改一改。"鲁纬说。

"怎么改?"

"这个,"鲁纬指指脑袋。"不可逆转地死了。"

"改得好!"听得出,林教授原来是打算把这三个字喊出来的。

"在朝战时,有一次我们和美三军争夺一个阵地,一连打了三天三夜。战斗临结束时,一块弹片卡进了军政委的后脑里。他没流什么血,别的地方都完好如初,可军医院的院长却硬说他已经死了。院长是参战前才从地方医院来的,留学生,平素我对他很客气。这次我急了,把枪往桌上一掷,命令他给我救活。可他却毫不畏惧地迎着我的目光说:死了就是死了,医学本身不服从命令,它是最唯物的。他的话,我一直记在心里。"鲁纬喝口茶润了润嗓子。

"真不知这个人何苦要这么干。"林教授说。"那位躺在医院里的高级干部,如果征求他本人意见的话,他是不会同意进行这种根本没希望的马拉松式治疗的。可对某些人来讲,只要他活着,就是旗帜,就是象征。另外,对他的子女来讲,他活一个月,就有几百块钱的进项;虽然维持一个月,国家要花上千元。"

"与政治因素相比,经济因素只占第二位。"鲁纬说。

"这些大人物在生前给我们添的麻烦就够多了。"林教授说。"那些太太们,则凭借自己一知半解的医疗知识,没完没了地缠住你不放。"

"记得有一位医学先哲说过:医书要用拉丁文来写。因为对一般人来讲,有过多的医学知识并不是件好事。"孔德林插了进来。

鲁纬皱皱眉。他对这种知识分子式的傲慢,很是敏感。

"作为一个高级干部,鲁老算是不爱生病的。"林教授用他相当突出的下巴指指鲁纬。

"难道还有人喜欢生病?"孔德林问。

鲁纬点点头。许多高级干部都比较喜欢生病。一来可以完全休息一下,二来也可以在一定程度上避开那些不想见的人和不想干的事。记得一九七六年"反击右倾翻案风"的前夕,在这个省当副书记的他,也曾"喜欢"过一次。当时,小平同志已经敏感地觉出一场大风潮已在眼前,所以特地派专机——一架崭新的"波音737"把各个省的"老同志"接到北京,开了一个"打招呼"会。然后又把他们送回各省。八天后,王洪文又派专机把他们接回北京,让把"打招呼"会的内容全部写成书面材料上报。鲁纬推了半天,才获准回来写。刚一下车,就步行到老林家,让他准备一份"病情报告"。"你想生什么病?"老林根本就没问为什么。"一种不能起床,但又合情合理的病。"鲁纬叮嘱道:"明天交卷。"林教授第二天就把一份充满医学术语、附有几位"医学巨人"签名的"诊断书"送来了,并且跟鲁纬很仔细地讲了半天有关此病的课。以后,就凭若干份"诊断书"搪了过去。尽管王洪文曾经专门派了个医生来此调查。

"是的,我劳改那会儿,也喜欢得病。一方面可以休息一下,另一方面也可趁机写点东西。"

"写什么?"鲁纬问。

"一本有关社会系统工程方面的书。"林教授说。"拿出来给老鲁看看。"

孔德林捧出一只很大的檀木书匣,小心翼翼地从中取出手稿。手稿写在一种很白、很薄的纸上。字迹不帅,但很工整,其中还附有一些图表和数据。所有这些,鲁纬都看不懂,但他知道在那种条件下,写如此卷帙浩瀚的大部头,不是容易事。"这书没出版?"

"钱锺书先生说过:科学像女人,一老就不值钱了。"孔德林笑了一下。

"其实男人也一样。比方这位老干部同志就是一例。"林教授在逗鲁纬。

"可老医生除外。"鲁纬反唇相讥"你从哪儿搞到这么好的纸?"

"我从小就养成一个坏毛病:在劣质纸上,思想就无法获得流畅的表达。所以只好千方百计地托人去搞。当然,'文革'时就无法搞到好纸了。第二部书也只好写在随便什么纸上。"

"第二部书?"鲁纬有些惊讶。

"是的。"孔德林从写字台中,取出一部装订在硬纸夹中的手稿。"这是论述社会结构最佳布局的。"

"出版了吗?"鲁纬看着那些在纤维毕露的纸上却依然不失工整的字。

"没有。可第四部论述语言信息的,据说马上就要付梓。"

"第三部能不能拿给我看看?"

"你甭光看手稿,那些东西你根本不懂。老孔,你把中间抽屉打开,让老鲁开开眼。""有这个必要吗?"孔德林有些犹豫。"我很想看看。"

孔德林不太情愿地打开写字台中间的抽屉:中学毕业文凭;西南联大毕业文凭;普林斯顿硕士文凭。他一边翻一边解释:"这张是国民政府资源委员会开给我的电机收据。"

"这是什么?"鲁纬指指一个闪着白光的纸卷。

"刑满释放证书。"林教授回答。

鲁纬默然了。过了好久他才问:"全部右派材料都交给你了吧?"

"我没去取。那些东西本来就不是我的。"孔德林边说边准备关抽屉。"别看这东西不大,可把我的一生全装进去了。"

"可这些入党申请书,你还没让老鲁看呢。"林教授在孔德林还没完全关上抽屉的那一刹那,把一本用羊皮纸作封面的本子拿了出来。

"这是副本。"孔德林无可奈何地瞟了林教授一眼:"不看也罢!"

鲁纬没有回答,一页一页地翻动着。他应该入党,早就应该入党。我已经介绍五十一个人加入了党组织,但愿还能介绍第五十二个。"这个我带上。"鲁纬把手压在上面。"你还有什么要求吗?比方生活上的。"他环顾四周。以前,他从不主动提出这样的问询,因为这极容易诱发一系列的问题。

孔德林坦然地摇了摇头。

四

老干中心支部一经建立,就显示出它的活力。人一旦老了,就更希望靠近组织,陈怡在组织工作上显露出一定的才能:她把所有的一切都搞得井井有条,声色俱全。今天,这位领导人却遇到了一个难题。"你看这件事该怎么办?"她把一份文件递给丈夫。

"我不想看。"霍步金一副疲倦已极的样子。"你念给我听听。"

陈怡慢慢念起来。这是一封由省纪委转批到这个支部的控告信。信是一个在中国银行省分行工作的科长写的。他说:朱副行长借用合同立了一个账户,给他父亲用。同时反映,有大量外汇在这个户头进进出出。等等,等等。"检举信是含糊的。批示也是含糊的。"陈怡最后总结说。

"检举信总是含糊的,但他敢署名,就说明起码有点真货。省纪委的态度却一点也不含糊。"

"怎么见得？"

"他们之所以把信转到咱们支部,这本身就证明他们希望大事化小,小事化无。否则,早就转到中纪委或者检察院去了。"

"那咱们该怎么办？"

"成立一个特别调查小组。把事情搞搞清楚。"霍步金和衣躺了下来。

"谁去？"

"我去。再带上老毕,他是老财务,对账本比较精通；老苏也可以参加。如果有可能的话,纪委派个年轻点的人来也行。"霍步金还是那么勇于任事。

"要是老鲁在就好了。他的政治经验比较多,善于处理这些问题。"

"你可千万别去医院,他正在度过一生中最危难的关头。"霍步金坐了起来。"有我也就够了。我早就品出那家伙身上的味不正！"

早在半年前就有人跟朱胖打过招呼:让他早点盘结那个"公司"。因为中央要开展打击经济领域的各种犯罪活动。朱胖辞掉了公司董事长的职务,并在"中国大酒家"举办了一次小型"告别商业生涯"宴会。可仍然在幕后操纵这家公司,至少一半时间泡在饭店里,究其原因,恐怕要数他对那两位女职员的眷恋之情了。朱胖对猎取女色的种种途径、诀窍极有研究,一生中有相当的成果,而且绝少留下"后遗症",也没闹出过"风流案"。因为他一直遵循"不发生大的感情联系"这条原则。

这次却不然了。他先是失去了权力,于是就失去了一切。后来,在重新获得权力的同时,又得到了女性的青睐。所以格外珍视。他从众多的应征者中挑选了一位二十二岁的、一位三十岁的妇女——对此,他特别感谢过剩的中国劳力市场。他原想两人一定会争风吃醋,可谁知竟处得和亲姐妹一样,使他享尽了老年的欢乐,享尽了温柔抚爱。在他辞去职务之后,有一个星期的时间,一步也不曾迈出这家饭店。他不出面活动,钱自然不会跑上门来。两位生意门槛很精的香港人,也看出了这一点。他们开始向香港方面转移资金,为自己铺设退路。当朱胖觉出有些不妙时,账上的钱已经十去七、八,港客也一去不复返,单留下两位女职员支撑门面。支撑这个门面,每天最少要五百元钱,其中有房、电、饭、出租车钱和工资。即使如此,朱胖也下不了狠心来结束这个局面。他沉溺在这最后的欢乐中。两位"情妇"好像对此毫无觉察,每天照样伺奉他。为了让这必定要落的太阳多停上一会儿,朱胖不得不去搞些小生意。在他再次接到"打招呼"的电话时,不禁有些慌张,立刻挂了北京电话。

"要镇静。"老首长的指示只有三个字。朱胖拿着听筒,好半天没有放下。老首长的镇静是极有名气的。当他指挥一个师的时候,曾经和一个漂亮的机要秘书相好。后来,被在外的夫人奔袭回来捉奸在床,仍不惮于色。

当时正在师后勤部做副部长的朱胖目睹了这一切,并深深地为老首长这种真正的大将风度所折服。在紧急关头要保持镇静,该下手时必须果断地下手,他毅然放下听筒。

"你不是答应我出去留学吗?"在包间里,那位二十二岁、有着极成熟身段的少妇,用软软的、很悦耳的声调说。

"我是答应过。可现在情况变了。"

"情况变了?"少妇把八十元兑换券一支的巴黎眉笔小心地放在梳妆台上。"我可不能白白奉献出我的一切呵!"

"你没有白白奉献。我每个月付给你的工资,最少也相当于你过去干一年的。"

"可我一辈子只有一次的东西,也被你拿走了。"少妇从梳妆镜中看着朱胖。

"是被我拿走了。可在那之后,你也搞过另外一些名堂。"朱胖慢慢走到录音机前,塞进一盒磁带。"有关你和那个香港小白脸的谈话,想不想听?"

"听就听。"少妇毫不在乎。

朱胖微微一笑,按下按键。这是质量很高的磁带。当然,不是他用窃听的手段搞来的,而是"港客"按照他开的价,去"实地采访"来的。他知道挟制一个人最有力的武器,就是掌握他的隐私。少妇的脸渐渐地红起来,好像抹了最红的胭脂。"如果我去告你呢?"听完录音后好久,少妇才重新来了精神。

"你有证据吗?"

少妇神秘地笑笑。女人自有女人的精明,为前途计,她保留下一些"小东西"。

"可你上哪告我去?"

"你们单位。"

"我哪来的单位?"朱胖不屑地笑笑。

"我利用舆论。"

"报纸?电台?"

"我到法院去。"

"请去吧!且不说我可以运用各方面的关系来平息这件事,就算捅出去,我也是过了花甲之年的人;而你却刚刚开始生活。"朱胖冷酷地看着少妇。"在这种桃色事件中,女人受到的伤害要更大一些。"他用干涩的声调继续说:"一个如花少女,在金钱的利诱下,被一个衰朽老翁玩弄,这该是一个多么好的题目呵!"

少妇渐渐委顿下去。

"当然,我是不会让你吃亏的。"他一只手深情地抚摸着她软玉般的肩头,另一只手掏出一只吕宋纸的信封:"这是五千块钱外汇,咱们好聚好散。"

"既然你说好聚好散,就给我一万。否则我就豁出去了。"

朱胖与她对视了几分钟,最后终于说道:"一万就一万,你把这钱先拿上。"

"不!一块拿。不拿齐不走。"

在另一间包房里,朱胖遇到了更大的障碍。那位正值盛年的妇人,一张口就要两万元钱,还要朱胖把她弄到香港去。

别看这家伙岁数只有我的一半,可人生经验却并不比我少。朱胖坐在自己的房间里,揿动了一阵计算器。"要了结这一切,最少要三万块钱。"他自言自语,陷入了沉思。"到哪儿去弄这笔钱呢？"

动用自己的存款？不！他猛地摇摇头。决不能动用养老金！真是智者千虑，必有一失。我原来也考虑过"软着陆"的方式，打算把这两个娘们，顺顺当当地移交给那两个"港客"。谁知"金风未动蝉先觉"，让这两条泥鳅白占了便宜溜了。我就像他妈的一个赌徒。在赌场上成千上万的钱都不在乎，可一旦收场回家，几乎就是吝啬鬼。看来只好再干那笔买卖了。朱胖拿起电话。

"我想请老兄帮忙弄点钢材。"他知道对付霍步金这样的人，有话最好直说。

被人从每日必不可少的午睡中叫起的霍步金，很不高兴地反问道："我上哪儿给你弄钢材去呵？三年前还差不多。"

"只要你给中南钢铁公司的刘经理写一张条子，别的事我自己会办。"

"你要多少吨？"霍步金渐渐清醒过来，用脚踢踢睡在身边的陈怡。

"五十吨。"

"板材？"

"钢锭、钢筋都行。"

"如果你把你那鸟公司的一切告诉我，我就帮你这个忙！"

"行。"两秒钟后朱胖回答。"你来我这一趟吧！"

霍步金放下电话，开始往有些发肿的脚上套鞋。这些天，他为了调查"朱胖公司"一案，可没少跑路。但收获并不大。"真是'踏破铁鞋无觅处，得来全不费功夫。'"他终于把鞋套了上去。"这几天，我不知吃了多少瘪，也没弄到啥玩意。今天倒好。最知情者主动送上门来。"

"我觉得你利用他对你的信任去套他的底，有点不地道。"陈怡把风衣和手套递给他。

"信任？"霍步金瞪大眼睛："他是在利用我。他才不地道呢！"说罢，扬长而去。

"如果今天晚上你仍打算在我房间留宿的话，就得付钱。"那位三十岁的中年妇人微笑着对穿着睡衣走进来的朱胖说。

"行呵。"朱胖重重地跌入丝绒大沙发里。"现在都兴经济核算,咱们也不妨核它一核。"他用遥控器打开电视。"如果我打算睡在这张沙发上,要付多少钱?如果我打算睡到你的床上,又该付多少钱?"

"不必搞那么细。"妇人点起一支进口的女式香烟。"来它个一揽子买卖吧!给二百块钱,随你使用这房间里的一切。"她挥动了一下烟卷,"不过,如有倒错行为的话,外加一百元。"

"不贵,不贵。"朱胖用轻慢的口气说:"此刻你再涨点价也还来得及。"

"我这是经过合理计算后的价钱。"妇人把脚放在一只丝绒矮凳上。脚的指甲是经过精心修剪锉磨的,并且染着只有画家才能调出来的洋红色。

"小芳走了。带着一万块钱去寻找她的爱情,她的归宿。她比你年轻,也没离过婚。"朱胖用残酷地目光盯着那条从睡袍下摆露出来,闪着玉般白光的腿。"可你暂时却不会走。因为你要再去找一个称心如意的丈夫,这玩意儿"他把拇指与中指捻了几捻。"大概还不够数。你还得去干,还得去挣。否则你无法找到一间这样的住房和一个能维持你生活水准的丈夫。你离不开我,离不开。"他的目光,慢慢变得贪婪、迷茫。

"你也离不开我。有人说过:老头子要爱起来,就像干朽透了的房子着了火,根本就没办法救。"她把另一条腿也翘起来。"因此你也只好拼命去挣,去博取能维持这一切的费用。"

"你说错了,我跟你之间没有爱。我要的只是跟你睡觉。"

"我没说你爱我。但毫无疑问,你爱这种生活。"

"是的,我的确爱这种生活,也摆脱不了这一切的诱惑。但我有资本,有跟你睡上十年也花不完的钱。"朱胖记起上个月他曾跟霍步金谈起有关钢材的事,当时我以为不会太顺利。谁知这个一生以真正共产党人自我标榜的主儿,竟和我一拍即合,说:五十吨钢材是"小菜一道"。不过他坚持要搞清楚销路与银行方面的一些具体细节问题。因为我怕他"反客为主",撇开自己去做生意——有谁不爱钱呢？又怕他掌握过多的内幕情况咬我一口，所以就没告诉他。前几天，我通过老首长的关系，在沿海的经济特区用人民币——这一点很重要，因为外汇户头已经撤销——弄来了十辆进口汽车。实际上这就是十万块钱，而且是半合法的——那里大大小小的空地广场上，堆满了各式各样的轿车——与其他那些大大小小的"托拉斯"相比，我不过是个单干户，是分一杯羹的人。在赌场盘结的时候，赢钱的总是那些分羹小户。搞它二三十万，赶快撤出。他懒得再往下想了："我今天晚上出三百块钱。"他边说边站起身，朝梳妆台走去。

窗户是大敞着的。透过那层温情脉脉的窗纱，涌进一阵阵充满肉欲的花香。

"咱们给省纪委的那份报告怎么还没批下来？"陈怡停下手中的毛活，望着对面沙发里的丈夫。好多天来，他一直显得心不在焉。"你别太着急了。"霍步金看着《花卉》杂志。"你又不是不知道公文旅行的费劲劲儿。"

"按说咱们写上去的报告，他们应该快一点处理。"

"他们也许认为咱们是无事生非，或者认为咱们干这事纯属是个摆设，就和你织毛衣一样，不为了穿，只为不让双手空着。"

"你说缺德话的本事可真大！"陈怡索性把毛衣扔到一边。"我看咱们最好去找找老鲁，有他参加，事情就会顺利一些。"

"不管是省长、局长、处长、还是别的什么名词，只要和'退休'组成词组，那就全成了一路货。"

"你能不能放下手中的书和我认真讨论一下？"陈怡不高兴了。

"一边看文件，一边听下属汇报，这原本是日理万机的大臣风度。"霍步金放下已经看完的刊物，"可当这个下属正处于更年期时又自当别论。"

"那份报告出自严亦峻这样的大手笔，按说是无懈可击的，证据也是确凿的。嗳，老霍，你从哪儿搞来那么多东西？我跑了不少地方，可没搞到什么有价值的情报。"

"你手里有权力的时候，能叫人开口说话；而我在没有权力的时候，也能让人开口。"霍步金取出烟具。

"你就改不了这臭毛病!"陈怡夺下他手里的烟卷。这辈子,为了抽烟这件事,她真没少和丈夫做斗争。各种手段全使上了,收效甚微。有一次,她与一位很有名望的大夫商量好在丈夫去看病时,好好吓唬吓唬他。大夫答应了。在霍步金前来的时候,他先是领着去参观了一遍抽烟人的各个不健康的器官陈列室,然后又是透视又是听诊,把霍步金折腾了个不亦乐乎。最后大夫在一大张诊断书上,写下了不少拉丁病名。"如果我继续抽烟的话,还能活多久?"上面的字霍步金不认几个。"三年?五年?不好估计。"大夫煞有介事地回答。回家之后,霍步金很慷慨地把各式烟具都送了人;并到处扬言要戒烟,可没过几天又抽上了。同事们用前言取笑他,他却一本正经地说:"不就是个死吗?我看出这步来了,不抽烟的滋味跟死差不多。"当后来他得知此事乃陈怡导演时,很认真地说:"自结婚以来我是头一次产生了揍你一顿的欲望。"

"看来改也难。"霍步金又取出一枝。

陈怡赌气坐到一边去了。霍步金只抽了几口就掐灭了。家庭生活也是以各种方式的妥协组成的。秋末的太阳落得格外快。不一会儿,屋里就显得有些黑了。"我真发愁每天的三顿饭。"陈怡懒洋洋地站起来。"你今天打算吃什么?"

"你会做什么,我就吃什么。"陈怡退休后就把原先的浙江老保姆辞退了,说是自己来做。可是她的手艺实在太差。霍步金倒不在乎,"稀里哗啦"吃得特别香。只是把一生讲究"精吃"的她给难为坏了。"今天我来给你炒只南宋名菜尝尝。"看着陈怡脸上的难色,霍步金站起身:"已经八十年代了,也不能天天叫你做'忆苦饭'吃。"

"鬼个南宋名菜!"陈怡趁势坐了回去。因为自己实在无法动议重新雇人,所以只有在丈夫兴发时才有机会改变一下口味。

"人们常说:三代为官为宦,方知穿衣吃饭。谁知你这位官家女,连个南宋名菜'雪里枇杷',都没听说过。"

在霍步金走向厨房的途中,电话铃响了,陈怡想去接,丈夫却捷足先登:

"嗯。嗯。"霍步金的声调越来越低,神色也越见暗淡,最后使劲把电话放回,一屁股坐到沙发上。"那件事黄了!"

其实他不说,陈怡也已知道。自打他们的离休命令一宣布,除了约牌、请饭外,绝无公事电话。她重新拾起毛衣胡乱织着。电动石英钟的针一跳一跳地往前爬行。

"记得五年前的这个时候,我正在筹建1.5毫米轧钢厂。"霍步金顾左右而言他:"这个厂的设备是在'胆子大一点'的方针下引进的西德先进设备。一大堆机器放在风雨中整整十个月,最后中央才决定给省里。为了让它运转起来,我在工地上泡了整两年。"他的目光像块被加温的金属,渐渐地明亮起来;"最后终于建成了,连德国人都惊讶。他们以为在那种混乱的情况下。我们根本不可能把它装起来。说实在的,要不是因为党性和事业心,鬼才干那些起码要让人折寿十年的麻烦事。"陈怡放下毛活,双手托着下巴看着丈夫,就像听故事的孩子。"直到竣工典礼结束,大人物们纷纷乘专机、专车走了,开始正常运行之时,我们才发现整个城市没有电。真他妈的见鬼!整整缺三万千瓦的电力。为这事我臭骂了老鲁和计委那帮家伙一顿。"说到这,他微微有些气喘。"骂完以后呢?"陈怡在以前从不和丈夫谈工作,那些冶金、机械之类的事,她既不懂,也觉得乏味。

"后来我要求去干协调办公室的主任,一方面能硬卡大户的脖子,挤出3万千瓦的电力来,弄得最少有三四个局的头头不和我说话,另一方面又自筹资金,搞起个自备电厂。"他套上拖鞋,在空荡荡的大厅中间走了两个来回,最后站在陈怡面前,像宣誓似的说:"我就不相信这回他妈的办不成!"

"刚才电话是怎么回事?"陈怡到底还是没忍住。

"纪委首先就不卖力气,非要咱们进一步拿出真凭实据来才肯立案。后来从那边,"他指指天花板,"又来了个电话说,要保护大好的经济形势。于是他们准备大事化小、小事化无。我始终相信,最少有三十万块钱在朱胖手里,另外还有一套地下班子在运行。"他愤然地一挥手。"不过,即使有天大的事,饭也不能不吃。"他大步流星地奔向厨房。不一会儿,就传来铲敲锅边声。陈怡知道,这已经是尾声。

饭后,霍步金要出去。"你去哪?"陈怡帮助丈夫穿上风衣。"先去找老鲁谈谈;不行的话,后天上北京。"

"朱胖北京有人,那位老首长一定会帮他忙。"

"他有老首长,我霍步金也有!"他连那支平素从不离身的手杖也给忘了,一头扎进夜雨中。

五

"你的心脏真是造物的奇迹。"林教授看着心电图上平稳的波纹。"有好几次,我都以为你不行了。直想说:这回是给他治肠子的,心脏类的麻烦事不管了,放一放再说吧。"

"蹩脚医生,在碰到棘手的麻烦事时,他的所作所为,都和官僚主义没什么两样。"鲁纬把头伸进一缕金灿灿的阳光中,舒适地闭上了眼睛。"你的医术还是不够精湛呵!"他故作沉重地叹息了一声。

"医学的复杂性,一般的凡夫俗子认识不到。他们总以为一个高明的医生应该一诊就断。"林教授拆下电极,"与电影中的医生相比,我们就好像冒牌货!"他重重地坐在沙发上,"看来过几天,我就可以把你修理好了。"

"每当有人触犯了你的职业自豪感时,你总是怒不可遏。"鲁纬用缓慢的动作翻身下床。"你不是答应让我看看切下来的直肠吗?"

"那恐怕是你的幻觉。作为一个医生,哪怕是很蹩脚的医生,我也肯定他不会答应这种要求的。再说,肠子不是新生儿,没必要看。"

"可你确确实实答应过!"

"那天你眼看就不行了,连魏省长他们都来了,我才迫不得已答应你的要求。"

"答应过的就应该做到。"鲁纬执拗地说。

"好吧。"林教授把鲁纬领进病理室。"这是省长有病的肠子,"林教授指指玻璃柜中一只盛满液体的大瓶子。旁边则是一条健康的肠子,取自一位因车祸丧生的27岁的工人。"你比较一下,看看有什么不同。"

鲁纬仔细审视着自己的肠子。它是暗紫色的,以一种奇特的螺旋曲线悬浮在福尔马林液中。与旁边那根正常的相比,似乎并无不同的地方。"看见自己身上的一个器官放在这里,真是一种奇妙的感觉。不过我怎么也看不出名堂来。"

"你要是能看出来,还要我们这些医生干什么?"林教授边往出走边说:"其实我拿别人的一截气管来冒充你的直肠,你也一准看不出来。

"有这种可能。"

等他们回到病房,孔德林正坐在沙发上翻看报纸。鲁纬入院以来,他几乎每天都来。"你们之间的友谊,就像癌细胞一样,以不可思议的速度生长着。"林教授笑着说:"我都有些嫉妒了。"

"多么可怕的一个比喻呵!"孔德林耸了一下肩。

"我身上的癌细胞却生长得特别慢。"鲁纬看着孔德林把他的藤椅搬到阳台上。"老林说,这是因为我已经老到连那玩意儿都得不到足够养分的地步了。可友谊却找到了特殊的途径。"

以前的鲁纬,对友谊、爱这类词汇的使用率相当低。自经过这场真正的病后,却不止一次地在公开场合使用这些词汇。

这家医院分为东西两个区。西区是普通病房,鲁纬所在的东区则是高干病房,两区遥遥相对。从他们所在的二楼看下去,正好看见两区的交汇处。大部分人是往西区去的。他们大都骑自行车,间或也能看见些吉普车、客货两用车和式样过时的轿车。来的时候,面部表情都比较阴沉、忧郁,可走时大都开朗起来。当然,有些人却永远地留在了里面。

"这里的情形很像一个车站。"孔德林说。

"是通往天国的车站。"林教授站起身扶住栏杆。

"请问教授,你是刽子手还是牧师?"鲁纬眯起了眼睛。

"兼而有之吧。"林教授顿了一顿:"医院是个最唯物的地方,感情因素最少,同时也是最多的。许多平常看不见的、内在的关系,在送行的当口都浮现出来。"

"作为一个没赶上车的旅客,我对此深有体会。"鲁纬想起自己养病期间的所见、所感。

"你隔壁住的市委章书记,在刚住院时,各路人等都来探望,弄得我们连正常的医疗工作都无法进行。但一经确诊为晚期肝癌,就只有家属来了,省经委马主任的太太,得的是同样的病却至今门庭不衰。"

"这正合两句古话:'太太死了压断街,老爷死了没人抬'。"孔德林继续解释,"抬太太是为了给老爷看;而老爷死了,也就没人看了。"

"这位是谁?"孔德林的话,鲁纬听着有点不舒服,就换了个话题,指着林荫道上的一个骑车人问道。此人一头银发,大约七十开外,骑着一辆很旧的自行车,车后座上夹着一个牛皮包。

"不认识。"教授摇摇头:"按照规矩,这条道上很少有两个轮子的车。"

"艾朗主教。我认识他。"孔德林站起身来。

"红衣主教?"鲁纬问。

"红衣主教是由教皇任命的,全世界只有一百多人。他只是主教,也就是负责一个教区的高级神职人员。"

"他来干什么?"

"大概是一楼住的栾教授不行了。"孔德林说的这位栾教授,是省科学院副院长、中国科学院的学部委员、建筑学家。他得的是心力衰竭,已经几度濒临死亡。

"咱们去看看。"鲁纬很感兴趣。在他的印象中,主教之类的人只是作为传说才存在。虽然宗教事务局那份"教堂重新开放"的报告是他批的,可他从来没去过,更没有一位神职人员来找他。

"这合适吗?"孔德林有些犹豫。

"合适。"林教授站了起来:"《圣经》上不是说:四海之类皆兄弟也。"

"所有的教授、高级工程师生了病,都可以住在这里吗?"在一楼长长的走廊上,鲁纬问林教授。

"栾教授是学部委员,按照卫生部的文件规定,享受部长一级待遇。别人就不行了。除非还在人大或政协挂衔。"

"教授不就相当于局级吗?"对于职务与待遇之间的关系,鲁纬搞不清楚。当然,他也无须搞清楚,因为他历来享受着全省最高的待遇。

"相当于什么?就证明你不是什么。"孔德林的逻辑性很强。"如果你够了那个级别,那么即使在去天国的旅途中也能坐软席。学问不值钱呵!"

林教授深有感触地说:"有朝一日我生了病,恐怕还得利用职权才能住到这来。"

几位白衣人正聚在栾教授病房前。圆心位置上那位身材高大穿便衣的医院保卫部长,显得格外触目。他正和艾朗主教说着什么。

"林副院长。"见到林教授,一位小护士跑过来:"这位洋和尚要给病人进行临终祷告,可罗部长不让进去。

"让他进去吧!"林教授对保卫部长说。

"咱们这可是个医疗单位。"罗部长一本正经地说。

"就这么定了。"林教授的声音中充满了权威。从保卫部长宽阔的背影和走路的姿势上,就可以判定他不满的程度。"请进去吧!"林教授对艾朗主教作了一个文雅的手势。

"谢谢您的允许。"主教低着头说,声音显得很空洞。"不用谢。如果您能治了老栾的病,那我们这些做医生的也可以轻松轻松。"听到林教授这个玩笑,艾朗主教猛地抬起头来,用很冷的声音说:"我们只救灵魂,不治肉体。"转身进了屋。

"他的职业自豪感跟你的一样敏感。"鲁纬小声对林教授说。林教授像个闯了祸的孩子一样吐了吐舌头。

栾教授的病房比鲁纬的规格要低,只是个单间,病床就摆在靠窗处。栾教授显然已经处于弥留状态。他的嘴唇高速抖动着,高高凸起的眼珠向外散射着不安与希望,那只痉挛的手紧紧攥住妻子的手腕,就像临溺死的人一样。当听见人声后,他开始喃喃地说着什么。他那体态苗条但霜华满头的妻子,深情地把耳朵凑到丈夫的嘴边,用心地听着。"他说他非常遗憾,本来有许多话要对主教您讲,可现在没时间了。"栾夫人操着纯正的普通话说。

"你就是在天国里说,我也能听见,"艾主教不知什么时候已脱下了那套纤维毕露的西装,换上了一套用上等料子做成的黑袍。栾夫人把床头的位置让开。

"作为主的使者,我特地来拯救你的灵魂。"主教拿出一个显然是银质的十字架,用相当圆润、饱满、充满感召力的声音说:"不管你在尘世中有多少罪孽,只要你忏悔,万能的主就将赦免你,你依然能够进入天国。"栾教授的眼球慢慢地缩了回去;嘴唇也停止了蠕动。"忏悔吧,我的孩子!当所有世人全都遗弃你的时候,冥冥之中的主,正用他充满慈爱的目光注视着你。他为你的未来,作了很好的安排。"栾教授眼睛中的紧张与不安开始消失,取代它们的是满意的神情。"往天国行进的路程很艰苦,可天国却是无比美好的!去吧,我的孩子。"

主教把十字架伸到栾教授嘴边。十字架仿佛有着无比神奇的功效,栾教授干裂的嘴唇慢慢地滋润起来,眼神也开始现出迷蒙、宁静的光。渐渐地,连宁静也消失了。

"一个奋斗一生的灵魂终于踏上了彼岸。在那里,他将获得永久的休息。阿门!"主教在空中划了一个"十"字。屋子里有十多个人,可没有一点声息。

鲁纬和林教授又坐回阳台上。

"他最少也有七十岁了吧?"鲁纬指指消逝在拐弯处的艾主教背影,问刚进来的孔德林。

"七十七岁了。"孔德林的脸色显得很苍白。

"他举行这种临终弥撒,要索取多少报酬?"林教授漫不经心地说。

"作为一个有相当文化的人提出这样一个愚蠢的问题,我感到很吃惊。"孔德林把头偏转到一边,根本不看林教授。"今天上午他刚刚去岭南为一个信了五十年教的农民作临终弥撒;现在又要赶回去为教堂做晚祷的人布道。"

"那么他的生活依靠什么呢?"林教授的脸微微有些红。

"每年要拨给教堂一些经费。"鲁纬替孔德林回答。"不过据我所知,只有很少一点。"

"他的讲演艺术很高明,很感动人。我看见几个小护士的眼泪都掉了出来。"林教授挪了一下椅子。

"艺术是次要的,更重要的是他的真诚。只有相信自己信仰的人,才能发出如此真诚的声音。"孔德林的情绪稍有激动。

他们的对话,引起鲁纬一连串的联想:我们党的干部,也是做思想工作的;我们党的事业是现实的、美好的,是人类最壮丽的事业,吸引了无数人类精英;它蓬蓬勃勃,充满了生命力。可曾几何时,我们许多干部的作风变了。他们把美好的真理,变成枯燥的教条,用呆板的、庸俗的、虚伪的声音来和同志们"谈心",他们自己却缺乏起码的真诚。这种"思想工作"只能视为粗暴的干涉,引不起半点共鸣。

"栾教授已经有半个多月不会说话了。他的意思,是通过夫人传达的。我真奇怪,那种嘴唇的蠕动,是如何被夫人翻译过来的。"林教授伸手折了一枝垂下来的藤萝叶子。"夫妻之间,所有相爱的人之间,自有它独特的信息交流方式,外人是无法参与的。"孔德林注视着眼看就要西坠的红日。

"你的入党问题解决了没有?"鲁纬突然记起这件事。孔德林摇了摇头。

"我已经和省委组织部长谈过此事,他满口答应了呀!"

"我认为官僚主义的最大特征就是认为批过、谈过、过问过的事,就等于办了的事。其实这两者之间有着本质上的差别。"林教授不客气地说:"其实就在你大权在握当省长时,批过的事又有多少是办成的?百分之五十?我看没有,顶多有百分之四十。"

"我承认是有些官僚。"大病初愈后的鲁纬很有些燥火。"省长不是院长、县长。你们如果听说什么地方出现了问题可以去看看,而我却看不见。因为一个省实在是太大了,我只能依靠听汇报看文件。这台行政机器是十分庞大的。在它的运转过程中,你必须小心。如果你太感情用事,有着过多的人性,那将是很危险的,有被碾碎的可能。"鲁纬记起五年前一个名叫沈江的作家曾经给他写过一封信。此公运用一支生花妙笔,调遣一切最有利的词句,诉说自己的苦衷,着实把鲁纬给感动了。他在那封信上用3B铅笔批道:如情况属实,请人事局解决他的工作,房子从特批中解决——每个省长手里都有些"特批"的房子以备不时之需,但这种特权他极少用,每到年底总剩下不少。他的指示被执行了。一年后,省纪委的同志又打了一份报告来,说此人乃是一个道德败坏分子,利用他"批"的作家身份和那套"多余"出来的房间,乱搞男女关系。可他早把"沈江"这个名字给忘了。直到中纪委派人来调查这件事,他才恍惚记起来。但他自信是无愧的,也就没往心里放。

"我对你们之间的关系做了相当彻底的调查,你是清白的。"在调查结束之后,那位委员专门找他谈了一次。

"我批的是:如情况属实,则当如何。"鲁纬还有点不服气。

"沈江在信中所说的情况的确是事实,但只是事实的一部分。"鲁纬耸耸肩。

"作为一个高级干部,有一点请你务必记住:尽量避开具体细节,只做原则性的批示。除非在你万不得已而且对事实了解十分透彻时,才能动用手中的笔。'省长特批'的权力只能十分慎重地使用,在大多数情况下,你必须让公文去旅行,借以检验它。想把每件事都亲自处理好,那是一种政治上的浪漫主义,根本行不通。"

"即使那台机器十分庞杂;即使它运转起来十分无情,作为一个领导,也必须具有足够的人性。如果缺了它,党性就无从谈起。"林教授不肯避开这个问题。

"搞政治你还是相当幼稚的。"鲁纬浅浅一笑,"组织部的人没有找你谈话?"他问孔德林。

"谈过两次。可因为我上个月在香港的《大公报》上,发表了一篇论述行政体制改革的文章,入党问题恐怕要变得复杂起来。"

"你为什么不在国内报刊上发表?"鲁纬深知行政体制的改革,是个相当敏感的东西。稍不留神,就会触动一些犯忌的问题。

孔德林耸耸肩,做了个不置可否的姿势。

"你把文章给我看看。然后我再找他们谈谈。"鲁纬决心把这件事办到底。

"我看不用了。"孔德林站起身,"在我死后,他们会追认的。"

"中国的和尚,总是在你死后没完没了地念经,来超度你的灵魂。而洋和尚,却在你活着的时候,就把这一切全都办了。这恐怕是国民性的表现。"林教授不冷不热地说。

"共产主义不是宗教,我们这些共产党人更不是僧侣,请不要把概念搞混了。"鲁纬费了很大气力,猛地站了起来,"真个是书生论政!"

"书生论政又怎么样?"林教授看看鲁纬涨红的脸,"好好,算我错了。"

"不是算你错了!"鲁纬余怒来消。

"小心你的心脏和刚缝上的肠子。"林教授请鲁纬坐下,"我指的是个别人和个别现象。"

"可请你不要忘记:所有这些个别,正是我们党打算清除掉的。"鲁纬在坐下去的同时,再次下决心,把孔德林的事办完,办好。

"人体会生病,它需要医生。同样,党的肌体也会被细菌侵蚀,因此也需要医生。"林教授言犹未尽。

"作为医生你应该清楚,"孔德林有好一会儿不说话了。"人体的可贵处不在于它能生多少种病,而在于它得了那么多病之后,依旧能够生存下去。"

林教授看看鲁纬,又看看孔德林,终于微微地点了点头。

所有死而复生的人都特别热爱生活。鲁纬也不例外。他站在敞开的落地窗前,出神地看着夜色中那一丛丛白色的晚花。这花是老人的花。它们开得晚,所以就拼命把姿色与芬芳贡献给人间。为什么没有骚人墨客赞颂它们呢?霍步金闯了进来,他带着一身夜色,一身潮气,还有满腔的愤懑。

"有话坐下慢慢说。"鲁纬给他斟上茶,就坐到灯光直射下的沙发上。

霍步金说得很快,也很清楚。不到二十分钟,就将事情的来龙去脉以及自己的打算,统统倒了出来。鲁纬没有说话。眼睛注视着远处的一盆花,一只手在腿上有节奏地弹着。这是他思考问题时所特有的习惯,霍步金是深知的;因此,他不愿打断他的思路,只是一支支地抽着烟。"为了健康,你就少抽两支吧!"当他再次去茶几上取烟时,手被鲁纬按住了。

"如果地狱里有烟抽,我就不上天堂。"霍步金按动打火机。

"在两年前的一次常委扩大会上,我头一次发现自己已经很难把大伙的发言综合起来。就在那一刻,我下定离休的决心,而且一离到底。"鲁纬在宽阔的屋中央慢慢地踱着。"可这几天,我发现这种领导必备的综合能力又恢复了。"连日来,有不少退休干部来找他,这使鲁纬很高兴。因为他们仍把他看作一个可以解决问题的人,一个有用的可以信任的人。

"你到底去不去北京?"

"为朱胖这么一件案子就去惊动中央,未免有点不值得。"鲁纬又坐了下来。

"那我自己去!"霍步金把香烟扔在地毯上,然后用脚踩灭。

"昨天下午,严亦峻来谈过,今天你又来。"鲁纬好像没有看见霍步金的不满动作,"咱们明天再找几个人碰碰,看看能不能在众多的具体问题中,找出一些纲领性的东西来。"

"如果真的找到呢?"霍步金的手停在第一个风衣扣子上。

"那我将和你一起去北京。"

鲁纬家的客厅很大,约有四十平方米。正中墙上是一张三万分之一的全省地图。除此而外,环墙就只有戈桥那幅《老者下棋图》了。以往有关省政的许多大事,都是先在这里谈出眉目的。今天的与会者几乎都是常客,所以很快就找到了自己的位置。"看来在必要的时候,咱们这些人还是能够组成一个工作班子的。"鲁纬慢吞吞地说,"其中既有搞经济的,"他指指苏、霍二人,"又有搞意识形态的。"他又朝严亦峻点点头。

"离休两年,可仍不脱省长口气。"坐在花架旁的高大使说,"不说工业交通,而说经济;不用宣传文化,而用意识形态。可不知依此分类法,我这个搞外交的,该归何处?""大使无疑是搞意识形态的。"鲁纬很肯定地说。"在五六十年代,对外交工作就是这样定义的。可如今二者已很难区分:在政治斗争中,经常要采用经济手段;而经济在某种意义上讲,就是政治。这不过是一种说法换成了另一种说法而已。"

"不,不对!"严亦峻插了进来,"不是说法的转换,而是观念的深刻转变。近几个月,我到几个地方转了转,收获极大,感触极深。我以为正确的说法应当是:我们全是搞四化、搞建设的。"

沉默了片刻后,大家纷纷点头。迟到的陈怡,夹着一个大型笔记本,匆匆走进客厅。她是头一次来此,一时间不知该往哪儿坐。

"小陈,坐这儿来。"鲁纬拍拍身边的空位。多少年来,只要在这里开会,这张居中的大沙发上,就只坐他一个。

"不敢偕越。"陈怡依照丈夫的目光指示,坐到临窗的一张小桌前。"看来习惯的力量就是大。"鲁纬只得亲自走过去,把陈怡请到大沙发上,"请不要忘记你的新身份。"

会议开始了。

大家先从朱胖的一些表面现象谈起,渐渐地谈及实质。许多有分歧的意见,慢慢得到统一;而这些被统一了的意见,又得到综合与升华。在整个会议进程中,只要不发言,霍步金就十分焦躁:不停地搓着手,将一只精巧的打火机,一次又一次地点燃;目光却始终凝在茶几中央的"中华"烟筒上。

"你开开恩,"严亦峻观察得很细致,"让老霍抽一支吧!"陈怡微笑不语。

"我不用谁开恩。"霍步金的手,徒然地掏着衣袋,"要克服自己的毛病,只有依靠自觉。"

他很费力地把手平放在膝盖上。

会议从下午四点,一直开到晚上九点整。

第二天又开了整整一天。

这些脱却乌纱的人,知道像这样聚在一起的机会,今后不会太多,所以格外认真。尽可能地把心里话倾出来。

当第三天上午,陈怡把连夜整理出来的《会议纪要》读完后,严亦峻总结道,"我以为,这份文件完全有资格载入'余热发电史'中。"

"我最不爱听'余热'这个词儿!"霍步金顿顿手杖,"咱们吃的、看的、听的、想的,并不比任何人少,何余之有?!"

"老霍说得对!"鲁纬用极安详的声音说,"一个共产党人,是永远不会从他的岗位上退下来的。一种永不消退、始终如一的力,将贯穿他的一生。"

这个力,就是党性的力。

《小说家》 一九八六年第五期

有感于斯文

一

计算机研究院的主楼共计六层,深灰色,从外部就能窥见其筋骨。一切都是那样地毫无艺术趣味,给人一种机械唯物论的感觉。可其内部却充满着智慧。思维细胞的元件就在这里生产,中华计算机的精英在此会聚。要做精确的定量描述的话,只须一句:他们的平均智商大于一百二十——要知道,如果大于一百四十的话,便是天才。

依惯例,机关的首脑们全都在二楼办公,可副院长唐开智的办公室却在三层。

三楼是专为副研究员以上的科技干部而设的。走廊内铺着极厚实的纯羊毛地毯,那是一九五九年建院伊始,专从西部调来的,其历史可追溯到马步芳、盛世才统治的时代。如今,虽经过半个世纪的践踏,却依然顽强地保持着本性,默默地吞噬着一切杂音。

唐开智轻轻地把门关上,然后把保险栓按了下去,随之关掉内线电话,抽出自动铅笔,打开一本大型笔记本。

他今年五十一岁,按时髦的统计曲线指示:四十岁之前,经验尚欠充足;五十五岁之后,经验虽多,但身体却不行了。而五十一岁,则正是峰值,是最容易出成果的黄金年龄。

可成果并不会因黄金年龄就自动产生。每次工作前,他的头脑都需要一个"预热"的过程。每逢此时,他往往想点儿别的事。要想出成果,其要素就是研究方向选得对头。比方华罗庚老先生,晚年在数论领域并无多大理论上的建树,选择了"优选"之类雅俗共赏的题目,从而为自己赢得了更大的声誉。

该选择什么样的题目呢?能作为研究素材的东西是非常多的。因为眼下正是信息时代。可选取一个有意义——尤其有理论意义的题目,却并不容易。

先不要着急,有些事慢慢地就能看出眉目来,关键是要跟上时代的发展。他翻开英文版的《信息》,边看边做笔记。

如果一周不抽出三天来阅读,那么用不了一年,你就无法听懂同事们的行话了。计算机世界的变化率实在太大了。对于这一点,唐开智心里是极清楚的。他在科技界的地位,完全取决于研究成果。要想吃老本,至少还得过十年。眼前的当务之急,是拿出一项有重大价值的研究成果来。也就是说,能得全国科技奖。只有这样,才可能当上学部委员。要知道,学部委员相当于院士,是读书人最向往的境界。

几千年来,人的功利思想从未被根除过。那些看上去很纯粹的科学家亦不能免。

人间的凡俗渐渐消隐,一个抽象的世界慢慢地展开。这是个不欢迎任何入侵者的神秘世界。可有准备的头脑,往往挥舞着思想的利剑,选准最要害的部位刺入,然后顺着纹理下滑,最后掏出最本质的东西,纳入自己的胃中。

电话铃响了五次,这是台贝尔公司的最新产品,音响稍逊于蜂鸣,极像蟋蟀叫。

唐开智攥紧笔,狠狠地戳入笔记本。其神情就像一个从赌场上拉下来的赌徒。

"我是唐开智。请讲。"这是台外线电话,没有上电话号码簿。只有科委的领导同志及一些密友知道,口气也因此而和缓。

"我是陈孝儒。"听筒里传来带着吴音的普通话,很富音乐感。

"有什么指示请讲。"唐开智按下了录音键。陈孝儒和他一样,也是清华的毕业生,只不过早两届。现在是科技委员会主管高级技术开发的副主任,是实力派人物,手中掌握着十亿资金。

"我明知今天是你的学习日,可不得不打扰你。能抽空来一趟吗?"

"对我来讲,这就是上帝的召唤。"幽默是高智商的表现,让人听着舒服的幽默就更是了。"你在办公室还是在家?"

"办公室。"

放下电话后,唐开智思索片刻,就按了个号码。一般说来他不查电话簿。有用的号码全装在脑袋里,其数量不下二百。对数字,他有种罕见的记忆力,即便是一串无聊的随机数,也会在头脑里存储很长时间。

"我是鲁书尚。"这回是对方先报名。

"我有点事想求你。"唐开智报名后说,"刚才孝儒同志打电话叫我去,你知道是什么事吗?"鲁书尚是他的同班同学,现任科委办公室副主任。

"可能是关于西部石油勘探资料处理的事。"

"好,谢谢了。"唐开智必须在事先知道召见的原因。因为这样在路上就可以考虑。他放下电话。到底是信息时代,五分钟之内,两个反馈过程就已经完成了。

屈天成的办公室在六楼,可他常待地方却是底楼的计算机房。

计算机房是全楼最现代化的地方,窗户全是三层密封;室温永远是20℃;地毯全部经过处理,即使用力摩擦,也不起尘埃。一台大型计算机就耸立在这里。它表面上是安静的,可内部却乃沸腾所在:一队数字从外部攻入,它们勇猛异常,个个扬刀跃马,一副不可一世的样子。另一队伍在迎战,它们是无比严整的裁判官,是天才的设计师,将入侵者一一编队,去伪存真,手段相当残酷,方法却极为科学⋯⋯最后,定音鼓响了,被归纳后的思想,被交付给执行机构,去另一个世界完成它们的使命。计算机以君临一切的微笑在等待下一次的入侵。

屈天成一手把"使用证"递给机房的副主任工程师凌丽,另一手就去开门。

"慢着。"凌丽招呼住他。"你的使用证已经过期三天了。"大型机的使用时间是以分秒计算的,必须由主管副所长批准。

"哎哟,我怎么忘了?"屈天成象征性地摸了一下脑袋,以科研单位的人际关系论,他俩勉强称得上是熟人。

"你别来这套。"凌丽想装得严肃一点,可没能成功。她是个性格开朗的姑娘,清华大学毕业已经三年了。

"您就高抬贵手吧。"屈天成嬉皮笑脸地说。他今年三十六岁,始插队,再做工,后来考入了计算机学院,去年才毕业,在全所属于资历最浅的一类。

"手老抬就不贵了。"凌丽习惯地捋了一下头发。

"那我换种说法:您就可怜可怜小百姓吧。"

中国大部分的制度,都是从"官场模型"脱化来的,大型机使用自不能免:哪一级可分得多少时间,有着严格的规定。

"只用一个小时,而且是最后一次。"凌丽看了一下手表,"五点钟唐院长要用。"

"谢谢您了。"屈天成在为下次作准备。

"你不能白用。"凌丽从抽屉里取出一份卷案。"我这里有份论文草稿,你给我看看。"他们接触虽不多,但她已明显地觉出他思想的力量。

"交换的原则无处不在。"屈天成作无可奈何状,收起卷宗,"关于什么方面的?"

"移植。"

"好嘛。闹不好咱俩撞了车。"

"那就看看谁撞翻了谁。"

"如果我提出一处建设性意见,就无偿使用主机一个小时。"

"你就会讨价还价。简直跟自由市场挎着篮子的老太太一样。"

"别小看这些老太太,她们不但保证了餐桌上的质量品种,而且创造出一个商品社会。"屈天成看了一下手表,"好了,我希望您的论文和您的脸一样。"

"此话怎讲?"

"没啥多余的东西。"

凌丽线条和谐简练的脸微微一红。

从一九二五年麻省理工学院的布什教授研究出第一台模拟型计算机至今,计算机经历了电子管、晶体管、大规模集成电路、超大规模集成电路四个时代。现在耸立在屈天成面前的这台大型通用数字计算机,就其外表而论,似乎并无惊人之处。如果没有转动着的软件磁盘和一套外围打字设备的话,人们很容易把它们看成普通的仪表柜。可这却是美国商用机器公司的最新产品,价值近百万美元,每秒钟可处理一千二百万个数据。

屈天成坐到机器前的软椅上,一按钮,输入键上的盖板就打开了。他抖擞一下精神,就以常人不可思议的速度开始把程序输入。

随着输入,荧光屏上显示出一系列文字与数字,它们以极快的速度向上飘移,屈天成边阅读边打,其指法熟练程度绝不亚于一个中等钢琴师——这在计算机行中,称之为"盲打",是操作技术中达到化境的表征。

每次坐到计算机前——无论是大型机还是微机,屈天成都会立刻兴奋起来。他总感觉到一种智力上的挑战,他要驯服这台钢铁制成的智慧之神,强迫它为自己服务,验证自己的思想。尤为重要的是:只有在这会儿,他才真正感到自己存在的价值。进入这个抽象的世界里,对他来讲,就像步入夏日的密林深处,身心是那么舒畅,思想是那么自由。他不止一次对妻子讲:我看见荧光屏,就像十六年前恋爱时看见你的眼睛。

屈天成与数字和机械是很有渊源的:在七岁的时候,他就用一只硅二极管,组装起一台矿石收音机;十二岁就装起一台发射半径为一公里的发报机,用莫尔斯电码与好朋友郑小沛没日没夜地通话。当时在大学电机系作教授的父亲,是个脾气温和很有幽默感的人,儿子干什么都行,就是晚上不许出去玩。可这台机器的产生,使他成了一个真正的自由人。

这种自由没能持续多长时间,父亲没有说话,做了一台功率稍强的干扰器,不断地发射干扰信号,把儿子发出的信号弄得含糊不清,尽是噪音。

屈天成发现了是父亲的恶作剧后,马上就换用一个更高的发射频率。这次父亲不再用干扰的办法,而是采用"以假乱真"的战术,使用他的呼号发布指令,差点把一对好朋友给拆散了。

当他再度识破父亲的手法之后,就改用一套独特的数字通话系统,而且父亲一旦破译了,他就马上另外设计一套。

这场"电子战"整整持续了一个暑假,当九月一号开学时,父亲亲自把一块多功能的万用电表送到他手里:"如果一切都顺理成章的话,你应该成为一个优秀的电器工程师,弄好了,也许还能够发明点什么。"

上了初中之后,屈天成在数学方面表现了罕见的领悟力,再度使父亲惊讶:他竟然在一个星期之内,把父亲让他试读的《解析几何》给学完了。"不过是门研究运动轨迹的普通课程而已。"把书还给父亲时他说,"您还有难点的吗?"

"你完全可以到大学一年级去学习了。"当他再度把樊映川编写的《高等数学教程》读完之后,父亲开始摘下眼镜,重新打量儿子。

"等你帮我把手续办好时,我恐怕能插到三年级去了。"十五岁的屈天成,并不懂得谦虚是什么东西。

遗憾的是,人生与抽象的数理世界并不一样,它没有什么顺理成章的事情。它充满动荡、混乱。一个人思想的变化,就可以导致整个框架的坍塌。

一九六六年父亲死了。

一九六八年,他去"农业大学",啃那本至今仍使他感到迷惑的人生大书。

"请坐。"陈孝儒客气地给唐开智沏茶。

唐开智很风度地坐在靠边的沙发上。他不像一般的下属见上司一样只敢坐半个屁股。科学家应该有科学家的样子。

陈孝儒的办公室很是宽大,足足有三十平方米,很大的写字台上放着一只沉重的青铜台灯,靠墙是一溜书架,里面放满了各式书籍:从精装原版、外文书到经史子集,一应俱全。正面墙上挂着爱因斯坦的画像,而且镶着很贵重的框子。

"依常规而论,你这儿该挂领袖的像。"唐开智说。

"我记得你的办公室也没有挂领袖的像。"

"我跟你不一样。你毕竟是政府的高级官员。"

"可我骨子里还是一个搞科学的。等到任满之后,如果头脑还管用的话,就去搞科研,要不就到大学里去教书。"陈孝儒注视着爱因斯坦的像。"我最钦佩他,他给我们提供了一个重新观察世界的机会。"

"相逢尽道休官好,林下何曾见一人?"唐开智脑海中突然冒出这两句诗来,可说出的却是:"我想你请我来,不是为了谈爱氏的吧?"

"事情是这样的。"陈孝儒从写字台后面绕过来,坐到居中的沙发上。"能源委员会最近要用'银河'机处理地质资料,把三维地质资料编译出来已属不易,但更关键的是,前端机与主机的联系问题。用你们的行话讲叫作——"他说到这卡住了。唐开智虽然明知这个词儿,可仍等他去想。

"对,是移植问题。国务院的领导同志把这项任务批到我这里,我很自然地就想到了你。怎么样,接受吗?"

"接受。"

"那好。经费、资料的问题,你和能委石油局的何局长具体谈。如果有困难,可以来找我。"陈孝儒站起身来。

这是一个很有干头的项目。唐开智坐在"蓝知更鸟"车的后座上默默地想。可有干头并不等于能干好。这首先要对地质情况熟悉,才谈得上翻译。"移植"也很困难,该从什么地方着手?

"到了吗?"车一停,他就问。

"红灯。"司机回答。

唐开智"噢"了一声,他思考问题时,并不像一般人那样微瞑双目,而是睁眼注视前方,可物体并不在视觉神经上成像。

应该抽调最强的力量,成立一个班子。这个项目的经济效益很大,所以很可能获得国家级的科学技术奖。这是做院士的前卫战,当上"院士"就等于跳过"龙门",而后的路途则是一帆风顺。

这回是真的到了。

"你别用了。"凌丽轻声对屈天成说。

专心工作的屈天成居然没有听见。

凌丽只得再重复一句,她很不愿意他中断工作。可表盘上的信号灯已经闪了三次了,这是唐开智在叫她。他的办公室有台微机,与主机并联着,此刻显然要调机内的资料。而今天这段时间,是专门划出来给他用的。

见屈天成仍无反应,凌丽只得伸手拍了拍他的肩膀。她立刻觉出他坚实的肩胛骨。

屈天成不耐烦地回过头来,凌丽指指信号灯。

"真是官大一级压死人。"屈天成不情愿地看看另外几个正在工作着的通道入口。"不知到什么时候,咱们才能弄一条永远畅通的线路,以便随时验证我的思想。"

"这首先要你确实有思想。"凌丽突然发现自己其实很爱和屈天成说话。

"你不知道,上机工作从某种意义上讲,和搞创作差不多。"屈天成把一个很旧的牛皮夹夹在腋下,在屋里来回踱着步:"不同的只是搞创作有支笔,有沓纸就能开业,而我则要仰人鼻息,拾人剩余。你知道,闸门一开,思想就哗哗地往出流,这会儿要是停下来,就别提有多难受了。"

"如果是天才之流的话,我可以想办法给你挤出点时间来。"

"首先得有上机的时间,否则无法验证思想的天才度。"

"那我就冒险试试。唐副院长用机器的时间从来不超过六点半,而要到十点半,计算机中心才会租用咱们的线路,中间有四个钟头的空白。"

"你肯把这四个钟头让给我?"屈天成问。

"当然。"

"那好,我就等等。"

二

"他恐怕把你给忘了。"屈天成的妻子徐湘看了一下腕上的小金表,对正脱了鞋盘腿坐在沙发上看电视的郑小沛说。

"电话上已经约过的,再说他忘了我,可忘不了你。"郑小沛的身材适中,可肩膀极宽,上身成一个接近标准的▽形,脸却是极为方正,上面遍布幽默的笑,只是头发显露出智者特有的花白。

"说真的,你也该成个家了。"徐湘操着老大姐的口吻说,"说话就三十六岁了,大半辈子都快过去了。"

"男人的生命从四十岁开始,论起来我还是'学龄前'呢。再者,男人都像狗一样,嗅觉极灵,好点的适龄女子,早让他们嗅出来弄回家去了,比方你吧,我刚刚把给你的情书写好,接着就收到你与屈兄结婚的消息。"

"如果当时你下决心寄出情书,我也许会回心转意。"徐湘笑着说。她知道对付郑小沛这样的人,没有别的办法。她们仨曾同在陕北的一个村庄里插了四年队,相互了解实在是太深了。

"如果现在还算数的话,我马上就写。"

"留着好听的话给姑娘们去说吧,我的孩子都这么大了。"徐湘指指在很高、很复杂的积木堆上不断添加的儿子说。

"'知音少,弦断有谁听?'"郑小沛的腔调悲中有乐,"再说你不老,依旧和十五年前一样的漂亮。"

"可那会儿你却对我说'你太漂亮了,以后一定老得快,因为这是一种透支。'"徐湘摸了一下光滑的头发。她中等身材,溜肩长颈,很有几分古典美。尤为可贵的是她的气质,一种由高级文化锻炼出的特殊气质。

"要知道那阵我正在读银行学,总想找个机会炫耀一下自己好不容易学来的知识。说实在的,你的姿色根本不是时间的函数,它只跟一个变量:爱情有关。"

"这么说,你最近又在读数学了?"郑小沛是个知识相当广博的人,屈天成对此极为佩服,不止一次评价说:"兄才如海,无书不读。"可阴错阳差,在那个乱七八糟的年代,他只在一所会计中专读了二年半书,其中包括半年学工、半年基建,到了后来能够考大学了,他又不肯去考,说:大学那点玩意儿全都会了,不值得上。可短了文凭,他一直找不到合适的工作,只在一家经营机械的公司做了个小职员。因为他极能干,所以也就极不得志。

"你们在说什么呢,这么热闹。"屈天成推门进来。

"我正在称赞尊夫人递增的美色。"郑小冲依旧盘腿坐着。"你不吃醋吧?"

"只要太太高兴,我就不吃醋。女人都爱听别人称赞她的姿色,就像男人喜欢听别人称赞他的智慧一样。"脱下风衣的屈天成,指点着郑小沛说:"你甭管在哪坐着,永远给人一种坐在田头、炕头的感觉。"

"可这个坐姿极土的人,却有一瓶正宗洋酒。"郑小沛从屁股后面摸出酒瓶晃了一下,"保证你连认也不认识。"

"反正这种瓶子像盛过油的酒瓶,一准是外国陈酒,我看看。"屈天成接过瓶子。

"你很有抽象能力。"

"法国拿破仑白兰地,一九七八年酿造。"屈天成念了遍法文之后,又用中文译道。

"你啥时学的法文?"

"去年我们院的收发,误把给唐开智研究员订的法文杂志《信息》送到我们室,而且期期不误,我看没人能看得懂怪可惜的,就调出点时间学了学。那玩意不难,跟英文差不多,根本没费多大劲儿。"屈天成边说边作个极轻飘的手势。

"吹牛的全部技巧就在于把大事说小,小事说大。"徐湘把早就做好的菜放到桌上。"他没日没夜地念了半年,不知道从哪搞来一大堆法语磁带,先是没事就听,后来干脆听写开了。听不懂就倒回去再听,生把我哥哥送的那台'夏普'给听烂了。"

"听烂了台'夏普',可长了不少学问,要不然能认出这酒?"屈天成像银行会计审核巨额支票般地看着封签上的签名,"这家伙也叫戴高乐,没准是那位已故总统的弟弟。"他用力旋开酒瓶塞,"一九七七年,法国大旱,这等于说一九七八酿造的酒,一定是上等的。"

"你是我见过的最能信口开河的人。"郑小沛趿着鞋,坐到餐桌旁。

"《世界经济年鉴》上有,不信可以去查。"屈天成指指书柜,"最上面那层,右数第五本就是。"

"你别白费劲,"徐湘见郑小沛又站起来就说,"大概不会有错。"

"我就不信。"郑小沛硬是把那册最少有两公斤重的大书搬下,很看了一阵后,就顺手放到沙发上,"算你小子瞎猫碰上死耗子。"

"我这人就这么点缺点:看过的东西就忘不了。"他把酒往三只杯里各倒一点。

"俗话说:浅茶满酒。"郑小沛指了指杯。

"洋酒就有洋酒的喝法。跟我吃顿饭,你能学到不少东西。"他微呷一小口,"绅士们都是这么喝的。"他啧了一下嘴,又举起杯凑到灯光下看着。

"你看这酒的颜色多漂亮,如同盛着一杯阳光。"郑小沛也举起杯。

"可这味却不怎么样,跟中国青岛白兰地差不多。"

"我这一百块钱算是白花了。"郑小沛有点不高兴了。

"什么酒我喝都是辣的。我真不明白你们为什么那么喜欢它。"徐湘说道。一个优秀的主妇必然深通酒席面上的插话之道。

"'若得酒中趣,勿对妇人言。'"郑小沛眯起眼说。

"我最讨厌有人在我面前背唐诗,"徐湘说道,"尤其是被篡改过的唐诗。"

"对。"郑小沛拍拍脑袋,"我怎么也记不住你是大学社会系的讲师。在我的印象里,你永远是个扎着小辫指着骡子问:'它是公的还是母的'的小姑娘。"

"你这张嘴可真够缺德的。"想起刚到农村插队时的趣事,徐湘不由地笑了。

"她这个讲师头衔,有一半是我给挣来的。"屈天成又喝了一小口酒。

"此话怎讲?"

"他们搞社会科学的,总是走费孝通的老路子,偏重于理论分析、概念推理,而忽视活生生的原材料的总结抽象。在这方面,我是始作俑者。"

"我不信。"郑小沛不屑地努努嘴。"你在社会学方面的知识,决不会比品酒水平高。"

"你只说对了一半。但我的知识足以把她那一大堆乱七八糟的东西编成程序,然后用计算机整理出来。于是乎我统计出来的东西就成了文章骨架,她只不过是稍加分析而已。要知道:如今所有的东西都拼命往科学上靠,否则就不能生存,而我的专业正是最纯粹的科学。"

"那她的论文上为什么没署你的名字?"

"我是偷着用机器的,要是让头头们知道就不得了,所以只好当无名英雄了。"

"嗳,你最近在干什么?别老说我们。"徐湘问。

"我现在当经理了。"郑小沛慢慢地从口袋里取出张名片。

"吓,这面积可够大的。"屈天成接过名片。"什么时候任命的?"

"前天。"

"你当总理也没问题。早在插队时,我就发现你最大的才能是在组织与宣传方面。"屈天成扫了一眼名片。"'拓科'公司。我怎么没听说过?"

"刚成立的。"

"如今是工农商学兵,大家一起来经商。它附属于谁?"

"独立的。"

"那么钱从何来?"

"我贷来的。"

"这么说你辞职了?"徐湘睁大眼睛。

"是的。"

屋里顿时静了下来。连屈天成的儿子屈斌也停止了积木建筑。

做买卖在有些人看来是天经地义的事,可对屈、徐这样在文化圈里成长起来的人则不然——万般皆下品,唯有读书高的观念,统治着他们的全部意识。

唐开智不愿意回家,尤其视周末为"受难日"。他一直工作到七点半,然后拿起电话,接通家里:"我一会儿有个会。"他的声音就像是模拟计算机发出的,尽是机械味儿。

电话里呈现出一片只有五间空荡荡的大房子才有的寂静,大约过了有五秒钟的样子,电话由对方首先挂断了。

"我要出去。"他又给车房打了个电话。

等他下楼的时候,那辆崭新的"蓝知更鸟"已停在楼下的环形车道上。

"去钱院长家。"他简短地命令道。

周末的北京街道,是七天中最宽裕的,人们需要休息。即使这样,到西郊钱宅,也用了二十分钟。

这是一幢很大的住宅,门前的花园足有一亩地大。松墙有着好多处豁口:因为竞争,弱的死了,强的长成了树。可院内的菊花却欣欣向荣,即使在夜里,也放射出幽美的光芒。

"您来了。"唐开智按下门铃三分钟的样子,一个头顶全秃的老人给他开了门。他是钱宅的佣人,据说是钱太太从娘家带来的,今年至少有80岁了,可依旧腰板笔直。

"先生在吗?"

"在书房。"老人边说边领着前行。

钱宅的内部结构相当复杂,灯光也很昏暗。老人每过一扇门后,都要小心地关上,然后再给唐开智开下一扇。这是老式仆人的风度,眼下已很珍贵。唐开智不由想起自己家那位很富主人翁态度的安徽小保姆。

在书房门口,唐开智停了下来,让老人先进去通报。在钱宅,任何事情都有一套固定的程序。

"先生的身体好点了吗?"唐开智毕恭毕敬地问候。

"好点了。"钱简之的声音很低但很清楚,字与字之间没有任何粘连。

"院里的一切工作照旧。"唐开智把一份工作总结递过去。近半年来,钱简之没有上班,唐开智每月必亲自汇报一次工作,而且全部是书面的。

钱简之接过汇报,拧亮一只很高很沉重的台灯,然后把皮转椅旋转了一个角度,极认真地读了起来。

坐在后面的唐开智此时已经完全看不到隐没在椅背后的钱简之,只看见一只拿着文件的手。他是一个小个子,而且是出奇地小,大约只有一米五十的样子。他的家庭,从上五辈始,每一代都至少出一个巡抚以上的官员,而且都是进士出身。他们锦衣玉食,名裘大马,搞得人种都退化了。你看他那只手够多小,规模和二年级的小学生差不多。

可他在计算机界却是个传奇式的人物。唐开智接着想。既在布什门下研究过电机,又听过冯·诺依曼的课。这两位都是计算机史上划时代的人物。国外现在还有人把计算机叫作冯·诺依曼机。可听过他的课又能说明什么呢?中国的科学界和武术界是同一文化母体的产物:听过谁的课,就好像能得到八字真传,学到无敌绝招似的。冯的学生不知有多少,一准记不住他。如果能记住的话,也因为他是宾夕法尼亚大学唯一的中国学生。可在《计算机世界》上,写一篇《我和冯·诺依曼在一起的日子》能挣来多少东西?!

多了。科学院学部委员,国家学位委员会委员,科学进步奖电子类评选小组主任委员……这够多荒诞啊!对于近代计算机的发展,他又能知道多少?!可却迟迟不肯把权交出来。他是正院长,我是副院长,一字之差,天壤之别。有些东西是专为正院长而设的。世界上最无情的规律就是生物演化的规律。

"好、好。"钱简之转了回来,把文件放进抽屉里。

他的抽屉里空荡荡的,就像他的大脑。

"要把资金投入到关键课题里,要多发现几个年轻人,让他们干,让他们出去参加学术会议。专家们如果不交流,学问很快就会老了。"钱简之很原则地指示了几句。

唐开智用点头表示同意。他最不爱说"是"这个字。

"我发现你每次总是星期六来,这是为什么?"长期搞数理逻辑工作,使钱简之习惯于寻找数字上的规律。

"一周之内,只有今天空一点。"唐开智无论对谁也不肯说出真实原因。

"咱们两个'手谈'上一局如何?"钱简之笑眯眯地问。

"很高兴能和您对局。"

"咱们到这边下。"钱简之取出一副古棋,走到客厅。这付古棋是钱氏家族的传世之物,真正的云子,据说值一两银子一个。客厅铺着地毯,这样不小心掉了也不会碎。

俩人的棋风迥异,钱简之人虽老了,可棋却轻灵潇洒,颇有古风。如果发现战斗机会绝不放过,而且思路甚为敏捷,想好就放子,从不犹豫。而唐开智却是个追求效益的人。如果能占点便宜,不惜走出很难看的形状,而且只要数出一两子的优势,就苦苦守住不放。

老仆人已经第三次给他俩换茶,可谁也没喝上一口。

他们在收"官子"——也就是大版图已瓜分完,只剩下公共边界上公有的子。

唐开智"收官"的水平极高。跟"序盘"与"中盘"不同,此时已经没有多大的变化,需要的只是计算。

"我输了四分之一子。"等到全局下完,钱简之不待数子,已报出结果。

唐开智开始默默地收棋。

"咱们俩的'十局战',自去年十月开始,已经一年了。成绩是五胜五负,平分秋色。"钱简之端起托盘,揭开盖碗,品了一小口茶。

"咱们可以再开一场'十局赛'。"

"如果有新手的话,我想和他们来一盘。"钱简之继续喝着茶,"咱们俩下得时间太长了。我建议你也找些新人弈上几局,这对你的棋大有好处。"钱简之的目光突然变得很锐利。

"新人在哪?"

"咱们所就有!"

"谁?"

"屈天成。"

"噢。下次我带他来您这儿。"唐开智虽然与屈天成交往极有限,但对这个名字却很熟悉。因为。他的工作报告写得很出色,每份都最少有两个以上的创见。而创造性对于一个科学工作者来讲,是最重要的素质。

唐开智告辞时,老佣人已在客厅外守候。他代表主人一直把他送到院外。

"你真的辞职了?"

"置之死地而后生。"

"你作过市场调查吗?现在做计算机之类的生意是件很玄的事,而且没有后台的小公司,每月都以极高的数值倒闭。"屈天成不再喝酒。"如果说它们死后有知的话,整个北京市上空将满是冤魂。"

"这些我当然知道。"郑小沛耸耸肩。

屈天成重新打量了朋友一番，没再说什么。他们是从小的朋友，可分属两种不同类型的人。郑是行动派的人，头脑先产生个念头，然后千方百计地去实现它，决策时从不手软。而屈天成则是个思考型的人，他能把一个问题从各种角度想透，以至于最后竟无法拍板。在这一点上，他甚至不如徐湘。

"推销人员、会计人员都有了，我现在就缺一个技术方面的人才。"郑小沛举起酒杯，"他应该是个优秀的计算机工程师。"

"可这个工程师绝不会放弃他心爱的专业，去一家公司里干活。"屈天成没有举杯。"要知道，我现在已经很接近于计算机研究的前沿。我只需要机会，它一旦出现，就很可能有突破性的进展。"

"我并不要求你辞职。我只请你当我的顾问。"

"这倒可以考虑。"

"这是份合同。"郑小沛很迅速地取出份文件。"如果读了满意的话，请签字。"

屈天成很快地读完合同。郑小沛提出了两个方案：一是拿固定薪水，每月七十五元，二是以贡献论，每项有价值的建议，从收益中提取百分之十。

"你如果有不同意见，咱们可以改。"见屈天成把文件推回来，郑小沛补充道。

"不是这个意思。你描绘了一幅很美妙的图画。可惜我有个终生不渝的原则：从不在任何商务文件上签字。"

"以默契的方式也可以，条件还是这些。"

"你再次误会了我的意思，我将把能贡献的全部贡献给你，但不收取任何报酬。"

"这是一种很不科学、很不牢靠的缔约方式，但也值得干一杯。"

俩人碰了一下后，一饮而尽。

"记得你从前对钱是相当淡薄的，从什么时候开始变的？"屈天成问。郑小沛是郑实教授的独子，插队时以慷慨闻名。不管是集体户还是村里的农民，只要谁出了不测之事,他都要尽力相助,很有点普济众生的味儿。搞得他母亲总是埋怨,自从他插队以后,家里从来没有存过钱。

"以前我不太懂钱的意义。现在懂了。"

"于是你就准备到利禄场上去搏一番。"

"利禄性只是钱的一个方面。"一贯嘻嘻哈哈的郑小沛突然严肃起来。"除此而外,它还是一种极科学的单位,以它作筹码,许多事情就会明了化、简单化、科学化。"

"我不懂。"。

"就像我一时半会儿搞不懂计算机一样,你要搞懂这个最少还要走五年的路。"

"我看咱们别讨论玄学了,还是喝酒吧。"

"中国要想进步,商业首先要发展。只有这样,才能给'经济人'的成长创造个环境。"

"听口气,你俨然是个改革先锋似地。"屈天成不无讥讽地说。

"从某种意义上讲,是这样的。"

"一个社会要想现代化,关键科学要上去。"

"关键是文化的改革。"郑小沛虽然喝了不少酒,思路依然很清晰。"一个商品社会,一切交流都由钱这个量纲来计算,许多原本很复杂的事情就会简单起来。"

"并不是所有的东西都是有价的。"

"当然。"

"比方我就没有价钱。"屈天成拍拍自己的胸膛。

"你有价钱。"郑小沛盯住屈天成的眼睛。"一种是你自认的价钱!一种是社会给出的价钱,当两种价格相吻合时,交换就发生了。"

"放心。你出多少钱我也不上你那个鸟公司去。"

"千万别把话说得这么绝对。"郑小沛一字一板地说,"当你那个鸟研究院容不下你的时候,你就会来的。"

屈天成拼命地摇着头:"席勒说得好:科学是女神,而不是奶牛。"

"我最见不得拜科学教了。"

"那也比商品拜物教强。"。

"你好像真是一尊神似地。"

"从严格的意义上说,我取消了物欲这个词儿。"屈天成很绝对地说。

"你取消不掉,也没人能取消。"

"说点愉快的事情吧。"徐湘安顿好孩子后,插到两人中间。她不知为他们俩调解过多少次纠纷。

"嫂子你也喝点吧。"

"我不爱喝酒。可我爱看你们喝。"徐湘说的是实话,"大多数女人都不喜欢男人喝酒,可我喜欢。你们一喝酒,就变得不那么文化了,表皮被揭去了。而且一喝起来就妙语连珠。"

"为妙语连珠干一杯。"屈天成提议。

他们你一句我一句地谈开了往事。他们是可怜的一代人,没有辉煌的经历,能说的只是插队期间的那点事。没有经历过的人,连听都懒得听,可他们却格外珍视。

"今天的酒喝得真来劲。"郑小沛把包背上。

"可酒并不好。"

"你想听真话吗?"

"当然。"

"那并不是真正的法国白兰地,我用国货偷换了。"

"可我并没有从封签上看出名堂来。你采用的是什么换酒法?"

"作为商人,尤其在刚开始商务生涯时,必须学会保守秘密。"郑小沛很是得意地拱手作别。

"慢点开车。"徐湘嘱咐道。郑小沛有辆"本田"100型摩托车,平素总顶着规定速度的上限疾驰。

"放心好了,我是个很不错的摩托选手。"

"咱们快走吧,再待一会儿他能成了洛克菲洛。"屈天成搂着妻子的肩膀。

郑小沛眼中掠过一丝忧伤的神情,起因是这个亲密的动作。

三

星期一一上班,唐开智就把自己锁在办公室里,并吩咐不要让任何人知道他在这儿。

他先用微机把所有技术人员的档案调来,然后一一审读着。

这套科技档案是他费很大力气搞起来的。作为研究院的领导,他最明白人才资本的意义。档案中不光包括本院的,其余各个与计算机有关的科研机关和大学中的优秀者也全都存了进去。档案搞起后,他在上面加了个密码,这样,从理论上讲,只有他一个人能调出来。

荧光屏上的字幕上升的速度相当快,大约是电影字幕的三倍。唐开智全神贯注地读着。每逢可能入选参加小组的人时,便敲一个"A"字进去,然后他又接通科学院计算中心的主机,调来所有近一年内发表有关地质计算机语言和"移植"方面发表论文的人员名单,依旧边看边打记号。

这项工作大约用了两个小时才完成。

接着他输入指令:把所有标有"A"字的人全都提出来。

他粗览了一遍后,又去掉几个人,然后命令打印一份出来。

指令一下,执行机构就立刻动作起来,才一分钟,一份印好的名单就迅速地从打字机中涌出。计算机的打字设备与平常的打字机不一样,它并不是一个字头一个字头跳着打,而是无数根针组成的矩阵,它们根据电信号运动,一打就是一片。

名单很长,大约有近百人,居榜首的是一位叫孙亦诚的人。此公是地质科学院的计算机工程师,新近从西德留学回来,著述甚丰。

他不行。唐开智一笔就把名字勾掉。如果使用他,即使是完成了,也不知鹿死谁手。要用自己的人。

排在第三名的就是屈天成。唐开智读了一阵他的著作摘要后,把他挑了出来。

外线电话响了,他拿起电话。

"我是吴涤青。"

"你怎么使用这个电语?"唐开智很有些不高兴。

"如果不用这个电话,怎么能把你叫出来?"

"你在哪?"

"就在你的头顶上。我先拨外线,然后再要进来。"

"你有什么事?"唐开智不耐烦地打断他。

"一分钟后我到你的办公室。"吴涤青径自放下电话。

等唐开智把门洞开,吴涤青很从容地进来。

吴涤青和唐开智在上海中学读书的时候就是同学。两人分别以上海考区第二名和第三名的成绩考入清华。他虽然今年也五十岁了,可身体依旧和那身优质的英国毛料西装一样的挺拔,牙齿和美国"箭牌"衬衫一样白,头发和意大利鹿皮鞋一般地黑亮。

"有什么事?"唐开智用拒人千里的口气问。

他从内心深处并不喜欢这位同学。吴涤青是上海一个银行家的独生子,有一个很好的头脑,平素总见他打网球、溜冰、玩牌,可考试成绩总在唐开智之上。毕业后,辗转去了交大任教,在那不知闹了多少起"风流公案"后,跑到北京来求当科研部主任的唐开智。唐收留了他。当然这除却可怜的成分外,更重要的还是因为他那个很好的脑袋。

"前些时候到上海出差,出了点小事。"吴涤青径自坐到沙发上,抽出一支很长的烟吸了起来。他的烟姿很有风度,可看得出烟瘾并不大。

"什么事?"唐开智立刻警惕起来。

"还不是那些事。"吴涤青眼睛看着别处。"和一个很熟的女同志,在旅馆里待得晚了点。"他做了个暧昧的手势。

"我记得上次出事是在去年。当时你信誓旦旦地保证永不再犯。"唐开智皱起眉。作为一个清高机关的负责人,他最不愿意处理这些事情。

"以概率论,一年一次并不多嘛。"

"可我想这个概率大概是百分之一。"唐开智坐回写字台前。他不想再和吴涤青说话。

"再帮一次忙吧。"吴涤青凑了过来。他是一个从西式家庭出来的人,在男女问题上很放得开,至今仍是单身,离婚记录却高达三次。

"不。"唐开智冷峻地拒绝。

"真的是最后一次。"吴涤青从口袋里掏出张证明,"其实很简单,只要在这张纸上盖个章,表示院里已经知道了就行。"

"你自己去盖吧。"

"那样会闹得满院哗然。"

"你还怕这个?"唐开智很刻薄地反问。

吴涤青似乎被激怒了。他在屋子中间转了好几圈,然后又坐回沙发上,重新点燃一支烟,才吸两口,就狠狠地戳入烟灰缸中。

唐开智厌恶地看着他最后的动作,这是生活富裕的表现,是阶级的烙印。

"我确实不用在乎,你说得对。即使你把我开除了,我也照样能生活。老爷子留给我的钱,在中国这块土地上怎么也花不完,更何况我还有个奇妙的头脑,在它想干活的时候,总有些东西被它抓住。另外,我还不计名利,懒得写书,更不想做院士之类的。"吴涤青滔滔不绝地说着。

"你还有完没有?"唐开智的脸微微发青。

"如果你同意帮我盖章的话,我立刻就走。"吴涤青声调又和缓下来。作为一个在十里洋场熏陶中成长起来的人,他很明白话说到什么份上,信息量就够了。

唐开智指指桌子。

吴涤青把证明放在指定地点。

"今年你写了几篇论文?"唐开智把面部肌肉放松。

"一篇。"

"什么题目?"

"《桥牌超级挤压法》,上海体育出版社出版。"吴涤青露出一口整齐的牙齿。他是个聪明绝顶的人,上班的时间总是不停地阅读有关的资料,紧紧跟踪着计算技术的发展。因为他很清楚地知道,在中国,要想体面地生活,光有钱是不够的。

"干点正事吧。"唐开智无可奈何地摇了摇头。"我最近准备搞一个地质方面的工作,有些资料还望你帮助整理一下。"

"你尽管吩咐。"吴涤青很绅士地鞠了个小躬,"我随叫随到。"然后迈着很有弹性的步伐走出门。

唐开智小心翼翼地把门锁上,又坐回写字台前。可他的平静已被破坏,无法再继续工作下去,站起来转了几圈之后,就进了里间。

里间也有一张写字台——凡是大科学家都是这个样子:在一张台上工作累了,就到另一张台子上去。

当初收容吴涤青是不是个错误?同学多年,他的本性唐开智实在是太清楚了:上中学时,他就是全班女生崇拜的对象,模样英俊,动作潇洒,口袋里又有花不完的钞票。因此所有的男生都嫉妒他。上了大学之后,虽然当时教育部三令五申不许学生恋爱,可他不怕,照样和一些漂亮的女生来往。据说当时他在海淀街上租了间房子,所以每到周末就不归校。作为系学生支部书记的唐开智,曾经不止一次地找那些被认为去过的女生谈话,可从未有过结果。他很会俘虏女人的心,就像他很会做题一样。

虽然他的行为是如此之荒唐,可功课依然是全班第一。他的英文程度相当高——从小家里说的都是英文,这是他在中学大出风头的原因之一。到了清华,外语是俄文,可当唐开智还在学变格时,他已经大读特读车尔尼雪夫斯基的《怎么办》了。原来,他有个"小妈"——父亲的姨太太——是白俄。妈的,有钱人时时处处得天独厚。

等到搞毕业设计时,他的《动态模拟电网分析》一文写的是如此漂亮,搞得几个专家交口称赞,可唐开智却怀疑这文章是否出自他手。他悄悄地组成了两个人的班子,历时一个星期,终于从《A、R、E、E》杂志中找出了蛛丝马迹,接着又从《莫斯科动力学院学报》上,找到了他论文另一部分的雏形。

唐开智不事声张地把这件事汇报到系里,其时分配已经开始,刚刚组建的自动化所——也就是计算机院的前身,点名要他,可调查却使这件事告吹了。虽然最后专家的结论是:作为学生,他对论文两个来源部分的理解是深刻的,组合也是巧妙的,论文予以通过。

他被分配到西北设计院,只用了一年工夫,就转到了上海,与此同时,唐开智在计算机院干得非常顺利。

他来找他了。当时唐开智很是得意,就像看到一个与自己苦斗多年的对手伏在了脚下。当然,唐开智收容他并不完全出自满足、怜悯,他几乎立刻就意识到他那颗无与伦比的数理头脑的效益。

果不其然,来院后的两年内,他时不时地提出一些创见。当然,这些创见是粗糙的,但经过唐开智的头脑缜密考虑后,它们渐渐地发出了光辉。然后再加上他自己大量的创见,它们终于成了一本书。

在那两年内,他基本上是安分的,因为万贯家财已被查抄,没了钱的风流公子,就像没了手的画家。可自打一九七八年之后,他重新放荡起来,一有机会就要闹点小事故出来。

唐开智继续容忍他,因为他的头脑仍时时闪现出一些思想的火花。而这些火花有时能够点燃一大摊干柴。但这种情况不能再继续下去了。他渐渐地变成渔夫从海里捞出来的魔鬼。唐开智要让他缩回瓶子里去。

唐开智难得用形象来考虑问题。

他站起来转了两周,继续进入一个更为隐秘的去处:在这间办公室的里头,有一个用玻璃柜隔出来的空间,里面有一张很舒适的床。

科研单位的办公室,并不像常人想象的那样全是一些埋头研读的学者,作为中国机关的一个分子,它们有着极大的共性:有人在看报,有人在喝茶,有人在低声聊天。

"今年是个松闲年,据说经费很有限,才这个数。"助研老胡伸出了四个手指头。

"四十万块?"邻桌是个中年妇女。

"四百万。"老胡很权威地说。他是数学系的毕业生,来院已经二十年了,一直坐在这张桌子前,可从未出过一篇有分量的实验报告或者是论文。

"好多钱呵。"中年妇女赞叹道。

"给了一个人也许够多,可大家花却实在是太少了。每个室顶多分个十来万,够干啥用?"

"为啥这么少?"中年妇女问。她的全部精力都用在即将考高中的孩子身上,对所里的事一般不闻不问。

"现在成立了基金会,你如果想搞什么项目,就得去申请。如果有经济价值,搞出来之后,还了本,上了税,剩下的就是奖金了。"老胡继续侃侃而论。

"依我看,干咱们这行的,申请的人一准多不了。"

屈天成坐在角落里很认真地读着英文的《信息》杂志,对耳边分贝数甚高的噪音充耳不闻。刚一分配来的时候,他对这种比三流小学自习课堂还要乱的环境很是反感。初起的一个月里读书效益降到有史以来的最低点。可没多久就习惯了。"人这种东西就是厉害,适应性太强了。"他对徐湘这样说。

每天上班后,他都要浓浓地沏上一杯茶,然后就进入书的世界,把"大门"一关,尽情遨游去了。

他的坐功甚高,父亲曾说:"搞理工的人,与其说靠脑子,不如说靠屁股。"记得有一次,他与父亲对弈,当走到一步关键棋时,竟然"长考"了一个半小时。棋毕之后,父亲对他说:"你的棋没有多少才气,可作为一个十一岁的孩子,你的'坐功'却使人惊讶。将来到理工界去碰碰运气吧。"

父亲的话应验了。即使在插队时,坐在田头,他也能捧着一本书,一读就是好几个小时。

"那倒不一定。"老胡指指屈天成,继续着他们的谈话"瞧咱们这位未来的研究员吧。"多年来无所事事的生活,使老胡已经变得读不下书去。因此,他对能读下书的人的态度,就像一个人老珠黄的演员面对二八丽姝一般。

屈天成没有反应。声音信号没到大脑就被短路掉了。

"听说最近要派一个团去美国参加计算机年会。你是不是打算去?"见没有"反馈",老胡又把声音提高了一个数量级,并辅助于手势。

"如果你要是去我就去。"屈天成竭力掩饰住自己的不快。他有个信条:在办公室不跟任何人开玩笑。因而对无端的侵犯甚感愤怒。"即使论资排辈也该您老先生去。"

"如今是愈老愈不值钱呵。"老胡摇晃着脑袋。"再说英文也全都丢光了。"

"丢光了拾起来就是了。"

"拾起来?!谈何容易。"老胡的声音中调料甚多。"我不比你们年轻人。"

其实你比我大不了几岁。屈天成从心里看不起老胡。有这样一些人,你只要跟他谈上半小时话就能够知道他是哪一年从学校毕业的,因为他的学术水平一直停留在那个时候。

电话铃响了。

全科研室只有这一部电话。因为老胡的使用率最高,所以就放在他的办公桌上了。

"唐院长。"老胡漫不经心地"喂"了一声后,就肃然起敬。唐开智的电话是很少光临到这个"大杂院"的,他有事总是先找室主任。"找你的。"老胡用手捂住话筒,很不快地把电话递过来。

只寒暄了一句,唐开智就很礼貌地说:"请你来我办公室一趟。"

"我原以为他会'天子呼来不上船,自称臣是书中仙'呢。"屈天成走后,老胡不酸不甜地说。

"我这儿有个课题,不知你有没有兴趣?"唐开智把一份提纲递给屈天成。作为一个科学家,他对人与人之间的关系,理解得是相当深透的。对于年轻人,最好的方法是把命令用征询的方式叙述,这样对方就会自动生发出一种感激之情,随之就能将其转化到工作中去。其过程虽然短,但生成的能量并不因此就小。

大约过了三分钟的样子,屈天成就把提纲递了回去。

"看完了?"唐开智不相信地问。为准备这份材料,他整整工作了十个小时。

"完了。"屈天成立刻回答。从小的时候起,父亲就谆谆教导他:在科学界里尽是些求实的人,后来社会虽然以各种方式给他补了课,但第一印象的牢固度甚大,时不时要冒出来。

"请你谈谈读后感。"唐开智不由自主地拉开一副考官的架势,他的自尊心被冒犯了。

"这是一个一般性的提纲,只给出了研究的方向。如果要动手干,必须再制订一个详细一些的。这样工作起来才能有所遵循。"屈天成又简捷地作了些补充论述。

"如果把这个任务交给你,能完成吗?"唐开智此刻已经完全相信他理解了"文件"的精神。

"从理论上讲,应该能完成。"屈天成使用的是外交辞令。"关于'移植'问题,我自认还是比较在行的。"

"经费不成问题。人员你自己去挑,但不得超过三个人。你还有什么要求吗?"

"我想每周有十个小时使用大型机的时间。"

"十五个小时。"唐开智边说边亲手填写了一张"用机申报单"。"另外我批给你一台个人用的微机,明天下班的时候我用车给你送回家去。"他是个开明的领导,如果下级提出的要求合理的话,他第一个反应就是如何超额满足对方,而不是尽力克扣。

"借回家用?"屈天成瞪大了眼睛。在这个研究所里,只有研究员一级的人,才能享受此项权利。

唐开智漫不经心地点点头:他很明白院里的办公环境,几乎可以这样说:所有出成果的人,灵感都是在家里产生的。

"那我走了。"屈天成把提纲收起来。

"如果你星期六晚上有空的话,钱简之院长想与你弈一盘围棋。"说句实在话,唐开智并不想把任何人介绍给钱氏,因为他对院里的情况了解越多,干扰就越大。如果钱仅仅是顾问,那自当别论。可他却偏偏是现任院长,说出来就是命令。

"行。"屈天成进屋以来头一次露出笑容。"听说钱老的水平很高?"

唐开智点点头。

屈天成走后,唐开智又把吴涤青叫来,向他布置了任务的另一部分:编写地质资料程序。

"那么'移植'方面的工作谁搞?"吴涤青很是敏捷。

"我另外派人去搞。因为这项任务上边要求得很紧。"唐开智认为有必要解释一下。

"奥地利有个首相叫梅特涅,"吴涤青反客为主,坐到转椅上。"他总是把一件事情分成两半：一半告诉 A，一半告诉 B，这样他就成了最重要的人。"

"可他却是个杰出的政治家。"唐开智打断了他。"你有什么要求吗？"

"天下太平时，我是不会麻烦你的。对于功名利禄，我比你要淡漠多了。"

这是因为你都不缺！唐开智心想。

"我有个小小的发现：但凡世家出身的人，上进心总不如一般家庭出身的人，所以君子之泽往往不过三世。"

"我要工作了。"唐开智认为此时完全有必要与对方拉开一段距离。

"最后我再提一点要求：能不能把机房的工程师凌丽编在我的组里？"

"我考虑一下再说。"如果没有刚才一番饶舌，唐开智完全可能立刻同意。因为凌丽是何许人，他根本不知道。

下班前五分钟，屈天成到了机房。

"你又来花言巧语偷时间了。既偷机器的，也偷我的。"凌丽笑眯眯地说。每次屈天成在这儿工作，她都要陪着。除了规定必须有人在外，她也很喜欢与他在一起。

"这次不了。"屈天成很得意地晃晃手中的批件，"本人今后将合法地使用这里的一切。"他难得这么理直气壮，所以尽力把派儿摆足。

"可批示并没有说你在什么时间用。我可以让你在早晨用两个小时，第二天中午再用三个小时，然后是第三天晚上。"凌丽把批件扔了回去。

"想不到你小小年纪，对于弄权倒是擅长哩。"

"当有人用权压我的时候，我尤其如此。"

"我并没有轻视你以前的贡献，为此我将吸收你进我的课题组。"屈天成把提纲递给她。所有在科研单位工作的人，就像演员渴望上戏一样想进课题组。

"我很高兴参加这个项目的研究，但我认为有必要纠正一下你的说法：我将成为你平等的研究伙伴，而不是你的下属。"

"这当然。"屈天成立刻回答，"我并没有别的什么意思。将来写研究报告时,我一定让你的名字排在前面。尊重妇女嘛!"

"如果我的名字排在前面,那绝不是你出于对妇女的尊重,而是出于对我头脑的崇敬。"

"你的头脑?"屈天成决定逗一逗这个像开屏孔雀般骄傲的小姑娘:"我见过一位'文革'后毕业的女博士,不瞒你说,她脸上的皱纹,就和穿过四年的三接头皮鞋的结合部一样,我因此得出一条结论:女人的大脑折皱与面部折皱是成正比的。"他很得意地望着凌丽光洁的额头。

"女人的头脑和大地一样,有着各式各样的构造。"凌丽立刻反击。"因此它们的数学描写也就不尽相同。"

"可不管怎么说,到底是我发现了你,你应该请我吃一顿饭,二十块钱规格。"

"可我觉得倒是应该你请我。三十块钱规格。因为你找到了一个无与伦比的研究伙伴。"

见凌丽认起真来,屈天成倒犹豫了。自从结婚以后,他还从来没有和任何一个青年女性在一起吃过饭。"等到一个合适的时候,咱们合资经营一顿饭。"

"一个妥协的方案,"凌丽提起包,"由一个很胆小的人提出。"她的直觉很是灵敏,立刻感到他在想什么。

"我请你,就在今天晚上。"

下班的铃声响了——中国的科研机关和军营有着相同的作息模式。不同的是:一为号,一为铃。

唐开智推开窗户,久久地望着夕阳。一团浓重的云试图把它托起来,可它依旧以极快的速度沉沦下去。

空气中弥漫着秋天的分子。北京的春、夏、冬都与上海不同,唯有秋天很是相似,不免勾起了他的回忆。

父亲是交通银行的小职员,他点了四十年的钞票。每天回家后的第一件事就是洗手。他先用含碱度甚高的肥皂粗洗,然后就用一把小刷子很认真地刷,最后还要用清水涮两回。晚饭由勤劳的母亲端上来后,他就伸腿坐在小桌前,喝上二两黄酒。看得出,这是他一天之中最幸福的时刻。

父亲的手指很长,布满了灵巧的肌腱,可脚却很短、很瘦,骨棒上包着萎缩的肌肉——简直是"用进废退"这一理论的活样板。

"你为啥总也升不上去呢?"有一次他斗胆问父亲。

"告诉你,"父亲含醉意的目光显得很朦胧;"因为我点钞票点得太好了,四十年没有出过错啊!"他用手梳理着儿子的头发。"我太本分了,连个希望也不敢有。"

唐开智当时已经上初中了,这些话全懂。它们在他心里慢慢地生长着,渐渐变成一种人生哲学:凡事要努力去争取,决不当"弱肉"。但他的争取是极有分寸的,决不会像官场上那些职业政客一样不择手段。他有他的专业——一种文雅、深奥、清高的专业,它们就是他的资本。

唐开智关上窗户,慢慢地转回里屋,走进他那从未有任何人看见过的领地。

他双腿一盘,坐到床上,然后取出一套线装的《佛经》,很虔诚地阅读起来。

四

"前面有一家叫'科苑'的小饭店,很是不错。只有两站地,走着去吧。"屈天成提议道。

"悉听尊便。"

"干吗这么老气横秋?你应该说:今天的一切程序都由我来撰写。"屈天成的脑袋似乎永远在运转。

他们拐进一家小店,屈天成买了一筒"天津咖啡"。

"你为什么不买速溶的'雀巢咖啡'?"凌丽问。

"自己煮出来的味道似乎更好一些。"屈天成很随便地应答道。要一个男子汉承认没钱是件很困难的事。

"看看文化怎么卖。"屈天成指指招牌,同凌丽进了一个很小的门脸。

店是个体户开的,因此这会儿还营业,也因此是全开放的。里面是个狭长的矩形,主要商品是书,它们都放在很低的斜架上,或者平摊着,最大限度地展示着自己的姿色与内涵。

俩人慢慢地浏览着。

屈天成在最后一架书面前站住了,双目紧盯着那套《不列颠百科全书》。

富丽堂皇的咖啡色封面,配上辉煌的金字,构成传统的诱惑;雪白的书页,犹如美女的皮肤。多美呵!他在心中赞叹道。

"您不来一套?"店主人看他俩像个买书人的样儿,立刻赶过来。"今天下午刚上架五套,一会工夫就卖出四套。"

"多少钱?"屈天成知道这纯粹是问问而已。

"二百块。"

"可标价却是一百六十五。"凌丽伸手取出一册。

"它走俏,因此就贵。"

"你们光知道赚钱。"凌丽不屑地说。

"那当然。"店主人很自豪地说,"金钱有感召力,我就有动力。"

屈天成没有参加辩论,他只是盯住书背。他极嗜书,无疑出自家传。

"您没带钱没关系,说个准日子,我给您留着。"店主人很殷勤地说。

"下月十号。"到这个时候还有二十多天,没准能从哪飞来笔"横财"。

"行。"店主人爽快地答应。

他们继续往纵深处走去。

他没有在"景泰蓝"堆前驻足。工业难写是精神。他不喜欢这些千篇一律的东西。

"这些画儿怎么样？"凌丽问他。

"不过是画儿而已。"屈天成用不太高的声音说。"我编个程序，往 IBM 里一输，出来的玩意，意境不会比这差。"

"我这儿的字儿怎么样？"店主人的听觉甚是灵敏。

屈天成很内行地扫描着一幅幅挂轴。这些字都是附近几个大学和科研机关的名流学者写的。笔力不缺，但在谋篇布局上却可明显地看出敷衍之意。

他轻轻地摇摇头。

"我这儿还有些没裱过的。"店主人见这些花大价和大人情求来的没能唬住屈天成，又从书架后面抱出一堆来。

刚翻两下，屈天成就被一幅斗方吸住了。

上面是黄庭小楷，写的是首清诗：

　　细雨无尘驾小车，
　　厂桥东畔晚行徐。
　　奚童悄向舆夫语；
　　莫典春衣又买书。

诗后盖一个很小的章。屈天成认不出上面的字。"这是谁写的？"

"诗是潘际云的，字是一个叫钱简之的老头。"

"为啥不裱？"

"一来是太小，二来他常来看书却从来不买，字又是他自己送给我的，所以就没裱。"

"这字裱好了，能卖套《不列颠百科全书》的钱。"屈天成本不知画中行市，随口说："'莫典春衣又买书'，这诗也棒，字也棒。"

说话间走到出口处,这里摆着一套电子游戏机。

"这东西特别好玩,二位不试试?"店主人决心在他们身上挣几个钱。"平常三毛一回,这会儿人少,一毛一回。"

屈天成朝凌丽一笑,掏出一毛钱换回一个角子,塞进入口,屏幕上立刻出现"警察与小输"的图像。

"警察如果抓住小偷,您就再玩一回。"

不过几下,屈天成就测出了手动量与警察移动量间的关系,接着警察听话地上上下下,不几下就抓住了小偷。

然后一切周而复始。

店主人先是心疼地看着游戏机,可没过多会儿,也沉醉了进去,他头一次看见手法这么敏捷的玩客。

"算了吧。"凌丽看了一下手表,十分钟内,警察已是五擒小偷。

屈天成停了下来,图像持续了二十秒钟后,消逝了。

"如果都是您这样儿的,我非破产不可。您手下的警察都是国际刑警吧?"

"你很有眼力。"屈天成不禁得意起来。在上学时,他就是电子游戏的狂热爱好者,即使现在,他一有机会,还自编程序玩玩,权当休息。"如果可能的话,我尽量早点来买书。"出门前,他又看了一眼《百科全书》。

"我可以等您两个月。如果那幅字卖出去了,我把书按批发价卖给您。"

屈天成感激地点点头。

"我斗胆问一句,两位是玩艺术的?"

"不,搞科学的。所以就这么穷。"

"为啥搞科学的穷?"

"艺术能上市,"屈天成指指一系列画。"而科学不能上市。"

"我再告诉您一句:对面开了一家'拓科'公司,那儿收购科学。"店主人站在"全天候文化商店"的金字招牌下,很气派地向他俩抱抱拳。

"咱们去'拓科'看看吧?"凌丽提议道。

"那儿恐怕不是全天候的。"屈天成不愿意叫凌丽知道自己有个经商的朋友。

李名淑用冷冷的目光注视着走到餐桌前的丈夫。

"我已经等了你一个钟头了。"与语调相比,她的目光温度还要高一些。

唐开智没做任何表示,坐到桌前,取过"白兰地"酒杯,"哗哗"地倒了一大杯。每次回家,他都好像进入炼狱一样。

"如果我的肝脏好的话,也要喝这么一大杯。"李名淑也给自己倒了一杯,然后又倒进一只空盘子里。她是唐开智的大学同学,十年前就因为有肝病在家休养,从此再没有上班。

唐开智轻轻地瞟了那只盛满酒的盘子一眼。世界上有许多他讨厌的东西,但最讨厌的就是浪费。

"你又不满意了不是。"李名淑神经质地说,"你怎么不高声叫喊:这是我的血汗钱!"

唐开智没有说话。

他们的结合,是不平衡的结合。李名淑出生于浙江一个很有声望的家族。结婚的时候,光陪嫁来的字画就很值一些钱。婚初,生活倒还幸福。没过多久,李名淑就另支起一张床,不再跟他睡在一起。"我讨厌你在床上所做的一切。"她很郑重地说。"你太粗鲁,太没教养,一看就知道是上海滩上的货。"

为了这句"上海滩上的货",他狠狠地打了李名淑一顿。他从小只挨过打,从来没有打过人,这是第一次。

可李名淑没有还手,也没有怒骂叫喊,只是用那双细长的眼睛,冷冷地看着他,目光里充满了蔑视。

当他第二次动手之后,李名淑眼光里的蔑视简直到了无以复加的地步。"我看不起你!"她用质量很大的声调说,"自卑感的外在表现总是强权。"

从此,热身赛转变为冷战。唐开智暗暗下决心:总有一天,我要超过你家族中的所有人。

他将被压抑的能量全部转移到学术研究上,从而一步步攀上成功的阶梯。

可他仍然觉得自己很不幸。某文人曾说:与战争、地震相比,最大的不幸还是床上的不幸。每次他要获得生理满足,都要付出巨大的努力,而创生出的却是空虚与自卑。

由于某种巧合,他们的儿子出生了。李名淑尽管再傲慢、再冷酷,母性总还是有的。小家庭一度变得平静起来。

俩人将全部热情和剩余精力都转移到孩子身上。

他们的儿子唐小子,身体很是纤弱,性格也极内向,他在矛盾中成长起来。到了九岁的时候,竟能毫不费力地解开极复杂的方程式,能够把一本《唐诗三百首》从头背到尾。

唐开智决心在儿子身上重塑自我,在一九七六年唐小子进入初中时,他已经给他讲开"微积分"与"大代数"了。

他本来希望儿子进科技大学少年班,那里集中着全国所有的天才,一切便利之门都向他们敞开着。只要你努力,可以顺理成章地摘取博士的桂冠。

可谁知儿子执意不肯。在少年班的招生考试场上,他故意将会做的题做错。这是他独特的反抗方式。

唐开智把这一切都理解成儿子年龄太小的缘故,他耐心地等待着。

一九八一年夏末,大学的录取通知来了,唐小子被"金陵神学院"录取了。

"你什么时候入的教?"惊骇之余,唐开智问道。这是入学的首要条件。

"对不起爸爸。"唐小子很诚恳地说,"我怎么也进不了冷冰冰的理工世界,那些成绩都是虚假的,是你们教育的结果。我并不是你想象中的天才。"

李名淑很容易就接受了这一点,唐开智却在很长一段时间内觉得恍恍惚惚的。支持他人生的两根大柱倒掉了一根,他只得将全部负荷都移到事业上去。

一九八五年他去南京参加一个学术会议,会后很斗争了一阵,终于挑了个星期日,跨入了那座招牌为绿字的神学院。唐小子自从入学之后,从来没有回过家。

他一眼就认出了那个正坐在礼拜堂前草坪上默想的儿子。他久久地凝视着,不敢过去惊扰。

他跟着儿子走进礼拜堂。

庄重的《抑止歌》声中,唐小子端坐在木凳上,听身着黑圣衣白礼带的牧师讲道。

礼拜堂的面积不大,可肃穆度却极高。不知不觉中,唐开智被感染了。

他亮出身份证明,找到了学校的校长。这位老神学教授对唐小子评价极高。临走时,送给他一册学生论文集,首篇就是唐小子撰写的《论基督精神中的理解与信任》。

儿子轻声慢语地告诉他,自己还要念研究生。

"你的钱够用吗?"他望着儿子清瘦的面容,一时不知说什么好。

"够用,剩余的我全捐给赤道非洲的灾民了。"在大门口,儿子站住了。"有句话,多少年来我都想说。"

"说吧。"

"咱们家的爱太少了。爱一切人,主是这么说的。"儿子很庄重地划了个十字。

"他为什么会这样呢?"回到北京后,唐开智的心情久久不能平静,最后终于对李名淑说。近几年来,他们从来没有在一起讨论问题,冷战是最适于中国家庭的。

"做个信仰神的人,总比没有信仰的要好。"

我信仰共产主义。唐开智本想这么说。他五十年代就成了党员。可终于没有说。

他们从此再没有讨论过儿子的问题。唐开智只是拼命读着儿子用《圣经》笔调写来的信,并把它们装订成册,摆在案头。

"孑儿来信了吗?"他把白兰地倒入嘴中。

李名淑摇摇头,随后用根火柴把盘子中的酒点燃。

唐开智瞟了一眼燃烧的火焰,起身进了里屋,然后锁好门。

"科苑"饭馆很干净。餐桌上放着真正的花。

"来一个大型拼盘,外加五百毫升葡萄酒。"凌丽很大方地点了菜。

"五百毫升是多少?"店主人也是个三十五六岁模样的人。早年出过大力的手,骨节很是粗大。"它相当于几两?"他显得有点不好意思。

"一个是体积的单位,一个是重量的单位,你自己去换算吧。"凌丽很傲慢地挥挥手。

"来八两酒吧。"屈天成很礼貌地向左右为难的主人点点头。

"我最喜欢使用国际标准。"凌丽把手指交叉舞在一起。"在中国,首要文化问题就是要推行标准制,这样能够使一切都精确化。"

"那你就应该有点诲人不倦的精神。"屈天成微微一笑,"他跟你不一样,在该上学的时候却被赶到农村插队去了,然后好不容易才转回北京,又不知费了多大劲儿,才开了这个小店。"

"你怎么知道?"

"辨认同类是件很容易的事儿。"

"给我讲讲插队的故事吧。"凌丽用手托住下巴。

"你这副样子,使我想起我小时候,系着红领巾趴在老红军的膝盖上,让他给我讲长征的故事。"屈天成很幽默地眨眨眼。

"你把我想象成什么都没关系。"凌丽拢了下头发。"快点讲。"

"插队生活对你们来说,已经是十分遥远的事情了。遗憾的是,其中有意思的事,已经让偌大一群知青作家给刮干净了。可惜他们没能找到根儿。"

"我看你能找到根儿。"凌丽呷了一口酒。"我隐隐觉得你有点艺术家的气质。你干吗不写?"

"我有个作家朋友,有次我对他说,等我老了,才智不足以搞科研了,就改行写小说。把他气得够呛,过了一分钟,才恶狠狠地说,等我老了,就改行写科研论文。"

凌丽笑了一阵后说:"他一准写不出来。"

"其实我也写不出小说来。这是两行不同的学问,都需要极大的才智。"

"我看过你写的两篇文章,发现你挺有点儿才的。"

"你吃了我的饭,就专拣好听的说。"屈天成举举杯。

"才不是呢!"凌丽把手往下一劈,"我从来不为别人活着。我看这次咱俩把微处理机和大型机之间的程序移植关攻下,一准能写好几篇论文。"

"依我看,这只是一篇大文章中的一部分。"

"为啥?"

"这个项目的总领导是唐副院长,文章自然要由他来写。"屈天成很沉稳地说。

"他写他的,咱们写咱们的还不行。"

"行是行。可这么一来,恐怕会破坏掉另外一些事情。"

"什么事情?"

"搞科研的权力。"

"凭啥?"凌丽不解地问。

"咱们所里并不是人人都有搞专题的权力的,因为经费有限。而唐氏却很喜欢把具体工作分下去,而由他充当总其成的角色。"

"我看他不至于会为这点小事吃醋。"凌丽仰靠在后背上。"看上去他蛮高尚的。"

"请注意你话中的'看上去'三字。"屈天成吃了一口菜。"我小的时候,父亲经常给我讲一些科学界中的美谈,以至于我有了种错觉:所有的科学家都是心地纯净的人,其实不然。要知道上大学的时候,我的成果就不止一次地被写进别人的论文里。科学界是社会的一个组成部分,各色人都有。你必须先忍辱负重地慢慢熬,一直熬到出头的那一天。"

凌丽的眸子一动不动地注视着对方。

"普朗克曾把科学家分为三类：一为功利的目的；一为追求智力的快感。并说要把这两类人从科学的殿堂里赶出去，从而只剩下那些纯粹献身的人。"屈天成发现今天自己的话格外多。"只要稍加思索，就知道这样做的后果是极严重的。科学将不成其为科学，因为剩不下几个人了。"

"可我不愿意慢慢地熬。如果咱们有研究成果，我就要把它发表。"

"女人自有其思维方式，我很后悔接纳你进研究组。"

"现在后悔也晚了。"凌丽举起杯，"为合作干杯。"

"干杯！"

唐开智的卧室兼书房是经过细心设计的。一张舒适的床放在最隐秘的角落，这是一张真正的"席梦思"床。结婚前，他用了整整五个月工资买来的。在这上面，他度过了一生中仅有的幸福时光。现在床的一侧，放着整整齐齐的几大迭书籍杂志。一张硬木写字台没有中间的抽屉，这样他那对长长的腿就可以自如地运动。一盏很高但辐射角很小的台灯。一幅立体感很强的清华大礼堂的黑白照片。一块面积有二百平方厘米的有机玻璃，里面嵌着一片集成电路，一段磁带，底下有一行英文题字：它们有着大脑的功能。这是参加国际计算数学年会时，东道主赠送的。另外，还有一份参加首届全国科学大会的请帖，一个乌木台历，一个青铜墨水瓶，除此而外，就什么也没有了。

这就是我的全部生活吗？唐开智久久地凝视着一群纪念物。

他现在已经五十二岁了，在这么长一段人生的旅途里，他只得到了这些东西。从某种意义上讲，还不如他父亲。老人家虽然在外面没有地位，但辛劳一天后，总可以心安理得地喝上两杯老酒，心安理得地承受母亲的爱：老太太给他煮饺子，总是两个两个地煮，因为煮多了就发黏，不好吃。他还有个极孝顺的儿子，在他临终前给他以满足。

可我有什么？唐开智霍地站起来。他突然产生一种欲望：把桌子上的一切东西,统统从窗户扔出去。可他控制住了。一个有理智的人总是这样。

他伸手从小柜里取出一瓶酒和一只杯子,给自己斟了一杯金黄色的液体。

他愈来愈迷上酒了,用哆哆嗦嗦的手把杯子递到唇边。这对于一个搞科学工作的人来讲,几乎是致命的。他很明显地感觉到自己的精力与记忆力都不如从前。酒精会使大脑缩小,给脑细胞造成永久性的损失。不止一本杂志这样说。尽信书不如无书。可医书大概是有点道理的。他慢慢地把酒倒回瓶里一半,然后一口把剩下的一半喝了。二者矛盾时,取其中为最好。

他还要奋斗。如果失去了这个目标,活着就一点意思都没有了。明年二月份以前,他要完成两篇文章,为参加在日本举行的国际会议做准备。"移植"问题要抓紧,这是项很有效益的工作,各方面的效益都有。

他拧动了一下身子,椅子立刻偏转个角度。他这把转椅很是高级,极像"奔驰"轿车的座椅:优质的皮革,高级的电镀,性能极佳的转动系统,甚至还附有一套润滑系统。所有这一切,构成了舒适。

当生活本身没有多大意思时,舒适就变成最重要的了。可要永久地占有它,还得不停地奋斗,奋斗却破坏了舒适。唐开智怎么也无法从这个"怪圈"中绕出来,于是只好打开书本。

"要打破垄断,靠的不是勇气,"屈天成摸出一盒烟来,"而是拿出极富创造力的产品。"

"我这儿有好的。"凌丽从小皮包中取出一盒美国"万宝路"牌香烟,弹出一枝递过来。"可有些时候勇气是起决定性作用的。"她把香烟很内行地叼在嘴上。

屈天成很惊讶地注视着这幅很不和谐的图景。过了好一阵,才用一只很旧的打火机把烟点燃。

"你为什么不给我点上?"凌丽很不满地问。

"我不喜欢女人抽烟。"

"我从来没想过别人喜欢不喜欢。"凌丽取出一只很精细的打火机,轻轻一按,一朵造型极美的橘黄色火花就出现了。

"很早就听说过,在著名的学府里有着一批类似'亚皮士'的人,今天才算亲眼见了。你们就是用这个方式表示对传统的反叛?"屈天成问。"

"你低估了我们的水平。"凌丽的烟姿看上去也算内行。"从另一个角度说;改革总是先从形式开始的。当你看到趴在膝盖上听故事的小姑娘抽开烟时,你惊讶了,这就够了。"她弹了一下烟灰。"你惊讶的事情还在后面呢。一句话:插队使你们长了知识,同时也使你们变得世故起来,因此就缺乏勇气。好,咱们该走了。"凌丽把大半截烟插入烟灰缸里。

"你对我的了解并不太深。如果能有五分钟的时间,我将给你讲个小故事。"男子汉最忌讳女人说他缺乏勇气,屈天成也不例外。

"好吧,我拨出五分钟给你。但我事先声明:如果你讲得没意思的话,我至多听三分钟。"

"在我插队的陕北,最少聚集着五万插队青年。凭你对数字的理解力,应该可以想象其地的混乱程度。每逢赶集,邮局的信筒都能满出来。因此,大集之日,就是'游侠'会聚之时。其中最有势力的一支,是以一个叫'无赖'的工读生为首的。

"他们不止一次地用私刻的图章,冒领了母亲寄来的钱,我都忍了下去,最后连好朋友郑小沛都说我是个没血性的男子。"

凌丽很认真地听,没有任何表示。

"有一次,他们把我妻子徐湘写来的信给拆了,并且当众宣读传诵。我不动声色地分开众人挤过去,伸手从'无赖'处把信夺了回来,叠好放进口袋,然后照准他面部的中心点就是一拳。"

凌丽张了下嘴又闭上了。

"在陕北知青流氓中,他有着皇帝般的威力,从来没有人动过他一指头。他愣了几秒钟,然后抽出一把三棱刮刀,很顺利地插入我的臀部,我一下子就跪到地上。接着就是一阵皮带棍棒。

"我尽力挣扎着,保持着头脑的清醒。最后,一个偶然的机会,我从一个人手中夺过一把菜刀。那是一把长着斑斑红锈的菜刀,把儿已经活动了。

"我支起一条腿,然后又支起一条腿。这会儿,血已经灌满了绒裤。

"'让他砍。''无赖'分开众人走到我跟前来,'我俩对视了有五秒钟之久,谁也没有退缩。最后,我往前轻轻一蹦,挥起刀就朝他劈过去。

"他没想到我敢下手,吓得竟双手抱住脑袋。于是我就劈了第二刀。"

"劈着了吗?"凌丽很急促地问道。

屈天成点点头。"如果刀再利一点儿,我劈的部位再准一点儿的话,他就永远从这个世界上消失了。"

"后来呢?"

"后来我就坐在这张桌子边,给你讲这个故事。"

凌丽的目光频谱在迅速地改变。

"好了,正好五分钟。"屈天成站起来。"咱们走吧。"

俩人默不作声地走出门外。

"你后悔吗?"

"有点儿。"屈天成把旧风衣的领子往上提了提。

"后悔什么?"

"如果他那一刀扎在肩膀上,我就可以脱下衣服跟你吹,可惜扎在一个不雅的部位上。虽然八寸全进去了,以刮刀为轴线的一溜儿三个疤,一个也亮不出来。可人有时候总得往出亮点什么。"

"亮不出来,我也知道它们是美的。"

"美的?"

"力量是种美,勇气是种美,有意义的粗野也是种美。"

"感谢你赋予我的伤疤以理论意义。"

"明天见。"

"明天见。"

五

"我是鲁书尚。"

"有何指示。"唐开智把桌上的书摊到一边。

"关于石油地质资料的编辑整理工作,你们要抓紧。陈主任已经问了两次了。你知道,老陈是抓工作很细的人。"

"这项工作现在已经初具规模。换言之,基本构想已经搞出来了。"

"那就好。不过你们最好写一个书面报告。"

"行。"唐开智很干脆地答应。"我们关于派一个四人小组去东京参加计算机国际会议的报告,你见到批件了吗?"

"在收到你们报告的当天,我就送到老陈那儿去了,至今没有下文。"

"请你想办法催一下。"唐开智知道办公室主任是个很关键的位置。一件事成功与否,一半在他手里。

"我一定想办法催。但近来各单位都申请外派,可国务院又三令五申,让精简压缩。"

"好像从外派伊始,就有这个精神。"一听鲁书尚抬出国务院,唐开智就知道他在打官腔。"你知道,对于我们这帮干科学活的人来说,参加国际会议是很必要的。否则只需两年,就要跟不上潮流了。"

"对,是这样的。"鲁书尚顿了一下。"我爱人的弟弟在电力科学院工作,他也是清华毕业的,不过是自控系,他就经常这样对我讲。"

"噢。"唐开智的声音虽然漫不经心,可内心却一下子警惕起来。

"他们在工业部门工作的,等级观念要比咱们强得多,所以轮来轮去,总也轮不到他。"鲁书尚一派聊天的口吻。

"噢。"唐开智知道对方马上就要谈实质性的问题了。

"我想如果有可能的话,这次是否让他也去一趟。小伙子很爱学习,很爱接受新鲜事物。"

"可这次代表团是以我们院的名义外派的,外人似乎很难加入。"唐开智嘴上虽然这么说,可心里想的却是:我们这里集中着全国最优秀的计算机人才,有的是爱学习的小伙子。至于像出国这样的"新鲜事物",又有谁不爱接受呢?

"这好办。咱们换个名义就行了。"鲁书尚不拿话筒的那只手,已从文件夹里,把计算机院申请派团的报告抽出来,展放在面前。

"换成什么?"

"用计算机协会的名义外派。我的小舅子也是这个协会的会员,更何况你老兄还是副理事长。这样做名也正,言也顺。"

"我是副理事长,可你别忘了,还有理事长呢。"唐开智把话筒从右手倒换到左手。计算机协会是个民间组织,光会员就有好几千人。其中在研究方面卓有成绩者就不下数百,可从来没有听说过有鲁书尚的舅爷,虽然我不知道他姓什名谁,可如果他有哪怕一丁点成绩,鲁书尚也会把他弄进理事会的。别看只是个民间联谊机构,可理事会的名单,也要由上面审批。而这个"上面",就是承办一切杂务的鲁书尚。

"至于钱老的工作,显然要由你来做了。"鲁书尚在电话里干笑了一声。

"此老的难说话程度你是知道的。"

"计算机协会的理事会,很快就要改选。我们可以给他安排个名誉理事长的位置。"

唐开智默然了。

"你大概在想:他要下去了,理事长非你莫属。是这样的。可计算机院的院长呢？是否非你莫属？"

"我其实不在乎这些。"唐开智对这种给他施加压力的做法感到忿忿然。这有伤他作为一个知名学者的尊严。

"我知道你不在乎。"鲁书尚的口气软下来。"咱们换一个双方都能接受的做法：你们申请去四人，我想办法给你们弄到五个名额。"

"这个问题我想想再答复你。"唐开智把主动权收回来。

"什么时候答复？"

"下星期一。"

"好，再见。两天后听你的回音。"唐开智放下了电话。

他敢肯定，那份报告此时就在鲁书尚的手上。虽然没有电视电话，可唐开智却没有看错。如果他不同意的话，他姓鲁的就不会往上送，或者等着会议临开始前一两个星期再上送。这样即使批下来，也来不及办理出国手续了。这种做法曰之：阴干。古已有之，于今为烈。

如果直接去找陈孝儒，肯定能批下来，他是个说干就干的人。可这样做将遗患无穷：因为唐开智不可能直截了当地对他说，鲁要安排他的亲属，所以我才来找您。这是件对证的事，而且唐开智即使说了，也不会把他换下来。没有因为这么件小事而换人的。于是乎，院里的工作将变得十分难做。

将来参加全国科学奖的评选，提交候选项目名单的大权，无疑在鲁书尚手里，这可有关他的终极理想。唐开智在屋里来回转着圈。既然姓鲁的有办法再搞一个名额来，那也说得过去。关键是看钱简之那里是否通过了。

几乎没有什么寒暄，钱简之就邀请屈天成入局，唐开智也搬了把椅子观阵。

屈天成原以为像钱简之这样身材矮小且修养甚深的人，走起棋来一定是循规蹈矩的。所以临来前，他对徐湘说：今天一准是场静坐战，得天亮见。可谁知"大场"刚一走完，钱简之就弃一只大角于不顾，恶狠狠地打入屈天成的阵地。

从此盘上将永无宁日。屈天成望着自己已初具规模的阵地中这只蓝幽幽的白子想了足足达十分钟之久,才投出一只黑子。

钱简之稍思片刻,就布下一子。

接着黑白各下八子。

看来他的思路很是敏锐,可外面却传说他已经病入膏肓。谬传。一个枯朽的人,是走不出这样"相扑"似地棋的。得以毒攻毒。屈天成寻一空隙,也楔入白方的阵地。

这是一局罕见的棋战。唐开智打量着交战的双方:钱简之正襟危坐,身体笔直,棋如其人,颇有古风。屈天成则两腿交搭,背靠沙发,遥遥注视着棋局。这是年轻人特有的坐姿,他不无嫉妒地想道:他的目力好,体力、脑力也俱在峰巅状态,所以时时处处都是一副举重若轻的样子。这盘棋照这个样子下下去,恐怕是场大恶战。

棋行到一百八拾三着,白方的一片棋已成孤立,钱简之频频投出腾挪之手。

该不该放钱老这条'白龙'一条生路?屈天成自问。不该。直觉立刻回答他。下棋是种高尚的智力活动,不能做媚态。他从容地投出一只黑子,至此,白龙已无一丝生机。

钱简之久久地凝望着棋盘。他反复地将头脑中各种方案一一想过,最后全被否决了。"中盘了。"他很有大将风度。

屈天成没有答话,只是默默地将纠缠在一起的黑白子分开。

"你的棋下得很不错。"钱简之站起身。"在什么地方学的?"

"以前跟父亲下,后来插队时,大家伙聚在一起乱下,似乎并无师承。"屈天成谦逊地说。"我原以为您的棋一定是文质彬彬的书房棋,可没想到搏击的力量竟是如此之大。"

"我原以为你的棋一定是'插队棋',就像我儿子一样,无理也要搅三分。可也没想到,你的着法竟是如此的缜密,而且气魄也大,很有点武宫正树'宇宙流'的味。"钱简之很幽默地说。"你读棋书吗?"

"正经棋书没读过。可我订了份《围棋》,空下来就看。"

"你的棋日本味,也就是现代味过重。要是能看看古谱,可能会有很大的提高。"

屈天成承情地点点头。

"我送你一套古谱。"钱简之走到书柜前,取过一套《寄青霞馆弈谱》。"这是善本,你可好好研习之。"

"您有两套这书?"

"不,只有一套。"

"那就送给我了?"

"宝剑赠英雄嘛。"钱简之重新坐回沙发上。"再说这也是我的一位老朋友送给我的。他跟你同姓,单字斌。"

屈天成心头微微一热。不知有多少年没听到父亲的名字了。一个人,即使是个很杰出的人,在他死后,用不了多少年就会被淹没。他把棋谱搂在怀里。

"他跟你是亲戚?"钱简之的目光很是敏锐。

屈天成竭力装出若无其事的样子摇摇头。如果让所里的人知道自己与钱老是世交,就会有被人"荫护"之嫌。

"我跟他在美国的时候就很熟。那时他在 MIT,而我刚刚从宾夕法尼亚大学转到哈佛。俩人没事的时候就是下棋。可能因为这是纯国粹之物,能够发泄乡思的缘故,往往一弈就是通宵。"钱简之从旁边的沙发上扯了一床薄薄的毛毯盖在腿上。"一九四六年的这个时候,我俩相约下十局棋。他是长考派,我年轻的时候也是。所以每盘棋平均耗时二十小时。一直下了两个月才下完。最后屈老兄把谱全集了起来,并题上《血泪篇》三字。那时候我俩也就是你这岁数。"

"您和他的棋,谁个好一些?"屈天成问。打他记事后,父亲是绝口不提美国的。

"他精于计算,而我有时凭感觉办事,所以总要多输上几盘。"

他是个诚实的老人。屈天成想道。即使死无对证,也不混说。

"我有些院里的事想和您商量一下。"唐开智见老人的回忆已到间歇处,赶快插了进来。

"我告辞了。"屈天成捧着棋谱站起身来。"谢谢您送给我一套珍贵的书籍。"

"倒应该谢谢你。"钱简之很费力地站了起来。"我一直深居简出,结果总是孤芳自赏,而你却浑身充满新鲜。"

屈天成跟着老仆人走出大门。

在他临出门时,唐开智用余光瞟了一眼他的背影。钱简之不知道他是屈斌的儿子,唐开智可知道,可他自己却没说。看得出这是个城府很深的人。屈天成、城府,他将这两个词录制在大脑上。

唐开智先向钱简之讲了下周的工作安排。当钱略示不同意见时,他马上就更改。一直谈到最后,他才提出院派团改成计协派团的事。这是一种彼此商谈工作的技巧:你先做出足够的让步,然后再提出核心的问题。这样成功的可能性是很大的。

"这更改的理由是什么呢?"唐开智汇报初始时,钱简之微眯着眼在听,这会儿却睁开了。

"今年上半年,咱们院已经派了三批十一人出去了。科委怕别的单位有意见,所以就改了个名目。"收到鲁书尚的电话之后,唐开智就想出若干种说法,最后筛选出这一种来。

"名额呢?"

"不变。"

"由咱们所定?"

"当然。"唐开智认为没有必要说鲁可以增派一个人的事。到时再说,它就会变得顺理成章了。上级往团里塞人的事,而今已是司空见惯。

"优秀的、年轻的,这两点要牢牢掌握。"

"好的。"

唐开智又汇报了两件很一般的事,借以冲淡钱简之的记忆,然后就告辞了。

六

　　研究工作很顺利地展开了。因为吴涤青执意要凌丽,而凌本人却愿意留在屈天成这边,所以唐开智就做了个折中的决定:哪边需要就到哪边。

　　"吴是个相当能干的人。他对那些错综复杂的数字,似乎有种天生的理解力,能够很快地抓住其中的要领。而且他的文章也写得很漂亮,风格跟唐院长写得那本《计算数学》差不多。他们老清华的,个个都有两下子。"一个星期后的一天,凌丽兴冲冲地对屈天成说。

　　"小心别让他给迷住了。"屈天成突然觉出有种酸溜溜的滋味。"他在这方面有着辉煌的经历。"

　　虽然他对凌丽并无非分之想,但爱美之心,人皆有之,很必要提醒她一下。一个二十多岁的姑娘,头脑是复杂不到哪去的。尽管清华大学给她提供了优良的教育,可却没有"人际关系"这门课。

　　"我并不像你想象的那么傻。"

　　"可也不一定像你自己想象的那么聪明。爱,往往能使人变得盲目。"

　　"谢谢你的说教。"凌丽一挥手把这个问题打发掉。"我有个朋友,看了你上次写得那篇语言方面的论文,很感兴趣,于是我就做主,把他投寄到美国的《计算机学报》去了,你不见怪吧?"

　　"不见怪。"屈天成知道此刊的权威性,没有相当高的理论水平是不会用的。"我三岁的时候,跟父亲散步到湖边,我往里扔了块石头,于是出现了无数个同心的圆。我高兴极了,因为它是我的作品。蹲在那儿,一直等着冲击波完全消逝才走。"

"你犯了个物理概念上的错误,冲击波不会完全消逝,只不过成了个无穷小量。"凌丽接着说,"他说你的英文极漂亮,不过有些老式。"

"是这样的。"

"现在回音来了。"凌丽从口袋里掏出一封信。

屈天成拆开信封,很认真地读了两遍,然后装回去。"如果你同意的话,我把这封信留下了。"

"你不准备回信?"

"他们跟我要一百美金。要知道一百美金就是四百人民币,我上哪儿去搞这笔钱?"外国的学术刊物不但不给稿费,而且反过来跟你要。声望愈高的刊物,开价愈是高,这是商业社会使然。"那套《不列颠百科全书》,我都没去取。"

"这笔钱应当由院里出。"

"只不过是应当而已。院里那点子外汇,人人睁大眼盯着。再说等你千方百计批下来,美国那边黄瓜菜都凉了。"屈天成讷讷地说:"你没见前两天小孙要考'托福',就为了那二十美金,差点急哭了。后来还是找到唐院长,才特批下来。""托福"是国际承认的权威英语考试,一年只开办一次,而且收费必得美金。

凌丽不再说话。

"不过你的好心并没有白费。"屈天成不愿意让这个姑娘不高兴,他晃晃那个大信封:"获得诺贝尔奖与钱未到手却有幸被提名,都同样是种资历。"

凌丽微微一笑。

"作为对你的回报,我给你介绍一个对象如何?"屈天成突然想起徐湘让他给郑小沛介绍女朋友的事。虽然他不止一次地对妻子说:介绍对象是天下最不讨好的事。可女人总是女人,仍是热衷此道,并强迫他加入。

"不用。"凌丽很干脆地回答。

"为啥?"

"我发过誓:今生今世即使独身也不用别人介绍。"

"对着什么发的誓?伟大领袖?或者是某尊正在走红的佛?"

"全不对。是对着高仓健的像。"

"换种你能接受的说法:我请你去听场音乐会,另外再请上我那个很像高仓健的朋友。"

"这倒可以考虑。不过时间得由我来决定。"

"只要那天有音乐会就行。"

凌丽一走出房间,工作的冲动就摄住屈天成。他的注意力立刻凝聚在荧光屏上,他故意停顿了一下,好使思想保持昂扬奋起的状态。

对于一般人来讲,编写程序的人,充其量是使用些小技巧玩弄一堆枯燥的数据而已。其实它是需要巨大的才智的。

数字是人类符号族中的一大成员。经过若干世纪的锻炼,其内涵底蕴早已远远超出创造它们的古埃及人。人类的生产产生数字,数字又代表着生产。此刻屈天成面对着的是一群原始的、粗野的数据。

在它们当中,有的是消极的,它们袖着双手,蒙着抽象的面纱,穿着暗淡无光的黑衣。竭力掩盖着彼此之间的联系;它们有的是活泼的,到处乱窜,所到之处,秩序被破坏,规律被违反,顿时呈现出一片混乱。一句话:信息被禁锢,能量被压抑。

这时候,一只天才的手投入了。它是残酷的:无情地揭开面纱,剥去表面,探寻着实质;它是多情的、充满爱的:它逮住那些活泼的小家伙,轻轻地抚平它们身上的创伤,替它们寻找着归宿,缔结姻缘……总而言之,它在为它们理顺关系,从而使之形成一个美的整体。

思想在高速运转,一个"场"在它周围形成了。其强度之大,使动力场、磁场、电场都黯然失色。在它的作用下,概念在高速运动:同向的速度相加,异向的发生剧烈的碰撞。于是裂变发生了。破裂的原子释放出几倍的中子,而中子又产生更多的原子。这是著名的链式反应。增殖的中子一层层地加上去,很快就达到了临界质量。接下去,一轮超级太阳冉冉升起,它高悬中天,君临一切,使一切数字获得了涅槃。

数字在欢呼,为自己,为所代表的事物,也为它们的创造者。

……

窗外在淅淅沥沥地下着秋雨。冷意徒劳地撞击着双层封闭玻璃窗。就在这深秋初冬的交界点上,一个思想产生了。

这个思想已经超越了原始工作本身的意义。屈天成用充满智慧粒子的目光注视着它。其理论意义,一时还很难弄清楚,但他已经知道,自己今后研究工作的骨骼已经生成,剩下的仅仅是一些技术性的工作。只需将已成的数字阵进行分割,然后一分再分,直分到计算机能处理的单元为止。

他兴奋起来,把脚放到计算机的工作台上,身体竭力后仰,构成一个幽默的造型。

人类是伟大的,因为他们能在产生他们的宇宙之外,再造一个宇宙。这是一个奇特的宇宙,它无所不包,甚至把产生者也囊括进去。在这里有着一座座山峰,一片片浪花。其中有一座、有一片是因为我才有的。我从哪来的这么多联想?联想就是创造。写完论文,我也写它一本书,书名现在就定了:《一个计算机专家的哲学思考》。今天产生的思想,指向是非常清楚的:人工智能。计算机真有意思,它总是想剥夺人类思维的特权。这是无生命物向最高级生命的挑战……

"我想在你进入这间屋子工作之前,应该是读过规程的。"一阵很规范的声音激荡着屈天成的耳鼓,他简直不知道他是哪个方向来的。过了好一阵,他才发现钱简之已站在他的背后。

"您来了?"他下意识地把脚抽回。

"这是很珍贵的机器,所有的人都应该无微不至地爱护它。"钱简之伸出一只枯瘦的手,真诚地抚摸着工作台。

"我有时工作到兴奋处,就要忘形。"屈天成认为有必要解释一下。

"听说你在搞地质资料的程序编辑工作。能不能简单地给我讲一讲。"钱简之坐下来。他的坐姿很古板,与那把极柔软舒适的计算机专用椅显得很不谐调。

"我今天产生了一个思想。"屈天成又回到刚才的兴奋状态。"这个思想——我姑且这么叫它,很可能脱离了专题,有着广泛普遍的理论意义。"他此时特别渴望跟人谈话,尤其是个能听懂的人。

钱简之两条雪白的眉毛,被肌肉压缩到一起去了。作为一个老派的学者,他最不愿意听用文学语言描述科学的话,文学就是夸张,而科学的本质仅仅是求实。

屈天成没有注意到这些细微的变化,他流畅地倾诉着自己的思想。

钱简之的面部肌肉渐渐松弛开了。他并不熟悉这项工作的前半部分,可只用寥寥几个纲领性的问题,就弄清了轮廓。

屈天成边讲,边把自己刚才的所得在屏幕上演示出来。他很随意地调遣着各种材料,渐渐地建筑起一个体系。

钱简之被吸引住了。他竭力寻找这个刚出世体系的薄弱处,做试图推倒状。但屈天成毫不示弱,立即调动一切支撑物使之坚固。实在不行的,干脆一舍了之。

"建筑物"在论战中渐趋完固。石英钟已默默地走过了三个时辰。

"这是一个好念头,但要使之上升成一种思想,还要提纯。"钱简之站了起来。"为了它,我原谅你刚才的错误。"

"什么错误?"屈天成已经过了兴奋期。他把疲乏的身躯放平,仍觉得那把平素极温顺的椅子此时变得像个柔道大师,紧紧地擒拿住他。

"把脚放在了不该放的地方。"

屈天成微微一笑。

"把你的思想描写出来要多少时间?"

"十天。"。

钱简之点了下头。

俩人相偕走到大门口。

"坐我的车回去吧？已经是深夜两点钟了。"

钱简之指指门口停放着的那辆老式吉姆，这辆车是在中苏友好的高潮中进口的，只配属部长一级的干部。那时他任全国科协副主席，因此也得到了一辆。三十年来，他从未换过。

"不了。我的家离这不远。"屈天成撒了个小小的谎。汽车是权力的象征，是不容侵犯的。唐开智虽然就住在他前面的楼上，可从未主动让他搭过车。

"一个把脚放在计算机台面上的科学家，是不该有许多客套的。"钱简之拉开了车门。"即使有点残余的也该被这雨给浇没了。"

屈天成侧身坐到司机座旁。

"您一直就是自己开车？"

"除了生病以外。"一出大门，钱简之就拐了个很小的弯。"而且不光自己驾驶，还自己维修。你听，走了快五十万公里了，它的声音还是那么和谐。"

屈天成耸起耳朵，可并没有什么收获。所有的汽车声，对他来讲并没有什么差别。

"我最爱护机器。每逢看到有人粗暴地对待它们时，总是忍不住。"

看着钱简之被表盘散射出来的光镀上层青铜色的脸，屈天成突然联想起一件事来。

插队的第三年，他驾驶着一辆胶轮大车。驾辕的是全队年事最高的一匹黑马。马如人，愈老愈世故。每逢上坡，总将力分到套马上，而且它很快就认出驾驭它的是个新手，所以油滑之余就放起刁来，对他发布的命令置若罔闻。屈天成不禁愤怒起来，甩起皮鞭，先及马背，后来渐渐往上，最后一鞭，抽到马耳朵下，终于使它就范了。他这手鞭功，是颇费些时力练就的。当时他的理想就是做个"车把式"。要知道，在交通不便的山区，此行业大约相当于内战时期川滇公路上的汽车司机。谁知回到饲养棚后，马耳朵下的鞭痕立即被老队长发现了，他怒声责问原因。"它不按我的意思干。"他理直气壮地回答。"它要有你那么聪明，就该驾你了。"老队长愤愤地把马牵走上药去了。

中篇小说 | 有感于斯文

老队长爱马,老院长爱机器;一个是人力的替代,一个是思想的延伸。两个时代培养出来的人。把这点灵感写入《一个计算机专家的哲学思考》里?不!该写进一本小说里。

"您什么时候学会的开车?"屈天成觉得长时间不说话是不礼貌的,就顺口问道。

"说起来还有个小掌故呢。我在清华上学时,有次进城误了班车,可偏偏第二天有堂重要的课。于是只好花两块光洋租辆车回来。那时候,两块光洋够吃一个月的。当时我就立志,将来一定要有辆车。后来到了美国,第一件事就是和屈斌兄合伙买了辆一九三〇年产的旧福特。"

"他也会开?"屈天成脱口问道。

"不光会开,而且是当时中国留学生中著名的稳健派。每逢有人结婚或者某位夫人临产,车夫总是他。车风即是人风,也就是学风。他一辈子无多大建树,跟求稳的思想很有关系。"

"他好像写过一本书,叫作《电学原理》。"屈天成觉得有必要为老爷子申辩几句。

"那是一本很好的教科书。深入浅出,提纲挈领。他也是个很好的教授。我的意思仅仅是:以他的智商而论,原本应该有所发现的。可惜他的思想被禁锢住了。对待自然科学,也是用'六经注我,我注六经'的办法。"

屈天成觉得很不舒服。每当自己的血亲遭到攻击时,哪怕是善意的,也让人不能接受。他瞟了一眼速度表:造型笨拙的针,已经在七十上,即使在郊区,这也是高速了。

"我开车以猛著称。在美国的时候,常去参加车赛,花挂了不少,可一次名也没得上过。"钱简之目不斜视,"你也许在心里说:你车开得这么快,不也毫无建树吗?是这样的。可这跟建国以来的文化环境有关。中国这块土地上,从春秋之后就从来没有出现过一个适于自由思想生长的环境。一九五八年前,一九七八年后,我一直试图在咱们院创造一个小气候,可各种比例总是调不匀。在中间

475

我做右派、反动权威的二十年里,我很想独善其身,做点学问,可没能成功。环境太差,效率太低。非我之罪,是天亡我也。"

"在前面拐弯处我下了。"屈天成说。

"送佛送到西天。"钱简之迅猛地打了下方向,拐了进去,然后停在屈天成家门口。"数字是不骗人的,三点五公里你还说不远。"

"谢谢您了。"屈天成伸手开门。

"你的思想,仅仅是地平线上的一线曙光,还要发扬。"钱简之的双手搭在方向盘上,仍做开车状。"作为一个科学工作者,你能迅速扬弃自己的错误,这虽很基本,但很难得。"

"吴清源说过:'与其征子而求生。不如舍之而去势'。"屈天成认为很有必要谦虚一下。

"下月九号,也就是十天后,你带着论文稿子来我家时,咱俩再战一回。好。再见。"

屈天成刚一下车,吉姆就猛地开走了。两道雪白的灯光洞穿浓重的雨雾,伸向无穷远。

七

经过两天的紧张思索,屈天成的这一思想已经成熟,可两条路摆在面前:一条路通向科学,一条路通向技术。他感到分身乏术,又考虑到唐开智交办任务的紧迫性,就把"技术"一项交给凌丽去做。

凌丽在接受任务时,装作不高兴地说:"你总把麻烦事都交给我。"

"天才人物都是这样的。他们的思想充满活力,对任何哪怕是短暂的逗留都感到不耐烦。"屈天成很得意地笑了一下。"当然这位天才也知道,建筑一所房子,框架虽然重要,但内部装修也很麻烦很重要,是要有创造力的。"

"如果确实为一位天才打下手,辛苦点也就认了。可谁知这个设计者是他妈的天才不是?"

"你说起他妈的,总不如我说得自然。清华显然没有教会你如何正确地使用这个语气助词。"

"其实你使用这个词儿时,也总不贴切。不过是为了标榜你的插队出身罢了。"凌丽拿起文件夹。

"有人标榜黄埔出身、抗大出身、牛津、哈佛出身,可我还是头一次听到标榜插队出身这个词组。"

"有许多事情你都将在我这儿第一次听到。"凌丽说罢扭身走了。她的走姿很好看,显得仪态万方。

郑小沛出现在他面前。

"你怎么上这儿来了?"屈天成稍稍有点紧张。

郑小沛的"拓科"公司就在离研究院不远的地方。近来他们搞了几项很赚钱的小小发明,名声迅速增大。而这几项小小发明。几乎全与他有关,因此他更不愿郑小沛来这儿。

"你是不是怕让那些自命清高的同事看见你和一个低贱的商人在一起?"

"多少有点这意思。"屈天成直言相告。

"那咱们出去说。"

"可我还要工作。"屈天成指指桌上摊开的纸张。

"工作是永远完不了的。耽误个一半天的没什么关系。"郑小沛伸手来拉他。

"你的摩托车呢?"到了楼底,屈天成问。

"卖了。"

"那你现在用什么交通工具?"

"那不是。"郑小沛指指远处一辆雪白的"尼桑三〇"。

"真够阔气。"

"要说也不很阔气。我们公司为了扩大业务,最近又贷了一百万块钱。买这辆车也是好不容易才挤出来的。因为你知道:现在各大机关的门卫,是全中国最大的汽车牌号专家:光认车不认人。可我们偏偏跟他们的关联甚多,为增加效益,才忍痛买了这辆车。"郑小沛用钥匙打开车门后,一按钮,屈天成这侧的门就开了。"整整8万块钱。国务院新上任的部长去领车,一般都是这家伙。你的屁股感觉怎么样?"他问刚侧身坐进来的屈天成。

"屁股要思考一下才能回答。因为它是头一次接触八万块钱的车座。"

"到底是科学家,连屁股都会思想。郑小沛启动车。

在出大门时,"尼桑"和研究院"蓝鸟"打了个照面。

屈天成一回头,唐开智笔直的身影出现在后窗上。

"就怕货比货。我们院最棒的车也让你的给比了下去。"

"我有个在使馆工作的朋友告诉我,愈是小的国家就愈爱请客,而且火树银花,谱摆得大极了。因为他们不这么干,别人就根本不知道他是谁。而像中、美、苏这样的大国,一般不玩儿这套。"郑小沛很迅速地眨眨眼。

"你找我有什么事?"

"你前几次帮了我不小的忙,我一直想怎么报答一下。"在"拓科"刚成立时,第一次业务就是发售一部"微型机使用与维护"的科技录像带,它的脚本就是屈天成用三天工夫赶写出来的。这部片子售价一百五十元,看上去可能稍稍贵了一些。可一台普通微机就要卖几万元,与之相比不算什么,所以一下子就售出四百部。"拓科"因此小小发了笔财。第二次,屈天成又帮助他们搞了一个大型建筑中央空调系统控制程序。像这种玩意对他来讲是一挥而就,"拓科"却又受益匪浅。

"如果你再想给我布置什么任务,那最好免开尊口。眼下我正面临着一生中一个很重要的关口。"屈天成认为很有必要把话说在前头。

"我从来也没有给你布置过什么任务,我只是求你帮忙而已。"郑小沛用脚一踏刹车,车头恰巧停在停车线上。

"你应该是可以冲过去的。"屈天成抬头看一眼刚亮的红灯。

"这很难说。"郑小沛往窗外一指。"你看那个警察,已经穿上棉大衣了,而我则只穿一件薄外套。仅这个对比,就使他有气。如果再添加点别的因素,就可能使他把我从这个密封良好的车里叫下去,在寒风中陪他站会儿。"郑小沛重新启动车。"我决不去触这个霉头。"

汽车拐进一个大楼前的停车场。

"这是什么地方?"

"你老兄都快成了不食人间烟火的神仙了。"

郑小沛拔下钥匙,"这是著名的'香格里拉'饭店,四星级的,和'希尔顿'、'假日'齐名。"郑小沛有滋有味地说。

"来这儿干什么?"

"我想请你吃顿饭。"

"免了吧。"屈天成摆摆手。"我没这么多的富裕时间。"

"如果你想要现金的话,我也可以给你。"郑小沛从西装口袋里取出一只信封。"这是五百元钱,我替你领出来的。"

"你这是干什么?"屈天成一推信封。"咱们的交情太深,已经无须言谢。"

"交情是没有计量单位的,而且它不可能老是单向流动。"郑小沛又把信封推过来。"这是清清白白的钱,完全是你的劳动所得。税我已经替你付过了,单据就在里面。咱们国家采用的是源泉扣税法。"

"我不要。"屈天成绷起了脸。

郑小沛也不高兴了。

俩人默默地坐了大约有十分钟左右。

"如果你非得要表示感谢的话,咱们换种做法行不行?"屈天成决心打破僵局。

"换种什么做法?"郑小沛不高兴地反问。

"你用这钱给我买些书籍如何?"屈天成想起那套《不列颠百科全书》。

"为了照顾你那可怜的虚荣心,就这么定了。"郑小沛重新把车启动。

唐开智拿起了外线电话。

"我是鲁书尚。"话筒里传来清晰的声音。

他用不含任何信息的声音"呵"了一声。

"去日本代表团的规模、经费,陈主任已经批下来了,你明天派个人来办办。"

"行。"

"另外还有个重要消息透露给你。"鲁书尚略微停顿了一下。"上边已经决定让钱简之同志离休了。"

"是吗?"唐开智隐隐觉出一股兴奋,"可这也许会给我们院的工作带来很大的不便。老头总是块金字招牌,条条路都为他开着。"

"他因此而保留名誉院长的职务。"

停顿出现了,大约历时十秒钟。唐开智知道自己必须开口问。"院长的人选决定了吗?"

"还没有。但你是候选人之一。"

"没有什么别的事?"唐开智问。

"院长一职的任免通知,如果顺利的话,很快就下去。"

"知道了。"

"再见。"鲁书尚放下听筒。

在一切利益中,能否获得院长一职是关键。有了它,一切都有了。唐开智静静地坐在椅子上。当务之急是把手头的几项工作做好,并且不要做出什么异常的举动。院长一职的候选人,其实肯定就我一个,接班是顺理成章的事情。

陈孝儒之所以把院长一职虚悬着,用意在促进工作,这是官场的常用伎俩,没啥新鲜的。石油地质资料的编辑工作一定要抓紧。唐开智拿起电话,接通了屈天成的办公室。

电话铃响了很久,没有人接。他抬头一看,已经是十二点半,不禁苦笑了一下。我今天怎么变得失魂落魄了?刚才分明看见屈天成坐辆"尼桑"出去了。那是谁的车?石油地质部的?也可能。

唐开智转进里间屋那个隐秘的角落里,捧出《佛经》默默地读了一阵,心情才渐渐平静下来。他双手合十,默默地祈祷着。

以往求佛,只要不是很过分的愿望,至少有百分之八十可以兑现。这是我今年最后一个愿望了。佛呵,保佑它吧!

"那套《不列颠百科全书》还在吗?"屈天成问店老板。他已经不敢肯定老板能否记住他了。

"当然在。还差三天才两个月呢。"店主人指示学徒把那套书从后面搬出来。"您看,我已经给包裹好了。"

"多少钱?"

"原价。"

屈天成回过头去对郑小沛说:"一百六十五块。"

钞票像电风扇似地在郑小沛手里飞舞着。"你不再买点什么书了?"

"我是读书人,而不是藏书家。有它就够读一年的了。"

郑小沛替他把书提在手上先走了。

"您的科学找到市场了?"店主人轻声问。

"没有。"屈天成的脸微微一红。

"您别不好意思。有买有卖,这是天经地义的。"店主人往窗外一指,"那人我认识,是'拓科'的经理,常来我这儿买书读。据说这小子是把子好手,连干几项都是极走运气的。"

屈天成不再发表意见。

"往后有什么好书,我给您留着。"店主人一直把他送到门口。

"你跟他是朋友?"坐到车里后郑小沛问。

"不。"

"那他还送你出来?"

"天下熙熙,皆为利来;天下攘攘,皆为利往。他错把我当成大主顾了。"

"我现在就任命你为这家店的大主顾。"郑小沛把车开上公路。"从今往后,你要读什么书,尽管从这里取就是了。记到我们'拓科'的账上。"

"这样做合适吗?"

"供我们公司的首席科学顾问几本书读,原本是天经地义的事。"

今天怎么净碰上天经地义的事儿?屈天成想道。

"我前两天去了趟日本。"郑小沛用很平常的口吻说,"联系进一批微型机。"

"现在国内的微机市场已经趋于饱和了。"屈天成忍住自己的惊讶说。"盲目进口,会给你们公司带来灾难的。"

"这我知道。我要引进的是一种独特的文字处理机,键盘将采用全新的布置。"郑小沛把车拐进研究院的大门。"可现在碰到一个重要的问题是,如何把出现率最高的26个汉字布置在键盘上,并且把最常用的词组存贮进去。如果这两个项目搞好了,不愁销路。"

屈天成没有说话。但已经明白这个任务将分配到他头上。郑小沛"求帮忙"比命令要命。

"我已经请了几个计算机方面的专家,分头做些研究工作。现在的关键是缺一个总其成的人。也就是说,缺一个最后审核设计的人。"郑小沛的目光直视前方:"以前搞的几项东西,不过是小打小闹,为公司垫点底罢了,而这回才是关键。闹好了,自不待言;闹不好,就会变成你所说的一缕阴魂。"

"可我这七、八天实在是抽不出整块时间来。"

"如果非要你在这几天就干的话,实在也是不近情理的。我找过徐湘,知道你的情况。我的意思是你最近抽点小空闲读读有关资料，"郑小沛从车后座上取出一只精致的牛皮夹。"它们全在这里面。十号咱们把所有的技术人员都找来，最后会审定板，然后我就去日本签合同。"

"你说去日本，就和说去上海、广州一样。"屈天成很羡慕地说。

"其实这三个地方一样远。"

"你带翻译吗？"

"不带。在日本雇翻译比带一个去要便宜得多。更何况人家见你是民办公司，总要想方设法把最次的主塞进来。上次他们硬叫我夹带去一个。他吹牛说翻译过三岛由纪夫的小说，可实践证明他只会说'咪西''开路'之类的协和语。"

"如果说有这样一个翻译，他精通三种文字，并且了解世界上最新的计算技术，你带不带他去？"

"那他将作为首席顾问而不是随员的身份和我一起去。"郑小沛的反应极快。

"真的，我特别想去日本或者美国、西德一趟。你知道，作为一个从事高级技术的专家，参加国际会议是十分重要的。你不光可以交流，更重要的是，它能使你增强自信心。"屈天成舔了舔舌头。"老在这院里待着我已经觉得渐渐地被暮气侵蚀了。"

"只要你们单位同意，我可以安排你出去。"

"那太谢谢你了。我可以住最差的旅馆，并且不要零花钱，吃最差的伙食。实在不行，住地铁，吃方便面都可以。"屈天成把能想象出来的最差生活方式全都说了出来。

"如果不上市场，你永远不知道自己的价值。"郑小沛用怜悯的目光看着老朋友。"以我们对你的投入相比，你的产出是非常之大的。"

"不知道院里会不会同意我去？"屈天成顾虑重重地说。

"你叫院里打个报告给科委，剩下的事我办。"郑小沛站起身。"只要这次文字处理设计搞好了，那不光是去日本，你可以用访问学者的身份，到所有先进国家转一趟。"

"你说得是真的？"

"当然。我说了,就等于除申请报告外的一切事全办妥了。你们计算机院,就像一口黑油油的大铁锅,底下扣着无数个金饭碗。"他看了一下表,"有个经营计算机的公司破产了,三点半法院要拍卖他们的财产,我得赶快去。没准能捞点便宜货。"

"你不帮人家就罢,干吗还要趁火打劫？"

"帮助是另外的事,不要混为一谈。我可能把他们当中有用的人全部收下来。"

"那没有用的怎么办？"

"我开的是公司,又不是慈善机构。"郑小沛耸耸肩。

"你太贪婪了,也太没人情味了。"

"贪婪并没有错。"

"贪婪者最后会倒霉的。"

"贪婪是种心态,只要不犯法,倒的哪门子霉？再说,等公司有了钱,我会大把大把地捐出来。像电脑大王王安一样,一次就捐七位数。可一个时期只能在一条战线上作战。"郑小沛很郑重地说,"谁违反这条原则,谁就倒霉。"

香格里拉大饭店,屈、郑汽车刚开走后不久。

凌丽坐在幅员广阔的写字台前一张舒适的椅子上,很熟练地往微机里充填信息。

吴涤青斜坐在沙发上,读着免费发送的英文版《中国日报》。两条腿优雅地搭在一起,裤线就像两把交叉着的利刃。

自从研究工作开始,他就住进这家在公园深处的豪华饭店。当他提出这个申请时, 唐开智稍稍犹豫了一下。"你不是说搞这项研究的费用是没有限制的吗？"他当下反问,"如果房子的舒适度不够,我的思想就很难发挥。"唐开智没有说话,默默地签了字。眼下正是用人之际,不能在小事上耗能。

于是吴涤青名正言顺地住进了这家饭店。他给凌丽也要了间小些的房子,她已经在这儿工作三天了。

吴涤青眼睛的余光从报纸上端穿越过去,全部投放在凌丽线条流畅和谐的左侧影上。

他这个人就是喜欢女人,没办法,这是天赋。小时候父亲就不止一次地这么说:"青儿将来长大了,不知会有多少美女围着他转呢。当然,得赶上一个好时代。"除去中间一段外,他基本上赶上了好时代。在追求女人方面,他从来忽略数量,而注重质量。她们全是上等的,起码在相貌上是这样。他的头脑灵活地转动起来,一张张色泽十分鲜艳的图画在视神经区迅速飘移。

凌丽在全神贯注地工作之际,不由地对吴涤青的头脑表现出极大的惊讶。他处理问题是那么简捷,许许多多表面上没有任何联系的信息,经过强大脑力的梳理,很快地规范起来。不,用这个词不足以形容他的作品。应该说,所有经过他手的东西,全都很美。不难看出他的知识相当渊博。这个表面上玩世不恭的人,实际上紧紧跟着计算机发展的潮流。

她隐隐觉出吴涤青在看她。

让他看去吧!爱美是人的本性。我是美丽的,这一点连我自己都很清楚,就不用说别人了。对他这个人我还是了解的。屈天成也隐隐约约地警告过几次。但是一个人,与别人形容描写的并不完全一样。即使他就是那样的人,我也有办法对付。

看着她,他总有种感觉。吴涤青把读完的报纸叠好放在茶几上。就像孩童时代生乳牙时的感觉:甜酥酥的又痛又痒。这是古希腊美学家柏拉图的话。它不一定准确。同一个审美客体,可以在不同的审美主体中唤起千变万化的感觉。它是无法总结概括的。但有一点可以肯定:人们在看到美的时候,总是千方百计地企图占有它。这个关键性的问题,我是第一个论述它的美学家。我是美学家吗?当然是。而且是一个有着大量审美实践的美学家。

"我看咱们的工作可以告一段落了。"吴涤青从沙发上站起来。正在这时,服务员送进一个很大的信封。"你的国际邮件,美国《计算机学报》编辑部来的。"

"谢谢。"凌丽挟着邮件和吴涤青一齐往外走。

进门的头一件事就是换睡衣,因为这样能给人以轻松感。屈天成很舒服地坐在沙发上,打开电视机,收看新闻联播。

徐湘把饭递给他。他边看边吃,不到十分钟就全进了肚。

"饭怎么样?"等天气预报开始的时候,徐湘问道。

"热量足够。"

"味道呢?"徐湘知道丈夫很可能连吃的是什么都没注意到。他总是边吃边看。为校正这个毛病,她已经为之奋斗了十年,如今已经绝望了。

"至于味道嘛,"屈天成把头靠在沙发上想了片刻。"得借助电视节目的调剂才能吃下去。"

"你说话也太缺德了。为了能让你吃好,我将生命的三分之一贡献了出来。"徐湘做出副不高兴的样子来。

"我并没有说这样不好。中国人在'味'上下得功夫太大了,已经进入了美学的领域,从而忽视了本质。而君则选取营养学方向的视角,于是铸就了我的身体、头脑和一切。"屈天成亲热地拍拍妻子的肩膀。他在外面总显得很压抑,可在家里却相当地开放。

"你干什么事都有理论。"徐湘笑了。她很喜欢这种充满思辨色彩的谈话,"能给我说说你对新闻节目的看法吗?"

"当然可以。这个问题可分作两方面谈。其一:中国的采编人员,对新闻的本质了解不深,他们报道的事很多是每天在干,因此而称不上是新闻的事。其二:就播音员来讲,总给人一种在听广播的感觉。这和首批电视播音员是从电台转业来的有关。他们总是在说,而电视的力量,百分之九十靠图像。"屈天成起身把电视关上。"可尽管如此,我对待新闻联播仍像对待你做的饭一样地百食不厌,因为它们俩分别提供了信息和营养,而这二者的总和就是生命。"

"你干吗把电视关了?待会儿我还要看呢。"徐湘报出一部很有名的电视连续剧名。

"你如果想听,我可以给你讲。我虽然没看过,但下文一样知道。"屈天成在屋里来回踱着步,这是他准备工作的前兆。"这是部毫无才气的东西,充其量能骗取一些女人的廉价眼泪,叔本华曾经说过:女人的智商在小孩和老人之间。"

"你犯规了。"徐湘曾公开声明不准叔本华在她的视听范围内出现。

屈天成做了个服输的手势,并辅之一笑。

"为了罚你,现在必须回答我的问题。"

"问吧。"屈天成胸有成竹地说。

"看你的架势,就像是一套能自动翻页的《不列颠百科全书》似的。"徐湘撇撇嘴。

"这比喻老了:你现在面对着的是一台十二亿次的计算机,它与欧洲网、美国网、日本网相通,每个光盘可记录一千亿比特的信息,它的光屏清晰无比,它的打字输出速度为每分钟两万两千字。"

"瞧你的德行。"徐湘从抽屉里取出一份装订很整齐的文件。"明天早晨之前,这台机器必须把这份资料统计出来。"

"遵命。"屈天成接过文件。"你丈夫如果是出租车司机,那你的活动半径就能乘上五;如果你丈夫是卖肉的,你就永远可以吃里脊肉;而你现任丈夫是位杰出的计算机科学家,那你就将每天吃到思想的里脊,并将你的思维能力扩张五十倍。"

屈天成把微机接到电视机上,不一会儿,就沉入其中。

吴涤青点了几样价格昂贵但很素淡的菜,顺便点了一瓶法国酒。

"你很有钱,是吗?"凌丽问。

"你很讨厌钱吧?"吴涤青笑眯眯地说。

"尽管讨厌钱很时髦,但我还是喜欢它。"凌丽微微一笑,脸上露出两个深度与旋度都处于最佳点上的酒窝。

"那好,我也告诉你实话。"吴涤青把自己五十年的生活用二十来个字说了出来,"钱目前还有一些,我计划在有生之年,科学地把它们消灭掉。"

"您不打算结婚了?"

"你也许听说过我结过三次婚,"吴涤青很优雅地品着酒,"所以从某种意义上说,我也许比您还要现代。"

凌丽没有反驳,再度微微一笑。

"或者说咱们身上存在着'同构机制'。"吴涤青进一步说。

"这酒很不错,味道绵长。"凌丽轻灵地把话错开。

"跟你在一起工作,我觉得很愉快。"

"屈天成和其他人也这么说。这可能是因为我是个优秀的助手的缘故吧。"

"这仅仅是原因之一。"吴涤青目光扫视着大厅,"你看在这间豪华的大厅里,坐着各种肤色、年龄、身份的人,他们都在默默地吃饭。可如果你仔细地观察的话,就能发现他们有着内在的联系,或过去,或现在,或未来。"他的基调是吴音,因为掺了上等酒,所以显得很有诱惑力。

"你为什么不写书?"凌丽望着杯中琥珀色液体,可她知道目光已折射到对面这个人身上。"才三天,我就发现你的头脑很杰出,也很渊博。"

"如果想写的话,五本书也写出来了。"吴涤青本来想说:于是这个世界上的另一个人,就起码要少掉三本书。可终于没说。他不愿仅仅为了表现自己,就轻易去冒犯唐开智。"我不想随随便便地给自己套上枷锁。写书是件得不偿失的事:它太累人了。你一旦受到它的诱惑,便无法控制自己。于是写啊写,把生活的目的给忘了,乐趣也随之丧失。"

"咱俩碰一杯吧。"凌丽提议道,她觉得眼前这个人并不讨厌,甚至还有点喜欢他。

吴涤青自然也回敬了她一杯。

孩子和妻子都睡了,整个房子一片寂静。屈天成觉得写字台变成一片孤岛,渐渐向大海深处飘去。

那个神秘所在,充满了艰奥之美。它,错杂度超过常人的想象;它的紧张性需要极强的脑力才能应付;它的广阔性似乎根本就没有穷尽。这种美需要学习与训练才能体会,当你不能理解时,你就要恨它。可我不恨。

屈天成觉出一种快感始终盘踞在心头不去。这是种创造的快感,征服的快感,它是空前高级的。

过了很久、很久,他突然觉得累了,便站起身,在斗室里徘徊着。

我要像居维叶就好了,在一张台子上工作累了,便换它一张。编它个游戏玩玩吧,他打开了微机和电视。

即使是成人,也很难逃脱电子游戏的吸引。他很快被自己发明的游戏吸引住了,荧光屏上的绿色也因此而充满妖气。

那个用旧半导体收音机改装的门铃响了很久,他才发现。

"是您?!"一开门他不禁微微一愣。唐开智从来没有来过他家,他甚至没有听说过唐开智到任何人家串门。

"工作累了,顺便转到你这儿看看。"唐开智坐到微机前的椅子上,"再说已经有好多天没有见到你了,工作进展如何?"他正了正身子。

"我这部分已经基本完成了。剩下些扫尾工作,已经交给凌丽去做。"

"能给我讲讲吗?"

"当然。"屈天成坐到微机前。

在爱因斯坦时代,科学家们往往在黑板或者随便一张什么纸上研究问题,可眼下最优方法都是使用微机,其方便程度非亲历者很难体会。大约用了半个钟头的时间,屈天成就汇报完了。

"你的工作很有成绩。"唐开智放松一下躯体。"你的房子有多少平米?"

"十四。"

"应该换套大一点儿的了。"

屈天成使劲点了一下头。院里正在分房子。而在这寸房寸金的时代,所有的人都拼命削尖脑袋往里钻。他自知力薄,根本就没做非分之想。可唐开智刚才的话,就等于是许诺。

"我还有个小小的发现。"唐开智的话充当了诱因,屈天成重新开启机器,向他讲述自己发现的思想。

唐开智很认真地听着,而且愈听愈认真。最后他问,"完了吗?"

"完了。"处于兴奋高潮区的屈天成回答道。

"你这个思想和别人讨论过吗?"作为计算机专家,唐开智无疑跻身于优秀者之列,更何况伟大的发明往往都是很简单的。早在屈天成开讲五分钟后,他已经掂出了它的分量。

"没有。"不知为什么,屈天成没有说钱简之已经知道了这个发现。

"那好,那好。"唐开智忽然站起身来,在屋里转了三圈之后就说,"明天,你我还有吴涤青,咱们把整个地质资料程序工作了结一下,然后交上去。"

"行。"

"你这个思想是个很不成熟的东西,还需要做大量的工作,才能使之趋于完善。"唐开智重新坐下。

"是这样的。还请您多加指点。"

唐开智反问了几个问题,屈天成的反馈很是流畅灵敏。

"你这间房子布置得不错。"吴涤青跟着凌丽进了她的房间。"地毯和装饰柱的墙基全是深色的,给人以厚重稳当的感觉。而天花板则是淡蓝色的,好像秋日的天空,既轻飘又舒适。"他边说边坐到沙发上。

凌丽坐到对面的长沙发上,身子觉得一阵又一阵发飘。法国酒的力很是绵长。

"你是不是要休息一会儿?"吴涤青很得体地问。

凌丽含义不清地点点头。

"那我告辞了。"吴涤青瞟了一眼"精工"石英钟,已经是九点整。

等他走了以后,凌丽洗了个澡,身上顿时觉得轻松起来。她披上件极轻松的睡袍,拆开了那个大信封。

这是两本《计算机世界》杂志。一时间她并没有意识到什么,很随手地翻阅着。没过几页,她就发现了屈天成的名字。

她逃不脱我的手心。刚从洗澡间里出来的吴涤青点上一支香烟,望着供人以想象空间的天花板尽情思想着,女人作为一个群体,其最大共性就是缺乏判断力。她们也不善于推论,一切都从直感出发。她对我的感觉自然不错。如果要将她们分析开来的话,又有各种各样的类型,但不外聪明与愚蠢两类。她无疑是前者。可在这类事情上,聪明并帮不了多大忙。爱情姑且这么叫它吧,其实是种切身的经验,没有亲历的人,是不会相信任何理论的。我给她打个电话,眼下的机会千载难逢:外籍人办的旅店,是从来不检查的。

吴涤青拨通了凌丽的房间。"来我这儿喝点什么吧。"他开门见山地说。

"你是谁?"凌丽的反问是下意识的。

"你知道。"

"我想一想再答复你。"凌丽放下话筒后移坐到床上。

我知道等着我的是什么,决不能去。可他的确很有吸引力,五十岁了,看上去像四十岁的人。人家都说我们这代人是现代派,其实却古板得很。性解放?性欲人人都有,我也有,禁锢它是徒劳的。可该使它向哪个方向运动?

在她头脑里流动着的意识是充满矛盾的。几乎所有的流体内部都是这样。

去吧?不去?凌丽拿起了话筒。鬼使神差,她竟按动了屈天成的电话号码。她知道在夜晚十一点钟以后,整个城市的公用电话基本上已经进入了休眠状态,可还要试试。这就像人在犹豫不决时,抛硬币求助于天意一样。

"请留步。"唐开智礼貌地说。"改天咱俩下盘棋如何?"

"一定登门请教。"

"还是我来吧。"除非万不得已,唐开智从来不邀请任何人到家里去。

等唐开智消逝在拐弯处,屈天成才往回走。他走得很慢,寒冷的空气格外清新,氧气很充足,使人感到极为振奋。

"你的电话。"距他三十米处的老传达招呼他。

"我的?"屈天成不相信地反问。在整个城市里,他与外界的联系是极为薄弱的。

"没错,"老传达很认真。他是上一个时代留下来的人,整个通讯网中一个很坚强的支点。

"你能来一趟吗?"凌丽的声音很是含糊,仿佛舌头大了一截。

"有事吗?"

"我在香格里拉饭店四层九号。你要能来就来,不来就算。"凌丽说罢径自放下话筒。

屈天成沉默了一会儿。她能在这会儿打电话来已经是奇迹。可我该怎么去?他迅速拨通了郑小沛的电话。

"有事请讲。我只有一分钟的时间。"正在办公室里的郑小沛,很刻板地回答。

"收起你那套从电影里学来的日本玩意吧。我是屈天成。"

"这两句话,从公司成立之日起,就录在话机里。程序是科学,它不管地位、交情。你有什么事?"

"能开着车,拉着我去趟香格里拉吗?"

"十五分钟后到。"

凌丽拼命驱使自己读屈天成的文章。这篇英文稿她不止一次看过,也是她让人写信向美国好几个计算机研究会推荐,才得以出世。可此刻这些熟识的东西,却好像变成了只有高僧才能读懂的梵文,对她已不含任何信息。

如果来的话,再过一个钟头就来了,如果不来就是不来了。来不了怎么办?

顺其自然吧。和自己做斗争是件最最艰难的事。

屈天成刚从楼上下来,两道雪白的光柱就直铺过来,紧接着那辆"尼桑"车就停在他面前,仿佛是从光轨上游过来似的,接着就灵巧地转个身驶上公路。

"一定是个女人在等你。我猜得对吗?"郑小沛问。

"对。"屈天成双手交叉躺在平放的座椅上。"你凭什么这么认为?"

"只有女人才会半夜里播发 SOS。刚才我还以为是徐湘呢,后来见你一个人出来,才放了心。告诉我,是个什么样的女人?"

"一个很不错的女人。"屈天成思考片刻,才回答出郑小沛这句并不含恶意的话。"我原来想把她介绍给你。"

"能吸引住我的女人,稀少的和恐龙一样。"

"你今天晚上就能够看到一条恐龙。一条真正的恐龙。"屈天成坐了起来,发现已经到了饭店门口。"咱们办不办手续?"

"找人又不是探监,办什么手续。"郑小沛把车停住放好。

门房很礼貌地请他们进去。

"你来了。"双手抱膝坐在沙发上的凌丽只看见刚进来的屈天成。

"承蒙召唤,岂敢不来?"屈天成嗅出屋内的空气有点凝重,就开了句玩笑。

"这位是谁?"凌丽的眼中似乎透出一丝光。

"我的一位未婚的朋友郑小沛。"屈天成用语音在"未婚"二字上加了着重点。

"请坐。"

"无须请。"郑小沛一屁股坐到沙发上,"你有什么事?"

凌丽拼命用随便的口气说:"没什么事,只是想跟你们俩聊聊。"

两个男人交换了一下眼色。女人是很不善于掩饰感情的。

"你的论文发表了。"凌丽把一直在身边放着的信封扔了过去。"还附有一篇约翰·托兰的评论文章。"

"约翰·托兰是什么人?"郑小沛问。

"马萨诸塞州理工学院的计算数学专家,这本刊物的编委。"凌丽这才开始正眼打量郑小沛。

"你写这篇稿子能挣多少钱?"郑小沛凑到屈天成跟前,"是评述爱情的,还是论述家庭关系的?"

"题目就叫《家庭:较量意志的场所》副题就叫《致一位未婚的老朋友》。"屈天成翻看着托兰教授的文章摘要。

"是他写的一篇计算机软件方面的论文。"凌丽以为有必要解释一下。

"你甭听他瞎说,他的英文程度不比我差。"屈天成站起来。"我要出去一趟,二十分钟后回来。"

"你是干什么的?"屈天成刚一出门,凌丽就问。

"做小买卖的。"郑小沛回答。他的口袋里最少有十张印刷精美的名片,可他今天不想掏。

"买卖什么?"凌丽来了兴趣。这几年是出商人的时代,可和一个正经买卖人面对面地坐在一起谈天,还是头一次。

"如果你碰到一个科学家,就可以问他是研究什么科学的。可这样问一个买卖人,似乎就不如问他不买卖什么更为简便。"

"那我就这么问了。"凌丽把盘着的两条腿尽量收入睡袍下摆里面。这是标准的少女坐姿。

"除了武器、人口、毒品外,凡现行法律允许买卖的我都经营。"郑小沛一本正经地说。

"那么你的价值观念是怎样的?"虽然出来工作快三年了,凌丽始终没能摆脱学生腔。

"所谓价值观,就是你对事物怎么看,说白了就是'我的意见'。名词往往是很吓唬人的。"

"那么你的意见是什么呢?"

"凡能赚钱又不犯法的事儿我就干。"郑小沛觉出自己很爱和眼前这位姑娘说话。这种情况是极为罕见的。

"光为了钱？"

"对。"

"我不喜欢你这种赤裸裸的说法。"

"真理总是赤裸裸的。"郑小沛点燃一支烟。"钱是种很精确的计量工具,它能够有效地控制人力、物力,甚至包括智力的流向,从而创造出一个繁荣的社会来。"

"看上去你很有现代意识。"

"你又在玩弄名词。所谓的现代意识就是现在你的看法。"

"你这个人挺逗,能把各种事都说白了。"凌丽的精神逐渐恢复起来。它的弹性度是很大的。

屈天成推开门进来。他刚才到吴涤青的房间去了一趟。他们俩只谈了阵工作,可他仍然把一切问题全搞明白了。

"如果没有什么事,我们就走了。"屈天成是个极敏感的人,对凌、郑之间感情网络间的交流看得清清楚楚。

"如果我和你们一起走不反对吧？"凌丽问。

"你得问他,他是主人。"屈天成说。

"一块儿走吧。"郑小沛一挥手。"我们在底楼会客厅等你。"

大约过了有十五分钟的样子,凌丽从电梯间出来。她已经重新打扮好了,穿着一件很合身的短仿皮大衣,提着个精致的小包,一如昔日的风采,和刚才判若两人。

"我已经把你的房间退了。"郑小沛迎上前去。

"你怎么知道我不会再回来了？"凌丽的眉毛俏皮地往上一耸。

"你如果要回来,可以重新订房间。作为一个具有现代意识的商人,我看见哪怕一分钱被浪费掉,都心疼得不行。"郑小沛把单据递给凌丽,又超前几步站在光电控制的门前。

"你没有问她为什么半夜叫咱们来？"送凌丽回宿舍后，郑小沛问。

"如果一个与她交谈了半天，又极能献殷勤的人都没有问，我又如何会问？"屈天成说。

"不问也好。"郑小沛默默地驾驶着车辆。"她没有说，就证明不便说，于是咱们就不该问。"

"你倒挺会体谅人的。"

"作为一个现代人，就应该能够理解人。"

"你什么时候成的现代人？"屈天成问。

"就是刚才。"郑小沛一本正经地回答。

九

只用了三天的时间，唐开智就将屈天成与吴涤青的工作连接在一起。他的连接很巧妙，这种技术，是多年科学生活培养出来的。

向科委汇报的时候，他把吴涤青带去了。陈孝儒对这项工作能在这么短的时间内完成，表示非常满意。

"我会嘉奖你的。"在汽车上唐开智对吴涤青说。

吴法青的面色略呈灰白，只是微微一点头，表示谢意。

"和凌丽合作得不愉快？"唐开智开了句玩笑。他是个古板的人，可潜能总得释放，玩笑就是他认为的最好方式。

吴涤青双手一摊。

"你可以安排一个喜欢的地方去度假。"

"明天我就回上海去。可能要走十天。"

"你可以乘坐任何交通工具,住任何饭店,就是走上二十天也无妨。"唐开智在给予方面一向是不小气的。

屈天成的文章发表之后,在国际计算机界引起了不小的反响,请帖纷沓而至,有讲学的,有开会的,但其中最有诱惑力的还是在东京召开的计算机年会。

"你说我能去吗?"他问凌丽。

"当然能去。"

"该通过什么样的途径?寄给私人的请帖对单位有没有效力?"屈天成连连发问。

"这得去问问小沛。"

"我发现你对他的称谓有关键性的缩略,而且言必称小沛,真叫人嫉妒。"

"过两天说不定会要进入昵称的阶段呢。"凌丽很大方地说。

"他头一次见你的时候,你就像个被爆炸震伤的人一样,整个是一段木头。"

"宇宙就是在大爆炸中产生的。"

"这是你发明的比喻?"

"他说的。"

"他的燃烧值很高哩,当心被烧毁。"

"操心你的文章去吧,"凌丽又轻轻地梳了一下头发。她这个老动作今天像注入新生命。"真的,写得怎么样了?"

"无可奉告。"

唐开智把自己关在家里的书斋里,默默地整理自己的思想已经有两天了。所有优秀的科学家,都是很注意搜集素材的。近半年来,他从实验室报告和别的信息渠道收集的素材,已经积累了两大笔记本。在平素,他就把这点点滴滴全部存储到自己专用的微机里。如今,计算机给他演示这些经过编辑处理的素材已不下十遍了。

近代计算机研究的主攻方向不在于容量和速度,而是在人工智能方面。换言之,就是使机器具有推论的能力。在这方面任何微小的进展,都有着异乎寻常的意义。唐开智选择的正是这方面的专题。面对这一大堆原材料,他不断地删削,又不断地添加,可怎么也无法把它们组织起来。

必须有一个合理的、天才的框架,可它自何方产生呢?他拼命驱动自己的头脑,可头脑里总也摆脱不掉"屈天成思想"的模式。

这是个最合理的框架。不,不是框架,它只能充当我的理论的基础。有了基础。剩下的就好办了。

他肯不肯把这个基础让给我用?根本就不存在这种问题:要么他用,要么我用,我决不会要求他让。

这段时间的研究成果的意义要比往常重要十倍。那顶华丽的、虚悬着的院长之冠,那辉煌的院士前程,不断地在他的头脑里反复出现。

用了就用了。这并不存在剽窃问题。第一个发现电磁现象的其实是科拉顿,第一个发现氧的是普利斯特列,可一般人只知道法拉第与拉瓦锡。这是因为后者的文章发表得早。

对!及早把文章写出来就是上策。一个作家总是从别人的闲聊中获得启发,可没人会说他的作品是剽窃来的。科学成果的外在表征是论文。

原则一定,他就开始奋笔疾书。

只用了七天时间,屈天成就把论文与郑小沛交办的"键盘规划"搞完了。昨天,他已经把两项成果分别交了出去。论文他首先给钱简之看。他发现自己很喜欢这位瘦小精悍的老头,总能在他身上找到一些父亲的影子。

今天他用了半下午时间,把徐湘交办的任务也完成了。他"叭"的一声,关掉荧屏与微机,"辛苦啦!"他充满感情地对这台以银色与黑色为主体的机器说。"你们和我一样,可以安安稳稳地休息两天了。"

门铃响了,来的是郑小沛。"我好像听见你在抽疯。"他今天的穿戴甚是整齐:深黑色优质西装,雪白的硬领衬衫,下身是一条同样颜色很宽松的裤子,足蹬一双褐色的羊皮短靴。

"影子呢?"屈天成戏剧性地朝他身后一探头。

"今天没带。"

"鬼才没影子。"

"呔!"凌丽一下子窜出来,把他吓了一大跳。

"这就是青春,这就是活力。"屈天成摸了一下头发,发现掉了好几根。"我是老了。"

"你不要倚老卖老,记得你比我大不了两个月。"郑小沛坐到沙发上。

"一个人老与不老,岁数不是标准,关键要看各个器官的功率。而爱情过程则是最好的大修。"

"我们准备登记去了。"凌丽说。

"登记啥?"屈天成故意装傻。

"结婚登记。"

"看你那副认真样子,好像一辈子就登记一次似地。"屈天成把一支烟扔给郑小沛。

"如果可能的话,我们俩都准备只登记一次。"郑小沛把烟又扔回来,"从昨天起,我宣布戒烟了。"

"抽烟人说戒烟,那是最不可靠的。尤其是在结婚的当口宣布。"屈天成用耸人听闻的语气说,"女人在这个时候最容易丧失判断力。"

"我也是抽烟人,我也戒了。"凌丽坐在写字台前的转椅上,用那双美丽的大眼睛看着屈天成。

"一条攻不破的统一战线,居然在短短的十多天内形成,真是个电子时代的产物。嗨！"屈天成浩叹一声。"按照东欧风俗,此时给男的总要送件礼物:或脚镣或枷锁,以祭奠失去的自由。你要什么？"

"闲话少说。"郑小沛从提包里取出一份文件:"最后方案已经定下来了。我明天去日本。"

"这个方案和经我手修改的那个没有多大区别。"屈天成一览无遗。

"大家公认你是个很有才气的专家,为此,公司将付给你一笔奖金。"

"多少？"

"两千元。"

"先存在你那,以后支付我的资料费吧。"屈天成有条宗旨:决不收取任何工资以外的酬金。他并非不爱钱,可实践证明:它的麻烦起码大于好处的五倍。

"你一晚上就挣两千元,可真够多的。"凌丽说。

"我苦学三十年,才学会一晚上挣两千元,而前三十年从未有人付过钱。"

"到日本你有事吗？"

"我能在日本有什么事？你这纯粹是虚情假意。"

"比方说捎点时兴东西之类的。你好好想想,省得后悔。"

屈天成做出想的样子,最后竟想出件事来。"我最近写了篇论文,这是英文稿。你看看通过日本计算机界人士,能不能找个地方发表。"

"什么方面的？"

"要听懂我的话,你还需要读十年书。"屈天成把文稿递给他。"人工智能方面的。"

"行。告辞了。"

"你看他这身衣服怎么样？"到了门口,凌丽问。

"古语云:士为悦己者容。不过有一点想告诉你,穿整套西装不结领带是错误的。"

"为什么是错误的。"郑小沛问。

"因为不合规矩。"

"不合规矩就是错误的？"

"有一位哲学家某日碰到一个智商极低的人。那人一直问为什么。最后终于使哲学家词穷了。他只好说：留着你那些为什么，回家问你太太去吧。"屈天成笑着说。

"他太太没准真能回答他的那些为什么。"凌丽深情地望着郑小沛。

"推论Ⅰ：他太太一定是个智商更低的人。推论Ⅱ：他太太只能用为什么来回答为什么。"屈天成亲昵地拍拍两人的肩膀。

"写得怎么样？"唐开智问。

"好像有点太夸大我的作用了。"屈天成把《地质资料程序编辑工作总结报告》放到唐开智宽大的写字台上。

"不夸大。申请嘉奖的报告将一并呈报科学技术委员会。"唐开智转用聊家常的口吻说，"近来在搞些什么？"

"无所事事。您在搞哪方面的研究工作？"

唐开智站起来，绕了一个大圈后才说："多少年来我的兴趣一直在人工智能方面。最近刚构思好一篇文章，可能在理论方面能有点小小的突破。"他在窗前站定，朝外看着。

"我真为您高兴。研究人工智能的美国有五千人，日本有一百人，他们全是世界最优秀的软件专家。可称得上是突破的进展总是很少。"屈天成说得是心里话。如果哪一家研究机关，有一位国际知名的专家，那里所有的人都将获益匪浅。各种活动都将首先考虑邀请这个单位的人。

"你有什么要求吗？各方面的都行。"

"如果有可能的话，我想去参加在东京举行的计算机年会。"迟疑了好一阵后屈天成才说。

"这首先要看人家是否邀请你。"唐开智说的有一半是实话！除了极有名的专家外，年会一般不特别邀请什么人，他们只提出名额限制。

"他们已经对我发出了邀请。"屈天成把请帖拿了出来。

唐开智拿着请帖看了好一阵子。上面用三种文字印着屈天成的名字。"实话告诉你:他们只让四个人出席,而且决定权在科委手里,他们恐怕已经内定了。不过我可以尽力替你争取,看看能不能加一名额。"

"那太谢谢您啦。"屈天成觉得应该告辞了。

"不过你不要抱太大的希望,每加派一人,需要追加很大一笔费用。"

屈天成很想告诉唐开智:只要你同意,经费我可以设法解决。但终究没有说出来。"拓科"尽管再有钱,毕竟不登大雅。

"另外还有点事。你借去的那台微机是否可以还回来?"唐开智用征询的口气问。

"当然。"

"不是有意难为你,所里的微机有限,别的攻关组也等着要用。"

屈天成点点头说:"我明白了。"

其实他对唐开智内心深处的活动一点也不明白:唐认为他吐露的思想仍处于萌芽阶段,而离了专用微机,研究速度将大大地放慢。

当天下午,鲁书尚来到所里,代表上级宣布钱简之改任名誉院长,院长一职由唐开智代理。

冒着鹅毛大雪前来参会的钱简之最后做了个很简短的发言:"我只有一点想说:希望将来不管谁当院长,都要比他的前任干得更好。"然后就开着那辆老吉姆走了。

唐开智把鲁书尚请进他的办公室,然后锁好门。

"你对这项任免有什么看法?"鲁书尚问。

"从语文学上分析,代理一词呈暂态性。在我的记忆中,凡代理的人最后很少升正。"

"事在人为嘛。"

"你能不能告诉我,阻力来自何方？"

"说不清。上次研究干部的党组会上,老陈提出要你代理的。恐怕有人对他施加了影响。"

"这个人是谁？"唐开智问。

"能在科委主任那儿说上话的人有几个？"

"一定是老头子了。"唐开智重重地往行后一靠,"我跟他干了这么多年,没想到在关键时刻给我来这么一手。"

"他大概是太了解你了。"鲁书尚望着窗外纷纷扬扬的大雪,"计算机院长是个实缺。"当一把手不但凭学问,而且要深通用人之道。换言之,如果一旦给了谁,就不好轻易把他拿下来,所以不免要谨慎。但只要你干得好,是不会被埋没的。至于其他虚衔,就好办得多。"

唐开智点头表示心领。他知道鲁书尚是很讲究说话艺术的,所谓"不会被埋没"就是他将"尽力说好话",所谓"虚衔就好办得多",是指"学部委员"一职,基本上没问题。有些事情明说即俗,对于高级知识分子,尤其如此。

"我这有个人,收到份参加年会的请帖,你看看。"唐开智取出屈天成的请帖。

鲁书尚扫了一眼请帖后问:"此人背景深不深？"

"一位已故大学教授的儿子。"

"你叫他写个报告上来。"鲁书尚用手托住下巴。"距离开会还有多少天？"

"三十天。"

"行,就这么定了。我还有点事。"鲁书尚站了起来。

十

"今天不下棋了。"钱简之取出两只早已准备好的杯子。"咱们喝点儿酒吧。"

"有什么值得庆祝的事吗?"屈天成很规矩地坐到对面。

"你的文章我仔细读过了。"钱简之各斟仅盖住杯底的酒。"一句话,很不错。"

屈天成谦逊地笑笑。

"在论述人工智能方面,这是不可多得的好文章。有两点补充意见,附在后面。"钱简之取出一个旧皮夹。

屈天成用了足足十分钟时间,才读完短短三页"补充意见。""您这不是补充,而是续篇。"

"怕不是狗尾续貂吧?"钱简之很有些得意地笑笑。

"把两个名词换个个儿,恐怕更合适。"

"你把文章再润色一下。我这儿有封推荐信。"钱简之又取出一封信,信纸上端印着"钱简之专用笺"的字样。是写给爱德华·费肯鲍姆的。此公是人工智能之父。《第五代计算机》一书才华横溢的作者。

"您和他熟悉?"钱简之的推荐信是很有力的。院里几个公派留学生,官方联系很久,均无音讯。而钱氏仅一纸短笺,对方就接收了。

"在几次国际会议上认识的。我起码在这一点上很像爱因斯坦:只要有合适的人,就推荐,哪怕仅有一个位置,也不惜写四份推荐信。"

"参加国际会议的收获大吗?"屈天成这几乎是明知故问。

"当然。你们年轻人就应该多参加一些国际性的会议。"

"我最近收到份计算机年会的请帖。"屈天成终于把话说了出来。

"年会要去。这是集一年成果之大成的会议。我个人认为,更重要的方面是:你与他们接触之后,就能发现他们也是人,而不是神。发现自己并不比他们中的任何一个差。"

"我把请帖交给唐副院长了。"屈天成向来不爱参加行政会议,并不知道院里的人事变动。

"他怎么说?"钱简之把身体往前倾了一下。

屈天成把过程叙述了一遍。

"如果你昨天跟我说就好了。"钱简之慢悠悠地说。

"为什么?"

"从今天下午起,我就不是院长了,而院长手里有一笔研究基金,其中有百分之二十的外汇。不过是签个字的事。"

"那唐副院长能签吗?"

"应该说是唐代院长。"

屈天成知道这下子年会大概是去不成了。

"我可以替你争取一下。不过今非昔比了。昔是本分,今为人情。"

屈天成点头表示理解。

"你的文章写好之后,赶快投出去。现在是信息时代,一切都以电子的速度运动着。"钱简之举了举杯,"过去屈斌老兄为了保证自己的著作不被别人剽窃,每次写完一篇论文,总是把复本用双挂号的方式从邮局寄给自己,然后原封存档。要知道,邮封上的邮戳,在美国是有法律价值的。可现在这法子不行了,可能论文还在邮路上的时候,别人就抢先发表了。"

"既然您已经从实际岗位上退下来,我就明告您吧:我是屈斌的儿子。"

"为什么不早说?"

"怕影响我在您心目中的价值。"

钱简之很认真地打量着屈天成，好像第一次看见他似地。"你的轮廓很像你父亲：天庭饱满，地角方圆。屈老兄在获得博士学位那天，我在典礼上的唯一发现就是：他的脑袋太适合戴博士帽了。你眉目、嘴型都像你母亲，她可是个美人，直到老了都很美。"他把这个"美"字，说得很动听。"我为什么早没有看出来呢？"

"两组各自独立的信息，一旦结合起来，就成了一个全新的信息。"

"可这个全新的信息来得稍微晚了一点儿。不过我还是会尽全力照顾你的。"钱简之很肯定地说。

屈天成对他的末一句话，很有点不以为然。"照顾"一词，很有些额外的成分。他其实并不需要。

屈天成并没有沉溺在过去的成绩里，他立刻开始了新的研究。可使他感到奇怪的是：事事似乎都变得不顺利起来。

"我的文章可能在什么时候登出来？"他问从日本归来的郑小沛。

"我已经给一位专家看了。他说文章很有创见，估计能在下个月初或月中见到。"郑小沛并没有把实话全部告诉屈天成。他为这篇文章付了六千日元的刊登费。

"怎么这么慢？"

"日本的公司跟你想象中的不大一样。一句话：有机构就有官僚。下个月就算快的了。怎么样，你什么时候去日本开会？"

"日本是去不成了。"唐开智今天上午正式通知曲天成：已无法可想。

"你可以用我们公司顾问的身份去日本考察一趟。"郑小沛沉默了一会儿后说。

"这合适吗？"

"有什么不合适的？！你对自己为'拓科'做出贡献总是估计不足。我们的新式文字处理已经投入生产，将来的利润恐怕是天文数字呢。"郑小沛很得意地说。

"你们民办单位的动作就是快。"屈天成从科委编的《动态》刊物上看到,科学院系统的一家工厂,也在进行这方面的工作,可现在仍处在与日方公司谈判的阶段。

"快,就是这个时代最明显的特征。"郑小沛正待发宏论,凌丽推开门进来了。

"你的脸色怎么这么不好?"屈天成关切地问。

"别是到了更年期吧?"郑小沛立刻插上一句。

"你们自己看吧。"凌丽拿出一本刊物。

这是计算机院自编的院刊《计算》。首篇文章就是唐开智的《论人工智能的发展方向》。屈天成愈看脸色愈阴沉。

"他的文章是不是抄袭你的?"郑小沛问。刚才凌丽已经给他讲过了。

"这是个不准确的说法。应该说:他的文章把我的观点包括了进去,而且是种很巧妙的包括。"屈天成把杂志攥成一团。

"你跟他谈起过你的观点吗?"

"谈过。"

"为什么要和他谈?"凌丽不满地说。

"我哪里知道为什么要和他谈?!"屈天成愤怒地站了起来。

"你别生气。咱们设计个跟他干的方案。"郑小沛指指沙发。

"对,跟他干。"凌丽也激动起来。

"咱们先考虑一下有哪些法律方面的依据。打官司我是内行。"郑小沛取出纸和笔。

屈天成用手指托住下巴,久久地沉默着。怒气渐渐地平息下来。"我看咱们还是先务虚吧。"

"你的头脑科学太多,于是就把勇气挤跑了。咱们先和他干起来,然后碰到什么问题解决什么问题。"郑小沛重重地把圆珠笔戳到桌子上。

十一

事情并没有闹到法院去,也没有闹大。屈天成不愿意这么做。为说服自己,他创造了一种理论:科学发现不是一生只有一次的童贞,它应该不断地涌现。

"可有些思想,却是一辈子只产生一次的。"凌丽不同意他的说法。

"《聊斋》里有个故事:某人怕老婆,某友赠他一服药,云:服后则不怕。事实也的确是这样。可药力一过,他重成一个惧内者。我看你就是这样的人。"郑小沛摆出一副循循善诱的样子。

"中国文化的核心就是'仁'与'忍',它之所以进步慢,其原因就在此。"难得对他进行方针式指示的徐湘也发了言。

在强大的攻势下,屈天成动摇了,他终于给科委写了"告状信"。钱简之闻讯后,不禁大叹"人心不古",以专家的身份写了证明材料,亲自送到陈孝儒处。

而此时,唐开智一行正下榻五星级的东京王子饭店,参加由各国计算精英组成的年会。

陈孝儒收到这些信后,把鲁书尚叫到办公室。

"像这类事,可办可不办。"鲁书尚看完屈天成的信后说,"老唐的文章先出来了,这就是最有力的证明。"

"可钱简之老先生亲笔写了证明材料,这也不能等闲视之。"陈孝儒忧心忡忡地说。

"人证在法律上的价值并不很高。"鲁书尚从陈孝儒的神态上就明白他的心理活动:眼看全国科学技术奖评选在即,高级技术一项又是他专管。如果闹出一桩丑闻来,于谁都无益处。"这事情交给我处理吧。"

"这合适吗?"陈孝儒用审视的目光看着他,可终究没有在他脸上看出什么名堂来。

"科委并没有专管此事的部门,而办公室主任正是不管部部长。咱们派个调查组去,争取把这件事闹明白。"

"我记得像这种事,即使是以法治著称的美国,往往也要拖上很长时间。"

"是这样的。发明发现权属于谁,从来就是一件很暧昧的事。"鲁书尚应和道。"我走了。"

"要爱护干部。"陈孝儒叮嘱道。"钱老处你要仔细了解,他是个正直感很强的人。"

"知道了。"

鲁书尚走后,陈孝儒翻开关于法国超凤凰反应堆钠泄漏的材料,很认真地阅读起来。国内几个核电站已经动工,一定要把住安全这一关。刚才的事,对于他来讲,已经办完了。

当天晚上鲁书尚就通过海底电缆,给远在东京的唐开智打了个电话,内容很简单:尽快回来,家里发生点小变故。

可唐开智散会之后,又到筑波科学城就人工智能进行了三次讲演,比预定计划还晚回来两天。

紧接着就是春节。

不管怎么叫喊要有"现代观念",整个国家机器到了这个时候就"咔嚓"一声停了下来,任何人都无法使它重新转动。

事缓则圆,节日过后,漫说其余,就是屈天成本人,对这件事也渐渐淡下来。舆论对他也丧失了兴趣。于是,一个原意敷衍的调查组也顺理成章地撤走了。

"让过去的事情过去吧。"屈天成一厢情愿地为这件事打了个句号。

句号之后是一段该用删节号表示的日子。

平静之后永远是不平静。

四月初,首先登门造访的是公安部计算机管理和监察局的人,然后是国家税务的人,再接着是工商管理局的人。他们全穿着制服,拿着质地优良、天地甚宽、印章大且红的介绍信,分别就是否向"拓科"、向国外泄密,是否偷漏税等问题,进行了广泛而认真的调查。

"好像又回到了插队的时代。"屈天成忧心忡忡地对徐湘说。"那会儿,我只要一从村里回来,警察马上就到。每次查户口,也总是从我家开始,就好像我是个土匪似的。没想到我如今已成了科学家了,还是躲不开这些穿制服的人。"

"没做亏心事,不怕鬼敲门。"徐湘看着神经内应力几乎已到极限的丈夫,不禁一阵心痛,忍不住伸手抚摸他的脸。

"鬼敲门是件讨厌的事。那会儿警察来我家,总要开警车,有时还故意忘了关警笛,不管有事没事,邻居就会产生看法。"

"咱们又不是为别人活着,管他们有什么看法呢!"

女人的思维方式与男人是截然不同。屈天成想道。"可我不知道麻烦将会有多大?"

"管它有多大!"

屈天成在妻子的爱抚下,渐渐地睡去了。

麻烦并没有多大。屈天成隐隐感到一只有力的手在控制着局面。这只手的主人不愿意把事情闹到不可收拾的地步,但刺激量要足够。

刺激的部位选择得异常之准确:他的专项经费被削减了;使用大型计算机的时间被减少了。仅此两项,就使他受到极大的束缚。奇怪的是:分配房子的时候,居然没有受影响,分到两室一厅。另外,他与凌丽,吴涤清合作的项目,也成了"候奖"项目。据参与此大奖的老资格评奖委员说:获奖的希望不是没有的。

人的创作力最富的年华不过十年,这十年中任何一年,都有它的不可置换性。在这会儿耽搁上一年,损失根本就不可补。屈天成思来想去,最后终于决定去"拓科"了。

十二

辞职的手续办得很顺利,抹了油的执行机构高速无声地围着他转动了一遭。

"本来咱们室的人,准备为你开个小小的欢送会,"一向出语尖刻的老胡,今天显得特别的和善。"后来一想,这可能弄得大家全不愉快,也就算了。"

"你们的心我领了。"屈天成对同室的人,并没有太多的感情,他们从来没有很好地合作过。这可能和体制有关,也可能有个人因素:据说智商超过一百三十的人,全都是个人主义者。"这是办公桌的钥匙,这是资料的清单,用不用清点一下?"

"不用,不用了。对你的为人,我们还是了解的。"

既然了解,为什么在调查组来的时候,你们不替我说话?屈天成微微眯起眼睛。我这样也可能太刻薄了点儿。他们毕竟被升级、分房这样的世俗小事约束着。再说他们没有退路,没有一个在"拓科"当经理的朋友。再退一步说,就岁数而论,他们当中的许多人,已经到了无法挪动的年龄。

"我在这里干了这么长时间,可一事无成,对不起大家了。"

"当初我们考入这个研究院时,有哪个不是自己学校顶呱呱的学生,可又有谁做出成绩了呢?"老胡到底是快人快语。

"如果你们今后谁有什么事,尽管到'拓科'找我。"屈天成认为这句临别赠言是很实际的。

他双手空空地从六楼下来,鬼使神差,竟在三楼拐了一个弯,敲响了唐开智办公室的门。

历史的确有着惊人的相似性。屈天成想起十五年前的一件往事:县氮肥厂开始招工了,走投无路的屈天成,千方百计地弄到一个名额。他填好了表,静候着通知。该来的都来了,最后又把他一个人淘汰了。据去了的同学告诉他,政工组的组长说:我一看那小子就不顺眼。于是他在村里又蹉跎了三年。等他转入北京考入大学之后,他专门返回县里,找到了那位前政工组长,现氮肥厂副厂长。他用很平静的声音对他说:"我是节衣缩食,挤出钱来专程从北京赶来谢谢你的。""为什么?"组长大人一只笔下不知断送过多少人,早已记不起他来了。"如果你早高抬贵手,我也许此刻仍在你的手下受气呢!"屈天成很简略地报过家门履历后,深深地鞠了个躬。"我再次真心地谢谢您。"组座的回忆终于被唤醒了,他气得半天说不出话来,最后硬操起很不标准的普通话来:"我领导过这单位,那单位,从来没有见过你这么"他很顿了一会,才选择了一个很有力度的词儿"杂种的。"

唐开智会怎么表现呢?屈天成很礼貌地敲着门。

"请进。"来开门的唐开智,脸上并无惊讶之色。他知道屈天成早晚会来的。"请坐。"

两声"请"之间,屈天成已大大咧咧地坐到居中的沙发上。

"听说你要调走了,我很舍不得。"唐开智玩弄着一枝不锈钢自动笔,"可也没有办法,你有什么善后的事要办请尽管说。"

"咱们之间的事,你我心里都很清楚。"屈天成清清喉咙。"我仅有一点希望,"他停了下来,把目光凝聚在唐开智身上。

"请讲。"唐开智用微笑化解他的目力。

"希望你今后为人,要尽可能地光明磊落一些。"屈天成用很大的力量,控制自己的声音不要过大。

"就这些?"

"就这些。"话一出口,屈天成就后悔不该顺着他说。"我走了。"

"在你临走前,有个小故事想讲给你听。"唐开智转了一下椅子,避开刚投射到他脸上的阳光。"从前有个英国学者到一个小镇上去度假,看见一个猫贩在卖猫。他盛猫食的碗,是一只维多利亚时代的古碗,很值钱。于是这个学者就采用迂回战术,先买两只猫很夸奖了一阵猫的毛色品种后,又买两只猫,最后他把猫全买下了。猫贩很高兴地帮他把猫放进一只大竹篓里。学者走了两步后又返回来,'我的旅途很长,如果可能的话,你能否把那只盛食的碗送给我?'猫贩笑了。'你买猫是为了买碗,我放碗是为了卖猫,咱们俩都是有眼力的人。'"唐开智再度旋转椅子,以躲避跟踪过来的阳光,"在这个院里,我是总其成的人。用行话讲:我是大括号,而专题组是中括号,至于个人嘛,就是小括号罗。他们总不免被囊括。"

"我觉得这个阴险的故事由您来讲,是最合适不过的。"屈天成觉得满嘴都是血腥气。"对于您用数学描述的道理,我有一点可补充:如果没了小括号里的东西,那么大括号里的值也就等于零了。"

"如果大括号内有无数小括号的话,那么少一个,对它的价值就毫无影响。"

屈天成觉得再待下去,很可能控制不住自己,就霍地转身走了。

到了外面,他才后悔为什么没有给唐开智鞠个躬,并且谢谢他。于是他又重新回过头,凝望着那座钢灰色的楼。

"我认为你看得时间足够长了。"郑小沛从汽车中探出头来。

"你知道,这里毕竟是中国最高级的计算机研究部门。我对这个地方毕竟是留恋的。这会儿总有点落草为寇的感觉。"屈天成拉开车门。

"你既然烧了大军草料场,就该义无反顾上梁山。"

"我真该为自己祈祷:千万别在白衣秀士手下工作。"屈天成双手合十。

"我即使想当王伦,市场也不会同意。市场是神秘的上帝。凡是官僚主义不要的,它都收容,而且将赋予他新的意义。"郑小沛把车开上正道。

"这么说我该感谢的不是你,而是市场啦?"屈天成笑着问。

"如果说你一生中说过一句至理名言的话,那就是这一句。"

《黄河》 一九八七年第四期
《小说月报》 一九八八年第二期
《小说月报》第三届百花奖入围作品集
百花文艺出版社 二〇〇二年二月

博　论

第一章

参加了几次高层次的学术会议,我感到非常灰心:凡是我脑力所及处,几乎全让人天衣无缝地给"霸"住了。对于一位一年内就要上场博"硕士位"的社会学研究生来说,至今尚不知题目在何方飘零,的确够惨的。

一位"年兄"开始传授秘诀:"先搞些素材,然后再弄上条曲线分析分析,"他的手在三维空间里胡乱作蛇行状,"不就全结了?!你有优良的数学基础,再跟社会科学一结合,那真叫没治了。"

"可上哪去找素材呵?"我木呆呆地问。

"你知道大哲学家最怕什么人?"

我虽然明知有个圈套在等着我,可还是傻乎乎地摇摇头。

"不断提问的大笨蛋!"

"论文管他娘,先打打麻将。"整个一个礼拜,我都埋在文献堆里,学得七窍生烟,也没个结果。于是在星期六,我喝了二两"白兰地",心安理得地坐到方桌旁。

"你不去用功,将来通不过答辩可怎么办?"坐在旁边的夫人,摆出副"杞人忧天"状。

"回插队的地方去种地。质本洁来还洁去。变笔耕为力耕,混他个老婆孩子热炕头。"我把一号麻将恭请出盒,敏捷地将十指楔入遍体雪白的牌堆中。

"我不坐你下面。"夫人的反馈速度极快,立刻换了个位置。

作为一个麻将选手,本人无疑是国际大师级的。早在插队前,我就在空荡荡的 H 大学中心教室里开始了学习生涯。我们大声叫喊着、辩论着。在那块不知留有多少学术大佛手泽的大黑板上记分——借他们灵气,奠下了雄厚的基础。在百无聊赖的插队生活中,则愈发呕心沥血。记得某次与公社秘书并两同学推牌,直干了两天两夜,弄得那位"不管部部长"最后竟蹲在茅厕出不来了,细一查问,方知是脱肛了。真乃"盘肠大战"也!磨炼多,则经验多。入门既不难,深造也是可以办到的。我的下手处,因此被封为"不毛之地"。

"谁坐哪要由掷骰子来决定。"牌友老黄也插过队,眼下在是位称职的财务科长的同时,还是一位忘我的牌戏专家。在麻将未盛时,对"争上游"极为热衷。每日下班,总要蹲在什刹海的小松林内甩上两把。其时如有人邀他入局,他总要很傲慢地问:"你在什刹海小松林内蹲过吗?"那神气仿佛黄埔出身的军官、哈佛归来的博士、"本因坊"称号的得主似的。不过话也说回来,在七十年代,什刹海一带确实是盛况空前,全北京几乎所有的"争上游"精英都汇聚于此。

他余音方落,黄太太已将骰子捞到手。女人凡事都爱占先,这是一个很重要的副特征。

"六。"她哀叹一声后补充道:"小是小点,可六六大顺。"宿命论真是无处不在。

我太太掷了个"九",不禁面露得色。

老黄只打了个"四",无可奈何地摸了摸准英国式的胡须,他作为一个事务主义者,极缺乏制造理论的能力。

我漫不经心地把骰子在手掌中晃了晃,然后作渔夫撒网式把其掷了出去,口中念念有词:"大于九。"

说句绝对不夸张的话:我在"掷骰工程"上的投入,要大于"托福"英语所耗。虽不敢号称有杜月笙那种随心所欲的功夫,也能开它个八九不离十。

话虽这么说,可骰子出手,如同送子入社会,命运已不由缔造者操纵,桌面的地理因素,大气的流动,都可能改变它的轨迹。两只骰子很旋转了一阵后,分别呈面值为"六"静卧在中央,苦心人天不负,这已是登峰造极。看来我可以在这把唯一的转椅上坐下去了。打麻将形同游戏,可实为重体力劳动。倘若椅子不适,就像作家在创作时使用一枝间断供水的钢笔,很影响情绪。老黄之动议,除想先坐庄外,换座也是目的。

战斗打响之前,先将塑料筹码分开。"咱们今天怎么论输赢?"我问。筹码只是象征物,说到底也得代表点什么才行。

"老规矩:谁输了明天管顿饺子。"老黄答曰。据史载:麻将创生于十九世纪末。尔后越出疆界,远征欧美,获洋名:Mahjong。并领导诸多协会,几以围棋比肩,称得上是东方文化的重要输出之一。在其产地,它的生命力更是旺盛,已成燎原之势,征服着越来越多的人,并花色品种俱全:从天子至平民;从"九十九"至"刚会走"。

其魅力何在?吾身在其中,因此不得而知。

有朋友发宏论曰:国运盛则麻将盛。可我以为不确,虽说十年动乱中,麻将几乎绝迹。可仅凭此不足立论。"研究文化问题,眼光必须普照,这和打麻将一样。"我这样反驳他。"麻将什么时候又成了文化问题?"朋友很不以为然,"把不懂的问题往懂的地方上扯,这是你们搞学问的人之看家本领。"他的话说得我怪难受的。我不由暗下决心:等老了之后。一定得把这项"空白"填补上。

坐在我下手的夫人,连吃进我两张牌。

"你真是个老饕,也不怕消化不了。"我决定把"饭店"打烊,不再喂她了。否则将有"串通"之嫌。因为作弊与麻将堪称双胞胎。

可夫人的规模已基本形成。三张牌后,就自摸成"和"。收塑料钱时,不禁喜滋滋地说:"我估计下一张牌就是'八条'。"

"只要赢了,就怎么分析怎么有理。"老黄说。

"她靠的不是分析,也不是预测。而是出于直感。"我纠正道。女人的直觉系统是很发达灵敏的,已经有无数事例证明过这一点。

"这其中难道有什么差别吗?"黄夫人问。与我同岁的她正在读自修大学。几乎干任何事,都有特定的最优年龄段,读书更是如此。如若错过,必然事倍功半。她因此很苦。《逻辑》一门,我亲眼得见是在其婆母病榻前读的。当时我禁不住感叹道:"呵,老三届!"

"预测是根据过去对未来做出的分析,属逻辑推理。而直觉是讲不出道理来的。换言之:一种是理论,一种是本能。"我并非好为人师,能在牌桌上为她贡献点学识,也算是功德一件。

黄夫人眨眨原本很美丽、现时依然美丽的眼睛:"能举个例子吗?"

"当然。"我指指在里屋玩耍的孩子:"对于'孩子是我俩结合而生的'命题来说:于我则是理论上的;于夫人则是直接的。生理差别造就了思想与行为的差别。"

"你这个现身说法可真他妈的够恶心的。"没有完全被文明纯化的夫人,偶然露峥嵘,带出"他妈的"这个语气助词来。

"别把麻雀战变成玄学讨论会。"老黄不耐烦了。作为单位的"藏相",他领受的景仰度,要比搞研究的高得多。他因此对所有的文化问题大不感兴趣。当他听不懂时更是愤怒。记得有一次,我的两位密友,当着我的面,用我根本不懂的法语交谈时,本人亦有这种感觉。后来加以分析,才知愤怒之下,隐藏着的是自卑。

方城之战重新开始。

任何游戏都是由文化铸造出来。棋子不同,产品则异。以桥牌论,它无疑是市场竞争的产物。它的"将牌"是竟叫出来的。谁出价高,就由谁来"坐庄"。而麻将的庄则是轮流坐的,极富平均主义色彩。再则:桥牌是八人游戏,四人为一方。

同样的牌被不同的人用两次。换言之:同样的素材被不同的人调度两次。因此讲求总体核算。有时亏即是赚。而麻将则以个人为单位,亏即是亏。其三:桥牌的规则是全世界公用的。就连通信息的方法,都有许多明文规定,一看即知是立法国家的产物。而麻将则是宿命的:既不用与谁通信息,也没有人能知道下一张牌是什么。

夫人再度连庄。

麻将是种很简单的游戏:只要到手的十四张牌,能构成四份——每份数字相同或相连,然后再要一对数字相同的,曰之"将",便成和。当然,这是最基本的。它还派生出不少花样来。其派系之多,大可与中国菜系比美。华夏自古如此,麻将俗物更不能免。但总的来说:不管如何变化,它仍是简单的。简单是游戏的共性:如果它和泛函分析、量子物理一样地难学,将没有生命力。

黄夫人和了一把。

老黄跟着和。

老黄连庄。

"你今天好像心不在焉似地。"老黄得意之余,把麻将洗得"哗哗"作响。"也许是我卡你的脖子太厉害了吧?"

"在所里你能卡住我的脖子,在牌桌上可不能。"往城上垒牌的时候,只须稍稍倾斜五度至十度,本人即可以走马观碑之速度将其尽收眼底。平心说,在考研究生前攻读英语时,单字今天记住三十,明天就忘了二十,只好重新再来。最后我穷凶极恶,把厕所床头屋顶,都贴满了字条,构成了标准的英语世界。以至勉强考上后好久,一见英文就恶心。可我记起麻将来竟毫不费力——据说聂九段卫平,记棋谱堪称一绝,可记别的怎么也不行。看来人的确是各开一窍。可惜的是:既无麻将专业的硕士可读,也无此行段位可当。否则我真能弄它个又玩又风光。

"我什么时候卡过你的脖子?"老黄不高兴了。

"你怎么没有幽默感?"看得出黄夫人为自己正确地使用了"幽默感"这个词

儿很是得意。

我跟着点了一下头。他很是义气,起码对我是这样。记得有一次,我用了一笔不太合理的款子。报销时,当时的所长 P 教授甚觉棘手,不知该作何批示。找到老黄,他只瞟一眼,就提笔批道:不符合国务院精神。最少也该事先请示。下不为例。请按暂付款处理。一共四段,一段比一段调子低。但干净利索。堪称大手笔。

"幽默要是多了,就像味精放多了一样。"老黄也笑了。人逢喜事精神爽,这会儿就是把话说得再重些,他亦能承受。

"据说在日本,围棋最能融洽上下级关系。一到棋桌上,大家就平等了。如果下级的棋力强,就可以拼命挤兑上级。平日积怨也就发出来了。中国没有精神分析大夫,所以问题都牌桌上见。"

"根据文件规定:研究生也相当于科级。"

"你虽然是凭文件吃饭的人,可却不懂这段话的真正含义:说你相当于什么,恰恰证明你不是什么。"我说。

老黄无可奈何地摇摇头,表示休战。

我把精神凝聚在牌战上。

……时钟已到十二点。

"把你打下庄就算了。"黄夫人提议。

大家附和。

"那还不打到天亮去了。"我不断地摸着"花"——花分春夏秋冬四种,每摸一张则产值加一成。不过片刻工夫,我竟摸全了。而且手中一条龙架已经形成,单缺中间的'五万'。我把手中仅存的一张"条"牌打出去,此时已到老黄的面前,据估计,万字牌的成分不会大。可尽信科学不如无科学。再说与桥牌相比,麻将更接近艺术。就算它是科学,也得有人去总结发展,舍我其谁?

"昨夜梦中,我竟作下一副好对。"我顺手把刚摸上来的条牌打出去。"上联是:自摸一条青龙。下联是外加春夏秋冬。横批是:正在庄上。"庄上摸出条青龙,外加全部花,这本是麻将中人向往的极境。

"梦终归是梦。"

老黄的话音刚落,从我手尖反馈回的信号,已经告诉我梦想变成了现实。正是"五万",从哪里跌倒,就从哪里爬起来。我伸手在空中划了条美丽的弧线,然后将牌恰如其分地拍在桌子上。那声音动听极了。

六条目光,如同六束大功率雷达。仔细地搜寻我面前的牌。

通体'万'字,并无半点瑕疵。这是条货真价实的龙。一条"科学+运气+技巧"构成的纯种龙。

"发展中国家只要有志气,就不怕没货币。"我漫不经心地打着牌,有此一下,鹿已死我手。穷寇勿追。该摆一摆"费厄泼赖"的派儿了。今晚一直还没有这样的机会。

牌局散后,不免有个缓冲。她俩在谈绝不会去买、更不会穿的时装款式;我俩则谈将来有钱时准备抽的香烟牌子。窗外正下着淅沥、淅沥的雨。这是秋夏临界处的雨,很难分清它的性质。

"我看你对麻将挺有研究,为啥不写一部这方面的著作?题目就叫《麻将论》。"老黄近墨则黑,对学术门径也略知一二。

我没答话,又过了一会儿,他们伉俪就告辞了。

也许这真是我的研究题目。在冷风的刺激下,潜伏着的白兰地催动着脑细胞。《麻将论》?范围似乎窄了点儿,气派也不够大。要写就写它部《赌博论》。

"还不休息?"妻子的声音已遍布睡意。"打这半天麻将也不累?"

第二章

本人导师 P 教授是个很奇特的人。他的头发像一面在狂风中飘扬的旗帜；脑门极其开阔平坦，像片佛界净土；鼻子却像个硕大的惊叹号；耳朵长得极严肃，嘴巴却幽默得很，永远洞开着，向人们展示两排对古稀老人来说，堪称坚定的牙齿。他不管走到哪儿，身后总拖着浓浓的雪茄烟雾和一大串疑问，就像是一架喷气式飞机。他至今独身，历史也鲜为人知……

所有这些，都给我以半神半人的感觉。

他是老三级教授，是社会学方面数得上的权威之一。前几年，让专家从政风盛时，曾主持过一阵所政。可没过半年，所里就万物皆非。作为专家学者，他或许是一流的。可当行政头，却不入流了。因为他不会分房子；不会长工资；更不会经营与上级的关系。他似乎有些自知之明，见势不妙，就抽身重返学术行列，潜心指导研究生。

他指导学生的方法也很特别：几乎从不讲课只提供份大纲和一堆参考书然后偶尔讨论一下。用他的话讲：我不过是个幌子，为你们提供张平静的书桌罢了。透个小秘密给大家：他指定给我看的第一本书，竟是《金瓶梅词话》，而且是非洁本的。"了解一下中国的家庭结构，它是社会的基本单位；另外再顺便了解一下，中国人对性的态度。"他面不改色地教导我说。

他的住宅地处教授区，很是安静。这房子是用美庚款盖的，虽经历了半个世纪的风雨，却大模样不改。只是门前的松墙，因十多年没人修剪，已长成黄山迎客松状。

因他从不提敲门的要求,我就悄然插入,取道客厅,进了书房。

我原以为他正在埋头写作,实际上却在独酌:建筑在摇摇欲坠的书阁中,放着一瓶白兰地,一碟金黄的花生米,几片鲜艳的西红柿,半截正处妙龄的香肠,一根翠绿的黄瓜。

"你的论文题目找到了?"他把椅子转过来。

他用餐从来没个准时候。你可能在任何时间碰上。他也从来不邀任何人共进。其理论根据是:邀人入餐,是看不起人的意思。如今人人有饭吃的年代,想吃的早已吃过了。

"想好了。"

"什么?"他把一口酒倒入喉咙。

"关于赌博方面的。"我一字一板。说句心里话,我很早就打算搞一些关于现代人的实际研究。老黄不过是碰巧点破罢了。

P教授眼中似乎有道光闪过。

"是否有点越出咱们的专业范围?"我小心翼翼地问。

"从广义的角度说:凡是与人有关的问题,都属于咱们专业的研究范围。"

"能够通过国家考试吗?"这是我最担心的。如果你以早期的劳工问题,甚至以妓女问题为题,都能通过。可一旦涉及当前,就变得复杂起来。尤其是我的研究题目不登大雅。不难设想:那些国家考试委员会的委员们,看见《赌博论》这题目时,会作何面孔。

"想办法通融通融。实在不行,你就再读上一年书。"

"那我去了?"

"去吧。"他在我递过去的出差申请单上签了个字。"你围棋下得好,因此很懂得'搜根'的作用。一片棋,如果根让人搜了,就很容易被消化掉。"

这道理其实无须讲。

"这点钱怕不够用吧?"他把借款单递回来。

"五百元钱已经是借款的上限。"我要去的地方是穷乡僻壤,而且熟人颇多,想来无须多用钱。

"露出马脚来了不是?"他笑了一下。"不带赌资,不上赌场,焉能研究赌博论?!"

关于赌场风波,赌徒逸事,我所知颇多。可正儿八经地上阵博它一次,却从来没有过。

"这里是一千块钱。"他从抽屉里取出一只信封。"拿去作赌资。"

"我自己有钱。"

"既有自己的钱,也有别人的钱,就能产生两种不同的感觉。"他点燃一支雪茄,"旁观不行,要参与。"

我作欲接不接状。据老黄讲:每次发薪,P教授都要当面点清。如果二百四十元工资中有残币,一定要换过才走。不想今日是如此慷慨。

"拿去。"他像扔报纸一样把钱扔过来,"如果我能给你申请来一部分经费,就从中扣还,如果不行,就当我赞助了。"

"您怎么就知道我一定会输?"

"看样子你已经进入角色了。任何一个赌徒,都是充满赢的希望的。也正是这种希望,构成了赌场,并使赌徒们一天天地活下去。"

"斗胆问一句:您赌过钱吗?"我虽然明知对一个哥伦比亚大学的双料硕士、一个现职教授发此问,是大不恭敬的。可还是忍不住。

他沉默了一下,然后一耸肩,一摊手。

这意思很含糊,类似"无可奉告"。

第三章

即使没有发生战争,也不搞派系间倾轧,也得有自己的根据地:有难了,躲到那里;有需了,到那儿去索取。社会学者亦是如此:费公孝通,这辈子吃的就是江村。而我呢,则吃当年插队的 H 县。

我在列车长办公席挤了好半天,才补到手一张软卧票。要是在平常,这东西还不容易坐上呢! 我望着代用票上那个有点吓人的数目字。咱们毕竟是靠工资吃饭的人,大方不起来。不过报销时,凭我与老黄在"方城鏖战"中建立的不朽友谊,兴许能蒙混过去。就算没能过关,也没啥了不起,顶多是我自己出——或者就从老 P 的款项中支付。人有的时候,往往产生许多不太地道的想法。

隔着包厢门。我就嗅到一股浓烈的化妆品味儿。坏了,要是赶上三个老外,就算我是花钱买罪受。他们非我族类,异味甚重,一起厮混上二十个小时,鼻子、肺、大脑全都无法承受。

算我走运,宿者皆我同胞。唯一不妙的是,皆女同胞也,而且相当地年轻。

"请把门关好。"三位之一彬彬有礼地说。

我赶快关好门,下意识地坐到花大钱买来的位子上。慌乱中,竟碰翻一杯茶。引起一小阵骚动。

没过半小时,我就得知她们的姓名分别是:梁小音、许芳、秦珍。

她们是干什么的? 从举止上讲,不像是学者;从做派儿上讲,不像是商人;从服饰上讲,也不像是演员。而且更不会是大干部!

"真倒霉,如果方块先生要来了,咱们还可以桥一局。"梁小音说。

"不知这位先生会不会?"许芳用她认为我听不见的声音说。

"他即使会,也不配与我们共局。有谁愿与他搭档?"秦珍根本不在乎我是否能听见。

"小朱告诉我:他最怕下让子棋。因为下让子棋就得走欺着。久而久之,把棋都下坏了。"

从"小朱"二字的音色上分析,她一准是未来的"朱秦氏"。这朱某人真是"狗眼看人低"。他们将来一准幸福不了。我着实诅咒了一番后,就扔下书方便去了。每逢不高兴的事,我就要排泄一番,这是极高深的养身之道。

待我将晦气吹走归来时,立刻发现三位女士目光频谱中添加了尊敬的成分。

看来计策奏效了,我不无得意地从小桌上取回反扣着的书。眼下是知识的时代,尤是"万般皆下品"。不过她们也不能等闲视之,当中居然有人懂英文,这不可能!她们只知道这是本外国书。外国东西,俗人都景仰。

"问先生贵姓?"梁小音说。

"免贵,姓凌。"

"您做什么工作?"

"学生。"我回答道。这是真正的风度:大将总是称是"当兵的";大儒则自谦为"教书的";大官则说自己是"为人民服务"的。

"您这么大岁数还读书?"秦珍惊讶了。

"学无止境嘛。"一般人总把没结婚的人看作是"未成年者"。这是错误的分类法,不值一驳。可她那句"你这么大岁数",还是刺痛了我的心。

"您是研究生吧?"可能是二十八岁,也可能是三十八岁的梁小音问。

我尽力沉稳地点点头。

"博士?"秦珍问。

"硕士。"

她嘴唇微微一动。

她可能觉得不够味。教授必得一级；干部最少得部长；军人起码得是将军。这些都是幼稚已极的想法，哪有这许多空位置?！别小看硕士，我一月之中读的书，够你读五年的。

"你们是干什么的？"出于礼貌，我认为有必要问一下。

"运动员。"

我上下打量着这三位肌肉张力不同，身材各异的女士，可迟迟不能把她们归类。"你们从事什么项目？"

"桥牌。"许芳很自豪地回答。

"Bridge。"我脱口一句英文。在漫长的插队生涯中，桥牌几乎与麻将并列，消费了我大部分闲暇时光。"桥牌队成立了？"共同的爱好，能使人际距离猛地缩短。

"早就该成立了。虽然有人一直否认它是运动。Sport 其实就是对抗。"梁小音说。

"那么麻将算不算运动？"见她竟然给我讲起英文语义来了，不觉有些好笑，决心逗她一逗。

"麻将当然不算，因为它各自为战，没有抗争的特定对象；再者，它的随机性太大，技巧又不值一谈。"梁小音不假思索地把麻将开除出奥林匹克。

"大姐就爱谈玄学。"许芳妩媚地一笑，

"敢问凌先生:可会打桥牌？"

我原本想说：戈伦制、爱珂尔制、罗马制、卡伯森叫法、精确叫法、虚叫双枝梅花法……凡定约桥牌的叫法我都会。另外脑中尚残存着四、五百个著名牌例，杨小燕也曾有幸与我对局。可忍了忍，故作轻描淡写地说："早年打过。"

"现在可还记得？"秦珍问。

"这东西和骑自行车一样，会了就忘不了。"

"跟骑车可太不一样了。"秦珍眉毛一耸，"打桥牌需要一个很好的大脑。"

她用手一指头发——可能是因为怕弄坏发型,才没去拍。"另外还得加上勇气与技巧。并不是会骑车的人都会的。"

看样子伤着她的职业自尊心了。"那咱们就玩上它两把。"我说。

"玩这个词儿对您来讲也许是对的,可对我们来讲则是训练。"许芳说。

"好,那咱们就训练上一回。"她们先进门则为大,我只好客随主便。

"对您来说可能是一堂大开眼界的课;一次特别有收获的学习机会;一次你毕生难忘的经历。"秦珍取出两副图案朴实但做工精细的英国扑克。"可又有谁肯与这位先生作搭档呢?咱们干脆抽签吧?"

我刚要否定这个带侮辱性的提案,梁小音即说:"我跟凌先生合作。"然后冲我一笑,"我想:一个能读懂《博弈论》而且又插过队的人,牌技是差不到哪去的。"

她一定插过队,至少有一个插过队的丈夫。

秦与许分别以极老练的手法洗着牌。

"请教了。"我坐到自己的位置上。记得从我桥牌生涯开始那天起,每次入座前必得说:"我今天要告诉诸位什么叫作桥牌。"今天之所以一改老插遗风,除谦逊外,也是为自己留条后路。

"我有个小小的提议:咱们最好赌个东道。谁输了谁出中午的饭费。"许芳说。

"我双手赞成。既然凌先生取代了方块的位置,就该破费两个。"秦珍说。

"请你们吃一顿实在是太小意思了。可我斗胆问一句:秦珍的绰号可是红心?"

她不好意思地点点头。据英文原意:方块是钻石,代表财富;红心则代表爱情;黑桃是铁锹,代表力量;梅花则表示阴谋。

"梁先生是黑挑吧?"

"为什么?"

"知识就是力量。"我认为有必要恭维搭档一下。"草花自然就是许小姐了?"

"她是中国牌场上最大的阴谋家,能制造出许多虚假的信息,来破坏对手的视听系统,从而打出出人意料的好牌来。"梁小音说。

秦珍分发一副牌,不过是刹那间事,令人想起银行的点钞机。

"用精确制?"梁小音问。

我点点头。打麻将的首要事情就是入乡问俗。其规则差异极大:东北一带,一张呈手枪状的"七筒",一张"东风",一张二条也成一份,曰之"枪毙东条";陕甘一带,则一"幺鸡"一"东风",一"南风"也成一份,曰之:孔雀东南飞。而桥牌则不论在世界的任何一个角落,规则都是一样的。不同的只是交通信息的方法,一句话即可说清。打个比喻:如果麻将是块能大能小的包袱皮的话,桥牌就是个钢制的经理箱。

若在业余牌界,我无疑是一流选手。可碰上专业选手,情况就发生了很大的变化:她们容不得半点的欺诈、马虎。稍有纰漏,就会遭到狠狠的惩罚,并将战果扩大到极限。

四把下来,我们已经落后了二十点。这是一个很惊人的数字。

"不知道今天餐桌上可有什么好菜?"秦珍面有得意之色。

梁小音无可奈何地笑笑。她是一个很优秀的选手,可惜与我初次搭伴,不够协调。我的牌技稍逊一筹,一张错则全局被动,她亦无力回天。

"你们别高兴得太早。"几乎从牌战一开始,我就制定了战略:堤外损失堤内补,尽力在一切牌上做记号。

若论做记号,我是最大的专家:这张牌上往上折个角,那张牌上往下折个角,另一张上划道指痕。所以四把牌下来,几乎所有的关键牌我都认识了。加上轮到我发牌时,我使出看家本领,把全部牌都偷看了——诸位试想:如果一位明眼人与盲人相斗,即令盲人是武林高手,也未见得能是对手。更何况这位明眼人有一双健康的手和一个堪称杰出的大脑。

果不其然,第二圈时情况开始变化。第三圈更是如此。第四圈一盘结,我们竟领先了十一个点。

"毛主席说:持久战分为三阶段:防御、相持、大反攻。"我不动声色地把牌收到一起。

秦珍大惑不解地看着我:"按说牌技如此之高的人,我应该认识,起码也听说过他的名字。"

"那可不一定。有些大儒,终生不出仕,闭门著作,当世人均不闻其名。直至他身后著作刊行时,人们才得睹其思想之光辉。"我在扩大自己的战果。"在武林中亦是如此:高手面壁十年,终于悟出技击真髓,一出山就独步江湖。"我故意把脸背转秦珍,对着窗外说:"不知今天餐车上可有什么好菜?"

"你喝酒吗?"秦珍扬起孩子式的脸问。

"多少喝一点。"

"我提包中有瓶老白汾酒,和你再赌个胜负。"

"我看不必了吧。"我故意卖个关子。

"你想赌什么都行,我就是不服这个气。"

"好,就那瓶老白汾吧。"我心说:玩得越久,你输得越多。"你既名秦珍,待会儿'勤'给大伙儿'斟'酒吧。"

"你给我勤斟还差不多!"

她们这次再也没有小看我,叫牌、出牌都极其认真。说句良心话:她们虽然看不见其余的牌,也和看见了差不多。

比分相偕上升。最后一把时,我们还落后几分。

这是一把大满贯。换言之:要在十三次出牌中,次次大过对方。

"你这牌叫得多少有点冒失。"梁小音纵观牌局后说:"黑桃有问题。"

"那就由方块来处理。关键是要飞住这张黑桃 Q。"

"你说飞谁?"

"飞许芳。"我已经从背后读出她手中的牌。

"可从叫牌的情况分析,她手中的实力不行。该飞秦珍。"

"小许是阴谋家,故意透些假信息于你。"

"听你的？"

"对。"

"可我的直觉告诉我：该飞秦珍。"

"你就听我这一次吧！"我心说：不管你的直觉系统如何发达，也顶不住我的直观。

"飞"中了。一张牌定乾坤。

吃饭时，我硬要出些钱。可秦、许二人说什么也不干。"我爸常对我说：输了就是输了，不能耍赖。"

她俩到底是孩子，还在"我爸如何说"的阶段。

见秦珍要开瓶了，我赶忙说："我不会喝酒。"

"不会喝也要开。"她一使劲儿拧开锡封。

"我最奇怪你的牌路：它太怪了。可又出奇地正确。"梁小音看着我说。

"最后一把，我不过是蒙上罢了。"我敷衍道。

"我不单指它。从第二圈开始，我就产生这种感觉了。

我从心里承认她的感觉很正确，可仍得为自己找理论根据："我的一位当职业排球运动员的朋友讲过，他最不爱和非排球专业的运动员打排球了。因为他们的素质很好，什么样的球都能对付过来，而且落点很不规矩，让人防不胜防。你们是正宗，而我则是左道旁门。"

"你都读过哪些桥牌书？"许芳问。

我把读过和听说过的全都报了出来。

"这些书并不见得有多高深呵。"

"水不在深，有龙则灵。"我抬出古人遮掩。

"你的牌龄有多长？"秦珍问。

"几乎是你年龄的两倍。"我这不是吹牛，还在上小学前，我就开始充当父母的"牌童"，替他们传唤牌友，然后就站在一旁旁观。扑克牌就是我的英文启蒙书，A、K、Q、J，是我最早认识的英文朋友。

"那你为啥不去当桥牌手?"

"如果我现在去干桥牌职业,社会科学可能承受不起这么大的损失。"

"你可真会吹牛。"秦珍扮了个鬼脸。

"智商高的人都爱吹两句,因为这能使其更愉快一些。"我举起酒杯。"今天你们有幸在桥牌之海中遇上了一座冰山,虽然你只看到浮在水面上的一部分,可也很值得庆贺了。"

餐后无话,各自睡了一觉。

"你以前做什么工作?"起床后我问梁小音。

"如果不是在大学生桥牌赛上出了名的话,我可能也是硕士了。我是北大物理系的,一九七八年入学。"

"物理是真学问。"

"如果我去搞真学问的话,桥牌界又怎么承受得住?"梁小音很是幽默。

"你们才赌东道吗?"

"不。"

"什么情况下才赌?"

"在一对很熟,但又互不服气的选手相遇的情况下。"

赌博与人类争强好胜的本性有关。

"除此之外,你赌过别的吗?"我故作随便地问。

"赌过。"

"最大的是哪次?"调查工作自选题之日起,偶然之中往往能到手很重要的材料。

"这让人很难回答。"她捋了一下很简朴的发型,然后一笑。"我其实是在回避。最大的就是在美国的那次了。"

我赶快把头脑中分管记忆的执行机构打开。

"去年八月,波士顿桥牌大赛结束后,东道主组织旅游。我这人较怪,不太喜欢参加集体活动,就支出一部分钱来,自己去转。当时队友们都以为我要用这钱去买'三大件'呢。其实我连零用钱都纳入计划中去了。我先从美国西部转起。说实在的,我最欢欢粗犷的风景、□悍的民风。"

阴柔之人,往往喜欢阳刚之美。美学中的两极,总往一起凑合。

"最后我到了赌城。"

"且慢,美国有几个赌城?"我既研究赌博,那赌城就是耶路撒冷。

"只有内华达州的拉斯维加斯和新泽西的大西洋城是立法通过的赌城。其余都是非法的。我到的是拉斯维加斯。"

"此城风貌如何?"

"外表极一般,可你只要往里一钻,就立刻嗅到赌味儿。"

赌味儿。一个很生动的词儿。

"在登记房间时,服务员就告诉你:闭路电视七点三十分开奖。如果您的房号中了,那不但白住,本店还有馈赠。你买可乐、买牙膏,均有此说。那里的一切,都是围绕着'赌博'这个中心的。"

"下去赌一下?神秘对人类来讲,是最大的诱惑。不能去。让人知道了,非得背个处分不可。我打开电视,似睡非睡地看着。可刚过8点,空调器突然停了。暑气立刻侵入,我只好起身出去。"

"一下电梯,我就看见对面赌厅的窗户上有层白霜。这是空调的标志。内华达的夏天,凉爽是最吸引人的。我不由自主地走了进去。"

"赌场不收门票,也没有人强迫你买筹码。可我想:既来之,则安之。买它五块钱玩玩。"

"卖筹码的是位亚洲人。他一声不吭地兑了五块钱给我。"

"赌场中女人多吗?"

"约有三分之一强。而且,各个年龄段都有。

"我先在轮盘赌前看了看,觉得人太多,而且不由自己操纵,意思不大。另外几桌是玩十三点的。说句实在话,每次大赛过后,我一见扑克牌就反胃。再往前走,就是一排排老虎机。

"所谓老虎机,就是由七个并列的转筒组成。每个转筒上都镌有零至九的十个数目字。如果相邻两个转筒数字相等,则产出的钱是投入的两倍。如三个相同,即为三倍。依此类推。"

"我先投了一块钱的筹码。拉了下手柄,一个钱也不见往下掉。又投入一枚,亦复无声。第四次,我索性把剩下的两枚全投进去了。于是奇迹出现了:从中掉下十块钱的筹码来。"

"既然它们是白来的,再玩会儿也无妨。我把它们编为四组,分别投入。

"它既曰老虎,胃口自然很冲,吞下十美元,居然一声不吭。面对这部崭新、冰冷的机械,我不禁感到一股无名之火在冉冉上升。难道我就征服不了你?我取出十美元,找那位胸前满是口袋的亚洲人换成筹码。

"这次我换得面值很小,投入也很小心,并且不断地总结拉转筒的经验。可来来回回地折腾了够一个钟点,最后还是赌光了。我不甘心,回到很热的屋子里,精心修改了一阵计划后,又挤出二十美元来。"

二十美元对一般美国人来讲,微乎其微。可却等于我一个月的收入。可三十天辛苦,却只换来半小时的气受。我不相信运气就这么坏。又回去拿了十美元,准备来它个'柳暗花明'可依旧没收获。于是我狠狠心,把以后所有的旅游点都取消掉,用除回程机票钱外的全部美元,拼它一下。"

"当我再次出去的时候,那位亚洲人用很纯正的普通话对我说'你是梁小音吧?'我很奇怪他怎么认识我。'我是标准的桥牌迷,一直怀着极大的热情,追踪你的桥牌活动。'他接着提议请我喝杯咖啡。"

"在咖啡桌前坐下后,他自我介绍是 MIT 的博士研究生,学火箭推进器的,由清华大学来。暑期打些零工,弄几个书钱花。'你为啥选中这工作?'我指着他那胸前满是口袋,最少有十公斤重的背心问。'这儿工钱高,一钟点有五美元可赚。再则可以很好地观察人生。''观察人生何用?''借以指导人生'。'如何指导?''只要有中国人进场,他们就一直在我的监护范围之内。当他们第三次去取钱时,我总请他们喝杯咖啡'。"

"我久久地看着他,泪水在眼眶里直打转。我已经有十多年不哭了。而且以为今后也不会哭了。"

不会哭的女人,算什么女人?!

"他很是敏感,低着头看着咖啡杯说'我是研究飞行器的,知道即使最好的飞机,也有堕入螺旋的可能。这时只需一个小小的外力,就能摆脱出来。回去休息吧,我也该挣钱去了'。"

"我不想去,告诉他屋里极热。'这是旅馆老板的鬼花招:上面冷气一关,客人就全来这了。再过十分钟冷气就来了'。"

"我用剩下的十分钟,冷静地观察了一下赌场。发现有不少来这度假的美国家庭。他们大都换上一百美元左右的筹码。输光了哈哈一笑,拔腿就走。赌博对他们来讲,只是种娱乐,目的不在赢钱。"

"不知最多的能赢多少?我并不指望问题都能得到回答。

"火箭博士说:有人对住七位数,钱哗哗地掉了十来分钟,连赌场老板都出来了。"

"此公叫什么名字?"在调查报告中,如果论据无出处,则信用度不高。

"我答应过不向外披露。传到清华去,可不是玩的。在赌场干活,有辱这座常春藤大学的名声。"

看来我只好写:一个赌博业中的权威人士说了。"赌是人类的天性。天性是不能泯灭的。只能有效地加以节制和转移。不过我原来以为女人不会赌呢。"

"女人也是人。"梁小音内延了我的定理。

临下车前,梁小音递给我一张不带香水味儿的名片,"我想把咱们的牌例发表,你没有意见吧?"

"如果你答应把这个转交给红心,我不光同意,还贡献出一个杰出的牌例名称。"我递给她一只信封,里面是一张十元钞票。骗小姑娘一顿饭吃,心中很是不忍。

"当然。"

"牌例名叫《小心上当》。"我见她大惑不解,就解释了一番。

"我很仔细地观察了一番,可为啥没发现?"

"有些信息,只有受过相当训练的人才能识读。至于如何制造它,属于我的专利。暂时不可泄露,因为没准将来还能混顿饭吃。不过到老了,我会写本专著刊行于世的。"

"我终于看见了冰山沉在水下的十分之七。"梁小音替我拿起提包。

"再见。"我接过包后挥手作别。辞行如同行文,简洁为第一要事。我没去打扰两位贪睡的牌友。

第四章

我插队的 H 县,地处黄河拐点上,对岸即是富饶的河套大平原。

此处河面甚宽,水流因此而平和,是个天然的渡口。所以在清末民初,那些贩牲口、鸦片的贩子,走西口的人,均在此驻足。它因此而繁荣。在历史上,县城曾经上过一万人——彼时一万,约合现在三万。流动人员的增加,必然带来旅馆业的兴旺。而娼妓业、赌博业也就应运而生。它们都是寄生于旅馆业上的。

然而到了八十年代,娼妓业已作古。可赌博业尚存否?因接我的人没来,我信步在甚为宽整的大道上,走着、寻访着。

有几处掷环为戏的地方。人们掏上几角钱,买几个竹圈,距两米外扔,去套那些烟卷之类的小物件。我看了会儿,兴趣不大,就扭头走了。

前面是一个用气枪打靶的小摊。对于枪械,我天生无好,更何况是把故意弄歪准星的枪。

再往前，是个象棋摊。花上五角钱，即可任挑一方行棋，赢了即可收回一元。我仔细一看，发现五局棋，均为《桔中密》上有名的残局，并全部为和棋。没必要白扔钱。

工商银行门口，聚集着不少争购有奖储蓄券的人。在京都，这是司空见惯之事，几无人问津。可在此偏远小县，争购者甚是踊跃。一万块钱很快就发售光了。没买上的人，均面有怏怏之色。

"发售情况如何？"见那位正在收摊的营业员，长一副像马一样善良的脸，一准好说话，于是我凑上前去问。

"三个摊点，一天能卖三万块钱。相当于过去半个月的储蓄量。现代化的玩意就是灵。"他喜盈盈地说。

"可他们从哪里来的这么多闲散资金？"

"你是新闻记者？"他警惕起来。

"不。是老师。"

"那我就告诉你。"他压低声音说："有不少是从对方农业银行的储蓄所里取出来的。"

"那么从宏观上讲，集资的效益并不明显。"

"可从微观上讲却相当明显。宏观最少要到地市一级的领导才讲。"他颇知几个新名词。"人都渴望发财，只要抓住这点，就算抓住了纲，纲举目张嘛。"说完他就搬起桌子回银行去了。

我拐过街角，取道回车站。因为事先我已给李夏打过电报，他此刻是矿务局的公安处长。在一盘炕上睡了四年，从来没见他忘过事。

前面是座古庙，站在庙前的台阶上，可以远眺黄河。门柱上有副很出名的对联：

　　物阜人熙小都会
　　河声月色大文章

字体很有功夫,是乾隆年间本县唯一一位进士写的。此时旧地重游,可去凭吊一番,发发思古之幽情。

庙宇收门票不说,且被整旧如新。鲁迅先生说得好:谁把香炉的锈擦去,谁就是土老财。我兴致顿减。

再过去是座残破的小庙。里面的神已不可辨认。门前的对联倒是很有意思:

小雨一犁,这才是天遂人愿
大戏七天,也不过心到神知

文到白话,方是极境。这对联与我写的有异曲同工之妙。

再往前,是间修自行车的铺子。门前赫然一牌,上书:祖传三代修理自行车与摩托车。我不禁哑然失笑。此地有自行车不过四十年,何来祖传?

又是一块广告,出售"香料在百分之百以上"的香水——那么水在何处? 我自问自答:这可能出自一位荒诞派的广告作家之手。

"您要是夹住了,就给您十块现钱;您要是没夹住,给咱五块有奖储蓄。"

我不由地被这吆喝声给吸引过去。见人圈中有一身量很高大的人正在讲演。他让同伴把一张钞票悬在他的食指与中指之间,然后说声"准备好",同伴就稍间隔一下放下钞票。他一下子就把钞票夹住了。"这一靠运气,二靠本事。"他把钞票捻得"哗哗"作响。

"我来试试。"一个毛头小伙跳入圈中。

"准备好了就说话。"高身量把一张挺括的十元钞票,放入小伙叉开的指缝中。

"好了。"小伙子在说话的同时,食指与中指迅速合拢。

可高身量根本没放。待其重新将手指分开时,那张崭新的十元钞才"唰"地一声落了下去。

小伙子拿出一张十元有奖储蓄,说声:"不用找了。我再来一回。"

小伙子退了下来,另外有几个上场的,也都没夹住。

小伙子又重新入场。他刚才很仔细地观察了一阵,自以为摸住了门径。

可连接几次都没能夹住。他不停地从粗布夹衣中往出掏钱。

他坠入了螺旋。我想起梁小音的话。

春蚕到死丝方尽。见小伙子的口袋翻了过来,高身量迅速收摊走了。

这倒是一个新鲜的发明。我跟在他后面边走边想:重力加速度并不因为钞票的质量小而低;人的食指与中指的横向运动是最不灵活的,这自有解剖学上的依据。这很像罚点球:从理论上就能确定守门员是扑不住的。更何况还带虚晃的。

这家伙肯定有点文化,能用伽利略和解剖学来骗人。只有那种貌似简单,但实则办不到的事,才有市场。这又属于心理学了。

呵! 人类的头脑。你既能使载体奔赴月球,也能设计各种打家劫舍、坑蒙拐骗的绝妙计划。

"您把钱还我十块行不?"头一个跳入场中"以身试法"的小伙子,一路恳求,尾随至车站。"我回去实在没法子向老爹交代。"

高身量不置可否地笑笑。从他外柔内刚的态度上分析,他一准浪迹江湖多年。

"我求求您了,叔叔。"泪水在小伙子的眼眶内打转。看来这几年农民并没有富到传说中的程度,起码这边远山区不行。否则他不至于作此哀求状。

"您种地吃饭,我吃江湖饭,咱们各有各的难处。"高身量并不为之所动。

"我给您磕头了。"小伙子见言语无效,便辅之以行动。

高身量干脆背过脸去。

可小伙子依然跪了下去。

候车室里的人围了上去。

小伙子连行几个中国至礼。

高身量提包挤出人群。

"你就还他两个钱吧。"我实在看不下去,在出口处截住他。

"你是警察?"他上下打量着我那件半新不旧的皮夹克。

"是教师。"

"教师?!"他的目光立刻锋利起来。在农村乡镇,教师是最不值钱的。"您如果心肠好,就请照顾他两个。"他用肩膀撞开我。

"我跟你打个赌。"他的态度激怒了我。

"赌?"他仿佛信徒听见天使的召唤,立刻凑了过来。"赌什么?"

"小伙子刚才的全部财产。"

"怎么赌?"

我从背包里取出个大型笔记本和一枝签字笔。"你写数目字:从一至三百。不限定时间。如不写错,我出五十元。反之,你把钱退给小伙子。"

他显然是个控制力极强的人,很思索了一阵后问:"当真?"

我一晃很旧很鼓的羊皮钱包,算是对他的回答。"

"咱们找个僻静处。"他指指墙角。

小伙子也跟了过来。

他写得极认真,一笔一画,从容不迫。每个数字间都留下足够的间隔。过了十分钟,才写到一百。

小伙子担心地拽拽我的衣角。

我示意其安静,从一写至三百,听上去似乎一挥而就,可实际工作量极大:而且不断地重复,甚为枯燥。更何况每个相邻数字间,信息差甚微。用句通讯术语:保护度太小。完全超过普通人的承受能力。我不止一次请人做过实验,只有一位搞自动电话设计的朋友完成了——他是设计号码盘的,每天与数字打交道。

写到二百后,他停了下来,用一个很讲究的打火机,点燃一支"万宝路"香烟,猛吸两口后,用余光阴沉沉地瞟着我。

我将目光反弹回去。

他重新开始工作了。很是认真。

可我已发现他的进度大大地加快了。他不耐烦了。控制不住速度,就是出错的先兆。

果不其然,在写到二百八十九的时候,他顺手写成二百八十一——统计学的规律就是如此无情。

他下意识地改了一下,但旋即就笑了。

"我认输。"他把纸笔递给我的同时,还给了我五十元有奖储蓄券。

我示意小伙子接着。"等到有花不完的钱时,再上赌场碰运气。"我多少也得送他点什么。

小伙子欢天喜地地走了。

"您果真是教师?"他的态度很谦恭。

"在当教师之前不是教师。"我的话其实没有信息量。

"是干啥儿的?"

"跟您是同行。"我有意逗逗他。

"我说呢。"他自言自语了一句。"您还有啥绝招,教我两手。"

"你?"

"我自有重金酬谢。"他掏出一只比我的还鼓的钱包。

"不敢。"我猛地觉出一阵后悔:我虽然帮助了一个人,可此发明却从此流入江湖,像渔夫放出的魔鬼,再不由你控制,亦不知要坑多少人。

"教两手吧,老前辈。"他双手一抱拳,"干咱们这行的,得不断地出新产品才行。货旧得太快了。"

"绝招没有,话可有一句。"

"请讲。"

"骗人可不是行当。"我一字一板地说。

他脸色顿时变了。"我不是骗子。周瑜、黄盖,两相情愿。我也有句话想告诉你:凭您孝敬我的这手,起码能挣两千块钱。您是正派人,可我的生活却比你要好得多。"

这时,一辆法国式警车,呼啸而来。车刚一停稳,一个人就从车上跳了下来。此人身披黄料子大衣,一顶飞起的大盖帽甚是显眼。他四顾无人地走入候车室。

"李夏。"我大叫一声。

他握住了我的手。

"你怎么姗姗来迟?"

"路上遇到一起交通事故,我处理了才来。"他与我执手相行。

我扭头找高身量,已渺然无踪。

警车很是豪华,就像是间活动的高级客厅。我惬意地斜躺在司机旁的软椅上,看着硬度极高的塞外风景迅速倒退。"什么时候提的处长?"

"去年八月由刑侦科副科长升正,今年一月提成副处长,八月成处长。"李夏娴熟地操纵着方向盘。

"曾国藩五年十迁,被认为是破天荒的。你老兄竟一年四迁,真是不可思议。看来公安部部长指日可待了。"他基本上是个行动型的人。非常喜欢组织各种活动。记得在插队时,我从一个偶然的机会得知有批查抄来的图书,被封存在县革委的最后一排房里。想说服他一起去"偷"它一些。要知道,没书读的滋味,仅次于没饭、没水,位居"难受第三"。他当时没有答应,独自去县城侦察了两天后,才向我们几个阴谋发动者提交了一份相当详尽的计划书。当时我们很不以为然,可一旦行动起来,就发现了计划的重要性。因为虽然情况变化万端,可你毕竟有所遵循。

这次"窃书行动",被列为全县的大案。县革委很组织了一些据说甚有经验的人侦破,可终无所获。

"那次偷来的五麻袋书,奠定了我的学术基础。"我就那次行动,很回忆了一番后总结道。

李夏线条刚硬的脸上,露出一丝稍现即逝的笑容。

"你一定破了好几起大案吧?"

他点点头。

"杰出的作案者,如果皈依正道,就一定是杰出的破案者。"依李夏的文化素养,考重点大学不足,考一般大学则有余。可他却挑中了警察学校——当时警务方面没有大专。后来以第一名的成绩毕业。据言省厅要留他做秘书,但他舍弃了这条登龙捷径,来到这个当时尚是蛮荒之地的矿山。

"我每每把自己想象成案犯。可结果总是把简单的问题复杂化。因为罪犯总是没文化而且又很笨的人。"他超过一辆卡车后问:"你现在研究什么题目?"

"赌博。"

"这正是眼下最让我头疼的问题。"他皱紧眉头。"你还记得方晓舟吗?"

"当然。"方晓舟在一段相当长的时间里是我的好朋友。他是一位国民党起义将领的儿子,智商极高。记得他只用了一个月的时间,就把一部《古文观止》背了下来。后来他与一位村姑结了婚。毋庸讳言,是先孕后婚的。于是就在"老插帮"中销声匿迹了。"他不是在你们矿上工作吗?"

"以前他是矿中的教员。

"现在呢?"我对他所用的时态感到奇怪。

"成了一个不可救药的赌徒。如能好好解剖一下他,也算是你们这帮搞玄学的一桩功德。"

"这不可能。"我断然否决道。"能安排我见见他吗?"

"这要看你的运气了。我一年之中顶多能见上他三四回,而且次次在看押中。"

"去他工作单位找他不就得了。"

"作为一个赌博行动的研究者,您这话外行了,他最少有两年不上班,离婚也有一年之久了。"

"为啥离了婚?"不上班我能理解,可他那位太太我见过,对他那份百依百顺的劲儿,曾令我艳羡不止。并多次指令内人向她学习。

"据说有次输急了,把老婆押给别人了。"李夏不动声色地说,"后来我赶了去,才没让此事成了现实。"

"这未免太有点,"我顿了好一阵,"不齿于人类了。十年夫妻,感情多少也该有点吧。"

"感情是有的。他们办离婚时,晓舟给她跪下了。口口声声说对不起她,来世变牛作马也要报答。"

我跟方晓舟在小学时候就是同学。至今还记得他穿着一身法兰绒外套,露着浆得笔挺的白衬衫,在台上朗诵《小松树快长大》时的情形。

第五章

晚饭后,我披上风衣,转出招待所。

这座矿山是中美合资开采的,因此风格很是独特。它有着一座豪华的宾馆,规模相当于"白天鹅"的五分之一弱。外部装修均为不锈钢与富贵的茶色玻璃。门口还站有两个身材魁梧、制服辉煌的警卫。着实令人生畏。

再往前走,是美方雇员住宅。一幢幢半地下的独立洋房,很是讲究。我突然产生一个很不地道、也有失身份的想法:靠近窗户看看。

一帧幸福的家庭图景:妻子盘腿,坐在沙发上看电视;孩子在玩电子游戏;丈夫在空蹬一辆自行车,在人体能量的输出输入方面寻找平衡。

房里肯定开着空调。地上铺着一看就想光脚踏上去的纯毛地毯。面积最少也有二百平方。

在中国住上这样的房子,做官起码得部长;经商至少得王光英;做学问,则非达钱学森的份儿差不多。我绕房感叹一周后,继续前行。

出了生活区,便是一家小酒店。依此地风俗,酒店外面总得挂个红灯笼,曰之"幌"。可它却一气挂了三个。莫非代表"三星级"?我走近一看,居中一个上赫然大书"皇家饭店"四个仿宋字。我笑了一下,走了进去。

室内布置,大出所料:清一色的高背火车座;铝合金的柜台,简直像从北京搬过来的"和平餐厅"。只是墙上挂的画差点劲儿,像是出自五流画家之手。若干对情侣,紧傍絮语。一种和谐而神秘的气氛笼罩全店。

我要了瓶"可乐",二两白兰地,一盘沙拉,独酌起来。

从吆喝声——酒幌——霓虹灯。这是饭店广告进化的必由之路。我喝了口酒,心里顿觉热乎乎的。还是作家们来劲儿,他们的学问,在吃喝玩乐中就作了。可我还得苦苦地寻觅,得靠运气。

"掌柜的,把最好的酒菜全拿上来。"一声叫喊惊断我的思想之流。三个人闯进来,涌入我前面的隔断内。

"好菜、好酒不缺。各位请先付钞。"掌柜的操南方口音,将方才很真诚的微笑,换成皮笑肉不笑。

我要菜时,他声明后付钞。这种"信用卡"式的方法,是鼓励消费的好途径。他此刻为何变了?这三位肯定有过"吃白食"的前科。

"来一瓶法国白兰地,再来两盘牛排,两盘沙拉。"这回是很纯正的普通话。五个细长的手指,将十张崭新的钞票捻成扇状。

"好喽!"掌柜的笑容立刻变回真的。你不能谴责他们虚伪。经商就是为了赚钱,这如同研究为了成果一样,是天经地义的。"你们不要点对虾?青岛虾,很新鲜,很大,直压手腕子。"

五个手指傲慢地摇了摇,示意他少啰唆。

人类进食的方法大抵可分为两类:一曰"红楼"吃法,凡菜浅尝辄止,以品味为言,一曰"水浒"吃法,大块肉和大碗酒,旨在摄入热量。前座几位,无疑是后者。碰杯声不绝于耳,不过片刻工夫,即重添酒菜。

"这几天手气真好。有人对我讲:人要是发起财来,钱一个劲儿地往你口袋里钻,不要都不行。"

这声音好熟。

"西北村的那帮家伙让咱们杀得差不多了。再说老在那玩怕出事。下一步咱们得到东望庄去了。"

方晓舟?没错?我刚站起,复又坐下。

"东望庄有个万元户,叫李老财。咱们去宰他。"

"这小子又养汽车又开砖厂,手上活钱最少也有几万。"

"找的就是有几万的人。"方晓舟说。

"他财大气粗,咱们可得小心点。"

"财大?咱哥儿们缺的就是财。愈大愈好。"方晓舟狂笑起来,引得四座侧目。

"咱们上路吧?"

"走。"三人站起。

我也跟了上去,拉住方晓舟。"你还认识我吗?"

"你是干什么的?"方晓舟本能地后退一步。

他变了。变老了。原来热带雨林般的头发像着了把火;双眼下面有一对五十开外才能生成的大眼垂;目光束也是散乱的、稀疏的;额头上的皱纹却极为稠密,就像穿了多年,而又从不上油的"三接头"皮鞋之结合部……就其每一细部来讲,已经无法辨认,只有总体轮廓还残存着昔日风貌。

"我是凌一波呵!"

"凌一波?"他无神的眼珠潜入皮下,"不认识。"他甩开我的手。

"你再想想。"这么好的一个机会,万不可失之交臂。

他头也不回地大步奔出。

我想跟出去,可那个上身像通石碑的汉子挡住路,恶狠狠地朝我喷着浓烈的酒气。

"我住招待所三零五号。"我绝望地朝早已无人影的夜空中喊道。

而后四天中,我不知埋怨过李夏多少次。说他尸位素餐,白干公安处长,连个人也找不到。说他光会吹,连块弹丸之地都管不了,还自称是"组织行动专家",说他"一世英明,付之流水"。

埋怨起了作用。第五天早晨,方晓舟出现了。

"那天你怎么说不认识我?"他的脸色极为苍白,以致把皱纹全都填平了。

"本人混到这个份儿上,已是无颜再见江东父老。"他低头坐到沙发上。

"那今天怎么来了?"我给他砌了杯浓茶。

"昨天夜里,也许是今天早晨,让李夏他们连窝端了。他把其他人都用囚车送到县公安局去了,网开一面,条件是让我找你谈谈。"

他鲸吞着香烟,并不再吐出来。"不知老兄和我有啥谈的?"

我把此行的目的约略介绍一番。

"这倒是件好事情。"他顿了一下,"你这有什么能吃的东西吗?"

"有。"我取出袋方便面。这是妻子硬塞到我的提包里的。她以为我一定要熬夜,殊不知我饱食终日,无所用心,睡得极香。"我给你泡一下。"

等我打来开水,他已经将方便面全部干吃下去了。

在他干吃第二包的时候,我把第三包给他泡上。在此期间,他又干吃一包,然后才有滋有味地喝开汤了。

"我从来没有见人饿成这样过。"

"你没有见过的事情实在是太多了。"因为惯性,他的目光便停留在空碗上。"从那天见到你之后,我只吃过一顿饭。"

"四天四夜一顿饭?"我瞪大眼睛。

是的。人的生理需求有时会缩到很小很小的范围之内。"他脱下皮靴,一股异味立刻充满全屋,不禁使我想起插队那阵,在春耕前打开沤了一冬的粪窖时的情形。

"你总不至于连吃饭的钱都没有吧?"

"钱有,但时间没有。"

"你先洗个澡吧。"我把拖鞋扔到他面前。

"我最少有三个月没有洗澡了。也许还不止。"他用七十老翁的动作脱下衣服,走进卫生间。

我把带来的换洗衣服放在床上,然后捧着他的衣服,来到了公用洗脸间。

他的衣服很脏,污垢已经深深地渗入纤维之中。而且在每一折皱处,均满布各纲各目的寄生虫。我洗了又洗,烫了又烫,才稍许恢复了本色。

即使在"农业学大寨"的最高潮中,他更衣亦很勤。以至于大伙都讥其有"洁癖"。可如今竟成这副模样。

怎么还没出来?我抬腕一看,已是一小时过去。北京人好泡澡,再等等。

又是半小时。我把耳朵贴在卫生间门口听听,没有动静。敲敲门,没有反应。推也推不开。

他可别虚脱在里面。想到这,我倒退几步,然后弓身猛地向前一冲。

门被肩头撞开了。他睡在澡盆里,样子极其安详,仿佛是纯洁的婴儿。水早都凉了,上面漂浮着一层早已凝结的悬浮物。

我无法将他弄醒,最后只得把他拖出来,背到沙发床上。可即使经过这么剧烈的迁移,他依旧浑然不觉。

他一直睡到太阳落山前,才被我叫醒。

他吃了三倍于我的食物后,才算真正清醒过来。

"你好。"他情真意切地对我说:"你的衣服我穿着也合适。记得那会儿,咱们常换衣服穿。"

"可现在没人敢穿你的了。"我指指阳台,"你怎么不换?"

"没得可换。现在几点了?"

"七点整。"我边开电视边问:"你的手表呢?"在刚插队时,他戴一块"西玛"表,是全村唯一的计时器,我们经常来回调整,以校正队长的"日晷",好少干点活儿。

"早不知流落何方了。不过肯定是几次易手换主人。"

甫问,赌输了。

"听说你研究赌博问题?"

我点点头。

"关于这个问题,可以分别写三本书:《赌博的历史与发展》《赌博的技巧》《赌徒的产生与成长》。"

"赌博能有几多技巧?"

"咱们玩场'伏尔浩斯'吧。这是你最熟悉的牌戏。"他似乎急于在我面前表现一下。

所谓'伏尔浩斯',其实就是把四套AKQJ10都取出来,然后每次发四张,根据不同的等级定大小。电影《冰海沉船》中那几个船斜三十度还在玩的人,赌的就是这个。记得在"文革"初期,不知从何方传入这牌戏,我们几个小孩子就以分为单位赌开了。可即使如此,每天也有几块钱的进出。其中一人,甚至卖血来还赌账。有次我负债十八元,债主们要上门来。姥爷得知,二话没说就还了钱。"你们一天打多少把?"他问。"打一下午,我也说不清。""一下午?!"他惊讶了,"我在上海作生意时,两个星期玩一次,每次十六把。"姥爷是个商人兼实业家,口袋里颇有几文:手表都是按季换的;每套西装都有颜色相配的皮带。"您最多赢过多少钱?""记得那次,他们三个分别亮出AAA;KKK;QQQ;而我则是四张J。他们只要能拿出一张同样的,我都受不了。可我还是坚持到最后,赢来一家有30部车的运输公司,公司的招牌我用了JJJJ。"姥爷眼中放出异彩。他当时的心脏病很重,医生说不久于人世了。"后来呢?""后来又输了出去。赌钱嘛,原就是进进出出,没有一定的,但有两点想告诉你:没人能以此为生,过正常生活。进出之中会有很大的差价。"姥爷没多久就故去了,他的模样已记不太清,可这段话连同声调,我至今不忘。

"这有什么技巧。"我从方晓舟手中取出付包玻璃纸的扑克。"只要由我来发牌,你就捣不了鬼。"

"一直由你发到底,但有一点要声明:咱们得有个输赢。"

"跟我还要赌?"

"你每有个人体验和读书心得,总要记下来。而我遇到会玩的人就得有个输赢。否则不就白干了吗?"

"多了我可给不起。"我产生了戒心。

"你按照你的能力开价好了。"

我认真地审计了每一张牌后开始分发。

头四把我全赢了。二十张肮脏的一块钱堆在我手下。待会儿得还给他。

后四把秋色平分。

"你打算玩多少把?"他又取出一副新牌供我审计。

"十六把。"姥爷的教导终生难忘。

这四把全是方赢了。

他的提包中似乎有无穷无尽的新牌,换了一副后,又来了四把。

我输了大约四十元左右。

"算了吧?"他提议道。

"再决战四把。"我不但心疼钱,而且很愤怒。

四张崭新的钞票又飞了过去。

"你跑到这里来研究赌博,经费中能否报销赌账?"他把那些崭新的票子仔细地折好,不知塞到衣服里的什么地方去了。

"不能。"我收好牌准备再战。

"那就算了吧。"他取出四十元递过来,"这算是我的房费和饭费。"

我忍了好半天,才把扑克扔进他敞开口、虎视眈眈的提包里。

"你知道如果一直打下去的话,将会产生什么后果吗?"他似乎很赞赏我的举动。

我摇头。

"你将一直输光为止。如果你有地方举债的话,那就将一直输下去。"

"为什么?"

"所有的牌我都认识。"

"这些不都是新牌吗?"

"我先作过记号,然后重新封好。"他得意地笑了起来。"这是我的专利发明,还是首次披露。从这项发明上,我搞回不少钱来。"

"那钱又干什么去了。"

"还了债。"

"债权人是干什么的?"

"基本上是赌徒。"

"他们把钱派了什么用场?"

"也还了债呵!"他似乎觉得我提的这个问题傻得不能再傻了。"你知道在赌场上,有时干脆就不见钱,全是票据交易。"

赌博,一种总和等于零的活动。你赢就意味着我输。它什么也不创造,除悲剧之外。

我把四十元钱还给他:"算作我的咨询费吧。以后劳动你的地方少不了。"

他犹豫了片刻,把钱收了起来。"人穷志短,我就笑纳了。"

"我想看看真正的赌场,能带我去一趟吗?"

他用手托住下巴,很看了我一会儿后说:"可以,但有一个条件。"

"你说吧。"

"你事先得通知李夏,让他别去抓。"

"可以。"

第六章

听了我的要求之后,李夏沉思良久,才慢悠悠地说:"对于一个警务人员来讲,这很过分。"

"是这样的。"如果你克服的对象是人而不是困难的话,就必须来软的。

"为了禁绝这一带的赌博活动,我几乎投入了全部精力。眼下他们在整个矿区几乎无法生存。"

我接连点头。

"我相信在不远的将来,我能把他们全部清除出去。"他很自信地说。

"但很快就会重新萌生。关键是肃清其根源。"

"这从来就不是警察的职责,而是你们社会工作者的任务。"

"所以一个标准的社会工作者才提出这个表面上不合理的要求。"我转回原命题。

"假如我不知道的话,就没有办法去抓。"他双手一摊。

"根本就没人告诉你。"我心领神会。

深秋季节的傍晚,田野里一片金黄与秋白。我跟在方晓舟后面默默地走着。

"吓,专家来了。"早就等在高灌站内的五人之一说。他个子不高,肩膀挺宽,长着一口黑黄的残牙。"还带来了一个新兵。"

"他不是新兵,而是省城来的老客。"方晓舟介绍道。"我的后台老板。"

"押宝?"一个青年人问。他眉目间很有些灵气,不大像赌徒。

"当然。"方晓舟蹲在地中央,从怀里掏出一张牛皮纸:一个大十字把它一分为四,并标有一二三四的字样。"我坐庄。"他掏出宝盒子。

在我的想象中,赌具是很精致复杂的。可其实不然:无非是刻有一二三四的四截竹筷,外加块肮脏的手绢而已。

"你先亮亮底。"宽肩膀不信任地说。

"老客,把底亮给他们几个看看。"方晓舟扭头对我说。

我从怀中掏出老P的一千元钱,这全是崭新挺括的票子,一翻就发出白杨树叶般的欢愉声响。方晓舟曾经对我讲过:如果你是个输光了的赌徒,那所有的同类都回避你,任何活动都排斥你。除非你重新搞到钱。

钞票换取了信任。"博"开始了。

遵照赌博学中的黄金律:简单易学。我一下子就看明白了。作为庄家的一方,先出去任取四段竹筷中之一包入手绢。待其复入后,众人开始往牛皮纸上放钱。如果两下数字相符,则钱数翻成三倍收回。反之则被吃掉。

这很像孩提时代玩的猜拳。如果你的智力高的话,是很容易赢的,我想。

"押宝"是高效的赌博活动。一钟点就开了十四宝。作为管账先生的我,稍作清点,发现进出并不大。

当又来了三位"选手"与一个挑担的货郎之后,另一个高潮就来了。方晓舟仍然在坐庄。

他从外面"装宝"——赌博术语,意为把竹筷包入手绢——回来之后,大家的目光立刻聚在他的脸上,抓钱的那只手不约而同地在牛皮纸上作逆时针旋转。其情其景,很像用听诊器在病人的胸腹部寻找病灶的大夫。

方晓舟则像一尊石像,脸上露出永恒的微笑。

"他这回一准是四。"其中一人把钱放在"四"上。

"不。是三。"

"是二。"

众赌徒发生了方案之争。

"好像你们知道我装的是几似的。"方晓舟把手绢攥在手里,蹲了下来。

众人借着微弱的烛光,仔细地审视着他的脸。

"我放二。"宽肩膀取出一叠钱放在"二"上。

众人也跟了上去。因为宽肩膀今晚的手气一直不错。

"放好了?"方问。

众人点头。

他灵巧地一提手绢,把筷子抖落在纸中央。

"一!"众人失望地叫了起来。

方晓舟把放在"一"上为数不多的钱点了点,用在"二"上的钱,加倍付给对方。剩下的就是纯利润了。

我粗估一下,约有六百余元。看来世上所有行业中,以收入速度计,莫过于此道了。

又是几次进出。

宽肩膀从怀中取出一团揉得很皱的钱,放在"四"上后,用锐利的目光瞟了方晓舟一眼。

方晓舟脸上的肌肉,很难觉察地哆嗦了一下。

宽肩膀把钱重重地一拍,"我就放这了。"

他的钱吸引了不少游资。就在方晓舟临"开宝"前,宽肩膀又投入一团。

开宝的结果是"一"。

我暗暗地佩服方之胆略:他已经连用"一"赢了四宝了。我也很佩服他的表演:那欲擒故纵的肌肉位移,是如何控制的?

我取过宽肩膀那两团钞票点了一下,竟有五百元之多。

"我是赢家,蜡烛钱我出。"方晓舟扔过二十元钱去,货郎呈上四支蜡。

5块钱一支,最少也该是故宫那种粗如儿臂的才对。看来"物价以地域而定"确为至理。

赌场开始短暂的休息。

"各位不吃鸡蛋?"货郎捧出堆冰凉的茶叶蛋。

众人纷纷扔钱取蛋,价格不一。不过最少也得一元一只。

"喝点烧酒吧。"货郎的声音,伴随着呼啸的山风,格外有诱惑力。

本地的劣质地瓜烧酒,五毛一口,不论口之大小。这种量度单位,我首次听说。

众人边喝酒,边开着粗俗的玩笑,不着边际地胡聊着。但有一点是共同的:没有一个人谈及自己的家庭,也没有一个人谈起自己的债务。

他们任何人的家庭都不会和睦;任何一个都负债累累。

方晓舟呆呆地蹲在墙角。他不吃也不喝,只是默默地吸烟。脸上的皱纹显得格外深刻。

他在想什么?妻子儿女?父老乡亲?经历?赌博术?也许什么也没有想,只是在恢复精力。

"开局吧,掌柜的。"宽肩膀说。

"开始。"方晓舟从脚下的零钱堆里拿出一张五元的票子,凑到蜡烛前点燃。他注视着那五颜六色的火光,直到快燃尽时,才把香烟点着。

这可能是种仪式,我想。他在讨吉利。在祈求运气。

平心说,赌场的气氛的确很感染人:烛光照耀下的脸,一张张无比生动。在这里,贪婪无须掩饰,对金钱的热爱,被发挥到无以复加的地步。那一双双颤抖的、镇静的、迅捷的、老辣的、稚嫩的手,在不停挥舞、搜刮、索取……这里没有歇斯底里的吼叫,没有理性,更没有友谊,人性的弱点被暴露无遗。

在开宝的一刹那,他们的整个身心,全部质量,都转化成能量。爱因斯坦质能互换的典型例证。默默中,黄金之流在翻滚咆哮,在高速运动。这一切,都显现出一种无情的壮观。

方晓舟的运气开始变坏。似乎他的装宝规律,已被这群勇敢的、孜孜不倦的探索者们找寻出来。他装几,钱就到几上集合,想逃都逃不掉。

"你帮我装几宝吧?"他扭头对我说。

"可我不会。"我一则不愿陷进去,二则捡点一下票子,发现只有老P的那笔钱了。

"越不会越赢。头次上赌场的人,运气总是很好的。"方晓舟把我拉到屋子外,硬将赌具塞过来。

"该装几?"时至今日,我也不知道为什么当时就接下了。

"你想装几就装几。"他扭身回屋去了。

我胡乱把截竹筷包入手绢,就跟了进去。

屋里的人,开始认真地审视我。好像头次相见似地。可我根本不知宝内是几,面部自然不会播放信息。

他们当中的大部分人均未押中,可惜的是注并不大。

又是三宝过去,大约赢了几百块的样子。

"这次我一定要砸塌你的宝。"当我再次入屋时,宽扁膀对我说。

"您就尽情地砸吧!"他自以为摸准了我的规律。连我都摸不准,他如何能摸准?本人的规律就是无规律。

试探性的攻击已经结束,他们开始投入重兵。

可全被我歼灭了。

方晓舟的脸就像是一朵盛开的牡丹。

"就是这些了。"宽肩膀从怀中掏出两个沉甸甸的钞票团,重重地放在"三"上。就在这个数目字上,他至少损失了上千元。

这回装得可千万别是"三"。虽说我只是在黑暗中任取一截入包,可脸上仍是一阵发红。

"红颜"招来黄金。几乎所有的钱都集中到"三"上来了。我望着那座直薄云天的钞票山,突然明白了什么叫作"孤注一掷"。

是二。

宽肩膀颓然坐下。

方晓舟用平静的手法将十元大钞收到怀中,然后将剩下的那堆钱向外一推:"我分红了。"

那群人蜂拥而上,将剩下那堆钱吞食干净。货郎抢得最多。

"慢着。"宽扁膀没有参与抢钱,他伸出骨节粗大的手,制止方晓舟收摊。

"你还有什么可押的吗?"方晓舟眉毛一耸。

宽肩膀从屁股后面抽出一把不锈钢菜刀。

我本能地往后一站。我并不害怕打架,插队时也参加过几次著名的大型战役。可如今时过境迁,一切都不一样了。让老方还给他两个钱吧,他今天输得太惨了。

放牛皮纸的地方,原是水泵的基座,很是坚实。宽肩膀攥紧拳头,独将小拇指放在"三"上,然后高高举起菜刀,猛地剁了下去。

没有叫声,没有飞溅的血汗。只见一段手指渐渐弯成新月状。

"你出去装宝吧。"宽肩膀脸上毫无痛苦相。据说在战斗中,总有人盘肠大战,看来此言不虚。情到浓烈处,肉体的痛苦就无足轻重了。

"请问你这段手指值多少钱?"方晓舟的脸色渐趋苍白。"手指就是手指。押中了你拿三个来。押不中你收了去。"宽肩膀用牙齿咬住下嘴唇。

方晓舟从怀里抽出张崭新的十元大钞,在仅存的一支蜡烛上点燃。

"你装还是不装?"宽肩膀的气焰煞是逼人。

"算了吧。"货郎上来解劝。"我看方老师出五百块钱吧。"

"五百块钱就能买了这?!"宽肩膀拿起尚有余温的手指。"你卖的话,我要上三个。"

货郎识趣地避了下去。

"你要多少?。"方晓舟语气里透着软弱。他从来就不是条硬汉,这我早有察觉。

"七百块。"

"算五百块吧。你押中了,这是一千五。"方晓舟抽出钞票。

"老子金口不开,开口不改。"宽肩膀把断指抛起又接住。

"这是两千一百块。"方晓舟甩下捆钞票。

"你先别走。"宽肩膀开始很认真地数钱。这时他的伤口才慢慢地往出渗血,把钞票都染红了。"还短三百。"他把钞票扔回来。

"老客,你先给垫上。"

我很情愿地取出三百块钱。

"你现在有多少赌债?"

"七八千块吧。"他顿了一下后又说,"其实弄好了,一次就能回来。"

"弄回来之后,你还玩钱吗?"

"不玩。绝对不玩。没有人想赌钱,只是没办法而已。你知道我的债务中最少有一半是借善良老百姓的,不能不还。可凭工资又还不起。"他重新抽起药片来。

"你怎么开始赌钱的?"

"小时候父母们总玩麻将。他们在国民党军队里待过多年,这你是知道的。麻将是主要的社交方式,因此他们的造诣很高。我常在旁边看,有时他们也让我帮着掷骰子,说童子手香。久而久之,其中花招颇学来几手。前些年闲着没事儿时,他们叫我玩。我先赢后输,就这么陷了进去。你知道,所有的职业赌客,都是先赢后输的:一开始就输的人,没尝过甜头,很容易就此罢手。"

"看他们那一个个穷凶极恶的样子,没一个像是有钱的。那钱都上哪里去了?"

"不知道。反正方圆几十里的大赌客我都熟,没听说有谁不是一屁股债的。"

赌场是个封闭的系统。总和等于零。可全都是输家,那钱都上哪里去了?我认真地思索着。赌场的内耗?对!我想起了货郎、蜡烛、鸡蛋加烧酒、点燃的钞票……

一个总和等于负数的开放系统,我修正了自己的理论。

"其实要想赢钱也容易。"我说。

"你有什么高招吗?"他立刻凑了上来。

"如果你保证赢回来之后就不再玩的话,我就告诉你。"

"保证。"

我盯着他的眼睛:眼珠是浑黄的,眼白上尽是血网。可其中仍有真诚的流露。我能看出来。

"你想别人,别人也想你。这样很容易撞到一起去,而赌博最大的取胜之道就是随机性,你懂吗?"

方晓舟似懂非懂地点点头。

"咱们先想办法建立一套随机数字,然后根据它装宝,就肯定能赢。"

"这好办。"我从抽屉里取出一台十六位的计算器。"你随便找个七位数,再找个五位数一乘,然后把大于四的数去掉,剩下的就是一串随机数了。他们毫无规律,也不受思维定式的约束,因此无法捕捉。"

方晓舟是个一点就透的人。我算他记,不过十来分钟的光景,一个"数据库"就建立起来了。

"到底是硕士生。"他兴奋地搓着手,"科学技术就是生产力呵!"

"这不算什么。"我得意地向他讲解道:"为回答著名赌徒彼得与保尔的问题,法国数学家布莱仕·帕斯卡和皮耶·德·费玛进行了认真的研究,写了一本《赌徒的破产》的书。从此,概率论诞生了。它也叫Zerosum,翻过来就是博弈论。吉罗拉莫·卡尔达诺还写过《论赌博游戏》。要知道,这曾经是本人的专业,他们的著作,我都细心揣摸过。"

"可你要比他们伟大得多。"方晓舟目不转睛地注视着"数据库","咱们找个地方试验一下吧。"

"此刻已经是凌晨四点了。"

"可我知道好几座不夜城呢。"他霍地跳下招待所的沙发。

我俩走了很远、很远的路。然后又绕了许多个弯,才来到一座农舍前。方学了几下鸟叫,对方也回了一下。于是,栅栏门开了。

这是一间典型的北方农宅:一盘炕最少十平方米,上面蹲着近二十人。一股浓烈的人味弥漫着全屋。炕席上铺有一层厚厚的,如同火山灰般的香烟灰。因为窗户堵得严,烟雾没有出路,全盘据在上半部,活像隆冬时节的澡堂。据这些外部迹象分析,此赌场最少也营运了二十四小时了。

"这位是李老财。"方晓舟向我介绍道。"东望庄的首富。"

此人站在炕上,傲慢地向我点头敷衍。

"我来装宝。"方晓舟轻捷地跃上炕。

"你小子能吃得住我一宝砸?"李老财眯起一只眼睛。

"首要条件你得砸得上才行。"方卷起赌具下了炕。

"你那两下子,我一砸一个准。"李老财牵头,众人跟着笑起来。

"装好了。"方晓舟把手绢包夹在腿弯里,然后两手抱头,面壁蹲下。这又是我的发明:切断任何信息传播途径。

接连几宝,方晓舟收入甚丰。

李老财很不服气,注在成倍地增加,并不停地念着赌场上的谚语,什么"放屁是吗,扭头是俩"之类的。可惜从数据库中提取出来的数,并不遵循谚语提供的经验。

从理论上讲:只要注成倍地增加,只须一宝得中,全部投资即可收回。可2、4、6、8的等比数列,只需翻几下,就超出了一般人的财力。

几位赌客很快就输光了,垂头丧气地沿墙根躺下,我偏头一看,只见一个年方三十的妇人,搂着一个孩子,睡得正香。这无疑是主人的内眷。

李老财也光了。可他的信用度挺高,立刻就筹来一笔款子。"来"他在那睡着的女人腿上拧了一把,"给老哥押一宝。"

"滚你的。"女人回了他一句,翻身又睡了。

"给大爷押一宝。"他把那个顶多有四岁的孩子弄醒。

小孩子想也没想,顺手把钱放在"三"上。

押中了。

又押中一宝。

"你小子今天算神了。"他拍拍方晓舟的肩膀,"我还得去矿山联系项工程,改天再战。"

"我随叫随到。"方晓舟把钱收进口袋。

"你们还没有分红呢。"小孩子拦住方与李。

俩人各给孩子二十元。

赌局散了。院子里那只被散出的烟雾熏醒了公鸡,用沙哑的嗓子啼叫着。

"赢了多少钱?"在回去的路上我问。

"四五千块呢。"

"没数数?"

"你不是赌博中人,不知风俗:一数就输。"

我一下就听懂了:"输"与"数"谐音。"既然赢了不少,以后就别玩了。"

"我也不想玩。"方晓舟停了下来,"再弄五千块,我就洗手不干了。"

"还要那么多干什么?"

"好把妻子儿女接回来。"他的声音中充满感情。

"听说你曾经把她典出去了?"

"没办法呵!"他浩叹一声。

"这可不像是人干的事。"我很气愤地说。

"你莫非还拿我当个人?"他低着头说。

"当然。"

"借你吉言,等我赢够了数儿,就不赌了。

"别老赢赢的。我听着都有点害怕了。"那截断指。若干张阴云密布的脸。那个挡着'红利'的孩子。"我突然想起一副名对:心术不可得罪于天地;言行要留好样给儿孙。我的方案弄不好会害了你。"

田野里浓重的雾已渐渐散开。

"你就此打住吧。我可以赞助你一些钱。然后再让李夏给你想想办法。"我估计赞助他一千块钱,是能够通过家务会的。妻子与他也很熟。再说这几乎等于救人一命。

"我谢谢你了。"从他手上传过来的感觉使我想起小时候。"今天是中秋节,不知她们娘俩吃上月饼没有?"他对着东升的晨曦自言自语。

第七章

"方晓舟答应今天来找我,可不知为啥没来?"

"赌徒说话哪有个算数的时候。"李夏坐到写字台前,翻看我的笔记本。"一准又扎到哪个赌窝里去了。"

"这回我觉得他是真的。"

"他说的那会儿也许是真的。可待会儿就又变了。我对他们实在是太了解了。"

"他说赢回本钱就不玩了。"

"他永远也赢不回来。"

"可我教了他个办法。"我不无得意地叙述了一番。

"你这无异于为虎作伥。你看他可怜,可所有被他赢光,被他拉下水的人,又有哪个不可怜?"

"我知道苦海很大,可能救一个算一个。"我很不以为然。

"书生气十足。你以为能救他?只会使他愈陷愈深。"

"我就不信。"

"谓君不信,拭目以待。我还有个会。"李夏站起身。"如果见到他,请转告:我如果再抓住他一次,就送他去监狱。"

三天后的一个中午,方晓舟出现了。

塞外的秋末,气温和北京的初冬差不多。可他依旧穿着一套旧西装,里面只有一件已成黑漆布的白衬衫。裤子上有一大块灰白颜色——无疑是尿之积淀物。赌徒的时间,分分秒秒都是钱,忙得尿都来不及排净。皮鞋也是嗷嗷待哺。

"战果如何?"我着急地问。

"相当可以。"他面色红润,精神相当亢奋。"你教授的方法还真灵,"他掏出那张擦得很皱的纸,"没等这上面的数开始第三个循环,钱就快筹齐了。"

我很高兴,久久悬着的心终于放下了。我一直怕他因"数据库"而坠入更加可怕的螺旋状态中。

"可惜的是,他们再也不肯让我坐庄家了。其实只要一两天,我就能脱离苦海了。"他黯然神伤地说。

"还差多少钱?"

"一千二百块。"他顿了一下,"其实再有八百块也就差不多了。老头子还给我留下点信物,能值个几百。"

"我能给你一千块。"这是我多天来反复思考才得出的结论。

"不能要你的钱。"他断然拒绝。

"拿上吧。"我把早已准备好的钱扔了过去,"只要能从此洗手,比什么都强。"

他慢悠悠地把钱拿到手里,然后问:"你有纸和笔吗?"

"干什么?"

"我给你打张借条,保证将来连本带利一起还。"

"去你的吧!"我猛地一挥手。

"一千块钱对你来说,价值有多大?"他奋力睁开尽是血丝的眼睛。

"不大也不少,差不多是一年的工资。对你来说有多大?"

"在赌场上顶多值一百块,你不知道,往上押钱的时候,简直和明天就要作废了一样。"他微微一笑,原来雪白的牙齿,已全成了尿黄色,"可下了赌场,一块就值平常人的两块了。我走了。"他站起身。

"再坐会儿,吃点东西。"

"顾不上,还账要紧。"在出去前,他扶着门框稍站了一会儿,然后一言不发地消逝了。

一千块钱,对于我这个挣工资的人来讲,绝不是小数目。虽说是"千金散尽还复来",但往往是"别时容易见时难"。更何况,这钱无论是从理论上还是实际上,都不属于我一个人。但这到底是在做好事。能有此慷慨一举,虽说在人世必得挨骂,可阴德却积下了。

我翻看着李夏带来的经济报刊。据他说:"这些东西全公司没有人爱看。

可我爱看。不几页,就被一则消息吸住了。

"股票市场上的天才索罗斯"

量子基金会是全世界最大的套头交易基金会……其总裁为出生在匈牙利的乔治·索罗斯。

一九八五年九月,他作了一笔被他称为"一生中突然成功"的交易。当他知道英、法、日、西德、美五个工业大国首脑要在曼哈顿的普拉兹饭店举行会议的消息后,便断然地把十五亿美元的资金转换成日元。因为他预测到五大工业国一定会下调美元对其他货币的汇率。

所谓预测,其实就是猜。把金钱的使用建立在猜想上就是赌博,跟押宝没什么两样。猜中了,就说他"预料到"。不中即说"形势发生了出人意料的逆转。"

拿十五亿美元作投机生意,可不是闹着玩的。需要相当的勇气。此公虽说在伦敦经济学院弄到半个学位,又在美国玩了多年的股票债券,但在最后关头起作用的还是勇气。一九六九年他创办此基金会时,手上只有二十五万美元,可如今利润已有亿万之多。由此可见,幸运之神是经常光顾他的。

据我考证:幸运之神就是赌博之神。

我这样分析是有根据的。《不列颠百科全书》中关于赌博的定义是:在意识到冒险和希望赢利的前景下,以某些有价值的东西为抵押所进行的竞赛,其结果全凭机会决定。

以此为根据分析：在股票交易、商业投机、军事、外交中都有很大的"赌博"之成分。它们与方晓舟所从事的赌，只不过在层次上有所不同罢了：掷硬币靠运气，打纸牌靠策略，掷骰子则是训练、技巧的结合。而玩股票、弄军事、搞外交，不过是多了点学问罢了。

　　而"押宝"之中也有学问，它牵扯到数学心理学……

　　轻微的敲门声，截住意识流。是方晓舟。

　　"还完债了？"当他吸食完屋所有能下肚的东西后我问。

　　"基本上完了。只差个尾数。"他和衣躺在沙发上。

　　"你还准备去赌？"我又担心起来。

　　"有你教给我的本事，赢上点钱是没有问题的。"他的笑容很是狡猾。

　　"你可千万别再去赌了！"

　　"当然不会去了。"他翻过身面对着我说，"关于概率问题，你还能告诉我点什么吗？"

　　他的提问，一下子激起我的专业兴趣："以押宝为例，我有 a 元，你有 b 元，输的结果即为 a／a+b。这是一条很著名的定理。"我写下这个公式。

　　他接过去很认真地看了一阵。"这个定理我早就悟出来了：谁的本钱大谁就赢。比方李老财，他有钱，因此就能借来钱，所以很少输光的时候，翻本的机会就是多。不像我，输光了就是输光了。就得滚蛋。"

　　"你也可以去借嘛？"

　　"能借的地方早已借过了。"他一语带过，"再接着往下讲。"

　　我给他讲了大数定理与中心极限定理。这是概率论的基础。

　　"这太难懂了。"他茫然地看着我用狂草写下的一大堆公式，"我一生也学不会。"

　　"如果你要是学会了，咱靠什么吃饭？"我不无得意地说。

　　"别看你的学问大，可我发现你心里也有赌的因素。"方晓舟直视着我说。

　　"我承认我有。而且人人都有。但我与你的不同之处在于：我比较善于控制，并能把它转化到别的方面。"我略一思考,"弗洛伊德曾提出性原动力说。意为性欲人人都有,若把它转移到艺术与科学上,就成了艺术家与科学家,而转移不好,任其泛滥,就会走向犯罪。"

"可转化是需要条件的。你慢慢就全懂了。"方晓舟站起身,"能再借给我点钱吗?"他讷讷地说,"去弄套绒衣裤穿,眼见天气就凉了。可离下月发薪还有二十多天。"

救人救到底。我又拿出八十元。这已经是极限了,再往出拿,我就要由债权人变成债务人了。

第八章

秋末极适远足。我在田野里转了一大圈,重新视察了上次"押宝"的高灌站。回到矿区,恰遇一班老外收工归来。他们大声叫喊着,作归巢工蜂状拥入宾馆。他们是怎么度过业余时光的?进去看看。

我对门卫打了个洋派儿的招呼,没等他完全反应过来,已超越了其视界。只要你摆出付"世界属于你"的派头儿,就没有进不去的地方。

酒吧之花,尚未到盛开之时辰,看头不大。我穿过它,来到了第一台球室前。只见一个人影在晃动,并辅之以空洞单调的击球声。进去练他一盘儿。我推开门。

"哈罗。"一个长身长臂满头金发的老外主动跟我打招呼,"你会打台球吗?"他操着一口美国腔问。

"当然会。"跟老外交往,无须客气。美国更是个不知谦虚为何物的地域。

"咱们俩个,"他把两个拇指一并,做出遭遇状。

我略一点头,便从球架上任意抽出一根杆,把刚巧滚过来的一球利索地打出去。"怎么称呼?"

"默顿。"他开亮电灯。在雪白的灯光照耀下,平坦的台球呈现出一派勃勃生机,宛若春天的河畔草滩。

稍等片刻,不见他反问我姓氏,我就用杆横截住球。

"开始吧。"他这是傲慢的表现。我是谁,对他来讲好像无所所谓似地。你必将为此付出高昂的代价。

"好的。"他用三角圈套住球。台球分为法英两式。后者较前者普及。据说北美有五十万人家自备球台。人有钱就是来劲儿,吃饱了光是玩儿。

"我是律师。"默顿认定我是个粗通英语的人,生怕听不懂,一个音节,一个音节地往外蹦,"所以很讲规矩。"

"我不是律师,可也很讲规矩。"本人说得极快。这是英语达到化境的表现。

"我们美国人很讲价值,从来没有进行无效劳动的习惯。"

这小子想和我打赌。思维快的人,总是见一叶将落,便知天下欲秋。这话就像是方晓舟说的。看来环球之上,除文心外,赌心也是相通的。要有门"比较赌博学"就好了。"我个人也很喜欢创造出些价值来。"我很谨慎,不敢盗用全民族的名义。

"这球台是付钱的。一个钟头四美元。"默顿律师脱下西装,并把法国领带也解下来。打台球只能戴领结,领带有妨碍。"咱们谁输了,谁付钱行吗?"

"当然可以。"我用球杆顶替铁锹,双手柱住,摆出副在地头休息状,"不过好像少了点。"

"再增加一些当然更好。你开价吧。"默顿高兴起来。这是他们发明的游戏,他已经确定我要输了。

"还是客随主便吧。"赌注最好由他来提,以便将来万一"东窗事发",我好摆脱责任。

"五美元。"默顿伸出手掌。

"可以再加一些。"从他刚才练习时之表现,我就知道能赢他。你只须亮出几招几式,武林高手便可知你功力,根本无须到真正过手时。

"我可远征过欧洲,在宾馆也是第一杆。"他挥舞了一下手中那根很别致的不锈钢杆。

"是吗?"我很随便地反问。本人不怕威慑,尤其不怕没有实力的威慑。

"再加一倍。"

"就这么定了。"赌博界中花样多,注的种类因之而多:国家、生灵、古董、票据,但最最普遍的还数钱。

台球是很绅士的运动,因而不普及。本人却得天独厚:我家前面住着一位全国唯一的体育一级教授。此公一九二八年便从美国圣约翰大学获博士归,纯然洋派。即便到冬天,也是长袜短裤,上身加件毛背心而已。每天早晨都要骑车来趟香山。他们有张球台,常招人去打。家父有时也去凑热闹、装绅士。我们几个孩子也是每场必到,因为有免费汽水喝。可近朱者赤,他们休息时,吾辈便挥杆上阵。久而久之便练出身"童子功",并且艺随年长,到后来,除老教授外,无人是对手了。他见我是个天才胚子,更是倾心相授。可惜"文革"中他故去,我停球。否则这阵也能去波士顿大赛上小试牛刀。

前几年,北京的街头巷尾,出现了一些小而化之的台球。每次进城,我总不免技痒,上前去凑热闹。妻子不开这窍,特别不满意,总是站在老远,用眼斜我。她认为这是小流氓的勾当。幸亏我不用出钱,因为费用天经地义是由输方租的。否则得挨不知多少骂。

默顿已经将三角球阵打乱,并且试图把白球藏起来——是很著名的战术。可惜他功夫不到家,露出了鸵鸟的屁股。我顺势一杆击入一个红球后,再击入7分的黑球。然后按规定击入一只红球后,又击入一次黑球,才空了杆。

默顿开始很认真地绕台选择角度。原来那股美国式的傲慢样儿,至此已荡然无存。

他在气势上被我压倒了。孙子云:不战而屈人之兵,曰之上。得意之余,我随手放出几杆。

干什么事儿,都不能随手。有寓言曰:龟兔赛跑,就这么几杆,乌龟就追上了敏捷的兔子。

我重新开始认真起来。

可默顿也很认真。认真对认真,运气就很重要。

他连进几个球,比分已居上。

我凝望着球台上仅存的几只球,不禁想道如果输了的话,用什么钱请他吃饭,我此刻几乎是一贫如洗。

打台球的人常说:台球集几何、物理于一身,可我以为最重要的是直觉。我凭着自己良好的、女人式的直觉,连送几球入袋。最后只有一黑、一粉两球留在台上了。我见角度很刁,不大可能打进去,就把白球打入一个更刁的地方,把难题留给了默顿。

默顿显然不够老练,球没打进去不说,而且给我创造了一个很好的机会。我顺手一杆,粉球应声入网。然后我把白球打到黑球前,送给默顿。因为这已无关大局了。

默顿用手把两只球都推入了球袋,然后向我伸出大拇指。

"请原谅我不小心把那只粉球碰进去了。"我把手放在胸前,鞠了英国式的躬。以前绅士们在决斗时,刺中对方的胸部,可偏要说:不小心把您漂亮的背心刺了个洞。"您不是远征过欧洲,并且号称是本馆首杆吗?"我擦擦因紧张而出的汗之后说。有道是"胜者王侯败者寇"。

默顿很有幽默感,双手捂脸作羞怯状。

他在服务员递过来的本子上签了个字后,掏出一张十美元的票子递过来。

"跟你开玩笑呢。"我把钱推回去。收老外十块钱,弄不好能酿成一桩"国际事件"。

"这是您挣下的钱呵!"他惊讶地瞪大眼睛。仿佛我是个大傻瓜。

"咱们换一种能接受的说法:你请我吃顿饭如何?"我指指餐厅。赌钱这个词儿,实在是太难听了。

"可以。但规模不能超过十美元。"

"应该是不超过二十美元。因为有一半你要吃回去的。"

"中国人的门槛总是很精的。"他穿上衣服。

"如果你坚持不超过十美元的话,那名义上就是我请你。"

"将来我如果成立一家律师事务所的话,一定雇上你。"他递过来一张名片,上写:东方能源开发公司首席律师,哈佛大学法学博士D·默顿。

"可用不了多久,你就会发现实际上的老板是我。"

"你很会开玩笑。"

"不,全都是真话。"我堂而皇之地坐在餐厅的高背靠座上。

一顿饭竟吃了老默三十美元。

"味道怎么样?"默顿用餐巾擦擦嘴。

大虾我爱吃。螃蟹也爱吃。小牛里脊更爱吃。可为了表示常吃,只得违心地说:"一般。"

他双手一摊,做了个鬼脸。

第九章

"去哪抓赌?"

"靠山庄。"

我借助放大镜,在地图上找了很久才找到。据估计,这个村最多不会超过二十户人家。"如此小村,能有多大赌?"

"随着我们工作的深入,赌徒们把摊点都转移到农村去了。"他点划着矿区东南的几个村落。"这些与邻县交界处的山村,基本上属于"三不管"地区。"

"他们倒还有点战略眼光哩,想等时机一到,来个农村包围城市。"我双手在图上一拢。

"我怕的就是这个。"他忧心忡忡地脱下大衣,从保险柜中取出一枝小巧的手枪带上。然后穿上一件紧身的羽绒衣,拿起副长筒手套,"咱们走吧。"

他驾驶摩托车的技术,无疑是"宇宙流"的。在崎岖不平的乡村公路上奔驰,速度一直在六十公里之上。

发动机为150CC的摩托车毫不费力地爬上一个四十度的斜坡后,碰上刚停下来的警车。

"按原计划行动。"李夏听取了简短的汇报后一挥手。

警察们分三路进村。我与李夏居中路。

没有大道,而是沿千古雨水冲刷出来的乱石沟矮身前进。

大约走了有一公里的样子,我们进了村。

走在队伍最前面的是一个穿大棉袄,戴大口罩的人。他朝一处院子指了指,就隐没在黑暗之中了。

"是告密者吗?"我低声问。

李夏点点头。然后单腿跳出沟,疾行数步贴住院墙。接着又快速无声地移动了十数米,到了门洞边上。

此地的门洞极小,据说如此可以保住财气外溢。他一伸手,就从中拉出一个人来。

"别动。"他用手电顶住这条汉子。

汉子过了好半天才明白过来。他是虚设的哨兵。一个不执行岗位责任制的人。

"一组到后墙,二组从正门进,三组把住四角。"李夏从腰间抽出"六四式"手枪:"四组跟我来。"

院子里放满了自行车,有三十辆之多。其中还有两辆摩托。

"我们是警察。"李夏大声喊道。我从来不知道他身体中潜伏着如此之大的声能。接着他又往天上放了一枪。

一条门板似地身形,首先撞开窗框闯出来。有人扯断了电线,整个院落陷入一片混沌。

警察们用大功率手电照住窗户和门,不断地朝天放着枪。

可即使如此,仍有七八名亡命者从窗口撞出来,翻墙遁逃。

因为自有罗网在墙外,李夏根本不理他们大声命令道:"用自行车堵住窗口。"

七八辆自行车被举了起来,扔在门窗前。

七八个矫健的身形跃上窗户,挥午着高压电警棍,冲了进去。

一片搏斗声。

屋里不断地有东西飞出来。菜刀、砖头、面杖。赌徒们在负隅顽抗。

五分钟后,动乱被弹压下去。

"接通电源,把人集中到东屋。"李夏把枪收入枪套。

北方农村的房屋,大都呈一字形:中间为灶间,东西为卧室。东屋的面积大约有十余平方。可就在这小小空间里,最少集中了三十余人。

他们年龄各异:有七、八十岁的白发老翁;有十余岁的少年;但更多的是正值盛年的汉子。他们的神态也很不相同:有木呆呆望着天花板的;有不住地哆嗦着的;有泰然自若的。可屋里并不见一分钱,也没有任何赌具。

我在屋里搜索了一番,没有发现方晓舟,悬着的心方才落下来。

"把他们一个一个从东移向西。在灶间里搜查。"李夏命令道。

第一个被传唤出来的是一条魁梧的大汉。他黄头发、黄眼珠,似乎很有些蒙古族血统。他那张比肩膀还宽的脸上堆满了诌媚的笑。

"你把钱放到这个盆里。"李夏指指当地的一只大洗衣盆。

"我们只是一毛两毛地玩个红火热闹。"大汉从上衣口袋里掏出一大把揉得稀烂的毛票,作恋恋不舍状扔到盆里。 "再掏。"李夏瞟了一眼这堆至多不会超过十元的烂角票。

"真的没有了,首长。"大汉很规矩地站着。

"我要是搜出来,可对你不客气。"一组长说。

"您要是搜出来,怎么处理我也行。"大汉伸开手臂,做体操中的十字悬垂状。

一组长很快地将其上身搜遍,果然不见一分钱。"把鞋脱下来。"

大汉赤足站在当地。组长翻过鞋很磕打了一阵,仍一无所获。"把裤子脱下来。"

"这多不好意思。"大汉左顾右盼。

"脱!"

大汉无奈,只得慢悠悠地解开裤子。待其刚脱至一半,组长就从裤腿中掏出最少够五百块十元票。

"你还有没有?"

"这回我对天发誓:一个子儿也没有了。"

"那这是什么?"李夏绕至后面,从他的花布裤衩中抽出一叠崭新的钞票。

"我该死!我该死!"大汉左右开弓,自己掌嘴。"我不该欺骗首长。"

"把裤带留下,到西屋去。"李夏冷冷地说。

第二个亦如此:先口口声声地说没钱,然后被搜出来。

第三个,第四个,一直到第十个。没有一个是痛痛快快地把钱交出来的。而且赌徒们毫无创造力与想象力,藏匿钱的方法毫无二致,看得我都烦了。

"李老财,又是你。"李夏用手电照住一个低着头的人。

"我真是罪该万死,又犯到您手下。"李老财到底与众不同,掏钱很爽快,从怀中抽出就扔到盆里。

我定睛一看,全是五十元的新票。这是我的钱。CPI30708"。我借手电光读着上面的号码。在出差前,为方便起见,我找老黄把所有的款子都换成五十元整票,一共二十五张,号码都连着。

"你这钱是从哪里来的?"凭借我对数目字过人的记忆力,我断定这是不久前移送到方晓舟手中的那笔款子。

"我从银行换的。"

"真的?"李夏问。

"当然是真的。不信你去问问农业银行的老王。"李老财准备对天盟誓。

"我看你是从方晓舟处赌来的。"我咄咄逼人地问。

"方晓舟?我从来没有听说过这个名字。"他这才将注意力转移到我这。

我没再说什么。因为我的身份比较暧昧:前两天与赌徒为伍;此刻却又跻身于警察之列。

临进西屋前,李老财用充满狐疑的目光盯了我一下,旋即亮度就增加了一倍。

再进来的是一位拄着双拐的中年人。

"你小子也赌钱?!"一组长用充满蔑视的目光上下打量此人。"当时你不是口口声声上有九十老母,下有一岁婴孩,没有两万块钱活不下去吗?"

此人没有抬头,掏出钱后任其搜身。

"半年前,他违章驾拖拉机,与矿上的一辆车相撞,双腿残废了。他非要两万块不可,一直闹到省里。然后又在我们办公楼前静坐了一个星期。最后给了他一万块,外加这付不锈钢拐。"李夏对我说。

"他是有老母与幼儿吗?"我对赌徒的话已不大敢信了。

"有是有的。不过在岁数上出入较大罢了。"

再下去是一位八十余岁的老翁。他连腰都弯不下去了,颤巍巍地掏出几十元钱来。

"您干吗还赌钱?"我问。

"家里没有别人,老伴也去了。来这解解闷。"他作恋恋不舍状,把钱放入大盆。

这钱至少是他两个月的生活费。我从他那身"拌着蒜能吃"的衣服上,得出了结论。

再过几个,是我在高灌站赌局中见过的那位货郎,真是"天下熙熙,皆为利来。"

"我小本生意,养家糊口罢了。"他把随身的背篓放在地上,从口袋里掏出几十元钱,"我没有参加赌博,这也不是赌资。"

"你比赌钱的还可恶。"李夏显然也不是第一次抓住他。

背篓里面竟是"可口可乐"与"万宝路"香烟。想不到这类真正的洋货竟会出现在这。

"乡供销社进了一批,积压了一年也卖不出去,我就赊来代销了。"

这可能是实情:赌场上的钱,全都是贬了值的。"你都卖多少钱?"

"可乐五块一筒,烟六块一盒。"他自知瞒不过去。

利润之大,已经超过百分之二百,难怪他不怕风险、不辞劳苦。

"全部没收。"李夏说。

"我这不是赌资。"小贩再次强调。

"你的问题,我们将会同工商与税务部门处理。"李夏挥挥手。

大约用了两个小时,全部清理完毕。

我进空荡荡的东屋转了一圈,使我惊讶的是:屋里不但没有收音机、电视,连一点带文字性的东西都没有。只有一张满是蝇屎的"样板戏"年画挂在墙上。

这是一个与文化绝缘的世界。

人已全部集中到院里,他们的裤带已统统被抽去,手也被捆着。院墙外面挤满了人,其中以妇女居多。大盆中的钱也被清理出来:计约一万两千块。

"一组带头,重点看守那两个从省城来的赌头。路上慢点走,小心别让他们逃跑。"李夏说。

队伍慢慢地开出院子。

"把那老头与残疾人放了吧?"我低声请求道。

"就你多情善感!"李夏把羽绒衣扣好。"都像你这样,世界就没了秩序。"

"他们走不了这么远的路。"要想说服人就得摆出理由来。

李夏略思片刻,觉得有道理,就上前把两人训斥几句后,放掉了。

"首长。我要是揭发能立功吗?"李老财大声说。

"当然。"

"他是赌客,在省城开了个赌场。"他被裤带捆住的双手,炮塔般地指向我。

"你怎么知道?"李夏反问。

"他给方晓舟当东家,由他出资,方晓舟当幌子。"他阴惨惨地说:"我敢拿性命担保。"

"你刚才不是说不认识方晓舟吗?"

"我那是出于义气。可现在我想为社会除大害。"他走出队列,站在李夏面前。

"滚回去!"李夏愤怒地说:"论害之大,这里面数你了。"

李老财被一组长狠狠地搡入队列。

被押的队伍远没有送行的队伍大。送行者几乎全是妇女。她们低声抽泣着,辨认着自己的男人。但没有一个敢高声责骂的。农村妇女的地位就是低。也许他们认为:男人赌钱是天经地义的。

"幸亏方晓舟这些日子不赌了。"我与李夏并排走着。经过分析,我已认定那些50元大票是他还给债权人李老财的。

第二天上午,我去找李夏,准备借阅一下审讯材料。一推门,就与方晓舟撞了个满怀。刚反应过来,他已拐弯不见了。

"他来干什么?"

"没事。"李夏把桌上的一张纸拿到手里。

"我看看。"我伸手抢了过来。

这是一张由方晓舟签署的收据,金额为三百元,抬头却没有任何名目。

"他干吗从你这领钱?"

"如果你不向外界披露的话,我就告诉你个秘密。"

"保证不说。"

"昨天晚上是他告的密。而根据内部规定,他可以提取一部分奖金。"

"他为何如此贪得无厌?"

"如果说他一贫如洗,更为合适些。"李夏把数据放入抽屉。

"他的债务不都还完了吗?"我不想告诉李夏,我已为对方实行了"经援"。

"我知道你给他钱,我也知道你教他的鸟方法。我什么都知道,就是不知道:一个快把硕士弄到手的知识分子,会他妈的这么糊涂!"

"我并不糊涂。"虽然我已经全明白了,但嘴上仍不肯服软。

"他把你给他的钱全输光了,才跑来当告密者。"

"我教他的法子莫非不灵?"

"从数学上讲也许能成立。可从赌博学上就讲不通了:人们不让他坐庄不就全结了。"

"一定发生什么大案了吧?"当我重入李夏的办公室时,觉得自己正在伦敦度雾月,烟呛得连眼睛都睁不开了。

"说大也不大。"他来回踱着步。

"如果不是赌案,我就不想听。"警务界里,不缺的就是秘密。

"不是赌案,胜似赌案。"他端起茶杯,欲喝又止,重重地砸在办公桌上。"他妈的方晓舟!"

"怎么啦?"

"抓住那批人后,因县监狱里人已满,我就暂时把他们押在矿上。可谁知姓方的竟跑到他们家里,对那帮无知的妇女们说他与我的关系如何之好,要她们拿出钱来,作为营救费,免得被判刑。"

"他弄到多少钱?"

"总在两千块之上。"

"案怎么就发了?"

"我把人全都送到县监狱去了。于是人家联名上告。"他喝了口水,"刚才那三位,就是省公安厅调查组的。"

"他们怀疑你收受了贿赂?"

"这是顺理成章的。不过我确实一分钱也没拿。"

"这我相信。现在方晓舟人呢?"

"跑了。"

"将来怎么办?"

"用不了一个月,我就能将他逮捕归案,然后以诈骗罪起诉他。"李夏很认真地说。

第十章

回到北京后,我开始闭门写作。

有什么办法呢?人从本质上讲,就是种避痛趋快的生物。

我写作,用的是台"四通"公司出产的电脑打字机。这可真是个好东西,可以任意地由你增添删改,直到完美。

用了整整十天时间,我终于把想法全部输入电脑。"四通万岁!"我一按打字钮,就急匆匆地挽袖上阵去了。

待四圈归来,思想已变成了稿子。

"你的论文我看过了。"第三天中午,老P把我传去。"我原以为在我的教书生涯中,读学生论文时,再也不会说这样的话了。可今天还要说。"他捧起稿子,"这很值得一读。"

他很善于使用夸张词语。这话我起码听过三遍,不过均缺"很"字罢了。

"赌博是人性成分之一；赌场是总和等于负数的系统。这两点很精辟。"

人人都爱听赞扬话，我尤如此。

"我还有些素材要提供于你。"他把转椅旋到我面前。

我洗耳恭听。

"赌博一事，史前期就有了。考古发掘中即有碰运气用的'距骨'。此物四面，呈圆形。在古希腊、阿拉伯、印第安人中流行。

"公元前三千年，在印度与伊拉克，六面骰子出现了。这在《梨俱吠陀》《摩诃婆罗多》《圣经》中均有记叙。它除用来赌博外，还在解决财产纠纷、决策时用。"

"就相当于咱们决策时用计算机一样。"老P发言时，插嘴是允许的。"后来出现了扑克牌。它与赌博有着子母关系。因此被称为'魔面画书'，直到'惠斯脱'出现后，才算步入正途。到了桥牌，已俨然是阳春白雪了。

"中国书中关于赌博的记录也不少。《宋书·羊玄保传》中，有'善弈棋，品第三，文帝亦好弈，与赌郡，玄保戏胜，以补宣城太守'。"

吓！老羊赢得这注可不小。太守就是地市级干部。

"白居易诗云：唯共嵩阳刘处士，围棋赌酒到天明。"

"清朝赌博，以'闱姓'为最。张之洞为两广总督期间，从赌局中提成，造军舰四艘。岑春煊更是从中抽税，修了铁路，办了工厂。"是该算一算。

"另外我想告诉你个真实的故事。"老P把转椅偏转，旨在避开阳光与我。

很长时间的停顿。屋内那架早已不走的罗马古钟声，似乎也能听到。

"某人考取了留美生资格，偕女友从加尔各答上船，其女友沈姓，出自福建名门，天赋甚高，是搞建筑的。"老P的声音很客观，不带感情色彩。

"为啥从印度上船上呢？"我问。

"时值二次大战，日本方向已无法通航。

"渡海的生涯很是枯燥：人的面孔千篇一律；风景千篇一律；伙食千篇一律。他们只好在舱内读书。但男人总比女人好动，免不了上甲板转悠转悠。

"他初起只是弈上几局国际象棋。后来碰上一位新教神父。此人自称是本堂神父,长有一丛浓密的红胡须,脸部表情很生动,他们先是闲聊,然后就赌上了。"

"赌什么?"这可进入了我的领地。

"伏尔浩斯。"

我不由地吞吞舌头。这小子准没好果子吃。

"先是小赌。此人赢了大约有一百美元。其时美元很值钱,因此赌兴被勾起来了。注意:所有赌徒,都有先胜的经历。这是规律。因为那些上来就输的人,很可能从此洗手不干了。

"后来规模渐趋宏伟。一副牌就以百金计。他输光了现金之后,只好去偷女友的首饰卖。在船上卖东西,人家知你急等钱用,不会有好价钱的。"

"他的女友就没发现?"我问。

"那时的女子与现时不同。这会儿你甭说拿太太的手表卖,就是偷她双袜子,也会跟你大闹一场。"

老P的幽默,平素呈江苏、湖南菜味,今天却是一腔黄连。

"等一个月的航程结束后,他已经是一贫如洗,神父说声再见,就没入人海不见了。

"没有钱,就无法到校注册读书。他与女友只好做工为生,重新积攒学费。"

"为什么不跟家里要?"

"送他们出来,双方家长已经把内囊都倾出来了。更何况正值大战,人贱粮贵。"

"你不说女方出自名门吗?"

"名门与富户,是两个很不同的概念。"

"就在这期间,他们结了婚。可没过多久,她就得了肺病。因为营养差,所以病势发展很迅速,没过多久,及至不起。"P教授此时已经完全背对我,"后来他发愤读书。并终身与赌博绝缘。当时俩人相约各得一个硕士回国。为了此愿,他一个人就得了两个。"

"赌博很害人的。"P教授的故事,我完全听懂了。作为一个高级知识分子,能把内心的隐秘世界,展现到这种程度,已很不容易。记得在着手搞论文前,我专门去体育学院,找一位研究棋牌史的专家。他为我提供了大量资料,尤其是麻将、牌九方面的。可当我提出将在资料出处上注明他的帮助,他却连连摆手,不愿沾赌字的边。

"历史上关于禁赌的法令很多,但大都收效甚微。有些国家承认赌博合法,目的是为了保证税收。英国法曾这样说:公民可以适当地、有节制地参与赌博。可这对于那些初入人生、没有节制力的人来说,无疑是场大灾难。"

"按说基督教、新教、佛教与伊斯兰教,都抵制赌博,它们厌恶因金钱而起的情绪波动。可那个神父为啥还赌?

"他也许并不是真正的神父。"

"您估计我的论文能通过考试吗?"我转回到本题上。学位一物,原本为鼓励学子上进的。可它却渐渐异化了:不少人为了学位而读书。本人亦在此列。原因很简单:因为这个虚名代表着一些很实际的东西。

"想想办法吧。"老P用粗红铅笔把《赌博论》中的"赌"字圈去。这一下子就变得顺眼多了。审论文的人,有不少光看题目。"现在学术界有种人,他们东拼西凑,不加一点自己的东西,就能弄出篇文章来。你知道该管他们叫什么吗?"

我摇头。他的思想广且深,谁也不知道能想到哪里去。

"学术太监。"他很得意地笑了起来,"他们地处学术深宫,机会与素材都不少,可偏偏缺乏创生的能力。"

"您这比喻虽然很生动形象,可似乎不够雅。"

"生动形象就好,世界上雅的事物并不很多。"

一个月后,我收到李夏的一纸短简,他告诉我:方晓舟已被送去劳教,时限为一年。另外还附一本方之著作,说是他再三叮嘱转交于我的。

这是一册由四个小学生练习簿合成的札记。方在上面记录了他多年从事赌博活动的心得。共分为麻将、牌九、押宝、扑克四大类。除程序介绍外,更多的是方法论与心理分析。于论文写作并无实用价值。可我生怕误过,还是通读了一遍,最终并无所获。

我是个从来不白干事的人,从中摘取几项技巧,稍加练习,便应用到牌桌上。于是理论立刻变成生产力,把老黄夫妇并自家太太的塑料钱,全弄了过来。大年初三,在老丈人家,更把老两口赢个底朝天。他们连声称"神",并追问我何方修来如此道行?我板起面孔,一本正经地告诉他们:"世界上的人,可以分为两大类:一类会打麻将的和一类不会打的。会打的人可以告诉不会打的该如打。可不会打的却仍然不会打。"

老两口没辙儿,只好板面孔训我:念研究生念坏了。

真正岂有此理。

《黄河》 一九八八年第四期